BRIDA ANDERSON

DORNENSPIELE

Weitere Titel von Brida Anderson:
Dornenspiele
Feenreich
Greifenmorgen
Dornenlicht
Winterfee

Über die Autorin

Brida Anderson schreibt Urban Fantasy. Am bekanntesten ist ihre Serie ASTORA FILES, die es schon in die Amazon Top 20 der „Hexen und Zauberer" geschafft hat. Wenn Brida nicht gerade Feenwesen oder Adrenalin-getränkte Abenteuer erfindet, kann man sie beim Versuch beobachten, ihre zwei Kinder und einen Kobold — der hartnäckig seine Tarnung als Katze beibehält — zu zähmen.
Trag dich für Bridas Mailingliste ein, dann erfährst du sofort, wenn es neuen Lesestoff gibt: http://bit.ly/BridasNewsletter

BRIDA ANDERSON

DORNENSPIELE

ASTORIA FILES BAND 1

Bibliografische Information der Deutschen Nationalbibliothek:
Die Deutsche Nationalbibliothek verzeichnet diese Publikation in der Deutschen Nationalbibliografie; detaillierte bibliografische Daten sind im Internet über http://dnb.dnb.de abrufbar.
© der englischen Originalausgabe 2013 Brida Anderson
© der deutschsprachigen Ausgabe 2015 und 2016 Brida Anderson
3. Aktualisierte Auflage 2019
Lektorat: Mira Bradshaw
Übersetzung aus dem Englischen: Telse Wokersien
Übersetzungslektorat und Korrektorat: Susanne Schneider
Coverdesign: Giusy Ame / Magicalcover.de
Bildquelle: Depositphoto
Herstellung und Verlag: BoD – Books on Demand, Norderstedt
ISBN: 978-3-7504-28515

Wenn dir das Buch gefallen hat, dann erzähl bitte anderen davon, hinterlass eine Rezension bei deinem Lieblings- Online-Buchladen oder bewerte/rezensiere es auf Goodreads und Lovelybooks. Das hilft uns Indie-Autoren sehr. Vielen Dank!

Deine Brida

EINS

Arbeiter krochen über das Glasdach dreißig Meter über meinem Kopf, vermummt gegen die Eiseskälte wie Ebola-Forscher. Das Gebäudemanagement hatte sie angeheuert, damit sie die Schneemassen auf dem Dach abtrugen, bevor sie noch auf die University Avenue krachten und jemanden erschlugen. Der Schnee war dieses Jahr früh nach Toronto gekommen; seit Halloween belagerte er uns jetzt schon.

Ich hatte heute wieder mal einen dieser Tage, an denen alle Elektronik verrückt spielte, bis ich versucht war, die Teile kurz und klein zu hauen. Dass der Code zerschossen wurde, während ich ihn nur öffnete und las, wäre schon schlimm genug gewesen. Uns saß auch noch unser Chef im Nacken, endlich unser Computerspiel für den Launch fertigzustellen. Heute sollten wir zeigen, wie weit wir gekommen waren – und jedes Mal, wenn ich noch ein Detail prüfen wollte, stürzte alles ab. Nur bei mir.

Ich war geflohen, damit mein Team die Server in Ruhe resetten konnte. Eigentlich war ich hier oben, um schon mal alles in Labor 5 für unseren Test vorbereiten, aber der Raum war besetzt. Ich hatte nach der Aufregung heute Morgen noch keine Nerven gehabt, Mike Peterson und sein Team rauszuschmeißen. Wir hatten das Labor offiziell gebucht und die dafür nötigen Formulare ausgefüllt. Das hinderte Mike aber nicht daran, mir die Tür vor der Nase abzuschließen, als ich vorhin geklopft hatte.

Ich hatte es als Zeichen verstanden und mich erst einmal auf eine der gemütlichen weißen Ledercouchen gelegt, die im Lounge-Bereich vor den Laboren standen. Nur einen Moment ausruhen – ich hatte gestern Nacht nur zwei Stunden geschlafen. Astoria war mein Arbeitsplatz, aber ich sollte wohl langsam anfangen, es mein Zuhause zu nennen. Die Deadline für unser Spiel Forest of Fiends war so eng, dass ich selten früh genug nach Hause kam, um dort irgendetwas außer schlafen zu machen. Viel zu oft nickte ich irgendwann nachts über der Arbeit ein und schlief gleich im Büro. Nick und den anderen ging es nicht anders.

Normalerweise mochte ich es hier oben, im obersten Stockwerk des Astoria-Gebäudes. Vor den Laborräumen ist es immer luftig und hell. Über dem Kopf nichts als endlose Weite und dann das Glasdach. Natürlich hat jedes Labor noch sein eigenes Glasdach – schalldichtes, nach oben komplett verspiegeltes Glas. Bei Astoria sind wir konsequent paranoid, dass Leute unsere neuen Produkte ausspionieren könnten. Ich liebte es, in dem offenen Lounge-Bereich vor den Laborräumen zu sitzen, den blauen Himmel in mich aufzusaugen und auf meinem Notebook zu arbeiten. Heute war der riesige Raum jedoch bedrückend dunkel von der Schneedecke auf dem Dach. Wie passend für meine Stimmung. Was, wenn wir nachher, während des Alphatests, einen weiteren Komplettabsturz hatten? Forest of Fiends, kurz FoF, war schon seit vier Jahren in der Entwicklung, als ich bei Astoria anheuerte. Das erste Spiel für die Firma. Es war ein offenes Geheimnis, dass ich angestellt worden war, um das Projekt noch zu retten. Andernfalls ... Tja, dann machten sie uns das Licht aus – und zwar bald.

»Alanna?«

Ich schreckte hoch und setzte mich auf. »Ja?«

Nick, Nummer zwei in unserer kleinen Abteilung, hielt mir einen Becher Kaffee hin. »Für dich.«

Ich schenkte ihm ein dankbares Lächeln. Das war mein fünfter Kaffee heute, um irgendwie gegen den Schlafmangel anzukommen.

Seit meinem ersten Arbeitstag bei Astoria war Nick inoffiziell mein Stellvertreter und fing alles auf, was ich nicht schaffte. Die Leute unterschätzten Nick häufig wegen seines gutmütigen Gesichts und weil er seine blonden Haare in einer Wuschelfrisur trug, mit der sonst nur Surfer herumlaufen. Wir nutzten das zu unserem Vorteil. Während der vergangenen sechs Monate hatten wir unsere Guter-Bulle-böser-Bulle-Routine perfektioniert. Normalerweise gab Nick den Kumpeltyp und ich den strengen Boss. Aber inzwischen konnten wir die Rollen innerhalb von Sekunden tauschen, wenn es uns in den Kram passte.

Nick lächelte über meinen gequälten Gesichtsausdruck. »Du kannst aus deinem Versteck kriechen. Es sollte jetzt alles glattgehen.«

Ich seufzte und rieb mir müde mit der freien Hand übers Gesicht. »Bevor ich heute Morgen hier eingetrudelt bin, habe ich schon meine Kaffeemaschine und den Toaster gekillt.«

Nick lachte. »Du kennst die Regeln: keine schweren Maschinen bedienen vor der ersten Tasse Kaffee.«

Ich streckte ihm die Zunge raus. Er grinste nur.

»Ich hole mal die Getränke. Bin gleich wieder da.« Nick verschwand im Fahrstuhl.

Mit einem Seufzen machte ich mich an das Unvermeidliche. Hardware und Software liefen wieder. Zeit, den bisherigen Benutzer von Labor 5 rauszuschmeißen.

»Mike?«, brüllte ich. »Machen Sie die Tür auf. Game over.«

Die Düsternis hier oben betonte noch Mikes Statur eines Preisboxers, als er aus dem Labor trat. Mit knapp 50 war er mehr als doppelt so alt wie ich. Außerdem war er Leiter der Betriebssystem-Abteilung, was mir in unserer Auseinandersetzung nicht gerade helfen würde. Wie erwartet warf Mike nur einen abschätzigen Blick auf mich und hielt mir einen Vortrag über ältere Rechte und den Firmennachwuchs, der sich ständig überschätzte. »Kein Pixelschubser wird je genug Ertrag erwirtschaften, um diese Firma über Wasser zu halten …«

Wir hatten bis heute früh um vier daran gearbeitet, alles für den Alphatest fertigzustellen – und jetzt blockierte dieser Kampfpudel das Labor? Ich blendete seine Beleidigungen aus und konzentrierte mich auf sein schlecht sitzendes Toupet, um mich nicht provozieren zu lassen. Man traf sich ja immer zweimal im Leben. Die üblichen Weitpisswettbewerbe bei Astoria waren wir auch gewöhnt.

Endlich ging ihm der Dampf aus.

»Hören Sie«, ich verschränkte die Arme vor der Brust, vorsichtig, um nicht meinen lauwarmen Kaffee zu verschütten. »Dank Astorias paranoider Sicherheit habe ich keine Ahnung, woran Ihre Leute gerade arbeiten. Ehrlich gesagt ist es mir auch egal, Mike. Wir haben die vorgeschriebene Tonne Papierkram ausgefüllt und jetzt gehört das Labor für die nächsten acht Wochen uns.« Unsere Firma platzte aus allen Nähten. Es gab nie genug Büros, nie genug Arbeitsräume für Teams. Selbst Abteilungsleiter waren wie Sardinen zusammengepackt, mindestens zwei in einem Büro.

»Geben Sie sich einen Ruck, Mike.« Ich versuchte, kiloweise Charme in meine Stimme zu packen. »In ein paar Wochen können Sie hier wieder einziehen. Jetzt machen Sie den Platz frei — mein Team ist schon unterwegs.«

»Wenn Sie denken, dass eine Erwachsene, die mit Avataren spielt, mich unter Druck setzen kann ...«

Ich hörte nicht mehr hin. Mike würde es nie kapieren.

»Wo soll das Bawles hin?« Nick kam um die Ecke. Die Flaschen in der Kiste mit Energydrinks klirrten im Rhythmus seiner Schritte.

Ich zeigte ins Labor. »Park erst mal alles links neben dem Eingang. Dann helfen wir Mike, sein Zeug auszuräumen.«

»Unser Update ist in einer kritischen Phase ...« Mike redete mit mir, aber er kreuzte die Arme vor der Brust und blockierte die Tür, sodass Nick nicht vorbeikam.

»Euer Betriebssystem ist seit einem Jahr ständig in einer kritischen Phase«, unterbrach Nick ihn. »Haben wir dieses Jahr schon ein stabiles Release gesehen?« Er quetschte sich unsanft an Mike vorbei in den Arbeitsraum. Ein eiskalter Windhauch schien hinter ihm herzuwehen und ich zitterte, obwohl ich heute sogar einen Pulli anhatte.

Ein Schatten fiel auf Mike und mich. Ich musste mich nicht umdrehen, um zu wissen, dass es nur mein Kollege Avel sein konnte. Er war schlau und arbeitete hart, aber der erste Eindruck, der bei allen hängen blieb, war: Was für ein Riese! Avel war fast zwei Meter groß und auch ungefähr so breit. Sein Gesicht war weich und bubimäßig. Dass er sich den Topfschnitt von uns nicht ausreden ließ, half auch nicht gerade, ihn schlanker erscheinen zu lassen. Wie üblich hatten die anderen Avels Gutmütigkeit ausgenutzt. Er schleppte große Kisten mit Zeug und Tüten zum Bersten voll mit Kabelsalat.

»Was ist denn dieser ganze Scheiß?«, höhnte Mike.

Ich zuckte die Achseln. »Die Ausstattung zu komprimieren ist Job der Hardwareabteilung.« Innerlich wand ich mich vor Verlegenheit, denn sie hatten es schon versucht. Die momentan optimale Version von Forest of Fiends benötigte immer noch so viel Hardware, dass man damit auch ein Rockkonzert hätte veranstalten können. Keine Ahnung, wie wir so die Gamer-Cons besuchen wollten. Mit ausgerenkten Schultern, so viel war schon mal sicher.

»Wo soll das hin?«, fragte Avel.

Ich nickte Richtung Labor.

Mike und Avel sahen sich an. Es war befriedigend zu sehen, dass Mike den Kopf zurückneigen musste, um Avel in die Augen zu sehen. Trotzdem versuchte Mike noch mal, sich in der Tür breit zu machen. Avel berührte ihn mit einem Arm voll Taschen. Mike hob beide Hände, als wollte er Avel in den Flur zurückstoßen. Bevor er Avel berührte, war ein lautes Knistern zu hören, als sich statische Elektrizität entlud. Mikes Toupet hüpfte einmal auf seinem Kopf wie eine verschreckte Ratte. Er grapschte mit beiden Händen nach seinen Haaren und wankte seitwärts. Die Tür war frei.

Ich biss mir auf die Lippen, um nicht laut zu kichern. Mike bedachte mich mit einem vernichtenden Blick und tätschelte sein verwuscheltes Stück Fremdhaar zurück an seinen Platz.

Im Labor setzte Avel seine Lasten ab und nahm eine leere Kiste. Schnell sammelte er die Notebooks und Tablets von Mikes Team zusammen und schichtete sie in die Kiste.

Mikes Lippen bewegten sich, aber er äußerte keinen Widerspruch. Seltsam.

Avel trabte zurück zur Tür und drückte Mike die Kiste gegen den Bauch. »Hier sind Ihre Sachen, das Labor ist geräumt.«

Mikes Augen traten fast aus den Höhlen vor Wut, aber er griff nur stumm nach der Kiste. Er schob sich an mir vorbei Richtung Ausgang und rammte mir dabei die Kiste in die Seite. Ich funkelte ihn wütend an. Aber seinem Rücken war das ziemlich egal. Warum lebten wir nicht in der Fantasywelt von Forest of Fiends, wo ich ihn von hinten mit einem netten Feuerball hätte rösten können?

Ich drehte mich zum Labor. »Wir müssen einen Weg finden, wie man die Spiel-Skills auf die Spieler übertragen kann.«

Nick und Avel grinsten. Bestimmt hatten sie auch schon mal diese Fantasie gehabt. Wie alle in meinem Team waren sie leidenschaftliche Gamer.

»Wenn ich es hinkriege, das zu programmieren, kann ich dann die Kleidung aussuchen, die dein Avatar trägt?« Nick wackelte vieldeutig mit den Augenbrauen.

»Nur über meine Leiche.« Ich machte mich auf die Suche nach der Kiste mit meinem Zeug. Den Jungs konnte man kein Avatardesign anvertrauen. Ich hatte keine Lust darauf, dass alle weiblichen Avatare mit zwei Volleybällen vorne herumliefen, strategisch von kleinen Stückchen Lederschnur bedeckt. Ihre eigenen Thornguards würden natürlich supercool aussehen. »Du bist nur neidisch, dass Ellora mehr Bizeps als dein Avatar hat.« Ellora war mein Avatar, eine Bogenschützin und Magierin. Natürlich eine Elfin. Unter meiner Führung hatte sich Forest of Fiends in eine Elfenwelt verwandelt. Ich konnte einfach nicht anders.

»Bizepsneid, nennt man das jetzt so?« Nick grinste und ging rüber zu Avel, der den Inhalt unserer Taschen und Kisten sortierte.

Ich stellte meinen Kaffee ab und packte meinen Bodysuit aus. Mit halbem Ohr hörte ich den beiden zu, während ich die Klettverschlüsse öffnete.

»Das hättest du nicht machen dürfen«, murmelte Nick. »Sie hätte es sehen können.«

War die »sie« ich? Meine Ohren wurden vermutlich immer länger vom konzentrierten Lauschen.

»Mike hat sich absolut blöd verhalten«, grummelte Avel.

»Er hat's verdient.«

»Es war trotzdem zu riskant.«

»Du hast doch angefangen«, maulte Avel. »Du hast ihn mit …«

Ich drehte mich um.

Avel verstummte. Er und Nick sahen mich beide schuldbewusst an. Weswegen? Weil sie irgendeinen Jux mit Mikes Toupet gemacht hatten, was ihn wiederum in die Flucht geschlagen hatte?

Ich ging zu den beiden rüber und stellte mich neben Avel. »Ich finde, er hat's verdient. Aber ich will wissen, was ihr gemacht habt.«

Avel sah zu Boden und hampelte herum.

Komisch. »Es sah wie ein Stromschlag aus …«

»Ja, stimmt«, unterbrach mich Nick. »Deshalb stellt Avel sich auch so an, dir davon zu erzählen. Es sind seine Billigstiefel. Er hat gestern schon ständig Leuten einen Stromschlag versetzt. Deshalb dachte er, er kann Mike eine Lektion erteilen.«

Avel nickte zögernd.

Ich guckte mir seine schlammbespritzten Stiefel an. »Müssen ja Mördersohlen sein. Zeig mir mal, wie du das gemacht hast.«

Avels Augen weiteten sich vor Schreck. »Nein! Das geht nicht.«

»Jetzt hab dich nicht so. Du zerlegst mich im Spiel ja auch, ohne zu zögern.« Ich stupste ihn in die Seite. »Zeig mir deinen Stiefeltrick. Ich will sehen, wie man Mike beikommt.«

Avel sah Hilfe suchend zu Nick.

Nick rollte mit den Augen. »Mann, jetzt mach schon. Dann können wir endlich aufbauen.« Er drehte sich von uns weg und schloss die Schlachtreihe von Computern und Displays an, mit denen er während unserer Tests arbeitete.

Avel wetzte seine Stiefel über den Holzboden des Labors.

Ich runzelte die Stirn. »Ich dachte, das funktioniert nur bei Kunstfaserteppich. Bei Holz ist die … Au!«

Avel hatte mich am Hals berührt. Ein elektrischer Schlag ging mir durch und durch. Da, wo er mich berührt hatte, brannte die Haut. Mein Herz galoppierte so schnell, dass ich dachte, es würde mir jeden Moment aus der Brust springen. Elektrische Energie raste durch meinen Körper in einem kribbelnden Strom vom Scheitel bis in jede Fingerspitze und runter bis zu meinen Zehen.

»Oh Shit«, krächzte ich. Ich hatte Angst, ohnmächtig zu werden, und griff nach dem Tisch.

Avel hob die Hände, um mich aufzufangen, aber ließ sie sofort wieder fallen. Er hatte bestimmt Angst, mir noch einen elektrischen Schlag zu verpassen. Das abgrundtief schlechte Gewissen stand ihm ins Gesicht geschrieben.

Ich sog gierig nach Luft und die tiefen Atemzüge schienen tatsächlich den irrsinnigen Tanz aus Elektrizität in mir zu beruhigen.

»Ist schon okay. Ich hab dich ja drum gebeten.« Ich verschluckte mich an meinem Lachen. Mann, wie wahr. Aber ich hatte einen winzigen Schlag erwartet, nicht einen menschlichen Defibrillator. »Sorry, aber diese Stiefel müssen weg.«

Avel nickte niedergeschlagen.

»Stell dir mal vor, du berührst jemanden mit einem Herzfehler.« Ich nahm noch einen tiefen Atemzug. Ich fühlte mich immer noch ganz zittrig. »Die würden doch tot aus den Latschen kippen.«

»Ich zieh sie besser gleich aus.« Avel wackelte unsicher auf einem Bein herum, während er seine Stiefel auszog.

»Es hätte aber nur ein winziger Stromschlag sein sollen ...« Nick erschien neben mir und sah mich beunruhigt an. »Du bist weiß wie ein Gespenst und dein Haar ...« Er griff nach meiner Schulter. Als er mich berührte, versengte mich ein weiterer Stromschlag.

Ich machte einen Schritt rückwärts. »Shit! Hört auf damit!«

»Ich hab nicht ...« setzte Nick an, dann verstummte er. Sein Gesichtsausdruck war ungewohnt ernst.

Mann, so schlimm war's jetzt auch nicht gewesen. »Schwamm drüber, okay?«, sagte ich. Der Rest unseres Kernteams war gerade draußen vor dem Labor eingetroffen. Wenn ich jetzt nicht das Thema wechselte, probierten sie den ganzen Vormittag aus, wie sie einander am besten mit Reibungselektrizität schocken konnten. Wir waren schon viel zu spät dran. Yue und Suze zogen jede einen großen Trolley mit noch mehr von unserer Ausstattung herein. Yue war meine Geheimwaffe beim Grafikdesign. Seit vier Monaten war sie Teil meiner Abteilung bei Astoria — und sie bekam vor lauter Scheu bei Meetings immer noch nicht den Mund auf. Aber wenn man sie vor einen Computer oder in ein Spiel setzte, war bald klar, dass sie blitzgescheit und unerschrocken war. Dass wir heute das Spiel testen konnten, verdankten wir nur Yue, die mit ihrem Team die letzte Version des Feenwaldes gestern Nacht fertiggestellt hatte. Oder war es heute früh? Und Suze verdankten wir es ebenfalls. Sie war mit 27 von uns allen die älteste und verantwortlich für Charakterdesign und das User-Interface. Suze war gepierced, tätowiert und zog sich an, als gehörte sie zu einer Motorradgang. Sie kam frühestens zur Mittagszeit zur Arbeit und ging, wenn ihr danach war. Aber sie kriegte alle ihre Aufgaben auf die Kette und ich hatte mir geschworen, alles andere zu ignorieren.

Eine dritte Frau, die ihr Gesicht in einem Kapuzenpulli verborgen hatte, folgte den beiden und half meinen Kolleginnen, die sperrigen Karren durch die Tür zu bugsieren. Die Frau im Kapuzenpulli war meine beste Freundin Tara. Als Kanzleiangestellte arbeitete sie gar nicht für Astoria. Ich hatte sie heute auf einer Gästekarte reingeschmuggelt. Sie war süchtig nach Computerspielen und unsere beste Möglichkeit, hautnah zu sehen, wie Gamer auf das erste Mal Forest of Fiends reagierten. Die Astoria Security würde mich über heiße Kohlen ziehen, wenn sie herausfanden, dass ich jemanden in unsere supergeheimen Labore eingeschleust hatte. Aber ich wusste, ich konnte mich auf Tara verlassen. Sie würde die Klappe halten über das, was sie heute hier sah.

Tara zog die Kapuze runter. Sie griff nach mir und zog mit einem leisen Lachen an meinen Haaren. »Wer ist dein neuer Friseur? Albert Einstein?«

Ich tastete nach meinen Haaren. Dank Avels Stromstoß standen meine Locken jetzt in einer Wolke senkrecht um meinen Kopf.

»Ich find traumhaft, was du mit deinen Haaren machst, Alanna«, sagte eine sexy Männerstimme.

Ich sah entsetzt auf. Ein Mann hatte uns unbemerkt aus dem Flur zugesehen. Ich fühlte das Blut aus meinem Gesicht weichen, als ich erkannte, wer es war: Rufus Dean. Wie lange stand er schon da?

Ich griff mir mit beiden Händen in die Haare und versuchte verzweifelt, die Löwenmähne zu bändigen. Mit einem leisen Knistern richtete das Haar sich wieder auf. Shit. Was für ein super Auftritt vor dem Mann, den ich seit ewigen Zeiten anhimmelte — und der zufällig auch unser aller Chef war.

ZWEI

Der Mann war schlank, hatte aber breite Schultern. Man sah ihm die Grazie und Finesse des Elbenkriegers an, selbst wenn er nur auf einem Stuhl herumlümmelte, so wie jetzt. Sein Haar glänzte braun und rot im Licht des schwach züngelnden Torffeuers als sei es aus frischen Kastanien gesponnen.

»Weiß Elrik, dass du seine Hütte für deinen Hofstaat requiriert hast, Eochalon?« Der kühle Blick des Elben war immer noch auf die dünnen Holzplättchen in seinen Händen gerichtet, die von denen als Spielkarten genutzt wurden, die nicht zu den Hochelben gehörten. Sie waren eine Notwendigkeit, wenn die Gegner Wesen mit Klauen oder Tentakeln waren — oder wie in diesem Fall unablässig Matsch und Wasser absonderten.

Eochalon schnaubte. »Elrik? Der feige Zwerg ist zum Smaragd-Hügel gelaufen, sobald wir an Land gingen.« Die Stimme des Flusskönigs klang nach rollenden Steinchen, ein flacher Bach, der über Kiesel lief.

Mattis breitete die Karten nah an seiner Brust aus. Er spürte überdeutlich die Augen, die ihn von hinten beobachteten. Außerhalb des Wassers war Eochalon nie ohne seine Entourage unterwegs. Zwei hünenhafte Wächter hatten sich gleich hinter Mattis' Schultern aufgebaut, halb Elf, halb Kelpie. Mehr von ihnen waren direkt vor der Tür und bewachten die Hütte. Die Wand der Hütte, die dem Fluss am nächsten war, wimmelte vor schleimigen Kreaturen, geboren in Schlamm- und Algenbetten. Wenn diese Viecher irgendetwas anschauten, dann ihren König, der Mattis gegenüber in einer niedrigen hölzernen Wanne thronte. Alle paar Herzschläge spürte Mattis, wie die Blicke der kleinen Schleimviecher über ihn und seine Karten glitten.

Einer der Wächter hinter ihm schnaubte. Instinktiv bleckte Mattis die Zähne. Bei einem Kelpie zeigte man am besten erst einmal Stärke und guckte dann, was los war. Er würde nie verstehen, wie ein Elb sich mit einem Kelpie einlassen konnte, einem albtraumhaften Pferd, das nur den Fluss verließ, um seine Opfer zu fangen. Obwohl ... Der Nachwuchs, der so gezeugt wurde, konnte die Gestalt verändern, war stark und gewitzt und konnte sowohl an Land als auch unter Wasser überleben. Mattis seufzte. Genau da lag die Antwort. Seine Art würde so gut wie alles tun für noch mehr Macht und Stärke.

Er warf noch einen Blick auf seine Karten, dann legte er sie zusammen und auf dem Tisch ab. Er tippte mit dem Fingernagel auf den Stapel, um zu signalisieren, dass er fertig war. Es würde eng werden, aber vielleicht konnte er diese Partie noch gewinnen. Er musste.

»Ich war überrascht, von deiner Rückkehr zu hören«, knirschte der Flusskönig, den Blick fest auf Mattis gerichtet. »Gerade mal hundert Sommer sind vergangen und hier bist du schon wieder, nahe dem Hof, den du so verachtest. Was hat dich aus der Stadt gelockt? Willst du etwas von meinem Gold erbeuten? Oder vielleicht eine Waffe, die ich dir aus den Untiefen des Silitree-Sees holen soll?«

»Sind wir hier, um wie Brownies beim Wäschewaschen zu palavern oder Karten zu spielen?« Mattis zeigte auf den König. »Du bist dran. Dein Einsatz.«

Eochalon nahm sich Zeit mit seinen Karten. Seine bullige Gestalt zerfloss andauernd und formte sich neu. Der Flusskönig versuchte sich an einem Gesicht, geformt aus bröckeliger Erde und Morast. Seine Gesichtszüge tröpfelten, klumpten sich zusammen, bis jeder Betrachter schier seekrank werden konnte. Brocken fielen hinab, schlitterten selbstständig über den Dreck und die Blätter in der Wanne zurück zum Körper des Königs, wo sie reabsorbiert wurden. Mattis wusste, dass Faerie Schrecken bereithielt, die viel schauerlicher als der Flusskönig aussahen, aber so nah am Goldenen Hof war kein Wesen so sonderbar wie Eochalon. Und kaum ein Wesen in Faerie war so reich an Artefakten wie der Flusskönig. Mattis konnte es nicht lassen, das Schicksal herauszufordern, als er hörte, dass der Flusskönig seinen Hof für zwei Tage in diese Hütte verlegt hatte, um mit Königin Talania zu verhandeln. Die Schätze, die man in einem Kartenspiel mit Eochalon gewinnen konnte, suchten ihresgleichen. Wenn man das Spiel überlebte, natürlich.

Mattis lehnte sich im Stuhl zurück und machte einen auf unbekümmert. Er hob den Kopf und badete sein Gesicht in dem einen Sonnenstrahl, der den Weg durch eine der offenen Fensterhöhlen hineingefunden hatte. Aus den Augenwinkeln verfolgte er die Handzeichen von Kankalin, die hinter Eochalon von einem der Dachbalken hing. Die kleine Fee hatte sich in ein vertrocknetes Blatt gerollt, die Flügel dicht an den Körper gepresst, damit sie den Wachen nicht auffiel. Von weiter weg konnte man sie für eine fette, braune Raupe halten, die in einem zerrissenen Spinnennetz baumelte.

Schrilles Wiehern störte die Stille in der Hütte, begleitet von Kampfgeräuschen. Die Tür der Hütte wurde aufgerissen und die blassen Flusskreaturen krochen hastig in die dunkelsten Ecken.

Mattis sprang auf, die Karten fest in einer Hand, mit der anderen griff er nach seinem Schwert.

Auf der Schwelle stand einer der Wächter der Königin. Drei weitere hielten vor der Hütte einen der Kelpie-Männer im Schach. Vier Pferde, schwarz wie die Nacht, standen geduldig neben der Gruppe. Mattis kniff die Augen zusammen. Ja, das war tatsächlich das Zeichen der Königin auf dem eleganten Geschirr der Pferde.

Die Augen der Wache weiteten sich vor Überraschung und Schock, als er den Flusskönig sah.

»Ei… ei… ein Wort von Königin Talania«, stotterte er. Mit sichtbarer Anstrengung kriegte er sich wieder ein und hielt den Blick auf Mattis gerichtet. »Ein Wort für Mattis, den Schriftgelehrten und Richter von Silberaue, Sohn von Dagani und Tyla, Faerunas Krieger und …«

Mattis brachte die Wache mit einer brüsken Bewegung zum Schweigen. »Genug von dem Quatsch. Was willst du, Mann?« Er warf einen Blick auf den niedrigen Holztisch, ob die Karten des Flusskönigs unverändert dalagen. Hatte er Mattis' Sekunde der Ablenkung genutzt, um zu betrügen? Alles sah aus wie vorhin. Eochalons Aufmerksamkeit schien im Moment nur der königlichen Wache zu gelten.

»Königin Talania verlangt Eure Präsenz am Hofe vor der Dämmerung. Ich bin beauftragt, Euch dies mitzuteilen: Die Triesta ist versammelt. Sie wird angeleitet von Fürst Tereth Niarandiel, Sohn von Ema, die Königin Priamils Beraterin war, und Sohn von Gejo, dem Kunsthandwerker, erwählter Sohn von …«

Mattis verzog das Gesicht. »Alles klar. Seine durchlauchte Pompösität empfängt also schon? Es war nicht die Königin, die dich geschickt hat, oder?«

Die Wache schluckte und sah Mattis voller Furcht an. »Äh … Fürst Tereth ist … ah … nicht erfreut, dass Ihr nicht am Hofe seid. Was soll ich ihm sagen, warum Ihr euch verspätet?« Der Wachmann verknotete die Hände nervös ineinander und fing seinen Blick immer wieder ein, wenn er drohte, zu nah zu dem albtraumhaften Wesen in der Wanne zu gleiten.

»Sag ihm, dass ich mich auf unsere Queste vorbereite und Besseres zu tun habe, als vor ihm im Staub zu kriechen.«

Der Wachmann rümpfte die Nase und sah betont auf die Karten in Mattis' Hand.

Mattis hob die Brauen. »Lauf nach Hause. Die Domäne des Flusskönigs ist kein Spielplatz für Höflinge.« Er winkte der Wache zu verschwinden und ließ sich wieder auf den Stuhl sinken.

Die Tür schloss sich hinter dem Höfling.

»Soso.« Eochalon sah Mattis fasziniert an. »Die Königin hat ihre gefährlichste Klinge heimgeholt. Um ihn nach Albion zu schicken, zu den Menschen …«

Mattis versuchte, sich seine Überraschung nicht anmerken zu lassen. Der Flusskönig war gut informiert.

Eochalon tippte auf seine Karten. »Wenige Wesen in Faerie erinnern sich an die alten Sagen. Aber ich weiß, dass du es dir zur Aufgabe gemacht hast, sie alle zu kennen, Mattis. Sag mir: Wirst du den Menschen jagen, der die Plage in unserem Land beenden kann?« Die Stimme des Königs war jetzt lauter und drängender, die Strömung in einem tiefen Fluss. »Mein Einsatz: Ein Stück meines Reichtums für Informationen zu deiner Mission.«

Mattis lächelte kalt. »Eochalon, nenn freundlicherweise einen konkreten Einsatz.«

Das sumpfige Gesicht des Flusskönigs wabbelte vor Wut. »Erst nennst du deinen Einsatz, dann ich meinen!«

Mattis hob den Kopf, seine Augen glitzerten. »Bei Eibe und Eiche, hältst du mich für einen tumben Wichtel? Du hast die Karten ausgeteilt, dein Einsatz kommt zuerst, dann meiner.«

Der Flusskönig öffnete den Mund weit, zwei lila Zungen glitten umeinander. »Das war …«, zischte er, dann hielt er inne. Ihm war klar geworden, wieso Mattis ihn so bereitwillig die Karten hatte austeilen lassen. »Kein Wunder, dass du nie länger an einem Hof bleibst.« Eochalon versuchte, Mattis immer noch mit einer Stimme einzuschüchtern, die wie das grollende Dröhnen einer starken Flussströmung klang. Er nahm seine Karten auf und versteckte sie in seinen riesigen Händen.

Mattis schlug die Lederstiefel übereinander und wartete.

»Ich weiß, dass die Königin eine Gruppe Krieger zusammenstellt, die die Schutzwälle überqueren werden.« Eochalon presste die Worte wütend heraus. »Sie hat mich gebeten, mich ihr anzuschließen, da sie den Schlüssel für Faeries Rettung in den Händen hält. Da du offensichtlich einer der Krieger bist, wissen wir alle, dass es schlimm um Faerie stehen muss. Mein Einsatz: Sag mir, wie die Chancen stehen. Ist es Zeit, mein Volk von den Grenzen ins Landesinnere zu ziehen? Wie ich höre, sind selbst Drachen nicht mehr sicher vor den Dornen. Aber vielleicht ist das nur leeres Gerede? Soll ich mich der Königin anschließen – oder auf bessere Zeiten warten?« Eochalon platzierte die Finger seiner linken Hand auf dem schmalen Tisch zwischen ihnen. »Entscheide dich. Falls du noch so etwas wie einen Verstand hast. Wie ich höre, ist das umstritten.«

Langsam setzte Mattis sich auf und legte seine linke Hand auf den Tisch, sodass seine Fingerspitzen die nassen Finger des Flusskönigs berührten. Es fühlte sich an, als griffe er in einen überwachsenen Tümpel. »Mein Einsatz ist von geringerem Wert als die Informationen, um die du mich bittest. Ich verlange ein bestimmtes Messer, das in den Splitterkriegen verloren gegangen ist. Es ist zweiseitig und mit Sphinxglas besetzt. Vielleicht hast du es in deiner Domäne gesehen?«

»Hältst du mich für einen Narren?«, brüllte der Flusskönig. Wasser platschte ihm im Schwall aus dem Mund. »Das ist nicht irgendein wertloses Zeug. Wir beide wissen, dass Rowans Messer das einzige ist, das einen Durchlass in die Schutzwälle schneiden kann.«

Mattis schnippte die nässenden Stückchen, die Eochalon gespuckt hatte, von seinem Mantel. Er lehnte sich nach vorn, mit leuchtenden Augen. »Wir haben beide unseren Einsatz genannt. Zeig, was du auf der Hand hast.«

Mit einem Geräusch wie Zähne, die vor Wut zusammenklicken, legte der König ein Holztäfelchen nach dem anderen auf den Tisch.

»Drei Königinnen und ein Paar Wurzeln.« Eochalon klang selbstgefällig.

Kankalin schüttelte den Kopf und bewegte mehrere Finger. Ja, Mattis wusste, dass der Flusskönig versuchte, ihn zu betrügen. Aber bei welchen Karten? Mattis versuchte, nicht die Augen zusammenzukneifen, um die Handzeichen der winzigen Fee zu erkennen. Die Wachen würden sie sofort aufspießen, wenn er ihre Position verriet.

Er schob seine Karten auf dem Tisch auseinander und drehte sie mit der Bildseite nach oben.

»Ha!« Eochalons weiche Gesichtszüge verschoben sich zu so etwas wie einem glücklichen Grinsen. »Ein Narr und zwei Könige. Sonst nur wertloses Zeug? Dass du mit solchen Karten überhaupt gewagt hast, nach dem Messer zu fragen!« Etwas blubberte in der Brust des Königs und Brocken von Vegetation und Schlamm fielen herab.

Alarmiert legte Mattis die Ohren an, bis ihm klar wurde, dass Eochalons Anfall Lachen sein sollte. Das war seine Chance. Jeden Muskel angespannt, zückte er blitzschnell einen Dolch und presste seine Magie in die nadelfeine Spitze. Lautes Rufen erklang hinter ihm — in kaum mehr als einem Herzschlag würden ihn die Wachen ergreifen. Mit angehaltenem Atem und kaltem Schweiß auf der Stirn stupste er mit dem Dolch nacheinander drei von Eochalons Karten an. Die zwei Königinnen und die Herz-Wurzel verwandelten sich in minderwertige Karten.

Der Gestank von Sumpf und altem Fisch wusch über Mattis' Nacken, dann griffen vier fleischige Fäuste nach ihm. Zwei wickelten sich in sein langes Haar, zwei legten sich eisern um seine Arme und zogen ihn brutal hoch.

»Ein Narr, zwei Könige und drei Feenkinder sind ein Narrenhof«, zischte Mattis. »Der schlägt eine Königin und eine Wurzel bei Weitem.«

Eochalon schlug die Faust auf den Tisch. Die Karten fielen durcheinander.

»Nehmt ihn mit nach draußen«, knurrte er. »Schneidet ihm die Ohren ab und nagelt sie an einen Baum.«

Mattis schlüpfte aus dem Halt der Wachen und schnitt beide, fast verspielt, mit seinem Dolch. Dann machte er eine Show daraus, seinen Mantel abzuklopfen. »Ich warte bei der Brücke auf das Messer. Sag deinem Volk, sie sollen sich beeilen, ich reise morgen nach Albion.« In der Tür drehte er sich noch einmal um. »Die Gerüchte, die dir zu Ohren gekommen sind, sind wahr. Aber der königliche Schlüssel zur Rettung Faeries bin ich allein. Und ich bin mir nicht sicher, dass es ausreicht, Morganas Erben in Albion zu finden. Also versammele dein Volk so weit weg von der Hecke, wie es dir möglich ist.«

Eochalon saß wie versteinert für einen Moment da, vollkommen überrascht. Sein massiges Gesicht verformte sich, bemüht um einen Gesichtsausdruck, den Mattis nicht lesen konnte. Er öffnete die Tür. »Die Alten sterben aus, Flusskönig. Und Talanias Intrigen beschleunigen ihren Untergang noch. Meide sie, so gut du kannst.«

»Dafür hast du das Messer vor Sonnenuntergang«, knurrte Eochalon. »Frischling?«

Mattis sah ihn an.

»Verwende das Messer mit Bedacht oder ich zieh dich in die Tiefen, wenn du das nächste Mal schwimmen gehst.«

DREI

Tara zog sich rasch wieder die Kapuze ins Gesicht. Das Gemurmel im Raum erstarb. Rufus war unser aller Idol — und auch die verhasste Primadonna von Astoria. Vor zwei Jahren hatte er die Leitung der Firma übernommen. Da war er erst fünfundzwanzig und damit Kanadas jüngster CEO. Sein Alter gepaart mit seinem guten Aussehen machten ihn über Nacht zum Rockstar der IT-Industrie und er hatte das Rampenlicht seit diesem Tag nicht mehr verlassen. Filmrechte an seinem Leben verkauft: check! Mit dem Dalai Lama einen Happen gegessen: check! Zu meiner Verteidigung muss ich sagen, dass ich schon ewig in ihn verschossen bin. Als ich ihn das erste Mal traf, war er ein schlaksiger Achtjähriger, dem ständig die zu langen Haare in die Augen fielen. Er kam mir, mit meinen fünf Jahren, total erwachsen und abgeklärt vor. Viel spannender als meine Altersgenossen. Er wohnte im Haus neben meiner Großmutter und hatte ein Talent für Streiche, das es mit meinem aufnehmen konnte. Natürlich verbrachten wir jede Minute zusammen, wenn ich am Wochenende bei meiner Großmutter war. Je älter ich wurde, umso häufiger versuchte Rufus, mir Zaubertricks beizubringen. Er konnte so coole Sachen: Blumenknospen erblühten zwischen seinen Fingern und zerfielen zu glitzerndem Staub, wenn ich sie berührte. Winzige Lichter erschienen aus dem Nichts und jagten in wilder Hatz um seinen Kopf. Während der Woche übte ich stundenlang mit ein paar Zauberkästen. Ich war zu jung und ziemlich ungeschickt, daher klappte es nie.

Jedes Mal, wenn ich wieder bei der Vorführung eines Zaubertricks versagte, wurde Rufus etwas distanzierter und meine Großmutter sah mich voll Bedauern an. Ich fand es echt seltsam als Kind. Jetzt, wo ich erwachsen bin, ist mir klar, dass sie etwas anderes vorhergesehen hatte. Natürlich war ich mit zwölf schon völlig verknallt in Rufus Dean. Die Spätfolgen wirken leider bis heute nach. Da ich ihn mit Zaubertricks nicht beeindrucken konnte, stürzte ich mich in sein anderes Hobby, um seine Aufmerksamkeit zu erregen. Mit vierzehn konnte ich so gut programmieren wie er. Trotzdem hatte ich keine Chance: Er war jetzt siebzehn, mit einem Mädchen an jedem Finger. Als er zum College wegzog, machte er mir mit nicht besonders zimperlichen Worten klar, dass er kein Interesse an mir hatte und auch nie gehabt hatte. Ein echter Schlag, wenn man jahrelang beste Freunde gewesen ist. Seit der Zeit verbindet mich eine Art Hassliebe mit Rufus, vor allem seitdem er mich für Astoria angeheuert hat. Ich verdanke ihm die Chance meines Lebens — aber er lässt mich auch am ausgestreckten Arm verhungern und scheint sich null für das zu interessieren, was ich hier mache. Außer beim Vorstellungsgespräch habe ich ihn in den letzten sechs Monaten nicht gesehen. Und selbst da hat er die ganze Zeit nur an seinem Smartphone rumgespielt und andere die Fragen stellen lassen. Tröstlich, dass es wenigstens nicht nur mir so ging. Selbst erwachsene Männer, zynische Softwareentwickler genauso wie Hardwarespezialisten, fraßen ihm aus der Hand und setzen Himmel und Hölle in Bewegung, damit er mit ihrer Arbeit zufrieden war. Er hatte irgendetwas, das uns alle zum Abstrampeln brachte.

Rufus lächelte mich an.»Die Haare sehen nicht so schlimm aus.«

Unwillkürlich lächelte ich zurück und strich mir unsicher über die wild gewordenen Mähne. Ach, es ist ein verdammter Mist, wenn man nicht loslassen kann, obwohl der andere nicht interessiert ist. Ich wechselte einen Blick mit Tara und sie machte eine abwürgende Bewegung.

Rufus' Augen leuchteten auf, als meine Haare all meinen Versuchen widerstanden, sie zu bändigen. Er lachte leise und griff nach ihnen. Als er sie berührte, fiel die knisternde Haarwolke in sich zusammen. Ich hatte wieder die sanft gewellten Haare, mit denen ich heute Morgen das Haus verlassen hatte. Puh.

Rufus ließ die Hand sinken. Wir standen stumm voreinander. *Ich bin seit Monaten hier und nie redest du mit mir*, hätte ich gern geflennt. Aber das ging nicht, nicht vor meinem Team. Mann, morgen war endgültig Schluss mit der Schwärmerei für Rufus. Oder spätestens übermorgen ...

»Wie läuft's mit dem Alphatest?«

Rufus hatte ganz normal gefragt, ohne Druck, aber wir starrten alle verlegen auf unsere Füße und murmelten vor uns hin. Er hatte seit Wochen auf den Betatest gedrängt — und wir waren noch lange nicht so weit. Das hätten wir aber gern noch ein paar Tage verheimlicht.

»Was?« Rufus starrte uns fassungslos an. »Das war eine rhetorische Frage. Ich wollte hören: ›Der Alphatest ist im Kasten, ab nächste Woche sind wir im Beta.‹ Ich fass es nicht!« Er drehte sich weg und wollte zur Tür.

Ich legte schnell eine Hand auf seinen Arm, um ihn daran zu hindern zu gehen. »Wie klingt das? Du bleibst hier, während wir die Montur anlegen, und siehst uns zu. So kriegst du ein Gefühl für das Spiel. Wir sind echt schon weit.«

Rufus drehte sich zu mir um. »Ich will kein ›Gefühl‹ für das Spiel bekommen.« Er klang müde und angefressen. »Ich will hören, dass ihr endlich im Terminplan für den Launch seid.«

»Aber ...«

Er sah jeden im Labor der Reihe nach an. »Wir hatten einen Vorsprung von vier Jahren! Vier Jahre! Und wir haben ihn verschenkt. Inzwischen müssen wir schon Glück haben, wenn überhaupt jemand den Launch mitbekommt. Wir verbrennen jeden Tag Geld mit diesem Spiel.«

Das Blut gefror mir in den Adern. Worte, die du nie von deinem Chef hören willst über dein Projekt! Nick, Avel und Suze standen mit ähnlich fassungslosen Gesichtern da.

»Wir sind nur ein paar Wochen vom Betatest entfernt!« Ich versuchte, Nicks Blick zu erhaschen. *Hilf mir!* »Wenn du jetzt den Stecker ziehst, hast du echt eine Menge Geld für nichts verbrannt!«

Nick grapschte sich ein Notebook. »Ich kann Ihnen zeigen,

was wir …«

Rufus hob die Hand. »Ihr wisst, dass ich Geld ausgebe für etwas, an das ich glaube. Aber das hier muss der Endspurt sein!« Nick und ich nickten.

»Ich spreche für das ganze Team«, sagte ich, »wenn ich dir versichere: Das ist uns allen klar. Wir arbeiten Tag und Nacht daran.« Und es war die Wahrheit. Es war uns allen klar, dass wir dieses Projekt bald abschließen mussten, oder es wurde dichtgemacht. Wenn wir das vergeigten, konnten wir von Glück sagen, wenn wir bei Astoria im Kundenservice arbeiten durften und nicht ganz auf die Straße gesetzt wurden.

»Okay, viel Glück mit dem Test.« Rufus warf einen Blick in die Kiste, die ihm am nächsten stand. Es war Avels Thornguard-Anzug. »Die Montur sieht auf jeden Fall schon mal gut aus.«

»Bevor Sie gehen …« Nick stellte sich dicht neben Rufus. »Ich muss mit Ihnen sprechen. Ganz dringend.«

»Es gibt nichts mehr zu besprechen«, pampte Rufus ihn an. »Macht euren Job vernünftig, erst dann will ich wieder was hören.« Damit machte er den Abgang.

»Mann«, murmelte Nick, Entsetzen in der Stimme, »das ist ja super gelaufen.«

»Jepp.« Ich strich mir noch mal die Haare glatt, in peinlich berührter Erinnerung. In seinen Boss verliebt zu sein war masochistisch, vor allem wenn dein Chef Rufus Dean war.

Nick stieß mir leicht in die Schulter. »Mach dir keinen Kopf. Wir sind bald im Betatest. Dean wollte nur mal am Käfig rütteln, damit wir uns noch mehr beeilen.«

»Willst du mir Mut machen oder dir selbst?« Ich seufzte. »Lasst uns loslegen. Tara, wir haben einen Anzug für dich vorbereitet. Yue hilft dir, ihn anzulegen, und du sagst uns, was du davon hältst.« Ich griff nach meiner eigenen Montur. Endlich Alanna Atwood gegen Elbenprinzessin Ellora eintauschen und die Mission von Level fünf hinter uns bringen. Ellora machte alle platt und hatte keinen Chef – beides ein totales Plus, wenn man mich fragte.

Mattis kniete vornübergebeugt auf einem Kliff, von dem er die weite Ebene überblicken konnte, die früher der Wald der Seelen bedeckt hatte.

Der Feenkrieger hielt sich so still, dass man ihn mit einer Skulptur hätte verwechseln können. Das Einzige, das in Bewegung war, waren seine langen Haare, die der Wind um ihn herumwirbelte.

In seinem Mantel war das wertvolle Messer versteckt, das er Stunden zuvor von Eochalon gewonnen hatte. Trotzdem konnte er sich nicht freuen. Seine Hand umklammerte den Griff seines Schwertes so fest, dass seine Knöchel sich weiß verfärbt hatten. Auf seinen Wangen malten sich Spuren von Tränen ab, während er nach unten sah.

Die Ebene zu seinen Füßen war einst ein Auenwald gewesen. Auf dem Boden zwischen den hohen Bäumen hatten Sonnenflecken getanzt. Bäche und kleine Flüsse zogen durch den Wald. Im Zentrum dieses riesigen Waldes fand man den Sommerhof — vorausgesetzt, man kannte die versteckten Pfade. Die meisten der Behausungen waren hoch in den Bäumen untergebracht gewesen, sicher vor jedem Angriff. Ein Netz aus Tunneln und Höhlen schmiegte sich zwischen die mächtigen Wurzeln der Bäume. Wenn der Goldene Hof das Herz Faeries war, war der Sommerhof seine Seele. Mattis konnte sich noch gut an die Zeit erinnern, nur ein paar Jahrhunderte zuvor, als der Sommerhof noch der herrschende Hof in Faerie gewesen war. Die Sommerelben hatten sie alle geeint im Kampf gegen die Vrall, die beständig aus Magwa heraus angriffen. Und sie hatten die Jahreszeitenfeste angeleitet, die Freundschaften und Verbindungen zwischen den Hunderten von Elben- und Feenrassen entstehen ließen. Trotz allem hatte ihnen der Goldene Hof innerhalb weniger Jahrzehnte die Macht über Faerie entrissen. Die Elben des Sommerhofes hatten untätig dabei zugesehen, ja, sie waren zufrieden gewesen zu folgen und zu dienen, wo sie bisher immer geführt hatten. Und jetzt war sogar ihr Hof, ihre ganze Domäne, vernichtet worden.

Am Waldrand, gerade noch sichtbar von Mattis' Ausguck, lag ein Reh. Es mühte sich ab in einer Falle, die Augen vor Furcht weit aufgerissen. Ein langer, schwarzer Dornenspross hatte seinen Körper umschlungen, zwei weitere seine Hinterbeine und seine Kehle. Die Dornen hatten das Fell des Tieres durchstoßen und es blutete aus vielen kleinen Einstichstellen. Während sich das Reh mit aller Kraft wehrte, schienen die Dornen sich nicht einmal zu bewegen. Eine gefährliche Fehlannahme.

Mattis folgte den Dornenzweigen mit den Augen. Sie waren Ableger eines einzelnen Busches. Seine Ausläufer reichten weit bis in den Wald hinein, wanden sich um Bäume und Pflanzen. Sie drangen sogar in schmale Ritzen im Stein und gruben sich in die Erde. Der Dornenbusch war Teil einer größeren Gruppe von dunklen Pflanzen, die weiter in den Wald hinein Teil einer Hecke wurden. Sie wuchs immer dichter und höher, je weiter man ihr mit den Augen folgte. Nicht irgendeine Hecke, sondern *die* Hecke. Einst ein Schutzmechanismus rund um Faerie, maximal eine Tagesreise breit. Heute … Mattis biss sich auf die Lippen. Die Situation war viel schlimmer, als er es sich ausgemalt hatte.

Am Fuß des Kliffs, auf dem er hockte, existierte der Auenwald noch in all seiner üppigen Schönheit. Wenige Meter weiter setzte die Zerstörung ein. Die Hecke war immens. Vielleicht hundert Fuß vom Kliff entfernt war die Hecke schon hoch genug, um die Ruinen des Sommerhofes komplett zu überdecken, sogar die höchsten Wohnbäume. Noch weiter weg verschluckte die Hecke den Horizont.

Mattis' Herz zog sich zusammen, wenn sein Blick die Hügel am Rand der Ebene streifte. Die Hecke arbeitete sich schon die Hänge hinauf. Es war nur eine Frage der Zeit, bis sie die nächste Elbendomäne eroberte. Vorhin hatte er sich direkt vor die Hecke gewagt. Wenn man auf Augenhöhe vor den Dornen stand, schien die Hecke nach links und rechts die ganze Welt zu umspannen. Bis heute hatte Mattis es für ein Märchen gehalten, dass die Dornen Drachen aus der Luft fangen und am Boden erdrosseln konnten. Wenn er sich die grüne Wand ansah, die sich millimeterweise vorwärtsschob, war er sich nicht mehr so sicher, was er glauben sollte. Sie kam langsam vorwärts, aber unaufhaltsam. Wenn niemand sie aufhielt, würde die Hecke Faerie verschlingen.

Noch mehr Dornenzweige hatten das Reh erreicht. Die ängstliche Kreatur wäre, unter anderen Umständen, schon an einem Herzinfarkt gestorben. Eine weitere Geschichte hatte Mattis gehört, seit er Silberaue verlassen hatte. Hinter vorgehaltener Hand erzählten sich die Feen, dass die Dornen dafür sorgten, dass ihre Opfer nicht starben, bevor die Dornen selbst sie töteten.

Ranken, die nach Beute griffen, hatte es immer schon in Faerie gegeben und es gab Tricks, wie man mit ihnen umging. Diese Dornenranken waren etwas anderes. Bevor sie anfingen, sich unkontrolliert auszubreiten, waren sie ein willkommener Schutzschild um Faerie gewesen. Als solcher war ihnen eine ganz besondere Magie zu eigen, die nur sie beherrschten und die unfassbar mächtig war. Ein Zeugnis dieser Macht konnte man ein paar Schritte hinter dem Reh sehen. Ein schwaches Leuchten markierte die Stelle, wo die Ranken einen der Bannsteine der Sidhe überwuchert hatten. Wenn man erst einmal wusste, wonach man suchen musste, konnte man dieses sanfte Leuchten in regelmäßigen Abständen durch die Hecke schimmern sehen, in einem Halbkreis um die Ebene. Die Bannsteine waren die höchste von Sidhe wirkbare Magie in Faerie — und sie wurde von den Dornen unaufhaltsam überwunden. Vielleicht hatten die Bannsteine die Ausbreitung der Hecke für einen Moment aufgehalten, vielleicht auch nicht. Sicher war: Sie hatten es nicht geschafft, das Wuchern zu stoppen. Und sie waren das Mächtigste, was die Feen in ihrem Repertoire hatten gegen die Dornen.

Mattis wurde aus seiner Trauer um Faerie aufgeschreckt durch eine Bewegung im dunklen Horizont der Hecke. Er kniff die Augen zusammen, konnte aber nichts entdecken außer dem Einerlei von Schwarz und Grau der Ranken. Nein, da! Gerade am Rand seiner Wahrnehmung … Bildete er es sich ein oder bewegte sich da etwas im Dunkel der Hecke? Es sah riesig aus, aber er konnte nur einen flüchtigen Blick erhaschen. Mattis knirschte mit den Zähnen vor Anspannung. Er war ein Krieger Faerunas. Er konnte immer klar sehen, auch in den dunkelsten Schatten.

Verdammt, er war einer der dunkelsten Schatten Faeries! Er konzentrierte sich, versuchte, die Hecke mit Blicken zu durchdringen. Aber selbst nach einer Stunde konnte er nichts entdecken. Das Reh lag still. Die Ranken hatten seinen Kopf erreicht. Dünne Dornen wuchsen in seinem Fell. Die Dornen bewegten sich jetzt ganz offensichtlich – neue Wurzeln und Triebe wuchsen im Fell des Tieres. Mattis schauderte. Ein Trieb durchstieß das Auge des Tieres. Das andere blinzelte, weit geöffnet.

»Fürst Mattis!«

Mattis drehte sich mit einem überraschten Knurren zu dem Höfling um.

»F… F… Fürst …« Stotternd wich der Höfling einen Schritt zurück. Er schluckte. »Fürst Tereth begehrt eure Unterstützung.«

Mattis seufzte. »Was hat er jetzt wieder angerichtet?« Wenn die Dornen diesen Teil Faeries nicht zerstörten, taten es stümperhafte, machthungrige Mistkerle wie Tereth.

»Fürst Tereth und seine Krieger assistierten dem Ältesten Dyg an dem Ort, der für das Portal erwählt worden ist.« Der Höfling schnüffelte vorwurfsvoll. »Das Portal, das sie für euch wirken, Fürst Mattis.«

Mattis drehte sich zurück zur Ebene. »Tereth hätte warten sollen wie besprochen, bis ich ihm zeige, wo der Ring löcherig genug ist, um uns das Überqueren zu erleichtern.«

Der Höfling ignorierte den Einwand. »Als sich nach dem Ritual des Ältesten kein Portal bildete, befahl Fürst Tereth seinen Männern, einen der Uralten anzugreifen. Einen Wächter.«

Mattis wirbelte mit einem Ausdruck von erstaunter Wut zum Höfling herum. Der arme Mann fuhr vor Schreck fast aus seinen Stiefeln. »Tereth hat was befohlen?«

»Der Uralte sollte als Opfer für das Portal dienen …« Die Stimme des Höflings wurde immer höher vor unterdrückter Panik. »Fürst Mattis, sie sterben!«

»Tereth hat entschieden, dass es eine gute Idee wäre, eins der ältesten und machtvollsten Wesen in Faerie anzugreifen, nur um ein Portal zu zaubern?« Kalte Wut schnitt Mattis die Stimme ab. »Dass es ein Picknick wäre, mit nur sieben Kriegern?«

Der Höfling duckte sich vor Mattis' Wut. »Ihr sprecht von den Sturmtänzern«, quiekte er indigniert. »Sie sind unbesiegbar!«

»Offensichtlich nicht, oder?« knurrte Mattis. »Sturmtänzer, von wegen! Sie können es mit Goblins aufnehmen, und das ist ihnen zu Kopf gestiegen.« Er griff den Mantel des Höflings und hob ihn hoch, bis der Mann eine Handbreit vor Mattis' Gesicht baumelte. »Wie viele von seinen Kumpanen hat Tereth verloren?«

Die Augen des jungen Elben waren erfüllt von dem Horror, den er gesehen hatte. »Es ist schwer zu sagen«, flüsterte er heiser. »Sie kämpften noch, als ich zu Euch geschickt wurde. Fünf oder sechs? Vielleicht leben sie auch noch und sind nur schwerst verwundet.« In seinem Gesicht malte sich der Schock und das tiefe Erstaunen ab, dass der Tod überhaupt existierte. Die Sidhe lebten so lang und heilten so schnell, dass viele von ihnen sich einbildeten, sie seien unsterblich.

Mattis ließ den Mann auf die Füße fallen und drehte sich weg.

»Fürst Tereth befiel Euch, ihm gegen den Uralten beizustehen,«, stotterte der Höfling. »Er befiehlt es euch im Namen der Königin!«

Mattis ignorierte das ungeduldige Gequengel des Mannes. Er zog seinen Bogen und rief einen Zauber zur Sehne. Er küsste die Pfeilspitze wach mit Magie und instruierte sie, ihr Ziel zu finden. Während er ein stummes Gebet für das Tier sprach, spannte er den Bogen und gab den Pfeil frei.

Er durchschlug das verbliebene Auge des Rehs und beendete das Leid des Tieres. Mattis musste sich immer daran erinnern: Tereth war nicht wichtig. Die Dornen würden ihr aller Ende sein, wenn Mattis in seiner Queste versagte. Nur das zählte. Er musste dieses Portal durchschreiten und Albion erreichen, was auch immer der Preis dafür war.

VIER

Als ich aufwachte, fühlte es sich an, als trommelten Hunderte von Hämmern und Meißeln auf meinem armen Gehirn herum. Ich rieb mir die Augen, benommen vom plötzlichen Erwachen und den schrecklichen Kopfschmerzen. Gerade war ich noch ein Kind gewesen und hatte im Traum mit Rufus im Haus meiner Großmutter gespielt. In den zwei Jahren seit ihrem Tod hatte ich schon oft von den zauberhaften Wochenenden bei ihr geträumt. Aber dieses Mal war der Traum von Dunkelheit überschattet gewesen. Gesichter hatten sich zu Fratzen verzerrt und mich auf Schritt und Tritt beobachtet. Und etwas hatte sich über mich ergossen und gebrannt wie die Hölle ...

Der Wecker neben dem Bett klang schrill. Ein eifriger kleiner Dämon, der versuchte, mich aus meiner Benommenheit zu holen. Ich griff blind danach und zuckte vor Schmerz zusammen. *Alanna an Gehirn, warum hast du Muskelkater im Arm?*

Meine suchenden Finger berührten endlich den Schlummerknopf — und der Wecker verreckte mit einem hässlichen Knarzen. Ich hob den kleinen Würfel hoch und hielt ihn mir vors Gesicht. Jepp: tot. Gut, dass die Batterien bis heute Morgen durchgehalten hatten.

Ich schlich zum Badezimmer. Es war nur einmal über den Flur rüber, aber heute Morgen fühlte es sich an wie ein kilometerlanger Marsch. Jeder Muskel in meinem Körper schmerzte.

Ich griff mir meine Zahnbürste und blickte in den Spiegel. »Ach du Schande.«

Eine hohläugige Miss Augenring mit zerzausten braunen Haaren blickte mich an. Ich war gestern Nacht nicht in irgendwelche Clubs gegangen, obwohl Tara alles darangesetzt hatte, mich dazu zu bringen. Ich war einfach zu sehr durch den Wind gewesen vom Alphatest und war nur noch ins Bett gekrochen. Wieso sah ich dann heute Morgen aus, als hätte ich die Nacht durchgemacht? Selbst Hochleistungsfoundation und Concealer konnten Miss Augenring nicht zurückverwandeln in Alanna, die Gamer-Göttin mit den leuchtenden Augen.

Bei Astoria saß ich ein paar Stunden lang nur müde über meinen Schreibtisch gebeugt und arbeitete auf Autopilot. Nach und nach verblasste der intensive Traum und auch die Kopfschmerzen ließen nach. Ich glitt endlich in den Flow, den ich normalerweise beim Arbeiten erlebe. Ich war dann wie elektrisiert und merkte nicht, wie die Zeit verging. Alles, woran ich denken konnte, war Forest of Fiends und wie wir es am schnellsten fertigstellen konnten. Als ich gerade die Hälfte einer langen Liste von Vorschlägen meines Teams mit Kommentaren versehen hatte, füllte eine große rote Box meinen Bildschirm.

Error. Server connection timed out.

»Shit!« Dinge, die du nicht sehen willst, wenn die Deadline naht. Ich hatte über eine Stunde an den Vorschlägen gearbeitet. Waren alle Kommentare verloren oder hatte der Server etwas zwischengespeichert?

Ich drückte mir selbst die Daumen und schickte einen stummen Hilferuf in den Kosmos, dass sich bitte irgendein Schutzengel für Gamer zuständig fühlen sollte. Dann schloss ich die Fehlermeldung. Ich wartete einen Moment und griff wieder auf das Dokument zu. Natürlich war jeder verdammte Satz, den ich geschrieben hatte, weg. Ich musste wieder von vorn anfangen. Ich fügte mich in mein Schicksal und tippte drauflos. Ich sah hoch auf den Bildschirm — und blanker Horror kroch mir den Rücken hinauf. Mein Display war mit Code gefüllt statt mit der Projektmanagement-Software von Astoria. Hatte ich aus Versehen ein Terminal-Fenster aufgerufen? Nein. Ich konnte mich nicht ausloggen, also machte ich einen Kaltstart. Das gleiche Bild.

»Atme tief durch«, versuchte ich mich zu beruhigen. »Es ist

nur ein Glitch.«

»Was ist denn los?«, fragte Nick, ohne den Blick von seinem Bildschirm zu nehmen.

»Läuft bei dir alles normal?«, fragte ich.

»Jepp.« Nick sah immer noch nicht auf.

»Aber …« Ich starrte auf mein Display.

Nick rollte seinen Stuhl rückwärts, um zu sehen, was los war. Er warf nur einen Blick auf meinen Bildschirm und rollte sofort wieder an seinen Tisch. »Ich rufe den Support an.«

»Mach das.« Ich war immer noch dabei, alle Tastenkombinationen, die mir einfielen, in die Tasten zu hauen, um den Computer dazu zu bringen, sich wieder ordentlich zu benehmen. Mit einem Ohr hörte ich zu, wie Nick mit dem Support diskutierte, irgendetwas über einen lila Code.

»Der Code ist nicht lila, er ist grün«, korrigierte ich. Mein Display flackerte und wurde schwarz. Verdammter Mist noch mal! Ich wackelte am Kabel des Bildschirms, um zu testen, ob es sich gelockert hatte, dann folgte ich ihm unter den Tisch, um zu sehen, ob es da irgendwo rausgerutscht war.

»Hey!«, schnauzte Nick ins Telefon. »Ich hab gesagt, ihr müsst euch Alanna ansehen. Und zwar pronto.«

»Erst mal sollen sie den Server checken.« Ich guckte die Buchsen an der Wand an. Alles sah völlig normal aus.

Als ich unter dem Tisch hervorkroch, leuchtete mein Display wieder auf. Ohne Zeichen diesmal und in dunkelgrün. Nach einer Atempause raste Code über den Schirm, zu schnell, um irgendetwas lesen zu können. Ich kniete neben meinem Schreibtisch und starrte auf den Bildschirm.

»Es gibt keinen Löffel, Neo«, sagte ich in meiner besten Morpheus-Stimme. »Hat einer von uns beiden heute Morgen die falsche Pille geschluckt?«

Nick rollte neben mich. Er sah nicht auf meinen Schirm, sondern legte mir beruhigend die Hand auf die Schulter. »Hol dir einen Kaffee, Neo. Ich krieg sie schon dazu, das zu reparieren.«

»Aber …«

Nick zog mich hoch und schob mich zur Tür. »Du kannst

nichts tun. Mach 'ne Pause in der Cafeteria. Ich sag dir Bescheid, wenn alles wieder läuft.«

Natürlich tat ich das nicht, es gab ja so viel zu tun. Aber jeder Computer, an den ich mich setzte, zickte innerhalb von Minuten herum. Nach einer Stunde war's so schlimm, dass ich nur an einem Gerät vorbeigehen musste, um einen mit Code gefüllten Bildschirm in bester *Matrix*-Manier zu erzeugen. Die anderen wurden immer genervter, dass ich ihnen auch noch die Arbeit versaute. Nick erbarmte sich und entschied, dass wir beide jetzt Hotdogs essen gehen würden, obwohl es noch gar nicht Zeit fürs Mittagessen war. Er holte sich noch Verstärkung: Tom kam mit, der auch in der Softwareabteilung arbeitete, aber drüben bei den Apps.

Die Schlange vor dem Hotdog-Stand war lang. Wir reihten uns ein, seltsam schweigsam. Normalerweise gab es immer etwas zu bequatschen mit Nick, aber heute waren wir beide in Gedanken versunken. Ich konnte an nichts anderes als die die Serverausfälle denken. Hoffentlich bekamen die Jungs von der IT das bald in den Griff!

Ein paar Minuten später war ich gerade dabei, Nick seinen Hotdog zu geben, ganz vorsichtig, damit seine zwei Portionen Speck-Topping nicht runterrutschten, als jemand mich hart in die Seite stieß. Ketchup und Topping flogen im hohen Bogen auf die Straße. Nick sprang beiseite, aber es landete trotzdem ein dicker Klecks Senf auf seiner Jacke.

Von hinten kam noch nicht mal der Hauch einer Entschuldigung, also drehte ich mich voll angefressen um. »Pass doch auf, du Depp ...« Der Rest der Tirade blieb mir im Hals stecken.

Der Mann, der mich angerempelt hatte, war blau. Nein, er trug keinen blauen Bodystocking, sondern er hatte echte blaue Haut. Überall. Das konnte ich sehen, weil er nicht wirklich viel anhatte. Das kleine Ding einen Lendenschurz zu nennen, wäre eine Übertreibung.

Bläuliche Leopardenflecken, dunkler als sein Hautton, liefen in unregelmäßigen Ringmustern seine Beine hoch und endeten in einer Art Sternschnuppe auf seiner Brust. Jemand hatte diesen Kerl echt fachmännisch geschminkt. Seine Haare, funky Dreads, hingen ihm bis zur Taille. Machte er Werbung für den nächsten Avatar-Film? Oder vielleicht eine Realityshow? Ich sah mich nach Kameras um. Nichts zu entdecken. Wer war bekloppt genug, im November im Lendenschurz durch das verschneite Toronto zu laufen?

Der Typ hatte dem Verkäufer gerade Geld gegeben, als ich ihn anpampte. Jetzt drehte er sich um und sah mich an. Er war nur wenig größer als ich und unsere Blicke trafen sich. Kontaktlinsen machten seinen Blick fast hypnotisch. Er hatte keine Pupille, stattdessen füllte ein Strudel aus grün-goldenen Flecken seine Iris aus. Sie hatten echt alles gegeben, um ihn bizarr-mysteriös aussehen zu lassen, aber es war offensichtlich, dass er unter dem ganzen Make-up echt gut aussah. Als ich meinen Blick nicht abwandte, grinste er mich an und zwinkerte mir zu. In aufreizender Zeitlupe ließ er eine Hand seine Brust hinunter wandern. Automatisch folgte ich der Bewegung, bis seine Hand auf seinen Lendenschurz fiel. Er schloss sie um sein edelstes Teil und berührte sich genießerisch durch den dünnen Stoff. Als ich errötete, lachte er höhnisch. Er griff mit beiden Händen seinen Hotdog vom Tresen und latschte unbekümmert davon. Niemand sah ihn an, auch nicht, als er die Straße überquerte.

»Was war denn mit dem los? Warum war der wohl blau angemalt?« Ich griff nach dem Hotdog, den Nick mir hinhielt.

»Wer?«, nuschelte Tom mit vollem Mund.

»Der Typ. Der nach uns einen Hotdog gekauft hat.« Ich hob die Hand, um auf ihn zu zeigen, aber der Blauhäutige war in der Menschenmenge auf dem Bürgersteig gegenüber verschwunden.

Nick sah mich besorgt an. »Komm, lass uns zurückgehen.«

»Aber wir sind doch gerade erst rausgegangen ...« Ich redete mit mir selbst. Tom und Nick hatten beide auf dem Absatz kehrtgemacht und steuerten auf das Astoria-Gebäude zu.

»Hey, aber ...« Ich lief hinter ihnen her. Hinter dem Security-Check in der Lobby hatte ich sie immer noch nicht eingeholt. Mann, was war denn mit denen los?

Ein plötzlicher Schwindelanfall ließ mich stolpern. Ich konnte mich gerade noch an der Wand abstützen. Ich ließ den

BRIDA ANDERSON

Hotdog in einen Abfalleimer fallen. Beim nächsten Schritt fühlten sich meine Füße total seltsam an, als wären sie taub. Der Steinboden der Lobby wackelte unter jedem meiner unsicheren Schritte. Ich schlingerte von einer Seite zur anderen. Tom verschwand gerade im Aufzug, aber Nick drehte sich zum Glück in der Tür noch einmal um.

Blaue Funken tanzten vor meinen Augen. Ein dünner, blauer Film legte sich über die gesamte Lobby, wie ein Kamerafilter.

»Was zum Geier …« Ich blinzelte, aber die blaue Verzerrung blieb. Einige der Leute, die sich an mir vorbei zum Aufzug drängten, leuchteten blau.

Beim nächsten Schritt machten meine Beine komplett schlapp und ich fiel unsanft auf den Hintern. Nick rannte zu mir und beugte sich besorgt über mich. Als er meine Hand berührte, brannte ein Stromschlag durch meine Haut. Nicht schon wieder!

Er zog mich auf die Füße und hielt mich im Arm. Mehrere Typen von der Konzernsicherheit kamen angelaufen und Nick schrie sie an. Ich konnte ihn kaum verstehen, weil mir der Wind laut in den Ohren sauste. *Aber hier drin gibt es doch gar keinen Wind.* Er brüllte die Typen an, sie sollten Rufus Dean einen lila Code melden.

»Mein Code is' nich' lila …« Meine Stimme klang wie betrunken.

»Keine Sorge.« Nicks beruhigendes Lächeln schaffte es nicht bis zu seinen Augen. »Das geht gleich vorbei. Hier ist schon der Fahrstuhl …« Er bugsierte mich hinein und hielt mich fest. Der Fahrstuhl sah anders aus. Wo waren denn all die Knöpfe?

Auf der Fahrt nach oben nahm Nicks Nähe mir plötzlich die Luft. Er verpasste mir ständig kleine statische Schocks und ich konnte kaum atmen. Ich drückte mit beiden Händen gegen seine Brust, um mir etwas Platz zu machen. Er umklammerte mich und schleifte mich aus dem Fahrstuhl in einen Empfangsbereich. Unscharf nahm ich weiße Ledersofas war, riesige Bodenvasen mit frischen Blumen … Er hatte mich in die heiligen Hallen des Astoria-Vorstands gebracht.

Ohne viel Federlesen ließ er mich in einen Sessel fallen. Ich vergrub das Gesicht in den Händen. Wurde ich etwa krank? Ich fühlte mich auf jeden Fall echt mies. Jemand berührte mich an der Schulter. Als ich aufsah, war Nick verschwunden und Miles, Rufus' Assistent, stand neben mir. »Sie können Herrn Dean jetzt sprechen.«

»Sollte ich nicht lieber zum Arzt ...«

Miles schnitt mir das Wort mit einem ungeduldigen Kopfschütteln ab. »Herr Dean möchte Sie sehen. Auf geht's.« Er half mir aus dem Sessel hoch.

FÜNF

Rufus' Assistent manövrierte mich in einer atemberaubenden Geschwindigkeit in das Allerheiligste. Meine Beine waren noch wacklig und ich konnte kaum Schritt halten. Falls Miles es seltsam fand, dass ich mich an seinen Arm klammerte, ließ er es sich nicht anmerken. Vielleicht hielt er es nur für Panik, weil er mich zum CEO brachte.

Rufus' Büro sah komplett anders aus als unsere Räume. Klar, auf der Vorstandsetage erwartet man alles größer und aufgehübschter als bei uns Fußvolk. Aber statt des Langweiler-Büroteppichs und Bambusparketts, die sonst überall in Astoria den Boden bedeckten, waren hier Rotahorn-Dielen verlegt worden. Nobel. Büroschränke mit Türen und Schubladen füllten eine Wand, der Inhalt vor Blicken geschützt. Ein kleiner Tisch mit Stühlen, ein Schreibtisch, eine Sitzecke, jede Menge freier Raum. Das gesamte Mobiliar war aus Massivholz, in einem eleganten skandinavischen Stil. Es erinnerte mich an das Büro meiner Oma. Ich hatte es nur ein-, zweimal als Teenie gesehen, daher waren meine Erinnerungen vage.

Rufus sah auf von dem dünnen Tablet, das ein Drittel seines Schreibtisches verdeckte. Der Bildschirm war mit einer Unmenge an Kalkulationen gefüllt.

»Alanna!« Er schenkte mir ein breites Lächeln. »Geht es dir besser?« Er leerte den Bildschirm mit einer Swipe-Geste und sprang dann auf, um mich zu begrüßen. Anscheinend hatte er immer noch die Energie eines Windhundes mit Koffein-Überdosis.

Rufus zog mich in seine Arme. Völlig überrumpelt ließ ich es geschehen. Was war das denn jetzt? Er drückte mich an sich. »Ich bin erleichtert, dass es dir gut geht.«

Ich befreite mich aus der Umarmung und machte einen wackligen Schritt rückwärts. Ich fühlte mich noch etwas seekrank und von Rufus umarmt zu werden war zu verwirrend. »Was ist denn los? Warum hat Nick mich hierher gebracht?« »Warum sollte er dich nicht hierher bringen?« Rufus sah mich verwirrt an. »Ich will dir erklären, was heute passiert ist.« »In einer Privataudienz beim Chef? Du hast mich ja jetzt schon sechs Monate komplett ignoriert ...«

Rufus schenkte mir ein ironisches Grinsen. »Ach, daher weht der Wind ...«

Ich biss mir auf die Lippen und bereute den Ausrutscher.

»Ich habe dich nicht ignoriert. Ich dachte, es wäre besser, wenn du dich erst mal allein zurechtfindest.« Er nickte in Richtung der geschlossenen Tür. »Es ist nicht gerade hilfreich, wenn die anderen glauben, du hättest den Job nur, weil du beim Chef einen Stein im Brett hast. Bitte, setz dich! Erzähl mir, was heute Vormittag passiert ist.« Er deutete auf den kleinen Tisch. Es gab vier Stühle und wir setzten uns gegenüber hin. Zwei Kekse lagen verloren auf einem Teller zwischen uns.

Ich nagte an meiner Unterlippe, unsicher, was ich ihm erzählen sollte. Ich wollte nicht wie eine durchgeknallte Idiotin klingen. ›Ich habe meinen Computer angefasst und es sah aus wie in *Matrix*‹ klang doch irgendwie bekloppt. Außerdem ging es mir auf einmal viel besser.

»Du solltest etwas trinken.« Rufus zog ein winziges schwarzes Telefon aus seiner Hosentasche und hielt es mir vors Gesicht. Es war mattschwarz und hatte in etwa die Form einer plattgedrückten Fledermaus, komplett mit zwei abgerundeten Gummiohren. Vermutlich für besseren Empfang.

Ich hob eine Braue. »Du hast ein Gadget entwickelt, das Getränke zubereitet?«

Rufus lachte. »Es ist ein neues Smartphone. Das nächste große Ding nach dem Ino. Bestell einfach irgendetwas und jemand bringt es dir gleich.« Er ließ das kleine Telefon in meine Hand fallen. Es war federleicht und kleiner als mein Handteller.

»Also verwendet es Stimmerkennung?« Das war ja nun nix

Neues. Ich hielt das Telefon vors Gesicht. »Ein dreifacher Espresso in Milchschaum mit Karamellsirup.«

Rufus schüttelte sich angewidert und fischte das Telefon aus meiner Hand. »Wie ich sehe, magst du immer noch dieses süße Zeug.« Zum Gerät sagte er, »Für mich eine Tasse Eisenkraut-Tee mit frisch zerdrückten Fenchelsamen.« Er legte das Telefon auf dem Tisch ab.

Ich verzog das Gesicht. »Du machst dich über meinen Kaffee lustig und trinkst so was? Bäh.«

»Alles für die Gesundheit.« Rufus griff nach einem der Kekse und berührte dabei meine Hand. Ein Funke brannte mir auf der Haut und ich zog meine Hand schnell zurück. Wo kamen diese ganzen Entladungen her? »Haben die Jungs von der Hardware im Keller einen Flux-Kompensator installiert oder was ist los?«

»Ja, gute Frage.« Rufus verschlang den Keks mit einem Biss, dann lehnte er sich zu seinem Schreibtisch hinüber. Er zog eine Ledertasche darunter hervor. Oh Gott, er hatte bestimmt gestern eins seiner berüchtigten Horror-Memos verfasst, zu Forest of Fiends.

Ich war echt platt vor Überraschung, als er statt eines fetten Papierstapels ein hauchdünnes Tablet hervorzog. Es war biegsam und Rufus machte eine Show daraus, es um sein Handgelenk zu rollen.

»Ein Ino«, hauchte ich. Das erste Mal, dass ich das neue Astoria Tablet leibhaftig vor mir sah.

»Frisch vom Fließband.« Rufus grinste mich an. Er löste das Tablet und legte es vor mir ab.

Ich liebte alle Computer von Astoria. Vor allem die Premiummodelle sind mit so einer Liebe zum Detail und zu neuen Werkstoffen gefertigt, dass es mich jedes Mal wieder aus den Socken haute. Aber der Ino war einfach gigantisch. Die Oberfläche sah so glatt aus. Die Form so schön geschwungen. Auf dem Tisch sah es wie ein besonders dünnes Tablet aus. Auch als ich es aufnahm, blieb es starr.

Laut seiner Spezifikationen war der Ino unser neues Spitzenmodell. In der Produktivität konnte er es mit unseren High-End-

Notebooks aufnehmen, aber er bestand nur aus einem einzigen Touchscreen. Anders als andere Tablets hatte er einige Ports und Slots und Hardware-Buttons, aber sie waren so gut versteckt, dass die Haut des Ino nahtlos glatt aussah.

»Streich drei Finger über die Rückseite«, instruierte Rufus. Seine Augen funkelten vor Stolz. Jeder wusste, dass der Ino sein Baby war.

Ich drehte das Tablet um. Die Rückseite zierten die verflochtenen Ranken des Astoria-Logos. Als ich mit den Fingern darüberstrich, wurde der Ino weich und ließ sich in jede Richtung biegen.

Ich war froh, dass Miles den Kaffee und Rufus' Tee brachte. Dann war Rufus abgelenkt und sah nicht, wie ich das Tablet besabberte vor Begeisterung. Er war schon eingebildet genug. Ich strich mit den Fingerspitzen über das glatte Gebilde. Es fühlte sich kalt an. »Schön.«

Rufus lächelte und winkte Miles wieder hinaus. Er langte über den Tisch und berührte mit der Fingerspitze eine Ecke des Tablets, um es zu entsperren.

Ich ließ die Finger über den kühlen Bildschirm gleiten, rief Programme auf, drehte Bilder, vergrößerte und verkleinerte Zeug mit zwei Fingerspitzen.

»Stell ihm den Saft ab.« Rufus nippte am Tee und beobachtete mich mit kaum unterdrückter Freude.

»Wieso?«

»Alanna, mach einfach, was ich sage.« Rufus lachte leise. Irgendwas war im Busch.

Meinte er, das Tablet runterzufahren? Oder es mit einem Schraubenzieher zu zerlegen, um an den Akkublock zu kommen?

Ich drückte den Aus-Knopf und hielt ihn gedrückt. Der Bildschirm wurde gehorsam schwarz. Als ich es gerade rumdrehen wollte, um an den Akku zu kommen, leuchteten das Display und jede Menge LEDs blau auf.

Ich blickte zu Rufus. »Lass mich raten: Stell ihm den Saft ab?«

Er sagte nichts, sondern blies nur auf seinen Tee.

Ich legte das Tablet aufs Display und fühlte mich wie ein Obernerd, während ich den Astoria-Schraubenzieher aus der Tasche fischte. Sie ließen sich in zwei Teile zerlegen und waren zusammengesetzt nur etwa fingerlang. Die Betriebsvorschriften sehen vor, dass Astoria-Angestellte sie zu jeder Tages- und Nachtzeit mit sich führen müssen. Unsere Chefs hatten wahrscheinlich die Nase voll, dass die IT täglich Hunderte von Einsätzen in Rechnung stellte, wenn sie mal wieder quer durchs Gebäude rennen mussten, weil jemandem der Akku in einem der nahtlosen Teile wie dem Ino verreckte.

Ich fitzelte das Gehäuse auseinander und entfernte den Akku. Blaues Licht quoll immer noch auf die Tischplatte. Ich drehte das Tablet, ohne Akku, herum. Der Bildschirm sah aus wie mit blauem Wasser gefüllt. Echtem Wasser. Es machte keinen Sinn! Der Ino hatte keine Stromquelle. Es müsste ein totes Stück Plasmetall sein.

»Das ist so cool.« Zögernd berührte ich den Bildschirm. Das Wasser war ein holografisches Bild oder so ähnlich, dann ich konnte es nicht berühren, aber der Bildschirm fühlte sich jetzt an wie weiches Gummi.

Rufus lachte leise in seinen Tee.

»Wie machst du das?« Ich stupste das Tablet an verschiedenen Stellen an. »Mit einem zusätzlichen Akku? Oder einer Projektion?«

»Wie wäre's mit Magie?« Rufus sah mich mit vor Aufregung funkelnden Augen an.

Ich lachte. »Ist das der Werbeslogan, den du für den Ino verwenden willst? Könnte klappen.«

Rufus stieß mich sanft an. »Ich mein's erst, Alanna. Dass du ohnmächtig geworden bist, die Stromschläge, wenn jemand dich berührt?« Jetzt hatte er meine volle Aufmerksamkeit. »Deine magischen Fähigkeiten sind kürzlich erwacht. Es passiert selten so spät. Wenn ein Kind keinen Funken von magischem Talent bei Einsetzen der Pubertät zeigt, bleibt es normalerweise sein Leben lang ein Norm.«

»Norm?«

»Eine Normale. Eine Mundane. Null. Ohne magische Kräfte.«

Magische Kräfte — ja nee, ist klar. Ich faltete die Hände im Schoß. »Rufus, ich bin umgekippt, weil ich zu hart arbeitete. Wir ackern alle zu viel hier. Das hier ist ein Computer. Wenn er eine Lightshow macht, wird die von Strom gespeist, irgendwo.«

Rufus grinste. »Die Basis ist nicht Strom, sondern die Magie, die du ausscheidest. Wir versuchen etwas anderes, wenn du mir nicht glaubst.«

Er nahm den Ino auseinander und setzte die Batterie wieder ein. In Lichtgeschwindigkeit. Ich war echt beeindruckt. Offensichtlich verbrachte Rufus doch nicht seine Tage damit, nur Tabellen auf einem Bildschirm von rechts nach links zu schieben.

Anstatt mir den Ino zurückzugeben, platzierte er ihn senkrecht in der Mitte des Tisches ab und drehte ihn so, dass nur ich den Bildschirm sehen konnte. Mein Mund wurde ganz trocken vor Aufregung, dass das Tablet ohne Unterstützung aufrecht stehen konnte. Wie machten sie das nur? »Du stehst immer noch auf theatralische Auftritte. Wir sind keine fünf mehr …«

Rufus griff über das Tablet und hielt seine Hände in der Luft. Er berührte das Display nicht.

Nichts passierte.

Ich nickte in Richtung des Ino. »Es ist Ihnen vielleicht entfallen, Mister CEO, aber um einen Computer zu bedienen, muss man den Bildschirm berühren. Oder etwas sagen.«

Folio, Astorias Text- und DTP-Programm, öffnete ein leeres Dokument – obwohl Rufus keinen Finger bewegt hatte.

Ich grinste. »Beeindruckend. Kannst nur du das oder ist die App so programmiert, dass jeder aus dem Astoria-Vorstand sie durch bloße Präsenz steuern kann?«

Rufus zwinkerte mir zu. Seine Finger berührten immer noch nicht den Ino – und trotzdem schrieb er auf dem Bildschirm. Text, Code-Schnipsel. Archaisch aussehende Runen tauchten auf und verschwanden wieder. Die Einträge auf dem Bildschirm blitzen auf und wieder weg, schnell, schneller, zu schnell, um sie mit dem bloßen Auge zu verfolgen. Blaues Licht drang aus dem Display und schmiegte sich um Rufus' Finger wie eine Katze, die nach Streicheleinheiten sucht.

»Es könnte ein NUI sein …«, murmelte ich, obwohl ich selbst kaum daran glaubte. Wenn Astoria solche Natural User Interfaces bauen könnte, würden sie mir hier täglich auf Schritt und Tritt begegnen.

Rufus hob die Hände und klatschte sie einmal zusammen. Der Computer stellte sich sofort ab, aber ein blaues Leuchten drang noch eine ganze Weile aus dem Bildschirm und dem Rahmen, bevor es sachte verglühte.

Rufus sah mich mit glitzernden Augen an. »Magie, das ist Schönheit und Launenhaftigkeit auf wundersamste Weise gepaart.« Er griff nach seinem Löffel und rührte den Tee um.

Ich schüttelte den Kopf. »Das ist ein Computer. Nichts Ma… Ma… Magisches.« Ich stammelte das letzte Wort, denn der Teelöffel veränderte sich in Rufus Fingern. Ich konnte es nur aus dem Augenwinkel sehen. Wenn ich ihn direkt ansah, hielt Rufus immer noch einen Metalllöffel in der Hand. Von der Seite gesehen war der Löffel dabei, sich in das kleine Telefon zu verwandeln, das er mir vorhin gezeigt hatte.

Meine Hand zitterte, als ich meine Tasse hob, um etwas zu trinken.

»Das Einfachste wäre, du glaubst mir, dass Magie existiert.« Rufus strich mir sanft über die zitternde Hand. Elektrische Schocks fuhren mir in die Haut und ich verschüttete meinen Kaffee.

Rufus berührte die Ecke des Kaffeesees mit dem Zeigefinger. Die Flüssigkeit formte sich zu einem Ball, stieg in die Luft und rollte langsam zurück in meine Tasse. Ich starrte nur vor mich hin, völlig unter Schock.

Rufus nahm mir die Tasse ab und legte mir dafür das Teelöffel-Handy in die Hand. Ich konnte es nicht von dem echten Stück Technik unterscheiden, das er mir vorher gegeben hatte. Es hatte dasselbe Gewicht, alles.

»Seit du erwacht bist, reagiert Technik auf dich. Alles Elektronische, aber vor allem die Maschinen, die hier bei Astoria entwickelt wurden.«

»Reagieren? Wie meinst du das?«

»Heute Morgen sind von überall aus Astoria Berichte bei mir eingegangen, dass Laufwerke und Server ausgefallen sind.« Ich rutschte im Stuhl hoch, bis ich ganz senkrecht saß. »Aber ich hab nichts gemacht! Ich habe mich nur an einen Computer gesetzt und schon ist er verreckt.«

»Eben.« Rufus berührte meine Hand, streichelte mich langsam. Diesmal gab es keinen elektrischen Schlag. »Ich überlege noch, womit ich es vergleichen soll, damit du es verstehst. Vielleicht ein …« Er suchte nach einem Wort. »Vielleicht ein Phönix? Ein Phönix vor seiner Verwandlung, der in einem Sägewerk arbeitet.«

Obwohl mir der Kopf rauchte, musste ich über seine schiefe Metapher grinsen. »Ein Phönix im Sägewerk? *Das* ist deine hilfreiche Anekdote?«

»Tss.« Rufus schlug mir leicht gegen die Hand. »Hör erst mal zu. Also, der Phönix kann tagelang in dem Sägewerk arbeiten und nichts passiert. Er kann Holz sortieren, zersägen. Aber in dem Moment, wo er als Phönix erwacht und hell brennt, wird er zwischen dem ganzen Holz eine Katastrophe anrichten.«

»Ich …«

»Stopp! Der Phönix macht nichts falsch. Holz brennt bei großer Hitze und der Phönix brennt lichterloh. Er hat keine Kontrolle über den Prozess.«

Ich dachte mit einem üblen Gefühl in der Magengrube an den Matrix-Code, der über meinen Bildschirm gesaust war.

Rufus strich über meine Hand. »Du hast Variablen durch deine Finger in den Computer eingegeben und gleichzeitig mit Magie. Das würde jeden Code versauen, Lanna. Es ist etwas, das du nicht kontrollieren kannst. Noch nicht! «

Ich vergrub mein Gesicht in den Händen. »Magie … Das ist doch verrückt. Selbst für dich.«

Rufus zog mir die Hände vom Gesicht. »Nimm dir einen Keks zur Stärkung.« Er deutete auf den Teller in der Tischmitte und holte etwas von seinem Schreibtisch.

Ich sah den Keks argwöhnisch an und schnupperte daran. Haselnuss. Ich knabberte an einer Ecke, während ich Rufus dabei zusah, wie er ein Zeichen auf ein Post-it kritzelte. Eine Art komplexe Rune wie die, die er auf dem Bildschirm des Ino hatte auftauchen lassen. Er pappte das Post-it an seinen leeren Teebecher. Als er die Hände über dem Becher wedelte, wurde das Porzellan zu einer wabernden blauen Masse. Ich sah mit angehaltenem Atem zu, wie sie sich in eine Hello-Kitty-Figur verwandelte. Rufus wedelte noch mal mit den Fingern — und vor mir stand wieder ein stinknormaler Astoria-Becher.

Das war unmöglich. Man konnte nicht ein Ding in ein anderes verwandeln. »Du … du machst das mit … Magie?«, fragte ich zögernd.

Rufus lächelte mich an. »Willkommen in der wahren Welt, Alanna.«

SECHS

Mein Verstand konnte nicht alles enträtseln und abspeichern, was Rufus mir im Folgenden erzählte. Ich saß einfach nur da, während sich sein Redeschwall über mich ergoss. Er behauptete, dass Astoria eine nahtlose Kombination aus Magie und Normalem war. Magier arbeiteten im selben Team wie Menschen, die keine Ahnung hatten, dass Magie überhaupt existierte. Es gab geheime Räume, zu denen nur Magier Zugang hatten, geheime Meetings, Events, die nur für die zugänglich waren, die zaubern konnten ... Es klang komplett verrückt. *Magie? Gibt es nicht. Aber wie hatte er dann den Löffel und die Tasse verwandelt?*

Mein Gehirn schaltete auf Aufnahme, als Rufus anfing, über die Astoria-Computer zu sprechen. »Die Premiumcomputer und Tablets sind auch erst einmal mundane Konstrukte, aber dann werden sie mit magisch aufgeladenen Komponenten veredelt. Nach dem kleinen Umweg werden sie in die reguläre Fertigung zurückgeschickt, die die Consumer-Produkte nie verlassen haben.«

Ich glaubte ihm nicht. Astoria war das absolute Sinnbild moderner Technologie. Die Antithese zu etwas so Mittelalterlichem wie dem Glauben an Magie. Man sah es sogar dem Gebäude an, in dem wir beide saßen: Unser Hauptquartier war ein Paradebeispiel für moderne Architektur. Es war absolut unmöglich, sich Magier in Wallegewändern vorzustellen, die durch Astorias Glas- und Stahlkonstruktion latschten.

Um mich zu überzeugen, öffnete Rufus ein paar der Schränke in seinem Büro. »Was du hier siehst, verwenden wir beim Zaubern.« Er zeigte auf Bündel aus Kreidestiften in verschiedenen Farben, die auf einem Regalbrett arrangiert waren. Daneben lagen Säckchen mit blauem, grünem und rotem Sand. Ein Dutzend Glasfläschchen standen in ordentlichen Reihen bereit. Ungefähr die Hälfte war mit silbernem Puder gefüllt, die anderen mit einer silbernen Paste. »All das hier benutzen wir als Medien, um Schutzkreise zu ziehen und Zauber zu wirken.«

Er verließ schnellen Schrittes das Büro mit mir. Wir trabten einmal um die ganze Rotunde des Gebäudes und durch zig Stockwerke. Auf jedem Stockwerk zeigte er mir mehrere Konferenzräume. In jedem Raum stellte er sicher, dass wir allein waren und die Tür verschlossen war, dann schloss er die Schränke auf. Überall dasselbe Bild: Magie-Utensilien. Rufus war so aufgeregt, dass er mir die geheime Seite Astorias zeigen konnte, dass er keine einzige meiner Fragen zufriedenstellend beantwortete. Er verlor sich in den Schilderungen der geheimen Hardware, an der sie gerade arbeiteten, und quatschte ohne Punkt und Komma.

Mir schwirrte der Kopf, als er mich zurück in sein Büro brachte.

»Wenn hier weniger los ist, nehme ich dich mit nach China und Indien«, sagte Rufus gerade. »Wir haben früher unsere Computer hier im Land angereichert, aber das haben wir schon vor Jahren an Magier im Ausland outgesourct.«

»Äh. Ich verstehe.« Ich nickte vage. *Klar. Und Peter Pan leitet die Produktion. Oder vielleicht der Weihnachtsmann?* »Warum sollte man überhaupt Magie in Computer packen? Das versteh ich nicht.«

»Es macht sie verdammt schnell. Fast unzerstörbar. Sie können eine Weile mit Umgebungsmagie statt mit Strom laufen ... Es ist natürlich komplizierter als das. Und viel besser.« Seine Augen leuchteten wie die eines wahren Fanatikers. Er war so hin und weg von Astoria, dass er gar nicht merkte, dass ich nicht mitkam.

»Aber ...«

Rufus schenkte mir ein Haifisch-Grinsen. »Beeindrucke uns beim Magie-Training, und du kannst in ein paar Monaten schon bis zu den Ellenbogen in magischen Computern stecken.«

»Magietraining? Ich?« Ich schnaubte ungläubig. »Solange du mich nicht in Haus Hufflepuff steckst.«

Ich hatte erwartet, dass Rufus lachen oder die Augen über

den Spruch rollen würde, aber er nickte ernsthaft.

»Das ist ein guter Gedanke.« Er deutete mir, dass ich mich wieder an den Konferenztisch in seinem Büro setzen solle. Er setzte sich mir gegenüber, gespannt wie ein Flitzebogen. »Lass uns das mal näher ansehen. Was würde dich daran stören, Magie wie jemand in Haus Hufflepuff zu lernen?«

Ich kicherte nervös. »Rufus, das war ein Witz!«

»Nicht für mich.« Er legte eine Hand auf meine. »Glaub mir einfach, dass Magie existiert. Wir haben kein Hogwarts, aber viele Magier schicken ihre Kinder zur Ausbildung auf spezielle Akademien. Leider bist du dafür zu alt.«

»Du willst also behaupten, dass du nach Hogwarts gegangen bist und jetzt Chef einer Firma bist, die heimlich Magie in Computer stopft?« Ich sprach langsam, jedes Wort steckte mir im Hals fest.

»Nein, ich bin nicht nach Hogwarts gegangen. Ich wurde zu Hause ausgebildet.« Rufus sah mich unter gesenkten Lidern an. »Tatsächlich bin ich von deiner Omi ausgebildet worden.«

»Meiner Omi?« Okay, jetzt war's amtlich, er war bekloppt.

Rufus nickte.

»Ernsthaft jetzt? Meine Großmutter war eine Hexe?«

»Wir nennen magisch begabte Menschen Magier.« Rufus suchte meinen Blick. »Und ja, Margaret war eine mächtige Magierin. Sie hatte den Rang der Hohen Magierin. Das heißt, sie hat die Gilde geleitet.«

Es konnte nicht wahr sein. Ich hätte doch etwas gemerkt! *Aber*, sagte ein Stimmchen in meinem Hinterkopf, *machte nicht vieles im Nachhinein mehr Sinn, wenn wahr war, was Rufus gerade sagte?* Der Nachbarsjunge, den ich jedes Mal traf, wenn ich meine Großmutter besuchte. Die »Zaubertricks«, die Rufus mir unter den Blicken meiner Omi beizubringen versuchte. Und vielleicht hatte meine Omi damals nicht einfach nur einem Nachbarskind ein Praktikum bei Astoria verschafft, sondern ihrem eigenen Protegé?

Meine Großmutter Margaret Reid war die Hohe Magierin dieser Truppe gewesen? Ich versuchte, mir Omi nicht in ihrer

Business-Garderobe, sondern in einem Umhang vorzustellen, wie sie einen Zauber laut ausrief. Nein, das passte für mich nicht zusammen.

Aber falls Rufus die Wahrheit sagte ... Ein Stück Eis formte sich in meinem Magen. »Falls das, was du sagst, wahr ist, habt ihr mich beide angelogen, Omi und du. Ihr habt mich mein ganzes Leben im Dunkeln gelassen!«

Rufus öffnete den Mund, um etwas zu sagen, dann zögerte er.

Was kam denn jetzt noch? Eiseskälte erfasste mich. »Was ist mit meiner Mutter?«

»Deine Mutter ist eine Mundane.«

Ich atmete erleichtert aus. Wenigstens meine Mutter hatte mich nicht angelogen. Ich konnte mich kaum dazu überwinden, die nächste offensichtliche Frage zu stellen. Mein Vater war nach der Scheidung meiner Eltern aus meinem Leben verschwunden. Er war zwei Jahre später bei einem Verkehrsunfall gestorben. Ich hatte ihn mit acht das letzte Mal gesehen. Ich holte tief Luft, um mir Mut zu machen. »Und mein Vater?«

»Patrick war ein Magier. Die Atwood-Familie hat viele sehr begabte Magier in den letzten Jahrhunderten hervorgebracht.«

»Wie meinen Vater?«

War das Mitleid in Rufus' Augen? »Ja, wie deinen Vater. — Alanna«, Rufus nahm jetzt meine beiden Hände in seine. »Du bist die Nachfahrin zweier wichtiger Magierfamilien, der Atwoods und der Moores.« Der Mädchenname meiner Großmutter war Moore gewesen, bevor sie meinen Großvater, Theodore Reid, heiratete. »Jetzt, wo deine Zauberkraft erwacht ist, wirst du Großartiges vollbringen.«

»Nein, du irrst dich.« Ich entzog mich seinem Griff und verknotete die klammen Finger in meinem Schoß. »Meine ach so begabte Großmutter gebar meine Mutter — die nur eine Norm ist. Und als meine Mutter meinen Magier-Vater geheiratet hat, haben sie jemanden total Nichtmagisches bekommen, nämlich mich. Omi und mein Vater müssen vor Begeisterung aus dem Häuschen gewesen sein.«

Rufus sagte nichts und spielte nur mit dem leeren Teller auf dem Tisch herum.

Ich nahm das mal als ein »Ja«. Sie waren enttäuscht gewesen. Hatte mein Vater uns verlassen, weil ich als Norm geboren wurde? Ich musste es wissen, auch wenn es mich verletzte.

»Er hat es nicht mehr ausgehalten mit einer Ehefrau und Tochter die beide Muggles sind, oder? Sag mir die Wahrheit. Komm schon.« Tränen brannten mir in den Augenwinkeln, aber ich weigerte mich, vor Rufus zu weinen.

Rufus sah noch unbehaglicher aus als vorher. »Magier versuchen meist, einen Partner zu finden, der auch magisch begabt ist. Es macht das Leben einfacher, wenn du nicht vor deinem Partner verheimlichen musst, was du wirklich bist. Aber eine Ehe zwischen einem Magier und einem Norm ist keine Rarität. Dafür ist unsere Gruppe viel zu klein.«

»Wie klein?«

»Etwas mehr als zehntausend weltweit. Nicht alle Menschen, die magiebegabt sind, arbeiten bei Astoria, aber die meisten von ihnen sind mit der Gilde affiliert. Also kennen wir die Zahlen ganz gut.«

»Was für eine Gilde?«

»Die Magiergilde. Dort wird jeder Abkömmling von Zauberkundigen registriert.«

»Wir erfinden Produkte für einen Markt von ein paar Tausend Leuten?« Die Astoria-Verkaufszahlen sagten etwas anderes.

»Natürlich nicht.« Rufus deutete auf den Ino. »Wir entwickeln die Produkte weiter bis zu dem Punkt, wo die Magie für einen Norm völlig unbemerkt integriert ist. Es ist ein Riesenaufwand, aber unsere Zahlen und unser Consumer Rating geben uns recht, dass es das wert ist.«

»Und was ist mit den Magiern?«

»Sie haben keine andere Wahl, als Astorias Premiumprodukte zu kaufen, wenn sie mit etwas arbeiten wollen, das nicht jedes Mal abschmiert, wenn sie es berühren.« Rufus lächelte.

»Also, meine Großmutter hatte diese Position bei Astoria und hat dich dann an Bord geholt«, versuchte ich zusammenzufassen.

Rufus sah auf seine Hände hinab. »Also, um ehrlich zu sein … Tatsächlich war es etwas anders.«

Ich knurrte frustriert. »Ich fange an, es echt zu hassen, wenn du ›tatsächlich‹ sagst.«

»Margaret hat Astoria gegründet, als du noch klein warst. Und sie hat mich eingestellt, als ich mit der Uni fertig war.«

»Meine Großmutter hat Astoria gegründet?« Ich starrte ihn verdattert an. Sie hatte mich in dem Glauben gelassen, sie leite die PR-Abteilung bei Astoria. Stimmte eigentlich überhaupt irgendetwas, was sie mir erzählt hatte?

»Nicht Astoria an sich. Die Firma hat schon vor ihrer Zeit existiert und wurde schon von Magiern geführt. Aber sie hatte die Vision, wie man die perfekte Umgebung für uns erschaffen könnte.«

»Für uns?«

»Für uns Magier. Wir sind eine winzige Minderheit und praktizieren immer gut versteckt von den Augen der Norms. Es ist hart, einen Job zu behalten, wenn du immer krampfhaft verstecken musst, was du wirklich kannst, wer du bist. Noch schwerer ist es, nach deinem Tod Dinge zu vererben: dein Wissen durch deine Zauberbücher oder Artefakte wie einen Zauberstab. Als deine Großmutter Hohe Magierin wurde, hat sie die Firma, die du heute als Astoria kennst, gegründet. Und auch die Astoria-Stiftung. Eine brillante Idee. Astoria gibt uns eine Operationsbasis und niemanden überrascht es, wenn obskure Tagebücher oder Kinkerlitzchen an die Stiftung vererbt werden.«

Das war ein rotes Tuch für mich. »Also lebt nicht-magischer Nachwuchs so wie ich in totaler Ahnungslosigkeit, während etwas extrem Wertvolles an euch vererbt wird. Wie die meisten Besitztümer meiner Oma.« Ich funkelte ihn böse an.

»Wir betrügen niemanden, Alanna. Diese Dinge haben meist keinen Wert außerhalb der Magiergemeinschaft. Du hättest Margarets Bücher und Aufzeichnungen für ein paar Dollar an ein Antiquariat verkaufen können. Für uns sind diese Dokumente und Artefakte unbezahlbar.«

»Keiner von euch beiden hat je ein Wort über diesen Magierkram verloren.« Ich konnte nicht verhindern, dass ich langsam lauter wurde. Alles waren Lügen gewesen. »Ihr habt den wichtigsten Teil eures Lebens vor mir verborgen ...«

»Das stimmt«, sagte Rufus schnell. Er sah reumütig aus. »Aber es ist unser eisernes Gesetz: Norms haben keinen Anteil an unserer Welt. Selbst wenn sie zur engsten Familie gehören, darf man ihnen niemals von unseren magischen Fähigkeiten erzählen.«

»Warum erzählst du es mir dann jetzt?«

Rufus hob einen Finger hoch. »Ich schwöre feierlich: Ich wollte dich schon lange an Bord haben als Programmiererin. Du bist begabt und ich wollte dein Talent bei Astoria haben. Aber Margaret hielt es für gefährlich. Sie hatte Angst, dass wir unsere geheime Agenda hier nicht lange vor dir verborgen halten könnten. Jetzt, wo sie von uns gegangen ist ...« Sein Blick suchte meinen, hielt mich fest, »... und wo ich Hoher Magier bin, habe ich beschlossen, das Risiko einzugehen. Ich wusste, was für ein Gewinn du für Astoria wärest. Dass deine Magie doch noch erwacht ist, ist ein spektakulärer Bonus, mit dem ich nicht gerechnet habe. «

»Jetzt bin ich also willkommen im Club? Nur ein paar Jahre zu spät dran, um meine Großmutter wirklich kennenzulernen. Oder meinen Vater.« Ich ließ den Kopf hängen und blinzelte gegen die aufsteigenden Tränen an. »Ich wünschte, sie hätten für mich eine Ausnahme gemacht. Dass sie mir erzählt hätten, was wirklich in ihrem Leben passiert ist.« Ich sah Rufus an. »Ich hätte ihr Vertrauen nicht missbraucht. Das weißt du!«

»Mit etwas zeitlichem Abstand wird dir klar werden, dass wir keine andere Wahl hatten«, sagte Rufus sanft. »Margaret musste über jede Kritik erhaben sein. Sie konnte keine Ausnahme machen. Wenn du Hoher Magier bist, sägt immer irgendjemand an deinem Stuhl.«

»Warum bist du das Risiko dann eingegangen?«

»Du bist jetzt älter. Und ein *Asset*.« Er lächelte mich an. »Hey, du bist die Erfinderin und Produzentin von Matt's Troops!

Als ich dich vor sechs Monaten angeheuert habe, konnte ich dem Vorstand viel bessere Gründe geben, dieses Risiko einzugehen, als Margaret vor ein paar Jahren an der Hand gehabt hätte.«

Es war nett zu hören, dass er meine bisherige Arbeit schätzte, aber etwas nagte an mir. »Du hast gesagt, dass meine Großmutter über jeden Vorwurf erhaben sein musste. Was ist mit meinem Vater? Hätte es irgendjemanden gestört, wenn er mir die Wahrheit erzählt hätte?«

»Ja, sehr sogar«, sagte Rufus. »Unser Gesetz sieht drakonische Strafen für die Magier vor, die unsere Geheimnisse verraten. Ganz zu schweigen von dem PR-Albtraum, die Infos unterdrückt zu bekommen, bevor sie sich über das Netz verbreiten.« Er berührte sacht meine Hand. »Dein Vater hat das Gesetz befolgt. Ich kannte Patrick nicht gut genug, um beurteilen zu können, ob er das gehasst hat oder es akzeptiert hat.«

Rufus stand auf. Er drückte mir die Schulter, als er hinter meinem Stuhl vorbeiging und verließ das Büro. Ich saß einfach nur da, in Gedanken verloren, bis er kurze Zeit später zurückkam.

Er hatte eine Holzbox bei sich und zwei Becher. Mehr Tee für ihn und ein Becher bis zum Rand voll mit Milchkaffee für mich, mit perfektem Milchschaumkrönchen. Ich atmete den angenehmen Duft tief ein und fühlte mich etwas beruhigt.

Rufus setzte sich mir gegenüber hin und nahm ein Schlückchen Tee.

Ich nippte an dem Kaffee, aber konnte die warme Flüssigkeit kaum an dem dicken Kloß in meinem Hals vorbei herunterschlucken.

»Rufus?«

»Hm?« Er hatte das kleine Telefon wieder herausgeholt und spielte damit herum.

»In der Lobby habe ich seltsames Zeug gesehen. Das war vielleicht … Magie?«

Er legte das Telefon auf den Tisch. »Magische Energie durchdringt alles. Sie ist für einen Norm unsichtbar, aber als Magier kannst du sie sehen, wenn du weißt, wie man das macht. Vor allem an Stellen, wo sich viel Magie zusammenballt. Wie jede Astoria-Niederlassung haben wir große Maschinen im Keller, die Energien zu uns ziehen.«

»Heißt das, dass ich, wenn ich jetzt keine Energien sehe, vielleicht gar nicht magisch erwacht bin?« Ich war mir nicht sicher, was das Gefühl in meiner Brust war: Hoffnung, dass alles wieder normal würde? Oder niederschmetternde Enttäuschung, dass ich doch nicht wie mein Vater und meine Großmutter war?

Rufus winkte ab. »Du hast noch kein Training in Magie erhalten. Man braucht viel Erfahrung mit aktiviertem Magiesinn, um Energiefelder sehen zu können. Dass du es vorhin geschafft hast, war nur eine Ausnahme. Vielleicht weil du gerade erwacht bist.«

»Aktivierter Magiesinn ...«

»So wie Geruchssinn, Gehörsinn. Es wird dir in Fleisch und Blut übergehen, die Welt aus der Perspektive einer Magierin zu sehen.«

Es klang in meinen Ohren immer noch seltsam, wie er derart nüchtern über etwas so Fantastisches wie Magie sprach.

»Was hat es mit den statischen Entladungen auf sich?«, erinnerte ich ihn.

»Die Funken ...« Rufus lehnte sich im Stuhl zurück. »Jeder Mensch ist von einem schwachen Feld umgeben. Du kannst es jemandes Aura nennen, wenn du magst. Bei einem Magier ist dieser Bereich mit Magie aufgeladen. Wenn du die Haut eines Magiers berührst, verbindet sich dein magisches Feld mit dem des anderen Magiers und es kommt zu einem Kraftausgleich. Der Schlag, den du abbekommen hast, gibt es meist nur bei Kindern oder wenn ein Magier stark abgelenkt ist. Ansonsten versuchen wir, unser magisches Feld vor einem Ausgleich zu schützen.«

»Als ich den Schlag erwähnte, wusste Nick, dass ich auch eine Magierin bin?«

»Er vermutete es.«

Nick war ein Magier. Ach du Schande! »Was habt ihr gemacht, um sicherzugehen?« Der Gedanke, dass Nick und Avel auch Teil des Clubs waren, gab mir ein flaues Gefühl im Magen.

Sie hatten seit einem halben Jahr täglich eine Scharade aufgeführt für das Norm-Mädel, das zufällig ihre Chefin geworden war. Wie es wohl um den Rest meines Teams stand? Vielleicht war ich bis heute die einzige Norm in der IT-Abteilung gewesen. »Ich habe dich vorhin getestet. Eine Reaktion provoziert.« »Und jetzt bist du dir sicher, dass ich eine Magierin bin?« Rufus' Augen leuchteten auf. »Noch nicht ganz. Aber es gibt einen Weg, ganz sicher zu sein.« Er rutschte auf dem Stuhl nach vorn. »Mann, auf diesen Moment habe ich so gewartet, als wir Kinder waren. Ich wollte derjenige sein, der deine Magie erweckt.«

»Dann lass uns mal loslegen.« Ich versuchte, meine schwitzigen Hände und das Herzklopfen zu ignorieren.

Rufus öffnete die Holzkiste und hob eine kleinere Box heraus.

»Eine letzte Frage, bevor du mein Was-auch-Immer testest«, sagte ich.

»Ja?« Er fummelte mit einem Nummernblock herum, der an der Kiste angebracht war, und mit einem kleinen Stück aus grauem Plastik.

»Wenn ich blaue Menschen sehe, die etwas seltsam aussehen, was bedeutet das?«

Rufus sah mich mit hochgezogenen Brauen an. »Blaue Menschen? Du meinst: Menschen, die von blauem Nebel oder Licht eingehüllt sind?«

»Nein. Ich meine blauhäutig. Als ob sie für eine Rolle im neuen Avatar-Film vorsprechen. Nick und ich haben so einen Typen gesehen, als wir vorhin Hotdogs geholt haben.«

Rufus zuckte die Schultern. »Der war wahrscheinlich ein Möchtegern-Na'vi.« Er gab ein paar Nummern in das Zahlenschloss ein und presste den Daumen auf das graue Stück Plastik. Aha, ein Fingerabdruckleser. »Hat Nick auf den Typen reagiert? Was gesagt?«

»Nein.«

»Dann war er nur ein Freak.«

Ich grinste schief. *Sagt der Mann, der Magie in Computer*

schleust ...

Mit großer Geste ließ Rufus die Box aufschnappen. Ein Ino schmiegte sich in schiefergraue, mit Samt beflockte Pappe. Das Tablet war auf weich gestellt und zu einem Armband zusammengerollt. Rufus hob es bedächtig heraus und ließ es vor meiner Nase herumbaumeln.

Auf der Rückseite erwachten zwei Initialen zum Leben. Die zwei As pulsierten hypnotisch, während das Tablet bootete. Ich hatte Gerüchte gehört, dass Käufer bei den Ino-Tablets das Gehäuse personalisieren konnten. Gegen einen hübschen Batzen Geld natürlich. Hatte Rufus das Grün ausgesucht, meine Lieblingsfarbe? Und A A für Alanna Atwood? »Hast du das für mich fertigen lassen?«

Mit einem verführerischen Grinsen und mit verstellter Stimme — er klang nun wie Darth Vader — brummte Rufus: »Willkommen auf der dunklen Seite.«

Ich griff nach dem Tablet, aber Rufus zog es flugs außer Reichweite. »Du musst erst was unterschreiben.«

»War ja klar.« Ich rollte die Augen. Verzichts- und Verschwiegenheitsklauseln waren so verbreitet bei Astoria, dass es mich überraschte, dass wir atmen durften, ohne erst mal was zu unterschreiben.

Rufus hielt den Ino außer Reichweite und deutete mit dem Kopf auf das große Tablet auf seinem Schreibtisch. »Unterschreib auf der punktierten Linie, und der Ino gehört dir.«

Der ganze riesige Bildschirm war mit Juristendeutsch gefüllt. Ich hielt mich nicht damit auf, das Kleingedruckte zu lesen, sondern unterschrieb. Die Verträge bei Astoria waren berüchtigt für ihre Länge und die irrsinnig vielen Subklauseln. Am Anfang las man noch alles ganz sorgfältig. Wenn man erst mal ein paar Wochen hier arbeitete, unterschrieb man alles im Schlaf. Vermutlich nicht sehr schlau, aber weniger zeitaufwendig.

Auf dem Weg zurück zu meinem Stuhl grapschte ich noch einmal nach dem Ino. Rufus hielt ihn fest. »Du darfst ihn nicht mit nach draußen nehmen. Niemals!«

Ich rollte mit den Augen. »Warum? Es ist ein Tablet, oder?

Kaum mehr als ein Telefon.«

Rufus' Lächeln war schlitzohrig. »Oh, es ist so viel mehr als ein Telefon.« Er zog mit den Fingern ein Zeichen in der Luft und der Ino breitete durchscheinende Flügel aus, die er langsam schlug, als ob er sich aufwärmte. Ich ließ schnell los.

»Ab heute gibt es eine Verkaufsversion — und diese Premiumvariante nur für Magier. Wenn sie in die falschen Hände fällt, posaunst du in die ganze Welt hinaus, dass Magie existiert. Diese Ino-Version muss innerhalb des Astoria-Gebäudes bleiben. Jederzeit!«

Er malte ein weiteres Zeichen in die Luft und berührte dann eine der Ecken des Inos mit dem Zeigefinger. Die Flügel schlugen noch gemächlich, aber die Maschine verharrte still in seiner Hand. Rufus drehte den Ino auf den Kopf und zeigte mir eine winzige Einbuchtung. »Drück deinen Daumen hier hinein.«

Ich drückte meinen linken Daumen in die Vertiefung. Etwas blitzte blau und der Ino versetzte mir einen mächtigen elektrischen Schlag.

Ich riss die Hand zurück. »Aua! Das Ding hat mich gebissen.«

Ungerührt hielt Rufus das Tablet fest. »Was habe ich vorhin über elektrische Entladungen erklärt?« Er klang aus irgendeinem Grund glücklich.

»Es bedeutet, dass sich zwei starke magische Felder treffen?«

»Gratuliere.« Rufus strahlte mich an. Er sah erleichtert aus und stolz. Er ließ den Ino los. Das Tablet flog zu mir und schmiegte sich in meine Hand. »Du bist eine Magierin und der Ino ist jetzt mit dir verbunden.«

Die Tür zu Rufus' Büro wurde einen Spalt breit geöffnet und Miles steckte den Kopf hinein. Er sah mich säuerlich an. »Entschuldigen Sie die Störung, Herr Dean. Ich habe wie besprochen alle Termine verschoben. Aber Herr Fisher möchte etwas Dringendes mit Ihnen besprechen. Er insistiert sehr.« Miles' schwarze Locken wackelten im Rhythmus seiner Worte, er war total angespannt. »Und ich konnte den Jour fixe mit Frau Zhao nicht verschieben.«

Angela Zhao war COO bei Astoria, Chief Operations Officer. Rufus ließ sie warten, um mir etwas über Magie zu erzählen?

»Informier sie über Alannas geänderten Status. Angela wird verstehen, dass ich heute Zeit für Alanna haben muss.«

Miles sah jetzt noch unglücklicher aus. Er machte einen Schritt ins Büro hinein, aber ließ eine Hand auf der Türklinke für einen schnellen Abgang. »Und Herr Fisher?«

Rufus seufzte. »Sag ihm, er soll seine Beschwerde per E-Mail einreichen.«

Ich runzelte die Stirn. Wieso Beschwerde? Miles hatte doch nur von etwas Dringendem gesprochen.

»Aber er hat gesagt …«

Rufus zog die Augenbrauen hoch. »Miles, lass dich nicht von ihm terrorisieren. Ich habe Fisher schon gesagt, dass ich einen neuen Termin vereinbare.«

»Er hat gesagt, dass er eine Idee für Frau Atwoods Lehrplan hat. Deshalb dachte ich, es wäre vielleicht wichtig …«

Rufus unterdrückte mit Mühe ein genervtes Augenrollen. Für mich war Cletus Fisher bisher nur ein Name in Department-E-Mails. Er arbeitete auch in der IT, aber nicht in meinem Bereich. Seine E-Mails waren nicht gerade charmant geschrieben, mehr wusste ich nicht von ihm.

»Er soll mal den Ball flach halten. Ich berate mich mit Birch über Alannas Trainingsplan und Fisher wird mit dem Ergebnis leben müssen.« Rufus wedelte unhöflich mit den Fingern.

»Okay.« Miles machte auf dem Absatz kehrt und ließ uns allein. Ich beneidete ihn nicht um die ganze Terminverschieberei, die sein Job mit sich brachte. Rufus war nicht gerade jemand, der sich an so etwas Banales wie Terminpläne hielt.

Rufus prüfte, ob die Tür verschlossen war, und sammelte dann ein paar Sachen zusammen, die er auf einem freien Stuhl platzierte. Post-its, Gelstifte und einen Plastikbeutel mit grünem Sand.

Zögernd setzte ich mich wieder hin. Der Ino bewegte sich

unruhig in meiner Hand, wie ein gefangenes Vögelchen.

»Am Anfang ist das Schwierigste, die magische Energie in dir zu finden und sie ohne Unfälle nach draußen zu befördern.« Rufus setzte sich ebenfalls. »Oder das überhaupt hinzukriegen.« Ich schluckte. Er würde mir jetzt zeigen, wie man zauberte. In echt.

Das ist völlig verrückt, meckerte eine kleine Stimme in meinem Hinterkopf. *Magie in Computern! In einem winzigen Telefon! Er verarscht dich doch nur.*

Ich rieb meinen Daumen an der geschwungenen Kurve des Ino entlang. Es vibrierte sanft als Antwort. Verrückt? Vielleicht. Aber wäre es nicht gigantisch, wenn Rufus die Wahrheit sagte? Jedes Buch oder Spiel, das mich je in seinen Bann gezogen hatte, spielte in einer Welt, in der es Magie und fantastische Elemente gab. Das war es, was mich jeden Morgen aus dem Bett und an die Arbeit trieb: die Welt zu einem magischeren Ort zu machen, und sei es nur in den Köpfen der Menschen, wenn sie in ein Computerspiel eintauchten.

Rufus ließ den grünen Sand von der einen Hand in die andere rieseln. »Später ist das Schwierigste, mithilfe der dir eigenen Magie die magischen Energien, die uns umgeben, in einen Zauber zu formen. Möglichst ohne dabei etwas in die Luft zu sprengen.«

»Mann, das klingt … leicht.« Ich verzog das Gesicht. »Wie oft ist Astoria schon evakuiert worden, weil ein Zauber schiefgelaufen ist?«

»Nie.« Rufus warf den Sand in die Luft und verteilte die schwebenden Körner mit lässigen Fingerbewegungen rund um den Tisch. Mit den Zeigefingern dirigierte er den Sand in eine Kreisform. »Du wirst bei Astoria keinen Magier treffen, der nicht schon seit Kindesbeinen im Zaubern ausgebildet wurde.«

»Außer mir.«

»Stimmt. Das ist das Problem.« Rufus verschloss den Sack mit dem restlichen Sand und legte ihn weg. »Ich würde dich liebend gern auf eine Akademie schicken zur Ausbildung, aber die sind alle für Kinder. Was uns gut in den Kram passt, ist, dass man

Magie täglich üben muss, damit unser Können nicht einrostet. Deshalb haben wir bei Astoria einen kleinen Stab an Zauberlehrern, die dich unterrichten können. Du arbeitest weiter und lernst nebenbei, wie man zaubert.«

Zaubern lernen ... Jedes Mal, wenn er so etwas sagte, drängten sich mir Bilder aus den Fantasybüchern auf, die ich schon als Kind gern gelesen hatte. Mit etwas Verspätung wurde mir klar, was er gerade gesagt hatte. »Du meinst, mein normales Pensum läuft weiter und die Zauberlektionen kommen obendrauf? Wie soll denn das gehen?! Wir ...«

Rufus fuhr mir über den Mund. »Ich habe zu viel in Forest of Fiends investiert, um dich jetzt für Monate oder sogar noch länger vom Projekt abzuziehen!«

»Dann fängt mein Zaubertraining erst nach dem Launch des Spiels an. Ist doch kein Problem.«

Rufus sah schockiert aus. »Auf keinen Fall! Du musst so schnell wie möglich in der Lage sein, mit Magie zu arbeiten, um unsere IT zu unterstützen. Bis dahin soll Nick einfach einen Teil deiner Aufgaben übernehmen.«

Ich nickte und schluckte aufgeregt. Er wollte mich in der Entwicklung magischer IT einsetzen! Visionen, wie ich den nächsten Ino erfand, tanzten vor meinem inneren Auge. Auch wenn Rufus' Plan für die Tonne war, denn Nick und ich teilten uns jetzt schon den Aufgabenberg und hatten beide viel zu viel zu tun.

»Lass uns mal loslegen.« Rufus zog zwei Haftnotizzettel vom Block und schob einen silbernen Gelstift zu mir hinüber. Einen zweiten Stift behielt er selbst. Er platzierte sein Telefon neben den beiden Post-its. Es stand senkrecht, ohne irgendeine Stütze. Der Bildschirm zeigte eine Rune.

»Du kannst dir das Zaubern wie das Verwenden einer Fremdsprache vorstellen. Eine Sprache, deren Symbole sich von unserem normalen Alphabet unterscheiden.« Er deutete auf die Rune. »Eine von diesen Sigillen kann verschiedene Bedeutungen haben. Kombiniert man mehrere von ihnen in ein Muster, ergibt es eine noch komplexere Bedeutung. Eine Sigille für sich bewirkt allerdings noch nichts. Erst, wenn du sie mit Magie füllst, kannst du damit zaubern.«

Er übertrug das Zeichen schwungvoll mit dem silbernen Stift auf das Post-it. »Die Sigille darf man nicht verstehen als einen Buchstaben wie A oder B, sondern sie bedeutet ›mach dich flach‹. Eine der einfachsten Sigillen.« Er malte ein anderes Zeichen auf die Rückseite des Post-its. »Das ist dieselbe Sigille, kombiniert mit dem Zeichen für ›gehorche mir‹. Es ist eine komplexe Sigille, schwierig, sie richtig hinzukriegen. Aber Kombinationen mit ›gehorche mir‹ sind mit das Wichtigste, das du als Magier lernen musst. Wenn ich diese zwei nehme …« Er sprang vom Stuhl und lief zu seinem Schreibtisch. Nachdem er eine Weile in den Schubladen gewühlt hatte, kam er mit einem Buch zurück. Nach dem Titel und Coverdesign zu urteilen ein Spionage-Thriller. Rufus las noch Papierbücher?

»… und sie auf ein Objekt pappe …« Er schlug das Buch in der Mitte auf und klebte das Post-it auf die Seite. »Was du vermutlich nicht sehen kannst, ist, dass ich es jetzt mit Magie auflade.«

Er nahm das Buch am Rücken und schüttelte es. Anstatt sich zu schließen, blieb es weit geöffnet auf der Seite, auf der der Haftzettel klebte. Er ließ das Buch auf den Tisch fallen — und es landete mit genau denselben zwei Seiten geöffnet und flach gedrückt.

Hm. Ich nahm das Taschenbuch und blätterte es durch. Sobald meine Finger sich nicht mehr bewegten, kehrte das Buch zu der Doppelseite mit dem Post-it zurück und bog sich weit auf in meinen Händen. »Ganz praktisch, wenn man in einem Sturm lesen will.« Ich warf das Buch auf den Tisch zurück. »Aber könnte man diese Sigille auch auf was anderes kleben? Auf … keine Ahnung … eine Katze?«

Rufus lachte. »In den kommenden Wochen besprichst du solche Ideen erstmal mit deinen Lehrern, bevor du es an armen Haustieren ausprobierst.«

Ich wurde bleich. »Hätte ich die Katze zerdrückt?«

»Nein, vermutlich nicht. Vermutlich wären deine Kräfte

noch nicht stark genug gewesen, um der Katze überhaupt deinen Willen aufzudrücken. Sonst könnte man ja einfach solche bestimmenden Sigillen links und rechts aufpappen und jeden herumkommandieren. Man kann Sigillen für lebende Wesen verwenden, aber das schaffen nur talentierte und erfahrene Magier. Und nur, wenn man die Zwangssigillen mit vielen anderen Sigillen kombinierst.«

»Und diese ganzen Zeichen muss ich auswendig lernen?« Ich nickte auf die komplexe Rune auf dem Bildschirm. Das würde ja Jahre dauern!

»Früher hättest du das gemusst. Deine Großmutter hat es zu ihrer Lebensaufgabe gemacht, eine Abkürzung zu finden. Sie hat über Jahrzehnte eine Datenbank mit allen uns bekannten Sigillen erstellen lassen, inklusive aller Kreuzreaktionen und Nebeneffekte. Parallel hat sie mit der IT geforscht, wie man die Sigillen in den Kopf eines Magiers projizieren könnte.«

Rufus sah stolz aus. Mir hing etwas die Kinnlade runter. Omi hatte das gemacht? Die Erforschung musste Jahrzehnte gedauert haben. »Sie haben schließlich einen Weg gefunden. Eine Fusion aus Technologie und Magie. Der schöne Nebeneffekt dieses Szenarios ist, dass nur Magier die Signale der Sigillen-Datenbank empfangen können.«

Allein der Gedanke, dass ein Computer telepathisch komplexe Figuren in mein Hirn beamen könnte, war lachhaft. Oder nicht?

Rufus deutete auf den Ino. »Zu dem Zweck haben wir seit fünf Jahren diese Dinger.«

»Der Ino ist heute erst auf den Markt gekommen.«

Rufus zupfte das Tablet aus meiner Hand. »Die *Consumer*-Version ist heute rausgekommen. Wir haben Inos schon viel länger in der Gilde benutzt. In der Version für Magier.«

Ich massierte meine verkrampften Finger. »Und das nächste Ding sind die Batphones?«

Rufus zuckte zusammen. »Der Ikarus.« Er war immer sehr angetan von griechischen Götternamen. »Ja. Wir werden sie ab nächstem Jahr an die Gilde-Magier verteilen. Die Endkundenversion gibt's vermutlich in zwei Jahren, spätestens. « Er hielt meinen Ino locker in der Hand. Bei ihm versuchte das Tablet natürlich nicht wegzufliegen. Typisch. »Wenn du zaubern möchtest, verbindest du dich mit dem Ino. Der Ino wiederum ist mit unserer Datenbank verbunden. Du bedeutest dem Ino, welche Art von Zauber du wirken möchtest. Und er zieht aus der Datenbank die korrekten Zeichen und sendet sie dir.«

»Du meinst, ich sage dem Tablet, was ich machen will? Ich diktiere es ihm?«

»Nein, du zeigst es ihm mit deinen Gedanken. Du kannst ja schlecht in der Öffentlichkeit rumlaufen und in dein Telefon murmeln ›Ich brauche die Sigillen, um diese Tür vor Eindringlingen zu schützen.‹ Na ja, könnte man schon machen. Aber es wäre nicht gut für den Ruf.«

Ich nickte. *Klar* ... Ich war mir immer noch nicht so ganz sicher, ob Rufus nicht meinen Kaffee mit etwas versetzt hatte und das alles hier ein Streich war. Rufus hatte es als Kind schließlich geliebt, anderen Streiche zu spielen.

»Wir verwenden mehr und mehr Computerunterstützung«, sagte er gerade. »Da es nicht viele magische Energien gibt, die unsere Zauber speisen können, ist Computer-Verstärkung der Signale die beste Art, Zauber zu wirken.«

Computerverstärkung für jeden Magier ... Ich dachte an den Anfall meiner Mutter, als ich ihr einen Festplattenrekorder geschenkt hatte. Sie fand es viel zu kompliziert — dabei war es auch nicht komplexer als einen Dinosaurier-VHS-Rekorder zu bedienen. »Ich kann mir vorstellen, dass die älteren Magier es nicht so prickelnd finden, ihr Gehirn mit einem Computer zu verbinden.«

»Dann können sie Sigillen auswendig lernen wie früher auch.« Rufus' Ton war scharf. Ich hatte wohl einen Nerv getroffen. »Dann müssen sie aber auch mit den verschwindend kleinen Pegeln Energie auskommen, die ihnen ohne Computer zur Verfügung stehen.«

»Ich komm nicht mehr mit«, gab ich zu. »Kannst du mir nicht zeigen, wie es geht? Was Magie wirklich ist?«

Welche Grenzen hatten Magier, wenn sie Magie verwendeten? Konnte man nur eine Tasse verändern, wie Rufus es getan hatte — oder auch eine Person? Konnte man wirklich jemandes Willen unterwerfen? Gänsehaut kroch mir den Rücken hoch. Aber ich muss gestehen: nicht nur vor Grauen.

»Wir fangen klein an, okay?« Rufus nickte in Richtung der Tischmitte. »Zeichne die Sigille auf das Post-it. Du musst dich auf jede einzelne Linie konzentrieren und sie beim Malen mit Magie aufladen. Ansonsten ist es nur Gekritzel auf Papier.«

Aha. Was?

»Du stellst dir die Sigille bis ins Detail vor. Und wenn du sie auch in deinen Gedanken in jedem Detail vor dir siehst, lässt du noch mehr Magie in die Form fließen. Entweder in die Form auf dem Papier — das ist am einfachsten. Oder in die Sigille, die du dir vorstellst. Wenn du erst mal ein paar Zauber beherrschst, wirst du merken, wieso es enorm schwierig ist, ohne Papier oder einen anderen Fokus zu arbeiten. Also, du lässt deine Magie in das Papier fließen …«

»Aber ich weiß nicht, wie das geht!«, unterbrach ich ihn. »Wo ist denn meine Magie?«

Rufus hob die Hand und ich verstummte. »Du wirst das Schritt für Schritt lernen. Im Moment geht's noch ohne Magie, wir tun einfach als ob, damit du es einmal im Ganzen ausprobieren kannst.«

SIEBEN

Schmerz. Beklemmende Enge in der Brust. Die Luft selbst erdrückte Mattis von allen Seiten. Einen Moment hing er schwebend, dann stürzte er und schlug hart auf den Knien auf. Er kam sofort auf die Beine und kämpfte gegen die Trägheit an, die seinen ganzen Körper im Griff hatte. Jeder Atemzug verätzte ihm die Kehle und der akute Mangel an Magie drohte, ihn wieder keuchend in die Knie zu zwingen.

Er griff blindlings nach einem Halt. Seine Finger berührten eine Steinwand in seinem Rücken und er lehnte sich schwer dagegen. Es hatte ihrer aller Magie bedurft, das Portal durch die Wälle zu öffnen. Und selbst dann hatte es erst funktioniert, nachdem Mattis das Messer des Flusskönigs als Fokus für das Ritual verwendet hatte. Das Portal zwischen den schlanken Birkenbäumen hatte falsch ausgesehen, wie eine ölige Blase anstatt eines lichterfüllten Dreiecks. Er hatte auf den Ältesten Dyg vertraut — es gab auch keine andere Option —, hatte seine Taschen aufgenommen und war ins Portal gesprungen. Er hatte seine Entscheidung sofort bereut, als ihn brüllendes Feuer verschlang. Mattis hatte seine Hand fest um Kankalin gepresst, als ihr kleiner Körper erschlaffte unter den qualvollen Schmerzen ...

Hatte er es überhaupt geschafft, sie mit durch das Portal zu ziehen? Mattis hob die Hand und tastete, bis er die kleine Ausbeulung seines Kragens unter den Fingern spürte. Der Knubbel bewegte sich und stöhnte — Kankalin war bei ihm und am Leben. Er hob langsam die Hand höher und fürchtete, was er gleich spüren würde. Hatte das Feuer sie schlimm versehrt? Aber als er vorsichtig sein Gesicht betastete, fühlte die Haut sich glatt an. Das Feuer war nur eine Illusion gewesen, den Göttern sei Dank.

Aber eins war ganz und gar nicht in Ordnung. Er war blind! Nein, er konnte ein wenig sehen. Mannsgroße Schatten, die ihm viel zu nah kamen. Was ihm das Gefühl gab, erblindet zu sein, war der Mangel an magischer Energie. Es erinnerte ihn an die vorübergehende Taubheit, die man manchmal erleidet, wenn ein Geräusch viel zu laut gewesen ist. Ohne magische Eindrücke musste er sich ganz auf seine Augen und Ohren verlassen — und hatte seinen schärfsten Sinn eingebüßt. Es half auch nicht gerade, dass Lärm um ihn wogte. Stimmen schrien ihn mit Worten an, die er noch nicht verstehen konnte. Schrille Klänge ließen seine Ohren klingen. Er drückte sich flach gegen die Wand.

»Es gibt keine Magie in dieser Welt!«, kam Kankalins mit Panik erfüllte Stimme aus seinem Mantelkragen.

»Wir schaffen das schon.« Mattis war sich nicht sicher, ob er die kleine Pixie oder sich selbst beruhigte. War es Größenwahn gewesen, dass er sich Albion wie die Elbenstadt Silberaue vorgestellt hatte? Hatte er Kankalin und sich selbst zu einem qualvollen Tod verdammt?

»Versuch zu fliegen.« Er stupste sie an, damit die Reav sich in Bewegung setzte. Dass er sie überhaupt dazu ermuntern musste, sah ihr gar nicht ähnlich. Normalerweise saß Kankanlin auf Mattis' Schulter und ignorierte all seine Bitten, sich versteckt zu halten.

Zögernd kroch Kankalin hervor. »Da sind Menschen. Und sie starren uns an«, murmelte sie.

»Ignorier sie. Los.« Mattis blinzelte und hoffte, dass er bald würde scharf sehen können. Er fühlte sich hilflos, schwer bepackt mit mehreren Taschen voller Waffen, Schmuck, Goldstücke und Talismane. Er hatte so viele Talismane mitgebracht, wie er tragen konnte, egal was: getrocknete Beeren, Blätter, kleine Steinchen. Sie alle waren aufgeladen mit der Magie Faeries.

Mattis schloss die Augen und schob eine der Beeren zwischen seine Lippen. Er zermalmte sie gründlich mit den Zähnen und schluckte sie herunter. Als er seine Augen wieder öffnete, sah er wieder klar. Seine Muskeln spannten sich: Sie waren von Menschen umzingelt! Mit nur wenigen Ausnahmen waren sie in die bizarrsten Sachen gekleidet, die er je gesehen hatte. Die Kleidung musste ihnen alle Bewegungen abschnüren und ließ die Anmut selbst des ungeschicktesten Brownie-Schneiders vermissen. Kankalin schlüpfte vollends heraus und schüttelte ihre Flügel aus. Glitzernde Partikel regneten herab — wie immer, wenn sie nervös oder sehr wütend war. Als sie sich in die Luft erhob, zogen mehrere der Menschen schwarze und silberne Apparaturen und kleine Rechtecke aus ihrer Kleidung. Er konnte erfassen, dass die Maschinen — Waffen? — aus einer Kombination von Metall und einem anderen leblosen Material erschaffen worden waren. Sie klickten leise, manche gaben Lichtblitze von sich. Er duckte sich vor der ersten Attacke, aber es gab keinen Aufprall, weder mundan noch magisch. Also ignorierte er die seltsamen Geräte erst einmal und konzentrierte sich auf die Menschen. Ohne darüber nachzudenken, prüfte er ihre Energien, wie er es immer in Faerie tat. Es war gespenstisch, dass die Menschen außerhalb dessen, was er mit den Augen sehen konnte, nicht vorhanden waren. Die elbischen Sagen behaupteten, dass sogar Menschen eine Aura an magischer Energie hatten, aber wenn es stimmte, konnte er sie nicht wahrnehmen.

Mattis verfolgte Kankalin nur aus den Augenwinkeln. Seine ganze Aufmerksamkeit galt der Menschenmenge, die sie angelockt hatten. Aus Gewohnheit katalogisierte er jeden Zuschauer und überlegte sich mögliche Fluchtrouten. Bis jetzt waren sie noch nicht in Gefahr, sollte es zu einem Kampf kommen. Keiner der Menschen, die sie umringten, sah wie ein ausgebildeter Kämpfer aus.

Die Reav flatterte mit den Flügeln. Zunächst langsam, dann so schnell, dass die orange-grünen Flügel nur so surrten. Sie sah ungeschickter als in Faerie aus. Sie flog in kleinen Kreisen und ihre Flügel dröhnten die ganze Zeit wie bei einer aufgebrachten Hummel. Mattis betrachtete es als gutes Zeichen, dass sie überhaupt fliegen konnte. Also gab es doch Magie in dieser Welt! Er schloss die Augen und atmete tief ein, machte seine Gedanken leer. Ja! Da war es — ein Hauch von Magie in der Luft, leicht zu übersehen, wenn man an die Fülle in Faerie gewöhnt war. Es war wie die Geschmacksnoten eines exquisiten Weins, beiseitegedrängt von Albions Attacke auf all seine anderen Sinne.

Er pfiff nach Kankalin, ihr Signal, dass es Zeit war, sich dünnezumachen. Mattis legte es nicht auf einen Kampf an; nicht, wenn die Gefahr bestand, dass Unschuldige dabei verletzt wurden. Kankalin kehrte zu seiner Schulter zurück. »Die Magie ist schwach, aber es reicht.«

Mattis nickte.

Die Reav strich eine kühle Hand über seinen Hals und flog wieder fort, um für ihn die Umgebung auszukundschaften. Mattis marschierte auf zwei ältere Frauen zu, bei denen es ihm am unwahrscheinlichsten vorkam, dass sie sich in seinen Weg stellen würden. Sie sprangen mit spitzen Schreien beiseite und er schob sich durch die Lücke. Er hatte sich bis an den Rand der Menschenmenge vorgearbeitet, als Kankalin zurückkehrte.

»Im Südwesten gibt es eine menschliche Siedlung.« Die Reav flatterte vor seinem Gesicht herum und deutete in die Richtung. »Es sieht aus, als ob die Stadt fast ausschließlich von menschlichen Zauberern bewohnt ist.«

»Es kann doch nicht so einfach sein«, murmelte Mattis. »Tausend Jahre sind vergangen und Morganas Erben wohnen immer noch hier?«

»Sie sind bestimmt nicht wegen des Wetters geblieben.« Kankalin verzog das Gesicht und schüttelte Wassertropfen aus den Haaren.

Es konnte tatsächlich sein. Das hier war ohne Zweifel der Ort, den Morgana in Albion für das Ritual verwendet hatte. Die Spitze des Hügels und die Stelen, die das Portal nach Faerie eingerahmt hatten, waren zwar fort, aber dieser Ort war unverkennbar. Die Geschichten erzählten von zwei starken Drachenlinien, die parallel über die Hügelkuppe liefen und sogar für eine kurze Strecke miteinander verschmolzen. Angeblich war es der einzige Ort in Albion, wo sie dies taten. Wenn er ein Zauberer wäre und sich außerhalb Faeries niederlassen würde, würde er diesen Ort aussuchen.

Sie machten sich auf den Weg in Richtung der Stadt, die Kankalin entdeckt hatte. Die Menschen starrten sie immer noch an, daher befahl Mattis der Fee, sich wieder in seinem Kragen zu verstecken. Mattis wob eine Illusion, um seine Kleidung, seine Waffen und sein Gesicht zu verbergen. Als Vorbild dienten ihm die Menschen. Da er wusste, dass er eine Möglichkeit finden musste, Blendzauber zu wirken, ohne den kleinen Vorrat an Talismanen aufzubrauchen, näherte er sich vorsichtig einer der Drachenlinien. In Faerie wäre es lebensgefährlicher Irrsinn, das zu tun, vor allem für einen einfachen Illusionszauber. Das Risiko, zu viel Energie aufzunehmen und zusammenzubrechen, war bei Drachenlinien viel zu groß. Was in Faerie ein wagemutiger Sprung in einen reißenden Energiestrom gewesen wäre, war hier aber nicht mehr als den Zeh in ein harmloses Rinnsal zu tauchen. Mattis zupfte ein wenig Energie frei und wob sie in seinen Zauber. Mit so wenig Energie zu zaubern war ungewohnt, aber endlich griff die Tarnung. Mattis atmete erleichtert aus. Solange er nah genug an einer Drachenlinie war, dass er sie anzapfen konnte, konnte er Magie in Albion wirken, ohne den Vorrat an Talismanen zu schmälern.

»Teil dir deine Talismane gut ein«, sagte er leise zu Kankalin. »Wir wissen nicht, welcher Tag es in Albion ist. Sie müssen bis zur Wintersonnenwende reichen.«

Sie trommelte mit den Fingern an seinen Hals. »Weißt du, was mich stört?«

Mattis lächelte müde. »Es ist schwer, alles im Kopf zu behalten, das dich stört, Kleines.«

Kankalin kniff ihn in den Hals. Er pikste sie dafür halbherzig in die Seite.

»Wir verlassen uns auf Tereth und die Königin. Sie müssen das Portal öffnen, damit wir zurückkehren können«, quietschte Kankalin.

Mattis knirschte mit den Zähnen. »Erinnere·mich nicht daran. Wenn es zum Schlimmsten kommt, benutzen wir das Messer.«

»Ich mag es nicht, mich auf den Bastard zu verlassen.« Kankalin stopfte sich eine Beere in den Mund, die sie vorhin von einem Gebüsch gepflückt hatte. Sie verzog das Gesicht und spuckte sie wieder aus. »Alles in Albion riecht und schmeckt wie Dreck.«

Mattis lachte leise. »Ich würde mal sagen, wir haben größere Sorgen.« Er rieb eine Fingerspitze über ihren Rücken, genau unter der Wurzel ihrer Flügel. Er wusste, dass es die kleine Fee oft entspannte. »Lass uns in die Stadt gehen und den Erben finden.«

Am Fuß des Hügels kreuzten sie einen breiten Steinweg. Drei Menschen versuchten, Mattis aufzuhalten, und er wirbelte zu ihnen herum, die Hände auf seine Waffen gelegt. Sie traten hastig zurück und ließen ihn ziehen.

Eine hell leuchtende Gestalt, verschwommen durch ihre Schnelligkeit, hielt direkt auf ihn zu. Was auch immer es war, es war riesig und viel zu schnell, um irgendetwas anderes als ein Angriff zu sein. Seine Klingen flogen aus den Scheiden in seine Hände ohne, dass er einen Gedanken daran verschwendete, sie zu ziehen. Er hob sie — und die riesige eckige Gestalt schlingerte an ihm vorbei in einem Zischen aus heißer Luft. Bitterer Gestank klebte ihm hinten im Hals. Er schüttelte seine Waffen und fluchte, weil keine von beiden auch nur einen Funken Leben zeigte.

Das Monster hielt ein kurzes Stück weiter an. Nein, kein Monster, wurde es Mattis klar, sondern eine riesige Maschine. Es gab ein paar Feenwesen, die an Maschinen herumbastelten. Da sie nicht an den Höfen geduldet wurden, lebten die meisten von ihnen in Silberaue. Mattis hatte ein paar ihrer Apparate gesehen, aber noch niemals etwas, das so groß war oder einen derartigen Gestank verbreitete.

Mit dem Geräusch einer Luftmähre, die Schleim aus ihren gefrorenen Nasenlöchern pustete, öffneten sich Klappen an der Seite des Dings. Eine große Gruppe Menschen ging direkt an ihm vorbei und verschwand in der Metallmaschine. Sie trotteten voran, ohne nach links oder rechts zu schauen, wie Schafe. Mattis erschauerte, als sich die Klappen schlossen und die Menschen im Inneren gefangen setzten. Schnell überquerte er den Pfad, um

Kankalin von dem fürchterlichen Apparat zu entfernen. Bei Oberon, sie brächte es fertig, das Ding womöglich erforschen zu wollen.

Während er weiter auf die kleine Stadt zuging, brausten noch mehr von den stinkenden Metallgeräten an ihnen vorbei. Sie waren kleiner und in einer anderen Art konstruiert worden als das Ding, dem sie zuerst begegnet waren. Durch ein Glas am Bug konnte er deutlich sehen, dass Menschen die Zügel der Maschinen hielten. Sie verwendeten sie zum Transport.

Menschen. Er hatte gehört, dass sie eine wahrhaft seltsame Art waren, nicht zu vergleichen mit den Changelings in Faerie. Sie leibhaftig zu erleben, war befremdlich. Große Gruppen von ihnen trotteten durch die Landschaft und die Straßen der Stadt, sie starrten auf die banalsten Dinge voller Verzückung, aber gingen an den erstaunlichsten Relikten achtlos vorbei. Fasziniert folgte Mattis ihnen durch die Stadt und beobachtete sie genau. Er folgte ihnen in Handelshäuser und in Tavernen. Er lernte von ihnen, wie man Dinge kaufte oder einen Drink. Wie man über die Straßen navigierte, ohne von einem der Fahrzeuge über den Haufen gefahren zu werden. Er wagte sich sogar in eine der Metallmaschinen, um von einem Ort in der Stadt zum anderen zu reisen. Busse nannten die Menschen sie.

Es passierte genau in dem Moment, als er aus dem Bus stieg. Er stieß mit einer Frau zusammen, die einen Zauberstab in der Hand hielt. Ein echt seltsamer Zauberstaub, so viel war klar: ein metallisches Rechteck, das gerade so in ihre Hand passte. Aber es war gefüllt mit Magie, also hatte er endlich einen Zauberer gefunden.

Mattis prüfte ihre Aura. Er gewöhnte sich schnell an die niedrigen Energiepegel hier. Albion hatte nur zunächst wie eine Einöde ohne Magie gewirkt. Je länger er hier war, desto leichter fand er es, Illusionen und Zauber zu weben. Ganz im Gegensatz zu der Frau ihm gegenüber. Sie war genauso wenig eine Zauberin wie die Menschen, die um sie beide herumhuschten. Wie konnte sie dann einen Zauberstab verwenden?

Fasziniert beschloss er, ihr zu folgen. Vielleicht würde sie ihn dorthin führen, wo sich die Zauberer Albions trafen.

Die Frau ging mehr als eine Stunde lang von Geschäft zu Geschäft und sprach dabei ab und zu in ihren Zauberstab. Abrupt bog sie ab in ein weiteres Geschäft. Mattis' Interesse erwachte, als er den Namen über der Tür las: *Green Man GmbH.* Vielleicht trafen sich hier die Magiebegabten? Der Laden war gefüllt mit Zauberstäben, Edelsteinen und Zauberbüchern. Aber die Menschen, die sich die Regale anschauten, waren Mundane, ohne auch nur einen Funken Magie. Also verließ er den Laden, als die Frau es tat, und folgte ihr einmal mehr durch die kleine Stadt. Dieses Mal betrat sie ein Haus. Zum Glück wurde es schon dunkel und er konnte ihr ungesehen folgen.

Es gab niemand anderes in dem Haus als die Frau und keine Spur von Magie außer in den paar Geräten, die sie überall im Haus verteilt hatte. Sie waren dekoriert mit einem Knäuel von Ranken und sahen unglaublich glatt aus. Als er die Hand ausstreckte, um eins der flachen Metallobjekte näher zu untersuchen, leuchtete es auf und Musik erklang blechern. Die Frau kam herbeigerannt und Mattis floh, bevor sie ihn entdeckte. Er vertraute seinem Blendzauber in Albion noch nicht.

Immer noch ohne eine Idee, wo er die Menschen-Zauberer finden könnte, kehrte er zu dem Hügel außerhalb der Stadt zurück. Irgendetwas zog Kankalin und ihn in diese Gegend. Es regnete und sie trafen nur eine Handvoll Menschen, die sich in ihre voluminösen Jacken kauerten.

Nachdem die Dunkelheit ganz gefallen war, verließ er die Pfade, die die Menschen benutzten.

»Mattis!«, erklang Kankalins glockenhelles Stimmchen. Er sah es im selben Moment: aktive Elbenmarker, verteilt zwischen den leblosen Relikten aus vergangenen Jahrtausenden. In der elbischen Überlieferung hieß es, dass alle Feenwesen Albion verlassen hatten, bevor Morgana die Schutzwälle errichtete. Waren einige Sidhe von Faerie abgeschnitten worden durch die Wälle? Oder war er vielleicht nicht der Erste, dem einer der Ältesten ein Portal nach Albion geöffnet hatte? Es kam ihm unwahrscheinlich vor. Vor allem, wenn man bedachte, dass ein Blutopfer und die kombinierten Talente von Tereth, Mattis und des Ältesten Dyg nötig gewesen waren, um das Portal lang genug zu öffnen, dass Mattis hindurchschlüpfen konnte. Er entschlüsselte das Muster der Markierungssteine und folgte dem Elbenpfad den Hügel auf und ab. Das Labyrinth endete an einem eiförmigen Stein. Er hatte vor langer Zeit den Eingang in den Hügel markiert, aber die *Dur*, das Portal, das er hinter dem Stein fand, war inzwischen versperrt und tot.

»Wir hätten nicht so kurz nach der Dämmerung kommen sollen«, quengelte Kankalin. »Sie sind zu der Zeit am mächtigsten und wir wissen nicht, wie viele in dem Hügel wohnen.«

Mattis lachte leise. »Es können nicht mehr als ein Dutzend sein und sie haben nur dieses bisschen an Magie. Sie können uns nicht gefährlich werden. «

»Du weißt, wie sie sich gebärden werden, wenn wir jetzt einfach so reinplatzen!« Kankalin sauste aufgeregt hin und her. »Wir bekämen kein einziges ordentliches Wort aus ihnen heraus.«

Mattis nickte. »Du hast recht. Wir nähern uns am besten mit einem Führer, einem ortsansässigen Fee, der sich für uns verbürgen kann bei den Elben.«

»Ich kümmere mich drum.« Kankalin sauste ab.

Langsam folgte Mattis wieder den schwachen Spuren des Labyrinths, während das Dröhnen von Kankalins Flügeln in der Dunkelheit verklang.

Er musste eine ganze Weile ins Gras starren, bevor er den nächsten aktiven Marker fand. Als er sich näherte, leuchtete ein paar Schritte hügelabwärts ein Bannstein der Sidhe hell durch den Regen. Er hatte das Portal gefunden.

Mattis berührte den Marker, als er die Stelle erreichte. Ein blasses Rechteck leuchte im Gras zu seinen Füßen auf — die *Dur*. Warfen sich die örtlichen Sidhe ernsthaft mit dem Gesicht voran da durch?

Ein schwaches Trillern von Kankalin erreichte seine Ohren. Sie stand im Gras in der Nähe eines Steins und presste irgendetwas mit grauem Fell gegen den Geröllbrocken.

»Guck mal, was ich gefunden habe.« Sie wischte den Regen aus ihrem Gesicht. Es leuchtete vor Stolz.

»Ein Brownie!« Mattis eilte zu den beiden hinüber. »Kankalin, das ist perfekt.«

Das kleine Feenwesen wand sich so sehr in Kankalins Griff, dass sein Fellmantel riss. »Ey, lass mich los, du blöde Schlampe! Ich kenn meine Rechte!«

Mattis kniete sich neben die Reav und ihren Fang. Er lächelte den Brownie an. »Wann bist du aus Faerie hierher gereist?«

Mattis war noch nie in seinem Leben mit einem derartig respektlosen Blick von einem niedrigrangigen Fee bedacht worden. »Ich bin hier geboren worden, Schwachkopf. Jetzt lasst mich los, bevor ich euch bei meinem Lehnsherren anzeige.«

Mattis' Lächeln wurde breiter und er zeigte seine Zähne. »Oh, den möchte ich wirklich gern treffen.«

ACHT

Ich schnappte mir den Stift. Rufus ließ den Ino los und das Tablet erhob sich in die Luft. Es flatterte in langsamen Kreisen um Rufus und mich.

Ich zwang meinen Blick vom Tablet zurück zur Aufgabe. Ich zog sorgfältig jeden Strich der Rune auf dem Post-it nach. Es war viel schwieriger, es richtig hinzukriegen, als ich erwartet hatte. Diese Runen waren furchtbar komplex.

»Du klebst das Post-it auf den Gegenstand, den du mit Magie verändern willst«, instruierte Rufus mich.

Ich klebte es kurzerhand auf den Tisch.

»Dann bringst du die Magie in deine Fingerspitzen. Das nennt man ›die Magie aktivieren‹. Wenn du sie aktiviert hast, ziehst du eine vereinfachte Form der Sigille mit deinen Fingern in die Luft. Eine ganz einfach Form wie die da«, er nickte in Richtung meines Post-its, »kannst du auch mit den Händen formen. Das geht so.« Er machte einen Kreis in der Luft aus beiden Daumen, dem rechten Zeigefinger und dem linken Mittelfinger.

Ich machte seine Geste nach.

»Jetzt verbinden wir das Handzeichen mit der Sigille, die du gezeichnet hast, und dann mit dem Objekt, das du verzaubern willst. Einen Moment noch.« Er räumte sein Telefon vom Tisch. »Ich versuche, es für dich sichtbar zu machen.« Rufus schloss die Augen. Nach ein paar Sekunden sah er angespannt aus. Da ich keine Magie sehen konnte, sah es aus, als müsste er echt dringend aufs Klo.

Blaues Licht züngelte um seine Finger. Es kroch zu der Sigille auf dem Post-it und zog jeden Strich in Blau nach.

»Theoretisch geht es so … « Rufus ließ die Finger vorschnellen. Ein blauer Schmier floss über den ganzen Tisch. Es sah so aus, als hielte er ein Streichholz an vergossenes Benzin und als fräßen sich die blauen Flammen in das Holz hinein. Der Tisch knarrte und ächzte.

Das machte er jetzt nicht wirklich, oder? Selbst Rufus würde nicht seinen Konferenztisch zerstören, nur um zu beweisen, dass er recht hatte!

»Ich habe vorab einen Zirkel gezogen«, sagte Rufus ruhig über das gequälte Knarzen des Tisches hinweg. »Man kann Kreide dafür nehmen oder Sand. Auf die Art kannst du verstreute Energien eindämmen.«

Der Tisch krümmte und wand sich. Mit einem lauten Splittern faltete sich eins der massiven Beine des Tisches ein. Knackend folgten die übrigen. Die Becher schlitterten über die Tischplatte und barsten auf dem Boden. Meine Beine wurden mit einem Schauer aus Getränk, Milchschaum und scharfkantigen Scherben besprüht. Ich riss meine Beine zurück und versuchte hektisch, den ganzen Stuhl zurückzuschieben. Bevor ich ihn überhaupt in Bewegung setzen konnte, krachte die massive Tischplatte auf die zerbrochenen Beine. Es gab einen dumpfen Knall, der den ganzen Raum erschütterte.

Ich war beeindruckt – und verstimmt. Wer dezimierte seine Büromöbel, wenn es gereicht hätte, eine Büroklammer mit Magie zum Tanzen zu bringen?

»Warum hast du das gemacht? Ich hätte fast meine Zehen eingebüßt!« Ich schlang die Arme schützend um mich, immer noch völlig perplex von dem Gedanken, wie viel rohe Kraft man wohl brauchte, um einen massiven Tisch derart zu zerlegen. Und Rufus hatte es vollbracht, indem er mit einem Finger wedelte.

Auch jetzt saß er völlig entspannt auf seiner Seite des Trümmerhaufens. »Es war der beste Weg, um dir zu zeigen, dass Sigillen reale Konsequenzen haben. Du hast sie auf den Tisch gepappt, dann hast du das passende Handzeichen gemacht, um den Zauber zu verankern. Weil du nicht an Magie glaubst, hast du erwartet, dass nichts passieren kann. Falsch gedacht. Du solltest niemals Magie praktizieren, ohne vorher alle möglichen

Auswirkungen durchdacht zu haben.«

»Aber ich weiß ja gar nicht, wie es geht! Dein Tisch war nie ernsthaft in Gefahr durch mich«, protestierte ich. »Ich dachte, hier geht es darum, meine Magie zu testen. Irgendwie ist daraus eine Gelegenheit für dich geworden anzugeben.« Warmer Kaffee tropfte an meiner Jeans herunter. Ich hätte gelacht, wenn die ganze Situation nicht so aberwitzig gewesen wäre.

»Es geht ums Prinzip«, sagte Rufus ruhig. »Ich will dir unmissverständlich klarmachen, dass Magie eine reale Kraft in unserer Welt ist. Eine enorme Kraft.« Er sprang auf und tigerte durch sein Büro. Zerbrochene Keramik knirschte unter seinen Lederturnschuhen.

Rufus war schon immer schlecht darin gewesen, Sachen zu erklären. Er war immer viel zu enthusiastisch bei allem dabei, das ihn interessierte. Anstatt etwas verständlich zu erklären, sprang er herum, gestikulierte wild und riss einem alles aus der Hand, bevor man es probieren konntest.

»Glaubst du mir jetzt, dass es Magie gibt?« Er hatte vor mir angehalten und sein Blick war eindringlich.

Mein Blick fiel auf den zerstörten Tisch und ich versuchte, mir die Kraft vorzustellen, die nötig war, um solche Beine zu brechen. Langsam nickte ich. »Ja.« Das war die Wahrheit. Das ganze »Magie ist real!«-Ding haute mich immer noch aus den Socken, aber ich glaubte Rufus, dass er die Wahrheit sagte.

»Gut.« Rufus sah erleichtert aus. Seine Lippen hoben sich in einem Lächeln. »Das war es wert, einen Tisch zu opfern. Jetzt lass uns das noch mal probieren.« Er schnappte meinen Ino aus der Luft und holte noch mehr Post-its und Stifte. Wir setzten uns nebeneinander auf den Boden.

»Hätte ich den Tisch auch aus Versehen zerstören können?«, fragte ich ihn besorgt.

»Nein, keine Sorge.« Rufus drückte mir einen Post-it-Block in die Hand und stellte den Ino vor mir auf. Der Bildschirm zeigte dieselbe Rune wie vorhin sein Batphone. »Wie so vieles ist Magie eine Frage des Könnens. Um einen Zauber zu wirken, der einen Tisch zerbricht oder eine Tür eindrückt, musst du schon lange in Magie trainiert worden sein und sehr viel können. Selbst wenn du über die nötige Erfahrung und das Können verfügst, könntest du nur eine Handvoll solcher Zauber pro Tag wirken. Wenn du zu viel machst, laugt es dich erst mental aus. Machst du weiter, schwächt es dich auch physisch, bis du zusammenbrichst.« Er deutete mit einem Kopfnicken auf den Stift. »Das Metall in der Tinte hilft der Magie, der Form der Sigille zu folgen. Ziehe das Zeichen jetzt noch mal nach.«

Ich tat es. Kein Problem. Aber der nächste Schritt war viel schwieriger, als es bei Rufus aussah. Ich folgte Rufus' Anweisungen, um mein »inneres magisches Reservoir« anzuzapfen und die Magie aus mir hinaus in die Sigille zu ziehen. Rufus war zunächst geduldig, als es nicht klappte. Dann perplex, dann redete er mit mir wie mit einem Kind. Schließlich hatte er genug und schnauzte mich an, ich solle mich endlich konzentrieren. »Es ist nicht schwer! Du hältst die Sigille in deinen Gedanken fest«, sagte er immer wieder. »Wenn du die Form wirklich in dir spürst, lässt du deine Magie hineinfließen. Das ist alles.«

Ich kam nicht über den ersten Schritt hinaus, meine Magie überhaupt aufzuspüren, also war alles Weitere unmöglich. Rufus war völlig verwirrt. Anscheinend fand jedes Magierkind es super-easy, seine Magie anzuzapfen. Tja, ich aber nicht.

Miles unterbrach uns immer häufiger, da immer mehr von Rufus' Terminen in Verzug gerieten. Als Miles sich schließlich weigerte, das Büro wieder zu verlassen, schickte Rufus mich nach Hause »damit du dich ausruhen kannst«. Anstatt mir meinen neuen Ino mitzugeben, packte er ihn in eine Schublade seines Schreibtisches. Mir rutschte das Herz in die Hose vor Schreck.

»Du gibst mich noch nicht auf, oder?« Ich hatte ihn scherzhaft fragen wollen, aber meine Stimme klang viel zu bettelnd.

Rufus lächelte, aber es sah gezwungen aus. »Nein, natürlich nicht. Komm morgen früh um neun wieder her. Ich vereinbare ein Meeting mit einem der Lehrer.«

Ich nickte und nahm meine Tasche. Miles sah erleichtert aus, dass er mich endlich loswurde. Er bugsierte mich aus der Tür, wo eine Handvoll Leute warteten. Ich wand mich unter ihren neugierigen Blicken. Ob ich wohl so mitgenommen aussah, wie ich mich fühlte? Ich fischte ein Notfall-Haargummi aus meiner Tasche. Als ich mir das Haar streng aus dem Gesicht gezogen hatte, fühlte ich mich wenigstens etwas bereit, in die normale Welt zurückzukehren.

Es gab ein Bild von diesem seltsamen Nachmittag, das ich den Rest des Tages nicht aus dem Kopf bekam. Nicht den Ino mit Flügeln. Auch nicht die blauen Zauberflammen. Ich nahm die U-Bahn nach Hause, legte mich auf die Couch — das Bild, das mich verfolgte, war der Anblick des zerstörten Konferenztisches. Dass Rufus seinen eigenen Tisch zerstörte, hatte in dem Moment völlig verrückt gewirkt, vor allem, weil Rufus dabei so unberührt gewirkt hatte. Aber es war das perfekte Beispiel dafür, dass es tatsächlich eine unsichtbare Kraft gab, etwas unermesslich Starkes, und dass ich genau an dem Ort arbeitete, wo man mir beibringen konnte, diese Kraft zu nutzen. Ich betete bloß, dass ich nicht zu alt war, um es noch zu lernen.

NEUN

Am nächsten Morgen waren meine Kopfschmerzen wieder da und leider auch der Schwindel. Ich hatte komplett vergessen, Rufus danach zu fragen. Fühlten Magier sich vielleicht jeden Morgen wie ausgespuckt? War es eine Nebenwirkung vom Zaubern? Oder vielleicht Bestrafung durch das Universum, weil wir mit seinen Kräften herumspielten?

Ich schluckte etwas Ibuprofen und zum Glück hatten sich die teuflischen Kopfschmerzen etwas verflüchtigt, als ich um halb acht im Büro ankam.

Nick saß an seinem Schreibtisch. Wie üblich hingen ihm seine dunkelblonden Haare in die Augen und verdeckten sein Gesicht. Seine Finger tippten emsig auf der Tastatur herum. Er sah so normal aus, genau so, wie er ausgesehen hatte, bevor ich in das Kaninchenloch hinabgefallen war, dass es schwer war, sich vorzustellen, dass er zu einem geheimen Zaubererclub gehörte. Der ständig witzelnde, charmante Nick, der immer so offen, so zuverlässig war, hatte mich seit Monaten hinters Licht geführt. Unfassbar.

»Hey.« Meine Stimme klang mürrisch.

»Oh, hi.« Er sah auf.

Mein Blick fiel auf den Ino auf seinem Tisch. Rufus hatte gesagt, dass alle Magier schon lange einen hatten.

Ich funkelte Nick böse an. »Ich kann's nicht fassen, dass du einer von denen bist und nie was gesagt hast.«

Er sah mich unter halb gesenkten Lidern an. »Sieh mal, ich konnte nichts sagen, bevor du erwacht bist. Wir dürfen Norms nichts erzählen von ...«

»Ja, die Leier habe ich gestern schon gehört.« Ich schmiss

meinen Rucksack auf den Schreibtisch und setzte mich betont mit dem Rücken zu ihm hin. »Ich kann's echt nicht fassen, dass du mich angelogen hast. Genauso wie Rufus und meine Großmutter. Die haben mich sogar jahrelang angelogen. Mein Leben lang.«

»Jepp«, sagte Nick sanft. »Es ist echt hart, dass wir nicht mit Norms sprechen dürfen.« Mit einem Rutsch schob er seinen Drehstuhl durchs Büro direkt neben mich.

Ich weigerte mich, die Geste heute charmant zu finden. Ich hielt die Augen stur auf meinen leeren Bildschirm gerichtet. Ich schob mein Firmentelefon in die dafür vorgesehene Dockingstation und sah zu, wie der Bildschirm erwachte. Ich hatte versagt und Rufus hatte meinen neuen Ino einkassiert. Enttäuschung saß mir schwer wie ein Stein im Magen.

»Falls es hilft«, sagte Nick, »wir haben uns alle gewünscht, dass du auch eine Magierin wärst. Das ganze Team, meine ich.«

Das tat so weh, als hätte er mich in den Magen geboxt. »Es hilft mir nicht. Also sind Yue, Avel und Suze auch alle Magier?«

Aus dem Augenwinkel sah ich, dass Nick nickte.

»Und Tom?« Ich beobachtete meinen Bildschirm. Sechzig neue E-Mails, mindestens die Hälfte von ihnen wichtig. Mann, wenn man nur einen Tag Arbeit verpasste …

»Ja.«

Ich gab es auf, so zu tun, als arbeite ich, und drehte meinen Stuhl so, dass ich Nick ins Gesicht sehen konnte. »Kannst du dir vorstellen, wie krank es mich macht, dass ihr alle dieses Doppelleben geführt habt?«

Nick zuckte hilflos die Schultern. »Ich bin mit dem Scheiß aufgewachsen. Mit diesen Regeln.«

Ich schnappte mir den Becher von gestern von meinem Tisch und rollte das kalte Porzellan in meinen Händen, um Trost und Inspiration in der vertrauten Geste zu finden. »Stiefel mit statischer Aufladung, dass ich nicht lache.«

Nicks Lippen zuckten in einem Lächeln. »Ja. Avel hat Mike mit einem Zauberspruch stumm geschaltet, damit er uns endlich in Ruhe lässt.«

»Was ist wirklich passiert? Ich habe gehört, wie ihr zwei euch unterhalten habt. Avel meinte, dass du angefangen hast, aber ich habe nicht bemerkt, dass du was gemacht hast.« Nick nagte an seiner Unterlippe. »Tatsächlich hat Mike angefangen. Als ich mich an ihm vorbeigeschoben habe, hat er versucht, mich mit einem Zauber zu Fall zu bringen. Ich habe ihn abgeblockt und bin einfach weitergegangen. Er hätte das nicht tun dürfen. Uns ist verboten, Magie zu benutzen, wo ein Norm uns sehen kann. Und du standest ja direkt hinter mir.«

»Und Avel?«

»Avel hat nur gesehen, dass ich Mike mit einem Zauber belegt habe. Als Mike dann versucht hat, Avel mit einem Zauber zu schubsen, hat Avel übertrieben. Und deshalb hast du was gemerkt.«

»Davon abgesehen, dass ich keine Ahnung hatte, was wirklich passiert ist …«

Nick stupste mich in die Seite. »Es wird toll, Magie in deinem Alter zu entdecken.«

Da war ich mir nicht so sicher. »Bei Rufus klang es eher so, als ob ich großes Pech hätte, dass ich es erst so spät lerne.«

Nicks Augen wurden rund vor Empörung. »Nein. Mann, wie kann er dich nur so demotivieren?« Er lehnte sich näher zu mir. »Wir haben als Kinder angefangen. Aber wenn Kinder Magie erlernen, ist es verspielt. Nur einfache Sachen, nichts Gefährliches. Du lernst keine ernsthaften Zauber, bevor du sechzehn bist. Also …«, er grinste, »offiziell zumindest. Was man aus den Zauberbüchern seiner Eltern lernt, wenn sie gerade nicht hinsehen, ist natürlich etwas anderes.«

»Sind deine Eltern beide Magier?«

Nick schüttelte den Kopf. »Nur meine Mutter. Sie arbeitet für Astoria in Ottawa. Mein Vater arbeitet als Webdesigner. Also kann ich ein bisschen nachvollziehen, wie du dich fühlst. Wir müssen immer aufpassen, wenn mein Vater in der Nähe ist, müssen ihn ausschließen. Es fühlt sich mies an. Schon immer.«

»Jetzt stell dir die andere Seite vor.« Ich war verletzt. Aber wenn ich ehrlich war, dann steckte unter der Verletzung noch etwas anderes: Faszination. Ich konnte mit dem Kopf nachvollziehen, warum es Sinn machte, Nichtmagier rauszuhalten. Dass sie vermutlich keine andere Wahl hatten, wenn Magie ein Geheimnis bleiben sollte. Mein Herz und mein verletzter Stolz wünschten sich nur, sie hätten *für mich* eine Ausnahme gemacht.

»Einmal ist mein Vater in mein Zimmer geplatzt, als ich gerade meinen Stoffteddy verzaubert hatte, sodass er laufen konnte …« Nick erzählte mir von diesem und anderen Missgeschicken mit Magie, die ihm passiert waren, als er noch zu Hause lebte. Die witzigen Geschichten besänftigten mich. Mit jeder Anekdote war ich weniger angefressen und bald saugte ich alles in mich auf, was er mir über diese Welt erzählte, der ich nie begegnet war. Der Gedanke, dass mein Vater genauso ein Magier gewesen war wie Nicks Mutter, spukte mir immer wieder durch den Kopf. Wie wäre alles gekommen, wenn ich als Magierin geboren worden wäre? Hätte er mich genauso ausgebildet, wie Nicks Mutter es für ihren Sohn getan hatte? Es schmiedete bestimmt ein enges Band, wenn man Magie von seinen Eltern lernte. Schlagartig wurde mir klar, dass ich keine Ahnung hatte, welchen Job mein Vater in Wirklichkeit ausgeübt hatte. Er hatte als Berater für Sicherheitssysteme gearbeitet und war viel herumgereist. Es war zumindest das, was er meiner Mutter und mir erzählt hatte. Patrick Atwood war ein Magier — vielleicht hatte er in Wahrheit für Astoria gearbeitet?

Für Astoria arbeiten! Mein Blick huschte zur Uhr auf meinem Bildschirmschoner. Es war schon fast neun. »Ich muss los. Ich habe um neun ein Meeting mit Rufus und einem Lehrer.«

Nick rollte mit dem Stuhl zurück an seinen Schreibtisch. »Halt die Ohren steif.«

Rufus telefonierte, als Miles mich in sein Büro brachte. Er sah heute anders aus. Vielleicht würde ich sogar so weit gehen, es geschleckt zu nennen: ein Maßanzug, ein faltenloses weißes Hemd, eine diskrete Krawatte in den aktuellen Trendfarben und — Wunder über Wunder — Büroschuhe statt der üblichen Turnschuhe an seinen Füßen. Vielleicht hatte er später ein wichtiges Meeting?

Rufus bemerkte meinen erstaunten Blick und lächelte mich an. Er zeigte auf das Headset in seinem Ohr und dann auf die Sitzgruppe in seinem Büro.

Eine zierliche Frau saß auf der Couch. Ich hätte sie auf Mitte, Ende vierzig geschätzt. Sie war komplett in Schwarz gekleidet, von der maßgeschneiderten Bluse bis zu ihren Stilettostiefeln. Ein kleines Brillengestell mit schwarzem Metallrahmen saß tief auf ihrer Nase.

Sie stand auf, als ich mich ihr näherte, und hielt mir die Hand hin. »Ich bin Elizabeth Birch. Ihre neue Lehrerin.«

»Alanna Atwood.« Ich schüttelte ihre Hand. Ein elektrischer Schlag sprang über, so stark, dass meine Haut für einen Augenblick taub wurde. Ich zuckte vor Schmerz und Birch' Gesicht erstarrte etwas. Mann, warum konnte ich diese Schocks nicht einfach ignorieren? Irgendwie überraschte mich der elektrische Schlag jedes Mal, selbst wenn ich schon halb damit rechnete.

Birch zog ihre Hand zurück. »Ich würde sagen, da muss jemand daran arbeiten, seine Reaktion auf einen anderen Magier besser zu verbergen«, sagte sie mit schnippischem Unterton.

Ach nee, wirklich? »Ja, das denke ich auch. Es ist höchste Zeit, dass mir jemand beibringt, wie dieser ganze magische Kram tatsächlich funktioniert.«

»Rufus hat heute Morgen bekannt gegeben, dass Ihre Kräfte erwacht sind.« Birch setzte sich wieder. »Faszinierend, wirklich. Bitte!« Sie deutete auf die zweite Couch, die im rechten Winkel zu ihrer stand. »Während Rufus mit den Gildemeistern spricht, briefe ich Sie über Ihren neuen Status.« Birch' Stimme war so schneidig und streng wie ihr Outfit und ich fühlte mich sofort in meine Schulzeit zurückversetzt. Es hätte mich nicht überrascht, wenn sie mich als Nächstes nach meinen Hausaufgaben gefragt hätte.

Ich setzte mich auf den Platz, auf den sie gedeutet hatte, und faltete meine Hände im Schoß. Mein Blick fiel auf den neuen Konferenztisch neben der Sitzecke. Alle Spuren der gestrigen Magiedemonstration, die aus dem Ruder gelaufen war, waren über Nacht beseitigt worden.

»Herr Dean und ich arbeiten an einem Lehrplan für Sie. Wir betreten Neuland mit Ihnen. Bisher haben wir nur Astoria-Angestellte unterrichtet, die mindestens über eine Dekade Training verfügen. Ich habe mich sehr bei Herrn Dean dafür eingesetzt, dass Sie Intensivkurse erhalten, Einzelunterricht in einer abgeschlossenen Umgebung. Aber er besteht darauf, dass Sie bei Astoria bleiben und Vollzeit weiterarbeiten.«

Was genau war eine »abgeschlossene Umgebung«? Es klang schon verdächtig nach einer geschlossenen Anstalt. Ich versuchte, die inneren Bilder von einem sterilen weißen Raum abzuschütteln, wo man auf mich einredete, ich solle endlich die Magie in mir finden, aber es funktionierte nicht, mein Kopf drohte zu zerspringen von den furchtbaren Kopfschmerzen. Kopfschmerzen ...

»Sind diese Kopfschmerzen normal?«, fragte ich.

Birch runzelte die Stirn. »Die Kopfschmerzen sind verbreitet bei Kindern, deren Magie erwacht. Bei ihnen sind sie spätestens in ein paar Wochen vorbei. Bei Ihnen müssen wir abwarten, wie lange es dauert, weil Sie so viel älter sind.«

Na super.

»Du sollst ihr etwas über die Evaluation erzählen und die Prüfungen.« Rufus hatte einen Finger am Headset, vermutlich hatte er es auf lautlos gestellt. Er sah Birch streng an.

Birchs Lippen wurden schmal. »Ich weiß ja kaum, wo ich anfangen soll.«

»Fang einfach irgendwo an.« Rufus fuhr sich mit der Hand durch seine Haare und sie standen chaotisch von seinem Kopf weg. Wohl etwas viel Gel heute Morgen benutzt. Er drückte auf das Headset. »Ja, ich bin wieder da. Tut mir leid, dass ich dich habe warten lassen, István.«

»Was für eine Evaluation meint er?«, fragte ich Birch.

»Jeder Magier, der neu bei Astoria eintrifft, muss vor einem Komitee aus Gildemagiern zaubern. Das Komitee beurteilt das Ausmaß und die Qualität der Fertigkeiten des neuen Magiers und wir erstellen den individuellen Lehrplan anhand dieser Empfehlungen.«

Ich lehnte mich in der Couch zurück. »Da gibt es nur den kleinen Haken, dass ich keine Zaubersprüche kenne. Wie können sie meine Magie evaluieren, wenn ich gar nicht zaubern kann?«

»Ja, Herr Dean hat Ihr kleines ... Problem erwähnt.« Birch' Lippen verzogen sich leicht angewidert.

Na toll. Jetzt fühlte ich mich auch noch magisch impotent. Vielleicht gab es eine kleine blaue Pille, die ich schlucken konnte, und alles wurde gut? »Vielleicht könnten Sie versuchen, es mir noch einmal zu erklären?« Ich lehnte mich nach vorn. »Herr Dean war ein wenig zu ... abgelenkt, um mir anschaulich zu zeigen, wie man tatsächlich zaubert.« Ich blickte schnell zu Rufus rüber, aber er saß vornübergebeugt an seinem Schreibtisch. Seine ganze Konzentration war bei dem Telefongespräch und bei was auch immer auf dem Tablet vor ihm angezeigt wurde.

»Oh nein, nicht hier. Wir arbeiten später in der korrekten Umgebung daran.« Birch schnurrte die Worte fast. Ich hatte das Gefühl, sie wollte lieber nicht versuchen, mir etwas beizubringen — und vor Rufus' Augen scheitern.

Birch sagte nichts weiter und in der unangenehmen Stille zwischen uns beendete Rufus sein Telefongespräch. Er rief sofort den Nächsten an. Diesmal sprach er spanisch.

»Wie viele Gildemeister gibt es?« Es musste doch ein Thema geben, das Birch längere Antworten als zwei Sätze entlockte.

»Zehn.«

Ich wartete, dass Birch dem noch etwas hinzufügte, aber sie blieb stumm und beobachtete mich mit einem Gesichtsausdruck, den ich eher bei jemandem erwartet hätte, der einen Tropfen Spucke unter einem Mikroskop untersucht.

»Die Gildemeister kommen vermutlich aus verschiedenen Ländern, richtig?«

»Es wäre hilfreich, wenn Sie Informationen über unsere Gesellschaftsstruktur herunterladen und lesen würden«, sagte Birch und seufzte. »Wir können nicht bei Adam und Eva für Sie anfangen.«

Es war ungefähr so erfolgreich, wie einen Stein zu melken,

aber ich schaffte es, Birch wenigstens ein paar Informationen über die Magiergilde zu entlocken. Alle Magier auf der Erde gehorchten dem Hohen Magier. Dieses Amt hatte bis vor zwei Jahren meine Großmutter innegehabt. Nach ihrem Tod hatten die Gildemeister Rufus zum Hohen Magier ernannt. Der Hohe Magier war immer auch der CEO von Astoria, daher war es eine begehrte Position. Die zehn Gildemeister kamen von verschiedenen Kontinenten; die Magier auf jedem Kontinent wählten ihren eigenen Gildemeister. Die Kinder der Magier — natürlich nur die, die keine Norms waren — wurden auf spezielle Akademien geschickt, wo sie zu Magiern ausgebildet wurden, dann weiter auf die reguläre Universität, wenn sie dafür geeignet waren. Wenn sie fertig ausgebildet waren, bewarben sie sich bei Astoria. Sechs Monate lang arbeiteten sie hier im Astoria-Hauptsitz in Toronto oder in einer der Niederlassungen weltweit. Während dieser Probezeit wurden sie weiter in Zauberei unterrichtet. Wenn die sechs Monate um waren, wurde der Erfolg der Bewerber mit regulärer — Birch nannte es »mundaner« — Arbeit bewertet. Wenn der Angestellte und Astoria gut zusammenpassten, testeten drei Lehrer die Zauberkünste des Bewerbers bei einer sogenannten Weihe. Falls der Bewerber die drei Prüfungen bestand, wurde der befristete Vertrag in einen unbefristeten umgewandelt.

Der Hammer war, dass Birch mir kühl mitteilte, meine sechs Monate Probezeit seien um. Sollte ich bei den drei Prüfungen der Weihe versagen, würde ich Astoria verlassen müssen. Ich würde als Hedge-Magier eingestuft, eine Art freier Zauberer. Mit dem feinen Unterschied, dass ich von der Astoria-Security streng überwacht würde und nie wieder Magie praktizieren dürfte.

Mir rutschte das Herz in die Hose. Das konnte doch wohl nicht stimmen! Als ob du einem Kind was Süßes hinhältst und das Schnuckzeug dann wieder verschwinden lässt: »Es gibt Magie wirklich, Alanna — aber nicht für dich.«

»Wenn du die Prüfung nicht bestehst, bist du doch trotzdem noch ein Magier, oder?«, fragte ich noch mal nach. »Nur kein richtig guter.«

»Und man lässt sich besser nicht beim Zaubern erwischen«, sagte Birch ernst.

Ich runzelte die Stirn. »Was gibt der Magiergilde das Recht zu regulieren, ob jemand seiner Berufung nachgehen kann?«

»Es wurde schon immer so gehandhabt, um sicherzustellen, dass die Magier- und die Norm-Gesellschaft nicht nach und nach verschmelzen. Und Handwerksgilden sind eine uralte Sache. In manchen Ländern gibt es sie heute noch.«

»Weil es den Preis hebt, wenn das Siegel einer Gilde eine hohe Qualität zusichert«, sagte ich. »Wenn es um Magie geht, ist das doch was ganz anderes. Ich denke, niemand ›Normales‹ weiß, was wir machen, oder? Also würde es ja wohl keinen Schaden anrichten, einfach jeden aufzunehmen und zu unterrichten. Wohingegen es durchaus Schaden anrichten kann, wenn ihr sie einfach frei herumlaufen und zaubern lasst.«

»Unsere Security-Teams vor Ort stellen sicher, dass niemand Magie ohne das Wohlwollen der Gilde praktiziert. Oder nicht lang.«

Das klang ja schrecklich. Und unrealistisch. »Wie viele Magier gibt es denn schätzungsweise außerhalb der Gilde, die heimlich Magie praktizieren? Ihr erfasst ja nur die Kinder von Gildemagiern.«

»Keine«, behauptete Birch. »Hedge-Magiern wird sehr nachdrücklich nahegelegt, sich registrieren zu lassen. Und es gibt nicht viele Magier, daher auch so gut wie keine Magiebegabten, die außerhalb der Gilde geboren werden. Leider sind heutzutage die meisten Kinder der Magier Norms.«

»Noch ein weiterer Grund, magisch Begabte nicht rauszuschmeißen.«

Birch seufzte, ihre Geduld war offensichtlich fast am Ende. »Es ist eine Tradition. Wenn du nicht genug magisches Talent aufweist, um die Prüfung zu bestehen, darfst du nicht Magie praktizieren. Ende.«

»Aber warum schmeißt ihr sie bei Astoria raus? Es macht doch keinen Sinn, sie nicht einfach für …« Wie hatte sie es genannt? »Ich meine, warum lasst ihr sie nicht mundane Arbeit machen? Gott weiß, wir haben hier genug zu tun, um sie alle zu beschäftigen.« *Bitte, bitte, lasst mich hierbleiben, damit ich Forest of Fiends fertigstellen kann!*

»Oh, wenn sie gut in ihrem Job waren, können die niedrigrangigen Bewerber bleiben«, sagte Birch. »Vorausgesetzt, sie unterzeichnen die nötigen Verzichts- und Verschwiegenheitserklärungen. Die Bewerber, die nicht zu uns passen, werden großzügig abgefunden und erhalten lebenslange Unterstützungsleistungen im Austausch für ihre Unterschrift unter einer wasserdichten Verschwiegenheitserklärung.«

Meine Laune sank minütlich. »Warum erzählen Sie mir dann, dass ich meinen Job verliere?«

Birch sah mich mitleidig an. »Alanna, alle höherrangigen Positionen bei Astoria sind Magiern vorbehalten. Vor allem in der Software- und Produktentwicklung.«

Das wurde ja immer besser. Shit.

Birch bemerkte meine Wut. »Das müssen Sie verstehen. Alle unsere Produkte sind eine Mischung aus Technologie und Magie. Jeder, der mit sensiblen Daten umgeht, muss ein Gildemagier sein.«

»Also sind alle Vorstände und Abteilungsleiter ...«, setzte ich an.

»Alle Magier? Ja.«

Ich versuchte, mir den übergewichtigen Finanzvorstand Hank Wilson in einem Zaubererumhang mit Glitzersternen und spitzem Hut vorzustellen. Angela Zhao oder Sybil Pecheur, wie sie Runen auf Post-its kritzelten, um zu zaubern. Unvorstellbar. *Herrje, Alanna, jetzt konzentrier dich darauf, worum es hier eigentlich geht!*

›Herrje, Alanna, jetzt konzentrier dich darauf, worum es hier eigentlich geht!‹, ermahnte ich mich. »Ich habe mir die letzten sechs Monate den Hintern aufgerissen und jetzt werde ich rausgeschmissen wegen irgendeines obskuren Tests, der nichts mit meiner Arbeit zu tun hat?« Ich funkelte Birch wütend an.

Rufus ließ sich neben mir auf die Couch fallen, das Headset zwischen die Finger geklemmt. »Super, wie du hier positive

Stimmung verbreitet hast, Birch.« Sein Ton war schneidend. Er legte mir den Arm um die Schultern. »Du wirst nicht bei der Weihe versagen, Alanna.«

Birch öffnete den Mund. Bestimmt, um ihm zu widersprechen. Ein wütender Blick von Rufus ließ sie den Mund kommentarlos wieder zuklappen.

»Ich spreche gerade mit allen Gildemeistern über deine Probezeit. Die Frist traf auf dich nicht zu, bevor deine Magie erwacht ist. Offiziell müsste deine Weihe bald stattfinden, weil du schon sechs Monate hier bist. Aber es wäre nicht fair, da du ja überhaupt keine Chance hattest zu trainieren. Also bestehe ich auf einer Verlängerung der Probezeit. Mach dir deshalb keinen Kopf, wirklich.« Er drückte meine Schulter. »Wir machen einen Schritt nach dem anderen. Jetzt fängst du erst mal mit dem Unterricht an. Und wenn klar ist, was du gut kannst, sehen wir weiter. Okay?« Er drückte mich noch einmal an sich.

Ich war so erleichtert über das, was er gesagt hatte, und darüber, seine Unterstützung so deutlich zu spüren. Ich lehnte mich an ihn — und bemerkte Birchs missbilligenden Blick.

Meine Wangen brannten vor Hitze, als mir klar wurde, wie Rufus' Trost wohl auf einen Außenstehenden wirkte. Sie musste doch glauben, dass Rufus und ich ein Verhältnis geheim hielten. Oder auch nicht geheim hielten, so wie er mich vor ihr berührte. So sehr ich auch seine Aufmerksamkeit und seine Nähe genoss, ich wusste, dass es nicht hilfreich war, wenn Gerüchte von unserer angeblichen Affäre die Runde machten. Ich schlüpfte aus Rufus' Umarmung und lächelte ihn mit gespielter Zuversicht an. »Lasst uns loslegen.«

»Ausgezeichnet.« Rufus stand auf. »Dein erster Kurs ist heute Nachmittag, bei Birch. Nick hilft dir, das ganze Zeug zusammenzusammeln, und zeigt dir, wo das andere Astoria-Gebäude ist. Der Zutritt ist nur Magiern gestattet, daher kennst du es noch nicht. Wir trainieren dort.«

Sein Telefon läutete mit einem Zen-Glockenton. Rufus verzog das Gesicht. »Es ist schon wieder Nigel. Er sitzt gerade in einer Evaluation.« Während er mit Nigel sprach, ging er zu seinem Schreibtisch und holte einen Ino heraus, den er mir in die Hand presste. Die Flügel flatterten emsig und das kleine Tablet — vermutlich mein eigener Ino — versuchte davonzufliegen. Ich klammerte die Finger eisern darum, voller Angst, das kostbare Teil zu verlieren.

Als Rufus das Headset in die Tasche stopfte, glitzerten seine Augen vor Aufregung. Uh oh, das kannte ich gut. Irgendetwas Hübsches, Neues hatte Rufus' Aufmerksamkeit geweckt. »Birch, wir werden bei der Evaluation gebraucht.«

Sie sah ihn ungläubig an. »Warum in aller Welt ...«

Rufus war schon halb zur Tür raus. »Letzte Nacht hat sich ein Hedge-Magier beworben«, sagte er über die Schulter. »Es gab ein paar Unstimmigkeiten bei seinem Background-Check, das Sicherheitsteam geht gerade noch mal drüber. Aber er besteht alle Tests mit Bravour. So gut, dass Nigel mit ihm hierhergeflogen ist.«

Ich war verwirrt. Ich dachte, Hedge-Magier waren Ex-Magier ohne Talent? »Was macht denn ein Hedge-Magier bei Astoria?«

Rufus und Birch hatten das Büro schon im Eilschritt verlassen. Erwarteten sie ernsthaft, dass ich brav in mein Büro zurückging, nachdem ich das gehört hatte? Wenn sie mich nicht rauskickten, würde ich mir jetzt diese Evaluation angucken, die mir ja auch irgendwann bevorstand.

Ich rannte hinter Birch her und blieb in ihrem Windschatten, in der Hoffnung, dass sie mich nicht bemerkte. Es war gar nicht weit, nur einmal quer über die Vorstandsetage zu einem der großen Konferenzräume. Man konnte von außen nicht in den Raum hineinsehen und die Tür war mit einem Zahlenschloss gesichert. Rufus gab eine Kombination ein und die Tür öffnete sich mit einem Summen.

Ich quetschte mich direkt hinter Birch hinein und schob sie voran, damit die Tür nicht vor mir ins Schloss fiel.

»Alanna!«, zischte sie. »Sie dürfen hier nicht rein.«

Oh, das sah ich aber ganz anders! Ich hatte gerade den hinreißendsten Mann überhaupt gesehen.

Das Evaluationskomitee saß an einem langen Tisch. Es waren fünf Leute — drei Männer, zwei Frauen — jeder mit einem Ino bewaffnet. Mein Blick glitt sofort über sie hinweg, wie magnetisch angezogen von dem Mann, der dem Komitee gegenüberstand. Der Hedge-Magier hatte die fünf Astoria-Typen mit gefasster Gleichgültigkeit im Blick. Er stand hochaufgerichtet, aber entspannt da. Und er war attraktiv! Ungefähr zwei Meter groß, schlank. Höchstens dreißig, eher jünger. Als er seine Arme vor der Brust kreuzte, spannten seine muskulösen Schultern das salbeigrüne Shirt. Sein Haar glitt mit der Bewegung über seine Schultern, ein Wasserfall aus Kastanienbraun, der knapp über seinem Po endete. Er hatte das Haar aus seinem Gesicht gebunden, zwei Zöpfe hingen von seinen Schläfen bis auf seine Brust. Ich ließ den Blick langsam die Zöpfe wieder hinaufgleiten und sah ihm zum ersten Mal ins Gesicht. Das intensive Grün seiner Augen fing mich ein und hielt meinen Blick gefangen. Er trug gefärbte Kontaktlinsen, das war klar. Vielleicht eine dieser Marken für Rollenspieler oder für Clubber, die die Augen verfremdeten, damit sie »dämonisch« aussahen. Die sexy Art von Dämon in diesem Fall.

Rufus sagte etwas zu Birch und mir, aber ich hörte ihm nicht zu. Vielleicht hatte Tara recht, wenn sie mich andauernd nervte, dass ich mal wieder ausgehen sollte? Ich begaffte den Hedge-Magier, als hätte ich noch nie einen attraktiven Mann gesehen.

Rufus zog mich mit einem genervten Schnauben in den Raum und drückte die Tür hinter mir ins Schloss. Die Trance verflüchtigte sich und ich konnte endlich den Blick von dem Typen wenden. Als ich stattdessen das Evaluationskomitee ansah, stöhnte ich innerlich. Ganz links saß Mike, meine Nemesis von Labor fünf.

»Herr Dean«, sagte die Frau, die uns am nächsten saß, »dies ist Mattis Firdrake. Er ist schon von Geburt an magiebegabt, aber ist bisher keinem unseren Agenten aufgefallen. Letzte Nacht hat er sich bei Astoria in Glastonbury beworben unter der Express-Zulassungsregel 82B. Seine Resultate lagen weit über dem

Durchschnitt, daher wurde er vor einer Stunde für weitere Tests an uns überstellt.« Sie klickte etwas auf ihrem Tablet.»Ich schicke Ihnen seine Daten.«

Rufus hob einen Arm und legte einen Ino frei. Ich dachte, er benutzte schon das nächste Modell, das winzige Batphone, Pardon: Ikarus?»Schicken Sie es auch an Birch.«

Birch und er sahen sich die Daten an. Zu gern hätte ich auch gelesen, was dort über Firdrake stand. Die beiden sahen nicht auf die Tablets an ihrem Arm, sondern geradeaus in die Luft. Ihre Augen bewegten sich in schneller Folge von links nach rechts, als ob sie etwas lasen, das ich nicht sehen konnte.

Rufus bemerkte meinen verwunderten Blick.»Es ist ein NUI.«

Ein Natural User Interface? Wow.»Warum kann ich es dann nicht sehen? Worauf wird das Bild projiziert?«

Rufus drückte auf seinen Ino und sein Blick fand mich.»Es wird auf den äußeren Rand deiner Magie projiziert. Wo deine Magie die Umgebungsenergie trifft.«

Er hatte ein Gerät in seinem Arsenal, das Daten auf Magie projizieren konnte? Unglaublich.

Als ob es nicht der Rede wert wäre, wandte Rufus sich an Mattis.»Zeigen Sie mir etwas, das mich beeindruckt.«

»Wie wäre es mit einer Wette?« Mattis' Stimme war tief und warm. Das spitzbübische Lächeln, das er Rufus und mir schenkte, raubte mir den Atem. Er zog einen Silberring vom Finger und hielt ihn Rufus auf der ausgestreckten Handfläche hin.»Derjenige von uns beiden, der zuerst diesen Ring bewegt oder verzaubert, darf ihn behalten.«

Rufus hob amüsiert die Brauen.»Ich nehme an, mit 'verzaubern' meinen Sie, den Ring per Illusionszauber zu verändern?«

Als Mattis nickte, ging Rufus zu ihm hinüber.»Lassen Sie mich den Ring mal sehen.« Er schnappte ihn von Mattis' Handfläche und besah ihn gründlich von allen Seiten. Ab und zu geisterte dabei ein blaues Leuchten um seine Finger.

Neugierig trat ich neben die beiden. Der Ring war eine wunderschöne Arbeit. Das Silber zierte ein Band aus Splittern eines gefleckten Edelsteins.

»In Ordnung.« Rufus gab den Ring nicht an seinen Besitzer zurück, sondern legte ihn auf die Kante des Tisches, an dem das Komitee saß. »Der Erste, der den Ring bewegt oder optisch verändert, behält ihn. Bereit, wenn Sie es sind.«

Ich machte einen Schritt rückwärts, damit er zaubern konnte, ohne an mich zu stoßen.

»Ich bin zu allem bereit, seit ich auf die Welt kam«, sagte Mattis betont cool. Während ich innerlich über die Testosteronvergiftung stöhnte, leuchteten Rufus' Augen auf. Vermutlich genoss er es, mal einem anderen Alphatier zu begegnen.

»Also auf drei?« Rufus grinste Mattis hämisch an.

»Wenn Sie das relevant finden.« Mattis sah vollkommen entspannt aus.

»Alanna, kommen Sie hierher«, zischelte Birch mir zu. »Magieduelle entgleisen leicht.«

Zögernd wich ich weiter zurück, bis ich neben ihr in der Nähe der Tür stand.

»Eins!«, rief Rufus laut. Seine Augen glitzerten.

»Zwei«, sagte Mattis uninteressiert.

»Drei.« Schon bevor er das Wort sagte, hob Rufus die Hände. Er malte mit den Fingern eine Figur in die Luft, direkt über dem Ring, ohne den Schmuck zu berühren.

Mattis machte nichts.

Der Ring sauste über die Längsseite des Tisches und fiel mit einem lauten Klappern auf der anderen Seite zu Boden.

»Was zum …« Rufus' Hände waren noch erhoben. Er starrte Mattis argwöhnisch an und bewegte dann die Hände in einer komplizierten Geste. Ein großer metallener Ball erschien vor ihm in der Luft, schon auf Kollisionskurs mit Mattis. Die Kugel brannte lichterloh. Das Feuer knisterte so laut, dass das Geräusch den ganzen Raum füllte.

Birch und die Mitglieder des Komitees keuchten vor Erstaunen. Ich hatte keine Ahnung, wie magische Duelle funktionieren, also fühlte ich mich wie im Kino. Konnten die beiden einander real verletzen?

Mattis hob einen Finger und die Metallkugel geriet vom Kurs ab. Sie raste trudelnd in die Wand. An der Einschlagsstelle war der ehemals weiße Putz schwarz verbrannt und bröckelte. Das beantwortete wohl meine Frage: Rufus bluffte nicht. Er schoss noch mehr Kugeln und Blitze auf Mattis. Mit jedem Versuch wurden sie größer und komplexer. Rufus bewegte sich so schnell, dass er nur noch verschwommen zu sehen war. Man wusste nie, wo er als Nächstes angreifen würde. Er war überall und nirgends, wurde zu einer geisterhaften Spur in der Luft. Kein Wunder, dass sie ihn zum Hohen Magier gemacht hatten, oder?

Mattis wehrte mit Leichtigkeit jede seiner Attacken ab und zahlte es Rufus nie mit gleicher Münze heim.

»Meine Stärke«, sagte er, als Rufus endlich schwer atmend eine Pause einlegte, »ist es, das Talent eines Magiers zu lesen und seine Schwächen. Ähnlich eurer Evaluation.«

Er ging zum Tisch des Komitees, um seinen Ring aufzuheben. Obwohl Mattis ihm den Rücken zukehrte, griff Rufus ihn wieder an und schickte ihm etwas auf den Hals, das wie eine Kobra aus Feuer aussah. Sogar auf der anderen Seite des Raums spürte ich noch die Hitze auf dem Gesicht. Mattis sah sich noch nicht einmal nach der bedrohlichen Erscheinung um. Er bewegte nur einmal die Hand, und die Kobra zerfiel in schimmernde Partikel, die zischend erloschen, als sie den Boden berührten.

Meine Güte, wo würden sie den Mann einsetzen? Welche Abteilung hatte das unverschämte Glück, dieses Eyecandy zu bekommen? Während der Großteil meines Hirns damit beschäftigt war, über jedes Detail von Firdrakes Körper zu sabbern, überlegte der Rest meiner Hirnzellen, wie ich herausfinden konnte, ob er ein Gamer war. Vielleicht könnte ich ihn mal zu einer LAN-Party einladen? Vorausgesetzt, ich schaffte es je, den Mumm zusammenzukratzen, ihn überhaupt anzusprechen.

Mattis lehnte sich über den Tisch, um seinen Ring aufzuheben. Während er sich vorbeugte, berührte er kurz Mikes Hand. Mike zuckte im Stuhl zurück.

Mattis zog sich auf seine Ausgangsposition zurück, einen

Schritt vor dem Tisch des Komitees. »Stärken und Schwächen lesen ...« Er legte den Kopf ein wenig zur Seite, als höre er jemandem zu, den ich nicht sehen konnte. »Dieser Mann dort, Mike — ich konnte seinen Nachnamen nicht aus seinen Gedanken lesen ...«

Mike sah entsetzt von seinem Ino hoch.

»Er macht euch glauben, dass er ein exzellenter Magier ist. Seine Stärke sind Bannsprüche. Bei allem anderen gelingen ihm höchstens Zufallstreffer. Er beherrscht jedoch ein breites Repertoire an effekthascherischen Zaubern, um das zu verbergen, und ...«

»Hey!« Mike sah leicht panisch aus. »Wie können Sie es wagen!«

»Halt die Klappe, Mike«, unterbrach ihn Rufus. Er hatte kaum die Stimme erhoben, aber Mike verstummte sofort.

Rufus schenkte Mattis ein Lächeln, das mir die Haare im Nacken aufstellte. Ich kannte diesen Ausdruck bei ihm. Kühle Kalkulation und ein guter Instinkt hatten gerade zusammen beschlossen, dass er ein schönes neues Spielzeug entdeckt hatte. Eins, das er besitzen und benutzen wollte. Bisher hatte ich diesen Gesichtsausdruck bei Rufus nur gesehen, wenn er ein Elektronikbauteil anschaute. Es war schaurig, den Blick zu sehen, wenn es um einen anderen Menschen ging.

»Ich bin sehr interessiert. Lassen Sie uns die Unterhaltung in meinem Büro fortsetzen.« Rufus nickte mit dem Kopf in Richtung Tür.

Ich trat ihnen in den Weg. »Lesen Sie mich, Herr Firdrake.«

Mattis wandte sich mir zu. Seine leuchtend grünen Augen trafen meine und ich stand wie erstarrt. Er hob die Hand, um mich zu berühren. Vermutlich brauchte er Hautkontakt, um das Talent eines Magiers zu lesen. Falls er das überhaupt wirklich konnte und die Geschichte mit Mike nicht nur Show oder ein Zufallstreffer gewesen war.

Rufus schob Mattis' Hand weg, bevor er mich berühren konnte. »Alanna, geh zurück an die Arbeit. Das hier ist weit oberhalb deiner Autorisierungsstufe.«

»Das hier ist *was*?« Ich lachte. »Du sagst mir, dass meine Kräfte erwacht sind, aber ich kann keine Magie wirken. Also will ich, dass dieser Typ hier mich liest und mir sagt, was er sieht.«

Ich griff über Rufus hinweg und umfasste Mattis' Arm. Mit der anderen Hand hielt ich krampfhaft meinen flattrigen Ino fest. Mattis' Unterarm fühlte sich so hart wie Stein an. Hitze stieg durch den Stoff seines Hemdes auf. Meine Haut kribbelte und ein heißer Stromschlag zuckte mir das Rückgrat hinunter. Es war so intensiv, dass ich unwillkürlich aufstöhnte.

»Du tust dir gerade keinen Gefallen«, zischte Rufus mich aus dem Mundwinkel an. »Geh in dein Büro und wir reden später.«

Birch sah von Rufus zu mir mit einer steilen Falte zwischen den Brauen.

Mattis legte seine Hand über meine. Ein Energiestrom schoss in mich hinein, stark genug, dass ich für einen Moment meine Hand nicht mehr spürte.

Er schüttelte den Kopf. »Etwas stimmt nicht.« Sein Blick suchte erneut meinen und ich fühlte mich wie gebannt von seinen Augen.

Rufus riss uns fast brutal auseinander und bugsierte den Magier aus der Tür. Durch den kleiner werdenden Spalt erhaschte ich einen letzten Blick auf Mattis. Er sah nachdenklich aus und schaute über seine Schulter zu mir. Die Tür schwang zwischen uns ins Schloss.

Mike schnipste mit den Fingern. »Frau Atwood, begeben Sie sich bitte in die Mitte des Raums.« Seine Stimme klang gepresst, als ob er lieber schreien würde, aber er hatte sich gerade noch im Griff.

Ich sah zu Birch. Das war jetzt nicht geplant gewesen. Oder hatte ich etwas verpasst?

Birch nickte mir zu. »Wir können es genauso gut hinter uns bringen«, sagte sie leise. Sie drehte sich zum Komitee. »Ihnen liegt Herrn Deans Evaluation vor. Dieses Treffen ist nur eine Formalität.«

Keins der Komiteemitglieder sagte ein Wort. Mein Radar für

Büropolitik gab lautstark Warnung, dass diese Typen es gar nicht witzig gefunden hatten, wie ihnen Mattis' Evaluation entglitten war. Einem von ihnen war sie sogar richtig um die Ohren geflogen — ausgerechnet demjenigen, der mich sowieso auf dem Kieker hatte. Der Streich, den wir Mike gestern in Labor fünf gespielt hatten, und das, was Mattis gerade getan hatte, könnten die Sache für mich echt brenzlig machen.

Ich ging in die Mitte des Raums und baute mich vor der Tischmitte auf. Ich kreuzte die Arme schutzsuchend vor der Brust, aber die Geste war linkisch, weil ich immer noch den Ino umklammert hielt. Ich ließ den einen Arm sinken. Ich würde das Tablet nicht loslassen und damit zugeben, dass ich es nicht kontrollieren konnte. »Ich kenne keine Zaubersprüche. Was soll ich dann für Sie tun?«

Fünf Paar Blicke durchbohrten mich.

»*Versuchen* Sie doch wenigstens, uns ein Beispiel Ihrer Zauberkraft zu geben«, sagte Mike. »Falls Sie sich dazu herablassen können.«

Ich holte tief Luft. Oh Mann.

Sie ließen mich die längsten fünfzehn Minuten meines Lebens erfolglos herumeiern, bevor sie aufgaben. Alle fünf tippten auf ihren Tablet-Computern herum und besprachen sich vermutlich in einem Chat. Ich hielt den Blick auf Birch gerichtet, aber sie bedeutete mir nur zu warten.

Endlich räusperte sich einer der Männer. Er hob sich vom Rest der Gruppe durch seinen tadellosen Anzug und die dünne Krawatte ab. »Dieses Komitee ist der Meinung, dass Sie eine Magierin sind, aber untalentiert.« Er hatte einen britischen Akzent und seine Stimme klang so kunstvoll moduliert wie die eines Nachrichtensprechers. Beides zusammen ließ das Urteil schrecklich offiziell klingen. »Wir können Rufus Deans Empfehlung, Sie auszubilden, nicht überstimmen, aber wir halten nachdrücklich fest, dass wir diese Entscheidung für eine grobe Verschwendung von Ressourcen halten. Tun Sie sich einen Gefallen und verzichten Sie auf die Ausbildung. Sie werden trotz Training nicht weiterkommen und Astoria verlassen, nachdem genau das in den Prüfungen der Weihe festgestellt wird.«

»Was?« Ich starrte ihn an. Ich war eine Norm? Ich war erwacht, aber konnte nie mehr als eine Norm sein? Hitze stieg mir ins Gesicht, als ich mitleidige Blicke von den Mitgliedern des Komitees auffing.

»Aber ... aber ich bin doch noch nicht mal in einem einzigen Kurs gewesen!«, stotterte ich.

Birch ergriff meinen Arm. Ich verstummte, als sie mir einen warnenden Blick zuwarf und unmerklich den Kopf schüttelte.

»Bewerten Sie nicht zu hoch, was hier gerade gesagt wurde, Alanna.« Birch sprach etwas zu laut, ganz offensichtlich nicht nur für meine Ohren. »Sie müssen noch viel lernen, aber das wussten wir ja schon.« Sie zog die Tür auf und begleitete mich aus dem Konferenzzimmer. Sie hielt mich immer noch am Arm fest, als sie mit mir fast im Laufschritt durch die Vorstandsetage trottete. Ich konnte kaum mit ihr mithalten. Ich fühlte mich wie betäubt. Was waren wohl die Nachwirkungen dieser Evaluation? Würde es irgendetwas an Rufus' Plänen ändern?

Birch zog die dicken Glastüren auf, die raus aus dem Vorstandsbereich führten. »Ich sehe Sie gleich im Unterricht, Alanna.«

Bevor ich antworten konnte, marschierte sie schon wieder zurück in die Richtung, aus der wir gekommen waren. Hoffentlich, um gewissen Leuten gehörig in den Hintern zu treten.

Ich stand allein in der großen Rotunde mit Blick in das offene Herz des Gebäudes. Rechts von mir sausten Aufzüge hoch und runter und spuckten auf jedem Stockwerk Dutzende Leute aus. Astoria war Tag und Nacht wie ein Ameisenhügel und durch die Glaswände konnte man von hier aus alles überblicken. Hunderte von Leuten arbeiteten auf jedem Stockwerk an ihren Schreibtischen oder hasteten zwischen Abteilungen und Meetings hin und her, Tablets unter den Arm geklemmt. Wie viele von ihnen waren Magier? Wie sicher war dein Job bei Astoria, wenn du kein Magier warst? Und würde Rufus mich immer noch bemerken, wenn ich mich doch als Norm herausstellte? Ich war zwar seit Jahr und Tag verliebt in Rufus Dean, aber nicht so sehr dem Wahn verfallen, dass mir eins nicht aufgefallen wäre: Außer ein paar Meetings und öffentlichen Ansprachen hatte ich Rufus in meinen sechs Monaten bei Astoria nicht gesehen. Er hatte kein einziges persönliches Wort mit mir gewechselt. Dann erfuhr er, dass meine Magie erwacht war — und er brachte seinen ganzen Terminplan durcheinander, um mit mir zu reden und Zeit mit mir zu verbringen. Kein Zweifel: Wenn er feststellte, dass bei mir Zauberkünste Mangelware waren, degradierte Rufus mich schneller zurück in die zweite Reihe, als ich »open beta« sagen konnte.

BRIDA ANDERSON

ZEHN

Nick drehte sich schnell um, als ich unser Büro betrat. Ein breites Lächeln erhellte sein Gesicht. »Jetzt bist du also eine von uns.«

»Hmpf. Ich bin mir nicht so sicher.« Ich ließ mich in meinen Stuhl fallen.

Er runzelte die Stirn. »Wie ist die Evaluation gelaufen?«

»Woher weißt du überhaupt, dass ich meine Evaluation schon hatte? Es war gar nicht für heute angesetzt.«

Nick hielt seinen Ino hoch. »Du bist gerade der Liste von Magiern hinzufügt worden und ich habe eine Nachricht bekommen, dass ich dich ausstatten soll.«

Das war mehr, als ich zu hoffen gewagt hatte, nachdem ich die Evaluation so versaubeutelt hatte. »Ich hab noch nicht mal einen Zauberspruch hinbekommen. Es war völlig sinnlos, diese Evaluation zu machen.«

»Nein.« Nick legte den Ino auf seinen Schreibtisch zurück. »Es ist eine Formalität. Sie können dein Training nicht anfangen ohne die Evaluation. Es hätte keinen überraschen dürfen, dass du nicht zaubern kannst. Mach dir keinen Kopf darum.«

Ich schob den zappelnden Ino in die andere Hand. Ich hätte getötet für einen Kaffee, aber wie sollte ich mir einen holen, ohne das fliegende Tablet irgendwelche Nichtmagier sehen zu lassen? »Glaubst du, es ist überhaupt möglich, in ein paar Wochen zaubern zu lernen?«

Nick zuckte die Schultern. »Keine Ahnung. Ich bin noch nie auf einen frischen Magier getroffen, der so alt ist wie du.«

Mann, das war nicht das, was ich hatte hören wollen. Mattis hatte gesagt, dass etwas nicht stimmte. Hatte er gemeint, dass ich hier nicht hingehörte, als Magier ohne Talent? Oder hatte er etwas anderes erspürt? Vielleicht einen Grund, warum meine Kräfte so spät erwacht waren?

Nick bemerkte meinen Klammergriff um den Ino und kam zu mir herüber. Als er meine Hand berührte, sprang ein Stromstoß auf mich über und ich ließ unwillkürlich das Tablet fallen.

Nick fing das kleine Gerät geschickt auf. Es versuchte wegzuflattern, aber er hielt es fest. »Wer hat ihm Flügel gegeben?«

»Rufus.« Meine Hand schmerzte, weil ich das Ding so lange umklammert hatte.

Nick rollte mit den Augen. »Wir sollen Norms es nicht sehen lassen und er lässt das Ding herumfliegen?«

Ich schüttelte meine Hand aus. »Ich glaube, wir wissen beide, wie gern Rufus angibt.«

Nick sagte dazu nichts, sondern hielt mir den zappelnden Ino zwischen Mittel- und Zeigefinger hin. Er zog zwei Finger in einem eleganten Muster über die Ranken auf der Rückseite und konzentrierte sich — was auch immer er eigentlich machte.

»Diese Sigille nennt sich ›alle Energien brechen‹. Du kannst sie benutzen, um Zauber zu beenden, falls sie nicht besonders stark oder kompliziert sind.«

Die kleinen Flügel schnappten an der Rückseite des Geräts zusammen und verschwanden spurlos. »Hier.«

Ich nahm meinen Ino von Nick entgegen und drehte das Tablet in den Händen herum. »Wie ist diese Weihe, die man machen muss?«

Nick setzte sich auf seinen Schreibtisch und nahm seinen eigenen Ino auf. »Das hängt davon ab, wie du dich mit deinen Lehrern verstehst. Sie sind meist die, die uns testen.« Er zuckte die Schultern. »Es ist immer beängstigend, wenn Hunderte von Leuten dich wie Habichte beobachten, aber die meisten von uns haben's gut hingekriegt. Die Lehrer sind auch nicht besonders streng. Na ja«, er verzog das Gesicht, »Cletus hat natürlich seine Lieblinge und alle anderen könnten verrecken, wenn's nach ihm ginge.«

»Cletus Fisher?«

Er nickte. »Cletus unterrichtet Energy Engineering. Das ist die Verbindung von Technologie und Magie. Das Wichtigste, das du bei Astoria lernen kannst. Und du lernst echt 'ne Menge von ihm, wenn du seine Art ignorieren kannst.«

Miles hatte gestern gesagt, dass Cletus' Ideen für meinen Trainingsplan hatte. Rufus hatte es heute nicht noch mal erwähnt. Hieß das, Cletus' Vorschläge waren vom Tisch? Und war das gut oder schlecht für mich?

»Ich wollte dir noch was zeigen.« Nick hielt mir sein Tablet hin. »Wie du mit dem NUI des Ino arbeitest.« Er zeigte auf die linke obere Ecke des Tablets. »Drück für ein paar Sekunden dagegen, dann lass los.«

Ich drückte auf meinen Ino. Nichts passierte. Na toll. Noch ein Magierding, das bei mir nicht funktionierte. »Es …«

Nick schüttelte den Kopf. »Wart's ab.«

»Aber …«

Er rollte die Augen. »Du bist gar nicht ungeduldig, was? Jetzt wart mal den Druck ab. Es ist ein magisches Gadget. Stell es dir wie ein Haustier vor. Es dauert seine Zeit, bis ihr beide gut zusammenarbeitet.«

Ein kitzelndes Gefühl begann hinter meinen Augen. Es kroch mit Nadelspitzen über meine Wangen in Richtung meiner Nase. Ich verzog das Gesicht, kaum in der Lage, dem Juckreiz standzuhalten. Als das heiße Prickeln meine Nase erreicht hatte, hörte es abrupt auf.

Ich sah alles verschwommen und blinzelte. Meine Sicht wurde etwas klarer, aber irgendetwas stimmte nicht. Der ganze Raum war mit winzigen schwarzen Punkten gesprenkelt.

»Entspann dich und lass den Blick in die Weite gehen«, sagte Nick. »Versuch nicht, auf irgendetwas zu fokussieren.«

Der Fliegenschiss gruppierte sich neu und wurde zum Umriss eines Homescreens, der den Ausblick auf unser Büro überlagerte. Ich drehte den Kopf und die Zeilen und Worte auf dem Bildschirm folgten der Bewegung.

»Je besser du deine Magie im Griff hast, desto klarer wird die Abbildung für dich. Siehst du das Icon mit der Tastatur?«,

fragte Nick. »Es sollte in der rechten unteren Ecke sein.«
»Ja.« Ich hatte Angst zu nicken, weil ich befürchtete, dadurch die Projektion zu verlieren.

»Ich mach den Ino wieder fest.« Nick fischte das Tablet aus meiner Hand, während ich weiter gebannt die Projektion anstarrte und so unbewegt wie möglich stand. Etwas Kühles schloss sich um meinen Arm.

»Drück mit deinen Fingern auf das Tastatursymbol.«
»In der Luft?«
»Genau.«

Zögernd griff ich nach dem Knopf mit dem Keyboard-Icon. Aus Forest of Fiends kannte ich das schon, wenn man nur die Luft berührte und trotzdem eine Reaktion von der Maschine bekam. Aber wie ging das hier? Im Spiel hatte ich einen Controller in einer fixen Position und mehrere NUIs direkt an mir, die alle meine Eingaben aufzeichneten. Aber der Ino war doch winzig!

Unter dem Homescreen erschien eine geisterhafte, regulär große Tastatur in der Luft.

»Du kannst den Winkel mit beiden Händen einstellen.« Nick machte eine Geste, als ob er etwas mit beiden Händen drehte. »Ich kann es nicht sehen, deshalb musst du es selber machen.«

Ich berührte die Keyboard-Simulation und drehte sie hierhin und dorthin, völlig fasziniert.

»Sie wird auf die äußere Hülle deiner Magie projiziert«, begann Nick.

»Ja, Rufus hat's mir schon erklärt. Ist aber schwer zu glauben.« Ich tippte, ungelenk, auf der Lufttastatur herum. Am Anfang war es schwer, ohne den üblichen Widerstand einer Tastatur die richtigen Tasten zu treffen. Die Buchstaben erschienen auf dem Homescreen. Nach ein paar Worten poppte eine Dialogbox auf: »Als Nachricht/E-Mail/Memo/Cloud-Partikel anlegen?«

Ich hob die Hand und drückte auf »Nachricht«. Die Dialogbox verschwand und wurde von einem Dropdown-Menü ersetzt, das Astoria-Abteilungen und Namen enthielt. Die Interaktion war so flüssig. Faszinierend.

»Hey, die Namenslisten sind unvollständig.«

»Wenn sie nicht draufstehen, sind sie keine Magier.«

Nick hatte es heute früh erwähnt, aber bis zu diesem Moment war es mir nicht in der ganzen Tragweite klar geworden. Wer bei Astoria zählte, war Magier. Ich klickte auf »FoF Developer Team«. Alle waren da. Ich war der einzige Norm gewesen, umgeben von gottverdammten Zauberern ...

Eine Frau steckte den Kopf durch den Türspalt und ich zuckte schuldbewusst zusammen. So viel dazu, den Magier-Ino geheim zu halten. Und wie konnte ich bloß diese Projektion abstellen?

Nick winkte die Frau herein und sie schloss die Tür hinter sich. Sie trug eine mit einem dicken Vorhängeschloss versehene Holzkiste unter einem Arm. »Material für Atwood?«

Nick deutete mit dem Daumen auf mich.

Die Frau hielt mir ihr Tablet hin, das ein Formblatt zeigte. »Bitte unterschreiben Sie hier für die Lieferung. Verwenden Sie einfach ihren Finger auf dem Bildschirm.«

Ich unterschrieb auf der Linie über meinem Namen.

Sie drückte mir die Kiste in die Hand. »Der Code ist 522-218.« Sie verließ uns gleich wieder und zog die Tür hinter sich zu.

Nick wedelte mit den Händen in Richtung Tür und ein schwacher Lichtschimmer hüllte sie ein. »Ein Bannzauber«, erklärte er. »Nur um sicherzustellen, dass keiner reinplatzt. Die Bannsprüche sind in die Türen eingelassen, du musst nur lernen, wie man sie aktiviert.« Er zeigte mir, wie ich die Kiste mithilfe der Nummer und eines Daumenabdrucks öffnete.

»Das ist das Gleiche wie beim Ino«, sagte ich.

»Ja, Standardvorgehen für alle magischen Geräte bei Astoria.« Nick legte den Deckel der Kiste beiseite. »Solange ein Gerät nicht an einen bestimmten Magier gekoppelt ist, werden sie unter Schloss und Riegel gehalten. Na ja, bei solchem Zubehör«, er deutete in die Kiste, »sind sie nicht so streng. Nur bei der ersten Lieferung.«

Ich wühlte mich durch den Berg an Verpackungspopcorn in der Kiste und förderte kleine Glasbehälter mit einer silbernen

Paste, Metallic-Gelstifte und handflächen-große Säckchen zutage.

Nick erklärte mir jedes einzelne Ding. Ich strich verliebt über die Glasfläschchen und Samtbeutel. Sie wirkten wie antike Fremdkörper im Metall- und IT-Kosmos von Astoria.

»Pack die Sachen in deinen Rucksack. Dann hast du sie immer dabei, wenn du sie brauchst.« Er warf einen Blick auf seinen Ino und drehte den Arm dann so, dass ich das Display sehen konnte. »Bevor du ein Klassenzimmer betrittst, klickst du auf dieses Icon und wählst dann ›Amplified Assistance‹ aus dem Menü aus.«

Ich stellte es auf meinem Ino ein. Als ich fertig war, zeigte Nick mir, wie ich die NUI-Projektion wieder abstellte. »Jetzt ist der Ino so eingestellt, dass er deine Verbindung zur Datenbank verbessert, während du im Unterricht sitzt. Oh, und du musst ihn während der Trainingsstunden immer hinten am Körper tragen. Zum Beispiel in der Gesäßtasche.«

»Warum?«

Nick brachteas Tablet in seinen verformbaren Zustand. So passte es tatsächlich genau in die Tasche meiner Jeans. »Es könnte an deinem Arm von einem verirrten Schuss getroffen werden.« Er ließ den Ino wieder um seinen Arm schnappen.

»Einem Schuss?«

Nick grinste nur, griff sich mein Zauberzubehör und ließ es in meinen Rucksack fallen. »Auf geht's.«

»Wohin?« Ich nahm den Rucksack und schwang ihn mir über die Schulter.

»Zu deiner ersten Unterrichtsstunde bei Birch.« Er wedelte mit den Händen vor der Tür. Entfernte er den Bannspruch?

»Ist Birch eigentlich immer so ... äh ... charmant?«, murmelte ich.

Nick rollte mit den Augen, aber grinste etwas. »Na ja, sie wird vermutlich nie Preise für Freundlichkeit gewinnen. Aber sie ist eine gute Lehrerin. Ich finde Cletus' Stunden aber besser.«

Auf dem Weg raus aus unserer Abteilung, erzählte Nick mir von Energy Engineering und dessen enger Verknüpfung mit der

Forschungs- und Entwicklungsabteilung. Der Name unserer F&E-Beauftragten, Rikka Omiata, tauchte verdächtig oft und betont nebenbei in Nicks Schilderung auf. Da hatte es einen aber schlimm erwischt.

Wir fuhren mit dem Fahrstuhl hoch zur Vorstandsetage und gingen um so viele Ecken, dass ich bald nicht mehr wusste, wo wir waren. Der Geräuschpegel von Astorias offenem Kern verlor sich immer weiter hinter uns. Die Flure waren komplett leer — ein seltener Anblick bei Astoria.

Nick bog in einen noch schmaleren Flur ab. Hier gab es links und rechts keine Türen und er sah aus wie eine Sackgasse. Er hielt in der Mitte des Flurs an und drückte seinen Ino gegen eine Vertiefung in der Wand. Wenn man nicht wusste, dass sie da war, würde man die Mulde komplett übersehen. Ein Teil der Wand glitt geräuschlos zur Seite und offenbarte eine Aufzugkabine. Sie war aus glänzendem Metall gefertigt und es gab keinen einzigen Knopf.

»Nee, das glaub ich jetzt nicht.« Ich lachte. »Lass mich raten. Der Aufzug saust jetzt mehrere Meilen hinunter in einen Bunker tief unter Toronto. Birch sitzt da in einem Ledersessel und streichelt eine weiße Katze.«

Nick schmunzelte. »In deinen Träumen.« Er betrat den Aufzug und hielt die Tür offen, damit ich ihm folgte. »Der bringt uns nur in den Keller runter.«

Als ich eingetreten war, hielt Nick den Ino an die Wand des Aufzugs. Die Tür schloss sich mit einem eleganten »Wusch«. Bestimmt hatte Rufus die Astoria-Sounddesigner auch daran gesetzt. Die armen Kerle mussten ja auch Notebook-Aufklappgeräusche designen.

»Das Ding öffnet hier alle geheimen Türen, nicht?« Ich hielt meinen eigenen Ino hoch.

Nick zuckte die Schultern. »Ja, schon. Deshalb wird es ja auch fest mit dir verbunden. Du darfst es nie jemand anderem geben.«

Der Aufzug glitt ganz gemächlich nach unten.

Nick lehnte sich an die Rückwand. »Es gibt zwei Astoria-

Gebäude. Das, das du kennst, und ein zweites, das nur von Magiern benutzt wird. Wir nennen es ›die Trutzburg‹, weil es so extrem mit Bannzaubern geschützt ist. Wir müssen den ganzen Tag zwischen beiden hin- und herrennen, deshalb sind die Gebäude unterirdisch mit einem Tunnel verbunden.« Sogar der Tunnel war so streng bewacht wie Fort Knox. Wir mussten Zahlenschlösser, Fingerabdrucks- und Retina-Lesegeräte und zwei Wachposten passieren, bevor wir überhaupt in den Tunnel reindurften. Nick zeigte mir, wo ich die tagesaktuelle PIN im Ino fand, und stellte mich jedem Wachposten vor. Wir marschierten ungefähr zehn Minuten durch einen gut ausgeleuchteten Tunnel, der himmelblau gestrichen war. Um ihn auf der anderen Seite zu verlassen, mussten wir noch mal dieselbe Prozedur aus PIN, Scannern und Wachen hinter uns bringen.

Hinter dem letzten Wachposten endete der Tunnel an einem Portal aus zwei verstärkten Metalltüren. Hinter ihnen lag ein Keller. Aber solche Keller baute man seit hundert Jahren nicht mehr: Die Decken waren hoch und die Wände strahlend weiß, elegant von Einbauleuchten erhellt. Der Boden sah wie altes Terrazzo aus, aber in tadellosem Zustand.

»Hier unten gibt's nicht viel. Vor allem Notunterkünfte und Rationen.« Nick führte mich zu einer breiten Treppe. »Hier gibt's keinen Aufzug. Diese Treppe bringt dich durchs ganze Gebäude. Im Erdgeschoss gibt es ein paar Trainingszimmer und die Cafeteria. Im ersten Stock weitere Klassenzimmer. Der zweite Stock beherbergt Ausrüstung und eine Bibliothek. Darüber Labore, Küchen, Schlafsäle.«

Wie seltsam. »Wofür braucht ihr denn Notunterkünfte und Rationen? Erwartet Rufus eine Zombie-Apokalypse?« Ich erstarrte. »Was gibt es noch in Wirklichkeit? Werwölfe? Vampire? Zombies?!«

Nicks Augen leuchteten auf. »Es ist echt verlockend, dich jetzt zu verarschen, weißt du das?«

Ich schenkte ihm einen vernichtenden Blick. »Die Wahrheit! Ich habe gerade erst rausgefunden, dass ich von Hexen umgeben bin. Jetzt lass mal hören, ob sexy Vampire auch Teil der neuen

Welt sind.«
»Wenn sie es sind, dann arbeiten sie nicht für Astoria«, sagte Nick mit einem Lachen. Er joggte vor mir die Stufen hoch und kicherte leise. »Vampire, echt jetzt? Ich werde nie verstehen, warum das sexy sein soll.«
»Also verstehen wir uns richtig, es gibt keine anderen Paranormalen?«, rief ich.
Nick drehte sich um. »Ja, ein definitives Nein. Und wir sind keine ›Paranormalen‹. Ich glaube, der aktuelle politisch korrekte Ausdruck ist ›magisch begabt‹.«
Es schien sich auszuzahlen, magisch begabt zu sein: das Gebäude war nicht nur riesig und elegant, sondern Geld hatte keine Rolle gespielt bei seiner Modernisierung. Im Erdgeschoss erwartete mich noch mehr von dem wunderschönen Terrazzoboden mit floralen Mustern. Jeder Korridor hatte am Rand einen Streifen aus Abalone-Stückchen. Die Muschelteile reflektierten das Licht der versteckten Tageslicht-Spots und glänzten hübsch mysteriös.
Nick zeigte mir mehrere der Klassenzimmer. Anders als die Flure waren die Böden hier aus poliertem Parkett. Die Wände waren mit großen Gemälden verziert. Jedes zeigte eine einzelne komplexe Rune. *Sigille*, ermahnte ich mich, den korrekten Namen zu benutzen.
Abgesehen von den Gemälden waren die Klassenzimmer leer. Keine Stühle, keine Tische, noch nicht einmal ein Klapptisch. Nur wenige enthielten Schränke mit Zauberzubehör und ein paar Meditationskissen.
Die Cafeteria war eine Miniaturausgabe der Cafeteria im Hauptgebäude. Allerdings konnte man hier neben Milchkaffee und Muffins auch Zauberzutaten mitnehmen wie silberne Gelstifte, Kreide und farbigen Sand in kleinen Beuteln.
»Das hier ist Barbara.« Nick nickte mit dem Kopf auf eine ältere Dame, die gerade ein Tablett mit Muffins aus einem Hinterzimmer hereintrug. Ihre Haare hatte sie unter einem Kopftuch versteckt und sie trug eine dunkle Strickjacke über einer Bluse zu abgewetzten Polyesterhosen. »Ihr Mann und sie versorgen uns

mit dem nötigen Koffein, wenn wir es brauchen. Und auch mit allem Zauberzubehör.«

»Ist sie auch eine Magierin?«, flüsterte ich Nick zu.

»Natürlich ist sie das«, antwortete die Frau, während sie ein Tablett in der Vitrine mit den Muffins füllte. Weiße und dunkle Schokolade. Lecker!

Barbara bedachte mich mit einem kritischen Blick über die halbmondförmigen Gläser ihrer Brille, die sie auf der Spitze ihrer Nase trug. »Bevor Sie fragen: Ich helfe nicht bei den Hausaufgaben.«

»Kaffee genügt schon, wirklich.« Ich nickte nachdrücklich. »Und Muffins. Viele Muffins!«

Barbaras Gesicht erhellte sich. »Ich denke, wir werden uns gut verstehen.« Sie verschwand wieder im Hinterzimmer. Eine Ofentür wurde geöffnet und wieder zugeklappt. Himmlischer Duft nach Nusskeksen erfüllte den Raum Sekunden später.

Ein paar Schritte weiter den Flur entlang erreichten wir eine riesige Flügeltür. Die beiden Flügel sahen unglaublich alt aus und waren aus einem hellen Holz mit einer wunderschönen Maserung gefertigt worden. Metallbänder so lang und breit wie meine Arme hielten sie zusammen.

Als Nick einen Flügel des Portals aufzog, fiel mir die Kinnlade herunter. Ich hatte einen Konferenzraum oder ein weiteres Klassenzimmer erwartet.

»Willkommen in der großen Halle«, verkündete Nick mit weihevollem Ton. »Wenn dich jemand in den ›Dojo‹ schickt, meint er diesen Raum.«

Die Halle hatte das Ambiente einer Kathedrale mit ihrem schier unendlichen glänzenden Parkettboden und einer Gewölbedecke, die sich über unseren Köpfen in schwindelerregende Höhen schwang.

»Zauber funktionieren besser mit Metall als mit Holz. Die Dielen blockieren unsere Zauber nicht, aber sie verlangsamen den Energiefluss, sollten sie getroffen werden.« Nick schob die knarzende alte Tür weiter auf und wir gingen hinein.

Unglaublich große Kirchenfenster mit Buntglas trugen noch

zu dem Kathedraleambiente bei. Eins befand sich gegenüber der Flügeltür, vier an jeder Längsseite der Halle. Die Glassteine eines jeden Fensters formten eine Sigille.

Nick drehte sich zu mir um und grinste. »Staunst du die uralten Fenster an?«

Ich nickte. »Die sehen echt fantastisch aus.«

»Die neun Zeichen sind die Sigillen der neun mächtigsten Zauber, die wir Magier kennen.« Nick beugte sich zu mir und flüsterte mit theatralischer Stimme: »Alles nur eine Illusion.«

»Was? Kann nicht sein.«

Nick grinste stolz. »Die Fenster sind LEDs, die mit Bannzaubern und anderen Sprüchen verschmolzen wurden. Unsere bisher größten Werkstücke aus verzauberter Technik.«

Selbst jetzt, da ich wusste, dass sie getürkt waren, sahen die Fenster noch echt aus. Als hätte man sie aus einer alten Kirche hierher verpflanzt. »Aber warum nehmt ihr keine echten Fenster?«

»Das hat jede Menge Gründe. Um das Risiko zu minimieren, dass sie von einem Streifschuss zerspringen. Damit kein Passant draußen Energieblitze sieht.« Nick sah sich mit jungenhafter Begeisterung in der Halle um. »Mann, ich liebe es, im Dojo zu arbeiten. Man fühlt sich hier wie ein mächtiger Zauberer.« Er sprang in die Halle und streckte die Hand vor sich aus in einer Duellpose. »Wir arbeiten meist mit Elektronik, aber echte Duelle sind ein Teil der Weihe. Du wirst Duellieren super finden. Wie im Computerspiel — nur in echt.«

Ich dachte an die Bewertung des Komitees. Vielleicht hielt meine Zukunft keine Art von Duell bereit, weder magisch noch im Spiel. Ich öffnete den Mund — und klappte ihn unentschlossen wieder zu. Es tat so gut, Nicks Enthusiasmus über meine Zukunft als Magierin zu sehen. Das wollte ich nicht verlieren. Die enttäuschten Blicke der Komiteemitglieder hatten mir für heute gereicht.

Mit einem Sprung stand ich Nick gegenüber und hob meinen Arm ebenfalls in Duellpose. »En garde.« Wir grinsten uns an und ich wünschte mir, ich wüsste, wie man in Wirklichkeit einen

Schuss abgab. »Was passiert denn in den Duellen bei der Weihe?«
»Das hier.« Nick feuerte einen Energiestrahl auf mich. Wir standen so nah gegenüber, dass ich mich nicht rechtzeitig ducken konnte. Aber er hatte entweder verdammtes Glück oder war ein exzellenter Schütze — der Zauber passierte mich um Haaresbreite.
»Du lernst noch, einen solchen Angriff zu parieren. Du musst einfach nur etwas Gleichstarkes erschaffen und so zielen, dass es den Angriff abfängt.« Nick ließ den Arm sinken. »Wir dürfen nicht über die Prüfungen bei der Weihe sprechen. Nicht über Details, meine ich. Ich kann dir so viel sagen: die letzte Prüfung bei der Weihe ist immer ein Duell. Und Mann, es ist hart.«
»Echt?« Mir wurde schon ganz schlecht bei dem Gedanken. Nick grinste. »Erinnerst du dich an die Donnerkuppel?« Er hob die Stimme und schrie: »Zwei Mann geh'n rein, ein Mann geht raus.« Er hüstelte. »Okay, in deinem Fall: eine Frau geht raus.«
»Ich bin mir nicht so sicher«, murmelte ich düster.
»Äh …« Nick sprang beiseite und sah verdattert aus. Glitzernder Staub regnete von den Sparren unter der Decke genau dahin, wo er gerade gestanden hatte. Es sah wie ein atemberaubender Partikeleffekt aus.
»Das ist superschön«, flüsterte ich. »Hast du das gemacht?«
»Was zum Teufel …« Nick machte noch einen Sprung, um mehr Abstand zwischen sich und den dünnen Strom aus Glitzer zu bekommen. Er kratzte sich wie wild am Kopf und am Hals. »Es juckt wie blöd.«
Ich sah nach oben, konnte aber keine Quelle für die Partikel entdecken. Der Glitzer tauchte einfach in der Luft auf. »Es ist ein Zauber, oder?«
Nick kratzte sich immer noch im Nacken und sah konzentriert vor sich hin. Nach ein paar Minuten zuckte er die Schultern. »Ich kann die Quelle nicht finden.«
Er zog eine Sigille in der Luft. Der glitzernde Staub scherte sich nicht darum, sondern fiel immer noch herab, hübsch mysteriös. Nick zeichnete noch eine Sigille, dann eine ganze Menge.

»Ist es ein Streich?« Ich hielt Abstand zu dem glitzernden Zeug. »Ein magischer Streich, meine ich.«

Nick schaute mit düsterem Blick in die Ecken der Halle. Sie waren genauso leer wie zuvor. »Streiche sind streng verboten. Wir haben alle unterschiedliche magische Fertigkeiten und ein Streich, für den man Magie verwendet, gerät leicht außer Kontrolle.«

»Aber Rufus hat diese Flügel für meinen Ino gezaubert ...« Nick lächelte schief. »Du kennst Dean. Wer tritt dem schon auf die Füße? Er ist der mächtigste Magier bei Astoria.«

›Nicht mehr‹, lag es mir auf der Zunge, aber ich blieb stumm. Die Neuigkeit vom Duell, das heute in der Vorstandsetage stattgefunden hatte, würde sich schon schnell genug bei Astoria verbreiten.

»Mist, ich muss zum Arzt. Es juckt wie die Hölle.« Nick rubbelte sich immer noch den Hals. Rote Flecken hatten sich da gebildet, wo er kratzte. Er stiefelte zum Ausgang. »Ich bring dich schnell in Birchs Klasse vorbei, okay?« Er berührte kurz den Ino und rief die Konzernsicherheit an, um sie über ein »Dreiundzwanzig im Dojo« zu informieren, was auch immer das war.

»Hast du ihnen von dem Streich erzählt? «

Nick beendete den Anruf. »Ja. Der Zauber reagiert nicht auf die ›Alle Mächte vertreiben‹-Sigille. Es muss jemand mit stärkerer Magie ran. Oder mit besserer Ausrüstung als mein Ino.« Er stieß eine der schweren Flügeltüren wieder auf und ich verließ hinter ihm die Halle. »Es war vermutlich ein Unfall. Das kommt schon mal vor, wenn ein Raum viel zum Zaubern benutzt wird.«

Ich blickte über die Schulter zurück. Ein riesiger Schmetterling mit schimmernden Flügeln sauste durch die Lichtpartikel aufwärts.

Ich packte Nicks T-Shirt. »Guck mal!«

Schmetterlingsflügel und schimmernder Staub verschwanden abrupt.

»Was ist?« Nick sah zurück in die Halle.

»Nichts. Nur eine optische Täuschung.« Enttäuschung lag mir schwer auf der Zunge. Ich bin kein Tinkerbell-Fan, aber wenn es Magie gab, sollte sie dann nicht spannender sein? Nicht nur magische Computer, sondern mysteriöse Wesen und arkane Praktiken, die verlangten, dass man bei Vollmond im Wald tanzte. Ich schüttelte den Kopf über meine eigenen Tagträume. Weder meine Großmutter noch Rufus hatten je meine Leidenschaft für Fantasy geteilt. Natürlich kamen die juckenden Glitzerpartikel von einem Zauber, der schiefgelaufen war, und nicht von einem handtellergroßen Wesen mit Flügeln.

ELF

Die »Einführung in die Zauberkunst« hatte schon angefangen, als Nick mich durch die Tür schob. Die Stunde fand in einem der kleinen Klassenzimmer im Erdgeschoss statt. Hier waren sogar die Wände und die Decke mit Holz verkleidet.

Zwei Frauen und ein Mann, alle etwa in meinem Alter, saßen auf Meditationskissen in einem Halbkreis um Elizabeth Birch. Ihre Hände waren erhoben und eine große leuchtende Kugel schwebte über jedem Paar Handflächen. Die Kugeln sahen hübsch aus: wie Metall, aber mit Lichtemission, jede einzigartig in Größe und Farbe. Metall, das Licht durchließ und leuchtete? Vielleicht eine weitere Astoria-Erfindung?

Als Nick die Tür hinter mir schloss, ließ eine der Frauen, eine Rothaarige mit Sommersprossen und einem schmalen Gesicht, ihre Kugel fallen. Sie rollte funkensprühend über den Boden, bis ein zierlicher schwarzer Stiefel ihr in den Weg gestellt wurde und die Kugel verlosch.

»Entschuldigen Sie, Ma'am«, murmelte die Rothaarige. Sie sah aus wie frisch von der Uni importiert.

Birch winkte ab. »Schon in Ordnung, Astrid. Ruf einfach eine neue Kugel.« Sie sah mich über den dünnen Rahmen ihrer Brille an. »Da sind Sie ja, Alanna. Ich dachte schon, Sie würden heute nicht kommen.«

»Tja, hier bin ich.« *Und bereit, mich zu kneifen, damit ich endlich aufwache.* Das hier fühlte sich zu sehr an, als ob ich wieder zur Schule ginge.

Birch deutete mit einem Kopfnicken auf die anderen im Raum. »Das hier sind deine Kommilitonen: Astrid, Emily.« Sie deutete auf ein asiatisch aussehendes Mädchen mit einem offenen, herzförmigen Gesicht. Ich hatte sie in der Personalabteilung gesehen, als ich den Papierkram für meinen Vertrag ablieferte. »Das hier ist René.« Ein dunkelhaariger Typ ungefähr in meinem Alter winkte mir kurz zu. Ich hatte ihn schon mal irgendwo gesehen, aber mir fiel nicht ein, in welcher Abteilung.

Birchs Augen verengten sich. »Setzen Sie sich hin, Alanna, wir beißen nicht.« Sie lachte leise.

Ich schnappte mir ein Kissen von einem Stapel in der Ecke und legte es neben Astrid.

»Zeigen Sie mir bitte, wie weit Sie inzwischen gekommen sin«, sagte Birch.

Äh, was bitte? »Sie meinen, in der einen Stunde, seitdem wir uns zuletzt gesehen haben?« Ich kicherte, sicher, dass sie scherzte.

Birch sah mich irritiert an. »Jetzt setzen Sie sich bitte endlich hin.«

Ich sank auf das Kissen und kreuzte die Beine, unsicher, was ich jetzt tun sollte.

»Sicherlich haben Sie wenigstens ein paar der E-Books in der Bibliothek quergelesen?« Eine leuchtende lila Kugel formte sich über Birchs Handflächen.

»E-Book-Bibliothek? Ich wusste gar nicht, dass wir eine haben.«

Astrid lehnte sich zu mir. »Du kannst alles auf den Ino runterladen«, flüsterte sie. »Ich kann es dir später zeigen.«

»Ähem.« Birch sah mich streng an und ich hielt hastig meine Hände hoch, Handflächen nach oben, wie die anderen auch. Sorgsam bewegte sie die Kugel über meine Hände. Als sie über meinen Handflächen schwebte, spürte ich, dass der Ball aus lila Licht eine beruhigende Wärme ausstrahlte. Was waren das für Dinger?

Ich zuckte zusammen, als der Ino vernehmlich unter meinem Po vibrierte. *Was zum Kuckuck?!*

Die anderen sahen mich neugierig an und ich versuchte, mich nicht zu winden. Nicht sehr viel, zumindest.

»Jetzt gießen Sie Ihre eigene Magie in die Charadka-Sphäre

und übernehmen die Kontrolle über sie«, instruierte mich Birch. Äh, wie war das gleich? »Das Charadka-Dingens ist diese Kugel?« Mein Po vibrierte fast unerträglich und es fiel mir schwer, still zu sitzen. War das ein Streich von Nick? Wenn ich nur Birch eine Minute ablenken könnte, um das doofe Tablet aus der Hose zu ziehen ...

Birch lächelte, aber es sah gezwungen aus. »Haben Sie sich schon Campbells *Einführung in Zauber und Zeichen* angeschaut?«

»Nein.« Ich lächelte. »Ich bin erst seit heute in Hogwarts eingeschrieben.«

René und Astrid grinsten, aber Birch sah genervt aus. Sie rutschte näher heran, bis sie direkt vor mir kniete. Mit den Fingerspitzen berührte sie meine Handflächen und ich fühlte wieder dieses schmerzhafte Knistern von statischer Entladung. Der Ino vibrierte mit einem Mal so stark, dass ich senkrecht hochschoss und dabei meine Schulter in Birchs Kinn rammte. Mit einem zischenden Schmerzenslaut zuckte sie zurück.

»Entschuldigung.« Ich biss mir auf die Lippen.

»Sie haben sich noch nicht mit der Datenbank verbunden.« Birch rieb eine tiefrote Stelle an ihrem Kinn und durchbohrte mich mit ihrem Blick.

»Sie meinen die drahtlose Verbindung mit dem Ino?« Ich rutschte vom Kissen und haschte nach dem Ino in meiner Hosentasche. »Ich hol das nach, Moment.«

Als ich mich umdrehte, knallte die Kugel auf den Fußboden. Ihr Licht erlosch augenblicklich. *Ups.*

Birch lächelte mich an wie ein Haifisch, ohne Wärme, aber dafür mit jeder Menge Zähnen. »Alanna, setzen Sie sich hin! Der Ino ist schon mit der Datenbank verbunden. Sie müssen sich nur mit ihm verbinden.« Sie ließ die Kugel erneut aufleuchten und gab sie mir. Sobald sie über meinen Handflächen schwebte, flackerte das Licht in der Kugel.

Birchs angestrengtes Lächeln verwelkte. »Greifen Sie in Ihren Gedanken nach der Datenbank. Das ist alles, was Sie tun müssen. Der Ino hat Sie schon eingeloggt.« Sie klang gereizt.

»Es ist mein erster Trainingstag. Ich habe keine Ahnung, was Sie von mir wollen.« Ich kreuzte die Arme vor der Brust. Die Kugel erzitterte und ich hielt schnell wieder die Hände darunter. Birch machte eine Handbewegung und die Kugel verschwand. Erleichtert ließ ich meine Hände in den Schoß sinken. Birch zog einen Ino unter ihrem Meditationskissen hervor und tippte etwas, ihre Lippen dünn zusammengepresst. »Ich habe Ihnen noch einmal die Liste mit Pflichtlektüre geschickt. Ich habe es bereits heute Morgen an Sie geschickt, nach der Evaluation. Versuchen Sie, vor der nächsten Stunde wenigstens jedes der Bücher zur Hälfte zu lesen. Das gibt uns dann eine bessere Basis.« Sie tippte noch etwas. »Ich empfehle, dass alle anderen Kurse erst mal auf Eis gelegt werden. Herr Dean hat betont, wie wichtig Ihr Training ist, aber man kann nun mal nicht im Handumdrehen ein Nichts in ein Etwas verwandeln.«

Sie zog die Hand durch die Luft wie einen Karateschlag und alle Kugeln verschwanden. »Bitte üben Sie jetzt Ihre Charadka-Bindung und die Einfluss-Sigille. Hopp, hopp!«

Die anderen tummelten sich. Sie kritzelten auf Post-its herum und mit farbiger Kreide auf dem Boden. Nach und nach saßen sie alle still auf den Kissen und taten ... irgendwas. Ich konnte nicht sehen, was.

Einer nach dem anderen ließ eine leuchtende Kugel über den Handflächen entstehen. Emilys Kugel sah wie hellblaues Metall aus, glatt und hart. Astrids Kugel war die schönste. Sie war hauchdünn wie eine Seifenblase und schimmerte auch in deren Regenbogenfarben. Jede Sekunde änderten sich die Farben, während sich die Kugel in der Luft drehte. Das war anscheinend nicht gut, denn Astrid nagte an ihrer Unterlippe und sah angespannt aus.

René beendete seinen Zauber als Letzter. Als sich seine Kugel materialisierte, konnte ich mir denken, wieso er so lange gebraucht hatte: er hatte die Seite einer pechschwarzen Kugel mit einem Totenkopf mit gekreuzten Knochen darunter verziert. Er zwinkerte mir zu.

»Masson, hören Sie mit dem Mist auf!«, schnauzte Birch ihn

an. »Sie wurden gebeten, eine Charadka-Sphäre zu erschaffen, nicht etwas für einen Kindergeburtstag.«

»Ich kann Charadka-Sphären im Schlaf erschaffen.« Die Piratenkugel verschwand. An ihrer Stelle erschien ein großer Ball in waberndem Rot und Schwarz. »Lassen Sie mich den nächsten Schritt üben und die Sphäre mit Flüssigkeit füllen.«

Birch seufzte. »In Ordnung. Wir nehmen ab heute den nächsten Schritt des Prozesses in Angriff.« Sie sah mich kühl an. »Sie arbeiten daran, sich mit der Datenbank zu verbinden. Wenn Sie das geschafft haben, erschaffe ich eine neue Charadka-Sphäre für Sie.«

Die Stunde war um Punkt eins vorbei. Birch zeichnete dieselbe Sigille über jeden von uns und jede Ecke des Raumes; sie nannte das Zeichen »alle Kräfte vertreiben«. Also war es dasselbe Zeichen, das Nick für den Ino verwendet hatte.

Mein Kopf tat mir wieder unglaublich weh. Vermutlich, weil ich die ganze Zeit ununterbrochen nach einer unsichtbaren Datenbank gesucht hatte. Als ob das nicht genug war, war mein Hintern ganz taub von den ständigen Vibrationen des Ino. Ich schob mich mit den anderen Schülern aus dem Raum und freute mich darauf, wieder an meine normale Arbeit zu gehen. Eine Pause von der neuen, verrückten Welt.

»Mach dir keine Sorgen, Chérie. Es klappt bald alles.« René schenkte mir ein aufmunterndes Lächeln. In seiner Stimme schwang ein Hauch Frankokanadisch mit.

Ich lächelte dankbar zurück und reihte mich zwischen ihm und Astrid ein. Emily war einen Schritt hinter uns. »Es ist echt schwer zu kapieren, dass sich Erwachsene so eine Behandlung gefallen lassen.«

»Das fällt dir nur auf, weil du nicht als Magierin aufgewachsen bist«, sagte Astrid. »Du kannst nur von jemandem lernen, der besser ist als du. Wenn du die Chance erhältst, versuchst du, schnell so viel zu lernen, wie es nur geht. Dabei ignoriert man den Charmefaktor am besten.«

»Birch könnte schon etwas höflicher sein, oder?«, murmelte René. »Es ist Alannas erster Tag. Kein Wunder, dass sie keine

Sigille kennt und nicht weiß, wie man sich mit der Datenbank verbindet.«

Emily feixte. »Wie du geguckt hast, als der Ino vibriert hat — unbezahlbar.«

»Kann ich mir vorstellen.« Meine Wangen brannten. »Warum vibriert er denn?«

»Um dir zu signalisieren, dass er sich für die Stunde eingeloggt hat«, sagte René. »Wenn du die Datenbank anzapfst, hört er sofort auf zu vibrieren.«

»Wenn du erst mal deine Magie im Griff hast, ist es ein Klacks, dich mit der Datenbank zu verbinden.« Astrid lächelte mich aufmunternd an.

»Versuch, nicht die ganze Klasse aufzuhalten.« Emilys Ton war scharf.

»Ich habe einfach noch nicht gelernt, wie man …«

Sie ließ mich nicht zu Ende sprechen. »Ich habe noch nie jemanden über fünfzehn getroffen, der nicht seine eigene Sphäre erschaffen konnte. Birch soll uns für die Weihe trainieren und nicht deine Hand halten, während du im Dunkeln tappst.«

Ich wirbelte zu ihr herum. Mein Frust hatte den Siedepunkt erreicht. »Lass mich in Ruhe! Denkst du, ich habe mir das ausgesucht? So spät zu erwachen? Mich hier zum Narren zu machen? Mensch, gib mir wenigstens einen Tag, um zu kapieren, wie alles funktioniert!«

Astrid und René nickten zustimmend.

»Typisch!« Emily funkelte die beiden böse an und dampfte ab in Richtung Treppe, die zurück zum Astoria-Gebäude führte.

»Sie hat's schwer«, flüsterte Astrid. »Die Personalabteilung ist voll von Magiern. Wenn sie da einen guten Job haben will, muss sie die Gildemeister bei der Weihe mächtig beeindrucken.«

René arbeitete im Hardwarebereich und Astrid war ein Trainee, das heißt, sie zog alle paar Monate von Abteilung zu Abteilung weiter. Astrid war überzeugt, dass René und ich es am einfachsten hatten, da die Hardware- und IT-Abteilungen immer auf der Suche nach Magiern waren. Laut Astrid war die Kombination von technischem oder Programmier-Know-how und

Magiefertigkeiten selten. Das klang ja gut. Wenn ich jetzt nur wüsste, wie man jahrelanges Magietraining in ein paar Monate quetschte ...

Da ich keinen weiteren Unterricht hatte, ließ ich René und Astrid in der Cafeteria zurück. Ich war froh, als ich den Fahrstuhl verließ und wieder in der normalen Welt angekommen war. Ich hatte genug Magie-Mist für einen Tag genossen, jetzt wollte ich an Forest of Fiends arbeiten und schauen, wie wir es möglichst fix verbessern konnte. Mein Gefühl der Erleichterung löste sich in nichts auf, als ich an die Brüstung trat und über den offenen Kern des Gebäudes schaute. Genau rechtzeitig, um zu sehen, wie die Rezeptionistin eins von Rufus Batphones in ihrer Handtasche verstaute. Blaues Licht flackerte um die Hände des Sicherheits-personals am Eingang, als sie Leute überprüften. Es gab keine »normale« Welt mehr, zumindest nicht, solange ich bei Astoria war.

ZWÖLF

Die ganze folgende Woche versuchte Birch, mir die Grundfertigkeiten des Zauberns beizubringen. Sogar am Wochenende bestellte sie mich ein. Besser gesagt: Offiziell versuchte sie es zumindest. Sie war aber nicht ganz bei der Sache. Vielleicht glaubte sie inzwischen doch, dass das Evaluationskomitee recht gehabt hatte. Sie hatte vielleicht einen guten Ruf als Lehrerin für Magie, aber ich fand ihren Unterricht und sogar die Einzelstunden ziemlich sprunghaft. Am Unterricht konnte ich mich nicht beteiligen. Birch sagte mir jedes Mal, ich solle mich auf ein Kissen in eine Ecke setzen und mich »wenigstens mit der Magie im Inneren« verbinden, wenn schon nicht mit der Datenbank. Keine Ahnung, wie das gehen sollte. Die Bücher auf Birchs Lektüreliste durchzukauen hatte es für mich auch nicht klarer gemacht, wie ich meinen »Kern aus Magie« finden und anzapfen sollte. Anscheinend war er für Magierkinder einfach da und abrufbar.

Ich weigerte mich aufzugeben. Was mich bei der Stange hielt, war die Erinnerung an meinen Kurs an der Uni bei Walter »Raupenbraue« Clark. In der Schule war ich der Computernerd schlechthin gewesen und jeder hatte mir eine leuchtende Zukunft als Programmiererin prophezeit. Trotzdem bekam ich die Code-Aufgaben in Clarks Kurs an der Uni nicht auf die Reihe. Seine Anweisungen waren genauso nebulös formuliert wie die der Magier und genauso unstrukturiert. Mein Ehrgeiz hat mich aber schon eine Menge Hürden überwinden lassen. Also konzentrierte ich mich auf nichts anderes als Code-Schreiben, bis sogar meine Kaffeemaschine mit NetBeans lief. Es war Gift für mein Privatleben, aber ich schloss den Kurs mit einer Supernote ab. Jetzt erwartete man von mir, mich erneut in eine Welt aus Code zu stürzen, nur damit ich meinen Traumjob behalten durfte. Aber das war genau der Grund, warum ich nicht aufgeben durfte: Ich musste zaubern lernen, oder ich musste Astoria bald verlassen. Das war undenkbar für mich. Und wenn ich ehrlich war, gab es noch etwas anderes, das mich bei der Stange hielt: Ich wollte richtig zaubern können! Ich wollte das sein, was meine Großmutter und mein Vater gewesen waren. Diejenige, für die Rufus mich hielt: Alanna Atwood, Gildemagierin, die die nächste Generation von Magie-Technik-Hybriden für Astoria entwickelte.

»Es geht mir nicht schnell genug.« Rufus thronte auf dem massigen Stuhl hinter seinem Schreibtisch. Diesmal gab es kein intimes Gespräch auf der Couch. Er ließ mich vor seinem Schreibtisch strammstehen wie ein Schulkind, das etwas ausgefressen hat — und ungefähr so fühlte ich mich auch.

»Ich habe gerade gehört, dass das Datum für die Weihe festgesetzt wurde. Sie findet am 21. Dezember statt.« Rufus klang angefressen.

Das war in nur vier Wochen! »Ich dachte, du wolltest es verschieben?«

»Offensichtlich habe ich's nicht hingekriegt«, blaffte Rufus mich an.

»Es wird ein Desaster. Ich bin noch nicht so weit.«

»Deswegen habe ich dich heute herbestellt. Du musst besser vorbereitet werden.« Rufus fischte einen dünnen Ordner aus einer Schublade. »Ich schicke dich zu Firdrake für eine weitere Evaluation.«

Was? Ich runzelte die Stirn. Rufus war doch absolut dagegen gewesen, dass Firdrake mein Talent »las«. »Wieso hältst du es jetzt auf einmal für eine gute Idee?«

Rufus spielte mit der Kante des Hefters. »A. Atwood« stand von Hand geschrieben auf lila Klebeband quer über dem Deckblatt. »Er war gerade erst angekommen und ich wollte nicht, dass er irgendwelchen Mist mit dir macht. Inzwischen haben wir Firdrake über zwei Wochen lang getestet und seine Resultate sind erstaunlich. Ich denke, du hast sogar Glück, dass er jetzt gerade bei Astoria aufgetaucht ist. Normalerweise muss man zeigen, welche Zaubersprüche man draufhat. Bei ihm ist das anders. Noch bevor jemand zaubert, kann Firdrake genau den Finger drauflegen, welche Art Zauber der Magier gut beherrscht und wo es normalerweise schiefläuft.«

Miles' Stimme summte aus dem Display auf Rufus' Tisch. »Ihr Zehn-Uhr-Termin ist hier, Herr Dean.«

Rufus schubste den Hefter über die Tischplatte in meine Richtung. »Firdrake erwartet dich im Dojo. Ich habe deine Daten an seinen Ino geschickt. In dem Hefter ist ein Ausdruck, falls er immer noch die Primadonna spielt.«

»Primadonna?« Ich nahm den Hefter an mich.

Rufus rollte die Augen. »Er ist allergisch auf Schaltkreise oder so was in der Art. Wenn er nicht so begabt wäre, würde ich ihn sofort auf die Straße setzen. Bei Astoria arbeiten und allergisch auf Computer sein. Unglaublich!«

Warum hatte Firdrake sich überhaupt bei Astoria beworben mit einer solchen Allergie? Noch etwas, das den Augenschmaus mysteriöser machte. Ich sah auf den Hefter und meinen Namen. Am liebsten hätte ich gleich reingelinst und schob ihn mir unter meinen Arm, bevor die Versuchung zu groß wurde. »Wofür ist das lila Ding?«

»Es signalisiert, dass es die Unterlagen von einem Norm-Angestellten sind, der als Magier erwacht ist.«

Nick hatte etwas von einem lila Code gerufen, als ich in der Lobby ohnmächtig geworden war. »Passiert das oft?«

»Nein.« Rufus war damit beschäftigt, irgendwas mit zwei Fingern auf seinem Display hin und her zu schieben.

»Erhalte ich bald mal ein Briefing über diese geheimen Magiersachen?« Meine Stimme wurde lauter. »Ich könnte einem lila Code begegnen und wüsste gar nicht, wem ich was melden soll.«

»Die gängigsten Sicherheitscodes findest du in deinem Ino. Du wirst nach der Weihe detailliert gebrieft. Wenn du eine Gildemagierin bist, nicht früher.« Er deutete auf die Tür, ohne aufzublicken. »Ich bespreche mich mit dir und Firdrake hier, wenn er fertig ist.«

»Ja, Mister CEO, natürlich.« Ich verbeugte mich höhnisch. Rufus war vertieft in seinen Bildschirm und rollte nicht mit den Augen. Er deutete noch einmal zur Tür und ich marschierte raus. Ich ließ »aus Versehen« die Tür auf, weil ich wusste, wie Rufus das hasste. Als Rache für ungehobeltes Verhalten war es nicht wirklich befriedigend.

»Rufus Dean hat die Instruktionen an Ihren Ino geschickt.«

Mattis hob eine Braue. »Ich dachte, es wäre inzwischen allgemein bekannt bei Astoria, dass ich keine Verwendung für diese tote Technologie habe.«

Wir standen im Dojo, gerade hinter den großen Türen. Eine einsame Meditationsmatte lag auf dem glänzenden Holzfußboden in der Mitte der Halle, was den Raum noch viel größer aussehen ließ. Mattis war genauso kreativ angezogen wie an dem Tag, als wir uns das erste Mal gesehen hatten. Bei Astoria gibt es keinen Dresscode, also war ich schon einiges gewöhnt, von Jeans bis zu Club-Outfits. Die Klamotten, die Mattis trug, waren in den schlanken Linien von Goa- oder Psy-Kleidung geschnitten, aber ohne die üblichen Zipfel und Patchworkelemente. Die dunkelgrüne Tunika und Hose in Kombination mit seinen langen Haaren hätten ihn feminin aussehen lassen können, aber das Gegenteil war der Fall. Es half, dass der körpernahe Schnitt seine breiten Schultern und seine schmalen Hüften betonte. *Nein, Alanna, denk nicht über diese Hüften nach …*

»Was er Ihnen geschickt hat, war meine Datei«, versuchte ich es erneut.

»Ich gebe mich nicht mit einem Ino ab!« Mattis kreuzte die Arme vor der Brust.

»Ich habe Ihnen auch einen Ausdruck mitgebracht, für alle Fälle.« Ich zog den Hefter aus meinem Rucksack. Ich hatte ihn natürlich quergelesen auf dem Weg zum Dojo. Es war ein seltsames Gefühl, schwarz auf weiß die reduzierten Fakten seines Lebens zu lesen, von jemand anderem zusammengestellt. *Mutter aus einer prominenten Magierfamilie, aber ein Norm. Vater ein*

BRIDA ANDERSON

Magier aus einer prominenten Familie. Eltern geschieden. Vater vor zwölf Jahren bei einem Verkehrsunfall getötet. Mutter nach Vancouver verzogen. A. lebte ab dem 13. Lebensjahr bei ihrer Großmutter Margaret Reid, Hohe Magierin. A. mit 18 ausgezogen, um zur Universität in Toronto zu gehen. Vor zwei Jahren starb Reid unerwartet an einer aggressiven Krebserkrankung. A. zog zurück in Reids Haus. A. erwacht als Magierin im Alter von 24 Jahren ...

Es gab auch detailliertere Notizen über mein magisches Potenzial, von Rufus und Birch zusammengestellt, aber da ich in dem Bereich nicht gerade glänzte, hatten ihre Bemerkungen mein Selbstbewusstsein nicht gerade gefördert. Das einzig Interessante war, dass Birch mein Erwachen einen Tag vordatiert hatte. Sie war der Ansicht, dass das Verrecken meiner Kaffeemaschine und meines Toasters an ein und demselben Tag deutliche Zeichen waren, dass es losgegangen war. Nick musste ihr davon erzählt haben. Sie lief also rum und sprach hinter meinem Rücken mit meinem Team.

Mattis weigerte sich, den Hefter an sich zu nehmen. Mit einem Schulterzucken legte ich die Papiere auf dem Boden neben der Tür ab. »Rufus hat mir gesagt, ich soll Ihnen die Datei geben. Ich bin Alanna Atwood.«»Ich weiß, wer du bist, Alanna.« Es war so eine Wohltat, seine tiefe, warme Stimme meinen Namen sagen zu hören ... *Moment mal! Ich war doch normalerweise nicht so einseitig. Ich müsste doch nervös sein über meine Ergebnisse. Nicht sabbernd an Mattis' Stimme und Hüfte denken.*

Mattis' Blick suchte meinen und mein Herz galoppierte albern los in meiner Brust. Seine Augen hatten einen so lebhaften Grünton. Wie gebannt starrte ich ihn an und sagte kein Wort.

»Wir wurden uns nicht formell vorgestellt.« Er streckte die Hand aus. »Ich heiße Mattis.«

»Schön, Sie kennenzulernen, Mattis.« Meine Stimme klang belegt. Meine Wangen brannten vor Hitze. Ich hüstelte, um meine Verlegenheit zu verbergen. »Sie formell kennenzulernen, meine ich.«

Mattis' Hand schloss sich um meine. Seine Finger waren

warm und ich folgte ihm willenlos durch das Dojo, als hätte er mich verzaubert. Vielleicht war ich verzaubert? Ich konnte nicht den Blick von seinem langen Haar wenden, wie es sich sinnlich mit jedem seiner Schritte bewegte. Das Licht der Kirchenfenster fing sich in den schlängelnden Haarsträhnen und verwandelte sie zu glänzendem Kastanienbraun.

Ein warmer Strom glitt von seinen Fingern in meine Haut, floss durch meinen Körper und trieb mir immer mehr Hitze in die Wangen. Und in andere Teile meines Körpers ... Bis wir in der Mitte des Dojos ankamen, fühlte sich mein Kopf heiß wie ein Heizkissen an und mir war schwindlig vor Erregung. Meine Güte, was für ein peinlicher Auftritt.

Mattis hockte sich auf den Boden und deutete auf die Matte neben sich. Der Blick, mit dem er mich betrachtete, war seltsam. Als ob er gerade in Gedanken meine Schädeldecke aufrollte und hineinsah.

Ich ließ meinen Rucksack neben die Matte fallen und setzte mich mit gekreuzten Beinen darauf, neugierig, was er jetzt tun würde.

»Du wirst ein Objekt verzaubern, während ich dir zusehe«, sagte Mattis. »Wie du die Verzauberung ausführst, zeigt mir die Stärken und Schwächen deiner Kraft.«

Ich biss mir auf die Lippen. Ich wusste nicht genau, wieso, aber ich wollte ihn so ungern enttäuschen. »Vielleicht solltest du doch Rufus' Anweisungen lesen. Er erwähnt, dass dieser ganze Magiekram neu für mich ist. Ich habe noch nie etwas verzaubert.«

Mattis wischte meinen Einwand mit den Händen beiseite. »Deine Kräfte sind erwacht. Es sollte nicht zu schwierig sein für dich, Magie zu benutzen, auch ohne Training.« Er zog einen Ring vom Finger. Denselben, den er gegen Rufus gewettet hatte. Er legte ihn bedächtig vor mir auf der Matte ab. »Verbirg ihn mit Magie, verändere ihn oder beweg ihn. Deine Entscheidung. Jede Art der Verzauberung ist für die Aufgabe akzeptabel.«

»Weißt du, ich weiß wirklich nicht, wie man zaubert! Birch und Rufus haben beide versucht, es mir beizubringen, und es hat

nicht funktioniert.«
Mattis schnaubte durch die Nase. »Rufus Dean ist ein ungeduldiger kleiner Junge, der zu verliebt in elektronische Spielereien ist. Du kannst es bestimmt.« Er lehnte sich zurück und kreuzte die Arme über seiner trainierten Brust.
Mein Blick klebte an den Muskeln, die sich auf seinem Bizeps abmalten. Nur mit Mühe konnte ich mich davon abhalten, ihm um den Hals zu fallen. Was war nur mit mir los? Hatte ich solche Sex-Entzugserscheinungen, dass ich nicht klar denken konnte?
Wir schauten beide den Ring an, ich voll Angst, Mattis mit Neugierde. Nach ein paar Minuten hätte ich jede einzelne Gravur des Ringes im Schlaf nachzeichnen können.
»Wo kaufst du deine Kontaktlinsen?« Ich sah weiterhin auf den Ring.
»Meine was?« Mattis klang ehrlich verwirrt.
Ich sah auf. »Du glaubst ernsthaft, ich nehme dir ab, dass das deine natürliche Augenfarbe ist?«
Mattis seufzte. »Ich bin mir sicher, wir waren gerade dabei, deine Magie zu testen, und nicht, uns über meine körperlichen Vorzüge zu unterhalten. So bezirzend sie auch sein mögen.« Er klaubte seinen Ring von der Matte und schob ihn wieder auf den Finger. »Wir machen es dir leichter und verwenden einen Gegenstand, den du gut kennst.« Er lehnte sich nach vorn und zog langsam einen meiner Ohrringe heraus. Die Geste fühlte sich viel zu intim an.
Er nahm meine linke Hand und legte den schlichten Mondstein-Ohrhänger auf meine Handinnenfläche. Er positionierte meine andere Hand so, dass meine Fingerspitzen den Schmuckstein berührten. »Etwas auf Distanz zu verzaubern, kostet viel mehr Energie, als wenn man seinen eigenen Körper verzaubert ober etwas, das man berührt. Es müsste jetzt funktionieren.«
Ich fühlte mich wie die letzte Idiotin, wie ich dasaß und fast schielte vor Anstrengung, meinen eigenen Ohrring in etwas anderes zu verzaubern. »Wenn mir mal jemand sagen würde, was ich eigentlich machen soll ...«

Mattis schob die Ärmel seiner Tunika hoch und hob die Arme. Er umschloss meine beiden Hände mit seinen. Seine Hände waren groß und warm, fast schon zu heiß.

»Was ich immer schon haben wollte, ist ein Ohrhänger aus gehämmertem Eisen mit einem Smaragd an der Spitze, der die Form eines Wassertropfens hat.«

Mattis zog die Brauen hoch. »Aus Eisen? Du bist grausam.«

Bevor ich ihn Fragen konnte, was sein Problem war, schloss er die Augen und ein grüner Schimmer hüllte unsere Hände ein. Es tat nicht weh. Ein leichtes Kitzeln neckte meine Haut, wie ein Schmetterlingskuss.

Mattis öffnete seine Hände ein wenig, damit ich sehen konnte, was er tat. Der Ohrring hatte sich zu einer perlmuttfarbenen Flüssigkeit verwandelt. In Zeitlupe fügte die sich jetzt zu einem Ohrring zusammen, der die Form eines Wassertropfens hatte. Der Schmuckstein war ein Smaragd.

Mattis hob die Hände und ließ sie an seine Seite sinken.

Ich stupste den Ohrring vorsichtig mit der Fingerspitze an. »Er sieht wunderschön aus«, flüsterte ich beeindruckt. »Er fühlt sich sogar echt an.«

»Jetzt bist du dran.« Mattis machte eine Bewegung mit der linken Hand. Ein warmer Hauch strich über meine Handfläche und mein echter Ohrring war wieder da.

»Aber ich weiß immer noch nicht, wie man zaubert.«

Mattis runzelte die Brauen. »Du hast gesehen, was ich gerade getan habe. Mach es einfach nach.«

»Nix habe ich gesehen. Es war nur eine Lichtshow.«

Mattis sah mich prüfend an. »Welche Farbe hatte das Licht?«

»Grün. Wieso?« Ich hielt meinen Atem an.

»Grün?« Seine Augen weiteten sich etwas. Hatte er eine Idee, wie er mir helfen konnte?

Die Falte zwischen seinen Brauen glättete sich. »Schließ die Augen, Alanna.« Seine Stimme war warm und zärtlich, wie die eines Liebhabers.

Meine Augen schlossen sich. Hatte ich sie schließen wollen?

Meines Sehsinns beraubt, wurde mir seine Nähe umso bewusster. Schlimmer machte es noch sein dezentes Aftershave, das ich mit jedem Atemzug einatmete — ein Duft aus Birke und rotem Pfeffer, von dem ich nicht genug bekommen konnte.

»Ich leite deine Magie an«, brummte Mattis nah an meinem Ohr. »Wehr dich nicht, sonst funktioniert es nicht.« Seine warmen Hände schlossen sich erneut um meine.

»Äh. Wenn du sagst ›leiten‹, dann meinst du ...?« Mann, es war echt ablenkend, seine Hände zu spüren.

»Ich versuche, mich mit deiner Magie zu verbinden. Aber das klappt nur, wenn du mich lässt. Im Moment sperrst du mich aus.«

Okay. Aber wie machte ich das? Ich räusperte mich und befahl meinem Verstand, jetzt doch bitte offen zu stehen.

»Sesam öffne dich?«, murmelte ich. Ich öffnete wieder die Augen. »Glaub mir, ich habe gar keine Barrieren hochgezogen!«

Mattis lachte leise. Es war das erste Mal, dass seine Augen vor Vergnügen aufleuchteten und ihre harte Kälte verloren. »So klappt das nicht. Du musst deine Schilde senken.« Er ließ meine Hände los und für einen Moment fühlte ich mich seltsam verloren.

»Ich habe keine Schilde hochgezogen, also kann ich sie auch nicht senken.«

Mattis schnaubte. »Du hast dich sicherer eingekerkert als eine Schatzkammer.«

»Aber wie sollte ich? Ich habe doch keine Ahnung von Magie. Woher soll ich wissen, wie man Schutzschilde hochzieht?«

»Ja, das ist die Frage.« Mattis sah mich nachdenklich an.

Er schloss die Augen und etwas wie spitze Fingernägel trippelte über mein Gehirn.

»Hey! Lass das!« Ich wich zurück, als ob körperliche Distanz den Mist verhindern könnte, den er mit mir veranstaltete.

Das Getrippel hörte abrupt auf.

Mattis sah perplex aus. Er hob die Hände in einer beruhigenden Geste. »Ich entschuldige mich in aller Form. Ich hätte zuerst fragen sollen. Ich dachte, du bemerkst es nicht.«

»Tja, hab ich aber.« War das noch so ein Nichttalent? Oder war es ein Fortschritt?

»Würdest du mir bitte erlauben, einen näheren Blick auf deine mentalen Schilde zu werfen?« Mattis' Stimme war eine zärtliche Berührung und ich lächelte und nickte, bevor er überhaupt seine Frage zu Ende gebracht hatte.

»Ich verspreche dir, es tut nicht weh«, fügte er hinzu.

»Das sagen sie alle«, murmelte ich.

Zu meiner Überraschung brachte das Mattis zum Lachen. Sein Blick wurde warm, zögernd, als er sagte: »Falls es hilft: Ich sage das nur, wenn ich es auch so meine.«

Hitze stieg mir in die Wangen. Meine Güte, wieso errötete ich in der Nähe dieses Kerls die ganze Zeit? Bald würde ich mir mit einem Fächer Luft zuwedeln und kokett lispeln. »Es hat sich schrecklich angefühlt, als du … mein Gehirn berührt hast. Oder was du auch immer gemacht hast. Ich will nicht, dass du da drin herumstocherst.«

»Alanna.« Seine Finger strichen leicht meine Wange hinunter. Gegen meinen Willen lehnte ich mich in die Liebkosung. »Ich werde dieses Mal noch vorsichtiger sein. Du wirst nichts spüren.«

»Ist das mit den Schilden wirklich so wichtig?«, murmelte ich, schon halb überredet.

»Es ist ein Anfang«, flüsterte Mattis. Sein Gesicht kam meinem immer näher. Würde er mich küssen? »Du willst doch herausfinden, ob du magisch begabt bist, oder?« Seine Lippen waren nur einen Hauch von meinen entfernt. Seine Augen wurden alles, das ich sah, smaragdgrün schimmernde Tiefen, in denen ich mich verlieren konnte.

»Ja«, hauchte ich. Ich ertrank glücklich in seinem Blick, trieb schwerelos dahin. Etwas strich an meinem Hinterkopf entlang. Es fühlte sich wie die flüsterleichte Berührung einer Motte an. Träge hob ich eine Hand, berührte aber nur die Luft.

Wieder strich mir etwas übers Haar, fast zu leicht, um es zu spüren, und Wärme breitete sich in mir aus. Meine Augen schlossen sich. Ich fühlte mich so schläfrig. Seltsam: Ich wusste, dass wir allein waren, aber ich hörte eine piepsige Stimme Worte brabbeln in einer Sprache, die ich nicht verstand. Meine Augenlider flatterten, aber ich konnte sie nicht öffnen. »Ruhe«, murmelte Mattis. Das Gebrabbel verstummte. Alles war so wundervoll still. Ich vergrub mein Gesicht an seiner Schulter und atmete tief seinen wunderbaren Duft ein. Ich war müde bis auf die Knochen und wusste, dass ich in Sicherheit war. Ich konnte einfach gleich hier einschlafen.

Eine warme Hand streichelte meine Schulter, Worte in einer fremden Sprache wurden mir ins Ohr geflüstert. Mein Kopf füllte sich mit einer Klangwolke, mit seltsamen Gesichtern, die meinem zu nahe kamen. Eine kühle Fingerspitze glitt erregend über meinen Nacken und ein Oval aus Feuerzungen erschien direkt vor mir. *Es ist ein Traum. Es ist alles nur ein Traum ...*

Alles verschwand, als die Dunkelheit mich liebevoll umfing.

DREIZEHN

»Aber ich bin mir sicher, dass etwas Alannas Magie blockiert«, sagte Mattis. Eins musste man ihm lassen, er gab nicht schnell auf. Er hatte beschrieben, was er bei seiner Evaluation meiner Fähigkeiten gefunden hatte: dass ich meine Magie nicht benutzen konnte, da sie hinter dicken Schilden verschlossen war. Andere Magier konnten mich verzaubern, das verhinderten die Schilde nicht. Aber weder Mattis noch ich konnten meine Magie berühren. »Alanna muss täglich mit so vielen Magiern wie möglich trainieren«, verlangte Mattis. »Jeder ihrer Lehrer muss die Blockade mit ihr zusammen in winzigen Bröckchen abtragen, sonst wird es zu gefährlich.«

»Es macht keinen Sinn!«, motzte Rufus, nicht zum ersten Mal, und raufte sich die Haare. Er lümmelte sich in seinem Bürostuhl, während Mattis und ich nebeneinander vor seinem Schreibtisch stehen mussten. »Wenn Alanna so etwas Exotisches wie interne Schilde hätte, wie konnte ihre Magie dann unsere IT zum Absturz bringen? Wir mussten einen Patch drüberlaufen lassen, damit nicht jedes Mal der ganze Laden verrückt spielt, wenn Alanna in die Nähe einer Festplatte oder eines Servers kommt.«

Mattis zuckte die Schultern. »Sie ist nicht komplett blockiert. Man kann einfach zu ihr durchdringen und sie in seinen Bann werfen, also könnte auch etwas nach außen dringen —»

»In seinen Bann werden?«, unterbrach Rufus ihn mit erhobener Stimme. »Könnten Sie sich mal normal ausdrücken? Sie haben Alanna verzaubert?«

»Nur, um ihre Magie zu lesen.« Mattis hob eine Braue. »Was haben Sie denn gedacht, wie ich jemanden lese? Indem ich ihre Hand halte?«

Seine Worte ließen mich erröten, denn das war genau das, was er gemacht hatte. Seine Berührung hatte mich dermaßen erregt, dass ich noch nicht einmal mitbekommen hatte, als er mich verzauberte. Wie peinlich.

»Warum geben Sie verdammt noch mal nicht zu, dass das eine Nummer zu komplex für Sie ist, Firdrake?« Rufus lehnte sich nach vorn und drückte die Hände auf seinen Schreibtisch, als sei diese Barriere das einzige, das ihn davon abhielt, Mattis vor Wut ins Gesicht zu springen.

Mattis seufzte und versuchte es erneut. »Ich kann Alannas Potenzial erspüren, aber es reicht nicht. Wenn Sie Alanna weiter in der IT lassen und sie nur wenig Zeit mit Zaubern verbringt, wird sie eine Norm bleiben.«

»Bist du völlig bescheuert?«, explodierte Rufus und ging vom förmlichen Sie zum Du über. »Ich kann sie nicht freistellen. Es gibt nur zwei Programmierer bei Astoria, die Alannas Niveau entsprechen und ebenfalls Magier sind. So kann ich keine IT Firma für Magier am Laufen halten!«

»Dann gib ihr einen Job bei Astoria, wo sie wenigstens den halben Tag trainieren kann«, lenkte Mattis ein.

»Sie steht genau neben euch«, knurrte ich. »Hört beide auf zu reden, als wäre ich gar nicht da!«

Rufus schlug mit der flachen Hand auf den Tisch und ich zuckte zusammen. Aber er war nicht sauer auf mich. «Alanna, du hast ein außergewöhnliches Potenzial, als Programmierin und als Magierin«, sagte er. »Ich lasse niemanden an deinem Gehirn herumpfuschen. Mattis kann mir nicht in die Augen sehen und mir garantieren, dass allein der Versuch, das zu entfernen, was deine Magie blockiert, dich nicht tötet oder beschädigt. Mit Magie an deinem Gehirn herumzupfuschen könnte katastrophale Folgen haben!«

Ich erschauerte bei der Vorstellung.

»Ihr wird nichts passieren, wenn sie selbst ihre Blockade entfernt«, versuchte Mattis mich zu beruhigen. »Mit der Hilfe ihrer Lehrer, ein Stückchen nach dem anderen.«

»Auf keinen Fall!«, schnauzte Rufus ihn an. »Alanna hat unsere Computer mit Magie berührt, also ist sie keine Norm. Sie wird regulären Unterricht erhalten wie jeder andere auch, und sie wird es schaffen.«

War hier Rufus' persönliche Fehlwahrnehmung am Werk oder glaubte er das wirklich? Bis jetzt hatte ich es jedenfalls nicht geschafft und die Zeit lief uns davon.

Mattis zuckte die Schultern. »Von mir aus.«

Sehr verdächtig. Ich sah ihn prüfend an. Wieso gab er jetzt so schnell nach? Vielleicht wollte er hinter Rufus' Rücken daran arbeiten? Mattis' Gesicht verriet nichts von seinen Gedanken.

Rufus erhob sich. »Birch wird Alanna täglich im Zaubern unterrichten, in Einzelunterricht. Und du …« Rufus trat so nah vor Mattis, dass er ihm praktisch auf die Zehen stieg. »Ich verbiete dir, an ihrem Gehirn herumzupfuschen! Ende der Diskussion. Jetzt geh und mach dich an eins der Projekte, die wir dir aufgetragen haben. Du bist jetzt bei Astoria angestellt, Firdrake, und ich erwarte Resultate.«

Mattis verließ das Büro, ohne sich noch einmal umzudrehen. Er hatte so ausgesehen, als ob er gleich jemandem eine reinhauen würde, und ich konnte es verstehen.

Rufus setzte sich wieder an seinen Schreibtisch und tippte auf seinem Tablet herum. Ich marschierte vor dem Tisch auf und ab, unsicher, wie ich Rufus davon überzeugen konnte, Mattis' Urteil ernst zu nehmen. Wessen Urteil sollte ich glauben? Rufus, der dafür bekannt war, dass er konstant ein verschobenes Bild der Realität hatte, das ihn nur das sehen ließ, was er sehen wollte? Oder sollte ich Mattis glauben, der in der Vergangenheit zig Mitarbeiter auf ihr magisches Potenzial hin überprüft hatte ohne eine einzige Beschwerde von Rufus?

Ich ging um den Schreibtisch herum und baute mich vor Rufus auf. »Falls es etwas gibt, das mich blockiert …«

Rufus sah mich genervt an. »Lass dich nicht von Mattis ins Bockshorn jagen. Du bist verspätet bei der Party eingetroffen, klar können die anderen Kinder alle coole Tricks, die du noch nicht kannst. Trainiere Tag und Nacht, dann wirst du bald dasselbe können wie sie. Unser Problem ist die Weihe, nicht irgendeine

Blockade.«

»Welche Chance habe ich denn überhaupt, die Wettkämpfe bei der Weihe zu bestehen?«, motzte ich zurück. »Du hast doch gehört, was Mattis gesagt hat!«

»Du wirst schon klarkommen.« Rufus lächelte mich an, aber er wirkte abgelenkt. »Bald zauberst du mit Perfektion.« Er sprang auf und stand jetzt eine Armbreit vor mir. »Da ist noch etwas.«

Was jetzt noch? »Ja?«, fragte ich zögernd.

Rufus lehnte sich zu mir und suchte meinen Blick, aber er blieb stumm.

Wie seltsam. Ich hatte Rufus noch nie um Worte verlegen gesehen. Ich stupste ihn in die Seite. »Spuck's einfach aus.«

»Nach der Weihe sollten wir für ein paar Tage abhauen«, schlug Rufus vor. »Du könntest Weihnachten mit mir feiern.«

Ich bin mir sicher, mir stand der Mund sperrangelweit auf vor Überraschung. Weihnachten mit Rufus? »Du meinst, wir feiern Weihnachten mit deiner Familie?«, hakte ich nach. Ich hatte seine Eltern früher nur ab und zu gesehen, wenn ich meine Großmutter besuchte. Als Rufus zur Uni ging, verkauften sie das Haus und zogen aus Toronto fort.

»Nein, wir werden auf keinen Fall die Feiertage mit meinen Leuten feiern.« Rufus lächelte schief. »Die Verwandten meiner Mutter treiben jeden innerhalb einer Stunde in den Wahnsinn.«

»Also, was dann?« Er brachte mich noch um vor Spannung.

»Ich nehme dich mit in ein Resort in den Bergen. Ich kenne da ein tolles Hotel in der Nähe von Banff. Magst du Skifahren immer noch?«

»Äh …« Meine Gedanken rasten. »Was … was fragst du mich genau?«

»Ob du Skifahren magst. Das ist noch nicht schwer zu beantworten.« Rufus grinste mich spitzbübisch an.

»Ich mag es noch. Aber …« Ich verstummte. Wie sollte ich meine Gedanken ausdrücken, ohne wie eine verklemmte Schnalle aus dem vorletzten Jahrhundert zu klingen? ›Was steht denn noch auf dem Programm außer Skifahren?‹, ›Was hast du mit mir vor?‹, ›Werden wir in zwei Einzelzimmern schlafen oder uns ein Doppelzimmer teilen?‹, ›Ein Bett oder zwei?‹ … Wir waren noch nicht einmal mit einander ausgegangen. Noch nie. Ich hatte so viele Jahre mit Versuchen vergeudet, Rufus für mich zu interessieren. Es hatte zu lange gedauert, bis ich endlich kapiert hatte, dass er mich seit meinem zwölften Geburtstag keines Blickes mehr gewürdigt hatte. Was war los? Warum jetzt?

»Also, wenn du nicht willst …«, sagte Rufus langsam. Er schien überrascht.

»Es ist nur so plötzlich. Ich meine …«, stotterte ich herum.

»Wir waren noch nicht einmal zusammen Abendessen«, platzte es dann aus mir heraus.

»Oh, keine Sorge«, sagte Rufus schnell. »Wir würden nicht allein fahren.«

Jetzt war ich noch verwirrter.

»Ich weihe dich in eine kleine Tradition ein, die Hank, Sybil und ich vor zwei Jahren ins Leben gerufen haben«, fuhr Rufus fort. »An Weihnachten fahren wir drei Tage zusammen weg zum Entspannen und Skifahren. Du hättest natürlich dein eigenes Zimmer.«

Ach du meine Güte. Ein kleiner Privaturlaub mit Hank Wilson, dem Finanzvorstand, und Sybil Pecheur, der Leiterin der Kommunikationsabteilung. Ich kriegte vor Überraschung immer noch kein Wort heraus.

»Die beiden bringen ihre Partner mit. Aber du musst nicht meine Angetraute spielen, keine Sorge. Nur, wenn du willst.« Rufus zwinkerte mir zu und es schnürte mir die Kehle zu. Ich war echt eine Niete in solchen Gesprächen. War das jetzt ein Anbaggern oder nicht? »Verstößt das nicht gegen die Astoria-Richtlinien? Wilson und Pecheur fänden es vermutlich echt seltsam, wenn du mich mitbrächtest.«

»Es hat Vorteile, Rufus Dean und der CEO von Astoria zu sein.« Rufus' Grinsen sah ein bisschen eingebildet aus. Als ich immer noch zögerte, lachte er leise. Er klang etwas verunsichert. »Du musst dir wirklich keine Sorgen machen. Sybil und Hank sind wirklich cool.«

Ich wäre verrückt, das Angebot nicht anzunehmen, oder? Ich hatte schon ewig keinen Urlaub mehr genommen, wenn man meine kurzen Ausflüge zur SXSW-Messe und dem DragonCon nicht mitzählte. Drei Tage mit Rufus mehr oder weniger für mich allein, das wäre doch himmlisch. ›Schnell, sag zu‹, ermunterte ich mich im Stillen, ›bevor du deine Meinung änderst — oder bevor er es tut.‹

»Ich komme gern mit.«

Rufus sah erleichtert aus. »Super.«

Ich versuchte, in seinen Augen zu lesen, aber ich sah nichts außer dem Glitzern von Unfug und Ideen, die immer in Rufus' Blick tanzten, es sei denn, er war gerade verstimmt. War sein Interesse jetzt ernsthaft erwacht, weil ich eine Magierin war? Als mir mit 18 klar wurde, dass er kein Interesse an mir hatte, hatte ich gelitten wie ein Hund. Ich hatte mich in meine Kurse an der Uni gestürzt, war mit Tara jede Nacht ausgegangen und hatte mich anderen Kerlen an den Hals geschmissen, alles in dem Versuch, endlich Rufus Dean zu vergessen, ihn mir aus dem Herzen zu brennen. Aber das hatte ich nie geschafft. Jetzt war ich für ihn endlich sichtbar geworden. Was wollte ich damit machen? Den Spieß umdrehen? Oder der Versuchung erliegen und meine Liebe zu ihm wieder aufblühen lassen?

Nein! Ich hatte schon genug an der Backe. Das war jetzt echt die falsche Zeit für eine Seelenbeschau. Wenn wir in Banff waren, nach der Weihe, weit weg von Astoria und der Magierwelt, konnte ich immer noch herausfinden, was er von mir wollte — und ob ich es wagen konnte, mich wieder in ihn zu verlieben. Seltsam, dass mit dem letzten Gedanken ein anderes Gesicht vor meinem inneren Auge aufzog: ein Mann mit grünen Augen.

Rufus kehrte an seinen Schreibtisch zurück und setzte sein Headset ins Ohr. Vermutlich war ich entlassen. Meine Gedanken kugelten wirr durcheinander, als ich meinen Rucksack nahm um zu gehen.

»Alanna?«, rief Rufus.

Ich drehte mich wieder zu ihm um.

»Vergiss Forest of Fiends nicht! Ich weiß du machst gerade

eine Menge durch, aber ich brauche immer noch eine vorzeigbare Version für die Game Developer Conference. Es steckt mehr als eine Millionen allein in der Anzeigenkampagne und ich will keinen Cent davon vergeuden.« Rufus lehnte sich in seinem Stuhl zurück, aber sein Körper sah alles andere als entspannt aus. »Ich habe Tom für dein Team abgestellt, damit du etwas von deinen Aufgaben abgeben kannst. Aber du musst alle Fäden in der Hand behalten!«

Ich schaute ihn finster an. Von all den Leuten, die er meinem Team hätte zuteilen können … »Tom hat in seinem ganzen Leben noch an keinem Spiel gearbeitet.«

Rufus schob meinen Einwand mit einer Handbewegung beiseite. »Er könnte die PR und alles rund um den Launch übernehmen. Projektmanagement ist ja wohl dasselbe, ob man ein Spiel oder Apps betreut.«

›Von wegen‹, dachte ich düster, aber ich nickte brav und schluckte gegen den Kloß im Hals an. Vielleicht schaffte ich es sogar, Forest of Fiends rechtzeitig fertigzustellen — und dann würden sie mich vor die Tür setzen, weil ich keine vollwertige Zauberin war. War ich wirklich in Gefahr, wenn ich Mattis bat, diese Blockade zu entfernen, die er erspürt hatte? Oder gab es gar keine Blockade und ich brauchte nur mehr Übung? Dann wäre es ein Desaster, Mattis zu fragen; wir würden mein Gehirn aufs Spiel setzen, obwohl ich nur Übung und mehr Zeit gebraucht hätte.

VIERZEHN

Die ganze folgende Woche hielt ich mich an mein persönliches Mantra, das ich immer beherzigte, wenn ich mich einer schwierigen Aufgabe gegenübersah und wenig Vorbereitungszeit hatte: Was würde Tim Ferriss tun?

Wenn ich das Zaubern in der kürzestmöglichen Zeit lernen wollte, musste ich das Material radikal einkürzen. Außerdem musste ich herausfinden, was die Leute tatsächlich machten, die gut zaubern konnten. Welche Abkürzungen nahmen sie, vielleicht sogar, ohne es selbst zu merken?

Ich schluckte meinen Stolz herunter und quatschte jeden Magier an, den ich traf, um ihn um Tipps zu bitten. Alle Magier hatten ihre Lieblingszauber, kleinen Eigenarten und Tricks. Ich schrieb alles auf bis ins kleinste Detail. Ich ignorierte standhaft Rufus' Augenrollen, als ich ihn um Kinderbücher bat, mit denen man Magierkindern die erste Zauberkunde lehrte.

Ich musste Rufus etwas triezen, bis er mir eine abgewetzte Ausgabe von *Mit einem Satz zaubert die Katz* mitbrachte. Ich ertrug sogar Emilys Sticheleien und nervte sie, genauso wie Astrid und René, bis sie mir genau beschrieb, wie sie mit dem Zaubern angefangen hatte und wie es sich anfühlte, sich mit dem Ino zu verbinden. Jeden Abend brütete ich dann über meinen Aufzeichnungen.

Nach einer Woche hätte ich ganze Bücher über Zauberei schreiben können, aber ich war in der Praxis keinen Schritt weiter. Da fand ich auf meinem Schreibtisch einen Zettel. Ein ungenannter Absender verriet mir eine Sequenz von Schritten, mit der ich mich mit magischer Energie außerhalb meines Körpers verbinden konnte. Die Notiz war in wunderschöner Kalligrafie-

Schrift geschrieben und hätte von einer Frau genauso wie von einem Mann stammen können. Ich hätte mein Geld auf Mattis gesetzt, aber ich konnte mich täuschen. Der geheime Absender behauptete, man könne seine magische »Aura« quasi kurzschließen, indem man seine Hände kräftig gegeneinanderdrückt. Wenn man sie dann auf ein hochgradig geladenes magisches Objekt stieße, könnte man einen Splitter magischer Energie zu fassen bekommen. Wenn man den erst mal hatte, könnte man mehr und mehr Magie zu sich heranziehen.

Natürlich probierte ich es sofort aus. Oh, was für ein Spaß — nein, absolut nicht. Die Energien waren unsichtbar und man konnte magisch geladene Partikel nur unterscheiden, weil sich die Luft eine Sekunde lang etwas pelzig anfühlte. Ich drückte also die Hände zusammen, klatschte die Handflächen dann auf den Ino oder eine Tür mit eingebautem Abwehrzauber und versuchte, mir sofort das winzige pelzige Teilchen zu schnappen. Das klappte natürlich nie. Hätte ich es zu fassen bekommen, sollte ich es über meine magische Aura, also die unsichtbare Barriere, wo meine Magie auf die Außenwelt traf, führen. Bingo, schon wäre ich mit der Energie im ganzen Raum verbunden.

Ich saß gerade in »Einführung in die Zauberkunst«, als diese Verbindung das erste Mal klappte. Es fühlte sich so an, als ob man seinen Körper in einen elektrischen Leiter verwandelte, indem man die Finger in eine Steckdose schob. Also äußerst angenehm. Mein Herz raste so stark, dass es kurz davor schien, sich durch meinen Brustkorb nach draußen zu bummern. Ich konnte nur flach atmen und mir wurde schwarz vor Augen. Mit Mühe hielt ich durch, in der Hoffnung, es würde bald besser. Etwas strich über mein Bewusstsein. Ich zuckte zusammen. Ein paar angsterfüllte Sekunden später wurde mir klar, was sich da an mein Gehirn heranmachte. Der Ino! Es fühlte sich, ehrlich gesagt, ziemlich eklig an. Warum hatten die anderen Magier behauptet, die Verbindung sei wie sanftes Hintergrundrauschen?

Ich rutschte unruhig auf dem Meditationskissen hin und her und Birch warf mir einen fragenden Blick zu. Als ich nichts sagte, wandte sie sich wieder den anderen zu, die gerade übten, Wasserballons zu erschaffen und abzuwehren. Magische Wasserballons natürlich.

Obwohl ich mich fühlte, als hätte ich in eine Starkstromleitung gegriffen, saß ich stocksteif und still da, um bloß nicht die schwache Verbindung zu verlieren. Der Ino hörte sofort auf zu vibrieren, als er sich mit meinem Gehirn verbunden hatte. Es war das erste Mal, dass er im Unterricht nicht unablässig in meiner Hosentasche vibrierte. Die Verbindung zu dem Gerät war dünn wie Spinnenseide und es fühlte sich widerwärtig an. So als ob jemand ein Fädchen an der Innenseite meiner Stirn befestigt hätte und daran mit sanfter Bestimmtheit zog.

Wenn ich mich zwang, mich zu entspannen, verstärkte sich der Zug an dem Faden. Das Gefühl, von Elektrizität durchspült zu werden, verschwand. Stattdessen schlug mit einem Mal ein solcher Migräneanfall zu, dass ich dachte, mein Kopf müsse gleich aufplatzen. In der nächsten Sekunde waren die Begrenzungen meines Bewusstseins, meines Körpers einfach verschwunden. Es gab keine Wände, keine Gebäude — nur ein graues Einerlei, unterbrochen von Magiefetzen und, weiter weg, leuchtenden blauen Barrieren.

Einige der Magiefetzen in meiner Nähe waren lang gezogene Streifen, andere sahen wie Wollmäuse mit Monsterausmaßen aus. Die größten hatten Ähnlichkeit mit dichten Wolken. All diese Energien pulsierten in verschiedenen Farben und bewegten sich träge um mich. Mit meinen Augen konnte ich noch das Klassenzimmer sehen und den Holzfußboden. Die Magiewolken nahm ich mit etwas anderem wahr als meinem Sehsinn. Mit was?

Ich griff in Gedanken nach einer der Wolken. Die Notiz hatte behauptet, dass ich, wenn ich es schaffte, ein bisschen von ihrer Energie abzuzweigen, damit zaubern könnte. Aber Energie abzuknipsen, ohne seine Hände zu benutzen, war komplexer, als ich erwartet hatte. Selbst mithilfe des Inos dauerte es ein paar Tage, bis ich es endlich schaffte. Als ein Splitter Magie in mich drang, hätte ich singen und tanzen können vor Freude. Endlich! Aber die Freude war nur von kurzer Dauer. Die fremde Magie verschwand einfach. Ich dachte, ich hätte etwas falsch gemacht, bis auf einmal Sigillen in meinem Kopf auftauchten. Nicht aus der Erinnerung, sondern als ob die Symbole auf eine Leinwand projiziert würden. Und die Leinwand in meinem Kopf zeigte mir nicht nur die Sigillen, sondern auch, was ich mit ihnen tun konnte und welches Handzeichen ich machen musste, um den Zauberspruch zu unterstützen. Etwas so Komplexes im Detail in meinem Kopf auftauchen zu sehen, erschreckte mich zutiefst und ich unterbrach die Verbindung zum Ino. Die Sigillen verschwanden abrupt, genauso wie meine Verbindung zur fremden Magie. Verdammt!

Ich versuchte es noch einmal und diesmal konzentrierte ich mich auf einen einzelnen Zauber. Ich wollte sehen, wie ich den Gelstift vor mir auf dem Boden anheben könnte. Es passierte wieder das Gleiche, aber die Sigillen waren andere. Wieder erschreckte ich mich und zerriss die Verbindung zum Ino. Mist, nicht schon wieder!

Nach ein paar weiteren Versuchen konnte ich die Verbindung halten. Es machte meine andauernden Kopfschmerzen noch schlimmer, aber ich gab nicht auf. Ein paar Tage später hatte ich mich daran gewöhnt, dem unsichtbaren »Faden« des Ino auf die Spur zu kommen, mich mit ihm zu verbinden und nicht vor Panik zurückzuschrecken, wenn ich die Sigillen sah. So vollbrachten die Magier schließlich ihre Zauber. Man sagte der Datenbank, was man zaubern wollte, und sie schickte die Instruktionen, welche Sigillen und welche Handzeichen man benutzen musste und in welcher Kombination. Ich folgte einfach nur den Anweisungen und vollbrachte meinen ersten Zauber. Es war ein Zauber auf Baby-Niveau, aber immerhin.

Während dieser Experimente war meine eigene magische Quelle immer noch vor meinem Zugriff geschützt, aber das war mir für den Moment egal. Zum ersten Mal hatte ich das Gefühl voranzukommen, also stürzte ich mich auf das, was klappte, und trainierte Tag und Nacht.

Tagsüber arbeitete ich mit Birch im Einzelunterricht. Sie erlaubte mir keine echten Zaubertricks. Stattdessen ließ sie mich immer wieder üben, wie man Sigillen richtig zeichnete. Mit Tinte, mit Kreide, mit Puder. In die Luft, auf den Boden, auf ein Stück Papier, mit Tinte auf meiner Haut. Das war ja sicher alles sehr faszinierend, aber immer wenn ich dachte, jetzt ginge es gleich endlich mit dem Zaubern los, ließ mich Birch die Sigillen wieder löschen. Damit verbrachte sie den Großteil unserer gemeinsamen Stunde. Ich wollte unbedingt richtig zaubern mit ihr üben, aber ich hatte keine Chance bei Birch. Sie behauptete, sie folge dem Standardlehrplan für Magier, der seit einem unglücklichen Vorfall im Jahr 1760 galt. Ein Magier in Bath hatte unabsichtlich die unbenutzten Sigillen eines anderen Magiers zusammen mit seinen eigenen aktiviert und eine ganze Schulklasse Kinder transloziert. Die Kinder tauchten am anderen Ende der Stadt in einem Keller wieder auf, viele von ihnen starben, weil der Zauber sie in den Wänden und im Boden des Gebäudes materialisieren ließ. Also übten Birch und ich brav das richtige Löschen der Sigillen, anstatt sie zu aktivieren.

Zu Hause arbeitete ich mit echten Zaubern. Wir durften den Ino ja eigentlich nicht mit nach Hause nehmen, aber ich hoffte einfach, dass ich nicht erwischt würde. Die Verbindung zur Datenbank war langsamer als im Büro, vielleicht weil ich Meilen von Astoria entfernt war.

Ich tanzte vor Freude in meiner Küche herum, als es mir zum ersten Mal gelang, einen Teelöffel zu verzaubern. Okay, ich hatte ihn nur etwas größer gemacht. Aber was für mich zählte, war, dass ich einen richtigen Zauber gewirkt hatte.

Als Nächstes versuchte ich, ein Messer in der Größe zu verändern, dann einen Teller. Es klappte beide Male. Ermutigt machte ich mich an den Zauber auf der letzten Seite von *Mit einem Satz zaubert die Katz*. Der Metamorphis-Zauber war quasi die Abschlussprüfung für Kinder-Magier — wenn sie ihn bewältigten, konnten ihre Eltern sich sicher sein, dass die Kleinen für die nächste Stufe der Zauberer-Ausbildung bereit waren.

Ich entschied mich, ein Küchenhandtuch in ein Badehandtuch zu verwandeln. Was konnte da schon schiefgehen? Die Datenbank lieferte mir brav die nötigen Sigillen und der Stoff verwandelte sich tatsächlich in Frottee. Aber das kann man nur als Erfolg werten, wenn man Frottee mit der Farbe und Textur von Beton mag. Ich zwang mehr und mehr Magie in die Sigillen, um das Handtuch weicher zu machen. Ohne Vorwarnung explodierte der Beton. Brennende Stückchen zerstörten mein T-Shirt und fast mein Gesicht.

Ich gab nicht auf, aber ich versuchte es erst mal mit einfacheren Sachen. Dieses Mal klappten die Zauber genau so, wie sie sollten.

Vor lauter Aufregung und Erleichterung rief ich Tara an. Sie schickte mir seit Wochen Nachrichten, dass wir endlich mal wieder ausgehen sollten, und heute wollte ich feiern.

Als Tara abnahm, fiel mir mein Versprechen ein, dass ich keinem Norm je von Magie erzählen durfte. Ich war so berauscht von meinem Erfolg gewesen, dass ich es für einen Moment vergessen hatte.

»Hallo, Fremde.« Tara klang distanziert. »Behalten sie dich neuerdings auch die ganze Nacht da?«

»Ja, das tun sie tatsächlich.« Ich lehnte mein Gesicht an den kühlen Spiegel im Flur. Verdammt! Ich wollte ihr erzählen, was los war.

»Ich hoffe, sie bezahlen dir genug für diese Schinderei, Süße.« Tara klang immer noch verstimmt.

Ich schnitt mir selbst im Spiegel eine Grimasse. Es ging um viel mehr als um Geld, aber das konnte ich Tara ja nicht erzählen. Davon abgesehen, dass es bei einem Job wie meinem nie nur ums Geld ging, auch wenn keine Magier im Spiel waren.

Ich war zu lange still gewesen. Tara klang besorgt, als sie fragte, »Geht's dir wirklich gut, Lanna?«

»Können wir einen draufmachen?«, fragte ich. »Ich weiß, es ist mitten in der Woche, aber ich möchte dich sehen. Heute bin ich endlich mal früher aus der Arbeit gekommen.«

Tara ließ mich noch eine Weile betteln. Ich hatte seit Wochen nicht mit ihr gesprochen und sie ließ mich als Revanche zappeln. Letztendlich sagte sie zu, sich mit mir in unserer Lieblingsbar zu treffen. Das *Golden Door* war klein, laut und etwas schmutzig, aber es gab leckere Cocktails und die kuscheligsten

Sofas im Großraum Toronto. Das Beste aber war die Tanzfläche im Keller, wo sogar mitten in der Woche gute DJs auflegten. Meine Art von Schuppen.

Ich traf mich mit Tara vor dem Haupteingang in einem verwahrlosten Hinterhof. Jemand hatte einen Plastikweihnachtsbaum neben der Tür aufgestellt. Er stand schief und nur fünf Plastikkugeln baumelten verloren in den drahtigen Zweigen. Stimmt, bald war ja Weihnachten! Mit allem, das im Moment in meinem Leben los war, hatte ich keinen Gedanken daran verschwendet. Ich hatte noch nicht ein einziges Geschenk gekauft.

»Du arbeitest zu viel, mein Schatz.« Tara zog mich in ihre Arme. »Ich erkenne dich kaum wieder. Du bist ja nur noch Haut und Knochen.«

»Nee, jetzt mach hier mal nicht die Drama-Queen.« Ich drückte sie an mich. »Der Alphatest ist erst einen Monat her.«

»Genau. Und es ist sechs Wochen her, dass du das letzte Mal deinen Hintern bei Astoria vor Mitternacht rausgeschwungen hast. Das ist nicht gesund.«

Ich lächelte. »Mach dir keine Sorgen. Es ist nur die letzte Durststrecke, bis das Spiel fertig ist.«

»Das sagst du mir, seitdem du für Rufus arbeitest.« Tara sah echt besorgt aus. »Du weißt, er ist nicht gut für dich.«

Ich nickte und lotste sie auf den Eingang zu. Um unsere übliche Diskussion über »Rufus ist ganz schlecht für dich, geh ihm bloß aus dem Weg« zu umgehen, steuerte ich die Unterhaltung weg von mir und hin zu Tara. Es war einfach, sie zu ermuntern, mir etwas von ihrem Kollegen zu erzählen, den sie so hasste und den sie so gut nachmachen konnte. Sie hätte Stand-up-Comedian werden sollen, sie war so witzig, wenn sie Anekdoten aus der Kanzlei erzählte. Wir machten uns einen schönen Abend mit zu vielen Cocktails, tanzten, unterhielten uns über Computerspiele und über Bücher. Irgendwie kam die Sprache auch auf Mattis. Mir rutschte raus, wie gut er aussah, und Tara stürzte sich darauf. Sie wollte uns unbedingt verkuppeln. Ich versuchte ihr zu erklären, dass ich Mattis nicht einfach auf ein Date einladen konnte, dass er etwas seltsam war und meine Arbeit evaluierte. Aber da ich Magie nicht erwähnen konnte, machte alles, was ich sagte, es nur noch schlimmer. Tara war überzeugt, dass ich Mattis nur zu einer LAN-Party schleppen müsste oder, noch besser, mit ihm tanzen gehen, und wir würden in unser Happy End segeln. Ich schaffte es, das Gespräch auf ein anderes Thema als Mattis zu lenken, aber es wurde immer schlimmer. Ich hatte das Gefühl, dass das Thema fast egal war – ich musste sie die ganze Zeit anlügen. Ein Scheißgefühl, wenn man seiner besten Freundin gegenübersitzt. Ich wollte Tara erzählen, was wirklich bei Astoria vor sich ging. Ich wollte über meine Omi sprechen, über meinen Vater und die Lügen, mit denen ich aufgewachsen war. Stattdessen musste ich ihr selber Lügen auftischen und alles, was mir wirklich wichtig war, vor ihr geheim halten. Ich hasste es. Dieser Teil des Magierlebens war echt übel.

Tara fragte mich, wann sie wieder Forest of Fiends mit mir und meinem Team spielen konnte. Ihre Augen hatten diesen verräterisch-verträumten Blick, als sie sich betont beiläufig nach Nick erkundigte. Ich wich ihren Fragen aus und hielt sie hin mit Versprechen wie »Wenn wir im Open Beta sind«. Sie wollte wieder ein fester Bestandteil meines Lebens werden und das war unmöglich. Ich trank zu viel und fühlte mich innerlich zerrissen, als ich morgens um drei ins Bett kroch. Mir hing das Magierleben zum Hals raus und trotzdem war ich noch völlig von den Socken, dass ich zaubern konnte. Ich!

Mein letzter Gedanke, bevor ich einschlief, war, ob mein Vater sich vielleicht ebenso zerrissen gefühlte hatte zwischen dem Leben als Norm und als Magier. Ein großartiger Zauberer bei Tag, gezwungenermaßen ein verlogener Mistkerl am Abend, wenn er nach Hause kam zu Frau und Kind. Kein Wunder, dass er geflohen war.

FÜNFZEHN

»Alanna möchte uns etwas zeigen«, verkündete Elizabeth Birch salbungsvoll. Ihr Gesichtsausdruck schwankte zwischen Vorfreude und Furcht.

Eine Woche lang hatte ich geheim gehalten, dass ich jetzt zaubern konnte. Ich wollte ohne Birchs und Rufus' Einmischung hüben. Heute früh hatte ich beschlossen, es ihr jetzt zu verraten.

Astrid, Emily und René saßen gerade an Birchs heutiger Aufgabe, die Membran einer Charadka-Sphäre so dünn zu machen, dass sie leicht aufplatzte. Alles in Vorbereitung für die Weihe Ende Dezember.

Jetzt schauten mich alle an. Ich war so nervös, dass ich vor Anspannung schier über meinem Meditationskissen schwebte. Was, wenn ich es nicht packte? Was, wenn ich noch einen Beton-Handtuch-Vorfall produzierte?

Birch platzierte ihr Kissen nur eine Armlänge entfernt von meinem. Sie legte die Arme in den Schoß, aber ich wusste, dass sie nur entspannt aussah. Beim ersten Anzeichen von Problemen schoss sie schneller als Lara Croft einen Gegenzauber, um einen verunglückten Zauber unter Kontrolle zu bekommen.

Ich hatte einen einfachen Zauber ausgesucht: ein leichtes Objekt schweben zu lassen. Meine Hände zitterten, während ich die dazugehörigen Symbole mit silberfarbener Kreide auf den Boden malte. Die Sigillen links und rechts vom Gelstift, den ich als Objekt für den Zauber ausgesucht hatte, sahen dreimal völlig schief aus. Sorgfältig tilgte ich sie und zog sie erneut, während Birch mich mit einem zunehmend versteinerten Gesichtsausdruck beobachtete.

Als ich mir halbwegs sicher war, dass ich es hinbekommen

hatte, lockte ich Energie aus dem Raum zu mir. Ich zog die Krei-
de-Sigillen auf dem Boden mit einem Finger nach und ging dabei
so vorsichtig wie möglich vor, um sie nicht zu verwischen. Eine
Lektion, die ich auf die harte Tour gelernt hatte. Mit angehaltenem Atem malte ich dann in der Luft die vereinfachte Version der
Sigillen. Ich versuchte, mich exakt an das zu halten, was die Datenbank mir zeigte. Gerüchten zufolge konnten einige der älteren
Magier auch ohne Hilfe des Computers Sigillen wie die Hanzi-
Zeichen im Chinesischen lesen. Für mich waren sie bis jetzt nur
Gekrakel. Ein Krickelkrakel gab dir die Macht über einen Ten-
nisball, ein anderes Krickelkrakel ließ ihn schweben. Beide Zeichen sahen aber leider genau so aus, wie die
Sigillenkombination, die ein Objekt in Brand setzte … Oh nein,
daran sollte ich jetzt lieber nicht denken!

Der Stift wackelte und stieg dann in die Luft. Er schlingerte
und bockte, aber er schwebte eine Handbreit über dem Boden.
Ich hob meinen Blick von dem in der Luft herumholpernden Stift
zu Birch.

»Versuchen Sie, ihn höher steigen zu lassen, indem Sie ihn
mit Ihrer Magie dirigieren«, instruierte mich Birch. »Strecken
Sie Ihre Finger gerade aus.« Birch spreizte die Hände und ich
folgte ihrem Beispiel. Birch kauerte sich neben mich und bewegte meine Arme in die richtige Position. Der Stift zappelte wie ein
Fisch an der Angel und widersetzte sich. Als ich sanft an unserer
Verbindung zog, stieg er langsam höher in die Luft.

»Super!«, rief Astrid und klatschte Beifall.

Ich sah kurz zu ihr rüber — und hörte, wie der Stift neben
mir mit einem Klappern zu Boden fiel.

Birch seufzte. »Ziehen Sie nie Ihre Aufmerksamkeit von einem verzauberten Objekt ab. Es könnte zu einer Gefahrenquelle
werden.«

Ich rollte innerlich mit den Augen. Birch war auch echt eine
Spaßbremse. Bestimmt gab es bei Astoria einen Security-Code
für »schwer über herumschwebende Kugelschreiber gestolpert«.

»Probieren Sie es gleich noch mal,« wies mich Birch an.
»Falls das möglich ist.«

Ich gab alles, um den Zauber schnell erneut zu wirken. Magie rein, Sigillen zeichnen, noch mehr Magie nachschieben, aber flott ...

Der Stift explodierte in Hunderte von Plastiksplittern. Birch zuckte gerade noch rechtzeitig zurück, aber ich wurde überall im Gesicht und an den Händen von einem Schwall glühend heißem Plastik getroffen. Okay, Stifte können doch gefährlich sein.

Stumm zeichnete Birch Heilrunen über meinem Gesicht und meinen Händen in die Luft. Als der Schmerz verebbt war, ließ sie es mich erneut mit dem Zauber versuchen. Und wieder. Beim fünften Mal klappte es endlich.

Birch sah nicht gerade beeindruckt aus, aber sie lächelte. Von dem Tag an behandelte sie mich endlich wie die anderen im Unterricht. Sie war immer noch kalt und schnippisch, aber ich lernte jede Menge von ihr, jetzt, wo ich genug magische Energie packen konnte, um wirklich zaubern zu trainieren.

Computer stürzten nicht mehr ab, wenn ich sie berührte. Irgendwie schaffte ich es, dass meine Energien nicht mehr unkontrolliert in alles flossen, dem ich zu nahe kam. Birch und Rufus lobten mich für den Fortschritt, deshalb hatte ich nicht den Mumm, ihnen zu beichten, dass ich keinen blassen Schimmer hatte, wieso ich keine Maschinen mehr durcheinander brachte.

Meine neuen Erfolge beim Zaubern bedeuteten auch nicht, dass jetzt alles glatt lief. Meine Unfälle hatten eine Menge Wumms. Wenn man mit externer Magie arbeitet, steckt viel mehr Energie in jedem Zauber, sodass man leicht eine ziemliche Verwüstung anrichten kann. Je mehr ich mir im Laufe der nächsten Tage zutraute beim Zaubern, umso schlimmer wurden die Unfälle. Birch pampte mich an, dass sie sich weigern würde, mich zu unterrichten, wenn ich sie noch einmal im Unterricht mit einem Energieblitz beschießen würde. Aus demselben Grund weigerte Rufus sich, mich an Cletus' *Energy Engineering*-Unterricht teilnehmen zu lassen. Es war mir sehr peinlich und ich war auch verzweifelt. Von den vier Kandidaten bei dieser Weihe brauchte ich Cletus' Unterricht am dringendsten. René, Emily und Astrid bereiteten sich mit ihm seit Monaten auf die Weihe vor. Auch ohne die Deadline der drohend über mir schwebenden Weihe juckte es mich in den Fingern, endlich bei Cletus die Produkte, die gerade neu entwickelt wurde, in die Finger zu bekommen. Jeden Tag sah ich Nick und die anderen an Astorias Zukunft basteln. Vielleicht entwickelten sie gerade das nächste coole Ding nach dem Ino. Zu wissen, dass ich mit von der Partie sein konnte, sobald ich meine Zauberkunst im Griff hatte, war die größte Karotte, die die Gildemagier vor mir baumeln lassen konnten.

Rufus und Birch steckten beide in der Zwickmühle. Sie bewerteten es als Erfolg, dass ich jetzt zaubern konnte — mal davon abgesehen, dass es höchst ungewöhnlich war, dass ich nicht mit meinem eigenen Energiereservoir zauberte. Rufus sagte mir, dass die Gildemeister meine unorthodoxe Herangehensweise an die Zauberkunst nicht guthießen. Sie hätten mehrfach vorgeschlagen, mir das Wirken von Zaubern zu untersagen, »zur Sicherheit der anderen und von Astoria«. Rufus hatte den Vorschlag abgelehnt, aber er behauptete, dass sie ihn so langsam in die Ecke drängten. Wenn er die Gildemeister unglücklich genug machte, konnten sie ihn schassen und er verlor seinen Job.

Birch und Rufus ließen mich weiter Zaubersprüche auf die einzige Art lernen, die mir zur Verfügung stand, aber sie machten mir täglich Druck, dass ich bald Zugang zu meinem eigenen Reservoir an Energien finden musste. Gern, aber wie? Keiner von beiden akzeptierte die Theorie, dass es eine Blockade gab, und halfen mir daher auch nicht, sie zu überwinden.

Mir blieb nur eine Möglichkeit. Rufus hatte Mattis verboten, in meinem Gehirn herumzupfuschen. Also versuchte ich, heimlich einen Gesprächstermin mit Mattis zu vereinbaren. Seine Telefonnummer im Astoria-Verzeichnis wurde aber direkt auf die Mailbox umgeleitet und er fasste keinen Ino an, also konnte ich ihm auch keine SMS schicken. Ich guckte ständig, ob er mir irgendwo über den Weg lief, und fand Ausflüchte, warum ich »mal kurz« in der Lehrer-Etage der Festung vorbeischauen musste. Er war nie in seinem Büro, die Tür stand immer auf. Der kleine Raum war spartanisch eingerichtet mit nur einem Schreibtisch und einem Drehstuhl. Keine Computer, keine Bücher, noch nicht einmal Stifte oder Papier. Was machte er hier? Blümchen streicheln? Denn das einzige Zeichen, dass das Büro überhaupt besetzt war, waren die Dutzenden von Pflanzen, die überall in Töpfen standen. Obwohl das Fenster nicht sehr groß war, gediehen die Pflanzen prächtig, einige hatten schon fast die Zimmerdecke erreicht.

Laut meiner Magier-Kollegen war Mattis komplett ausgebucht von Rufus und deshalb nirgendwo zu finden. Unser Boss schob ihn in alle Teams, die gerade an einem exotischen Gadget arbeiteten. Und Mattis beeindruckte sie alle, erzählte man mir, sogar die Magier, die anfänglich dagegen waren, dass ein Hedge-Magier seine Nase in ihre Arbeit steckte.

Ich gab die Geheimhaltung schließlich auf und tippte eine Nachricht an Rufus. *Hör auf, Mattis mit Beschlag zu belegen! Mich für Astoria zu behalten ist wichtiger, als den neuen Wunderknaben bei deinen Lieblingsprojekten einzusetzen. Ich möchte, dass er mich in Zauberkunst trainiert.*

SECHZEHN

Am nächsten Morgen hatte Rufus immer noch nicht auf meine Nachricht geantwortet. Ich schickte ihm noch eine SMS und beschloss, dass ich ab morgen früh in Mattis' Büro campieren würde, wenn ich ihn bis dahin noch nicht in die Finger bekommen hatte.

Mit einem großen Becher Kaffee in der Hand machte ich mich auf den Weg zu den Laboren und verdrängte erst mal mein Magieproblem. Die Aufgabe für heute war so unmagisch wie nur was: ein weiterer Test von Forest of Fiends. Mein Team hatte sich voll ins Zeug gelegt, während ich mit meinen Recherchen über Magie beschäftigt gewesen war. Heute wollte ich herausfinden, ob wir bereit für einen Betatest waren.

Als ich im Labor ankam, waren schon alle versammelt, schlossen das Equipment an und legten ihre Montur an. Wir benutzten Labor fünf seit dem Alphatest permanent, da Rikkas Abteilung es noch nicht geschafft hatte, unsere Ausstattung so zu verkleinern, das sie sich ohne große Schlepperei transportieren ließ.

Zehn Minuten nach mir schlenderte Mattis herein. Natürlich tauchte er genau in dem Moment auf, als ich mir gerade die Bluse über den Kopf zog, um meinen SIM-Anzug anzulegen. Ich fühlte mich sofort gehemmt, obwohl ich ja schließlich noch ein graues Tanktop und Jeans anhatte. Schnell warf ich die Bluse auf einen Tisch und kreuzte die Arme vor der Brust.

Mattis war barfuß und trug eine hellblaue Tunika, die mit zwei kleinen Muscheln links und rechts des V-Ausschnitts verziert war. Seine dunkelblauen Jeans saßen ihm niedrig auf den Hüften.

»Falsches Labor«, sagte Nick. »Oder bist du hier richtig?«
Mattis lächelte Nick dünn an. »Ob ich hier richtig bin, ist
eine gute Frage. Rufus hat mich hierhergeschickt, um mit Alanna
zu sprechen.« Sein Blick wurde wie magnetisch angezogen von
einem Bildschirm, auf dem unsere Waffen in einer Slideshow
vorbeizogen.

Die anderen hatten alles stehen und liegen lassen und starrten ihn mit unverhohlener Neugier an. Bei Yue und Suze blieb es
nicht bei Neugier. Ich war kurz davor, ihnen Servietten vorzuhal-
ten, um ihren Sabber aufzufangen.

»Ich bin ... äh ... überrascht«, stotterte ich. Warum hatte Rufus Mattis zu uns ins Labor geschickt?

Mattis runzelte die Brauen. »Rufus sagte, du hättest um meine Hilfe gebeten und es sei dringend. Hat er dich falsch verstanden?« Er schnappte sich einen Controller und zog ihn durch die
Luft.

»Nein. Ich bin nur gerade mit etwas anderem beschäftigt.«
Sollte ich jetzt alles fallen lassen, damit ich mit ihm trainieren
konnte? Die Versuchung war groß.

»Kommst du dann in mein Büro, wenn du hier fertig bist?«
Mattis zog den Controller so schnell durch die Luft, dass es leise
zischte.

Nick erhob sich von seinem Sitz und tauchte hinter seinen
Bildschirmen auf. »Nick. Schön, dich kennenzulernen, Mattis.
Ich hab schon viel von dir gehört.« Er streckte seine Hand aus.

Mattis ließ den Controller zurück auf den Tisch fallen und
schüttelte Nicks Hand.

Ich erinnerte mich an meine Manieren und stellte Mattis
mein Team vor. Da Mattis an den Waffen interessiert zu sein
schien, erwähnte ich bei jedem, welchen Charakter er oder sie in
Forest of Fiends spielte. Die anderen taxierten Mattis, aber er
zeigte höfliches Desinteresse bis ich zu unserem Thorn Guard
und Paladin kam. Bei der Beschreibung von Nicks und Avels
Avataren wurde Mattis merklich aufmerksamer. Na, da steckte
vielleicht doch ein Gamer in ihm?

»Möchtest du spielen?«, fragte ich ihn. Ich wollte ihn unheimlich gern mal im Spiel erleben. Mein Instinkt beharrte darauf, dass Mattis ein Gamer war, aber bei seiner erklärten Allergie gegen alles Elektronische konnte das nicht sein, oder? Es gab eine einfache Möglichkeit, das herauszufinden.

Mattis schaute mich an, als ob ich vorgeschlagen hätte, in eine Schlangengrube zu steigen. »Nein, auf keinen Fall. Weshalb wolltest du eigentlich mit mir sprechen?« Er setzte sich auf die Schreibtischkante.

»Ich möchte meine Blockade durchbrechen«, murmelte ich. Mann, war das peinlich vor meinem ganzen Team.

»Gut.« Mattis erhob sich wieder. »Gehen wir.«

»Wir können daran gleich nach dem Test arbeiten. Du tust uns einen Gefallen, wenn du mitmachst.« Ich hielt ihm die 3-D-Brille hin. »Es ist nicht gruselig, wirklich.«

»Du weißt, dass ich Technik verabscheue.« Er verschränkte die Arme vor der Brust. Die weiblichen Mitglieder meines Teams schnappten hörbar nach Luft.

Ich hob auch nur mit Mühe meinen Blick von seinen wohlgeformten Brustmuskeln, um ihm ins Gesicht zu sehen. »Du weißt selbst, dass du eigentlich spielen willst«, sagte ich und hielt ihm ein Tablet hin. Ich wischte von einer Krieger-Charakterklasse zur nächsten. Mit Magiern musste ich diesem Mann nicht kommen. Scouts und Söldner flogen vorbei, aber Mattis sagte nichts.

»Er will die Rosinen.« Nick langte über meine Schulter und flitzte durch die Klassen bis zu seinem Charakter.

Mattis warf einen Blick auf den Thorn Guard und ein Funken Interesse leuchtete in seinen Augen auf, aber er schüttelte den Kopf.

Ich wedelte mit dem Tablet. »Ich hätte nicht erwartet, dass du kneifst.«

»Kneifst?« Mattis' Brauen schossen hoch und seine Stimme klang grummelig. »Du möchtest andeuten, dass ich mich *fürchte* vor diesem Zeug?« Er deutete auf den Technik-Kram um uns herum.

Ich grinste ihn an. »Jepp, genau das. Zu feige.«

»Das ist nicht wahr. Ich komme tagtäglich zu Astoria, wo mich diese Höllenmaschinen umgeben. Ich muss nicht auch noch virtuell in eine reinkriechen.« Er verzog angewidert das Gesicht.

»Eine Wette«, schlug ich vor.

Mattis' Augen leuchteten auf. »Was für eine Wette?«

»Ich wette, du traust dich nicht, einen kompletten Level in Forest of Fiends mit uns zu spielen.«

Mattis grinste breit. »Und was genau soll meine Bestrafung sein, wenn ich es nicht packe?«

»Du musst mich zum Essen ausführen.« Ich wurde rot, sobald der Satz raus war. Oh, nein, wo war das denn hergekommen? Mit Mattis ausgehen? Dass das schiefe Lächeln, das über seine Lippen zuckte, mein Herz schneller schlagen ließ, beantwortete vermutlich die Frage.

Nick starrte mich an. Die Verwirrung stand ihm ins Gesicht geschrieben.

Mattis lachte leise. »Es überrascht mich, dass du das als Bestrafung wertest, Alanna.«

»Na, du müsstest einen ganzen Abend lang höflich und charmant sein«, entgegnete ich. »Das wäre doch bestimmt die pure Qual für dich, oder?«

Mattis nickte leicht mit dem Kopf. »Vielleicht. Und was hätte ich davon, wenn ich euer grausiges Spiel mitspiele und eine Mission erfülle? Was wäre mein Gewinn?«

Hm, das hatte ich mir noch gar nicht überlegt. »Hast du einen Vorschlag?«

»Nein, überlass ihm bloß nicht die Initiative«, warf Nick ein. »Er brummt uns noch auf, uns einen Monat um seine Pflanzen zu kümmern.«

Mattis lächelte spitz und zeigte seine Zähne. »Das wäre ein Gewinn, der mich nicht im geringsten motiviert, euer Spiel zu spielen, Nick.«

Mir fiel nichts ein. Was könnten wir Mattis anbieten, das ihn dazu verlocken konnte, ein Computerspiel auszuprobieren?

»Einer von euch wird mich bei einem Zauberspruch unterstützen. Der- oder diejenige wird tagelang geschwächt sein und es werden keine Fragen über den Zauber gestellt. Einverstanden?«

Ich sah zu meinem Team. Sie sahen nicht besonders angetan aus, also würde ich mich melden. Ich griff nach Mattis Hand, um ihn den Deal einzuschlagen, aber Nick kam mir zuvor. »Einverstanden.«

»Genau den hier.« Mattis berührte den Thorn Guard, der sich immer noch langsam auf dem Display des Tablets drehte. »Perfekt.« Ich drückte ihm das Head-Mounted-Display in die Hand.

Mattis starrte die Brille an und wirkte etwas verschreckt.

»Du interagierst in dem Spiel mithilfe der Handschuhe und des Anzugs», erklärte ich, während Nick Mattis' Ausrüstung zusammensammelte. »Ein Controller wie dieser hier», ich zeigte auf den, mit dem er vorhin herumgewedelt hatte, »funktioniert besser als die SIM-Handschuhe, wenn du mit einer Waffe kämpfst.«

Ich überließ es Nick und Ável, ihn auszustatten. Während sie Mattis die Bedienelemente erklärten, gingen Yue und ich einige ihrer letzten Änderungen durch, die sie an der Grafik vorgenommen hatte. Was ihr Team entwickelt hatte, sah inzwischen richtig klasse aus.

»Meinst du, wir muten der Hardware mit dieser Detailtiefe nicht ein bisschen viel zu?«, fragte ich nach.

Yue hörte mich nicht, ihr Blick war schon wieder hinter mich geglitten, wo Mattis seinen Anzug anzog. Ich gab's auf, mit ihr die Grafik zu besprechen. Wir waren beide zu sehr abgelenkt von Mattis' Gegenwart. Schon peinlich, dass ein gut aussehender Mann uns derart leicht aus dem Konzept bringen konnte.

Ich legte endlich meinen eigenen Anzug und die Handschuhe an. Yue schloss die Klettverschlüsse und packte mich fest ein.

»Ich möchte richtig gerne sehen, wie er zaubert«, flüsterte sie. »Ich habe gehört, dass er super ist.«

»Nur nicht gerade charmant«, murmelte ich auf der Jagd nach meinem Controller. War ich etwa eifersüchtig?

»Wir könnten eine Menge von ihm lernen.« Yue kletterte in

ihren eigenen Anzug und ich half ihr, ihn zu schließen. Avel, Suze und Yue verteilten sich gleichmäßig über den Raum, damit jeder ausreichend Bewegungsfreiheit hatte.

Nick setzte sich wieder auf den Fußboden hinter seine Wand aus Bildschirmen. Er würde sich heute nicht einloggen, sondern das Spiel von außen überwachen.

Mit einem theatralischen Seufzer setzte Mattis das Display auf. Sein Anzug gab einen kränklichen Piepton von sich und die LEDs wechselten auf Rot.

Avel stöhnte und schob sein Display wieder hoch, damit er Mattis ansehen konnte. »Was hat er jetzt wieder gemacht?«

»Ich kann mich in diesem Ding nicht bewegen«, fauchte Mattis genervt.

»Kann ihn nachher einer im Spiel erschießen, Alanna?«, fragte Nick mich mit Hundeblick. »Bitte, bitte.«

Ich grinste. »Bring ihn überhaupt erstmal in Forest of Fiends.« Ich stellte mich neben Mattis, um mir den Anzug genauer anzugucken. Irgendetwas war ausgefallen und Avel musste alle Verbindungen testen. Als er fertig war, rebootete Nick das Spiel und lud Mattis' Avatar erneut.

»Nick hat deinen Avatar in einem Trainingsbereich gerezzed«, erklärte ich Mattis. »Da machst du dich damit vertraut, wie du deinen Avatar und Objekte bewegst und die Waffen bedienst.«

»Zu Befehl.« Mattis öffnete und schloss gedankenverloren die oberen Gurte seines Anzugs. Sein Gesicht war fast komplett vom Display verborgen.

Einer von Nicks Bildschirmen zeigte einen gut aussehenden aber unauffälligen Thorn Guard, der im Trainingsbereich für Neueinsteiger herumstand. Mattis Avatar war vollständig materialisiert, bewegte sich aber nicht und interagierte auch nicht mit den Objekten in der Umgebung.

»Ziemlich dunkel hier drinnen«, brummte er.

Ich pflückte ihm die Brille von der Nase und guckte hindurch. Das Display war wirklich dunkel, nur eine einsame Fehlermeldung blinkte rot in einer Ecke.

»Schon wieder aus.« Ich reichte sie Nick. »Kriegst du das

wieder hin?«

»Ich hab dir doch gesagt, dass ich diesen Mist nicht um mich haben will«, knurrte Mattis gereizt.

Ich verdrehte meine Augen. »Schirm endlich deine Magie ab oder wir sitzen hier morgen noch, nur weil du die Elektronik durchbrennen lässt.«

»Ich habe die Schilde oben!«, motzte Mattis.

Ich berührte seinen Arm. »Versuch einfach, dich noch besser abzuschirmen. Wenn wir das ohne Probleme spielen können, können Hedge- Magier das auch.« Ich drehte mich zu Nick. »Boote ihn noch einmal. Rezz ihn in Level sieben. Wir überspringen das Training.« Ich wartete auf Nicks Zeichen, drückte dann auf Reset und gab Mattis' Kennwort ein. »Okay, ich drück die Daumen, dass es klappt.«

Mattis nahm mir die Brille ab. »Was du an diesem Zeugs so faszinierend findest, werde ich nie verstehen. »

»Vielleicht doch, wenn du dich mal reinwagen würdest.« Ich gab ihm einen Klaps auf den Po zur Ermutigung. Wow, hart wie Stahl.

Mattis' eine Augenbraue wanderte nach oben.

Hitze stieg mir in die Wangen und ich zog mich hastig in eine andere Ecke des Labors zurück. »Nick, bring uns zum Hub von Level sieben.« Ich schob meine Brille in Position und loggte mich ein.

Der zentrale Hub von Level sieben war eine rustikale Taverne. Hier konnte man andere Avatare und Nicht-Spieler-Charaktere — NPCs — treffen, Beute tauschen, Fertigkeiten trainieren. Avels Avatar saß bereits am Feuer mit einer Reihe von Krügen vor sich. Er war immer so schnell in seinem Anzug und eingeloggt, dass wir ihn damit neckten, dass ein Teil von ihm immer im Forest of Friends leben würde.

Mattis' Thorn Guard stand in seiner grünen Lederrüstung an der Bar. Er trommelte mit den Fingern auf die Theke. Als ich mich neben ihn stellte, hörte er auf zu trommeln. Er musterte mich von Kopf bis Fuß.

»Was genau soll dein Avatar darstellen?« Mattis klang amüsiert.

»Eine Elfenprinzessin.«

»Ähem.« Er kicherte leise und ich spielte mit dem Gedanken, mich auszuloggen und ihn kräftig zu treten.

»Ihr Name ist Ellora«, sagte ich würdevoll. »Und sie ist eine gute Bogenschützin.«

Mattis schmunzelte. »Aber nur, wenn ihre Ärmel sich nicht im Bogen verfangen, oder?«

Die anderen in meinem Team kicherten und ich knirschte mit den Zähnen. »Ich komme ganz gut zurecht.«

»Dann ist es kein sehr realistisches Spiel», sagte Mattis. »Was jetzt?«

»Wie gefällt es dir hier?« Ich ließ meinen Avatar auf die Taverne deuten.

»Es würde mir besser gefallen, wenn es hier Elbenwein gäbe und diese Kneipe nicht nur virtuell wäre.« Der Guard zuckte die Schultern — und ließ sein Schwert fallen. »Ach, verdammt.«

Ich grinste. »Die Tollpatschigkeit verliert sich, nachdem man ein paar Stunden gespielt hat.«

»Ich bin nicht tollpatschig«, knurrte Mattis ins Headset. »Euer lausiges Computersystem ist von meinen eleganten Bewegungen überfordert.« Der Guard beugte sich tief hinunter, um sein Schwert zu ergreifen, und zeigte mir dabei ein attraktives virtuelles Hinterteil. Nicht so knackig wie das echte ... Hastig zwang ich meine Gedanken zurück auf das Spiel.

»Ganz wie du meinst, Prinzessin.« Ich schaute um mich, um zu sehen, ob auch Suze und Yue eingetroffen waren.

Nick kicherte in sein Headset.

»Nenn mich nicht Prinzessin«, grummelte Mattis, aber er klang abgelenkt. Seine Hand glitt durch einen Krug mit Bier hindurch, der auf der Theke stand. Beim dritten Versuch kippte der Krug auf den Fußboden und das Bier landete auf seinen Lederstiefeln. »Ulme und Esche! Dieser verdammte Mist funktioniert nicht —«

»Könnte eure Hoheit eben mal mit nach draußen kommen?« unterbrach ich seine Tirade. »Dann können wir dir das eigentliche Spiel zeigen und deine Reflexe testen.«

Als hätten wir uns abgesprochen, stimmten Nick und ich nicht in das Gekicher und die Sticheleien der anderen mit ein, während Mattis sich durch Forest of Friends wurschtelte. Es fiel schwer, sich nicht über ihn lustig zu machen, da er sich immer so selbstherrlich über Technologie äußerte. Aber jetzt bemühte er sich wirklich.

Selbst wenn einer von uns jeden seiner Schritte überwachte, gelang es Mattis, über alle möglichen Äste und Ranken auf dem Weg zu stolpern. Und Mattis gefiel das ganz und gar nicht. Meine Ohren summten von seiner angenehmen Stimme, die lauter Obszönitäten murmelte. Zumindest passte er sie schön dem Charakter im Spiel an und sagte etwas über Dryadenscheiße und tote Kröten, das mich vor Ekel schaudern ließ.

Als wir den Elfenschrein im Wald erreicht hatten, klopfte ich ihm auf die Schulter. »Endlich da. Du hast es geschafft.«

Mattis gab die Geste zurück und mein Avatar wurde fast umgehauen. Es sah so aus, als ob Mattis die Gestensteuerung endlich im Griff hätte.

Wir erklärten ihm, dass sich eine große Horde Goblins im Schrein häuslich eingerichtet hatte und dass wir den Tempel von den widerlichen Kreaturen befreien wollten. Durch diese Mission würden wir XP, also Erfahrungspunkte, sammeln und ein oder zwei nützliche Schmuckstücke von den glücklichen Elfen als Belohnung erhalten.

»Nest«, sagte Mattis. »Und Elben.«

»Was?«, fragten wir im Chor.

»Wenn Goblins sich niederlassen und Junge bekommen, heißt das nisten. Es ist schwierig, so einen Befall wieder loszuwerden. Und es heißt Elben, nicht Elfen.«

»Meinetwegen«, sagte Avel und zog dabei die Silben in die Länge. Die Backstory interessierte ihn bei Spielen nicht sonderlich, er kämpfte lieber. Er öffnete die Tür zum Schrein und sofort griffen uns Dutzende von Goblins frontal an. Ein weiterer Schwarm von ihnen sprang aus der Deckung einer Baumgruppe hervor und griff uns von hinten an.

BRIDA ANDERSON

»Wie kämpfe ich nochmal mit diesem Controller?«, rief Mattis ins Headset.

»Du hältst ihn wie die Waffe, die du dir mit deinem Outfit ausgesucht hast«, erklärte ich, nicht zum ersten Mal. »Wir haben für dich einen Dolch angemeldet, damit das Gewicht eines Schwertes nicht ...«

»Ich will ein Schwert«, unterbrach Mattis mich. »Besser zwei Schwerter. Wie mache ich das?«

»Warte mal«, sagte Nick, »ich halte das Spiel an und verbinde deinen Avatar mit einem zweiten Controller. Dann gebe ich ihn dir in der realen Welt. Eine Sekunde.«

Das Spiel stoppte. Ich trommelte mit den Fingern.

»Alles klar?«, fragte Nick. »Ich verbinde dich jetzt.«

Er lud die Szene für uns erneut und unsere Avatare rezzten drei Meter vom Tempel entfernt. Keine Goblins zu sehen.

»Probier mal aus, beide Schwerter zu bewegen«, sagte ich, als Mattis' Thorn Guard wieder neben mir stand. Er hielt jetzt in jeder Hand ein Schwert. Yue hatte sich selbst übertroffen und die Waffen sahen gleichzeitig elfisch — pardon: elbisch — und real aus, als könnte man sie anfassen. Ich hielt den Atem an und wartete gespannt, ob Mattis uns alle umhauen würde oder nur seinen eigenen Avatar, wenn er mit zwei Controllern bewaffnet war. Sein Avatar schwang die beiden Waffen durch die Luft. Die Bewegung sah überraschend flüssig aus.

»Ich gehe voran.« Mattis schob sich an mir und Avel vorbei. »Suze, du bist der Magier, oder?« Er schien vergessen zu haben, dass die Computerfeinde ihn nicht hören konnten, denn er flüsterte ins Headset.

»Ja, bin ich. Alanna ist auch einer«, antwortete Suze. »Na und?«

»Avel, John und Suze, ihr wartet dort hinten an der Baumgrenze«, murmelte Mattis. »Nehmt euch die Goblins einen nach dem anderen vor. Avel nimmt die, die am schwersten bewaffnet sind. Suze, du eliminierst jeden, der ihm entwischt.«

Ich hätte böse auf ihn sein können, dass er sich als Anführer aufdrängte, aber stattdessen grinste ich nur. Das Spiel war also doch gar nicht so schrecklich für Herrn Firdrake, was?

»Alanna, Yue, ihr folgt mir in den Tempel. Ich werde die Hauptlast des Angriffs übernehmen, ihr kümmert euch um die Nachzügler.« Mattis drehte seinen Thorn Guard zu mir. »Habe ich die Mission richtig verstanden, Kommandant?« Sein Avatar grinste.

»Einverstanden«, sagte ich. »Besser du stirbst als ich, Zuckerschnecke.«

»Ehrlich gesagt sind deine Spitznamen nicht gerade passend für einen Krieger«, knurrte Mattis mir ins Ohr.

»Das war dein Rumzicken vorhin auch nicht.« Ich ließ Ellora ihm die Zunge herausstrecken.

»Ich …« Mattis beendet seinen Satz nicht. Sein Avatar schüttelte den Kopf und wandte sich wieder dem Tempel zu. Er hob beide Waffen und trat die Tür ein. Von allen Seiten bedrängen uns sofort die Goblins und schwangen Schwerter, Keulen, riesige Hämmer und Knüppel.

»Achtung«, rief Yue, »ich mache Feuerbälle bereit.«

Eine Axt schwirrte an meinem Kopf vorbei und verpasste nur millimeterbreit mein Ohr. Ich fasste meinen Controller noch fester und blickte mit der Brille um mich. Grünhäutige, warzengesichtige Goblins grinsten mich von allen Seiten an. Einige reichten mir nur bis zur Hüfte, andere waren einen Kopf größer als ich. Und es waren so unglaublich viele! Verdammt, das Kräfteverhältnis im Spiel war immer noch nicht ausgewogen. Na, heute konnten wir das nicht mehr ändern.

»Suze, Avel, kommt sofort her!«, schrie ich.

Adrenalin durchschoss mich, als zwei knorrige Goblins näher auf mich zukamen, deren offenstehende Münder einen großzügigen Blick auf ihre spitzen Zähne freigaben. Beide schwangen in einer Hand ein grob gehauenes Schwert, die andere Hand war zwar leer, aber jeder Finger endete in einer sehr langen Klaue. Wer brauchte Waffen, wenn er seinen Gegner mit seinen Fingern zerfetzen konnte?

Ich hörte Nick fluchen. Eine private Nachricht von ihm tauchte auf meinen Bildschirm auf, verschwand aber wieder, bevor ich sie lesen konnte.

»Nick, keine Zeit«, hechelte ich in das Headset und fuchtelte mit meinem Controller herum, um das Schwingen eines Schwertes nachzuahmen. Ich traf nur Luft — Mattis hatte bereits die beiden Goblins, die sich auf mich gestürzt hatten, fertiggemacht. Von da an war er das Lieblingsziel der Goblins. Die grünhäutigen Wesen bedrängten ihn von allen Seiten. Mattis schlug sie alle zurück, ohne selbst einen einzigen Schlag einzustecken. Vorhin war er so ungeschickt gewesen, jetzt bewegte er sich mit traumwandlerischer Leichtigkeit. Ihm zuzuschauen, war atemberaubend.

»Alanna, log dich aus und sieh dir das hier an!«, rief Nick. Mich ausloggen und das hier verpassen? Niemals. Mattis' Avatar tanzte nur wenige Meter vor mir und Yue mit zwei Schwertern.

Yue hatte ihre Hände erhoben, um Feuerbälle zu schleudern. Aber anstatt zu kämpfen, starrte sie nur Mattis an, genau wie ich. In diesem Kampf waren wir schlicht überflüssig.

»Du bist nie und nimmer ein Neuling«, rief ich in das Headset. »Warum hast du dich so geziert, wenn du ein Gamer bist?« Mattis antwortete nicht.

Eine Chat-Nachricht von Nick blinkte auf meinem virtuellen Bildschirm. »Ich glaube, er schummelt mit Magie.«

Schummeln?

Laut sagte Nick: »Als ich ihm den zweiten Controller gab, leuchtete alles auf. Die Controller, der Anzug. Als wenn er sie im Full-Body-Modus benutzen würde. Aber wir haben diesen Modus noch gar nicht für seinen Anzug aktiviert.«

Ich zuckte mit den Schultern und schaute nach einer Lücke, um meinen Avatar am Kampf teilhaben zu lassen. »Vielleicht ist es nur ein Glitch oder er hat die Bedienelemente mit Magie überschrieben.«

»Ja, genau«, antwortete Nick. »Aber ich kann im System keinen Hinweis darauf finden.«

Mattis schwieg. Vielleicht ignorierte er uns oder seine volle Konzentration war auf den Kampf gerichtet.

Ich schlich mich langsam durch den Tempel und rammte fast Yue, die auch nach einer Gelegenheit suchte, in den Kampf einzusteigen. Zwischen ihren Händen hielt sie jetzt ein glitzerndes Spinnennetz bereit, um einen der Gegner einzufangen.

Mattis wirbelte seine Schwerter wie zwei Propeller. Er schlug und parierte unglaublich schnell und beide Klingen waren ohne Unterlass im Einsatz. Innerhalb weniger Minuten waren die meisten Goblins vernichtet.

Ich wollte ihm nicht den ganzen Spaß überlassen, also warf ich mich in den Kampf. Als Mattis mir den Rücken zudrehte, sprang ich nach vorne und stach einem Goblin mein Schwert in die Brust. Bevor ich zurückweichen konnte, kam Mattis' rechter Arm angeflogen mit dem großen Langschwert. Er hatte mich nicht bemerkt.

»Hey!« Ich warf mich nach hinten, wusste aber, dass weder meine Reflexe noch die meines Avatars schnell genug waren, um dem Schlag auszuweichen.

Mattis bemerkte mich in letzter Sekunde. Er kehrte die Schlagrichtung um und schlitzte einen Goblin von unten bis zur Brust auf. Seine Reflexe waren bewundernswert und das mit einem frischen Avatar. Wie machte er das bloß?

Ich rollte mich zur Seite aus der Gefahrenzone und kniete mich keuchend hin. Das war knapp. »Tut mir leid, dass ich mich in deinen Kampf eingemischt habe.«

Aus dem Headset kam keine Antwort. Ich hörte nur Mattis' schnelle Atemzüge.

Full-Body-Modus … Mit einem Mal dämmerte mir, was Nick gesagt hatte . Ich loggte mich aus und zog die Brille ab. Mich würde bei diesem Kampf sowieso niemand vermissen.

Zurück im Labor sah ich, wie Mattis tanzte. Jedenfalls sahen seine Kampfbewegungen im Spiel in der realen Welt so aus. Die beiden Game-Controller verschwanden fast in seinen großen Händen, was die Illusion perfekt machte. Ich musste bei seinen Bewegungen an Schattenboxen oder Tai-Chi denken. Nur dass das, was Mattis machte, unglaublich sexy aussah. Er parierte und drehte sich und sein langes Haar flatterte hinter ihm wie ein Umhang. Er brachte wahrscheinlich Erfahrungen aus dem Kampf-sport mit. Tonnenweise Erfahrungen, wie's aussah. Es sah auch nicht wie Posen aus. Mattis war komplett bei der Sache. Wenn er sprang, landete er geräuschlos auf seinen Füßen. Das einzige Geräusch war ein explosionsartiges Ausatmen, wenn er einen tiefen Ausfallschritt nach vorne machte oder parierte. Mein Mund wurde ganz trocken, als ich ihn beobachtete. Er war so ganz anders anzusehen als die anderen. Yue, Suze und Avel waren immer noch eingeloggt. Sie waren in voller Montur im Labor verteilt, kämpfend oder zaubernd, aber sie standen mehr oder weniger still, traten nur auf der Stelle oder bewegten ihre Finger, um einen Befehl einzugeben.

»Nick, sieh ihn dir an. Wir sollten ihn für die Gamer Cons buchen.«

Nick schnaubte verächtlich. »Weil er so gut aussieht?«

»Nein, schau dir doch an, wie er sich bewegt. Er zeigt doch perfekt, wie sehr man in diesem Spiel aufgehen kann, wie es einen mitreißt.«

»Tja, es ist nur seltsam, dass wir die komplette Immersion noch gar nicht integriert haben«, wandte Nick ein. »Guck dir das hier an.« Er zeigte auf seinen Bildschirm. »Ich zeichne einen verrückten Daten-Output von seinem Anzug auf.«

Ich konnte meine Augen nicht von Mattis losreißen. »Mir ist der Anzug schnurz.«

Nick kicherte. »Und da sagt man immer, Männer seien oberflächlich.«

Ich streckte ihm die Zunge raus und wurde ein bisschen rot.

»Ich finde«, sagte Nick »dass er ein bisschen albern aussieht, wie er so in seinen Hippie-Klamotten mit flatternden Haaren herumspringt.«

»Schauen wir ein und demselben Mann zu?«, murmelte ich. Dieser Mann war die personifizierte Eleganz, jede Bewegung war mühelos und präzise. Und sein Haar glänzte wie frische Kastanien, wenn er beim Parieren oder Attackieren sprang ...

»Es ist Wahnsinn, wie er das Spiel durch Magie verändert«, unterbrach Nick meine Schwärmerei. »Du solltest mal sehen, was er mit dem Code macht. Das kann keiner.« Er winkte mich ungeduldig zu sich herüber, aber ich konnte mich einfach nicht von Mattis' Anblick losreißen.

»Ich dachte, jeder Magier kann in einen Code eindringen, einfach durch seine Anwesenheit?«, fragte ich. »Deshalb sind die Computer abgestürzt, als meine Magie erwacht ist, oder?«

Nick schüttelte den Kopf. »Du hast rechnerfern codiert, weil deine Magie einfach unkontrolliert entwich. Aber wenn Mattis das machen würde, dann würde das Spiel abstürzen. Stattdessen sieht es so aus, als ob Mattis es neu programmiert hat und sein Anzug in das Spiel eine viel höhere Datendichte einspeist als ihr anderen.«

»Das sollte nicht möglich sein, oder?«

Nicks Augen blitzten. »Nicht bei diesen Einstellungen. Nur Dean, Cletus und ich können rechnerfern mittels Magie codieren. Und nur Dean kann etwas Vergleichbares wie das, was Mattis macht. Und … es ist ... Alanna, ich glaube nicht, dass Mattis überhaupt weiß, dass er programmiert. Ich glaube, es ist instinktiv.« Nicks Blick klebte wieder an seinen Bildschirmen, fasziniert von dem, was er sah.

»Die Goblins sind alle tot. Was kommt als Nächstes?«

Mattis' Stimme riss mich aus meinen Gedanken. Er sprach in das Headset, aber ich hörte ihn hier draußen. Ich hatte total vergessen, den anderen zu sagen, dass ich mich ausgeloggt hatte.

Ich setzte das Display wieder auf und loggte mich ein, um zu sehen, was Mattis aus dem Rest der Mission von Level sieben machen würde. Aber wenn ich jetzt seinen Avatar anschaute, sah ich den Spieler dahinter, der kunstvoll gegen die Luft kämpfte. Ich war beim Spielen noch nie so abgelenkt gewesen und nie so versucht, mir die ganze Action von außerhalb des Spiels anzusehen.

Genau wie ich gehofft hatte, hatte Mattis Blut geleckt. Es war schwer, ihn im Zaum zu halten, als er versuchte, die Mission im Alleingang fortzusetzen. Er war kein Teamplayer, sondern versuchte jedes Hindernis, das der Computer uns in den Weg legte, eigenhändig zu bewältigen, entweder mit einem oder beiden

Schwertern, frei nach dem Motto »Erst töten, dann Fragen stellen». Da er aber gut durchkam und kaum Treffer einstecken musste, schien es zu funktionieren. Er war einfach besser für einen Ego-Shooter geeigneter als für einen strategischen Shooter im Multiplayer-Modus.

Was war das Geheimnis dieses Mannes? Wieso konnte er unsere Software einfach so umprogrammieren? Und wieso hatte er keine Ahnung, dass er das tat? Was ich heute gesehen hatte, bestärkte mich in meiner Überzeugung, dass nur Mattis wusste, wie man die Probleme mit meiner Magie lösen konnte. Nur: Was würde er mit mir machen?

Nachdem wir uns alle ausgeloggt und aus den Anzügen befreit hatten, warf Mattis seine Goggles Yue zu, verabschiedete sich und ging aus dem Labor — immer noch vollständig ausgerüstet. Avel holte ihn zurück, während Mattis verlegen dreinschaute. Komplette Immersion ... Er hatte unseren Termin total vergessen und dass er noch voll aufgetakelt war mit dem SIM-Anzug.

Avel half ihm, die ganze Ausstattung abzulegen. Mattis reckte sich, als sei er eben gerade aufgewacht und seine Augen leuchteten in einem funkelnden Grün.

»Die Controller.« Avel hielt die Hand auf, aber Mattis schien sie nur ungern herzugeben. Der Gedanke, dass ich etwas entworfen und programmiert hatte, das ihn so begeisterte, ließ mich vor Stolz strahlen.

»War super, mit dir zu spielen.« Ich lächelte ihn an.

Mattis zögerte, seine Hand fummelte am Anzug herum, den er abgelegt hatte. »Ich könnte ...« Er hustete verlegen. »Ich, äh ... vielleicht möchte ich bald mal wieder spielen.«

Ha, Strike! Ich konnte es kaum erwarten, wieder mit ihm zu spielen. »Das solltest du — und zwar möglichst bald«, sagte ich mit einem glücklichen Grinsen und setzte in Gedanken hinzu: ›Und ich lade ein Filmteam ein, um ein Video für YouTube aufzunehmen. Und vielleicht bringe ich auch noch einen Eimer Popcorn mit.‹

»Ich hätte da eine bessere Idee.« Yue guckte Mattis an, als

sähe sie ihn vor sich auf Erdbeeren gebettet mit Schlagsahne obendrauf. »Wir gehen ins Dojo und du duellierst dich mit uns allen.«

Mattis' Augenbrauen schossen nach oben, aber sein Gesichtsausdruck verriet nicht, ob er die Idee blöd oder verlockend fand. »Gegen euch alle gleichzeitig?«

Yue zuckte mit den Schultern. »Wenn du willst.«

Als Mattis zustimmte, schälten sich Avel, Suze und Yue schneller aus den Anzügen, als ich es jemals gesehen hatte. Sie eilten mit Mattis ins Dojo, während Nick und ich zurückblieben, um noch einen Blick auf das zu werfen, was Mattis mit dem System gemacht hatte. Die Veränderungen waren massiv, aber nach einem Reset war alles wieder so, wie es programmiert worden war.

»Ich verstehe es einfach nicht«, sagte Nick. »Glaubst du wirklich, dass er nicht weiß, dass seine Magie das Zeug umprogrammiert?«

»Ich frage ihn unter vier Augen«, versprach ich.

»Aber erst nach den Duellen.« Nick grinste. »Seit wir die Sache von Rufus und ihm gehört haben, brennen wir alle darauf, ihn im Kampf zu sehen. Hat er Rufus wirklich fertig gemacht?«

Ich lächelte. »Naja, ziemlich. Rufus hat sich gut geschlagen, aber er war Mattis klar unterlegen.«

Nick pfiff durch die Zähne. »Ich muss ihn kämpfen sehen.«

SIEBZEHN

Ich zog die schwere Flügeltür des Dojos auf und spähte erst einmal nach rechts und links. Quer durch jemandes Zauberkreis zu latschen nervte nicht nur meine Kollegen, sondern konnte mich auch in Gott weiß was verwandeln.

Die Luft war rein. Mein Team und Mattis standen auf der anderen Seite der großen Halle zusammen. Die Gruppe hatte unterwegs Zuwachs bekommen. René und Astrid waren jetzt mit von der Partie und ein paar andere Kollegen. Insgesamt fast zwanzig Leute. Jede Altersgruppe war vertreten und auch so gut wie jede Abteilung bei Astoria. Seltsamerweise hatten sich meine Kollegen um einen Korb mit alten Tennisbällen versammelt, während sie Mattis zuhörten.

Außer uns waren nur noch fünf andere Magier im Dojo.

Im Zentrum der Halle bekriegten sich zwei Magier in einem Duell. Sie trugen Astoria-Kapuzenpullis und hatten die Kapuzen tief ins Gesicht gezogen. Ihre Gesichter waren hinter großen Sonnenbrillen verborgen, die ein seltsam flaches Design hatten und goldfarben glänzten. Es war schwer zu sagen, ob die beiden Attacke- und Heilzauber übten oder ob sie sich so rücksichtslos duellierten, dass sie alle paar Sekunden stoppen mussten, um sich gegenseitig zu heilen, bevor sie weitermachen konnten.

In der rechten Ecke des Dojos, ein paar Schritte von Nick und mir entfernt, hockten ein kleiner, etwas dicklicher Mann und zwei Frauen auf Meditationskissen. Ein Sammelsurium an technischem Kram lag zwischen ihnen auf einer Folie ausgebreitet. Ab und zu leuchtete eins der Teile auf und hopste ein paar Zentimeter über den Boden. Sofort kritzelten sie alle drei auf ihren Tablets los.

172

Ich kannte nur den Mann, und auch das nur vom Hörensagen. Cletus Fisher war nicht nur stämmig, sondern hatte auch noch zu lang geratene Arme. Die feuerroten Haare wuchsen ihm nicht nur als etwas flusige Mähne auf dem Kopf, sondern auch in einem dichten Pelz auf seinen Handrücken. Gelockte rote Haare bauschten sich aus dem zu tiefen Ausschnitt seines T-Shirts. Kein Wunder, dass ihn einige hinter seinem Rücken Orang-Utan nannten.

Cletus musste meinen Blick gespürt haben, denn er hob den Kopf. Als er mich sah, sprang er auf.

»Wir sind hier drüben, Alanna,« rief Astrid betont laut. Wenn Blicke töten könnten, wäre Cletus von Astrids Blick tot umgefallen. Sie war überzeugt, dass er sie hasste und dass er sie im Unterricht unfair behandelte. Ich machte einen Schritt auf Astrid zu. Eine haarige Pranke schloss sich um meinen Arm.

»Nicht so schnell, Fräulein Atwood«, sagte Cletus. Aufgrund der Lachfältchen um seine Augen schätzte ich ihn auf Ende vierzig. Die aufgeplatzten roten Äderchen in seiner gegerbt aussehenden Haut deuteten auf eine Vorliebe für Outdoor-Aktivitäten oder für harten Alkohol.

Cletus lehnte sich zu mir. »Ich wollte nur mal sehen, um wen alle so ein Bohei machen.« Er lächelte verächtlich. »Die Enkelin von Margaret Reid. Das sind echt große Fußstapfen, in die Sie treten wollen, Mädchen.«

»Was ist Ihr Problem?« Ich zog meinen Arm aus seinem Klammergriff und versuchte, etwas Abstand zwischen uns zu bringen. Nick hielt sich stumm in meinem Rücken.

»Mein Problem sind Frischlinge, die glauben, die Regeln gälten nicht für sie«, schnaubte Cletus.

Hä? Ich verstand nur Bahnhof. »Wie meinen Sie das?« Ich kreuzte die Arme vor der Brust.

Cletus lehnte sich noch näher zu mir. »Erst sagt man mir, ich soll jemanden aus dem Kurs werfen, damit ein Platz für Sie frei wird. Einen Tag später heißt es: ›Oh, nichts für ungut, aber Sie unterrichten Frau Atwood doch nicht‹——«

»Es tut mir leid, dass Sie Scherereien meinetwegen hatten«,

unterbrach ich ihn. »Aber mein Stundenplan wurde zigmal geändert —«

»Ich wünsch dir viel Spaß mit Mattis, Schätzchen«, unterbrach mich Cletus. Sein Ton war ätzend. »Dean holt für dein Training ja wirklich schon den Bodensatz rauf.«

»Wie bitte?« Ich war kurz davor, ihm einen Tritt in den Hintern zu verpassen. Nicks Hand schloss sich um meinen Arm und er drückte warnend zu.

Cletus grinste höhnisch. »Spar dir die Worte. Wir alle wissen, dass du Deans spezielles Lieblingsprojekt bist.« Er wackelte mit den Augenbrauen.

Mir schoss das Blut zu Kopf und ich öffnete den Mund, um dem Mistkerl die Meinung zu geigen.

Nick packte mich an den Schultern und wirbelte mich herum. »Wir halten Sie dann mal nicht weiter auf, Herr Fisher«, rief er über meinen Kopf hinweg, während er mich schon gegen meinen Willen Schritt für Schritt in Richtung der Magier mit den goldenen Masken bugsierte. »Geh einfach weiter, Alanna«, murmelte er.

Ich konnte vor Wut kaum einen Ton rausbringen. »Dieser Arsch«, keuchte ich. »Er denkt, dass ich mit Rufus schlafe. Dass ich —»

»Cletus ist einer der Juroren bei der Weihe«, flüsterte Nick. »Er hat die Trümpfe in der Hand. Ignorier ihn.«

Die zwei Magier zogen ihre goldenen Sonnenbrillen ab, als wir uns näherten. Eine war Jasmin, meine Nemesis in der Buchhaltung. Die andere Magierin war eine atemberaubend schöne Frau, die ein paar Jahre älter als ich war. Rikka Omiata war Creative Director of Materials in der Abteilung für Forschung und Entwicklung — und unser Trumpf im Ärmel, um die Hardware für Forest of Fiends doch noch zu verschlanken.

»Hallo Rikka.« Nick legte so viel Zuneigung in die zwei Worte, das es schwer war, nicht zu lächeln, obwohl ich noch stinkig wegen Cletus war. Dicke kastanienbraune Locken schlängelten sich aus Rikkas Kapuze. Die Augen, die mich neugierig ansahen, hatten das leuchtende Dunkelblau von Meerwasser, ein aufregender Kontrast zu ihrer dunklen Haut. Wir hatten uns noch nicht wieder gesehen, seitdem meine Magie erwacht war.

»Hi, Rikka.« Ich deutete auf die goldene Maske in ihrer Hand. »Was macht ihr damit?« Ich tippte eine Ecke der Brille an und das dünne Material erzitterte. Ich zog schnell die Hand weg.

»Es ist eine neue Technologie«, sagte Rikka. »Erweiterte Realität kombiniert mit Magiefeld-Erkennung.«

Beim Stichwort ›Erweiterte Realität‹ spitzte ich die Ohren. Das passte ja perfekt zu Forest of Fiends.

»Bisher wissen wir nur, dass die Brille magische Energien in verschiedenen Farben zeigt«, sagte Rikka. »Wir haben gerade erst mit den Testreihen angefangen.«

»Die MERS waren ein Unfall, als sie versucht haben, Leprechaun-Glas zu verbessern«, warf Nick ein.

»MERS?« Ich hatte in den letzten Wochen eine Menge Zeug bei Astoria kennengelernt, aber diesen Dingern war ich noch nicht begegnet. Leprechaun-Glas, so der interne Spitzname, war einer der geheimen Bausteine, die Astoria erfolgreich machten. Das riss- und kratzfeste Glas steckte in allen Geräten, nicht nur in Tablets, und es war legendär. Ein paar Blogger experimentierten mit jedem neuen Astoria-Gerät, fuhren zum Beispiel mit ihrem Auto über die Produkte, um zu sehen, ob der Bildschirm zersprang. Das kam so gut wie nie vor, was aber nicht unbedingt am verwendeten Alumosilikatglas lag, sondern an den Schutzzaubern, die Astoria fest in die Geräte einbaute. Rikkas Abteilung experimentierte konstant damit, das Leprechaun-Glas noch zu verbessern und noch mehr Einsatzmöglichkeiten dafür zu erschließen.

»M.E.R.S. steht für Magic Energy Reception Splicer«, erklärte Nick.

Ich lächelte. »Was für ein Wort.«

Rikka drückte mir die Brille in die Hand. Sie funktionierte wie die Head-Mounted Displays, die wir bei Forest of Fiends benutzten; übergroße Schutzbrillen, die das Sichtfeld komplett umschließen und die reale Welt perfekt ausblenden. Der große Unterschied zwischen den beiden Brillen war, dass diese hier extrem dünn und leicht war. Viel cooler als unsere klobigen Goggles. »Ich will diese Dinger für Forest of Fiends haben, sobald die Weihe im Kasten ist!«, bettelte ich.

Rikka grinste. »Ja, Nick liegt mir auch schon in den Ohren damit, seitdem ich ihm die MERS gezeigt habe. Bis jetzt wird das nichts. Wenn du hindurchsiehst, zeigt dir die Brille magische Energie als Farbspektren. Das kannst du keinem Norm in die Hand drücken. Aber mein Team sitzt schon an der Entwicklung einer Consumer-Variante.«

»Gut.« Ich setzte die Brille auf. Die Welt reduzierte sich auf Farben. Die Halle war gefüllt mit Wölkchen in allen Farben des Regenbogens, aber blau dominierte. Einige Farbwolken schwebten auf der Stelle, andere bewegten sich langsam durch den Raum. Durch die Brille betrachtet hatte jedes einzelne Objekt eine Farbsignatur. Die Stapel an Zauberzutaten und Geräten umwaberte ein Heiligenschein aus flackerndem Orange und Blau. Es erinnerte mich daran, wie die Welt manchmal für mich aussah, wenn ich mich mit Unmengen externer Magie verband.

»Jasmin und ich versuchen, die praktische Anwendung des MERS herauszufinden. Bis jetzt haben wir ein cooles Spielzeug und nicht mehr«, sagte Rikka. Während sie sprach, sah ich Jasmin, Nick und sie der Reihe nach durch die Brille an. Eine feine blaue Nebelschicht hüllte die drei von Kopf bis Fuß in Blau ein. Bei Rikka und Jasmin war es eine gleichmäßige Aura, während das Blau um Nicks Hände und seinen Kopf pulsierte wie ein Herzschlag.

Ich sah runter auf meinen eigenen Körper. Ich war auch in Blau gehüllt, aber bei mir waren jede Menge Grüntöne mit hineingemischt. Die Aura flackerte auch nicht um meine Hände. Hieß das, dass Nick der stärkere Magier war?

»Dean hält die MERS für nutzloses Spielzeug«, sagte Nick. Er klang angefressen.

»Das wundert mich. Rufus springt doch sonst auf jedes Gimmick an.« Ich drehte die Hände vor der Brille. Es musste Spaß machen, diese Dinger beim Zaubern aufzuhaben. »Ich frage mich, was es bedeutet, dass ihr alle blau —» Ich verstummte, als eine hünenhafte Gestalt ganz in Grün vor mir auftauchte. Die Aura strahlte noch mehr als einen Meter von seinem Körper entfernt in sattem Grün und beständig wanderten leuchtende Funken in das Zentrum seines Körpers. »Was zum Geier?«, murmelte ich.

Die Brille wurde mir unsanft von der Nase gezogen. Mattis stand direkt vor mir. Ich grapschte nach dem MERS, um ihn noch einmal anzuschauen, aber er reichte die Brille gerade schon an Rikka weiter.

Sie sah meinen verdatterten Blick und lächelte. »Ab und zu spinnt das Ding leider komplett. Mattis kann's nicht mehr hören, dass er grün schillert.«

Mattis rollte die Augen. »Welcher Mann möchte das gern hören?« Er drehte sich zu mir. »Wir warten auf euch, damit wir mit den Duellen beginnen können.«

»Zwei Mann geh'n rein, ein Mann geht raus«, sagte Nick und grinste breit vor lauter Vorfreude.

Mattis legte Nick die Hand auf die Schulter. »Kann ich dich kurz sprechen, bevor wir mit den Duellen beginnen? Es geht um die Wette.«

»Klar«, sagte Nick. »Willst du jetzt den Zauber wirken, bei dem ich dir helfen soll?«

Mattis öffnete den Mund, um zu antworten, dann funkelte er Rikka, Jasmin und mich an. »Kann ich euch helfen? Das hier ist privat.«

Ich rollte die Augen. »Wir stören eure Männerfreundschaft schon nicht weiter.«

Mattis und Nick verließen zusammen das Dojo. Rikka, Jasmin und ich gingen in die andere Ecke des Raumes. Meine Güte, so viele Leute hatten sich hier versammelt.

»Seid ihr alle hier, um gegen Mattis anzutreten?«, fragte ich mit gerunzelter Stirn.

»Ich bräuchte erstmal ein paar Tipps», sagte Astrid und wurde rot. »Ich habe mich noch nie duelliert.«

Ich schob meine Hände in die Taschen. »Ich auch nicht.«

Die Türen zum Dojo fielen mit einem Knallen zu. Mattis war schon wieder da, aber er war allein.

Bevor ich ihn fragen konnte, wo er Nick gelassen hatte, sprach Mattis die ganze Gruppe mit lauter Stimme an. »Ich weiß, dass ihr alle diese Gerüchte gehört habt.« Mattis marschierte vor uns allen auf und ab wie ein Tiger. »Dass ich anders zaubere als ihr. Ich bin kein ausgebildeter Magier und wo ich herkomme, benutzen wir keine Sigillen und nicht diesen ...«, er verzog das Gesicht, »diesen Computermist.«

Er wurde vom lauten Protest der Magier übertönt. Sie hielten es für unmöglich, Magie auf Mattis' Niveau zu wirken ohne Sigillen und ohne Computerunterstützung.

Mattis blickte uns herablassend an. »Das ist sehr wohl möglich. Und es zu versuchen ist heute für euch alle eine gute Übung. Vor allem für die von euch, die sich noch nie duelliert haben.« Er stellte sich in unsere Mitte. Meine Kollegen stolperten nervös über ihre eigenen Füße, um ihm möglichst rasch Platz zu machen.

Außer unserer Gruppe war jetzt nur noch Cletus im Dojo. Seine Kollegen waren schon gegangen. Cletus beobachtete uns so aufmerksam, dass ihm eigentlich Stielaugen hätten wachsen müssen. Ich wunderte mich, warum er beständig den Arm hochhielt, um dessen Handgelenk er den Ino geschnallt hatte, bis mir klar wurde, dass er uns wahrscheinlich filmte.

Mattis ließ den Blick zu Cletus wandern und dann zurück zu uns. »Weiß einer von euch, warum Duelle immer noch Teil der Weihe sind?« Er wanderte zwischen uns umher mit den fließenden und abgemessenen Bewegungen eines Kampfsportlers. Wenn ich mir so sein Raubkatzengeschleiche ansah, wurde ich unsicher, ob ich wirklich gegen ihn in einem Duell antreten wollte.

»Aus Tradition«, beantwortete eine Frau Mattis' Frage. »Und es ist eine gute Gelegenheit, neue Zaubersprüche auszuprobieren.«

»Aber warum werdet ihr von euren Lehrern dazu ermuntert, das Duellieren auch nach der Weihe noch weiter zu üben?«, hakte Mattis nach.

»Weil es Spaß macht?« schlug Rikka vor.

Mattis nickte. »Stimmt. Und wenn ihr beim Duellieren einen Fehler macht, dann tut es richtig weh. Das stärkt die Motivation ungemein. Lasst uns anfangen.« Er kam zu mir. »Nehmt die Inos ab. Auch allen anderen technischen Kram, den ihr so mit euch herumschleppt.«

Ich starrte Mattis an. »Wieso?« Gerade hatte ich mich mühsam an die Regel der Magiergilde gewöhnt, bei Astoria keinen Schritt ohne meinen Ino zu machen, und nun wollte er, dass ich ihn ablegte?

Mattis griff nach meinem Ino und ich zog schnell meine Hand außer Reichweite. »Was hast du mit Nick gemacht?« fragte ich ihn.

»Er hat mir bei einem Zauber geholfen und muss sich erholen«, entgegnete Mattis. »Es geht ihm gut.« Er griff wieder nach meinem Arm.

»Was für ein Zauber?« Ich hielt meinen Arm hinter meinem Rück. Er würde meinen Ino nicht in die Finger kriegen, wenn ich es irgendwie verhindern könnte.

Die anderen Magier flüsterten wieder mit einander und ihr Unwillen wurde lauter.

»Das ist doch Unfug», rief ein älterer Mann rechts hinter mir. »Warum sollen wir ohne Computer arbeiten? Das bedeutet einen Rückschritt von hundert Jahren.«

Mattis musterte den Mann und wandte sich ihm zu. »Wieso macht dir das Angst? Was war so falsch daran, wie die Leute vor einhundert Jahren gezaubert haben?«

Der Mann funkelte Mattis erbost an. »Magier konnten nur die Sigillen anwenden, die ihnen jemand zeigte und die sie auswendig gelernt hatten.«

Mattis lächelte, aber sein Lächeln sah gar nicht freundlich aus, sondern eher selbstgefällig. »Dann muss ich euch leider alle noch weiter zurückwerfen, Richard.«

Richard zuckte zusammen und sah verwirrt aus. Ich vermutete, dass Mattis Richards Namen in seinen Gedanken gelesen hatte, so wie er es an seinem ersten Tag bei Astoria mit Mike Hamilton gemacht hatte.

Mattis wirbelte zu mir herum und packte meine Hände. Peinlicherweise quiekte ich laut vor Überraschung. Für eine Sekunde wurde ich geblendet von einem grünen Blitz. Als ich wieder klar sehen konnte, hatten sich meine verschwitzten Klamotten in ein schickes blaues Abendkleid verwandelt. Der mitternachtsblaue Stoff schmiegte sich eng an meine Kurven. Ich bin mir sicher, mir stand der Mund auf vor Überraschung. »Was zum Kuckuck ...«

»Wunderschön«, murmelte Mattis. Bei seinem Lächeln wurde mir warm. Er ließ meine linke Hand los und drehte mich mit nur einer Hand weiter, wie ein Profitänzer. Mit der Bewegung hob das Kleid sich ein wenig, sodass man die Stoffunterseite, die wie der Nachthimmel funkelte, sehen konnte. Schwungvoll ließ Mattis meine Hand los. Ein zweiter grüner Blitz flammte auf — und ich trug wieder meine Jeans und die weiße Bluse, die ich heute Morgen angezogen hatte.

Die anderen sahen verblüfft aus. Was Mattis getan hatte, war also kein alltäglicher Trick. Ich hatte das Gerücht gehört, dass Mattis der einzige Zauberer bei Astoria war, der allein mit Hilfe seines Geistes zaubern konnte. Nachdem, was ich gerade gesehen hatte, war ich versucht, dieses Gerücht zu glauben.

»So sollt ihr zaubern! Ich habe weder Kreide, noch Technologie oder eine Datenbank eingesetzt.« Mattis stellte sicher, dass er unser aller Aufmerksamkeit hatte. »Ich verlange nichts, was ihr nicht schaffen könnt. Wenn man es geübt hat, ist es ist ein Leichtes, die Energie für einen Zauberspruch nur mit dem Geist und dem Körper zu bündeln. Versucht es jetzt einfach mal. Arbeitet mit reiner Energie, ohne Ino oder Datenbank. Ihr zaubert nur dadurch, dass ihr euch eine klare Intention setzt.«

Er bewegte seine Finger in meine Richtung und der Ino löste sich von meinem Handgelenk.

»Hey!« Ich haschte nach meinem Tablet, aber es segelte schon durch das Dojo. Meine Verbindung mit der Datenbank brach ab. Ich zuckte zusammen, als der Ino mit einem Klappern in der entlegensten Ecke des Raumes landete.

»Wenn der kaputt ist, dann besorgst du mir bei Rufus einen neuen!« Ich funkelte Mattis wütend an. Er hätte mich auch einfach bitten können, mein Tablet außer Reichweite abzulegen.

Mattis lächelte. »Wenn es kaputt ist, dann erwarte ich, dass du deine Magie so verwendest, wie man sie verwenden soll.«

Es war ein merkwürdiges Gefühl, nicht den sanften Druck des Ino gegen mein Bewusstsein zu spüren. Während der letzten Woche war ich nie ohne ihn gewesen und nun fühlte ich mich leer. Wie schwierig musste es erst für Magier sein, die seit Jahren verbunden mit diesen Maschinen zauberten?

Widerwillig folgten etwa die Hälfte der anderen Magier meinem unfreiwilligen Beispiel und legten ihre Inos neben meinem ab. Cletus filmte alles und schüttelte seinen Kopf vor unterdrücktem Lachen.

Mattis nahm einen der Tennisbälle in die Hand. »Die ersten Schritte sind für euch nichts Ungewöhnliches. Nehmt etwas Magie aus eurem Kern und leitet sie in eure Fingerspitzen, genau so, wie ihr es sonst auch macht. Dann zwingt ihr die Energie in das Objekt selbst, anstatt sie in eine Sigille fließen zu lassen. Wenn ihr das geschafft habt, sollte das Objekt der Intention eures Zaubers gehorchen.« Er öffnete seine Hand und der Ball zischte in die Luft und schwebte hoch über unseren Köpfen.

Im Saal erhob sich ein Brummen und jeder hatte Fragen. »Was ist die Intention eines Zaubers?« »Wenn man nicht den Zweck des Zaubers durch Sigillen ausdrücken kann, wie drückt man ihn dann aus?«

Mich beschäftigte eine andere dringende Frage. Wie konnte ich die Magie in meinem Inneren anzapfen? Ohne den Ino war es mir unmöglich, mich mit der Magie um mich herum zu verbinden. Ich konnte mich vage an die Sigillen erinnern, die man zeichnete, um einen Gegenstand schweben zu lassen, ich hatte sie in der letzten Woche ja immer wieder geübt. Aber welchen Sinn machten sie ohne Magie? Jetzt, da ich nicht mehr mit ihm verbunden war, wurde mir klar, wie sehr der Ino mich beim Zaubern unterstützte. Man fühlte sich so voll von Magie, dass es wie ein konstanter Energiestrom war, den man als sanftes Rauschen im Hintergrund wahrnahm. Ohne das Gerät fühlte ich mich, als wenn ich die Energien im Dojo zu erreichen versuchte mit einem Mühlstein um den Hals. Magie in die Bälle fließen zu lassen, war nicht schwierig, jedenfalls nicht für meine Kollegen. Man musste nur einen leblosen Gegenstand mit Magie füllen, um daran erfolgreich einen Zauber wirken zu lassen, das kannten wir alle. Aber die Sigillen waren genau das, was den Zauber eigentlich kreierte. Ohne die Zeichen füllten die anderen die Tennisbälle mit Magie, bis sie wortwörtlich zum Platzen voll waren, aber die Bälle bewegten sich nicht auf ihren Befehl, ganz zu schweigen dass sie schweben würden.

Nach etwa einer Stunde hatten es trotzdem alle geschafft, die Bälle ohne Sigillen schweben zu lassen. Cletus war schon lange weg, sodass er zum Glück nicht sehen konnte, dass ich die einzige Ausnahme war.

Mattis teilte uns in Zweiergruppen ein und sagte uns, wir sollten »Energietransfers« üben. Noch nie gehört. Es sah aus wie eine Schneeballschlacht, nur dass Tennisbälle und keine Schneebälle durch die Luft flogen. Wir sollten uns mit dem Tennisball verbinden, ihn schweben lassen und ihn nur mittels Magie auf unseren Partner werfen. In meinem Fall war das ein maushaariger Mittfünfziger aus der Buchhaltung namens Bill. Das Set-up entsprach grundsätzlich der Charadka-Kugel-Übung, die wir bei Birch immer wieder trainierten.

Mattis ging zwischen uns umher, beobachtete uns, half uns aber nicht. Als Avel meinen Blick auffing, winkte er mir kurz zu. Mir stieg die Röte in die Wangen. Es war ein schönes Gefühl, endlich Teil des Clubs zu sein, aber jetzt konnte mein Team zusehen, wie ich beim Zaubern versagte.

Die anderen durften schließlich ihre Inos wieder an sich nehmen und Mattis zeigte ihnen einige nützliche Tricks beim Duellieren. Bill und ich waren immer noch mit den Tennisbällen beschäftigt. Bill schaute gelangweilt auf seine Uhr. Ich hätte im Boden versinken können vor Scham.

Mattis kam rüber und raunte Bill etwas zu. Bill zog ab und stieg als dritter Gegner in Rikkas und Yues Duell ein.

»Du ziehst immer noch keine Energien durch deinen Schild«, sagte Mattis leise. »Ich habe mich zu dieser Übung bereit erklärt, um dir zu helfen. Die anderen interessieren mich nicht.«

Peinlich berührt trat ich nach einem Tennisball. »Kannst du mir irgendwie helfen?«

»Gern«, sagte Mattis, »aber nicht mit so vielen Zuschauern. Den ersten Schritt schaffst du allein. Erinnerst du dich daran, was ich Rufus und dir nach der Evaluation deiner Fähigkeiten gesagt habe?«

Wie könnte ich den Tag vergessen! »Du hast gesagt, dass ich Tag und Nacht mit Magie arbeiten muss, um meine Blockade zu knacken, ohne verrückt zu werden.«

Mattis nickte. »Ich meinte nicht damit, bei der Arbeit mit Magie eine Krücke wie den Ino zu benutzen. Nur ohne ihn kannst du den Schild abtragen, Zauberspruch für Zauberspruch. Du hast sicherlich die Begabung deiner Großmutter. Du musst dich nur trauen und einen Weg durch die Barriere finden.«

»Aber ich kann nicht zaubern, wenn mein Kern von mir abgetrennt ist!«, platzte ich laut heraus. »Also, wie? Wie würdest du eine Blockade in deinem Gehirn knacken, ohne dich in einen Zombie zu verwandeln?«

»Ich erkläre es dir noch einmal Schritt für Schritt.« Mattis warf den anderen einen bösen Blick zu, da sie mich anstarrten. Sie wendeten sich hastig wieder ihren eigenen Duellen zu. Er drückte mir einen Tennisball in die linke Hand. »Schließ die Augen und konzentriere dich. Deine Magie ist wie ein schimmernder Fluss direkt unter der Haut.« Seine Stimme wurde tiefer und verwandelte sich in ein sanftes Raunen. »Am Anfang kann sie unbestimmt sein und tiefer innen versteckt sein. Vielleicht ein schwacher Nebel in deinem Inneren. Finde die Stelle, wo dieser Nebel den Tennisball in deiner Hand berührt, und lass deine Magie in den Ball fließen.«

Ich gab mein Bestes, aber es funktionierte nicht. In mir war kein Magiefluss, nicht einmal ein kleines Rinnsal. Ich öffnete meine Augen. »Zeig mir etwas anderes. Ich will, dass es funktioniert.«

»Vertrau mir und versuche es noch einmal«, sagte Mattis ruhig. »Ich kann spüren, wie du versuchst, deine Magie zu erreichen. Aber du schreckst zurück, sobald du auf die Blockade stößt. Zieh an der Magie, auch wenn es weh tut.«

»Leichter gesagt als getan«, brummte ich, »Du hast ja nicht seit mehreren Wochen rasende Kopfschmerzen aushalten müssen.«

»Wenn du Kopfschmerzen hattest, hast du etwas richtig gemacht. Mach einfach weiter.« Mit seinen Worten berührte mich Magie, warm und beruhigend. Verzauberte Mattis mich? Ein Hauch von Magie glitt in meine Stirn, wie die Spitze einer warmen Zunge. Ich erschrak und die Empfindung verschwand wieder.

»Wir werden deine Blockierung zusammen durchbrechen«, flüsterte Mattis mit fast hypnotischem Blick, »Du musst mir vertrauen.«

Das Einzige, was ich sah, waren seine Lippen, die die Worte bildeten: »Vertrau mir.« Sie sahen so einladend aus ... Verdammt, er hatte mich verzaubert! Ich ballte meine Hände zu Fäusten und versuchte zu widerstehen, aber ich vermochte es nicht. Die Distanz zwischen uns verringerte sich. Mein Herz schlug mir bis zum Hals. Ich wollte das nicht — und ich wollte nichts lieber als das. Mit weit geöffneten Augen drückte ich meinen Mund auf Mattis' warme Lippen. Mich durchschoss ein heißer Funken und Mattis' Haut leuchtete hell auf wie eine Fackel. Keuchend rissen wir uns voneinander los.

»Was war das?«, flüsterte ich. »Warum habe ich —«

Mattis starrte mich an, die Finger auf seine Lippen gedrückt. Das Licht unter seine Haut verschwand abrupt, als ob es jemand ausgelöscht hatte. Er presste mir den Tennisball in die Hand. »Arbeite daran, deine Blockade zu durchbrechen.« Er wandte sich mit erhobener Stimme an die Anderen. »Beginnen wir endlich mit diesem Duell!«< Damit marschierte er davon.

Litt ich jetzt schon so unter Stress und Schlafmangel, dass ich halluzinierte? Ich rutschte an der Wand des Dojo auf den Fußboden. Meine Lippen brannten von Mattis' Kuss.

Ich war mir sicher, dass er geglüht hatte. Es musste Magie gewesen sein. Aber warum? Und warum verwendete er einen Zauber, der mich ihn küssen ließ, und war dann völlig überrascht?

Mattis wählte ein Dutzend Gegner für das Duell aus. René, Yue, Avel und Rikka waren darunter, aber Astrid war nicht dabei. Da alle von den Magiern, die Mattis ausgewählt hatte, bereits Erfahrung mit Duellen hatten, machten sie sich sofort ans Werk und bereiteten Charadka-Kugeln vor, wahrscheinlich gefüllt mit irgendeiner Flüssigkeit, die sie auf Mattis abfeuern würden, sobald er das Zeichen gegeben hatte, dass der Kampf begonnen hatte. René zauberte nichts zur Vorbereitung, sondern schritt hinter den anderen Mitgliedern seines Teams hin und her und beobachtete Mattis dabei mit intensiver Konzentration.

Adrenalin überschwemmte mich, als alle gleichzeitig Mattis angriffen. Sie hatten sich nicht abgesprochen, aber die Art und Weise, wie sie zauberten und Zaubersprüche und Explosionen auf Mattis richteten, sah trotzdem aus wie ein Ballett.

Ihre Geschosse trafen nur auf leere Luft. Mattis war schon in ihrem Rücken aufgetaucht. René war der Erste, der bemerkte, was geschehen war. Er wirbelte herum und schoss einen Energieblitz auf Mattis. Das Geschoss schlug vor Mattis in eine transparente grünen Barriere und verglühte. Die anderen brauchten nur eine Sekunde, um sich zu organisieren. Von allen Seiten stürzten sie sich auf Mattis und schossen verschiedene Zaubersprüche auf ihn ab. Illusionen, Feuerbälle, Energiegeschosse. Und obwohl die Magier geschlossen gegen ihn antraten, wurde Mattis leicht mit ihnen fertig. Während die anderen ihn heftig angriffen, war es, als ob er nur mit ihnen spielte. Er täuschte an und ließ Energieblitze dann haarscharf über ihre Köpfe hinwegschießen. Genau wie in Forest of Fiends sah er beim Abwehren ihrer Angriffe entspannt aus, als ob er tanze und nicht kämpfte. Ihm zuzuschauen war atemberaubend. Alle Angriffe verfehlten ihn knapp und explodierten an der Wand hinter ihm. Mattis hatte Reflexe zum Niederknien! Wie machte er das bloß?

Ein grünes Licht blitzte aus Mattis heraus und blendete mich für eine Sekunde.

»Was sind das eigentlich für grüne Lichter?«, fragte ich Astrid, die neben mir stand.

»Was für grüne Lichter?« Astrids Augen klebten auf dem Duell.

Mattis täuschte nach rechts an und ließ seinen Arm in einem weiten Bogen kreisen. Aus seinen Fingern schoss ein weiterer Blitz samt Funkenregen.

Astrid hatte wieder keinen grünen Blitz gesehen und auch keinen Funkenregen, der jetzt einen glitzernden Vorhang zwischen Mattis und den anderen Magiern bildete. Sie sah auch nicht, dass Mattis etwas schluckte, das aussah wie eine kleine getrocknete Blütenknospe, bevor er mit den anderen kurzen Prozess machte. Es war genau wie das, was mir an der Hotdog-Bude passiert war. Warum konnte Astrid nicht sehen, was Mattis tat?

Als Mattis kurze Zeit später das Duell für unentschieden erklärte, war ich sicher, dass sich niemand mehr wunderte, warum Rufus und die Gildemeister einen Hedge-Magier in ihren Reihen akzeptiert hatten. Das war richtiges Zaubern! Was wir mit dem Ino machten, war verlockend, aber ehrlich gesagt nur eine Krücke. Was würde passieren, wenn die Computer zusammenbrächen? Wenn unsere Inos keinen Strom mehr hätten? Was, wenn wir uns nicht mehr mit der Datenbank verbinden könnten? Dann wären wir auf das zurückgeworfen, was Mattis versucht hatte, uns hier beizubringen — zu zaubern mit dem, was in uns war, was wir aus unserer eigenen Kraft und Konzentration heraus bewerkstelligen konnten.

Tja, leider konnte ich ohne die Hilfe eines Computers mit Magie gar nichts machen. Entschlossen schob ich all die Szenarien eines unschönen Hirntods beiseite, die Rufus mir ausgemalt hatte, und ging auf Mattis zu, als die anderen nach und nach das Dojo verließen. »Gehen wir in dein Büro«, bat ich ihn. ›Und zwar jetzt gleich, bevor mich der Mut verlässt‹, setzte ich in Gedanken hinzu.

Mattis beugte sich zu mir. »Ich glaube, wir sollten uns lieber dünne machen.«

»Wir sollten was machen?«, fragte ich ihn nervös.

Mattis drehte eine Strähne meines Haares um seinen Finger und zog sanft daran. »Astoria ist nicht der richtige Ort, um an deiner Blockade zu arbeiten. Wenn ich dir helfen will, muss ich dir Dinge sagen, die nur für deine Ohren bestimmt sind.«

»Und wo willst du hin?«

Er zog eine Braue hoch. »Ich denke, es ist an der Zeit, dass du mich zu dir nach Hause einlädst.«

Äh … was? Ich bemerkte, dass mein Mund offen stand und schloss ihn rasch. Ich öffnete ihn wieder, um einfältig zu fragen: »Um was genau zu tun?«

Mattis unterdrückte mit Mühe ein Grinsen. In seinen grünen Augen tanzten goldene Funken, als er sagte:. »Das überlasse ich ganz dir, aber ich hatte eigentlich an Kaffeetrinken gedacht. Und dass wir an deiner Blockade arbeiten.«

»Bei mir zu Hause?« Ich räusperte mich, um das Piepsen zu überspielen, das sich bei der Vorstellung, mit Mattis allein zu sein, in meine Stimme geschlichen hatte.

»Tsk«, sagte Mattis und lächelte schief. »Ich soll dir meine Geheimnisse verraten und du willst mich nicht mal auf einen Kaffee zu dir nach Hause einladen? Ich versichere dir, deine Tugend ist nicht in Gefahr.« Ein Lächeln hob Mattis' Mundwinkel. »Ich gebe dir mein Wort, dass ich dich nicht belästigen werde — es sei denn, du bettelst darum.«

»Ich glaube, du musst noch an deinem Charme arbeiten.« Ich streckte ihm die Zunge raus und er lachte.

Sollte ich das Risiko eingehen, so weit weg von Rufus und Astorias exzellenten Heilmagiern Mattis mit Magie an mir herumpfuschen zu lassen?

»Du wirst mir mit meinem Schild helfen«, hakte ich nach. »Und du sagst mir, was genau passiert ist, als du geleuchtet hast.«

Mattis nickte, er war jetzt ernst. »Versprochen.«

ACHTZEHN

»Okay.« Mattis machte es sich neben mir auf der Rückbank des Taxis gemütlich. »Du bist also bereit, das Risiko einzugehen und deine Blockade zu durchbrechen?«

Er hatte den Fahrer gebeten, zunächst bei seiner Wohnung in der Nähe des High Parks vorbeizufahren, weil er einen Mantel und »ein paar Dinge« holen wollte. Seit dieser kurzen Bitte war er während der Fahrt still und in Gedanken versunken gewesen.

Ich war, um mich abzulenken, in Gedanken Forest of Fiends durchgegangen und hatte überlegt, was wir geschafft hatten und was als Nächstes dringend getan werden musste. Alles war besser, als darüber nachzudenken, was mir zu Hause bevorstand. Ich mochte mein Gehirn, wie es war. Hoffentlich ging unser Versuch nicht schief.

Mattis' Frage riss mich aus meinen Gedanken. Er sprach über Magie — hier, in einem Taxi? Ich legte einen Finger auf die Lippen und deutete mit dem Kopf auf den Fahrer. Der Taxifahrer hörte arabische Popmusik und sein Kopf wackelte im Rhythmus, während er die Straße im Blick behielt. Vielleicht hatte er Mattis nicht gehört.

Mattis machte eine schnelle Bewegung mit den Händen und ein winziger grüner Blitz kroch aus seinen Fingerspitzen in Richtung Fahrer. Der Mann zeigte keine Reaktion.

»Jetzt kann er uns nicht mehr hören.« Mattis reckte sich in seinem Sitz nach hinten Ich bekam einen guten Eindruck davon, wie eng sich seine Hose an gewisse Stellen anschmiegte, und guckte schnell weg.

»Ich habe mich entschieden«, sagte ich zur Rückseite des Sitzes vor mir. »Alles andere hat nicht funktioniert.«

»Ich helfe dir«, sagte Mattis und legte seine Hand auf meine. Heiße Funken rasten durch meinen Körper, als er mich berührte, und diesmal konnte ich es nicht auf magische Energien schieben. Es erregte mich, von ihm berührt zu werden.

Ich suchte seinen Blick. »Der Kuss war schon seltsam«, platzte es aus mir heraus.

Ein Schmunzeln umspielte Mattis' Mund. »Du küsst mich vor all deinen Kollegen und dann findest du das seltsam?«

Ich hätte im Boden versinken können. »Du hast mich verzaubert. Ich musste dich küssen.« Die Worte sprudelten nur so hervor und ich hätte mir am liebsten die Zunge abgebissen.

»Du hast mich wegen des Zaubers geküsst?« Seine Lippen öffneten sich leicht vor Überraschung. Es sah so einladend aus. Ihn zu küssen hatte sich so gut angefühlt ... Mist, er versuchte schon wieder, mich zu verzaubern.

Ich funkelte ihn an. »Das ist nicht lustig. Hör auf, mich zu verhexen!«

Mattis hob beide Hände in einer besänftigenden Geste. »Ich habe dich nie mit einem Zauber belegt, der dich zwingt, mich zu küssen. Du reagierst einfach ganz und gar unüblich, wenn ich versuche, dich mit Magie zu beeinflussen.« Sein Grinsen wurde breiter. »Wobei ich zugeben muss, dass es mir gefällt.«

Ich fand Mattis attraktiv, aber was, wenn er das bei jemandem versuchte, der ihn nicht ausstehen konnte? »Du kannst nicht einfach Frauen deinen Willen aufzwängen. Das ist echt das Letzte.«

»Das würde ich nie tun«, sagte Mattis. »Du fühlst dich zu mir hingezogen und der Zauber verstärkt das nur noch. Irrtümlicherweise.«

»Irrtümlicherweise?« Meine Stimme wurde lauter, mehr aus Verlegenheit denn aus Wut.

Mattis seufzte. »Der Zauber ermöglicht mir, einen Zugang zu deinem Bewusstsein aufzubauen. Ich habe es versucht, um dir mit deiner Blockade zu helfen, mehr nicht. Ich habe keine Ahnung, warum dich das … erregt.« Er zog das Wort genüsslich in die Länge und ich fühlte, wie meine Wangen erglühten.

Mattis lächelte.»Aber ich genieße es. Wieso sträubst du dich so dagegen, dass wir uns begehren? Es ist doch das Natürlichste der Welt, diese Anziehung auszukosten und zu sehen, wo sie hinführt.« Er schenkte mir einen heißen Blick aus seinen viel zu grünen Augen. Ich blickte wieder die Lehne des Vordersitzes an. Dass Mattis nichts anbrennen ließ, glaubte ich sofort. So, wie er aussah, hatte er bestimmt oft Gelegenheit zu sehen, wo die Flirterei mit einer Frau hinführte. *Grr.*

»Wir können gleich darüber sprechen«, sagte Mattis. Er klopfte dem Fahrer auf die Schulter.»Hier ist es.«

Als Mattis die Tür öffnete, blies ein eisiger Wind herein und ich verkroch mich noch tiefer in meine Daunenjacke. Wir warteten mit laufendem Motor vor einem unscheinbaren Mehrfamilienhaus. Nach etwa zehn Minuten kehrte Mattis zurück. Er hatte sich umgezogen und war jetzt in einen mittelalterlich wirkenden Umhang aus Leder gehüllt. Eine moosgrüne Tunika und eine figurbetonte dunkle Hose komplettierten den Look. Die Sachen sahen zwar aus wie vom Mittelaltermarkt, aber sie standen ihm richtig gut.

Mattis rutschte in den Sitz und stellte eine Ledertasche neben seinen Füßen ab. Als der Wagen sich wieder in den Verkehr eingefädelt hatte, beugte er sich zu mir.»Bist du okay? Wenn es dich wirklich stört, berühre ich dich nicht mehr.« Er strich mir sanft die Wange entlang.»Aber es fällt mir schwer, die Finger von dir zu lassen.«

»Wenn ich ehrlich bin, habe ich Angst«, flüsterte ich.

Mattis' Augen weiteten sich entsetzt.»Vor mir?«

Ich schüttelte den Kopf.»Was ist, wenn Rufus recht hat und wir gleich mein Gehirn schädigen?«

Mattis zog mich in seine Arme.»Alanna, mach dir keine Sorgen.« Er drückte einen Kuss auf mein Haar.»Ich bin kein Experte für diese Art von Verzauberungen, aber ich weiß, wo wir Hilfe holen können.«

»Wo?« Ich sah zu ihm auf.

Er strich mir die Haare aus dem Gesicht.»Ich erzähle es dir später.«

Immer vertrösteten mich alle auf später.

»Mattis, wo?«, hakte ich nach. »Ich habe genug von der Geheimnistuerei der Magier, davon, dass mir jeder ausweicht. Können nicht wenigstens wir beide offen und ehrlich miteinander sprechen?«

Mattis strich mit den Fingerspitzen meine Schläfe entlang. »Genau aus diesem Grund wollte ich heute nicht bei Astoria bleiben. Ich bin hierhergekommen, um dich zu finden, und ich bin die bizarren Praktiken der Gildemagier mehr als leid.«

»Du bist meinetwegen zu Astoria gekommen?« Ich runzelte die Stirn. Das passte alles nicht zusammen. »Warum um Himmels Willen meinetwegen?«

Mattis ließ die Hände fallen. »Okay, nicht speziell deinetwegen. Ich bin auf der Suche nach einem Zauberer mit bestimmten Eigenschaften.«

Komplizierter hätte er sich nicht ausdrücken können, oder? »Und die Eigenschaften habe ich?«, fragte ich.

»Ja.«

Ich kniff die Augen zusammen. »Warum? Welche Eigenschaften habe ich denn, die du gesucht hast? Ich kann doch gar nicht zaubern.«

Mattis deutete mit dem Kopf auf den Fahrer. »Nicht hier.«

Ich machte eine wegwerfende Handbewegung. »Du hast ihn verzaubert, er merkt nichts. Sag mir, warum du mich ausgewählt hast.«

Mattis beugte sich zu mir und seine Augen füllten sich mit leuchtenden Funken. Ich atmete seinen betörenden Geruch von Birke und rotem Pfeffer ein. Verdammt, dieses Mal würde ich stark sein. Ich würde nicht zulassen, dass er mich verzauberte, um meinen Fragen auszuweichen.

Unsere Blicke trafen sich. Seine Lippen öffneten sich leicht, als er hörbar einatmete. »Ich möchte, dass du dich entspannst«, flüsterte er nach ein paar Atemzügen. Ich hing an seinen Lippen. »Das Arbeiten an mentalen Schilden ist viel einfacher, wenn man entspannt ist.«

Meine Hände ballten sich zu Fäusten. Wie sollte ich mich entspannen, wenn wir riskierten, mein Gehirn durchzubrennen?

»Aber was machst du, wenn …«, setzte ich an.

»Sch«, Er legte seinen Zeigefinger leicht auf meine Lippen. »Dir passiert nichts.«

»Verzaubere mich ja nicht noch einmal«, protestierte ich.

Mattis lächelte. »Ich verzaubere dich überhaupt nicht.« Seine Lippen berührten meine in einem angedeuteten Kuss. Es fühlte sich warm und sanft an, als ob er um Erlaubnis bitten wollte.

»Du küsst mich nur, damit ich mir keine Sorgen mehr mache, was mit meinem Gehirn passiert«, murmelte ich.

»Ist es dir wirklich wichtig, welche Ausrede ich finde?«, flüsterte Mattis und seine Augen blitzten amüsiert.

»Halt den Mund und küss mich.« Mein Herz schlug heftig.

Mattis' Handflächen schlossen sich warm um meine Wangen. Er schloss die Augen, als er mich erneut küsste. Es war erregend zu sehen, wie seine leuchtend grünen Augen sich vor Lust schlossen. Zuerst waren seine Lippen warm und fest auf meinen, dann weich und spielerisch. Atemlos öffnete ich meine Lippen und seine Zunge berührte meine. Es war ein schnelles Necken, aber so vielversprechend, dass ich mehr wollte. Als ich beide Arme um seinen Hals schlang, nahm er Besitz von meinen Mund und bediente sich hungrig. Ich schloss meine Augen und gab mich ihm hin. Ich verlor mich in seinem Geschmack, dem Tanz unserer Zungen. Sein Kuss war gleichzeitig Feuer und Eis, tröstende Wärme und scharfe neckende Bisse. Seine Finger spreizten sich an meinem Hinterkopf und brachten mein Gesicht dem seinen noch näher, um den Kuss zu vertiefen.

»Steigt ihr auch irgendwann mal aus?«

Die spöttische Stimme des Taxifahrers brachte mich schlagartig zurück in die Gegenwart. Ich blickte durch das Fenster und sah, dass wir vor meinem Haus standen. Der Taxifahrer wartete auf sein Geld.

Mattis und ich lösten uns eilig voneinander und ich lächelte verlegen in Richtung des Taxifahrers. Er rollte leicht mit den Augen, grinste aber dabei. Meine Hände zitterten, als ich das Geld abzählte und dem Fahrer ein viel zu hohes Trinkgeld gab.

Sobald ich bezahlt hatte, öffnete Mattis die Tür. Ich kletterte wie benommen auf meiner Seite aus dem Auto.

Das Taxi schoss davon, und Mattis erschien neben mir. Er zog mich gleich in seine Arme. Als wir im Auto saßen, waren wir fast gleich groß gewesen, weil Mattis so tief im Sitz gehangen hatte. Jetzt musste ich den Kopf zurückneigen, um ihm ins Gesicht zu blicken.

»Du bist zu groß.« Ich stupste meinen Finger in seine gestählte Brust. »Es ist einfacher, dich zu küssen, wenn du sitzt.«

Mattis lächelte. »Ich bin mir sicher, das kriegen wir hin.« Er legte seine Hände um meine Taille und hob mich hoch, bis unsere Gesichter auf gleicher Höhe waren. Ich schloss die Beine um seine Hüften und seine Hände wanderten unter meinen Po. »Besser?«, fragte er mit einem neckenden Grinsen.

»Nee, noch nicht«, sagte ich und zog einen Flunsch.

Mattis lachte leise und gab mir einen Kuss. Wir ließen erst wieder von einander, als wir beide nach Atem ringen mussten. Mattis biss mich neckend in die Unterlippe. »Jetzt besser?«

Ich kicherte. »Ein bisschen.«

»Welches ist dein Haus?«, murmelte er, während seine Lippen meinen Hals erforschten.

»Ich kann mich gerade an nichts mehr erinnern«, sagte ich mit einem kleinen Lachen.

Mattis setzte mich sanft ab.

Das Nachmittagslicht war schon blass und grau. Die Wettervorhersage hatte für heute mehr Schnee angekündigt und der Himmel über uns sah schwer genug zum Platzen aus. Ich überquerte den Bürgersteig zu meinem Haus. »Das hier ist es.«

Mattis folgte mir die Steinstufen hinauf. »Schön.« Seine Hand strich über meinen Po. »Und das Haus sieht auch gut aus.«

Ich errötete glücklich und suchte in meinem Rucksack nach meinem Schlüssel. Bevor ich hineingehen konnte, packte Mattis mich und zog mich erneut in seine Arme. Er presste mich gegen den Türrahmen und küsste mich mit einer heißen, zarten Leidenschaft, die mir den Atem raubte. Ich knabberte neckend an seinem Hals. Seine Haut schmeckte genauso gut, wie sie aussah und ich konnte nicht genug von ihm bekommen. Ich schob den weichen Stoff seiner Tunika weiter nach unten, damit ich den Bogen seines Schlüsselbeins mit meinen Lippen erforschen konnte. ›Was mache ich hier eigentlich?‹, schoss es mir duch den Kopf. Ich hatte noch nie einen Mann derart schnell mit nach Hause genommen. Wir waren ja noch nicht einmal auf einem ersten Date gewesen.

Mattis trug mich ins Haus und stieß die Tür hinter uns zu.

»Irgendwie haben wir den Faden verloren«, stotterte ich und versuchte mich aus seinen Armen zu befreien. »Wir sind nicht hier, um zu ...«

»Schsch.« Mattis drückte seine Lippen auf meine Stirn. Ich schloss die Augen erneut, als sein warmer Mund mein Gesicht mit neckenden Küssen bedeckte.

Magie floss in mich, wo wir uns berührten. Es war eine wohltuende Wärme, die mich entspannte. Ein Funke strahlte durch meine geschlossenen Lider. Meine Magie regte sich in mir, ich spürte sie zum ersten Mal. Ein Schmetterling, der mich mit rastlos schlagenden heißen Flügeln versengte.

Ich öffnete benommen meine Augen. »Was machst du? Meine Magie ...«

»Sie erwacht«, flüsterte Mattis. Seine Augen waren auch offen und in ihren grasgrünen Tiefen sah ich seine Zärtlichkeit. »Lass es einfach geschehen«, sagte er ruhig. »Ich passe auf dich auf.«

Ich schloss wieder meine Augen und gab mich dem Kuss hin. Ich ignorierte standhaft, dass mein Körper sich anfühlte, als ob er in Flammen aufging. Kitzelnde Blitze liefen von meinen Fingerspitzen und Zehen in mein Innerstes und wieder zurück in meine Gliedmaßen. Alles verblasste, außer Mattis. Sein Geruch, sein Geschmack, die Wärme seiner Haut auf meiner. Ich brauchte seine Berührung, seine Nähe wie die Luft zum Atmen.

Plopp, plopp, plopp.

Das Geräusch wie von gigantischem Popcorn trieb uns auseinander.

Mattis stellte mich auf die Füße und blickte sich im Flur um. Ich drückte den Lichtschalter, aber es passierte nichts. »Stromausfall«, konstatierte ich.

Als ich eine Taschenlampe aus dem Garderobenschrank holte, knirschte unter meinen Stiefeln zerbrochenes Glas. Ich richtete den Strahl der Taschenlampe auf den Kronleuchter über mir. »Die Glühbirnen sind gesprungen. Vom Geräusch her nicht nur die in dieser Lampe.«

Mattis drehte sich wieder zu mir. Ich wich einen Schritt zurück, denn seine Augen glänzten hellgrün im Dämmerlicht, wie die einer Katze.

Mit einem leisen Jammerton erschien eine Spur feuriger Handabdrücke auf der Wand. Sie wanderten über der Fußleiste entlang und die Treppen hoch.

»Ulme und Esche.« Mattis starrte auf die Handabdrücke. »Das ist ein Trigger-Indikator.«

»Ist das was Gutes oder was Schlechtes?« Ich leuchtete mit dem Strahl der Taschenlampe auf die Handabdrücke. Sie sahen nicht aus, als ob ein Kind mit Fingerfarben gespielt hätte, sondern eher wie Warnzeichen.

»Auf jeden Fall ist es überraschend.« Mattis zog seinen Umhang aus. Er verschränkte seine Finger, streckte die Arme aus und zeigte auf die Handabdrücke. Sie verschwanden augenblicklich. Er runzelte die Stirn. »Versuch du es mal. Zieh deine Jacke aus und richte deine Magie auf diesen Fleck. Gib ihm einfach einen kurzen Energiestoß.«

Ich legte die Taschenlampe auf dem Boden ab und befreite mich aus meiner Daunenjacke. Drei Kilo leichter hob ich die Hände. Ich zog mit dem Ino Energien ein und schoss sie aus meinen Fingerspitzen wieder heraus. Der Energiestrahl wackelte, aber ich schaffte es, die Stelle zu treffen, wo die Handabdrücke gewesen waren. Sie blieben verschwunden.

»Vielleicht hat unsere vereinte Magie sie hervorgerufen?« Mattis sah nachdenklich aus. »Deine ist durch die Blockade zu schwach, aber meine ist nicht die Magie, an welcher der Trigger hängt?« Mattis trat hinter mich. »Heb deine Arme.«

Ich tat, was er gesagt hatte, und er zog mich an sich. »Versuch, mich hereinzulassen trotz deiner Schilde.« Sein Geruch umschloss mich wie eine Liebkosung. Er fühlte sich so warm an meinem Rücken an, so hart aufgrund der angespannten Muskeln. Ich atmete tief ein und aus, um mich zu beruhigen. Das taten wir beide, und das etwas zu laute Atmen im Gleichtakt erinnerte mich an etwas ganz anderes als Zaubersprüche. Ich lehnte meinen Kopf zurück an seine Brust. Seine Arme umschlossen mich fester.

»Gut«, flüsterte Mattis. »Gut gemacht.«

Ich runzelte die Stirn. Tatsächlich? Ich hatte doch gar nichts gemacht.

Etwas berührte mein Gehirn. Es war wie die Berührung des Ino, nur anders. Die Verbindung zum Ino fühlte sich an wie ein dünner Faden, der an meinem Verstand befestigt war. Dies hier war eine viel stärkere Verbindung, wie eine Hand, die die meine warm und fest umschließt.

»Ruhig«, flüsterte Mattis. Er drückte einen Kuss auf die empfindsame Haut direkt hinter meinem Ohr. »Stoß mich nicht raus.«

Ich erbebte vor Erregung bei seinen Worten.

Er fluchte leise, mit unterdrücktem Lachen. »Das klang jetzt irgendwie anders als ich wollte.«

Sein Griff auf meinen Verstand verstärkte sich. Wärme erfüllte mich nach und nach, als würde Mattis sie von den Zehen aufwärts in mich hineingießen. Ich ließ meinen Kopf nach hinten auf seine Brust rollen, meine Augen schlossen sich. Ich seufzte sanft; es war verlockend, sich einfach in dieser Wärme zu verlieren.

»Du bist bereit«, sagte Mattis und ließ seine Hände meine Arme herunter bis zu meinen Händen streichen. Er verschränkte seine Finger mit meinen und ich öffnete die Augen. Verwundert stellte ich fest, dass der Raum von einem sanften Licht erfüllt war, dessen Farbe sich in einer Wellenbewegung veränderte, von Hellgrün zu Türkis und wieder zurück zu Hellgrün. Die Wände und Möbel leuchteten in Tiefblau. Ich trieb in einem tropischen

Ozean aus magischer Energie. Es war so wunderschön.

»Ich zeige dir gerade, wie dein Haus für mich aussieht«, flüsterte Mattis. Sein Atem strich mit jedem Wort warm an meinem Ohr vorbei. »Der Schimmer in den Wänden und Möbeln stammt noch von der Magie deiner Großmutter. Ihre Präsenz ist immer noch sehr stark.«

Der Aquarium-Anblick verschwand abrupt, jetzt sah das Haus wieder aus wie immer. Mattis drückte meine Finger. »Auf drei senden wir zusammen einen Energiestoß aus und zwar genau dorthin, wo die Treppe anfängt. Fertig?«

Ich nickte.

Wir vermischten unsere Magie und die Handabdrücke erschienen wieder.

»Sie sind wirklich mit dir verbunden«, murmelte Mattis; er klang beeindruckt.

Ich runzelte die Stirn. »Wer ist mit mir verbunden?«

»Jemand, der zu starker Magie fähig war, hat einen Trigger mit dir verbunden.« Mattis führte unsere verschränkten Hände in einem Zickzackmuster über die Wände und wir drehten uns langsam einmal um uns selbst, um den gesamten Eingangsbereich zu erfassen. Es erschienen keine weiteren Leuchtzeichen.

Als wir wieder in Richtung Treppe schauten, murmelte ich: »Was für Trigger? Ich verstehe immer noch nicht, was hier gerade passiert.«

Mattis ließ meine Hände los. »Irgendein Magier hat etwas versteckt und mit viel Aufwand sichergestellt, dass nur du es finden kannst — und auch nur, falls deine Magie erwacht. Wir sind uns ziemlich sicher, dass es Margaret war, oder? Der Magier musste Zugang zu dir haben. Und da du dich an nichts erinnerst, warst du entweder verzaubert, während du mit dem Trigger-Zauber verbunden wurdest, oder du warst sehr jung.«

Ich blickte ihn mit großen Augen an. Wer hatte mich verzaubert? Meine Großmutter? Oder Rufus, als wir beide Kinder waren? Wie stark war seine Magie damals gewesen?

»Beides ist übrigens ein Tabu in weißer Magie.« Mattis untersuchte die Handabdrücke aus der Nähe.

»Was ist ein Tabu?« Ich stellte mich neben ihn, um auch die Leuchtzeichen zu studieren. Jedes war etwa so groß wie meine Hand.

»Man darf niemanden verzaubern, sodass er etwas gegen seinen Willen tut. Es ist ebenfalls schwarze Magie, wenn man ein Baby als Schlüssel zu einem Zauber verwendet, damit es sich als Erwachsener nicht mehr daran erinnern kann, dass es ein Schlüssel ist.«

»Magie ist neutral. Es gibt keine weiße oder schwarze Magie«, sagte ich entschieden. Es war eins der ersten Dinge, die ich in Birchs Unterricht gelernt hatte.

Mattis zog eine Braue nach oben. »Das erzählen sie euch vielleicht am Anfang, damit ihr die Finger davon lasst. Natürlich gibt es schwarze Zaubersprüche. Die auf ein Baby anzuwenden, ist ja wohl das Letzte.«

»Wenn meine Großmutter mich verzaubert hat, bin ich mir sicher, dass es weiße Magie war.« Ich versuchte, entschieden zu klingen, aber glaubte ich wirklich, was ich gerade gesagt hatte? Wie sich gezeigt hatte, kannte ich meine Großmutter nicht wirklich. Wenn sie den Großteil ihres Lebens vor mir geheim gehalten hatte, wer konnte da schon sagen, was sie mit mir vorgehabt hatte? Oder was sie mit mir gemacht hatte, als ich noch klein war.

Eine vergessene Erinnerung zupfte an mir.

Meine Großmutter steht vor mir mit erhobenen Armen und ihre Finger zeigen in meine Richtung. In meiner Erinnerung ist sie viel größer als ich, also muss ich noch ziemlich jung gewesen sein. Ich weine, weil ich Angst vor ihr habe. Sie tut mir weh und ich ... Ich will, dass der Schmerz aufhört. Ich suche Schutz und ... So sehr ich es auch versuchte, ich konnte mich nicht daran erinnern, was ich getan hatte. Ich schüttelte den Kopf. Sich mit der Vergangenheit zu quälen brachte doch nichts.

Ich nahm die Taschenlampe und folgte den leuchtenden Zeichen. Die Spur führte die Treppe hinauf, vorbei am ersten Stock, wo sich mein Zimmer und das ehemalige Schlafzimmer meiner Großmutter befanden, hoch zum kleinen Flur unter dem Dachboden. Die Handabdrücke führten direkt zu dem Zimmer, in dem ich immer geschlafen hatte, wenn ich als Kind meine Großmutter am Wochenende besucht hatte. Als ich mit acht bei ihr einzog, wurde dies mein Zimmer, bis zu dem Tag, an dem ich auszog, um die Universität zu besuchen.

Mattis schaute sich um und ich folgte seinem Blick. Ich war seit dem plötzlichen Tod meiner Großmutter nicht mehr hier oben gewesen. Alles war von einer Staubschicht bedeckt und in den Ecken hingen Spinnweben. Obwohl er so vernachlässigt war, sah der Raum immer noch gemütlich aus. Oder vielleicht gerade deswegen. Hier stand die Zeit still, es war immer noch der Zufluchtsort eines Abenteuer liebenden Mädchens. Mit meinem Globus auf dem Bücherregal und den Büchern darunter, ein abgewetzter Buchrücken neben dem anderen. *Der Hobbit* und *Schattenkuss* standen einträglich neben meinen ersten Lehrbüchern übers Programmieren, die voller Eselsohren und ganz ausgelesen waren.

Der Anblick meines vertrauten Bettes und der gesteppten Tagesdecke, des Sammelsuriums aus Papierstapeln und Stiften auf dem kleinen Schreibtisch in der Ecke rief viele Erinnerungen wach. Vielleicht hatte ich die wahre Margaret Reid, die Hohe Magierin, nicht gekannt, aber meine Großmutter war mir vertraut. Sie hatte dieses Haus zu einem sicheren Ort für mich gemacht, weit weg von meinen Eltern und ihren endlosen Streitereien. Sie hörte mir immer geduldig zu, wenn ich ihr mein Herz ausschüttete. Meine Omi war es auch, die erkannt hatte, dass nicht nur mein Vater, sondern meine beiden Eltern mich verlassen hatten, und die mir deshalb dieses Haus in ihrem Testament hinterließ, damit es wenigstens einen sicheren Ort auf dieser Welt für mich gab.

Mattis sagte nichts. Vielleicht ahnte er, was mir durch den Kopf ging.

»Wo ist die Spur jetzt?« Meine Stimme brach, und ich räusperte mich.

Mattis deutete mit dem Kopf auf die Wand mit dem Bett. Etwa in der Mitte der Wand flammten zwei rosa-orange Kreise, von denen jeder etwa so groß wie zwei meiner Hände war. Unter ihnen mäanderten die Leuchtzeichen die Wand hinunter und verschwanden unter dem Bett.

»Mal sehen, was deine Großmutter für dich versteckt hat.« Mattis winkte mich hinüber zur Wand. »Da es mit dir verbunden ist, wird es am besten sein, wenn du es berührst. Ich habe keine Lust, meine Finger wegen irgendeines schwarzen Zaubers zu verlieren.«

»Meine Großmutter hätte nie schwarze Zaubersprüche verwendet.« Ich kniete mich auf die Steppdecke, um die Wand zu berühren.

Mattis drückte mir ein Messer in die Hand. »Klopf mit dem Griff gegen die Wand, innerhalb des Kreises.« Ich starrte auf das Ding in meiner Hand. Das hier war kein Schweizer Taschenmesser. Die gezackte Klinge, die so lang wie meine Hand war, und der gekrümmte schwarze Griff sahen so aus, als ob es einen Namen wie Ork-Skalpierer tragen sollte. Wieso trug Mattis so ein Messer bei sich?

Ich klopfte mit dem Griffende gegen die Wand. Es klang hohl.

»Schneide einen Kreis aus der Tapete ...«, sagte Mattis, aber ich war schon dabei, mit der Spitze des Messers den Rand des Kreises nachzuziehen. Die Klinge war unglaublich scharf.

Die ausgeschnittene Tapete fiel auf das Bett. Der Kreis leuchtete um eine Nische im Mauerwerk. Darin lag ein quadratisches Bündel, mehrmals in dünne Plastikfolie eingewickelt und mit einem dicken roten Band fest verschnürt. Das ganze Bündel war mit grauem Staub bedeckt.

Ich griff in die Nische, um es herauszunehmen, aber Mattis packte meine Hand.

»Öffne zuerst das andere Versteck«, sagte er. »Trigger sind sehr flüchtig, sobald einer von ihnen offenbart wurde.«

Ich schnitt den anderen Kreis nach und legte eine weitere Nische in der Wand frei. Wieder lag darin ein durch Plastikfolie geschützter Gegenstand.

Die glühenden Kreise blieben an der Wand sichtbar, auch nachdem ich die beiden kleinen Bündel herausgenommen und auf das Bett gelegt hatte.

Mattis pfiff durch die Zähne. »Beeindruckende Arbeit. Deine Großmutter muss wirklich ein exzellenter Magier gewesen sein, damit die Trigger stabil bleiben, nachdem du sie berührt hast.«

Ich hob den Gegenstand auf, den ich zuerst gefunden hatte. Das Band ließ sich nicht öffnen, also schnitt ich mit dem Messer durch die Plastikfolie.

Eine silberne Halskette rutschte durch meine Finger und mit einem leisen Rasseln auf das Bett. Das Silber der Kette und des Anhängers war dunkel angelaufen, aber ich erkannte sofort, was ich gefunden hatte. In den Anhänger war eine Triskele graviert, die einen Edelstein in jedem ihrer drei gewundenen Arme trug. Ein Stein war blau, einer grün und der dritte rot. Das in das Silber eingravierte Knotenmuster war an einigen Stellen so abgewetzt, dass es kaum noch zu sehen war, aber die drei Steine funkelten im Licht des grauen Nachmittags so hell, als ob ich sie heute Morgen gekauft hätte.

»Meine Großmutter hat diese Kette oft getragen«, flüsterte ich. »Ihr gesamter Schmuck ging an die Astoria-Stiftung. Ich dachte, diese Kette auch.« Meine Augen füllten sich mit Tränen. Ich konnte mich deutlich daran erinnern, wie die Triskele um den Hals meiner Großmutter baumelte, wenn sie sich über mich beugte, um mich zu trösten. Sie hatte immer mit dem Anhänger herumgespielt, wenn sie über etwas nachdachte.

Mattis legte seine Hand auf meine Schulter. Er sprach nicht und ließ mich nur die Wärme und Stärke seiner Hand spüren.

Ich rieb meine Augen und schluckte meine Trauer hinunter.

»Möchtest du das zweite mal ansehen?« Mattis hielt mir das kleinere Bündel hin.

Als ich es auspackte, fiel mir ein alter Bartschlüssel in die Hand. Er war klein und passte genau in meine Handfläche.

»Ich habe keine Ahnung, wozu er passen könnte.« Ich hielt Mattis das Schlüsselchen hin.

Er griff danach. »Eiche und Esche!«, fluchte er und warf den Schlüssel auf die Steppdecke. »Wie kannst du so einen Gegen-

stand anfassen und nicht die Magie fühlen, die ihn schützt?« Er
rieb sich die schmerzenden Finger.

Ich mochte es nicht, an meine Schwächen als Magier erin-
nert zu werden, und schob trotzig das Kinn vor. »Vielleicht mag
er mich und beißt nur dich.«

Mattis blickte den Schlüssel fasziniert an. »Du hast recht. Er
könnte so verzaubert sein, dass er nur zahm bleibt, wenn du ihn
berührst.«

Ich ließ den Schlüssel in meine Tasche gleiten und drehte
das Amulett in meinen Händen, unsicher, ob ich es in meine Tasche stecken sollte. Das wäre irgendwie undankbar, so als ob ich
mich über das Geschenk meiner Großmutter gar nicht freuen
würde.

»Soll ich dir die Kette umlegen?«

Mein Herz zog sich bei Mattis Vorschlag zusammen. Ich
wollte gern diese Erinnerung an meine Großmutter tragen, aber
der Gedanke machte mich auch traurig. Ich konnte diese Kette
nur umlegen, weil meine Großmutter tot war.

Ich öffnete den Verschluss und hielt beide Enden im Nacken
hoch. Mattis' Finger streiften sanft über meine, als er mir die die
Kette abnahm. Ich bündelte meine Haare und hielt sie hoch, sodass mein Nacken frei lag. Die Halskette rutschte tiefer, als Mattis den Verschluss schloss. Der Anhänger saß direkt oberhalb der
Wölbung meiner Brüste, ein fremdes, kaltes Gewicht auf meiner
Haut.

Mattis' Finger wanderten meinen Nacken hoch. Ich ließ
mein Haar los und griff nach seiner Hand.

Er schloss seine Finger um meine. »Bereit für die nächste
Überraschung?«

Ich nickte. Wir ließen einander los und griffen gleichzeitig
nach dem Bett, um es von der Wand zu ziehen. Die Abdrücke
endeten genau über der Fußleiste.

Ich klopfte mit dem Griff des Messers gegen die leuchtenden Zeichen, konnte aber kein hohles Geräusch hören.

»Nichts«, sagte ich enttäuscht.

»Wir haben nur nach Magie gesucht. Es ist einfacher und

sicherer, Dinge ohne Magie zu verstecken.« Mattis zog das Bett ganz von der Wand weg und legte sich darüber, um mit seinen Fingern den Boden abzutasten. Als er nichts fand, klopfte er sanft gegen die Fußleiste. Sein fester Po bewegte sich etwas mit jeder Bewegung. Dort, wo sich sein Hemd etwas nach oben geschoben hatte, wurde ein kleiner Streifen gebräunter Haut sichtbar. Lecker.

Ich legte mich neben ihn und mein Blick fiel auf den Teppich. »Als ich klein war, hatte der Raum einen Holzfußboden …«, sagte ich. Ich drehte mich zu Mattis. »Gib mir mal dein Messer.«

»Gute Idee.« Mattis gab es mir.

Unbarmherzig schnitt ich in den Teppich und entfernte dort, wo das Bett gestanden hatte, ein großes Stück. Uns schlugen Staubwolken entgegen. Der Holzfußboden war mit Staub und grobkörnigem Schmutz bedeckt. Der Teppichboden war nur an den Wänden befestigt und Mattis riss ihn mit einem Ruck ab. Die leuchtenden Kreise und Handabdrücke an der Wand erloschen.

»Glaubst du, das heißt, dass wir auf der richtigen Spur sind?« Ich gab Mattis sein Messer zurück.

Mattis zuckte mit den Schultern. »Kann sein, dass da kein Zusammenhang besteht. Die Indikatoren verblassen mit der Zeit. Es ein Wunder, dass sie überhaupt so lange geleuchtet haben.« Er ließ das Messer irgendwo in seiner Hose verschwinden. Wo konnte er ein so großes Messer aufbewahren, ohne sich zu schneiden?

Ich ließ meine Finger über die dreckigen Dielen gleiten und rümpfte die Nase.

Mattis setzte sich auf und zog sich das Hemd über den Kopf. Er ballte den dicken grünen Stoff zwischen den Händen zusammen und legte sich wieder neben mich.

Er rückte mir auf die Pelle, um mit seinem Hemd alle Bretter sauber zu wischen.

»Ich hoffe, der Dreck kommt beim Waschen wieder raus«, murmelte ich, schwer damit beschäftigt, meine Augen auf dem Boden zu lassen. Sie wanderten von allein immer wieder zu dem halb nackten Mann neben mir. Seine Haut war makellos und goldgebräunt. Lief er häufig nackt in der Sonne herum, oder warum war die Bräune so nahtlos? Die Tätowierung an seinem Hals lief über seine Schultern weiter nach unten. Ich hatte noch nie ein solches Tribal-Tattoo gesehen. Das Muster war zart und floral, aber komplett in tiefschwarz ausgeführt worden. Ein Strang des Designs kroch hinunter bis zu seiner Brust, der andere wand sich über sein rechtes Schulterblatt und entlang der Wirbelsäule nach unten, wo er in Mattis' Hose verschwand. Schlang es sich dort verwegen um eine Pobacke? Es war schwer, der Versuchung zu widerstehen, seinen Hosenbund zu lüpfen, um nachzusehen.

Mattis warf das Hemd neben das Bett. Seine Finger berührten einen Fleck an der Wand, neben der Fußleiste. »Hier saß das niedrigste Zeichen.«

Ich nickte. »Auf den Holzdielen ist aber nichts zu sehen.«

Mattis stupste mich in die Seite und zeigte auf eins der Bretter. »Dort ist eine Spalte, die wir übersehen haben.« Er hielt mir einen Dolch hin, der fast so lang wie mein Unterarm war. »Dir gebührt die Ehre, das Geheimnis zu lüften.«

Ich starrte ihn sprachlos an. Wie konnte er solche großen Klingen in seiner Kleidung verstecken? Der Dolch war elegant gebogen, mit einer kleinen Parierstange. Das Heft war ein Pferdetorso in Grün, vielleicht aus Jade gefertigt, mit Augen und Zaumzeug aus schimmernden Edelsteinen und Verzierungen, die verdächtig nach Gold aussahen.

Mattis nickte in Richtung Fußboden. »Willst du es versuchen? Oder soll ich?«

Ich schüttelte den Kopf. »Ich mach schon.« Ich würde ihn später nach seinem Waffenarsenal befragen.

Er hatte recht: Rund um eine der Dielen war eine kleine Lücke. Ich steckte die Spitze der Waffe in den Spalt. Das Brett bewegte sich keinen Millimeter.

»Ist das Gold?« Ich deutete auf den Griff und bewegte den Dolch mit der anderen Hand vor und zurück.

»Es ist ganz sicher kein Eisen«, murmelte Mattis. »Hey, langsam! Pass auf, dass du keine Siegel unter den Fußbodenbrettern zerstörst.«

»Na, klar. Trigger, schwarze Magie und jetzt kann ich auch noch ein Siegel zerbrechen?« Ich bewegte den Dolch sacht vor und zurück, dann wieder nach links und rechts. Nach einigen Minuten gab das Brett nach. Ich ergriff das Ende, das sich gelöst hatte, und zog. In meiner Aufregung ließ ich den Dolch achtlos fallen und er schlug mit einem lauten Klappern auf die Dielen. Mattis hob seine Waffe blitzschnell auf. Ich zog das Brett heraus. Die Öffnung darunter war so klein, dass ich nur die Finger hineinquetschen konnte, nicht die ganze Hand. Ich schloss die Augen und tastete mit meinen Fingerspitzen jeden Winkel der Öffnung ab. Nichts. Ich quietschte vor Überraschung auf, als etwas Festes und Warmes zwischen meine Brüste glitt.

»Darf ich? Ich habe deine Kette aufgemacht.« Mattis griff nach meinem Ausschnitt, aber ich schlug seine Hand weg. Ich hatte nicht einmal bemerkt, wie er den Verschluss aufgemacht hatte.

»Warum?« Ich fischte den Anhänger zwischen meinen Brüsten hervor.

»Nur eine Vermutung. Halt mal das Amulett über die Öffnung. Nein, warte! Wir vereinen zuerst unsere Magie.« Er lehnte sich über mich, sodass er seine Hände schützend über meine legen konnte.

Ich benutzte den Ino, um Magie in meine Fingerspitzen zu bringen. Mattis schloss fest seine Hände um meine und unsere Magie verband sich. Er fokussierte die Energie auf das Amulett. Eine Sekunde später erwachten die Steine zum Leben und ließen ihr rotes, blaues und grünes Licht zwischen unseren Fingern hervorzüngeln. Mattis bündelte das Licht und ließ den Strahl über das Versteck unter den Dielen wandern. Die Luft in der Öffnung geriet in Bewegung, kräuselte sich wie Wasser. Als wir zum dritten Mal das Licht über die Nische bewegten, explodierte die Luft in einem winzigen Sturm. Etwas, das sich anfühlte wie Asche, flog an meinem Gesicht vorbei in Richtung Decke. Eine Sekunde später raubte mir ein schrecklicher Gestank den Atem, eine Mischung aus Fäulnis und Schwefel. Auf meiner Zunge schmeckte

ich einen metallischen Hauch von Blut und musste würgen.
»Ulme und Esche«, flüsterte Mattis und ließ meine Hände
fallen. »Das war ein schwarzer Zauber.«

»Es gibt keine schwarze Magie«, erwiderte ich automatisch.
Ich merkte, dass ich das Amulett so fest umklammerte, dass meine Finger weiß wurden. Ich lockerte den Griff und wischte mir
über die Augen.

Mattis spähte vorsichtig in das Loch im Boden. »Natürlich
gibt es schwarze Magie. Wenn du erst mehr Erfahrung mit Magie
hast, wirst du einen schwarzen Zauber spüren, wenn du einem
begegnest.«

Der Zauber hatte nach Blut und Asche geschmeckt. Vielleicht spürte ich schwarze Magie bereits, aber wollte es einfach
nicht wahrhaben? Wenn dies ein schwarzer Zauberspruch gewesen war, dann hatte dieses Ding ganz sicherlich nicht meine
Großmutter für mich versteckt. Bestimmt waren nur der Schlüssel und die Halskette von ihr.

Das Loch im Boden unter den Dielen sah jetzt größer aus
und eine dunkle Holzkiste mit Metallverzierungen saß darin.
Mattis griff danach, aber ich schubste ihn zur Seite.

»Vielleicht ist es auch nur für mich bestimmt. Ich will nicht,
dass du dich verletzt«, sagte ich. Ich hob die kleine Kiste heraus.
Sie passte genau in meine beiden Hände. Metallbeschläge
schützten die Ecken und waren auf jeder Seite in einem Rechteck
eingelassen. An der Vorderseite befand sich ein kleines Schlüsselloch.

Ich setzte mich auf dem Bett auf, mit dem Kistchen im
Schoß, und fischte aus meiner Tasche den Schlüssel hervor. Von
der Größe her müsste er genau in das Schloss passen, aber ich
konnte ihn einfach nicht ganz hineinstecken, als ob etwas den
Zylinder blockierte.

Ungefragt legte Mattis wieder seine Hände über meine. Ich
zog Magie aus dem Zimmer zu mir, spürte, wie Mattis den Energien mehr Schwung und Fokus gab. Der Schlüssel glitt von allein
vollständig ins Schloss, als wäre er magnetisch. Ich drehte ihn
und öffnete das Kästchen mit angehaltenem Atem.

NEUNZEHN

Eine Schicht Papier bedeckte den Boden der Holzkiste. Die Seiten waren nicht viel größer als meine Hand und es waren nur wenige, einmal in der Mitte gefaltet. Warum trieb jemand so viel Aufwand, um einen Brief zuzustellen?

Als ich das Papier herausgehoben hatte, nahm Mattis mir die Kiste aus den Händen und stellte sie unter das Bett.

»Es ist die Handschrift meiner Großmutter.« Ich strich mit den Fingern über die Seiten, um sie zu glätten. Mein Herz schlug zu schnell, es tat fast weh. Das Grauen darüber, dass meine Großmutter wahrscheinlich schwarze Magie verwendet hatte, verschwand in einer Welle von Verlust und Bedauern.

»Was sie versteckt hat, war wirklich für mich gedacht.« Ich hielt Mattis den Brief hin. »Annusch war ihr Kosename für mich.«

Die Handschrift meiner Großmutter war krakeliger und zittriger, als ich sie in Erinnerung hatte. Vielleicht hatte sie an mich geschrieben, als sie schon sehr krank war? Diagnose und Tod lagen bei ihr nur ein paar Wochen auseinander, also musste sie diesen Brief geschrieben haben, kurz bevor sie ins Krankenhaus eingeliefert worden war. Hatte sie vermutet, dass sie nicht mehr nach Hause zurückkehren würde?

Liebe Annusch —

dass du diese Zeilen liest — wenn du es wirklich bist — bedeutet, dass du deine Kräfte entdeckt hast.

Es tut mir so leid, dass du so lange mit unseren Lügen leben musstest und wir nicht mit dir unser wahres Leben teilen konnten.

Ich weiß nicht, wie viel Zeit mir noch bleibt. Die Krankheit wütet in mir. Ich merke, wie sie sich an immer neuen Stellen festsetzt. Es fällt mir schwer, mich zu konzentrieren, und vielleicht wiederhole ich mich manchmal. Aber glaube nicht, dass ich verrückt bin. Also glaube bitte, was ich dir sage, auch wenn es sich für dich verrückt anhört.

Ich werde ins Alybium Hospital gehen, wo sie genau wissen, was sie mit meinem Körper machen müssen, damit es so aussieht, als wäre ich einem aggressiven Krebs zum Opfer gefallen.

»Du *bist* an Krebs gestorben ...«, murmelte ich.

Mattis rutschte näher an mich heran auf dem Bett und las über meine Schulter mit. Ich lehnte mich an ihn, um Mut zu schöpfen, und las die zweite Seite.

Rufus und ich suchen seit Jahren zwei unterschiedliche Dinge.

Suche Nummer eins versucht, neue Magiequellen zu finden und Magie effizienter zu nutzen. Was passiert, wenn die Energielevel noch niedriger fallen, als sie es jetzt schon sind? Wir haben Aufzeichnungen von vor Hunderten von Jahren und wir wissen, dass es vor 600 oder 700 Jahren weitaus mehr Energie gab, mit der ein Magier arbeiten konnte.

Wir haben Behelfslösungen für die geringe Magie gefunden und verwenden mit Technik verschmolzene Zauber und Computerverstärkung. Beides macht die Zauberei viel effizienter, aber sie bringen das zweite Problem mit sich. Was passiert, wenn die Datenbank oder unsere Computer ausfallen? Ohne ihre Hilfe wären wir aufgeschmissen, besonders diejenigen Magier, die damit aufgewachsen sind. Sie haben nie Sigillen auswendig lernen müssen, wie Rufus und ich.

Rufus und ich arbeiten beide an unseren eigenen Projekten, um die Zukunft der Gildemagier zu sichern. Ich habe viele Zaubersprüche verwendet, auf die ich nicht stolz bin, und ich möchte nicht, dass du weißt, was ich getan habe. Es reicht, wenn du Folgendes weißt: Vor drei Tagen, gelang es mir, mithilfe des Amuletts, das seit Generationen im Besitz unserer Familie ist, mich mit einer anderen Ebene zu verbinden. Es hielt nur einige Sekunden an. Ich spürte ein riesiges Magiereservoir, dann raste etwas durch die Verbindung in mich hinein.

Zuerst dachte ich, dass es nur eine für mich fremde magische Energie war. Dass ich sie aufbrauchen und mich dann nicht mehr so seltsam fühlen würde. Aber ich kann sie nicht aufbrauchen oder sie mithilfe von Magie entfernen. Ich habe keine Ahnung, was es ist, aber es schmerzt. Bei einem Check-up in einem Norm-Krankenhaus konnten sie nichts finden, obwohl ich fühlen kann, wie es mich vergiftet.

Wir haben kein Konzept von schwarzer oder weißer Magie, Annusch. Ob etwas gute oder schlechte Magie ist, hängt ganz von der Intention des Zauberers ab, sagen wir immer. Aber dieses Ding, das in mir wächst, ist bösartig.

Ich habe Rufus nichts gesagt, ich habe es nicht gewagt. Du siehst ihn immer noch mit Kinderaugen. Ich sehe ihn jetzt mit den Augen einer alten Frau und ich bereue, wie ich ihn verwöhnt und verhätschelt habe. Ich kann das Ausmaß seines Hungers nach Macht, nach mehr Magie nicht abschätzen. Vielleicht kann er nie genug bekommen. Ich fürchte mich, ihm zu sagen, was ich gefunden habe, denn ich bin mir sicher, dass es ihn auf denselben Weg wie mich führen würde. Ich werde diesen Brief und das Amulett verstecken, sodass nur du sie finden kannst. Sie dürfen nicht in Rufus' Hände fallen! Zerstöre sie lieber.

Ich hoffe, dass die Gildemeister so weise sind, nicht ihn, sondern Birch zum nächsten Hohen Magier zu ernennen. Ich finde, der Hohe Magier ist nicht nur für alle Magier verantwortlich, sondern für alle Menschen, und dafür, dass Magie ihr Leben verbessert (auch wenn die Norms sie nicht sehen können) und dass sie keine Gefahr darstellt. Deshalb gründete ich Astoria und experimentierte damit, Magie mit Technologie zu verschmelzen. Rufus interessiert sich nur für eine Seite der Medaille: unsere Verwendung der Magie mittels IT zu verbessern. Ich kann ihn kaum davon abbringen, ein Gerät nach dem anderen zu entwickeln, jedes komplexer als das Vorgängermodell. Mit den geringen Mengen an Magie sind sie in zunehmendem Maße instabil,

aber, das muss ich zugeben, bisher sehr funktional.
Nichts, das uns zur Verfügung steht, vermochte es mit dem
aufzunehmen, was mich infiziert hat. Trotz aller Behandlungen
mit Heilzaubern kann ich dieses Ding in mir wachsen fühlen.
Was, wenn es einen Weg aus mir heraus findet und in der Welt
weiterwächst? Das kann ich nicht geschehen lassen!
Ich weiß nicht, ob ich Erfolg habe, aber ich bete, dass, wenn
du diese Zeilen liest, ich es geschafft habe oder meine Angst sich
als unbegründet erweist.
Ich weise mich ins Alybium Hospital ein und gebe an, dass
ein Zauberspruch fehlgeschlagen ist und dass ich für eine Woche
in Quarantäne muss. Sie werden keine Fragen stellen, wenn die
Hohe Magierin dies verlangt.
Ich werde sie anweisen, die Abwehrzauber zu aktivieren, die
den Containment-Raum von sämtlichen magischen Energien ab-
schirmen. Ich werde schwach sein, aber ich bete, dass dieser
Horror in mir durch den Verlust der Magie schwächer sein wird
als ich. Wenn mein Inneres entleert ist, werde ich mich umbrin-
gen. Ich habe bereits einem Arzt Geld gegeben, damit er als To-
desursache Krebs angibt.

Ich erschauerte.
»Sie ist eine beeindruckende Frau«, sagte Mattis. »Stark und
bis zum Äußersten entschlossen.«
»Sie ist tot und das müsste sie nicht sein.« Mit Tränen in den
Augen suche ich nach der Stelle, wo ich aufgehört hatte zu lesen.

Wir haben diesen Arzt bereits in der Vergangenheit bezahlt, da-
mit er den Tod deines Vaters auf einen Autounfall zurückführt,
obwohl Patrick unter ungeklärten Umständen gestorben ist. Er
versuchte sich immer gern an Zaubersprüchen, die über seinen
Fähigkeiten lagen.
Ich hinterlasse diesen Brief in der Hoffnung, dass deine
Magie irgendwann erwacht und du diese Zeilen findest.
Wenn deine Magie wie meine ist, begegnest du vielleicht
auch dieser Magie aus einer anderen Welt und du bist versucht,

sie zu erkunden. Tu es nicht!
Ich denke immer an dich und bete, dass du ein langes Leben
voller Gesundheit und Freude hast.
Deine Omi

Die Seiten fielen mir aus der Hand. Gelähmt vor Schock sah ich zu, wie sie langsam zu Boden segelten.

»Sie hat sich geopfert.« Meine Stimme hörte sich ebenso leer an, wie ich mich fühlte. »Warum ist sie nicht zu Rufus gegangen? Er hätte sie retten können.«

Mattis legte seine Hände auf meine Schultern und drehte mich, sodass ich ihn ansah. »Ich teile die Meinung deiner Großmutter über ihn. Wir werden es wahrscheinlich nie genau wissen, aber ich denke, dass sie das einzig Mögliche getan hat, um eine Katastrophe abzuwenden. Wenn die Dornen sich hier festsetzen würden ...«

»Die Dornen?«

»Sie muss ein kleines Portal nach Faerie geöffnet haben«, sagte Mattis. Er sah nachdenklich aus. »Es war zu klein, als dass sie hätte hinübertreten können. Stattdessen ist ein Dorn von Faerie in sie eingedrungen. Wenn sie ihm erlaubt hätte, weiter zu wachsen, hätte sie ganz Albion infizieren können. Deine Welt würde sterben, genau wie Faerie.«

»Faerie?« Ich kreischte, aber das war mir egal. »Ich habe gerade erfahren, dass meine Großmutter einen schrecklichen Tod erlitten hat und du machst dich darüber lustig!« Ich schlug mit den Fäusten auf seine Brust. Ich war so wütend. So verletzt. Ich war dabei, meine Großmutter ein zweites Mal zu verlieren.

Mattis ließ es zu, dass ich seine Brust mit den Fäusten bearbeitete, dass ich meine Wut und meinen Schmerz abließ. Über mein Gesicht liefen heiße Tränen. Ich ertrank in meinem Gefühl des Verlusts und der Wut. Jeder, den ich liebte, verschwand.

»Mein Vater ...«, begann ich, aber meine Stimme wurde von einem Schwall neuer Tränen erstickt. Mein Vater war gar nicht bei einem Autounfall gestorben. Er war gestorben, weil er mit Dingen herumgespielt hatte, die er nicht kontrollieren konnte.

Genau wie meine Großmutter.

Mattis Arme schlossen sich fest um mich und er drückte mich an sich. Ich schnappte nach Luft. Meine Nägel gruben sich in seine Haut. Es musste wehtun, aber er ließ sich nichts anmerken und hielt mich weiter fest. Noch mehr Tränen liefen in warmen Strömen mein Gesicht herunter. Etwas in mir taute auf schmerzhafte Weise.

Als ich mich ausgeweint hatte, konnte ich wieder atmen, obwohl Mattis' Umarmung sich nicht gelockert hatte. Seine Haut war warm an meiner Wange, der gleichmäßige Rhythmus seines Herzschlags beruhigend. Inzwischen war es stockdunkel und das Zimmer wurde nur von silbernem Mondlicht erhellt. Ich atmete zitterig ein.

Mattis brachte etwas Abstand zwischen uns.

»Ich habe dich angelogen«, sagte er ruhig.

Meine Hände ballten sich zu Fäusten. Bitte nicht noch mehr. Ich fühlte mich steinalt vor Trauer und konnte keine weitere schlechte Nachricht vertragen. Aber ich hatte auch genug von Geheimnissen. »Gelogen in Bezug auf was?«, fragte ich mit zittriger Stimme.

»Wer ich bin«, sagte Mattis. Er wollte mir in die Augen sehen, aber ich drehte den Kopf weg und sah zum Fenster. Schneeflocken tanzten in stiller Pantomime vor der Scheibe.

»Alanna?« Mattis griff im Dunkeln nach meiner Hand. »Ich bin kein Mensch.«

ZWANZIG

Ich hob abwehrend die Hände. »Hör auf, dich über mich lustig zu machen. Dafür habe ich gerade echt keinen Nerv.«

Mattis' Griff um meine Hände verstärkte sich. »Alanna, du weißt, dass ich die Wahrheit sage. Du bist die Einzige bei Astoria, die merkt, wenn ich Feenmagie verwende.«

Ich schüttelte den Kopf. »Ich sehe nichts Anderes als die anderen auch.«

»Lichtblitze? Glühende Augen?«, fragte er herausfordernd.

Ich biss mir auf die Lippen.

»Ich habe dich beobachtet«, sagte Mattis. »Du hast in Bezug auf mich gepokert. Wenn der Gewinn nicht hoch genug ist, bist du nicht interessiert. Wir ähneln uns darin.«

»Stimmt nicht.«

Mattis legte den Kopf auf die Seite. »Du hast gemerkt, dass mit mir etwas nicht stimmt. Aber anstatt zu den Gildemagiern zu laufen, hast du es lieber für dich behalten, um es später einmal einzusetzen. Das ist eine Spielertaktik.«

»Ich entwerfe Spiele. Ich zocke nicht«, sagte ich kühl.

Mattis grinste. »Wenn du das glaubst.« Er beugte sich zu mir. »Ich habe in Bezug auf dich gezockt. Faerie ist in ernster Gefahr und es gibt zwei Fraktionen: die Elben, die glauben, dass wir jedes Mittel nutzen sollten, das für unser Überleben notwendig ist, auch schwarze Magie.«

»Du bist im anderen Lager, nehme ich an?« Ich glaubte ihm kein Wort, ich wollte ihn nur bei Laune halten, um zu sehen, wie verrückt er wirklich war.

Mattis nickte. »Wir glauben, dass Faerie mithilfe eines Menschen gerettet werden kann, so wie es schon einmal geschehen ist. Deshalb bin ich hier hergekommen, um dich zu finden. Wir brauchen deine Hilfe.«

Ich riss mich von ihm los. Die Müdigkeit war bleiern in meinem Gehirn. War das alles nur ein Traum? In meinem Schädel pochte ein fieser Kopfschmerz. Ich hatte diese unendlichen Kopfschmerzen seit Wochen jeden einzelnen Tag. Vielleicht war es ein Hirntumor? Nein, ich hatte von Anfang an gespürt, dass Mattis irgendwie anders war. Ich hatte einfach meine Augen davor verschlossen. Konnte ich sie nicht noch einen Tag länger geschlossen halten? Konnte ich nicht einfach seine Nähe genießen ohne diesen verwirrenden Mist?

Mattis suchte meinen Blick. »Die Zeit läuft ab für unsere Welt, sie stirbt von den Grenzen langsam nach innen.«

Anscheinend musste ich mich tatsächlich heute mit dem verwirrenden Mist beschäftigen. »Und welche Welt genau wäre das?« Ich verknotete meine Finger im Schoß.

»Ich wurde vor vier Wochen aus Faerie entsandt, um jemanden zu finden, der uns helfen kann. Der Ring, der Faerie beschützt hat, ist löchrig geworden, daher wird unsere Welt von Dornen zerstört.«

»Natürlich magische Dornen, oder?« Ich schüttelte den Kopf.

Mattis schloss seine Hände um meine. Ich wollte mich ihm entziehen, aber er hielt mich fest. »Wir kämpfen gegen genau dieselben Dornen, die deine Großmutter getötet haben.«

»Meine Großmutter starb an Krebs.« Mein Blick fiel auf die Seiten, die verstreut auf dem Boden lagen. »Und an etwas anderem, aber bestimmt nicht an hinterhältigem Blattwerk.« Ich wand meine Hände aus seinem Griff.

»Alanna«, murmelte Mattis und rutschte vom Bett auf die Knie, so dass unsere Augen nun auf einer Höhe waren, »das, was deine Großmutter infiziert hat, war ein Dorn. Sie muss es irgendwie nach Faerie geschafft haben und ihnen dort begegnet sein.«

»Sie sagt, sie war mit böser Magie infiziert —«

»Die Dornen sind böse. Sie töten jeden Tag Hunderte von Feen und zerstören Faerie. Wo sie wachsen, gibt es kein Leben.«

»Und woher kommen sie?«

»Hast du schon einmal von der Hecke gehört? Sie wird in einigen Menschenbüchern über Elben erwähnt.«

»Du meinst das Gestrüpp in Faerie, mit dessen Hilfe man an jeden beliebigen Ort reisen kann?«

»Es gibt Heckenlabyrinthe, die als Pfade verwendet werden können. Abkürzungen, wenn du so willst«, sagte Mattis geduldig, auch wenn er bei »Gestrüpp« etwas gezuckt hatte. »Aber die Hecke, von der ich spreche, war kein Mittel zum Reisen, sondern zur Verteidigung. Ein Streifen Dornenland, das Feenwesen drinnen hielt und alle Eindringlinge draußen.«

Ich zog eine Augenbraue hoch. »Das ist der Ursprung des derzeitigen Dilemmas? Eine Hecke, die ihr um Faerie herum gepflanzt habt?«

»Wir haben keine Hecke gepflanzt«, sagte Mattis. »Sie war schon immer da. Und nun hat sie sich in eine Plage verwandelt, die Faerie zerstört.«

»Warum macht ihr nicht einfach ein bisschen Elbenzauber und weist die Pflanzen in ihre Schranken?« Ich spielte mit dem Amulett.

Mattis schnitt eine Grimasse. »Das genau ist die Crux des Problems, glaub mir. Die Dornen sind älter und stärker als unsere Magie. Unsere einzige Hoffnung ist, den Ring wieder zu stärken.«

Ich versuchte, das Thema zu wechseln. »Wenn du frisch aus Faerie kommst, wieso weißt du dann, was Computer sind und die Magiergilde?«, fragte ich ihn.

»Gründliche Recherche?«, witzelte Mattis. »Ich finde mich immer am richtigen Ort, egal auf welche Mission ich geschickt werde.«

»Und du bist auch so bescheiden.« Ich kniff meine Augen zusammen. »Wo war der richtige Ort zum Anfangen?«

Mattis' Augenbrauen wanderten nach oben. »Wie meinst du das?«

»Auf dieser Mission, wo bist du direkt aus Faerie angekommen und was hast du gemacht?«

»Das letzte Portal, das Albion und Faerie verband, befand sich auf eurer Seite in Glastonbury. Das physische Portal auf eurer Seite ist verschwunden, aber der Älteste, der mich hierher gezaubert hat, erinnerte sich an den Ort, wo es gestanden hatte. Glücklicherweise reichte das.«

»Du bist also in Glastonbury vom Himmel gefallen, hast es geschafft, nicht bei der Ankunft draufzugehen, indem du in einer Wand oder etwas ähnlichem gelandet bist. Dann bist du zum erstbesten Gildemagier marschiert und hast gesagt: ›Ich komme in Frieden. Bring mich zu eurem Anführer‹?«

Mattis sah ein bisschen unbehaglich aus. »Ja, ungefähr so.«

»Ungefähr so ... «, äffte ich ihn nach. »Willst du mich verarschen?«

Mattis seufzte. »Also, wenn du es genau wissen willst: Als ich ankam, habe keine Zauberer getroffen. Ich stieß auf Astoria-Telefone und ich spürte die Magie in den Geräten, aber die Leute, die sie trugen, waren keine Zauberer. Ich hätte nie daran gedacht, Magiekundige in der Nähe von Technologie zu vermuten, also suchte ich Astoria in Glastonbury nicht auf. Erst, als die einheimischen Elben mich dorthin wiesen.«

»Die einheimischen Elben, hm?« Ich rollte mit den Augen.

»Im Gegenzug für meine Hilfe in einer Reihe von Angelegenheiten erzählten sie mir von eurer Magiergilde«, sagte Mattis. »Sie halfen mir, einen ausreichend starken Illusionszauber zu weben, damit ich Astoria betreten konnte ...«

»Wieso sprichst du eigentlich meine Sprache?«, unterbrach ich ihn.

»Feen können jede Sprache sprechen. Naturbegabung, nehme ich an.« Mattis zuckte mit den Schultern. »Wir können auch mit Goblins sprechen und deren Sprache ist weitaus komplexer als das Gebrabbel der Menschen.«

Ich ignorierte diese Stichelei einfach. »Also, dieser Zauber bei Astoria. Du siehst menschlich aus, aber du hast keine ID, keinen Pass, keine Referenzen. Sie hätten dich nicht einstellen, sondern an der Tür abweisen sollen.«

»Wenn wir unsere Talente kombinieren, kann Elbenillusion

ziemlich weitgehen«, sagte Mattis. »Wir nennen es Traumweben. Ich kann es einem Menschen nicht erklären.«

Mann, der konnte sich Sachen schneller ausdenken, als ich Atem holen konnte.

»Und was ist mit dem Geld?« Meine Stimme wurde lauter. »Wenn du ein Elf bist, wie bezahlst du für eine Wohnung in Toronto? Wie hast du die Kaution bezahlt? Deine Klamotten?«

Seufzend stellte Mattis sich hin. »Ihr Menschen habt die anstrengende Angewohnheit, euch auf vollkommen triviale Belange zu konzentrieren.« Er hielt mir ein dickes Bündel Geldscheine unter die Nase. Falls er sie aus seiner Hose gezogen hatte, war die Bewegung zu schnell für mich gewesen, um sie zu sehen.

»Woher hast du das?« Ich zog ihm die Banknoten aus der Hand und prüfte sie. Zwanziger, Fünfziger, mindestens ein Dutzend Hundert-Dollar-Scheine. Einige waren noch altes Papiergeld, andere die neuen Polymer-Scheine mit durchsichtigem Fenster. Alle hatten verschiedene Seriennummern und keine sichtbaren Spuren einer Farbbombe. »Hast du das Geld bei Astoria verdient?«

»Nein. Schau mal her.« Mattis schnippte einen Finger gegen einen Fünfzig-Dollar-Schein. Direkt vor meinen Augen verwandelte sich die Polymer-Banknote in ein schlankes grünes Laubblatt.

Ein Trugbild-Zauber? Ich rieb das Blatt, drehte es um. Es fühlte sich echt an, so, wie ein Blatt sich anfühlen sollte. »Du bezahlst also mit Falschgeld«, sagte ich entrüstet. »Weißt du, in was für Schwierigkeiten du die Kassiererin bringst, wenn die Kasse bei Ladenschluss nicht stimmt?«

Mattis schüttelte den Kopf. »Die Blätter sind nur eine Illusion, das stimmt. Aber wenn die Person, die sie anfasst, nicht im Umgang mit Magie geübt ist, bleiben es Geldscheine.« Er zog mir die Banknoten wieder aus der Hand, bis auf das Blatt. »Es ist schwierig, in deiner Welt einen derart widerstandsfähigen Illusionszauber zustande zu bringen. Albion hat so ein geringes Niveau an Magie, schrecklich.«

»Die Illusion bleibt also aktiv, selbst wenn du den Laden

verlassen hast?«, fragte ich ungläubig.

»Ja.« Mattis seufzte. »Können wir uns vielleicht jetzt wieder darauf konzentrieren, warum ich dich gesucht habe?«

Ich rieb erneut das Blatt, faltete es. Es war ein Blatt von einem Baum, nichts anderes. Ich konnte keine Spur von Magie entdecken. Mir wurde klar, dass ich keinen blassen Schimmer davon hatte, was in Mattis' Nähe Zauberei und was echt war.

Als hätte er meine Gedanken gelesen, berührte Mattis das Blatt beiläufig mit der Fingerspitze — und ich hielt eine Hundert-Dollar-Note in der Hand. Die altmodische Art und der Geldschein war auch nicht glatt und neu, sondern hatte eine Patina vom Gebrauch.

»Und du findest, dass Albion ein geringes Niveau an Magie hat?«, fragte ich verwirrt. »Was ist das denn hier, baby-einfache Zaubersprüche?«

Mattis nickte. »Ja klar. Illusion ist die einfachste Form der Zauberei.« Er zog mir den Geldschein aus den Fingern und schob ihn in seine Tasche.

Ich setzte mich auf das Bett und schlang die staubige Steppdecke um mich. »Nehmen wir mal an, dass das, was du sagst, wahr ist ...« Na klar, als ob! »Was willst du von mir?«

»Du weißt, dass deine Großmutter eine sehr talentierte Zauberin war«, setzte Mattis an.

Ich verdrehte die Augen. »Nein, das hat mir noch niemand gesagt.«

Mattis Gesicht nahm einen gequälten »Warum ich?«-Ausdruck an. »Einer von Margarets Vorfahren, also auch einer von deinen Vorfahren, war eine unglaublich begabte Zauberin. Sie war eine wahre Meisterin.« Er sah mich an und wartete auf meine Reaktion. Ich sagte nichts. »Ihr Name war Morgana Famurgan. In deiner Welt ist sie als Morgan le Fey bekannt.«

Ich kicherte und verdrehte die Augen. »Klar. Und du bist ein Nachfahre von Arthurs Tafelrunde?«

Mattis ließ sich nicht beeindrucken. »Morgana Famurgan ist deine Vorfahrin, Alanna. Ich habe deinen Stammbaum bis zu ihr zurückverfolgt. Es ist die Wahrheit, egal, ob du mir nun glaubst oder nicht.«

Ich spielte mit der Decke, meine Gedanken waren in Aufruhr. Das war zu verrückt, um wahr zu sein.

»Dein Elben-Erbe ist wahrscheinlich der Grund dafür, dass du manchmal Elben-Illusionen durchschauen kannst, sogar ohne zu zaubern.«

Ich konnte Mattis nicht folgen. »Was meinst du damit, dass ich Illusionen durchschauen kann?«

»Als du etwas über meine freakigen Kontaktlinsen sagtest«, er deutete auf seine grünen Augen und ließ sie aufleuchten.

Oh? Glaubte ich ihm jetzt?

»Oder als du dem blauen Elben direkt vor Astoria begegnet bist.«

Ganz Astoria wusste also von dieser Begegnung? Wie peinlich. »Der blaue Typ war ein Elb?«

»Ich habe ihn noch nicht persönlich getroffen, ich habe aber Gerüchte gehört, dass er ein hohes Tier im Hügel von Toronto ist.«

»Welcher Hügel?«

»*Der* Hügel. So nennen wir einen Ort, wo Elben sich versammeln.«

Wir hatten einen Hügel voll mit Elben in Toronto? Natürlich nicht!

»Wie kommt es, dass keiner in Astoria von diesen Elben weiß, wenn wir so viele haben?«, hakte ich nach.

Mattis zuckte mit den Schultern. »Sie leben im Verborgenen. Es sind auch nicht so viele und sie sind stets durch Illusionszauber getarnt.«

Ich kreuzte die Arme vor der Brust. »Glaub ich nicht.«

Mattis seufzte und tat – etwas. Der Mattis, den ich kannte, war im nächsten Atemzug verschwunden, davongeweht, wie ein Staubkörnchen. Der Mann, der an seiner statt erschien, hatte einen feingliedrigen Körperbau. Der Anflug von Bartstoppeln auf seinen Wangen war verschwunden und die Haut war so glatt, dass sie zu schimmern schien. Seine Augen hatten das hypnotisierende Grün tropischer Ozeane. Die Spitzen seiner Ohren lugten jetzt aus seinen Haaren heraus. Es waren richtige Elfenohren und eigentlich zu lang, aber bei ihm sah es trotzdem elegant aus. Mattis war jetzt sanftes Mondlicht, das in Form eines Mannes erstarrt war. Obwohl das Licht im Zimmer so dunkel war, schimmerte sein gesamter Körper, sein langes Haar glänzte wie Sonnenstrahlen auf frisch aus der Schale genommenen Kastanien. Überirdisch schön – jetzt wusste ich, woher dieser Ausdruck kam.

»Die wahre Morgana und ihr Mythos sind zwei verschiedene Dinge«, fuhr Mattis unbeeindruckt fort, als würde ich ihn nicht mit offenem Mund anstarren. »Die echte Morgana war eine außergewöhnliche menschliche Zauberin mit engen Verbindungen zu einigen Feen-Höfen. Sie half uns, Faerie zu beschützen, als die Menschen und Vrall zu gefährlich für uns wurden.«

»Was bist du?«, flüsterte ich. Meine vor der Brust gekreuzten Arme lösten sich wie von selbst. Fast ohne es zu merken, streckte ich meine Hand aus, um ihn zu berühren.

»Ich bin ein Feenwesen.« Seine Stimme klang wärmer als vorher. »Du kennst uns vielleicht unter anderen Namen. Das freundliche Volk. Die Elben.«

Ich hatte keinen Schimmer, was ich sah. Eine Illusion? Nein, das würde ich merken, wenn er versuchte, mich mit einem Zauber zu täuschen. Oder?

Ich berührte Mattis' Arm. Seine Haut fühlte sich warm und leicht magnetisch an. Ich zog meine Hand zurück und verschränkte meine Finger in meinem Schoß.

»Wir sind Sidhe, um genau zu sein.«

»Sidhe sind die ... Hochelben, richtig?«, fragte ich unsicher. »So wie Legolas. Die Guten?«

»Wir denken nicht in den Kategorien gut und böse», sagte Mattis sanft. »Hochelb oder niederer Fee? Das ist eine Frage der Herkunft, nicht der moralischen Ausrichtung.«

Er klang so überzeugt. Konnte es wahr sein? Konnte Mattis wirklich ein Elf sein, der hier bei uns gestrandet war?

Aus irgendeinem Grund, den ich nicht verstand, vertraute ich Mattis blind. Was, wenn er die Wahrheit sagte? ›Dass du ihm vertraust, macht dir Hölle Angst‹, meldete sich leise die Stimme der Vernunft in mir. ›Du hast dich in ihn verliebt und weißt nicht, wer er ist.‹

Mattis seufzte. »Ich muss dir so viel sagen und wir haben so wenig Zeit.« Er wuschelte in seinen Haaren. Eine dicke kastanienfarbene Strähne fiel in sein Gesicht. Sie sah so weich und einladend aus. »Du musst etwas über Verträge erfahren. Über Faerie und die Dornen ...«

»Ich sitze hier nicht und höre mir eine Vorlesung über ein Fantasy-Reich an«, murmelte ich. Meine Stimme klang nicht mehr überzeugend, nicht mal für meine Ohren.

Mattis schaute mich mit einem fast flehenden Ausdruck an — als ob Mattis jemals flehen würde. »Was ich dir über Feen, über Elben erzähle, ist die Wahrheit. Zumal wir gar nicht lügen können.«

Nee, damit kriegte er mich nicht. »Wenn es wie in den Büchern ist«, sagte ich, »dann könnt ihr alle sehr wohl durch Auslassen und Halbwahrheiten lügen.«

Mattis neigte den Kopf. »Eine Sache in euren Büchern, die richtig ist. Wir hatten Jahrtausende, um die Kunst zu perfektionieren, die Wahrheit zu verbiegen, sodass sie als Lüge eingesetzt werden kann.« Er klang, als sei er auf der Hut.

»Okay, dann komme ich wohl am weitesten mit Ja-oder-Nein-Fragen, hm? Was ist mit der Illusion, die du erwähnt hast?« Ich probierte die nächste Idee aus, über die ich gelesen hatte. »Wenden Elben den Zauberspruch oft an?«

Mattis nickte. »Es ist mehr als ein Zauberspruch. Elben und viele andere Feen-Rassen wissen instinktiv, wie man sich mit Illusionen schützt, von Geburt an. Wir brauchen kaum Magie für eine Illusion.«

Dass er sein Aussehen verändern konnte, wie und wann er wollte, war beunruhigend. Was, wenn das, was ich sah nur eine geschönte Version war und nie der echte Mattis?

»Ist der Elb, den du mir jetzt zeigst, dein wahres Ich?«

Mattis zögerte nur eine Sekunde. »Ja.«

Mich überwältigte ein plötzlicher Gedanke. Wenn das, was

Mattis sagte wahr war ...

»Wie alt bist du in Wirklichkeit?« Ich hielt den Atem an. Mattis blickte hinunter auf das Bett, sein Haar fiel ihm ins Gesicht. »Möchtest du raten?«

Ich kicherte unsicher. »Jetzt fühle ich mich wie in einem Vampir-Liebesfilm. Ich bin 24 und du weise 800 Jahre alt und trotzdem findest du mich irgendwie anziehend.« Ich grinste über meinen eigenen Witz.

Als Mattis aufblickte, war sein Gesicht zu einer ausdruckslosen Maske erstarrt. »Es sind eher 676 Jahre.«

»Dein Alter?« Er machte sich über mich lustig!

»Nein, das ist unser Altersunterschied.«

»Du bist 700 Jahre alt?« Das konnte doch nicht sein.

»Wir zählen nicht jedes Jahr so wie ihr.«

»Aber du bist ... 700 Jahre alt. Wow.« Ich lachte nervös.

»Ein Ältester werde ich erst in 800 Jahren. Mach dir also keine Sorgen, dass du deine Sicherheit einem Elben-Großvater anvertraust.« Mattis legte eine Hand unter mein Kinn und hob mein Gesicht, sodass ich ihn ansah. »Wir brauchen wirklich deine Hilfe, Alanna. Die Dornen töten jeden Tag Dutzende Feen. Kannst du dir jetzt, nachdem du den Brief deiner Großmutter gelesen hast, unser Leiden vorstellen? Unseren Verlust?«

Ich suchte die Seiten des Briefes vom Boden zusammen.

»Wir sollten ihn zerstören«, sagte Mattis ruhig, als ob er Widerspruch erwartete. »Margaret hatte sich solche Mühe gegeben, ihn zu verstecken.«

Ich nickte. »Ich kann nicht das Risiko eingehen und ihn bei mir tragen oder ihn irgendwo zurücklassen.« Als ich aufstand und nach Streichhölzern oder einem Feuerzeug suchte, fühlte ich mich so schwach. »Mann, ich kann kaum aufrecht stehen. Es war alles ein bisschen viel.« Ich fand eine Streichholzschachtel neben einer Kerze auf dem Bücherregal.

Mattis nahm die Kerze und stellte sie zwischen uns auf den Schreibtisch. Ich hielt ihm die Streichhölzer hin. Feuer sprang aus Mattis' Fingerspitzen und entzündete den Docht, der sofort anfing, fröhlich zu brennen. Er wandte sich mit funkelnden Augen zu mir. »Keine Streichhölzer notwendig.« Er pflückte die kleine Schachtel aus meinen Fingern und legte sie beiseite.

Ich ergriff den Brief meiner Großmutter noch fester. Ich wusste, dass es besser war, ihn zu verbrennen. Sie hatte mich ja sogar angewiesen, ihn zu vernichten, aber es wirklich zu tun, fiel mir schwer.

»Du solltest ihn noch einmal durchlesen«, sagte Mattis sanft. »Vielleicht hilft dir das beim Loslassen.«

Ich nickte.

Mattis hob die Kerze, sodass mehr Licht auf die kleinen Seiten fiel. Bei diesem flackernden Licht die Worte meiner Großmutter zu lesen, ließ sie noch geheimnisvoller erscheinen. Mich beschlich ein schreckliches Gefühl der Vorahnung, als ich ihren Brief erneut las. Was, wenn es ihr nicht geglückt war, den Dorn zusammen mit sich zu töten? Was, wenn er sich schon in unserer Welt verbreitete?

Meine Augen füllten sich beim Lesen erneut mit Tränen. Ich zerknüllte jedes dünne Blatt Papier. Mattis stellte die Kerze zurück auf den Tisch und ich übergab den Brief den Flammen, Seite für Seite. Das Feuer verzehrte jede Seite gierig, leuchtete heller und wurde wieder schwächer, nachdem auch die letzte Seite zu Asche verwandelt worden war. *Brenne, brenne ... Ich verbrenne alle schlechten Erinnerungen und den Schmerz, meine Großmutter verloren zu haben und meinen Vater.*

»Das Licht des neuen Jahres verbannt alle Schatten«, sagte Mattis überraschend. Seine Stimme klang warm, so als ob er einen rituellen Text spräche. »Wir sind gesegnet durch das Licht und die Wärme der Sonne.« Er verstummte und hielt seinen Blick auf die flackernden Flamme gerichtet.

»Weshalb hast du das gesagt?« flüsterte ich. Mir war so weihnachtlich mit dem Kerzenschein, als ob sich ein Engel durch den Raum bewegen würde.

»Es ist Teil des Ritus, mit dem wir die Wintersonnenwende feiern. Wir gehen zur Göttin in der dunkelsten Stunde. Aus der Dunkelheit entzünden wir ein Licht, damit die Sonne zurückkehrt.« Mattis deutete mit dem Kopf auf die Kerze. Orange und gelbe Lichter flackerten über seine nackte Brust und spiegelten sich in seinen langen Haaren.

»Gibt es ein Gegenmittel gegen die Dornen?« Ich legte eine Hand auf seinen Arm.

»Wir haben noch keins gefunden«, sagte Mattis, beugte sich über die Kerze und blies sie aus.

»Mattis«, murmelte ich. Ich konnte kaum sprechen, meine Zähne schlugen aufeinander.

Er beugte sich näher. »Ja?«

Ich konnte im Dunkeln kaum sein Gesicht sehen. »Wenn das hier ein Scherz ist, die Elben und alles, dann bin ich echt sauer.«

Ich fing an heftig zu zittern. Stand ich unter Schock? Vielleicht war der Tag einfach zu viel gewesen.

Mattis legte eine Hand auf meine Stirn. Einen Herzschlag später untersuchte mich eine kleine Magiewelle sanft. Was auch immer er da fand: Er schlang seine Arme um mich und hob mich hoch. Ich ließ meinen Kopf gegen seine Brust rollen, mein Gesicht an seiner warmen Haut geborgen.

»Deine Nase ist kalt«, raunte Mattis. Der Raum drehte sich um mich, dann trug er mich schnell und lautlos die Treppe hinunter. Er bog in mein Schlafzimmer ab und legte mich auf das Bett. Mattis wickelte mich in meine Decke, aber da ich nicht aufhören konnte zu zittern, deckte er noch eine Wolldecke über mich.

»E-erzähl mir eine G-geschichte«, flüsterte ich mit klappernden Zähnen. »Über die D-dornen.«

Mattis legte sich mir gegenüber. »Du solltest lieber ein wenig schlafen.«

»B-benutz bloß nicht w-wieder einen Schlafzauber.« Ich sah ihn wütend an.

»Das hast du mitgekriegt?«, murmelte Mattis.

»War nur geraten.« Ich wollte ihn in den Arm boxen, traf aber nicht. Mann, war ich fertig.

Wir lagen eine Weile auf der Seite, unsere Gesichter ganz nahe beieinander, bis er mir meinen Wunsch erfüllte und im Flüsterton zu erzählen begann. Ich schlief ein zum Klang seiner honigweichen Stimme, die mir grausame Geschichten ins Ohr

raunte. Von den Dornen, die in nur wenigen Monaten uralte Wäl-
der und Elbenhöfe zerstört hatten. Davon, dass alle Lebewesen
in Faerie in Gefahr waren, da die Dornen jede Art Fee und sogar
Drachen gnadenlos töteten. Seine Stimme folgte mir bis in meine
Träume, sodass ich mich in einem trostlosen Wald wiederfand,
den ich ziellos durchwanderte. Ranken verhakten sich in meiner
Kleidung, in meiner Haut. Sie rissen an mir, bis ich blutete.

Als ich aus dem Schlaf hochschreckte, war der Raum vom
schwachen Silberglanz des Mondes erleuchtet. Es wurde von einer Eiskruste auf der Fensterscheibe gebrochen.

Mattis hatte einen Arm um mich geschlungen, sein Atem
strich sanft über mein Gesicht. Ich sah durch seinen Illusionszauber oder er hatte sich nicht die Mühe gemacht, ihn wieder anzulegen. Er sah immer noch wie ein niedlicher Verwandter von
Legolas aus. Seine Augen waren von langen Wimpern verborgen, die zarte Schatten auf sein Gesicht warfen. Seine Haut war
hellgold und so perfekt, als hätte ein Puppenmacher sie gemalt.
Aus der Nähe sah sie aus wie frisch angemaltes Marzipan und
Mattis roch auch mindestens genauso gut wie Marzipan. Er sah
so wunderschön aus, dass mein Herz sich vor Sehnsucht zusammenzog. Konnte ich es wagen, die sanfte Kurve seines Kiefers zu
küssen? Ich wollte so gern mit der Fingerspitze den Bogen seiner
Augenbrauen nachfahren.

Mattis öffnete die Augen.

Wir waren uns so nah. Ich müsste nur meinen Kopf einen
Hauch näher zu ihm bewegen, dann lagen meine Lippen auf seinen.

»Hi«, flüsterte ich.

Mattis Augen weiteten sich ein wenig vor Überraschung.

»Was machst du hier?«, zischte er.

Äh ... was? »Das war eigentlich nicht die Begrüßung, die ich
erwartet hatte ...« Ich verstummte, als Mattis aus dem Bett
sprang, als ob die Laken lichterloh brennen würden.

EINUNDZWANZIG

»Was ist los?«

Mattis ignorierte meine Frage und zog seine Ledertasche aus der Ecke. Er musste sie hereingeholt haben, während ich schlief. Er zog ein Hemd heraus, dunkelblau diesmal, und zog es über den Kopf.

Das Geläut eines Windspiels unterbrach die plötzliche Stille zwischen uns. Aber ich hatte keine Windspiele in meinem Schlafzimmer, auch nicht im Hinterhof.

»Was willst du, Kankalin?« knurrte er und schaute mich an.

»Ich hab dir gesagt, dass ich nicht gestört werden möchte.«

Ich warf ein Kissen nach ihm und traf ihn am Kopf. »Ich heiße Alanna, du Idiot.«

Wieder kitzelte das Geräusch des Klangspiels meine Ohren, irgendwo in der Nähe.

»Könntest du dein Telefon checken?«, bat ich Mattis verstimmt. »Meins benutzt keine nervtötenden Bimmeltöne zur Benachrichtigung.« Ich setzte mich im Bett auf. »Aua!« Irgendwie hatten sich beim Aufsetzen meine Haare im Kopfteil verfangen. Es war aus glattem Holz — wie hatte ich es geschafft, meine Haare da zu verheddern? Ich zog es heraus, Strähne für Strähne, und riss einige dabei aus. Doppel-Autsch.

»Ich habe kein Telefon.« Mattis suchte in seiner Tasche herum.

Ein scharfer Stich an meinem Ohrläppchen ließ mich mit einem Schmerzenslaut zusammenfahren.

Mattis sah mich ärgerlich an. »Hör auf damit.«

»Was …«, schnaufte ich. »Au!« Etwas hatte mich in die Haut hinter meinem Ohr gekniffen. War es eine allergische Reaktion auf etwas? Aber auf was? Ich hatte seit heute früh nichts mehr gegessen. Diskret kratzte ich mein schmerzendes Ohr.

Mattis schüttelte den Kopf. »Du siehst sie wirklich nicht?«

»Wen soll ich sehen?« Ich blickte mich erneut im Zimmer um. Es war schummrig, aber nicht so dunkel, dass ich nicht eine andere Person hätte sehen könnte.

»Das Goblinfutter, das uns beschützen und nicht dich quälen sollte.« Er machte eine wischende Bewegung in Richtung meines Kopfes. Ich zuckte nach hinten und knallte an das Kopfteil des Bettes.

Vorsichtig öffnete Mattis seine Faust und offenbarte eine kleine Frau mit Flügeln und einem langen Schwert, die lässig auf seiner Handfläche saß.

Sie winkte mir zu. Unter dem Arm hielt sie ein Stück Birne, das größer war als ihr Kopf. »Hab ich in deiner Küche gemopst.« Sie nahm einen herzhaften Biss, dass der Saft an ihrem Kinn herunterlief.

Mattis wackelte mit der Hand und schreckte die kleine Fee auf. »Kankalin, wir sind deiner Scherze müde.«

Das war Kankalin? Die genervten Blicke und Befehle »aufzuhören« hatten also nicht mir, sondern ihr gegolten?

Die kleine Fee erhob sich mit einem lautem Klappern ihrer orangefarbenen und minzgrünen Flügel in die Luft. Sie schwebte vor meinem Gesicht. »Darf ich vorstellen: Kankalin von den Reav.« Ihre Stimme war hoch und schrill, aber überraschend laut.

Ich starrte auf das perfekte Wesen, das ungefähr so lang wie eine Kaffeetasse war. Ihre Augen waren ganz schwarz, geschlitzt und etwas zu groß, ihre Nasenlöcher waren im Gegenzug sehr klein, was ihrem ansonsten menschlich aussehenden Gesicht einen Hauch von einem Insekt verlieh.

»Es ist … ähm ... mir ein Vergnügen.« Ich deutete mit dem Kopf eine Verbeugung an.

Kankalin verbeugte sich und sank mit der Bewegung ein wenig tiefer in der Luft.

»Ich habe Kankalin beauftragt, das Haus zu bewachen. Dachte ich jedenfalls«, sagte Mattis gedehnt. Er rupfte geschickt das Stück Obst unter Kankalins Arm heraus und aß es.

»Äh...« Ich konnte nur starren. Ich glaubte nicht, dass es einen Zauberspruch gab, der eine Person so klein schrumpfen ließ und ihr funktionierende Flügel verlieh. Wenn es ihn gab, wollte ich ihn sofort lernen.

»Ich wollte nur sehen, was du mit der schönen Lady machst«, sagte Kankalin und verzog das Gesicht zu einem anzüglichen Grinsen. »Es ist schon so lange her, dass du etwas mit einer Lady hattest.« Sie schwirrte mit einem Quieken davon, als Mattis nach ihr schlug.

»Ich weiß überhaupt nicht, warum du dich so aufregst, Pix.« Ihre Stimme, von hoch oben auf meinem Schrank, klang wie das Zwitschern eines wütenden Vogels. »Ich habe einen Lotsen nach Elbhold für deine Freundin gefunden.«

»Pix?« Ich zog eine Augenbraue hoch.

Mattis wischte die Frage mit einer verärgerten Handbewegung weg.

»Diesen Namen mag er überhaupt nicht.« Kankalin flog einen Kreis um meinen Kopf und kicherte wie verrückt. Das Klangspiel, das ich zuvor gehört hatte, war ihr Lachen. »Zeit für die schöne Dame aufzubrechen. Oh, und was für schönes Haar sie hat!" In einem plötzlichen Sturzflug landete Kankalin in meinem Haar und machte einen Riesenkrawall. Ich schlug mit der Hand auf meinen Hinterkopf, um sie zu verscheuchen. Aber sie war schon weg und ich traf nur mich selbst. Die kleine Fee kicherte schrill und spielte Fangen mit meinen grapschenden Fingern.

»Ich habe gesehen, wie du ihn anguckst«, trällerte Kankalin, diesmal direkt an meinem Ohr. »Aber du hast den Elb so-o-o-o-o lang nur angeglotzt und nichts gemacht. Hihi, selbst schuld.«

Ich lief rot an und schlug mit der flachen Hand dorthin, wo ich ihre Flügel meinen Nacken berühren fühlte. Sie schoss weg und ich schrie auf, als ihr winziges Schwert sich in meinem Haar verheddarte und mir einige Haare ausriss.

Mattis öffnete meinen Schrank. »Wenn du aufhören könntest, mit der kleinen Nervensäge zu spielen, könntest du dich anziehen. Wir gehen aus. Es ist Zeit, an deiner Magie zu arbeiten.«

Ich zuckte zusammen, als Kankalin mich wieder an den Haaren zog und schrie auf, als ihre kalten nackten Füße unter meinem Hemd landeten. »Gehen? Wohin?«

Kankalins kitzelnde Flügel und winzigen Füße verschwanden. Eine Minute später beschrieb sie schwindelerregende Pirouetten in der Luft über dem Bett. »Hab ich doch schon gesagt!«, rief sie zwitschernd.

»Alanna hat dich nicht verstanden. Das kann niemand, wenn du wie eine erregte Fledermaus quietscht.« Mattis nahm einige Klamotten aus meinem Schrank, legte sie zurück und schüttelte den Kopf.

Kankalin flog direkt auf mein Gesicht zu, sodass ich schielen musste. »Ich habe deinen Lotsen nach Elbhold gefunden. Ohne einen Fee, der für ihn bürgt, kann kein Mensch hinein.«

»Was für einen Lotsen hast du gefunden?« Mattis unterbrach für einen Augenblick das Durchwühlen meines Schranks und blickte auf.

»Einen Gnom«, sagte Kankalin. Sie schielte abwartend auf Mattis.

»Ein Gnom?« Mattis schnalzte vor Abscheu mit den Lippen. »Wir werden für Äonen draußen warten müssen.«

»Worüber um Himmels willen sprecht ihr eigentlich?« Ich blickte von einem zum anderen.

»Nach viel Überzeugungsarbeit habe ich deine Eintrittskarte nach Elbhold gefunden», rief Kankalin. Rot und goldfarbene Funken regneten von ihren Flügeln herab. Wo sie auf die nackte Haut meiner Arme und meines Gesichts trafen, juckte es wie verrückt.

Warte mal, dieses Geglitzer hatte ich schon mal gesehen! Ich floh vom Bett zu Mattis, bevor mich noch mehr von diesem juckenden Zeugs treffen konnte. »Kankalin war mit dir bei Astoria. Richtig? Sie hat dieses juckende Zeugs einmal auf Nick gestreut.«

»Ja, ich hatte sie dabei. Sie sollte versteckt bleiben, solange wir bei Astoria waren.« Er sah Kankalin scharf an. »Und es ist ihr streng verboten, Pixie-Staub regnen zu lassen, wenn Menschen es sehen können.«

Kankalin schnalzte verächtlich und flog zum Fenster. Die kleine Fee starrte hinaus.»Es schneit immer noch. Meine Flügel sind fast eingefroren, während ich nach einem Lotsen gesucht habe.«

»Wir halten dich auf dem Weg nach Elbhold warm.« Ein lederner Schwertgürtel erschien um Mattis' Hüften, auf jeder Seite baumelte ein Schwert in einer kunstvoll verzierten Scheide herab.

»Woher kommen die?« Ich deutet auf die Schwerter.»Bitte sag, dass das Deko-Waffen sind.«

»Wohl eher nicht.« Mattis zog eins der Schwerter. Es schimmerte und ich bewunderte die ziselierten Ranken entlang der Klinge.

»Woher hast du das? Und wieso hast du das dabei?«

»Ich habe sie geholt, als wir bei mir zu Hause vorbeigefahren sind«, sagte Mattis.»Ich habe sie mit Illusion verborgen, sodass du sie nicht sehen konntest. Es hätte verdächtig ausgesehen, wenn ich zum Kaffee zwei Schwerter mitgebracht hätte, oder?«

»Stimmt«, sagte ich trocken.»Ich finde es auch jetzt noch ziemlich seltsam.«

»Wo sind unsere restlichen Sachen?« schrie Kankalin. Es war lauter als erwartet und ich schaute hoch. Sie schwebte jetzt über unseren Köpfen und belauschte uns wie eine lebendige Mini-Drohne.

»Die Norgg passt auf sie auf, bis wir zurückkehren«, sagte Mattis mit einer wegwerfenden Handbewegung.

»Die was?« Ich schaute von ihm zu Kankalin.

»Eine Norgg. Unsere Vermieterin ist ein ... mythologisches Wesen.« Mattis zuckte mit den Schultern.

»Du hast eine Wohnung in der Nähe vom High Park von einem mythologischen Wesen gemietet?« Ich zog die Augenbrauen in die Höhe.

»Du kaufst deine Hotdogs jeden Tag bei einem mythologischen Wesen.« Kankalin kicherte.»Er ist einer der Erdluitle.

Aber glücklicherweise sind die Würstchen aus Schweinefleisch und nicht aus ...«

Mattis brachte sie mit einer Handbewegung zum Schweigen.

»Er ist ein was?« Ich konnte das Wort noch nicht einmal aussprechen. Es klang wie Plattdeutsch.

»Eine Erdperson«, sagte Kankalin langsam.

Aha. Hä? »Und eine Norgg ist was genau?«

»Das tut jetzt nichts zur Sache.« Mattis bedachte Kankalin mit einem finsteren Blick.

»Also, ein Haus in Toronto gehört einer Norgg», fasste ich zusammen, »und keiner findet das merkwürdig?«

»Fandest du Tonke merkwürdig?« Kankalin flog direkt auf mein Gesicht zu.

Ich schlug nach ihr, um sie fernzuhalten. »Wen?«

»Den Erdmann mit den Hotdogs», sagte Kankalin kichernd.

Ich versuchte, mich an ihn zu erinnern. Anscheinend hatte ich mich immer nur auf die Hotdogs und das richtige Wechselgeld konzentriert. Alles, an das ich mich erinnern konnte, war ein dunkles Gesicht unter einem Schlapphut und eine graue Schürze.

»Seine Kleidung ist so lang, damit er darunter seine Entenfüße verstecken kann«, quiekte Kankalin eifrig. »Und seine langen Ohren steckt er unter den Hut.« Sieh sah zufrieden aus.

Mattis pikste sie. »Du weißt, dass man keine andere Fee enttarnen darf.«

Kankalin brummelte irgendetwas und flog in meinen Schrank. Blusen und Tops rutschten von den Bügeln, als sie zwischen meinen Sachen herumflitzte. Ich sollte wahrscheinlich froh sein, dass sie im Moment damit beschäftigt war und nicht mit mir.

Mattis zog ein rotes Top aus dem Schrank, als es vom Bügel flatterte. »Zieh das an.«

Ich hatte es vor einem Jahr gekauft, aber es nie gewagt, das Teil zu tragen. »Das ist Clubwear«, wandte ich ein. »Bist du sicher?« Das Top war um die Brust wie ein Korsett geschnitten und hing vom Nabel abwärts in Fetzen herunter. Es war im Dipdye-Stil gefärbt worden, damit es aussah wie Feuer.

»Es passt gut zu dir und unserem Vorhaben.« Mattis kramte weiter in meinen Sachen.

»Muss ich noch etwas über diesen Ort wissen?« Wie hatten die beiden ihn genannt, Elbhold?

»Stell dir Elbhold vor wie einen Faerie-Ableger in Albion.« Mattis drückte mir ein Paar schwarze Jeans in die Hand. »Es ist der tollste Ort in Toronto. Faerie im Kleinen.«

»Wie kann es ein kleines Faerie in Kanada geben?« hakte ich nach.

Mattis lehnte sich an den Schrank und kreuzte die Arme vor der Brust. »Die Elben, die in Albion zurückbleiben mussten, als der Ring errichtet wurde, haben es mit starker Magie erschaffen, direkt dort, wo sich mehrere Drachenlinien überschneiden.«

Ich schluckte. Drachen, echt jetzt? »Was sind denn Drachenlinien?«

»Ihr nennt sie Ley-Linien«, sagte Mattis. »Elbhold lebt von der Energie der Feen, die den Ort besuchen. Während sie in Elbhold feiern, geben sie Feenmagie ab. Es ist ein sich wiederholender Kreislauf, der diesen Ort zu einem Sammelplatz für besondere Magie macht. Dort werden wir etwas oder jemanden finden, der deine Blockade durchbrechen kann.«

Kankalin, die immer noch tief in meinem Schrank steckte, schnaubte.

Mattis nahm seine Tasche in die Hand und suchte darin herum. »Wir müssen los. Die meisten Feen treffen bei Nacht ein.«

»Ich zieh mich um.« Ich nahm die sauberen Klamotten mit ins Bad und schloss die Tür fest hinter mir, um lästige Schmetterlingsfeen auszuschließen.

Mit einem Seufzen lehnte ich mich gegen die geschlossene Tür. Was für eine Nacht! Seit dem Aufwachen hatte ich nur im Hier und Jetzt gelebt und alle Gedanken an meine Großmutter und an Mattis' wilde Geschichten vermieden. Wenn er die Wahrheit sagte, war dies das bisher ungewöhnlichste Abenteuer in meinem Leben. Wenn er log, war Mattis ein gut aussehender Spinner, der wirklich gefährlich werden konnte. Aber, Gott sei Dank, hatte ich den Ino bei mir. Wenn etwas schiefging, konnte ich um Hilfe rufen. Wenn ich Lust auf ein Abenteuer hatte, gab es keine andere Möglichkeit, als mit ihm zu gehen und abzuwarten, was die Nacht mir brachte.

Ich zog meine zerdrückten und dreckigen Klamotten aus. Sie waren verschwitzt und zerknittert vom Alphatest. Ich legte den Ino auf den Rand des Waschbeckens und warf alles andere in den Wäschekorb. Als ich mein Spiegelbild sah, erschrak ich.

Die Frau, die mich ansah, sah nicht aus wie ich. Ich hatte nicht erwartet, dass die Ereignisse der letzten Tagen mein Aussehen so verändern würden. Unter verwuschelten Haaren starrten mich zwei braune Augen trotzig an. Sie sahen geweitet aus, als ob ich zu viel Espresso getrunken hätte. Unter meinen Augen lagen tiefe Schatten, so dunkel wie blaue Flecken, und der Schlafentzug ließ mich älter aussehen. Zum ersten Mal erkannte ich Spuren der Gesichter meiner Mutter und meiner Großmutter in meinem. Es gab eine vage Ähnlichkeit, wie unsere Wangenknochen in einem ansonsten runden Gesicht hervorstanden und in der entschlossenen Wölbung meines Kinns. Die großen braunen Augen waren das Einzige, was ich von meinem Vater geerbt hatte. Ich beugte mich näher zum Spiegel und versuchte mir vorzustellen, wie die braun-grauen Flecken in meiner Iris aussehen würden, wenn sie so wie Mattis' Augen aufflammen würden. Vielleicht bildete ich es mir nur ein, aber der Gedanke an Mattis ließ meine Augen heller erscheinen, als ob sie strahlten. War das ein Beweis meines Feenerbes – oder meiner überschäumenden Fantasie?

Ich kämmte meine Haare, gab aber nach einer Minute wieder auf. Nichts außer einer großen Portion Conditioner konnte diese Kletten bändigen. Mattis sagte, dass wir Elbhold bald erreichen müssten, aber ich konnte das Haus nicht verlassen, während ich mich fühlte, als ob mich jemand durch die Gosse gezogen hätte. Es musste genug Zeit zum Duschen sein.

Als ich schließlich mit glänzenden, duftenden Haaren, Make-up und frischen Klamotten aus dem Bad auftauchte, fühlte ich mich bereit, mich der neuen Realität zu stellen: Ich hatte einen Elben getroffen. Einen Elben, der in unsere Welt gekommen, um mich zu finden.

ZWEIUNDZWANZIG

Wir saßen wieder im Taxi, diesmal auf dem Weg zum Elbhold. Die Häuser in meiner Nachbarschaft waren inzwischen alle weihnachtlich geschmückt und wir schossen durch eine Stadt, in der Lichterketten und Rentiere um die Wette leuchteten.

Ich griff meinen Rucksack fester und fühlte mich sicherer bei dem Gedanken, dass sich mein Ino darin befand. Ich lehnte mich im Sitz zurück und beobachtete das Lichterspiel auf Mattis' Profil. Er sah wieder aus wie ein normaler Mann, sein Illusionszauber wirkte. Es war komisch, jemanden in verschiedenen Formen zu kennen. Ein bisschen so wie die Gelegenheiten, wenn ich einen Kollegen im Anzug traf, den ich sonst nur in Jeans kannte und bekleidet mit T-Shirts, auf denen »Krieger — Heute schon gewütet?!« quer über der Brust prangte. Der Gedanke an mein Forest of Fiends-Team erinnerte mich an etwas anderes.

»Was ist dein Problem mit Computern?«, fragte ich leise in Anbetracht des Fahrers. »Warum tickst du so aus, wenn du einem zu nahe kommst?«

Mattis antwortete nicht gleich. »Elben und Technologie haben eine besondere Beziehung«, sagte er schließlich mit leiser Stimme. »Wir vermischen uns zu gut. Alle Geräte spielen verrückt, wenn ich sie anfasse.«

»Du meinst, sie brechen zusammen? Oder funktionieren sie anders?« Ich dachte daran, wie er Forest of Fiends nur durch sein Spielen umprogrammiert hatte.

Mattis verzauberte den Taxifahrer. Die Leichtigkeit, mit der Magie wirkte, beeindruckte mich immer noch.

Er zuckte mit den Schultern, als ob er sich für das Verzaubern des Mannes entschuldigen wollte. »Meist hören Computer auf zu funktionieren, wenn ein Elb in ihre Nähe kommt. Die Geräte von Astoria funktionieren meist weiter, aber anders, nachdem ich sie berührt habe. Ich weiß nicht genug über diese schrecklichen Maschinen, um dir zu sagen, was genau passiert.«

»Versuch es«, ermunterte ich ihn.

Mattis sah mich an, als hätte ich ihm eine Wurzelbehandlung ohne Betäubung vorgeschlagen. »Ich denke an etwas, und die Software in der Maschine verändert sich. Ich habe keine Ahnung, warum. Ich wollte nicht riskieren aufzufliegen, deshalb habe ich mich von allen Computern ferngehalten. Das ist nicht einfach bei der Schnelligkeit, mit der mich Rufus mit neuen Gadgets bombardiert.«

Bei seinen Worten durchfuhr es mich. Programme nur durch bloße Intention manipulieren — das könnte das nächste große Ding bei Astoria sein. Und ich wäre diejenige, die herausgefunden hatte, wie es geht … Ich nagte grübelnd an meiner Unterlippe. »Ich würde liebend gern in einer kontrollierten Umgebung deine Magie mit Technologie verbinden und damit experimentieren.«

Mattis sah mich bestürzt an. Er klang angewidert, als er fragte: »Warum um Himmels willen würdest du das tun wollen?«

»Kannst du nicht sehen, wie cool das ist, dass du kompatibel mit einem Computer bist?«, fragte ich ihn.

»Und du willst herausfinden, wie ich das mache?«, fragte er in einem Ton, als ob er noch nie etwas Absurderes gehört hätte.

»Ja«, sagte ich. Mein Magen fuhr vor Aufregung Fahrstuhl, immer auf und ab. Ich hatte das Gefühl, als hätte ich meine Berufung gefunden. Wenn es Elben wirklich gab und sie Code umschreiben konnten durch reine Berührung oder Gedanken, dann war das genau das, woran ich bei Astoria arbeiten wollte.

Die Menge an Möglichkeiten, die in meinem Kopf herumtanzten, machte mich ganz schwindelig. »Ich muss herausfinden, in welchem Maß du elektronische Geräte beeinflussen kannst.«

»Das muss warten, bis wir wieder aus Faerie zurück sind«, wandte Mattis ein.

Oh, nein, so einfach würde er mir nicht davon kommen!

Oder, Moment mal! »Was, wenn ich nicht nach Faerie gehen möchte?«, fragte ich.

Mattis sah mich an, als sei ich komplett übergeschnappt. »Ich biete dir an, dich in eine andere Dimension mitzunehmen, um unter Elben zu leben und du würdest ablehnen?«

Würde ich das wirklich? »Würde ich, wenn es kein Zurück gäbe.« Ich suchte in seinem Gesicht, aber es war von einer Sekunde zur anderen zum Pokerface erstarrt. »Versprichst du das?«, fragte ich, diesmal insistierend.

»Was soll ich versprechen?« Mattis klang vorsichtig.

»Versprich mir, dass du mich wieder sicher nach Hause bringst und dass ich mit dir Experimente machen kann, wenn wir wieder hier sind.«

»Nein.« Mattis Gesicht verriet immer noch nichts. Dieser Typ war bestimmt ein ausgezeichneter Pokerspieler. Aber das war ich auch. Wir sollten einmal gegeneinander spielen.

»Warum zum Teufel nicht?«

Mattis hob eine Braue. »Versprichst du, mit nach Faerie zu kommen und den Ring zu reparieren?«

»Nein, ich weiß ja noch gar nicht, was dazu nötig ist und ob ich das kann.«

»Na also.«

Wir starrten einander an.

»Ich formuliere die Frage mal um«, sagte ich, immer noch in seinem Gesicht forschend. »Da du angeblich nicht lügen kannst, versuchen wir es mal so. Kannst du garantieren, dass du auf mich aufpasst, bis ich zu Astoria zurückkehren kann?«

»Vielleicht.«

Oh Mann, war das mühselig. »Schau mal«, sagte ich. »Das ist eine Ja-oder-Nein-Frage. Kannst du mich beschützen?«

Mattis kreuzte die Arme vor der Brust. Es sah bei jemandem, der im Taxi saß, merkwürdig aus. »Ich bin ein Krieger Faerunas. Es gibt nur weniges, wovor ich dich nicht beschützen kann außer deiner eigenen Magie. Ich bin jedoch gebunden und in einigen Dingen kann ich nicht nach meinem Willen handeln.« Er sah mich spitz an.

Äh. Hatte er wirklich etwas gesagt oder nur herumgelabert? »Und im Klartext?«, versuchte ich es erneut.

Mattis rollte mit den Augen. Mit noch leiserer Stimme sagte er: »Ich kann nichts versprechen, was ich nicht halten kann.«

»Tust du absichtlich so geheimnisvoll?« fragte ich mit einem Stöhnen. Ein Informationsfetzen aus den Elbenbüchern, die ich gelesen hatte, jagte mir durch den Kopf und ich versuchte mein Glück. »Du hörst dich an wie ein Trottel, weil du nicht einen Namen oder die Person beschreiben darfst, damit sie nicht hört, was du sagst?«

Mattis hielt seinen Daumen hoch. »Namen haben eine unglaubliche Kraft bei den Sidhe. Einen Namen auszusprechen kann sein wie ... « Er stockte und suchte nach einem Vergleich. »Wie jemanden aus Versehen auf dem Handy anzurufen, ohne es zu merken. Sie können verstehen, was du sagst, ohne dass du merkst, dass sie zuhören.«

Ich runzelte die Stirn. »Auch hier in Albion?«

»Ich bin mir nicht sicher bei dem Fürsten, an den ich gebunden bin. Aber ich diene der Königin von Wind und Weide. Wenn sie es wünscht, kann sie in Faerie alles hören, was geflüstert wird, wo ein Lüftchen weht. Sie sieht auch alles, was ein Baum sieht.« Er lachte trocken. »Und das ist eine Menge in Faerie. Jede Elbenkönigin hat eine Affinität zu zwei Elementen, die ihr besondere Fähigkeiten verleihen.«

Hm, interessant. »Königin von Wind und Weide — der Name klingt schön.« Ich fragte ihn neugierig: »Was war das spezielle Element der Königin vor ihr?«

»Es war ...« Mattis zögerte. »Das ist mir entfallen.«

»Wie hieß sie?«

Mattis öffnete den Mund, aber er nannte ihren Namen nicht. Er sah perplex aus, als er sagte, »Ich habe ihren Namen vergessen.«

Ich hatte nur ein bisschen Konversation machen wollen, um mehr über seine Welt zu erfahren, aber was er gesagt hatte, erschien mir merkwürdig. Ich zog die Augenbrauen in die Höhe. »Du hast ihren Namen vergessen und ihre Fähigkeit? Warum, war sie nur so kurz an der Macht?«

»Weil ...« Mattis verstummte und überlegte. Schließlich zuckte er mit den Schultern. »Es kann nicht wichtig gewesen sein, da ich es vergessen habe.«

Ich hustete. »Immer gut, jemanden mit einem gesunden Selbstbewusstsein zu treffen. Was war der Name der Königin vor ihr?«

»Oh, die hättest du gemocht. Sie hieß Rowan. Sie hatte die besondere Gabe, Artefakte zu erschaffen, die komplizierte Verzauberungen ausführen, wenn man sie beschwört. Eigentlich ein bisschen wie Rufus.« Mattis gab einige Anekdoten von Königin Rowan zum Besten, aber ich hörte nur mit halbem Ohr zu. Etwas, das er gesagt hatte, nagte an mir.

»Warum bist du kein freier Mann? Technisch gesprochen, meine ich. Wenn du so ein mächtiger Krieger von Faeruna bist«, Ich machte seine Stimme nach, mit der er es gesagt hatte, voll Stolz und Arroganz, »warum kann ein Fürst dir befehlen?«

»Ja, warum eigentlich?«, ließ sich Kankalin aus den Tiefen von Mattis' Mantel vernehmen.

Mattis sah grimmig aus. »Du musst wissen, dass wir keine Gesetze so wie ihr Menschen habt. Was die Feen im Zaum hält und unsere Gesellschaft bestimmt, sind Verträge. Ohne sie lebten wir in Anarchie. Jeder ist an jeden durch Verträge gebunden. Und an jedem Tag entstehen neue, sodass über die Jahrhunderte ein kompliziertes Netz entsteht. Wenn du so lange lebst wie wir, ist am Ende jeder darin verstrickt.«

»Und?« fragte ich.

»Und so kam es, dass ich der mächtigsten Königin in Faerie diene. Wohin sie mich schickt, muss ich gehen.« Mattis sah nicht besonders begeistert aus.

Bevor ich ihm noch mehr Details entlocken konnte, hielt das Taxi am Eingang zur Necropolis an. Wenn der Fahrer unser Ziel zu dieser Nachtzeit merkwürdig fand, ließ er es sich nicht anmerken. Vielleicht war sein Desinteresse eine Nebenwirkung von Mattis' Zauber?

Als das Taxi weg war, hieß Mattis mich, ruhig und bewegungslos neben den Toren zu stehen. Die Minuten vergingen. Der wirbelnde Schnee tauchte unsere Umgebung in eine Märchenstimmung. Das Mondlicht rang mit den Schatten und ließ die Farben von Schwarz zu Silber wechseln, immer wieder.

Lautlos wie eine Katze auf der Jagd sprang Mattis auf etwas, das sich neben dem Tor bewegte. Ich hatte den Hauch einer Bewegung in den Schatten gesehen, hatte es aber als Maus oder Ratte abgetan.

Vor Schmerzen knurrend, spuckte Mattis einen Schwall Flüche aus. »Du wagst es, mich anzugreifen?«, zischte er. Er kniete am Torpfosten und winkte mich ungeduldig heran.

»Ach, gib nicht so vor deiner Lady an«, stichelte eine kleine Stimme. »Oh, und wie unansehnlich sie ist. Schade, schade, wie tief die mächtigen Elben gefallen sind.« Die blecherne Stimme lachte mit böser Freude.

Ich brauchte eine Weile, bis ich die Figur erkennen konnte, die Mattis gegen die Steine drückte. Ein kleiner Mann, der in den natürlichen Camouflage-Farben der Stadt, Braun und Grau, gekleidet war. Die Kapuze der langen braunen Tunika hatte er tief ins Gesicht gezogen, seine dünnen Beinchen steckten in mausgrauen Wollsocken. Alles, was ich erkennen konnte, war das Weiß seiner Augen und einen kurzen blonden Bart, der an der Kinnspitze hervorstand und mich an eine Ziege erinnerte.

»Der Reihe nach. Dein Name. Dein *echter* Name.« Mattis' Stimme war immer noch ein drohendes Knurren und ich musste mich anstrengen, nicht herauszulachen. Es sah so albern aus, wie dieser Hüne versuchte, etwas einzuschüchtern, das kaum so groß war wie seine Hand.

»Mein Name?«, quietschte das Männchen genervt. »Du bedrohst mich hier, einen Schritt von meiner eigenen Haustür entfernt und hältst dich für was besseres, nur weil du Funken pisst, wenn du ... mmgrmpfpf ...«

Mattis hatte die Hand über das winzige Gesicht gelegt. »Mein Versäumnis.« Seine Stimme wurde noch eine Oktave tiefer. »Ich bin Mattis, Verteidiger des Lichts, Sohn von Dagani und Tyla,

Richter von Silberau, ein Krieger Faerunas – und sehr in Eile.«
»Ääh.« Der kleine Mann schluckte hörbar. »Kein Scheiß?
Ein Krieger Faerunas? *Der* Richter?«
Mattis nickte.
»Ich bin Foalfoot.« Der Mann beugte schnell seinen Kopf.
»Hier ist dein erster Gnom, Alanna.« Mattis zog die Kapuze
zurück.
»Hey, vorsichtig«, jammerte der Gnom. Seine Ohren waren
von weichem braunen Fell bedeckt und lang wie die einer Ziege.
Seine Nase war flach und gerundet, wie bei einem Löwenbaby,
aber der Mund darunter wirkte fast menschlich, trotz der dunk-
len, dünnen Lippen. Wenn der Gnom sprach, blitzten seine
schneeweißen Zähne.
»Du schützt uns besser gut mit einer Illusion, Elb«, jammer-
te Foalfoot. »Ich hab keine Lust, von den Menschen gefangen zu
werden und in einem Käfig zur Schau gestellt zu werden.«
»Ich lasse dich unbeschadet gehen, wenn du meine Dame in
den Moireachgadaín geleitest.«
»Gesundheit!« Der Gnom grinste. »Hast du die Halskrank-
heit schon lange?« Er kreuzte die Arme vor der Brust, direkt über
Mattis' Hand, die immer noch fest um seine Körpermitte ge-
schlossen war.
Ich kicherte.
Mattis schüttelte den kleinen Mann. »Wir brauchen einen
Lotsen nach Elbhold.«
»Ach sooo. Warum hast du das nicht gleich gesagt?«
Mattis rollte mit den Augen. »Und da sagt man immer, dass
einem nur die Reav das Leben schwer machen ...«
»Ich habe schon Kankalin gesagt, dass du keinen Men-
schentölpel mit hineinnehmen kannst.« Der Gnom zeigte auf
mich. »Nur eine Dienerin.«
»Tölpel? Hallo?!« Ich blickte ihn finster an.
»Sie ist eine Magierin und Nachfahrin von Morgana Famur-
gan«, sagte Mattis ruhig.
Der Gnom kicherte. »Ja klar, und meine Unterhose riecht
nach Rosen.«

Mattis seufzte müde. »Bring sie rein, oder ...«

Oder was? Der Gnom und ich spitzten die Ohren.

Nach einer bedeutungsvollen Pause fügte Mattis hinzu »Oder ich sehe mich gezwungen, dich unter ein Fluchgelübde zu setzen, Foalfoot Grimbrew.«

Wie angestochen brabbelte Foalfoot los. Er hörte auch nicht auf nervös zu plappern, als Mattis mit ihm davonmarschierte.

Mattis' Schritte wurden länger und länger. Wie ein Pferd, das den Stall riecht, verringerte er hastig die Entfernung, die ihn von Torontos kleinem Stück Faerie trennte. Ich lief hinterher.

Wir betraten den Wellesley Park. Mattis spähte in die Bäume rechts und links vom Weg. Seine rechte Hand ruhte auf dem Griff seines Schwerts, als ob er jede Sekunde einen Angriff erwartete. In der anderen Hand hielt er den Gnom wie ein Bauchredner seine Puppe.

Mattis bog nach links.

»Ist der Feenhügel eigentlich unter der Erde? Unter diesem Park?«, fragte ich leise. Ich flüsterte, weil ich Mattis' Aufmerksamkeit nicht ablenken wollte. Vor meinem inneren Auge sah ich unterirdische Tunnel und Hallen, in denen es vor Elben und Gnomen nur so wimmelte. »Gibt es eigentlich auch Vampire? Werwölfe?«

Foalfoot kicherte hysterisch, aber Mattis gab keine Antwort.

Ich verfluchte meine lebhafte Fantasie, die mir nun fröhlich alle Kreaturen und gruseligen Treffpunkte servierte, die ich jemals auf der Leinwand gesehen hatte.

Einige Zeit später beendete ein erleichtertes »Hier ist es!« des Gnoms meinen inneren Horrorfilm.

In der Dunkelheit konnte ich nicht genau erkennen, wo wir waren. Hatten wir den Park bereits verlassen?

Mattis setzte Foalfoot auf die Erde und hielt ihm die geöffnete Hand hin.

Der Gnom nahm eine Stecknadel aus seiner Tunika und drückte sie in Mattis' Hand. »Dies wird ihr Eintritt gewähren.«

Mattis neigte den Kopf. »Ein sehr wertvolles Geschenk, Foalfoot. Aber wie Kankalin dir bereits gesagt hat, brauchen wir deine persönliche Bürgschaft für Lady Alanna.« Er klopfte auf seine Taschen und zog etwas heraus, das aussah wie ein getrockneter Apfelkern. »Im Gegenzug möchte ich dir etwas Mondflaum schenken ...«

Foalfoot rümpfte die Nase. »Behalt es. Sehe ich aus wie ein Opa, der sich nach Faerie sehnt? Ich bin hier aufgewachsen.«

Mattis hatte sich noch nicht von seiner Überraschung erholt, als der Gnom fortfuhr. »Mir ist lieber, du schuldest mir einen Gefallen.« Er zeigte auf mich. »Zwei Gefallen. Einen von dir und einen von ihr, wenn sie wirklich eine Menschenmagierin ist.«

»Gut, ich stimme dem Gefallen zu.« Mattis nickte feierlich.

Die Augen des Gnoms wanderten zu mir. »Und dein Name ist?«

»Alanna Atwood.«

Foalfoot wiederholte meinen Namen leise. »Was ist ein Vertrag mit ihr wert?«

»Alanna arbeitet bei Astoria. Die kennen sich extrem gut mit Computern aus. Besonders mit Netzwerken und von Magie gestörten Systemen.« Mattis neigte den Kopf. Es schien, als wartete er darauf, dass der Groschen fiel. Die Frage war, welcher Groschen.

Foalfoot schaute nachdenklich. Langsam breitete sich ein Lächeln über seine dunklen Lippen aus. Ein Lächeln, das mir nicht sehr gefiel — es sah viel zu berechnend aus. »Ich werde den Vertrag an einen Elben übertragen.«

Um Mattis' Mundwinkel zuckte der Anflug eines Lächelns. »Ja, das habe ich mir gedacht.«

»Ich übertrage den Vertrag auf Orion. Er kann sämtliche Computerhilfe gebrauchen, die er bekommen kann.« Foalfoot kicherte. »Er betreibt diese Agentur, aber er und seine Elben legen jede Woche das Netzwerk lahm, weil sie es überlasten. Er beschwert sich immer, dass das seine Gewinne schmälert.«

Meine Kinnlade fiel nach unten. »Du gewährst mir freies Geleit in einen Elbenhügel, wenn ich verspreche, die IT von jemandem zu überprüfen?«

»Ja.« Foalfoot streckte Mattis eine Hand hin.

»Wie viel Arbeit ist das denn?«, wollte ich wissen. »Über wie viele Stunden sprechen wir hier?« Ich kreuzte die Arme vor der Brust. Dieses Vertragszeugs gefiel mir überhaupt nicht. Wenn es wie die Elfenverträge in Büchern war, konnte dieser Orion mich mein Leben lang als IT-Sklaven beschäftigen, wenn ich jetzt nicht vorsichtig war. »Und wann muss ich den Vertrag erfüllen?«

Ich hatte meine Fragen an Foalfoot gerichtet, aber Mattis antwortete mir. »Der Vertrag wird erfüllt, wenn es Orion gefällt, Astoria anzustellen.«

Mir wurde noch mulmiger zumute. »Orions Vertrag ist mit mir, nicht mit Astoria! Ich kann nicht herumlaufen und die Ressourcen meines Arbeitgebers verschwenden für —«

Mattis brachte mich zum Schweigen, indem er einen Finger auf meine Lippen legte. »Wenn Orion dich kontaktiert, setzt du die Bedingungen fest. Mach dir keine Sorgen, alles wird gut.« Er wandte sich an Foalfoot. »Alanna und ich machen uns bald auf nach Faerie. Wir erfüllen die Verträge, wenn wir zurückkehren.«

Die Augen des Gnoms verengten sich, aber er nickte. Mattis schob zwei Finger in die Hand des Gnoms.

»So wie ich gebunden bin, so bist auch du gebunden«, sagte Foalfoot feierlich.

»So wie du gebunden bist, bin auch ich gebunden«, antwortete Mattis. »Ich werde die an diesem Ort eingegangenen Verträge erfüllen, wenn ich zurückkehre.«

Sie pressten ihre Hände zusammen und blickten sich in die Augen. Ich fühlte, dass eine Energie zwischen ihnen floss, aber sie kam und ging in Sekundenschnelle.

Foalfoot streckte mir seine Hand hin. In meinem Kopf hallten noch Mattis' Worte nach. Glaubte er das wirklich? Wenn er darüber sprach, »nach Hause nach Faerie« zu gehen, klang das ziemlich verrückt für mich.

»Es wäre schön, wenn sie irgendwann heute Abend die Worte sagen würde«, jammerte Foalfoot. »Vorzugsweise bevor die Sterne alle verblasst und vergangen sind.«

Widerwillig schob ich zwei Finger in die Hand des Gnoms.

Sein Händedruck war warm und trocken. »Wie waren die Worte nochmal?« fragte ich.

Mattis wiederholte sie ruhig für mich.

»So wie du gebunden bist, so bin auch ich gebunden«, wiederholte ich die Worte des Versprechens, aber ich sagte sie zu Mattis, und hielt seinen Blick fest. Ich erschrak, als etwas zwischen Foalfoot und mir vibrierte, als wären wir beide durch eine Gitarrensaite verbunden und jemand hätte daran gezupft.

»Das war der Vertrag«, sagte Mattis. »Man kann es fühlen, wenn man daran gebunden wird. Hier«, er presste Foalfoots Stecknadel in meine Hand. »Pass gut darauf auf. Sie gewährt dir freie Passage nach Elbhold und wieder heraus.«

Der Gnom nickte zufrieden. »Erledigt. Ich spreche mit dem Torwächter.«

Er drückte beide Hände gegen die Rinde eines Baums, der neben dem Pfad wuchs. Er sah nicht anders aus alle anderen in der Nähe. Der Baumstamm schimmerte und verschluckte den Gnom. Einen Moment stand er noch neben dem Baum, dann war er darin verschwunden. Der Anblick ließ mir die Haare zu Berge stehen.

»Was nun?«, flüsterte ich.

»Wir ziehen unsere Jacken aus und warten», sagte Mattis ruhig. Er streckte seine Hand aus. Ich gab ihm meine Jacke und er legte sie sich über den linken Arm. So blieb seine rechte Hand frei, damit er im Notfall eins seiner Schwerter ziehen konnte. Ich hoffte inständig, dass dies nicht nötig werden würde.

Ich befestigte die Nadel im Saum meines Tops, damit ich sie nicht verlor und schlang die Arme um meinen Oberkörper, weil die kalte Luft mich zittern ließ. Wie seltsam: Ich hatte gerade einen Vertrag mit einem Gnom über IT-Dienstleistungen abgeschlossen. Und ich hatte so das Gefühl, dass es ab jetzt nur noch merkwürdiger werden würde.

»Ich bin mir nicht sicher, ob ich es wirklich wissen will«, sagte ich, »aber sind die Geschichten, in denen kleine Gnome nachts auf Tiere und Kinder aufpassen, wahr? Du weißt schon, die Storys, wo sie mit uns in unseren Häusern leben.« Mir wurde ein bisschen übel bei dem Gedanken, dass vielleicht jemand wie Foalfoot mit mir unter einem Dach wohnte. Die Idee aus dem Kinderbuch, dass Tomte auf die Tiere aufpasste, war viel niedlicher als die Vorstellung, dass echte Foalfoots ohne mein Wissen in meinem Haus wohnten. Vielleicht teilten sie sogar mein Bad mit mir! Ich sah ihn vor mir, wie er seine Kumpane in die Seite stieß, wenn sie mich beobachteten, wenn ich pieseln ging. Bah, wie schrecklich.

Mattis lachte sanft. »Naja, man gewöhnt sich mit der Zeit an die allgegenwärtigen kleinen Leute. Diejenigen, die mit uns zusammenwohnen, sind in der Regel jedoch keine Gnome. Die Reav und Gnome sind dafür zu unabhängig.« Er lächelte. »Wenn du keinen Wicht hast, der bei dir lebt und sein Territorium verteidigt, dann ist es gut möglich, dass Gnome in deinem Keller oder auf dem Boden überwintern. Wenn deine Lebensmittelvorräte verschwunden sind, aber dein Haus repariert ist, waren sie höchstwahrscheinlich deine Gäste bis zur Schneeschmelze. Sie sind die allerbesten Handwerker. Sie machen die besten Schuhe und ganz wunderbare Holzarbeiten.«

»Aber halten sie auch ihre Versprechen?«, murmelte ich während wir immer noch warteten. In meinem dünnen Top den Elementen ausgesetzt war ich schon halb zum Eiszapfen geworden.

Einige Minuten später summte etwas aufgeregt über unseren Köpfen wie eine betrunkene Hummel. Kankalin hatte es keine Sekunde länger in Mattis' Jacke ausgehalten.

»Was ist los?«, zwitscherte sie. »Warum gehen wir nicht hinein?«

»Wir warten darauf, dass Alanna uns das Tor aufmacht«, sagte Mattis ruhig.

Äh ... wie bitte? »Ich dachte, das sei Foalfoots Aufgabe?«

»Er hat sein Wort gehalten und mit dem Dryaden gesprochen, der den Eingang bewacht. Vor ein paar Minuten hat der Dryade das Portal geöffnet. Das hast du aber nicht bemerkt, da du wieder einmal deinen Magiesinn ignorierst.« Er räusperte sich und sah mich mit Nachdruck an.

Ich hätte ihm gern die Zunge herausgestreckt, aber ich hielt mich zurück. Erstmal.

»Der Torhüter lässt uns durch, wenn du es schaffst, den Baum zu öffnen und hindurchzugehen«, fügte Mattis hinzu.

Ich legte grübelnd den Kopf schief. Wie sollte ich einen Baum öffnen?«Ich schätze, eine Kettensäge ist nicht erlaubt?« Ich grinste, als Mattis blass wurde.

»Lass das nicht den Dryaden hören«, zischte er erschrocken.

Ein Baumtor nach Faerie öffnen, ach, das machte ich doch mit links. Ich knackte mit den Fingern und legte beide Hände an den Baum, der Foalfoot verschluckt hat. Es war ein ganz normaler Baum mit kalter, nasser Rinde. Nur wenn ich meine Augen schloss, fühlte ich Magie unter der Borke summen. Sie lief durch den Baum wie Starkstrom.

Große Hände mit schlanken Fingern umschlossen meine Hände und Mattis lehnte sich von hinten über mich. Er presste meine Hände flach gegen die Rinde. Ich öffnete mich Mattis' Magie und ließ sie in mich fließen. Der Baum verwandelte sich in eine glitzernde Autobahn aus reiner Energie. Ich hob den Kopf und blickte mit geschlossenen Augen um mich. Weit in der Ferne war Toronto ein funkelndes Netz aus Energie und Farben. Sich überschneidende Bahnen aus Licht kamen von der Stadt auf uns zugerast, flossen an uns vorbei und in den Baum hinein. Der Baum war auch kein Baum mehr, wenn ich ihn durch Mattis' Augen betrachtete. Er war ein Portal. Dicke Wände aus grüner Energie liefen auf beiden Seiten himmelwärts. Eine Kathedrale aus grünem Licht.

»Wer hat das gebaut?«, flüsterte ich.

»Elben«, sagte Mattis neben meinem Ohr. »In Albion gestrandete Elben haben es als ihre Zuflucht erschaffen.«

»Gibt es noch mehr solcher Orte auf der Erde?«, fragte ich mit Ehrfurcht in der Stimme.

»In Albion«, korrigierte Mattis mich sanft. »Wir leben alle zusammen auf der Erde. Und ja, es gibt in so gut wie jedem Land in Albion mindestens einen solchen Zufluchtsort für Feen.«

»Es sieht wunderschön aus.« Auch mit offenen Augen konnte ich jetzt die Energien in diesen Ort fließen sehen. Rote und grüne Wolken aus Magie zogen den langen Weg aus der Stadt hierher. In der Dunkelheit sah es aus wie Schwärme von Glühwürmchen, die entlang des Netzwerks aus Energielinien im Boden flitzten. Linien?

»Ley-Linien gibt es wirklich«, flüsterte ich beeindruckt.

»Ja.« Mattis streichelte meine Hand. Er klang aus irgendeinem Grund erfreut. »In Faerie nennen wir sie Drachenlinien. Menschen können sie für gewöhnlich nicht sehen.«

»Wie sieht Astoria für dich aus?« Ich drehte ihm den Kopf zu.

»Wie ein blaues Schloss, dessen Energien statisch sind. Nicht so wie das hier.« Mattis drückte meine Hände. »Los, klopf an. Du hast das Recht hineinzugehen.« Er ließ mich los und trat einen Schritt zurück.

Die wundervollen Lichter erloschen und um uns herum gab es nur noch dunkle, feuchte Bäume und kalten Schnee.

Ich hielt das Bild des Portals vor meinem inneren Auge und zapfte Magie direkt aus der Ley-Linie, die mir am nächsten war.

»Whoa«, flüsterte ich. Ein Brausen, wie ich es noch nie gefühlt hatte, erfüllte mich. Ich genoss das köstliche Summen, ließ die Energie durch mich hindurchrasen und aus den Handflächen wieder hinausfließen. »Sesam öffne dich«, flüsterte ich. »Lass mich rein.«

Der Baumstamm schimmerte gehorsam.

Ich hielt den Atem an, aber nichts zog mich hinein. War das ein gutes oder schlechtes Zeichen?

Das Schimmern des Baums verstärkte sich. Ein großes, humanoides Baumwesen steckte seinen Kopf heraus und trat dann ganz ins Freie. Eine Dryade? Er oder sie war einen guten Kopf größer als Mattis aber streichholzdünn, mit Oberkörper und Gliedmaßen wie Stöcke. »Was ist los?« dröhnte es.

Es gruselte mich, dass ich weder Augen, Nase oder Mund sehen konnte. Wie konnte das Wesen sehen? Wie sprechen? Das Gesicht war mit Haar und Blättern bedeckt. Große Eichenblätter streckten sich aufwärts in alle Richtungen wie ein Haarschopf.

»Äh …«, stotterte ich. »Wir möchten gern in den Elbhold?« Meine Stimme wurde immer höher vor lauter Unsicherheit. Das Ding hatte keine Augen, aber ich fühlte mich unangenehm auf dem Präsentierteller.

Mattis lehnte sich an den Baum und spielte angelegentlich mit seinem Schwert. »Soviel zum Befolgen des Protokolls. Tritt zur Seite und lass uns durch, Dryade!« Der Dryade rührte sich nicht. »Der Gnom hat für die Frau gebürgt. Er hat aber nicht die Absicht für euren Besuch genannt. Was wollt ihr in Elbhold?« Es sprach langsam und mit knirschiger Stimme, die sich anhörte wie ein feuchter Ast, der im Wind quietscht.

»Ich wünsche, nicht auf der Schwelle zu einem Moireachgadaín von einem Dryaden warten gelassen zu werden, wenn ein Blick in unser Innerstes dir verrät, dass ich Sidhe bin und von einer Magierin begleitet werde.« Mattis starrte den Dryaden finster an. »Fürst Mattis, Richter von Silberau und Lady Alanna Famurgan haben im Hügel etwas zu erledigen. Tritt zur Seite und lass uns durch!«

Der Dryade lachte und hob seine Stock-Arme. Der schimmernde Stamm pulsierte und weitete sich. Er wurde breiter und breiter, bis ich hinter dem Wächter einen Durchgang sehen konnte.

Mattis schritt vorwärts, aber der Dryade stieß einen seiner Arm-Zweige in seine Schulter. Er hatte keine Hände, die Äste endeten in spitzen Spießen.

Mattis blieb stehen.

»Ich benötige deinen vollständigen und wahren Namen», sagte der Dryade langsam, »und damit bürgst du für die Menschin als deine Dienerin.«

Mattis nannte seinen vollständigen Namen und seine Vorfahren, eine weitaus längere Liste, als die, die er dem Gnom aufgezählt hatte. »Ich verbürge mich dafür, dass Alanna aus dem Hause Famurgan eine menschliche Magierin ist und Feenblut in sich trägt.«

Ein Zittern lief durch meinen Körper. War das wirklich ein

Teil von mir? Trug ich wirklich irgendwelche Gene in mir, die ich mit Wesen wie diesem Dryaden teilte? Es erschien unmöglich.

Der Dryade senkte seinen Arm und winkte uns durch.

Ich hielt mich dicht bei Mattis, als wir das Portal betraten. Weiter vorn machten Trommeln, Flöten und heisere Stimmen einen Radau, der bis in die Passage schallte. Etwas Schweres trampelte im Takt dazu.

Der Dryade verbeugte sich vor mir. »Willkommen, Mensch, im ewigen Zwielicht. Pass auf, wo du hintrittst, und dass du nicht den Verstand verlierst.«

Er kicherte, als er sich umdrehte und den Durchlass hinter uns mit einem laut hallenden Dröhnen zufallen ließ.

DREIUNDZWANZIG

Der Durchgang öffnete sich zu einer großen Höhle. Mein Haar kringelte sich von der Feuchtigkeit draußen und ich schob es aus dem Gesicht, um besser sehen zu können.

Die Decke, hoch über uns, war schwarz vom Ruß unzähliger Feuer. Stalagmiten und Stalaktiten hatten sich rund um den Rand der Höhle gebildet, einige mit einem solchen Umfang, dass ich sie mit beiden Armen nicht hätte umfassen können. Meine Befürchtungen, dass es sich im Hügel wie in einer Gruft anfühlen würde, entpuppten sich als grundlos. Die Luft war trocken und roch nach Holzfeuern und Kräutern. Der Ort erinnerte mich irgendwie an ein Zigeunerfest. Besser gesagt an meine romantische Vorstellung eines solchen Festes. Die Höhle war bis in den letzten Winkel mit Zelten und klapprigen Ständen besetzt — bunter Stoff war bei Weitem das beliebteste Baumaterial. Händler hatten Lebensmittel und Gegenstände aller Art, von Mundanem wie Kerzen bis zu mysteriösen Ampullen, auf farbenprächtigen Stoffen ausgelegt oder ließen ihre Waren von den bunten Zelten baumeln. Jeder Winkel der Höhle war erfüllt vom Klang der Trommeln und Flöten — und von Leuten. Hunderte von Erwachsenen und Kindern drängten sich auf den gewundenen Pfaden zwischen den Ständen hindurch. Einige sahen menschlich aus, die meisten eher nicht. Sie unterhielten sich, oft lauthals, in Sprachen, die ich nicht verstand.

Das laute Getrampel, das ich beim Hereinkommen gehört hatte, stammte von einer großen Gruppe Faune, die zu einer Melodie tanzten, die einer von ihnen auf einer Panflöte spielte. Es mutete traumhaft an, Männer und Frauen mit Hörnern und dem unteren Körper einer Ziege sich zur Musik wiegen und drehen zu sehen, so dicht vor mir, dass ich sie hätte berühren können.

»Es sind so viele Feenwesen hier, weil die Wintersonnenwende nah ist», sagte Mattis. »Es wird die ganze Nacht überall musiziert und gefeiert. Viele Händler kommen nur zur Sonnenwende." Er stand so dicht neben mir, dass ich ihn trotz des Stimmengewirrs der Hunderte Feen, die feilschten und sich unterhielten, hören konnte.

»Ist das ein Kinder-Zentaur?«, fragte ich und zeigte auf ein Wesen, das den Körper eines Pferdes, aber den Oberkörper und Kopf eines Jungen hatte.

Mattis schüttelte den Kopf. »Nur ein Lutin, der sich ein bisschen vergnügt. Sie können viele Formen annehmen. Pferde sind ihre Lieblingswesen. Damit du in Zukunft einen Gnom von einem Wicht unterscheiden kannst …« Er zog mich beiseite und zeigte auf einen Stand am Rand des Gewühls. »Siehst du die Brownie-Bäckerei dort drüben?«

An der Bude konnte man Brötchen und riesige Brezeln kaufen. Die kleinen Wesen, die um den Stand kletterten, waren kaum kniehoch und mit braunen Fellflecken übersät, auch im Gesicht. Wenn die Brownies ein Stück Brot verkauften, überreichten zwei von ihnen es dem Kunden mit theatralischen Gesten und viel Geplapper. Ihre Brezeln waren fast so groß wie sie selbst. Vor dem Stand warteten andere kleine Feen. Es gab auch einige Gnome unter den Kunden, aber die meisten von ihnen sahen aus wie Gartenzwerge.

»Die kleinen Feen in der roten und grünen Kleidung sind Wichte«, bestätigte Mattis meine Vermutung. Sie trugen Mützen in Rot, Beige oder Grün, die sie tief in die verhutzelten Gesichter gezogen hatten. Man konnte ihr Geschlecht nur an den langen Bärten der Männchen erkennen. Die meisten Wichte, Männchen wie Weibchen, hielten eine Reihe von Kindern an der Hand.

»In den meisten Bauernhöfen gibt es einen Stamm von Heinzelmännchen oder Wichten.« Mattis zog an seinem Kragen. »Kankalin, Zeit zum Auskundschaften. Ich suche jemanden, der mit Feenträuken handelt. Je stärker, desto besser. Aye?«

»Aye.« Kankalin sprang von seiner Schulter in die Luft und

sauste fort über das Getümmel. Wir folgten ihr, in gemächliche-rem Tempo, vorbei am Bäckerei-Stand und rechts in den Markt hinein. Kankalin flog, als ob sie getrunken hätte, schoss hoch in die Luft und ließ sich dann tief fallen. Ich wurde beim Versuch, ihr mit den Augen zu folgen, seekrank und schaute mir lieber den Markt an.

Fackeln, dicke Kerzen und leuchtende Kugeln tauchten alles in ein warmes, flackerndes Licht. Musikfetzen, Gesichter und Farben zogen an mir vorbei. Die Flötisten und Trommler spielten eine Melodie nach der anderen und luden zum Tanzen ein. Mattis hielt nirgends an, aber ich wurde immer langsamer. Mein Blick blieb haften an exquisiten Schmuckstücken und exotischen Tie-ren, die mich durch die Gitterstäbe ihrer Käfige anschnatterten. Mein Kopf schwang von rechts nach links und ich versuchte, den vielen ungewohnten Geräuschen zu folgen.

Ich musste mich ermahnen, meinen Mund geschlossen zu halten, um nicht mit heruntergefallenem Kinn die Wesen anzu-starren, die über den Markt gingen oder in kleinen Gruppen bei-sammen standen. Elben — Erwachsene und Kinder — gab es reichlich. Manche waren mittelalterlich gekleidet, die meisten eher modern. Anscheinend gab es Elben jedweder nur denklicher Hautfarbe, von Nachtschwartz bis Türkisgrün. Gnome, einzeln und in großen Gruppen, flanierten über die Gehwege, als ob sie ihnen gehörten. An mir ging eine Faunenfamilie in T-Shirts und Jeans vorüber. Das jüngste Familienmitglied weinte und hielt ein zerbrochenes Spielzeug in den behaarten Händen. Seine Mutter schimpfte mit ihm in einer gutturalen Sprache. In der Mitte des Marktes feilschte eine Gruppe von kleinen Kreaturen mit brau-nem Fell und Schwimmhäuten zwischen den Zehen ihrer viel zu großen Füße lauthals mit einem Elb um einen Außenbordmotor.

Niemand hier drinnen sah so seltsam aus wie der Dryade an der Tür, aber es war immer noch schockierend zu sehen, dass so viele Wesen aus Märchen tatsächlich existierten — und mitten in Toronto, nicht in einer weit entfernten Welt. Es hätte ein Traum sein können, aber alles, von den Ständen bis zu den Menschen, sah ein wenig düster und verdammt real aus.

Mattis kam immer wieder geduldig zu mir zurück, wenn ich an einem Stand stehen blieb. Er wies mich auf die verschiedenen Feenrassen hin und erklärte mir, was ich in ihrer Gegenwart tun und was ich lieber bleiben lassen sollte. Bei allen sollte ich vorsichtig sein, wenn es um die Annahme von Geschenken, Trinken oder Essen ging.

Ich wusste, dass wir hier wegen meiner Blockade waren, aber der Charme von Elbhold ließ mich unseren ursprünglichen Grund hierherzukommen vergessen. Auch Mattis schien nun, da wir in Elbhold waren, alle Zeit der Welt zu haben.

Er kaufte einige duftende Hörnchen bei einem Fee, dessen untere Körperhälfte der Körper einer Ziege war. Der Kornbock ging mir nur bis zur Hüfte und war fast so breit wie hoch. Mattis bezahlte für die Hörnchen mit einer Silberscheibe, die er aus einem Täschchen mit klingenden Münzen nahm. Der Kornbock strich sich nervös über das grobe Fell, das in seinem Gesicht dort spross, wo bei einem Menschen der Bart wachsen würde. »Hast du keine Albion-Kronen? Kanadische Kronen wären gut. Oder im Notfall auch kanadische Dollar.«

Mattis zog eine Augenbraue nach oben und hielt ihm die Silbermünze hin. »Nimm es oder lass es bleiben, Grashüpfer.«

Der Kornbock biss mit gelben Zähnen auf die Scheibe und schob sich ein Monokel aus grünem Kristall vor ein Auge. Er betrachtete die Scheibe aufmerksam. Er gackerte und schnatterte, als er Mattis einige ebenso merkwürdig aussehende Münzen herausgab. Ich konnte keinen Nennwert erkennen, aber eine Seite verzierte ein Ahornblatt.

Mattis zählte nach und sah unglücklich aus, aber der Kornbock war schon in der Menge untergetaucht. Mattis wand sich zu mir und streckte mir die Münzen hin. »Hier, nimm. Falls du etwas siehst, das dir gefällt.«

Ich zögerte. Wie viel Geld war das wohl? »Was ist eine Krone?«

»Kronen sind die Feenwährung. Diese hier sind viel weniger Wert, als das, was ich dem Kornbock gegeben habe.« Mattis drückte mir die Münzen in meine Hand. »Das sind kanadische

Kronen. Du nimmst sie besser an dich. Du bekommst hier für Menschengeld nur einen sehr schlechten Wechselkurs. Oh, und hier ist dein Ochi.« Er streckte mir das Hörnchen hin.
Ich nahm lächelnd an.»Danke, für beides.«
Mattis stöhnte.»Raute und Rute! Bedank dich niemals bei einem Fee. Sag einfach ›das ist nett von dir‹ oder mach mir ein Kompliment für ein gut gewähltes Geschenk.«
Genervt drückte ich die Lippen zusammen.
Kankalin nutzte diesen Moment und landete auf Mattis' Schulter.»Er ist ein Esel.«
»Was du nicht sagst«, murmelte ich.
»Ich glaube«, sagte Mattis gedehnt,»sie meinte den Zaubertrankhändler.«
»Genau«, sagte Kankalin in ihrer quiekenden Stimme.»Er behauptet, er hätte nichts für Mentalzauber.«
Ich schob die Münzen in meine Tasche.»Wo könnten wir dann einen Zaubertrank bekommen?« Ich biss in das Hörnchen. Was immer ein Ochi war, es war köstlich. Klein, süß und in zwei Bissen weg.
»Vielleicht im Ember's Embrace?«, schlug Kankalin vor. Ihre Flügel schlugen schneller vor Aufregung und machten einen brummenden Laut, ähnlich wie bei einem Kolibri.
Mattis grinste.»Seltsam, mir ist bisher noch nie ein Zaubertrankverkäufer in der Taverne begegnet, nur unglaublich teure Löwenzahntropfen.«
Kankalin kicherte.»Erwischt.«
Mattis lächelte sie liebevoll an.»Weißt du was? Wir gehen tatsächlich in die Taverne. Wir können alle ein Glas Wein vertragen, bevor wir den gesamten Markt auf den Kopf stellen auf unserer Suchen nach einem Händler, der sich mit den dunklen Künsten auskennt.«
Die letzten Hörnchenkrumen wurden zu Blei in meinem Mund.»Was?«
Mattis neigte den Kopf.»Ja?«
»Bis jetzt hast du nichts über dunkle Künste gesagt.«
Mattis stupste mich auf die Nase.»Welche Art von Magie,

glaubst du, wirkt gegen die Schilde eines anderen? Garantiert keine weiße Magie.«

»Ich werde nicht irgendeinen Zaubertrank trinken, der von einer schwarzen Hexe gebraut wurde«, rief ich. »Oder wie auch immer ihr Elben sie nennt.«

»Wenn es Elben sind, nennen wir sie Zauberer. Wenn sie menschlich sind, Magier«, sagte Mattis.

»Komm, wir wollen uns vergnügen«, quengelte Kankalin »Da wartet ein Fingerhut voll Löwenzahntropfen mit meinem Namen drauf. Ich kann sie fast schon schmecken.«

Mattis bewegte sich vorwärts. »Auf gehts.«

Ich packte ihn am Ärmel. »Ich werde keinen schwarzen Zaubertrank nehmen. Auf keinen Fall!«

Er hielt nicht an, also beschleunigte ich meine Schritte um mitzuhalten. Mattis sah mich verwirrt an. »Vor einigen Stunden hast du noch behauptet, dass es gar keine schwarze Magie gibt.« Er wurde leiser. »Das Haus deiner Großmutter war voll mit schwarzen Zaubern und es war dir egal.«

»Das war etwas anderes«, zischte ich. Meine Großmutter hatte bestimmt einen Grund gehabt, um diese schwarzen Schutzsprüche zu verwenden. Aber einen Zaubertrank zu trinken, den ein schwarzer Zauberer zusammengebraut hatte, den ich nicht mal kenne? Nee!

»Alanna.« Mattis hielt an und legte mir die Hand auf die Schulter. »Lass dir von der Bezeichnung keine Angst einjagen. Du hast selbst gesagt, dass Birch euch beigebracht hat, dass die Ausrichtung eines Zaubers durch die Intention des Zauberers bestimmt wird. Ein Zauber, der sich gegen die Schilde einer Person richtet, ist immer schwarze Magie, auch wenn er harmlos ist. Nur weil etwas mittels der schwarzen Künste hergestellt wurde, wurde dabei nicht unbedingt Blut und eine Opfergabe verwendet.«

»Das kannst du doch gar nicht wissen!«

»Wir sprechen mit Deenah. Sie kennt jemanden, dem wir vertrauen können, in Ordnung?« Mattis beschleunigte wieder seine Schritte und folgte Kankalin, die schon vorgeflogen war.

Ich fiel in einen Laufschritt, um mitzuhalten. »Wer ist Dee-

nah?«
»Eine Freundin. Sie kennt jeden, der in Elbhold etwas verkauft. Wir finden für dich etwas, das sicher ist.«
Die Höhle verengte sich zu einem Tunnel. Nach ein paar
Biegungen endete er an einem Felsvorsprung. Unter uns lag eine
zerklüftete Landschaft aus Felsen und Bäumen. Dazwischen lagen versprengt einzelne Hütten und mehrere Lagerfeuer, die hell
in der Nacht leuchteten. In ihren Funkenregen tanzten und drehten sich Gestalten. Eine Band aus mehr als einem Dutzend Feen
spielte Musik.
Mein Blick fiel auf das größte Holzgebäude. Ein Schild hing
über dem Eingang, aber ich konnte die geschwungenen Schrift-
zeichen im flackernden Schein der Feuer nicht lesen.
Mattis ergriff meine Hand. Ich drehte mich zu ihm und sah,
dass er still stand, den Kopf in den Nacken gelegt hatte und zum
Himmel aufsah.
Ich folgte seinem Blick. Über uns hätte sich die Decke der
Höhle wölben müssen. Stattdessen leuchtete über uns ein wol-
kenloser Nachthimmel mit glitzernden Sternen. Der blaue Himmel war so klar, dass man gut einzelne Sternzeichen erkennen
konnte.
»In den Hütten leben Menschen«, sagte Mattis, wieder zu
mir gewandt. »Als die Feen sich entschieden, in Albion im Verborgenen zu leben, zogen einige Diener der Feen in die Moireachgadaíns. Sie wollten das kleine Stück Faerie, das ein
Moireachgadaín verspricht, behalten und nicht die Verbindung
zu Faerie für immer verlieren so wie die anderen ihrer Rasse.«
»Was ist ein Moi ... rach ... gadinn?« Ich brach mir fast die
Zunge an dem Wort.
Mattis lächelte über meine Aussprache. »Der Name für alle
geschützten Feenorte in einer fremden Welt. Elbhold ist ein Moireachgadaín. — Werte Elben, ich grüße euch!« Mattis neigte re-
spektvoll den Kopf.
Eine Gruppe Elben, etwa zwölf Männer und Frauen, war di-
rekt neben uns stehen geblieben, während ich den Anblick der
Sterne in mich aufgenommen hatte. Die meisten der Elben trugen

moderne Kleidung, die übrigen entweder fließende Roben oder Tuniken und Hosen wie Mattis. Anstatt eines Schwerts trug jeder einen langen Dolch um die Hüften gegürtet.

Ein Elb unterschied sich von den anderen. Er war nur mit einem kurzen Kilt bekleidet, der zur Schau stellte, dass seine Alabasterhaut von den Schultern bis zu den Füßen mit Blättern, Blüten und Ranken aus Raureif bedeckt zu sein schien. In Wahrheit waren es weiße Tattoos und seine Haut war es, die glitzerte wie Eis. Sein langes weißblondes Haar hatte er zu einem nachlässigen Knoten im Nacken gebunden.

Alle Elben hatten angehalten und schauten stillschweigend nach vorne.

»Sind wir noch im Hügel?« flüsterte ich zu Mattis. »Ich kann sehen, dass wir es nicht sind, aber ...« Ich zögerte, unsicher, wie ich beschreiben sollte, wie sich dieser merkwürdige Ort anfühlte.

»Ja, sind wir, nur nicht mehr in der Höhle ...« Mattis verstummte, als der Elb mit der glitzernden Haut neben mich trat. Er legte seine Hand leicht unter mein Kinn und dreht mein Gesicht zu ihm. Ich hatte erwartet, dass seine Haut sich kalt anfühlen würde, aber seine Finger waren angenehm war. Seine hellblauen Augen hielten meinen Blick fest und ich konnte mich nicht abwenden.

»Spüre diesen Ort.« Die Stimme des Elben war wie eine Liebkosung. »Du solltest immerfort mit deiner Magie üben, um sie zu verbessern. Schau dir diesen Ort daher nicht an und stelle keine Fragen, sondern erspüre seine wahre Natur mit allen Sinnen.«

»Ein Sidhe vom Winterhof», murmelte Mattis.

Als ich den Mann nur anstarrte, strich der Elf leicht über mein Kinn. »Schließ deine Augen und lass deine Magie ausstrahlen.« Er lehnte sich nach vorn, bis sein Gesicht fast meins berührte. Ich atmete seinen frischen und würzigen Duft nach Meeresluft und Tang, vermischt mit Blumen, ein. Seine Lippen streiften mein Ohr, als er flüsterte: »Ich kann eine Zauberin fühlen, die erst vor kurzem erwacht ist. Welch unerwartetes Vergnügen in dieser dunklen Nacht. Hat er dich schon zum Schimmern gebracht?«

Ich dachte an den Kuss im Dojo und wurde rot.

»Mhmm.« Der Winterelf atmete tief ein und blies seinen wohlriechenden Atem über meine Lippen. »Paci, zu Diensten.«

Mattis schnaubte. »Paci, ja? Was Albion aus den Sidhe macht. Sollte es nicht eher Pacilellien sein, so wie deine Eltern dich genannt haben?«

Der Winterelb lächelte Mattis an und zeigte dabei zwei Reihen perfekt weißer Zähne. »Warum sollten wir mit solchen Namen die Zunge dieses kleinen Wunders brechen?« Paci liebkoste mein Gesicht mit den Fingerspitzen.

Ich wich zurück. Mattis legte eine Hand fest auf meiner Schulter. »Keine Angst, Alanna. Es ist nur die Art der Elben, dir ein Kompliment zu machen. Es geschieht dir nichts und du wirst zu nichts gezwungen, dem du nicht zustimmst.«

»Sehr wahr.« Paci setzte einen flüchtigen Kuss auf meine Wange, so zart wie die Berührung eines Schmetterlings. »Schließ die Augen, Alanna.« Er kostete meinen Namen aus wie eine Süßigkeit.

Ich tat, was er verlangt hatte. Mich durchlief ein wohliger Schauer, als Mattis' Hand über meine glitt und ich die vertraute Berührung seiner Magie spürte. Versuchsweise stieß ich einen Energiestrahl aus. Mattis verschmolz ihn mit seiner eigenen Magie und wir lenkten ihn weg von uns. Durch Mattis' Augen war der Zauber als rot-blau-grüner Komet zu sehen, der mit seinem leuchtenden Schweif an uns gebunden war. Ich konnte ihn deutlich sehen, auch mit geschlossenen Augen.

»Halt ihn still«, murmelte Mattis mir ins Ohr. »Halt einfach deine Augen geschlossen und deine Sinne offen.« Unser Magiestrahl flog in die Nacht. Mit einem sanften Geklingel wurde er an einem unsichtbaren Hindernis reflektiert und kam zu uns zurück. Dabei erhellte unser Zauber die Form einer riesigen grünen Kugel um uns herum, die nur aus Magie bestand. Flackernde Ley-Linien flochten sich in die Kugel um Elbhold hinein, deutlich abgegrenzt vom oszillierenden Blaugrün der Kugel als glänzende blaue Flüsse aus Licht.

»Halte diesen Anblick in deinen Gedanken fest«, wies Paci mich leise an. »Versuch jetzt, an ein Detail heranzuzoomen, so wie du es mit einer Kamera machst.«

Mattis zog seine Hände von meinen. »Wenn du jetzt fertig bist, Pacilellien …«

Ich schlug die Augen auf und der Anblick der magischen Kuppel verschwand.

Paci lachte in sich hinein und nahm die Hände von meinem Gesicht. »Ich würde sagen, jemand braucht ein ganz großes Glas Wein, um einen Anflug von Eifersucht zu vertreiben.«

Mattis erstarrte. Ich biss mir auf die Lippen, um nicht zu kichern. Ich musste zugeben, es war amüsant zu sehen, wie Paci Mattis ein bisschen aufzog. Okay, am besten gefiel mir, dass Mattis eifersüchtig auf Paci war. Vielleicht würde das die Stimmungsschwankungen kurieren von Mister Danke-mir-nicht-ich-bin-ein-Fee.

Die anderen Elben rührten sich, als ob sie aus einer Trance aufwachten. Gemeinsam machten sie sich zur Taverne auf. Mattis machte einen Schritt und drehte sich dann zu mir um. »Kommst du?«

Ich schloss mich Paci an. »Geht schon vor, ich komme nach.«

Pacis Lächeln verstärkte sich. Er nahm meine Hand und legte sie über seinen Arm, als wir den Pfad in die Ebene hinunterkletterten.

»Sag mal«, sagte ich, »wie alt bist du? Um die 200?«

Paci stupste mich in die Seite. »Schmeichlerin. Ich bin 81.«

»Für einen alten Mann hast du dich gut gehalten.« Ich grinste ihn an.

Pacis Augen leuchteten auf. »Ich freue mich, dass dir gefällt, was du siehst.« Er hielt meine Hand und drehte sich einmal für mich. Er war wunderbar anzusehen mit all den glitzernden Eiskristallen.

»Ich frage mich, wie du aussiehst, wenn du dich hinter einer Illusion versteckst. Also, wenn du dich in einen Menschen verwandelst.«

»Langweilig sehe ich dann aus«, sagte Paci und verwandelte sich. Eine blonde Augenweide sah mich an, das Haar fiel ihm kunstvoll in ein Gesicht, das auf die Titelseite jedes Modemagazins gepasst hätte. Er sah auch ohne bereifte Haut und gemeißeltes Gesicht atemberaubend aus.

»Oh, ja«, ich wandte mich zur Taverne. »Total langweilig.«

»Lügner«, flüsterte es neben meinem Ohr. Paci ließ die Illusion wieder fallen und wir gingen weiter zur Taverne.

»Warum haben die Elben hier angehalten, bevor sie zur Bar gingen?« fragte ich.

»Hat Mattis dir gesagt, wie dieser Ort funktioniert?«

Ich nickte. »Ich kenne die Kurzversion.«

»Wir kehren nur alle paar Tage oder Wochen hierher zurück. Und wenn wir hier sind, ist es überwältigend. Unter Unseresgleichen zu sein. Sich nicht hinter Illusionen verstecken zu müssen." Paci blickte mit einem glücklichen Lächeln um sich. »An den Sonnenwenden ist das Gefühl besonders intensiv.«

Ich konnte nicht anders, ich musste einfach fragen. »Warst du schon einmal in Faerie?«

»Nein, ich wurde in Kanada geboren.« Paci klang deswegen nicht bekümmert oder traurig. »Es gibt hier immer weniger Elben, die Faerie noch kennen. Die meisten von uns wurden in Albion geboren.«

»Und du hast dich nie gefragt, wie das Leben in Faerie ist?«

»Es gibt verschiedene Fraktionen hier.« Paci deutete mit dem Kopf auf die Gruppe von Elben, die mit ihm gekommen waren und nun die Taverne betraten. Mattis war unter ihnen. Er hielt an der Tür an und blickte über seine Schulter zurück. Ich bedeutete ihm weiterzugehen. Mattis zuckte mit den Schultern und ging hinein.

Ich wandte mich wieder an Paci.

»Einige Elben lebten freiwillig in Albion«, sagte er. »Andere sind zufällig hier gestrandet. Sie vermissten ihre Heimat, konnten Menschen nicht leiden und versuchten, ihren Kindern und Enkel einzutrichtern, ihr Exil und eure Welt zu verabscheuen.«

Paci bahnte sich mühelos eine Schneise durch die vor der Taverne tanzenden Gestalten.

»Ich nehme an, deine Eltern mochten Albion?«, fragte ich ihn.

Paci lachte mit einem leichten Anflug von Bitterkeit. »Nein, oder besser gesagt: nicht alle beide. Meine Mutter liebt es. Mein Vater hat es vorgezogen zugrunde zu gehen anstatt noch länger in Albion zu verweilen.«

»Oh, das tut mir leid.«

Paci wischte mein Mitleid mit einer Handbewegung fort. »Das ist schon lange her.« Er öffnete die Tür der Taverne und warmes Licht und Stimmengewirr umfing uns. »Liebe Alanna, darf ich vorstellen: das Ember's Embrace. Der einzige Ort in Toronto, wo du bei einem Drink deine Seele oder einen Platz in deinem Bett aufs Spiel setzen kannst.«

Ich zwang mich zu einem Lachen, obwohl seine Beschreibung sich für meinen Geschmack etwas zu bedrohlich angehört hatte. »Es gibt in Toronto noch mehr Orte, wo du deine Seele verlieren oder Sex kaufen kannst.«

Paci grinste. »Aber nicht auf Art der Feen.« Damit schob er mich durch die Tür.

VIERUNDZWANZIG

In der Taverne drängten sich Wesen aller Formen und Größen, umgeben von einem Klangteppich aus Pixie Rock, den eine Band in einem Nebenzimmer spielte. So hatte ich in Gedanken die Mischung aus Celtic Folk, ätherischen Gesängen und stampfendem Rock getauft, auf die die Feen so abzufahren schienen. Die Musik war laut, aber die Feen, die in kleinen Gruppen zusammenstanden oder dicht gedrängt an Holztischen saßen, konnten sich noch unterhalten. Die Taverne hätte eigentlich aus einem einzigen Zimmer bestehen müssen, so klein, wie sie von außen aussah. Aber an den Seiten des Schankraums befanden sich etliche Alkoven und Türen zu weiteren Zimmern. Eine Treppe weiter hinten führte zu einem oberen Geschoss mit einer Galerie. Saß man an den kleinen Tischen dort oben, konnte man das ganze Erdgeschoss überblicken.

»Falls wir getrennt werden …« Paci nahm meine Hand. So wie Mattis aus dem Nichts Waffen zaubern konnte, hielt der Elf plötzlich einen Stift in der Hand. Er drehte meine Handfläche nach oben und kritzelte eine Handynummer darauf.

»Überhaupt nicht eingebildet, oder?«, grummelte ich, aber die Geste ließ mich lächeln. Seit Ewigkeiten hatte mir niemand mehr seine Telefonnummer zugesteckt.

Paci lächelte nur. »Ruf mich an, wenn der große böse Krieger nach Hause zurückgekehrt ist. Ich will dich wiedersehen.«

»Woher weißt du, dass Mattis aus Faerie ist?«

Paci schob die Brust raus. »Oh, wenn ein …«, seine Stimme sank eine Oktave tiefer, »… mächtiger Krieger Faerunas plötzlich aus dem Nichts auftaucht …« Seine Stimme wurde wieder zum angenehmen Bariton. »… dann wissen wir alle Bescheid, glaub mir.«

Seine perfekte Imitation von Mattis' Stimme brachte mich zum Grinsen.

Paci hob meine Hand an seine Lippen und berührte meine Finger mit einem flüchtigen Kuss, dann schob er sich ins Gedränge und machte eine Handbewegung, dass ich ihm folgen sollte. Durch die wogende Menschenmenge erwischte ich einen Blick auf den Tresen hinten in der Taverne. Mattis lehnte mit dem Rücken daran und scannte den Raum. Als er mich bemerkte, sah er für eine Sekunde erleichtert aus, aber dann wurde sein Gesicht schnell wieder zu seinem üblichen unlesbaren Pokerface.

Die Gäste hatten die niedrigen Tische hierhin und dorthin geschoben, sodass Paci und ich uns im Zickzack zur Bar durchschlagen mussten. Die Leute, die nicht saßen, tanzten oder wiegten sich wo sie standen im Rhythmus der Musik. Feenrassen aller Art drehten und tänzelten durch den Raum und schoben mir beim Gestikulieren ihre Bierkrüge und Trinkhörner ins Gesicht. Ich stieß mit menschlich aussehenden Wesen und mit Kreaturen mit Fell und Klauen zusammen. Manchmal hielt mich eine haarige Hand oder eine Klaue fest, damit ich nicht umfiel, aber niemand beachtete mich weiter. Da viele der Feen so groß waren wie ich oder kleiner, musste ich oft den Kopf einziehen oder das Gesicht schnell zur Seite wenden, wenn ich nicht den Mund voller Haare bekommen wollte. Spitze Federn und wahnwitzige Hochsteckfrisuren, die mit Muschel- und Knochenstücken verziert waren, stachen mir in die Wange, wenn ich nicht schnell genug auswich.

An der Rückwand der Taverne zog sich der Tresen über die ganze Breite des Raumes. Drei Barkeeper waren im ständigen Einsatz, um die Meute von Feen zu bedienen — ein stämmiger Mann von etwa Ende fünfzig und ein Mann und eine Frau, die ungefähr in meinem Alter waren. Für mich sahen sie alle drei wie Menschen aus. Aber was wusste ich schon sicher, hier in Elbhold?

Mattis überließ gerade seinen Platz zwei geflügelten Frauen und ging zum entfernten Ende der Theke. Ich wollte nicht den ganzen Abend wie ein Hundewelpe hinter ihm herdackeln, also blieb ich bei Paci.

»Was magst du trinken, Schneckchen?«Der Barkeeper rieb den Tresen direkt vor mir blank und ließ den Blick von mir zu einem Faun neben mir wandern. Der Boden hinter der Theke war erhöht, sodass der grauhaarige Mann mich um einiges überragte. Vielleicht standen die Barkeeper erhöht, damit sie nicht die winzigen Feenwesen übersahen, die ihnen ihre Fingerhüte zum Nachfüllen hinhielten? Sie schwirrten lamentierend um Pacis und meine Knie herum.

»Ich nehme ein … äh …« Ich hatte keine Ahnung, was sich in den Krügen und Hörnern der anderen Gäste befand. Ich wollte Paci nicht fragen und dadurch verraten, wie wenig ich über diesen Ort wusste. »Ich hätte gern ein kleines Bier.« Damit konnte ich ja wohl kaum etwas falsch machen.

Der Barkeeper polierte einen anderen Fleck auf dem Tresen. »Soll ich dir eins aussuchen oder überlegst du noch?« Hinter ihm türmten sich verschiedene Bierfässer. Einige hatten auffällige Etiketten mit Runen und Normalschrift, andere nur einfache Logos: ein frech grinsender Faun, ein Baum, eine Sonne.

»Das Bumblebee Brew ist ziemlich mild«, schlug Paci vor.

»Oder wie wär's mit einem Pint vom Hammersmith, falls dir der Sinn nach etwas Zwergischem steht?«, fragte mich der Barmann. »Es ist allerdings ziemlich stark.« Seine hochgezogene Augenbraue legte nahe, dass es mich vermutlich aus den Socken hauen würde.

Neben den Fässern erspähte ich eine mit Reif bedeckte Glasbox. Durch die Eiskristalle funkelten mich vertraut aussehende Dosen und Flaschen an. Gerettet! »Eine Flasche Desperados für mich, bitte.«

Das Gesicht des Barkeepers verzog sich zu einer angeekelten Grimasse. »Ich habe dich hier noch nie gesehen, deshalb warn ich dich: Ich bin Charles, der Besitzer dieser Spelunke. Und solange ich mir nicht die Gänseblümchen von unten ansehe, werden in meinen vier Wänden Früchte und Hopfen nicht gemischt. Wenn du ein Stück Limette in deinem Bier bestellst, lass ich dich von Archie rausschmeißen.«

Er nickte in die Richtung einer dunkelhäutigen Kreatur, die mit dem Rücken zur Wand stand und gespannt über den Raum blickte. Sein Körper war vollständig unter einer langen strähnigen Mähne aus schwarzen Haaren verborgen. Anscheinend der Rausschmeißer — die Feenedition von Vetter It aus der Addams Family?

»Nur die Flasche, keine Limette.« Ich strahlte Charles mit meinem schönsten Lächeln an.

Er grunzte, aber ein Grinsen spielte um seine Mundwinkel, als er die Flasche vor mich stellte. »Ich bin so gnädig und mach sie für dich auf. Dir fehlen anscheinend die Messer oder Klauen dazu.« Mit einem verheißungsvollen lauten Plopp öffnete er die Flasche.

Charles wandte sich an meinen Begleiter. »Und du, Paci?«

Der Winterelf zwinkerte mir zu. »Heute nehme ich mal einen Melonen-Daiquiri.«

Charles schüttelte sich. »Das rühr ich nicht an.« Er wandte sich von uns ab und brüllte Pacis Bestellung den anderen Barkeepern zu.

An meinen Knien wurde der Protest lauter.

Charles lehnte sich über den Tresen. »Verdammt noch mal. Hört auf zu jammern und benutzt die Leiter, wenn ihr es so verdammt eilig habt, euch einen hinter die Binde zu gießen.«

Seine fleischige Hand deutete auf eine hölzerne Treppe an der rechten Seite des Tresens, die zur Theke hinaufführte. Wäre sie nicht so lang gewesen, hätte sie aus einer Puppenstube stammen können. Ein einsamer Gnom saß auf der obersten Stufe der Treppe und ließ seine Beine in weinroten Strickstrümpfen herunterbaumeln. Er streckte den verschiedenen Gnomen, Korred und anderen Kreaturen, die um meine Knie herumwuselten, die Zunge heraus.

Ich konnte nicht verstehen, was das die kleinen Feen riefen, aber Charles kicherte. »Unwürdig? Nur, wenn ihr wieder auf halbem Weg runterfallt.«

Der Gnom auf der Leiter hob seinen Krug zum Gruß und leerte ihn in einem Zug mit dramatisch zurückgeneigtem Kopf.

Paci neigte sich zu mir herunter. Sein verführerisch frischer Ozeangeruch umfing mich und ich sog ihn tief ein. »Entschuldige mich bitte einen Moment.«

Er verschwand durch eine der drei Türen neben der Bar. Das Schild an jeder Tür, eine elegant geschwungene Rune, deutete darauf, dass es Toiletten waren. Aber warum drei? Die Zeichen waren keine Hilfe, denn ich konnte die Runen nicht entziffern. Eine für Frauen, eine für Männer und eine für alles dazwischen? Wie die Toiletten wohl aussehen, wenn nicht alle Wesen, die sie benutzen, humanoid waren? Ich würde mir das mal näher ansehen, wenn ich mein Bier ausgetrunken hatte.

Charles hob eine große und schlanke Vase über den Tresen und füllte mit einer schwungvollen Bewegung alle Fingerhüte und kleinen geschnitzten Humpen, die ihm von den Feen um meine Füße herum entgegengestreckt wurden. Als er allen eingeschenkt hatte, reichte er einen Korb über den Tresen und die kleinen Feen ließen ihre Münzen hineinfallen.

Charles zog den Korb wieder hoch und stellte einen Glaskelch, der mit einer grünen schäumenden Flüssigkeit gefüllt war, neben mein Bier. Er bewegte das Glas, als würde der Kelch Dynamit enthalten und nicht bloß Frucht und Alkohol.

»Das Desperados macht drei Kronen. Oder neun kanadische Dollar, wenn du keine Feenwährung hast.«

»Wow. Gesalzene Preise habt ihr hier«, murmelte ich.

»Versuch du doch mal, menschliches Bier durch die Schutzzauber zu bringen, Schneckchen«, sagte Charles gutmütig, »ohne dass es nachher nach Kelpie-Pisse schmeckt.«

Ich fummelte einige der seltsam aussehenden Münzen aus meiner Tasche. Welche war eine Krone? Ich hielt sie Charles auf der flachen Hand hin, wie eine kurzsichtige Oma beim Einkaufen.

Er nahm sich eine messingfarbene Münze. Sie verschwand blitzschnell hinter der Bar, aber seine Finger schwebten noch über meiner Handfläche. »Gibt es auch ein Trinkgeld für den Barkeeper?«

Ich lächelte. »Klar, wenn er mir den Preis für ein Glas Elfenwein verrät, damit ich mich nicht blamiere, wenn ich eins bestelle.«

»Ah, die Versuchung des Elbenweins.« Charles nahm noch eine Münze aus meiner Hand, diesmal eine kleinere. »Das ist für den Barkeeper.« Ohne zu hinzusehen, schnippte er sie über seine Schulter in ein Tongefäß.

Er machte sich daran, die Krüge zu spülen, die die anderen Barkeeper vor ihm aufgetürmt hatten, während wir uns unterhielten. »Der Preis von Elbenwein reicht von hoch bis astronomisch.« Er deutete mit dem Kopf auf meine Flasche. »Bier war eine kluge Wahl. Ich kann hier keine Kreditkarten annehmen, weil die Magie die Elektronik durcheinanderbringt. Und ich denke nicht, dass du einen Sack voll Silber bei dir hast.« Er blickte vom Abwasch auf.

Stille hatte sich über die Taverne gelegt. Nur die Trommeln und Dudelsäcke im Nebenzimmer spielten weiter.

Mattis erschien neben mir. Ein kostbar aussehender Kelch hing nachlässig in seiner linken Hand. Das Glas war grün getönt, sodass es schwierig war zu sagen, mit welchem Getränk es gefüllt war.

Ich deutete mit meinem Bier auf sein Glas. »Ist das Elbenwein?«

Mattis verzog das Gesicht. »Das, was man in Albion dafür hält. Kaum trinkbar.« Seine Aufmerksamkeit war auf eine Gruppe Neuankömmlinge an der Tür gerichtet und sein Gesicht verzog sich angeekelt.

»Vrall.« Mattis spuckte das Wort förmlich aus.

Eine Gruppe von fünf Wesen stolzierte durch den Raum auf die Theke zu. Sie erinnerten mich an Klingonen oder Uruk'hai, und doch hinkte der Vergleich. Sie waren drahtiger gebaut und sogar quer durch den Raum konnte ich spüren, dass von ihnen eine Form starker Magie ausging. Sie waren kleiner als die Elben, ungefähr meine Größe, aber mit vielen sichtbaren Muskeln und breiten Schultern. Ihre Hautfarbe reichte von Dunkelbraun bis Hellgrau. Einige trugen ihr schwarzes Haar in Rastalocken, anderen hatten sich die Köpfe zu einem Irokesen geschoren, der

im Nacken in einem sich schlängelnden geflochtenen Zopf endete. Die Vrall waren bis zu den Zähnen bewaffnet und in dunkle
Rüstung gekleidet. Der abgewetzte Schwarz-in-Schwarz-Look
wurde nur von einigen Streifen buntem Stoff unterbrochen.

Ich konnte mir nicht vorstellen, dass sie nicht bemerkt hatten, dass jeder sie anstarrte, aber sie ignorierten es einfach.

Nein, beim zweiten Hinsehen bemerkte ich, dass nur die Elben unter den Gästen die Neuankömmlinge mit Hass oder Ver-
achtung anstarrten. Die anderen Feen blickten zwischen Vrall
und Elben hin und her und schienen den Atem anzuhalten.

Paci tauchte neben uns auf.

»Hast du sogar auf der Toilette eine Störung im Gefüge der
Macht verspürt?«, murmelte ich.

»Ja, Obi-Wan.« Paci nagte nervös an seiner Lippe, sein
Blick klebte an Mattis. Er legte ihm die Hand auf die Schulter.
»Denk an die Regeln der Moireachgadaíns. Sie haben genauso
ein Recht hier zu sein, wie du. Sie werden keinen Ärger machen.«

Mattis ballte die Hände zu Fäusten. »Vrall bringen immer
Leid und hinterlassen Verzweiflung.«

Paci lächelte Mattis an, aber sein Blick war hart. »Die Zeiten
der Scherbenkriege sind lange vorüber, mein Freund. Wir leben
friedlich nebeneinander in Albion und so soll es auch bleiben.«
Er beugte sich näher zu ihm. »Beleidige nicht den Hof von Toronto, indem du hier alte Fehden aufwärmst.«

Die Vrall näherten sich der Bar und kamen direkt auf uns zu.

Mattis' Hände tasteten nach seinen Schwertern.

Paci nahm seinen Drink vom Tresen. »Kommt, lasst uns tanzen gehen.«

Mattis stand wie versteinert da und starrte auf die Vrall.

Paci seufzte. »Sie sitzen auch seit einem Jahrtausend hier
fest und haben friedlich Albion mit uns geteilt.«

»Sei nicht dumm«, grollte Mattis. »Deine Worte zeugen von
deiner Naivität und Jugend. Wenn sie sich friedfertig verhalten,
dann nur, weil ihnen das im Moment nützt.«

»Sprecht leiser, alle beide«, wies ein blauhäutiger Elf Paci und Mattis zurecht.

Als ich sein Gesicht sah, erstarrte ich. Das war doch der Typ, der mich am Hotdog-Stand verhöhnt hatte. Statt des knappen Lendenschurzes, den er damals getragen hatte, war der Elf nun in eine Tunika und eine Hose gekleidet. Sie sahen aus wie aus Seide und flossen an seiner muskulösen Silhouette hinunter. Was für eine willkommene Ablenkung von den Vrall.

»Du!« Ich stieß meinen Finger in seine Magengegend. »Du bist also ein Fee und nicht irgendein Freak.«

Aus dem Augenwinkel sah ich, wie Mattis eine Braue nach oben zog.

Der blaue Typ ignorierte mich. Seine Augen hafteten auf Paci, der unsere Gruppe verlassen hatte, um die Vrall abzufangen. Er leitete sie zur anderen Seite der Theke, möglichst weit weg von Mattis.

Ich stupste den blauen Elf in die Brust. »Hey, ich rede mit dir.«

»Aua.« Er blickte mich stirnrunzelnd an.

»Dich kenne ich«, versuchte ich es erneut.

Paci kam gerade zu uns zurück und Mattis nickte ihm zu. »Stell uns vor, Pacilellien.«

Paci schien erfreut, dass wir es geschafft hatten, Mattis von den Vrall abzulenken. »Das ist Orion, einer der Lehnsherren von Toronto.«

Ich sah, wie Mattis' Augen sich verengten.

Konnte das Foalfoots Orion sein? Derjenige, dem er meinen Vertrag übergeben wollte?

»Du bist der Neuzugang aus Faerie.« Orion musterte Mattis langsam von oben nach unten. Seine Miene verriet nichts.

Mattis erwiderte Orions unbewegten Blick mit leerem Ausdruck.

Innerlich verdrehte ich die Augen bei so viel Testosteron. Wir würden morgen früh immer noch hier stehen, wenn das so weiterging. »Warum hast du mich verhöhnt, als du gemerkt hast, dass ich durch deinen Glamour sehen konnte?« Ich schenkte Orion meinen besten »Ich bin hier die Chefin«-Blick.

Auch wenn Orion nicht für Astoria arbeitete, schien der Blick zu funktionieren.

»Wann soll ich mich über dich lustig gemacht haben? Ich kann mich an keine Kränkung erinnern.« Orion ergriff meine Hand und zog sie an seine heißen Lippen. »War ich nicht aufmerksam genug und machte nicht genug Komplimente?«

Oh Mann, Elben! Ich zog meine Hand aus seinem festen Griff. »Ich meine, als meine Kräfte vor einem Monat erwachten. Ich bin dir am Hotdog-Stand vor Astoria begegnet. Ich habe deine Illusion durchschaut und du hast es bemerkt. Und du hast dich über mich lustig gemacht.« Okay, es klang ein bisschen doof, aber ich war immer noch stinkig, dass er mich damals veräppelt hatte.

»Meine Blüte, ich kann mich doch nicht an jede Frau erinnern, die ich mit Nacktheit geblendet habe ...« Orions Augen blitzten vor Vergnügen.

»Du weißt ganz genau, wer ich bin, und du kannst dich an den Tag erinnern.«

Sein hübscher Mund verzog sich zu einem Grinsen. »Ich war mir nicht sicher, was du sehen konntest, aber ich konnte der Versuchung nicht widerstehen. Es war zu komisch, wie du errötet bist, als ich ...« Seine Hand glitt seine Brust hinunter bis in seinen Schritt.

Ich rammte ihm unsanft meinen Ellenbogen in die Seite, aber Orion lachte nur leise.

Ha, ich würde es ihm schon zeigen, wenn er Foalfoots Vertrag mit mir einlösen wollte. Hier in Elbhold war ich vielleicht nur Alanna, Magierin in der Ausbildung, die im Umgang mit Feen noch ungeschickt war. Wenn er mich wegen seiner IT anstellte, hatte ich Heimvorteil.

Mattis beugte sich über Orion. Er war zwei Köpfe größer als der Elf und sah ziemlich beeindruckend aus. »Du schuldest uns einen Gefallen.«

»Ich schulde euch gar nichts.« Das Lächeln verschwand aus Orions Gesicht.

Mattis zog eine Augenbraue hoch. »Du bist gewillt, den

Richter von Silberaue wegen so einer Lappalie herauszufordern?« Sein Blick spießte Orion förmlich auf.

Orion seufzte. »Natürlich nicht. Ich gewähre euch beiden eine Frage und eine Antwort. Zufrieden?«

Mattis lächelte und bleckte dabei die Zähne. »Das ist ausreichend.«

Er beugte sich näher zu Orion und flüsterte. Ich verstand weder seine Frage noch Orions Antwort.

Als Orion abdampfte, ohne sich umzusehen, erhob Mattis sein Glas zum Abschied.

Ich stemmte meine Hände in die Hüften. »Na, seid ihr jetzt fertig mit dem Schwanzlängenvergleich?«

Mattis hustete in seinen Wein. »Wie bitte?«

»Du hast mich schon verstanden.«

Mattis lachte in sich hinein. »Wir haben nur Nettigkeiten ausgetauscht. Und nun haben wir einen potenziellen Verbündeten an einem potenziell feindlichen Ort.«

»Nettigkeiten ausgetauscht?« Ich hüstelte und nahm einen Schluck Bier.

Paci blickte von mir zu Mattis. Er drückte einen leichten Kuss auf meine Wange und verschwand durch einen Rundbogen in einen anderen Raum.

»Luftveränderung, eine gute Idee«, brummte Mattis. Er wandte sich vom Tresen und den Vrall weg, darauf bedacht, ihnen nicht den Rücken zuzuwenden. »Es macht mich wahnsinnig, so dicht neben denen zu stehen ohne gezücktes Schwert.«

FÜNFUNDZWANZIG

Mattis führte mich zu einem Alkoven am anderen Ende der Taverne. Schwere Vorhänge an beiden Seiten konnten den Blick in die Nische verwehren, aber sie waren nur halb zugezogen. Er schob den Vorhang auseinander und wir tauchten hinein. Ein niedriges und gemütlich aussehendes Sofa lief in einer geschwungenen Kurve an der hinteren Mauer entlang. Zwei Gnome hatten es sich in einer Ecke gemütlich gemacht und küssten sich leidenschaftlich, während ihre Hände nicht voneinander lassen konnten.

Mattis zog die Vorhänge zu, was die Nische in Dämmerlicht tauchte. »Dahin«, flüsterte er und deutete auf die andere Seite der Couch.

»Wir stören«, zischte ich.

»Wir besitzen nicht die Schüchternheit deiner Rasse.« Mattis drückte mich auf die Couch und ließ sich neben mich auf das Polster fallen. »Entweder du ignorierst sie oder du machst ihnen ein Kompliment. Es ist nur unhöflich, ohne schmeichelnden Kommentar zuzuschauen.«

Ich hielt den Blick starr auf Mattis gerichtet.

»Ich wollte dir etwas unter vier Augen über die Vrall erzählen.« Er lehnte sich gegen die Wand, aber legte seinen Arm um meine Taille. Ich wusste nicht genau, worauf ich hoffte. Dass er die Abgeschiedenheit des Alkoven nutzte, um mich zu streicheln, oder dass er meine Schüchternheit respektieren und sich benehmen würde?

Er war jedoch in Vortragslaune. »Früher waren alle drei Welten füreinander geöffnet. Menschen, Feen und Vrall konnten von Faerie nach Albion und Magwa durch die Portale in der Hecke reisen.« Mattis nahm einen Schluck von seinem Wein und stellte das Glas neben seinen Füßen ab. »Das hatte zur Folge, dass wir uns ständig im Krieg miteinander befanden. Die Menschen begehrten unsere Kunstgegenstände und Heilpflanzen. Die Vrall drangen in Faerie ein, um Sklaven und unsere Schätze zu erbeuten.« Mattis spielte gedankenverloren mit den Fransen meines Tops, sein Blick war nach innen gerichtet. Dass seine warmen Finger immer wieder an meiner Haut vorbeistrichen, machte es immer schwieriger, ihm zuzuhören. »Weißt du, wir sind ein friedliebendes Volk. Und wir waren zwischen zwei Reichen gefangen, die im Verlauf der Jahrtausende immer dreister und gieriger wurden. Es herrschte immer Krieg. Und du kannst dir vorstellen, welche Gräuel die Kriege zwischen den Vrall und den Feen hervorbrachten. Fast unsterbliche Wesen, die in einem ewigen Kampf gefangen sind und jede Gelegenheit suchen, der anderen Seite eine möglichst schwere Verletzung zu versetzen …« Sein Gesicht war grimmig, sein Blick verhangen.

Ich legte eine Hand auf seine Schulter. »Hast du in diesen Kriegen gekämpft?«

»Nein, ich wurde Jahrhunderte später geboren. Aber meine Eltern, meine Lehrer, einige der Ältesten, bei denen ich aufgewachsen bin, waren Zeugen des Schreckens, den die Vrall über mein Volk brachten.« Mattis musste sich sichtlich zusammennehmen. »Als die Menschen immer bessere Waffen und mechanische Geräte erfanden und die Magie der Vrall aufblühte, entschlossen sich die Elben, alle drei Reiche zu retten. Anstatt in einem ewigen Krieg zu leiden, sollte jede Welt, jede Rasse, alleine leben und gedeihen. Wir hatten keine Ahnung, wie wir unsere Welt beschützen sollten, aber ein Mensch, eine begabte Magierin, hatte eine Idee. Morgana war in ganz Faerie bekannt wegen ihrer berühmten Elbenliebhaber, aber auch wegen ihres unvergleichlichen Talents in Bezug auf Schutzzauber. Mit der Hilfe eines Sidhe und eines Vralls erschuf sie in einem machtvollen Ritual einen Schutzwall um ganz Faerie. Sobald der Ring erschaffen war, konnte man nicht mehr zwischen den Reichen hin- und herwandern, nur noch von Faerie nach außen. Und mit der

Zeit vergaßen die Menschen die Feen.«

»Es scheint, als hätten wir vor allem die Vrall vergessen.«

»Glücklicherweise hattet ihr nie viel Kontakt mit ihnen. Faerie fungierte als Puffer zwischen eurer Welt und der der Vrall. — Hier. Möchtest du den Wein mal kosten?« Er hielt mir sein Glas hin.

Ich nahm es und schwenkte es sanft. Der Weißwein hatte eine dunkelgoldene Farbe und war fast undurchsichtig. Meine Nase nahm florale und Zitrusnoten mit einem Hauch von Eiche wahr. Ich nahm einen Schluck und ließ ihn über meine Zunge gleiten. Der Geschmack war unglaublich. Unbeschreiblich viele Nuancen von Früchten, Holz, Mineralien und Moschus tanzten auf meinen Geschmacksknospen. Der Wein war vollmundig und aromatisch mit einer Weichheit, die nur mit dem Alter kommt — das jedenfalls hatte meine Mutter, die Weinkennerin der Familie, immer behauptet. Zum Glück war der Geschmack nicht überwältigend wie der einiger Lieblingsweine meiner Mutter, sondern spritzig und rein und ich fühlte mich wach und erfrischt. Ich musste einfach noch einmal probieren und noch mal, bei jedem Schluck entdeckte ich neue Aromen.

»Wow, der ist gut.« Ich streckte Mattis das Glas hin.

Er lachte in sich hinein. »Das konnte man sehen. Du hast fast gestöhnt.« Er schob den Kelch wieder in meine Richtung. »Nimm du ihn. Dir macht er mehr Freude als mir.«

Er lehnte sich auf dem Sofa zurück.

Ich balancierte den großen Kelch mit beiden Händen auf meinem Knie. »Ich möchte dich etwas fragen.«

Mattis sah mich gespannt an. »Ja?«

»Menschenkinder wachsen nur mit Märchen über Elben, Gnome und Drachen auf, obwohl wir eigentlich immer noch von Feen umgeben sind. Können die Feen nicht wieder zeigen, dass es sie gibt? Wir leben doch schon lange nicht mehr im finsteren Mittelalter.«

»Ich bin mir sicher, sie haben ihre Gründe, verborgen zu bleiben.« Mattis zuckte die Schultern. »Die menschlichen Magier machen dasselbe. Ich habe gehört, dass die Menschen mit einem Händchen für Magie, die ihr Talent offen gezeigt habe,

jahrhundertelang getötet wurden. Alle Feen, denen du hier begegnest, sind niedere Feen, die nicht in der Lage wären, einen
Angriff abzuwehren. Es gibt in Albion nicht genug Magie für
Feenwesen, die den Menschen zu einer Bedrohung werden könnten, wie Drachen oder Greife. Je geringer die Macht einer Feen-
rasse ist, desto mehr siehst du von ihnen in Albion.«

Ich nahm einen weiteren Schluck Wein und verdaute, was er
mir gerade erzählt hatte. »Gibt es Menschen in Faerie?«

»Jepp.« Mattis trank von meinem Bier. Ich erwartete, dass er
sich schütteln oder eine Grimasse schneiden würde, aber er
schluckte das Desperados einfach hinunter. »Sie werden Wech-
selbälger genannt, obwohl sie nicht mehr aus Wiegen gestohlen
werden. Schon seit einem Jahrtausend nicht mehr.« Er grinste,
aber ich verstand nicht, was daran witzig war. Allein der Gedanke war gruselig. »In Faerie leben Menschen mehrere Jahrhunderte. Und sie verwandeln sich alle in Zauberer, sobald sie Faerie
betreten.«

Das war merkwürdig. »Ich dachte, wenn man nicht als Magier geboren wird, ist man für immer ein Norm?«

Mattis zuckte mit den Schultern. »Alle Feen besitzen von
Geburt an magisches Talent, daher weiß ich es nicht.«

»Noch was.«

Mattis blickte auf. »Hm?«

»Ich möchte wissen, warum sie dich ›den Richter‹ nennen.
Und ›Faerunas Krieger‹. Oh, und diese Geschichte mit Silberaue.
Das ist ein Ort in Faerie, oder?«

»Wenn du einmal fragst, hörst du nicht so schnell wieder
auf.« Mattis lachte leise, aber sein Ausdruck war ernst. Er verfiel
ins Schweigen und mir wurde klar: Freiwillig würde er meine
Fragen nicht beantworten.

»Verstehst du nicht, wie blöd ich mir vorkomme?«, hakte ich
nach. »Ich lauf mit dir rum und alle sagen ›Oh, *der* Richter. Ich
mach mir in die Hose‹, und ich habe keine Ahnung, worüber sie
sprechen.«

Mattis seufzte. »Ich kann verstehen, dass dich das stört.« Er
guckte in die Ferne.

»Also?«

»Also, das kam so ...« Mattis holte tief Luft, als ob er in einen trüben Teich tauchen wollte. Er sah auch genauso begeistert aus. »Ich habe etwas getan, das der Königin missfiel. Da ich aber ein Krieger Faerunas bin, konnte sie mich nicht zum Tode verurteilen. Faerunas Krieger sind ein kostbares Gut. Deshalb gab sie mir stattdessen ... einen neuen Job, wie ihr es nennen würdet. Sie ernannte mich zum Richter von Silberaue. Es ist der einzige Ort in Faerie, der annähernd so ist wie eine eurer Städte. Silberaue untersteht keinem Feenhof. Das bedeutet: absolute Freiheit — und absolutes Chaos.«

»Und der Richter sorgt für Ruhe und Ordnung?«

Mattis grinste. Seine Augen hatten einen grimmigen Glanz angenommen. »Jedes Urteil des Richters ist unanfechtbar. Daher hat jeder Fee mit dunklen Plänen nur einen Gedanken, sobald ein neuer Richter ernannt wird: ihn so schnell wie möglich zu eliminieren. Denn wenn der Richter tot ist, dauert es vielleicht ein paar Jahrzehnte, bis ein neuer Richter ernannt wird.«

Ich schluckte. »Was ist so die durchschnittliche Lebenserwartung eines Richters in der Stadt?« Vielleicht war es gar nicht so schlimm — hier ging's ja schließlich um unsterbliche Feen.

»Ein Jahr. Die Königin hat mich zum Sterben nach Silberaue entsandt.«

Mein Herz zog sich bei seinem beiläufigen Ton zusammen. »Und wie lange bist du schon da?«

»Fast ein Jahrhundert.«

Er lachte, aber es klang bitter. »Ich will ja nicht angeben, aber ich habe mich meinen Pflichten nicht entzogen oder mich versteckt. Ich habe mit Kankalins Hilfe in Silberaue einhundert Jahre für Ruhe und Ordnung gesorgt, trotz täglicher Anschläge auf mein Leben. Das bringt einem einen gewissen Ruf ein.« Er grinste.

Mein Kiefer klappte nach unten. Kein Wunder, dass die Feen im Elbhold sich bei der Erwähnung, dass er der Richter von Silberaue war, vor Angst in die Hosen machten. »Und wahrscheinlich gibt es keine überlebenden ehemaligen Richter?«

Mattis schüttelte den Kopf.

»Aber du musst dort nicht wieder hin zurück, oder?«, fragte ich.

»Das hängt davon ab, ob die Königin findet, dass ich meinen Auftrag, die Erbin von Lady Famurgan nach Faerie zu bringen, erfüllt habe oder nicht.« Er schaute weg. »Die Königin hat ihr Wort gegeben, dass sie die Strafe aufhebt, wenn ich meine Mission erfülle.«

»Und wenn du es nicht schaffst?«, murmelte ich.

Mattis zuckte mit den Schulter und wich immer noch meinem Blick aus. »Dann geh ich dahin zurück, woher ich gekommen bin. Wenigstens hatten Kankalin und ich dann ein paar Wochen Pause.«

»Du würdest mir wirklich keine Vorwürfe machen? Wenn ich mich weigere, nach Faerie zu gehen, schicke ich dich dorthin zurück, wo du jeden einzelnen Tag um dein Überleben kämpfen musst.«

Mattis' Blick wendete sich wieder mir zu. »Nein, das würde ich dir nicht vorwerfen. Albion zu verlassen für eine Welt, die von Dornen verwüstet wird, ist nicht etwas, das ich verlangen kann. Besonders nicht, wenn ich …« Er verstummte.

»Wenn du was?«

Er schüttelte den Kopf. »Egal.«

Grrr, musste man ihm alles aus der Nase ziehen? »Spuck's schon aus!«, knurrte ich.

Mattis lehnte sich auf dem Sofa zurück. »Nö.«

»Dann beschreib mir wenigstens die Rahmenbedingungen. Was würde die Rückkehr aus Faerie beinhalten?«

Mattis' Augenbrauen wanderten ein wenig nach oben. »Was beschreiben?«

»Die Umstände. Was muss passieren, damit ich sicher nach Faerie und wieder hierher zurückkreisen kann?«

Er lehnte sich auf dem Sofa zurück. »Der Ring besteht aus sehr mächtigen Schutzzaubern, die nur ein Ältester vorübergehend durch ein Portal öffnen kann.«

»Wie bist du hierhergekommen? Du bist doch noch kein Ältester.«

»Ein Ältester wob ein Portal durch den Ring für Kankalin und mich.«

»Gibt es auch in Albion Älteste bei den Elben?«

»Ich glaube nicht.«

Ich runzelte die Stirn. »Wie reisen wir dann überhaupt nach Faerie?«

»Die Königin hat ihr Wort gegeben, dass sie uns einen Ältesten des Goldenen Hofes sendet. Sein Name ist Dyg. Er hat das Portal geschaffen, das ich für die Reise hierher benutzt habe. Mit seiner Hilfe können wir nach Faerie gelangen.«

»Und wieder hierher zurückkehren.«

Mattis rollte mit den Schultern, als ob sie angespannt wären. »Vielleicht.« Wieso machte ihn das Gespräch nervös?

»Wie viele Älteste außer Dyg gibt es in Faerie, die so ein Portal nach Albion öffnen können?«

Mattis lachte leise. »Ich fühle mich schon ganz geschwächt vom Schwall deiner Fragen. Du solltest das zu deiner Spezialität machen: Foltern durch simples Befragen.« Er berührte sein Herz in gespieltem Schmerz.

Ich schlug ihm mit der Hand aufs Knie. »Hey, ich muss wissen, wie die Chancen stehen, wenn ich mit dir gehe. Wenn Faerie so groß ist wie unsere Welt und es nur zwei Älteste gibt, die mich wieder zurückbringen können, dann habe ich schlechte Chancen.«

»Wenn du die Wahrheit hören willst … Der Kampf gegen die Dornen hat uns schon viele Älteste gekostet. Es gibt nicht mehr so viele von ihnen, aber Faerie ist kleiner als Albion. Und es gibt mindestens sechs bis zehn Älteste, die ein Portal ins Leben rufen können.«

»Nur sechs bis zehn?«, rief ich entsetzt.

»Ich gebe dir deine Rahmenbedingungen. Die Spezifikationen, um lebendig hierher zurückzukehren.« Er zählte an seinen Fingern ab und seine Silberringe blitzten kurz auf mit jedem Punkt. »Erstens brauchen wir einen Ältesten, der ein Portal öffnet, um uns beide nach Faerie zu bringen. Im Idealfall hat er

Krieger dabei, die dich beschützen, bis du sicher den Goldenen Hof erreicht hast. Zweitens: Du musst mir in Faerie vertrauen, musst, ohne zu zögern, alles tun, was ich sage, damit ich dich beschützen kann. Drittens: Während deines Aufenthalts müssen wir uns aus der Hofpolitik heraushalten. Das wird am schwierigsten sein. Viertens: Wir müssen einen Ort finden, wo wir den Ring instandsetzen können, ohne von den Dornen angegriffen zu werden.« Er berührte seinen Daumen. »Fünftens musst du das Ritual überleben — und den Zorn der Königin, wenn du es nicht schaffst, den Ring zu reparieren. Und als Letztes …« Er hatte keine Finger mehr übrig und machte mit dem Daumen seiner anderen Hand weiter. »Wir benötigen einen Ältesten, der ein Portal zurück durch den Ring nach Albion für dich öffnet. Vielleicht weigern sie sich, da dies denselben Schutzzauber beschädigen könnte, für dessen Reparatur du dein Leben aufs Spiel gesetzt hast.« Mattis ließ seine Hände in den Schoß sinken.

»Brauchst du nicht vielleicht noch ein paar zusätzliche Hände, um all die Faktoren aufzuzählen, die notwendig sind, damit ich in einem Stück nach Hause zurückkehren kann?«, fragte ich trocken. Oh, Mann. »Du bittest mich, mein bisheriges Leben, meine Familie, Astoria, Computer aufzugeben — wofür?«

Mattis hob die Hand und fuhr sanft mit einem Finger mein Kinn entlang. »Um eine wunderschöne Welt vor dem Untergang zu bewahren.« Sein Finger wanderte in einer liebkosenden Bewegung zu meinem Ohr. »Um wild und tief eine Welt zu erleben, in der die einzige Beschränkung die Grenzen deines eigenen Verstandes sind.«

Ich setzte das Glas ab und ergriff seine Hand. »Die Frage ist: Gehe ich für dich dorthin?«

Mattis andere Hand legte sich an meine Wange und er beugte sich zu mir. Das Grün seiner Augen war dunkel und bewegt wie das Meer im Sturm. »Ja, für mich. Obwohl der Wunsch, dich in Faerie an meiner Seite zu haben, mich zu einem egoistischen Bastard macht.«

Ich presste meine Lippen auf seine. Mattis stöhnte leise und erwiderte den Kuss. Er nahm meine Lippen, meinen Mund. Unser Atem verschmolz. Ich schloss die Augen. Mein ganzes Ich sang vor Freude über den Kuss, darüber, dass er gestanden hatte, dass er mich in Faerie bei sich haben wollte. Ich konnte nicht mehr klar denken. Gar nicht gut — er hatte mich doch vor eine Wahl gestellt. Was sollte ich tun?

Mattis Mund löste sich von meinem. Seine Lippen waren so nah, dass sie meine beim Sprechen berührten, als er flüsterte: »Ich verspreche dir, dass ich alles in meiner Macht Stehende tun werde, um dich zu beschützen und dich sicher wieder nach Hause zu bringen.« Seine Stimme war rau. »Aber es wäre noch egoistischer von mir, wenn ich behaupten würde, dass ich es sicher schaffe.«

Ich schluckte schwer. »Du machst es mir nicht einfacher.«

Er lehnte sich etwas zurück. »Wenn du nicht mit mir kommst, würdest du dich dann nicht den Rest deines Lebens fragen, was du hättest sehen können?« Er suchte meinen Blick. »Was du in einem Feenreich erlebt hättest?«

Als ich nichts sagte, stand Mattis auf. »Du hast noch Zeit, um dich zu entscheiden. Vergeude diese schöne Nacht nicht mit Grübeln, hm?« Er hielt mir einladend die Hand hin. »Komm, gewähr mir einen Tanz.« Als ich keine Anstalten machte, ergriff er meine Hände und zog daran.

Ich blieb sitzen, aus Angst, neben den sich anmutig windenden Elben unbeholfen und steif auszusehen. »Ich bin ein Mensch. Ich kenne eure Tänze nicht.«

»Du wirst das großartig machen.« Mattis zog mich auf die Füße, warf mich über seine Schulter und trug mich in Richtung Musik.

SECHSUNDZWANZIG

Er hatte mich gerade im nächsten Raum auf die Füße gestellt, als die Musik verstummte. Die Stille war gefüllt mit dem lauten Stimmengewirr der Gäste an der Bar und dem Gejohle der Zuhörer der Band.

Obwohl ich wusste, dass die Taverne innen größer war, als man von außen vermutete, war ich doch überrascht von der Größe des Festsaals. Er war nicht so groß und majestätisch wie ein Ballsaal, aber groß genug, dass mehrere Dutzend Feen tanzen konnten, ohne sich auf die Füße zu treten.

Künstliche Spinnweben schmückten die Wände und die Holzdecke. Wenigstens hoffte ich, dass sie künstlich waren: Jeder Faden war fingerdick und leuchtete in Grün oder Schwarz. Anstatt gefangener Insekten waren in den Netzen riesige Kristalle eingewoben. Sie leuchteten von innen heraus und tauchten den Raum in ein Gemisch aus rotem, blauem und grünem Licht.

Die Tanzfläche war gerammelt voll mit Feen, hauptsächlich Elben. Alle blickten auf eine kleine Bühne. Die Bandmitglieder bewegten ihre Instrumente, um vorn etwas Platz frei zu machen. Die Band bestand aus mehreren Trommlern, einem Pfeifenspieler, einem Harfenspieler und einigen Feen, deren Instrumente ich nicht kannte. Sie waren aus anmutig geschwungenem Holz gearbeitet und hatten vielen Saiten. Eine Frau saß im Schneidersitz links auf der Bühne, auf dem Schoß einen großen Metallteller. Ihre Finger entlockten dem verbeulten Metall erstaunliche Töne. Im Grunde sah diese Gruppe mehr nach moderner Folk-Band als nach Mittelaltermarkt aus. Vorausgesetzt, man ignorierte die Elben mit ihrer Porzellanhaut und den langen spitzen Ohren und die Bandmitglieder mit Fell.

Eine Frau betrat die Bühne von der linken Seite und wurde mit großem Applaus begrüßt. Sie war noch jung, höchstens zwanzig. Ihr kurzes schwarzes Haar stand unordentlich vom Kopf ab, als hätte jemand es mit einer stumpfen Schere bearbeitet.

Ihr Lächeln wurde mit begeistertem Gejohle quittiert.

»Ca-tey. Ca-tey. Ca-tey«, skandierten die Zuhörer. Wie bei einem Rockstar, der um eine Zugabe gebeten wurde.

Catey zog sich den Pullover über den Kopf, was ihre Haare noch wirrer abstehen ließ. Unter dem Pulli kamen abgetragene Klamotten zum Vorschein — eine schwarze Hose, ein Minirock, zwei einfache T-Shirts und darüber eine zerrissene Bluse. In ihrer Aufmachung und den schwarzen Stiefeln sah sie aus wie eine Mischung aus Goth-Lolita und Punkrocker. Aber sie sah normal menschlich aus, überhaupt nicht wie ein Elf.

Catey nahm eine Gitarre. Die anderen Bandmitglieder waren an keinen Verstärker angeschlossen, aber das Mädchen hatte ein Mikrofon. Sie stellte die Höhe richtig ein. »Willkommen zurück bei unserem Winterwenden-Warm-up.« Catey zupfte einige Akkorde auf ihrer Gitarre. »Wir spielen noch ein paar Songs für euch. Wie wäre es, wenn wir mit eurem Lieblingssong beginnen?« Sie lächelte verschmitzt und summte die ersten Noten von »Roxanne«. Als die Feen applaudierten, ging sie zum Anfang von »Somebody that I used to know« über. Sie kicherte sanft in das Mikrofon. Der Song, den sie letztlich spielte, war ein Rocksong, den ich nicht kannte. Er klang definitiv elbisch, aber auch modern.

Alle Zuhörer, vom angetrunkenen Brownie, der sich an die Bühne lehnte, bis zu Mattis neben mir, bewegten sich zur Musik. Cateys Stimme war vielseitig und für Rocksongs ebenso wie für Balladen geeignet. Sie hatte die seltene Begabung, jeden Song beim Singen neu zu erschaffen, so als sei er gerade entstanden und nur für deine Ohren bestimmt.

»Sie ist super«, flüsterte ich.

»Ja.« Mattis drehte sich zu mir. Er sah verzaubert aus. »Und sie ist menschlich, stell dir das mal vor.«

»Sie ist keine Fee?«

Er zuckte mit den Schultern. »Wenigstens behauptet sie, dass sie menschlich sei. Es sollte jedem Fee selbst überlassen bleiben, ob sie sich zu erkennen geben oder nicht.«

»Aber sie kann Elbisch singen und sie ist hier in Elbhold.«

»Das ist kein sicheres Indiz für einen Elf. Sie könnte etwas Feenblut haben, genau wie du. Vielleicht ist das Geschenk, das sie geerbt hat, die Musik.«

Aus irgendeinem Grunde wollte ich unbedingt wissen, was Catey war. War sie ein Elf, der vorgab, ein Mensch zu sein? Oder wie ich ein Mensch, der zufällig über die Feen gestolpert war?

»Wenn sie eine Fee ist, dann hat sie das Recht, das geheim zu halten.« Mattis schien es ernst damit zu sein. »Es gibt einige meiner Art, die damit angeben, wer und was sie sind. Andere verbergen ihre wahre Natur. Nicht notwendigerweise aus niederen Beweggründen.«

»Kannst du erkennen, was jemand ist?«

Mattis zuckte mit den Schultern. »Manchmal. Bei dir oder Rufus kann ich es nicht sagen. Und auch nicht bei Catey. Bei Nick und René weiß ich sofort, dass sie menschlich sind. Und dass Paci ein Elf ist.«

Ich verdrehte die Augen. »Ich glaube, ein Blinder mit Krückstock würde das erkennen.«

Mattis grinste. »Allerdings. Ich will nur sagen, dass ich mir meistens sicher bin.«

»Habe ich auch diesen Feenradar?«

Er nickte. »Ich vermute, dein Sinn dafür ist einfach abgestumpft. Wenn du wirklich siehst, und ich meine nicht mit den Augen, dann kannst du erkennen, wer menschlich ist und wer ein Feenwesen.« Er deutete mit dem Kopf zur Bühne. »Mit Ausnahmen.«

Ich schloss meine Augen und versuchte, mit diesem anderen Sinn zu sehen. Mattis' Arme schlossen sich um mich und er stieß meine Magie sanft an. Diesmal erglühte nicht nur der Raum in einem blau-grünen Schein, sondern auch jede einzelne Person. So, als würde man sie durch eine von Rikkas Brillen betrachten.

Catey ging zum nächsten Song über. Ich bewegte mich in Mattis Armen zum Rhythmus und scannte dabei jeden im Raum mit meinem magischen Blick. Die verschiedenen Farben sagten mir nicht viel. Ich brauchte wahrscheinlich weitere Erklärungen, um zu verstehen, wer Fee mit menschlichen Vorfahren und wer eine Vollblut-Fee war. Es war aber trotzdem ein faszinierender Anblick. Über der Bühne hatte sich ein Netz pulsierender Linien gebildet. Zuerst wirkte es etwas unheimlich, so, als ob jeder Musiker eine Marionette wäre.

»Sie nähren Elbhold mit ihrer Musik«, sagte Mattis dicht an meinem Ohr. »Im Gegenzug verleiht Elbhold ihrer Musik einen gewissen Zauber. Du wirst dieses Phänomen bei jeder Ansammlung von Elben bemerken.« Er rührte sich hinter mir, drehte den Kopf.

Ich öffnete meine Augen. »Suchst du jemanden?«

»Ich frage mich, ob Kankalin irgendwo in der Nähe ist«, sagte Mattis. »Ihr würde die Musik gefallen.«

»Seid ihr schon lange zusammen?«

»Zusammen? Du meinst wie Mann und Frau?« Er brach in Gelächter aus. »Möge die Göttin mich davor bewahren, eine Reav als Partner zu nehmen.« Er lachte erneut.

Ich knuffte ihn in die Seite. »Depp. Ich meine auf Missionen. Abenteuern. Oder wie auch immer du das nennst, was ihr zwei macht, Richter Firdrake.« Ich dehnte das vorletzte Wort.

Mattis stupste mich in die Seite. »Als ich aufwuchs, war ich an ihr Volk, die Reav, gebunden. Das brachte mir auch den Spitznamen Pix ein. Eine lange Geschichte. Als …« Er stoppte. Atmete tief ein. »Als ich nach Silberaue gesandt wurde, war Kankalin die Einzige, die mir anbot mitzugehen.«

»Und wie lange kennst du sie schon?«

Mattis dachte über die Frage nach. »Fast … zweihundert Jahre.« Er wandte sich wieder der Bühne zu. Dieses Lied war viel schneller und besser zum Tanzen geeignet. Feen strömten von allen Seiten auf die Tanzfläche.

Mattis hob meine Hand und berührte meine Knöchel mit seinen Lippen. »Alanna, Tochter aus dem Reich der Sterblichen, gewährst du diesem Krieger heute Nacht einen Tanz?«

Ich hatte mich vorhin geweigert zu tanzen, jetzt wollte ich es unbedingt. Mein Körper kribbelte und ich fühlte mich lebendig. Lag das am Wein oder an Cateys Liedern?

Mattis lächelte erfreut, als er sah, dass meine Ablehnung sich in ein Ja wandelte.

»Ja, mach ich. Der Himmel weiß, in was für Schwierigkeiten du sonst gerätst«, sagte ich mit einem Grinsen.

Wir quetschten uns durch das Gedränge, direkt zur Mitte der Tanzfläche. Mitten unter den sich drehenden Körpern entdeckte ich Paci. Er hatte die Arme erhoben und seine Füße wippten anmutig im Rhythmus. Das Stück, das Catey spielte, passte perfekt zu Pacis Tanzstil. Sein gesamter Körper wiegte und drehte sich und seine frostglitzernde Haut fing die Lichter ein. Sein Becken zuckte so im Rhythmus der Musik, dass ihn bestimmt alle Feen abschleppen wollten. Da er nur einen Kilt trug, der ganz schön ins Wippen kam, wurde ich etwas blind. Ich versuchte, den Blick abzuwenden, aber ohne Erfolg.

Mattis neigte sich zu meinem Ohr, damit ich ihn verstehen konnte. »Du bist verzaubert, Röschen. In deiner Welt müssen wir darauf achten, uns nicht beim Tanzen zu verlieren, denn so weben wir Zauber.« Er machte eine schneidende Armbewegung zwischen Paci und mir und ich konnte meinen Kopf abwenden.

Mattis ergriff meine Hände und übernahm die Führung. Sein ganzer Körper bewegte sich anmutig, bis in die Fingerspitzen. Sein Haar umwallte ihn in einer sanften Wolke. Ich war zuerst schüchtern und gehemmt. Als er es bemerkte, trat Mattis hinter mich und schloss seine Arme um meine Taille. Dicht an ihn gedrängt war es ganz einfach, sich dem Rhythmus und der Musik hinzugeben. Ich wiegte mich zu jedem Ton der Flöten und drückte mein Becken spielerisch gegen seins.

Die Fransen meines Tops glitten beim Tanzen auseinander und Mattis streichelte meine nackte Haut. Ich drehte mich in seinen Armen zu ihm um. Unsere Hüften waren aneinander gepresst. Seine Augen funkelten und ich lächelte ihn an.

Mattis bewegte seine Hand an meiner Seite nach oben und

meinen Arm entlang bis zu meinen Fingern. Er ergriff meine Hand fest und drehte mich in einem weiten Bogen von sich weg. Es war mir egal, dass ich dabei andere Tänzer anstieß. Entscheidend war allein, dass er mich wieder zu sich zog, seine Arme um mich schloss und wir uns mit verschlungenen Beinen wiegten und bewegten.

Ich zog ihn auf meine Höhe und küsste ihn flüchtig auf die Lippen. Ein heißer Funke durchschoss mich, genau wie im Dojo. Anstatt zurückzuzucken, drückte ich mich näher an Mattis und vertiefte den Kuss.

Mattis' Haut glühte auf, genau wie im Dojo. Die Lippen, die ich küsste, sahen im Mondlicht, das von seinem Gesicht ausstrahlte, fast schwarz aus. Er stöhnte leise und schob mich weg.

Ein Schatten sauste durch die Tänzer, eine Mischung aus Kobold und strähnigem Monster-Windhund, Genaueres konnte ich in der Dunkelheit nicht sehen. Er duckte sich uns gegenüber, in jeder Hand eine riesige Klinge, bereit, Mattis anzuspringen. Nach einer kurzen Schrecksekunde erkannte ich Archie, den Rausschmeißer der Taverne. Das Licht, das durch Mattis Haut pulsiert war, erlosch abrupt.

Paci schob sich schnell durch die Menge zu Archie. Er legte ihm die Hände auf die Schultern und sprach sanft auf Elbisch auf ihn ein, um ihn zu beruhigen oder zurückzuhalten. Ich wurde knallrot, als Paci auf Deutsch wiederholte, was er gesagt hatte, nur diesmal viel lauter: »Keiner macht Ärger, Archie! Sie hat nur seine Lust entfacht.«

Archie drehte sich auf dem Absatz um und trottete davon. Seine dunkle Haut, Haare und Kleidung verschmolzen mit der Dunkelheit am Rand der Tanzfläche. Paci warf mir eine Kusshand zu und verschwand zwischen den Tänzern. Viele von ihnen sahen Mattis und mich an und kicherten.

Ich räusperte mich. »Nicht sehr praktisch, so hell zu leuchten, oder? Wie machen Elben das im Wald, wenn sie mal ungestört sein möchten?«

Mattis schaute weg, eindeutig verlegen. »Indem wir erst einen Zauber weben, der uns vor Blicken verbirgt. Aber an einem

Ort wie diesem, in Begleitung eines Menschen, war ich fahrlässig.« Er fuhr sich mit der Hand durch die Haare und arrangierte seine zwei geflochtenen Zöpfe. »Feen sind sinnliche Geschöpfe.«

Ich grinste. »Das ist mir auch gerade aufgefallen.«

Mit einem Knurren zog Mattis mich wieder in die Arme. »Dein Oberteil lenkt mich ziemlich ab.« Seine Stimme war rau.

»Kein Problem, ich kann es ausziehen«, schnurrte ich.

Mattis' Haut strahlte kurz auf. Ich bemerkte es, bevor er seine Reaktion mit einer Illusion verbarg. Ich lächelte. *Ich hatte seine Lust entfacht.*

Mattis stupste mich in die Seite. »Und, macht's Spaß?« Seine Stimme war ein Knurren, aber er unterdrückte ein Lachen.

Ich kicherte und tanzte weiter. Es dauerte nur einen kurzen Moment, bis Mattis seine Verlegenheit überwunden hatte. Unsere Blicken verschmolzen. Nichts konnte uns trennen, kein Liedwechsel, keine anderen Tänzer, die sich zwischen uns zu drängen versuchten. Ich sah, wie Mattis' Haut langsam wieder zu leuchten anfing. Und obwohl sein Licht viel gedämpfter war als vorher, war es wunderschön. Als hätte er einen einzelnen Strahl Mondlicht geschluckt, der ihn von innen sanft erstrahlen ließ.

Er beugte sich über mich. Sein Blick war zärtlich, als er sich mir langsam näherte.

Oh nein, ich hatte mich in ihn verliebt! Obwohl ich keine Ahnung hatte, wer er wirklich war, was ihn antrieb. In meinem Kopf läuteten alle Alarmglocken, als mir klar wurde, dass meine oberste Priorität nicht war, meine Informationslücken über Mattis zu schließen. Oberste Priorität war, ihn dazu zu bringen, dass er zugab, dass er für mich dasselbe empfand wie ich für ihn.

Es war verrückt. Ich hatte mich in einen Elben verliebt. In jemanden, der kein Mensch war! Eine Liebe, die auf Instinkt, auf Vertrauen, auf nichts Konkretem basierte. Andererseits: Basierte Liebe jemals auf etwas anderem? Wie gut kennen wir jemanden wirklich, selbst wenn wir ihn schon seit Jahren kennen?

Mattis fuhr mit dem Finger sanft meine Wange entlang und ich umschloss seine Hand mit meiner. Wir rückten noch näher und ich legte den Arm um ihn. Er war jetzt so nah, dass die Spitzen seiner Zöpfe die nackte Haut meines Dekolletés kitzelten. Mein Atem wurde flacher. Mattis' Augen leuchteten smaragdgrün auf. Sein Geruch wurde noch berauschender als zuvor. Ich atmete tief seinen grünen Duft nach Blättern und Kräutern ein. Alles verschwamm bis auf seine funkelnden Augen, sein lächelndes Gesicht. Ich würde diesem Mann bis ans Ende der Welt folgen. Ich würde nicht zulassen, dass er ohne mich Albion verließ. Die Erkenntnis traf mich wie ein Schlag. Ich hatte mich längst entschieden. Ich würde ihm bei seiner Mission helfen, so gut ich konnte. Für Mattis und für einen Blick auf das Leben hinter dem Horizont würde ich Astoria, mein bisheriges Leben und meine Freunde aufgeben. Vielleicht für immer, wenn es Mattis nicht gelang, mich wieder durch den Ring nach Hause zu bringen. Ich würde meine Mutter vielleicht nie wiedersehen.

Mattis runzelte die Stirn und strich über meine Wange. »Ist alles in Ordnung?«

Ich nickte und versuchte, den Klumpen in meinem Hals herunterzuschlucken. Ich fühlte mich berauscht und gleichzeitig so ängstlich. »Ich gehe mit dir.«

»Nach Faerie?« Der Ausdruck auf Mattis Gesicht war merkwürdig. Voller Hoffnung, aber auch traurig, wenn ich seine Gefühle richtig deutete.

Ich nickte.

»Ich freue mich.« Er hielt einen Augenblick meinen Blick fest. Dann schloss er die Augen, beugte sich herunter und seine Lippen berührten meine. Sein Kuss war voller Zärtlichkeit.

Ich weiß nicht, wie lange wir so dastanden, uns festhielten und küssten. Als die Musik aufhörte und Catey von der Bühne ging, richtete Mattis sich auf, aber er ließ seinen Arm um meine Taille geschlungen.

Ich fühlte mich immer noch wie im freien Fall. Ganz tief drinnen wusste ich, dass es die richtige Entscheidung war. Ich konnte mir die Gelegenheit, eine neue Welt kennenzulernen, eine, die weit über unsere Vorstellungskraft ging, nicht entgehen lassen. Das richtig Beunruhigende war, dass ich nicht wusste, ob dies ein aufregender, gefährlicher Urlaub werden würde oder ein Schritt ohne Zurück. Da die Elben von mir erwarteten, gegen tödliche Dornen zu kämpfen, konnte meine Zeit in Faerie andererseits auch ziemlich kurz bemessen sein. Ich merkte, wie der Gedanke Panik in mir aufsteigen ließ, und schob ihn weit von mir. Wenn ich nach Faerie ging, dann hatte ich die einmalige Gelegenheit, den Tod meiner Großmutter zu rächen. Dem konnte ich mich genauso wenig verweigern, wie ich den Verlockungen einer Welt voll Magie und fantastischer Wesen widerstehen konnte.

Mattis schien meine Stimmung zu erfühlen. »Ich hatte gerade eine Idee. Etwas, das du ausprobieren solltest.« Er klang ungewöhnlich aufgekratzt, was nicht zu seinem ernsthaften Blick passte. »Ich kann kaum erwarten, dein Gesicht zu sehen, wenn du das probierst.« Er nahm meine Hand in seine und bahnte uns einen Weg durch die tanzende Menge. Wir holten meinen Rucksack aus dem Alkoven und verließen das Ember's Embrace. Als wir aus der Bar getreten waren, zog er mich zu sich heran und legte schützend einen Arm um meine Schultern. Kein Wort mehr darüber, was er mir zeigen wollte, aber ich war zufrieden, ihn so nah zu spüren.

SIEBENUNDZWANZIG

Mattis führte mich wieder durch den Tunnel zurück in die Mitte des Marktplatzes, wo noch mehr los war als vorhin. Ich hatte mein Zeitgefühl komplett verloren. Es musste mitten in der Nacht sein, aber ich war überhaupt nicht müde. Tatsächlich fühlte ich mich sogar hellwach. Vielleicht hatten sie der Luft etwas beigemischt? Oder es war das gute alte Adrenalin, das mich auf den Beinen hielt.

Mattis blieb direkt hinter einer Gruppe kleiner, grünhäutiger Feen mit langen Ohren stehen. Sie sangen Weihnachtslieder und die Melodie tat mir in den Ohren weh. Alle Sänger sangen falsch und keiner konnte die Melodie halten. Was die Folter etwas erträglicher machte, war der verlockende Duft nach dunkler Schokolade, der schwer in der Luft hing.

»Das hier musst du probieren.« Mattis deutete mit dem Kopf auf einen kleinen Stand vor uns. Eine Holzwand verbarg die Ware, aber von dort kam der Schokoladenduft.

Mattis kaufte zwei runde Süßigkeiten, jeder Ball etwa so groß wie meine Handfläche. Der Kloß, den er mir in die Hand drückte, sah aus wie ein mit Kakao bestäubter Baiser. Ich biss vorsichtig hinein. Meine Güte, war das himmlisch. In dem saftigen Baiser war ein Netz aus dunklen Schokoladenfäden versteckt und ganze Mandeln in einer knusprigen Gewürzkruste. Kakaopulver stob um mich, während ich mich mit kleinen Bissen über die Süßigkeit hermachte. Als ich fertig war, waren meine Hände klebrig und meine Finger schwarz mit Schokolade angemalt. Mattis warf einen Blick auf mich und erstickte fast vor Lachen.

Ich streckte ihm die Zunge raus, aber das erheiterte ihn nur noch mehr. Wahrscheinlich sah mein Mund nicht viel besser aus als meine Hände.

Natürlich sah Mr Perfect immer noch makellos aus, auch nachdem er die gleiche Süßigkeit wie ich gegessen hatte. Kein einziges Fleckchen Schokolade zierte Mattis.

»Hier, ich glaube, du brauchst Hilfe.« Lächelnd gab Mattis einer runzligen Wichtelfrau etwas Geld, die ein dampfendes Tablett vor sich hertrug. Die Wichtelin kicherte, als sie mich sah, und reichte mir ein feuchtes heißes Handtuch. Sie hielt mir einen kleinen Handspiegel vor die Nase. Mein ganzes Gesicht, vom Haaransatz bis zum Kinn, war mit Kakaopulver gesprenkelt und ein dunkler Schokoladenring verzierte meinen Mund. Die Wichtelfrau machte zweifellos ein super Geschäft so nah an diesem Stand mit Süßigkeiten. Nachdem ich mich abgewischt hatte, dankte ich ihr und gab ihr das Handtuch zurück.

»Und«, fragte Mattis, »hatte ich recht, dass Schokolade die Welt eines Menschen zurechtrückt?«

»Rückt sie nicht jedermanns Welt zurecht?«, fragte eine Frauenstimme. Jemand hatte sich von hinten an uns herangeschlichen. Die Frau kuschelte sich jetzt vertraut an Mattis' Schulter. Sie hatte ihr überirdisch-schönes Elbenaussehen mit einem Hippie-Hemd und Bootcut-Jeans über gewebten Strohsandalen erträglich gemacht. Mein eifersüchtiges Herz wünschte, Mattis würde diese schöne Kreatur wegschieben, aber das wünschte ich mir vergeblich. Sie lächelte ihn an, als Mattis einen Arm um ihre Schultern legte. Als sie sich eine Strähne ihres dicken roten Haares hinter das Ohr steckte, bildete sich in meinem Magen ein kalter Klumpen Eifersucht.

»Alanna, das ist Deenah«, sagte Mattis. »Sie stellt Schmuck her und hat einen Stand in Elbhold.«

Ich drückte den Rücken durch. Trotzdem war ich noch ein ganzes Stück kleiner als die rothaarige Elbin.

»Hallo Alanna.« Deenah schüttelte meine Hand. Sie sah über ihre Schulter. »Ich habe sie gefunden«, rief sie jemandem zu, der noch in der Menge verborgen war. Nach ein paar Sekunden kämpfte sich Catey, die Frau, die im Ember's Embrace gesungen hatte, aus dem Gewühl an Feen und kam auf uns zu.

Außerhalb der Bühne sah sie in ihrem kurzen Rock und zerrissenen Strümpfen noch viel jünger aus. Wie ein verlorenes kleines Mädchen.

»Hey.« Catey lächelte mich schüchtern an. Von Nahem konnte ich sehen, wie hübsch sie war mit ihren warmen braunen Augen, deren Farbton sich auch in den Steinen der Barbell-Piercings neben ihrer Lippe, ihrer Nase und entlang ihrer Brauen wiederholte. »Deenah dachte, wir sollten zusammenbleiben.«

»Wirklich?« Ich blickte wieder auf die Schmuckdesignerin. Sie und Mattis hatten angefangen, sich in einer fremden Sprache zu unterhalten. Die war irgendwie musikalisch und hörte sich angenehm an, aber es störte mich trotzdem, da ich unbedingt wissen wollte, was sie sagten.

»Kannst du sie verstehen?«, fragte ich Catey und deutete mit dem Kopf auf Deenah und Mattis.

»Klar. Das ist Elbisch.«

»Und, was sagen sie?«

»Dass Mattis einen sicheren Trank für dich sucht, der ihm hilft, deine Kräfte zu erschließen.«

»Und was sagt Deenah dazu?«

»Sie kennt jemanden. Und einen Platz für das Ritual …« Catey schloss halb die Augen und lauschte. »Sie sagt, dass der Begriff ›sicher‹ relativ ist. Bla, bla, bla.« Sie öffnete ihre Augen. »Du bist also eine menschliche Magierin?«

»Jepp. Aber noch nicht so richtig. Irgendetwas funktioniert nicht.«

Catey machte ein unverbindliches Geräusch. War ihr wahrscheinlich total egal.

»Bist du eine Fee?«, fragte ich.

Catey kicherte. »Nein. Na ja, vielleicht ein wenig. Die Elben sagen, dass ich mein Talent für das Singen von Elbenliedern irgendwo herhaben muss.«

»Also bist du ein Mensch?«

»Ich bin die Sängerin von Primal Scream. Hast du schon mal von uns gehört?«

»Weiß nicht«, wich ich aus. »Aber ich habe dich vorhin gehört. Du singst toll.«

Catey lächelte erfreut. »Danke. Hier trete ich mit Balladen und Rocksongs auf. Bei Primal Scream machen wir eher … Lolita Punk.« Sie grinste und ihre Augen blitzten.

»Aber wenn du menschlich bist, wie kannst du dann Elbisch verstehen?«

»Oh, das habe ich gelernt«, sagte Catey. »Das ist nicht schwer.«

Ich lauschte erneut dem Gebrabbel von Mattis und Deenah. »Das soll nicht schwierig zu lernen sein? Äh …«

Catey zuckte mit den Schultern. »Ich komme seit Ewigkeiten her und hab's aufgeschnappt. Mein Akzent ist wahrscheinlich grauenhaft.« Sie folgte meinem Blick. Deenah und Mattis waren noch näher zusammengerückt, ihre Köpfe berührten sich jetzt fast. Ihre Stimmen waren so leise, dass man kein Wort verstehen konnte. Es verletzte mich, Mattis so vertraut mit einer anderen Frau zu sehen, vor allem mit einem anderen Elf. Ich bin normalerweise nicht eifersüchtig, deshalb fühlte sich diese Abneigung Deenah gegenüber für mich seltsam an.

»Komm, schauen wir uns den Schmuck an. Sie haben meistens ein paar coole Stücke.« Catey deutete auf einen Stand direkt gegenüber. »Ich glaube, wir sind hier überflüssig.«

Ich zögerte, ihr zu folgen. Aber Deenah und Mattis sahen nicht einmal auf. Super. Wenn es das war, was sie wollten, dann konnte ich sie auch perfekt ignorieren. Wer war diese Deenah überhaupt, der Mattis jeden Wunsch von den Augen ablas? Ich ging in flottem Tempo auf den Schmuckstand zu. Catey guckte sich schon die mit Samt bedeckten Vitrinen mit Silberanhängern an.

»Diese Fledermaus sieht genial aus.« Catey deutete auf ein Schmuckstück. »Und mir gefällt dieses Seepferdchen.«

»Du hast recht, das ist total süß«, sagte ich, obwohl es mir herzlich egal war.

Der Anhänger war perfekt für Catey. Ein Seepferdchen mit Irokesenschnitt und Augenklappe, wunderschön aus Silber und einem keramikähnlichen Material gefertigt.

»Du solltest es kaufen«, sagte Catey. »Es wird dein Glücksbringer sein.«

»Warum kaufst du es nicht?«, fragte ich.

»Nein, mir würde es kein Glück bringen.« Catey blickte über die Unmenge an Schmuckstücken, die vor uns ausgebreitet lagen. »Nichts hier bringt mir Glück.« Ihre Augen leuchten auf. »Ich würde dieses kaufen, wenn ich Geld hätte.« Sie zeigte auf eine zarte Lebensbaum-Brosche. »Oder das.« Sie kicherte, als sie auf etwas zeigte, das aussah wie ein Penis. »Das ist ein Goblin-Glücksbringer für Fruchtbarkeit.«

Ich nahm die Lebensbaum-Brosche sanft vom schwarzen Samt hoch und sah ein elfenbeinfarbenes Etikett mit drei Runen drauf. »Wie viel kostet sie?«

Catey beugte sich vor um nachzusehen. »Zwanzig Kronen.«

»Wie viel ist das in kanadischen Dollar?« Ich durchsuchte meine Tasche und fragte mich, wie viele Kronen Mattis mir gegeben hatte.

»Ungefähr fünfzig Dollar.« Catey schaute wehmütig.

Ich weiß nicht, wo der Drang herkam, sie glücklich zu sehen, aber ich wollte ihr die Brosche schenken, wenn sie ihr gefiel. »Wenn ich genug Geld habe, würdest du sie als Bezahlung für dein Konzert vorhin annehmen?«

Catey kaute auf ihrer Lippe. Ich hielt ihr Mattis' Geld hin und bestand darauf, dass sie die Geldstücke zählt. Über fünfzig Kronen — mehr als genug für die Brosche. Ich kaufte sie und schenkte sie Catey mit großer Geste.

Catey hatte gerade die Brosche an ihrem Hemd befestigt, als sich fünf Gestalten zwischen uns drängelten, um näher an den Stand zu kommen. Die Neuankömmlinge waren die Vrall, denen ich in der Taverne begegnet war. Aus der Nähe betrachtet sahen sie noch erschreckender aus als aus der Ferne. Sie rochen scharf. Nicht schlecht, nur ein fremder Duft, nach Höhlen und frisch umgegrabener Erde. Von ihnen ging ab und an ein starker Magiestoß aus, der zu mir übersprang. Es tat nicht weh, aber es fühlte sich ziemlich unangenehm an, so nah neben ihnen zu stehen.

Die Vrall sprachen über die Schmuckstücke in einer gutturalen Sprache und ignorierten mich. Ihre Gegenwart beunruhigte mich trotzdem und ich war erleichtert, als Deenah Catey und mir bedeutete zurückzukommen. Mattis war verschwunden.

»Kannst du bei Catey bleiben, während Mattis dem Zauberer auf den Zahn fühlt, den ich empfohlen habe?«, fragte Deenah mich. »Sie könnte dir ihr kleines Heiligtum zeigen. Dort bist du sicher.«

»Ihr Heiligtum?«, fragte ich verständnislos. »Ist das so etwas wie ein Tempel?«

Catey grinste. »Nein. Nur eine Höhle, in der ich mich zwischen den Auftritten ausruhe. Als Dankeschön für die Brosche bringe ich dir einen Song bei.«

»Du solltest mitgehen, Alanna,« drängte Deenah mich. »Dort möchte Mattis auch den Zauber durchführen, der dir mit der Blockade hilft. Es ist ein besonderer Ort, wenigstens für einen Magier.«

»Warum?«

Deenah lächelte wie eine Sphinx. »Oh, das wirst du schon sehen. Und wenn nicht, dann kann kein Zaubertrank den Magier in dir wecken.«

Ich kochte innerlich, als ich Catey zurück zum Ember's Embrace folgte. *Und wenn nicht, dann kann kein Zaubertrank den Magier in dir wecken.* Und das musste ich mir anhören von der Frau, die sich vor meiner Nase an Mattis rangemacht hatte. Grrrr. Sie war eine blöde Zicke. Warum konnte das außer mir keiner sehen? Und verdammt, warum machte ich überhaupt, was sie sagte, genau wie die anderen? Sie hatte mich wohl verzaubert und ich hatte es nicht bemerkt.

»Ist dir nicht kalt?« Catey hatte ihre Hände in den Pullover gezogen, um sie warm zu halten. Der übergroße Strickpullover ließ sie winzig aussehen.

»Nein«, sagte ich grummelig.

Catey sah verletzt aus und zog sich weiter in ihren Pullover zurück, wie eine Schildkröte in ihren Panzer. »Sie wollten nur, dass du in Sicherheit bist, solange Mattis beim Zauberer ist. Hör auf zu schmollen.«

Ich kreuzte die Arme vor der Brust. Die Berührung meiner nackten Haut erinnerte mich an den Tanz mit Mattis und es machte sich eine unendliche Enttäuschung in mir breit, wie der Abend seitdem verlaufen war. Okay, wir waren hierher gekommen, um meine Kräfte zu befreien, und nicht, um in irgendeiner dunklen Bar zu tanzen. Aber musste er gehen und Deenahs Hilfe bei der Suche nach einem Zauberer annehmen? Ich war mir sicher, dass er das auch alleine geschafft hätte. Oder mit Pacis Hilfe. Wer brauchte schon den Rotschopf mit den Kurven? Sollte es nicht sowieso illegal sein, ein Elf zu sein und gleichzeitig rote Haar zu haben? Mist. Er war mir echt unter die Haut gegangen.

Catey ignorierte mein stummes Brüten. Sie begrüßte Charles in der Taverne und führte mich an ihm vorbei zu einer Luke hinter dem Tresen. Die Sprossen der steilen Leiter waren im Laufe der Zeit abgewetzt und glatt und führten zu einem Lagerraum. Wir durchschritten Raum um Raum, gefüllt mit Flaschen und Kisten, und kamen endlich zu einem Tunnel. Er wurde durch all das Gerümpel der Taverne, das sich auf beiden Seiten auftürmte, noch schmaler.

Nachdem wir uns mehrere Minuten seitwärts durch den Krempel gezwängt hatten, erreichten wir das Ende des Tunnels.

»Da sind wir.« Catey schob eine dicke Holztür auf.

Dahinter öffnete sich der Tunnel zu einer geräumigen Höhle. Mondlicht glänzte durch Löcher in der Decke und fiel in breiten unregelmäßigen Streifen auf den Boden. Sie funkelten mit Staub und gaben dem weiten Raum einen Hauch magischer Anziehungskraft, die es schaffte, mich aus meinem Anflug von Eifersucht zu holen.

Catey nahm eine LED-Lampe vom Haken an der Wand und drückte mir eine zweite Lampe in die Hand. Sie hob ihre hoch über uns, damit wir sehen konnten, wohin wir traten.

Leere Flaschen, Stapel von alten Tellern und halb verrottete Kisten säumten den gewundenen Pfad.

»Sorry für die Unordnung. Die Jungs von der Taverne lagern

ihren Kram sogar hier. Pass auf, dass du nicht auf was Scharfes trittst.«

»Das ist dein Heiligtum?« Ich starrte verdattert um mich.

Ich hatte etwas ganz anderes erwartet. Ein kleines Zimmer mit künstlichen Spinnweben und Plakaten von Punk-Bands an den Wänden. Oder eine Deko in Richtung Totenkopf mit Rosa. Ein Sarg zum Schlafen … Warum glaubte Deenah, dass ich das hier faszinierend finden würde?

In der Mitte der Höhle beleuchtete ein breiter Strahl Mondlicht zwei Sofas und einen Couchtisch, auf dem Papier verstreut lag. Das schwarze Leder der Sofas war aufgerissen und abgewetzt. Ein schäbiger Teppich vervollständigte das Flohmarkt-Ensemble.

Eine Akustikgitarre schmückte eins der Sofas und Catey ließ sich daneben auf das Kissen plumpsen. Sie schwang ihre Beine über die Armlehne. »Dies ist mein Reich. Hier gehe ich zum Auftanken hin.«

Ich setzte mich auf das andere Sofa und blickte mich voller Zweifel in der dunklen Höhle um. »Zum Auftanken?«

»Na jaaaa«, sagte Catey gedehnt und lachte verlegen. »Ich komme hierher, um mich auszuruhen. Um mich wieder denken zu hören nach dem ganzen Lärm da draußen.«

Ihre Worte erinnerten mich an das, was Paci gesagt hatte. Ich schloss die Augen und versuchte, den Raum mit dem Blick eines Magiers zu sehen. Ich konnte Mattis fast vor Ärger stöhnen hören, dass ich erst mit geschlossenen Augen bemerkte, dass dieser Ort mit Magie gesättigt war. Ich hatte noch nie einen Ort erlebt, der so viel Energie bereitstellte, noch nicht einmal bei Astoria. Es war ein berauschendes Gefühl und die unendlichen Möglichkeiten machten mich atemlos.

Ich tastete mich mit Magiesinn weiter vor und versuchte, einen visuellen Eindruck der Energien zu erhalten. Ich bekam kein perfektes »Ping« hin, da Mattis meine Magie nicht lenkte. Was ich aber spüren konnte, war, dass einzelne Ströme von Energie auf allen Seiten durch die Wände strahlten und in dieser Höhle zusammenzulaufen schienen. Sie trafen sich etwa dort, wo die

Sofas standen.

Log Catey mich an? Es konnte doch kein Zufall sein, dass jemand, der keine Ahnung von Magie hatte, sich genau diesen Ort zum Erholen aussuchte? Andererseits hatte Birch uns gesagt, dass manche Norms starke magische Energien spüren könnten und sie anzapfen, um sich erfrischt zu fühlen. Vielleicht war es genau das, was Catey tat.

»Weißt du, dass deine Höhle wahrscheinlich der am meisten magisch aufgeladene Ort in Toronto ist?«

»Nö. Ich bin keine Magierin.« Catey spielte mit einem Riss im Leder. »Aber manchmal kommen einige der Elben her, um hier zu zaubern.«

»Stört es die Feen, dass du die Höhle nutzt?«

»Nee. Sieht dieser Ort aus, als würde er für irgendetwas verwendet?« Sie schwang ihre Beine von der Couch und nahm ihre Gitarre in die Hand. »Du hast Deenah gehört. Ich glaube nicht, dass sie sich dafür interessieren. Sie sehen meine Sachen, wenn sie hierherkommen, aber sie haben nie etwas gesagt.« Sie beugte den Kopf über die Gitarre und spielte ein paar Akkorde.

Ich sah unter meiner Couch eine tragbare Spielekonsole hervorgucken und zog sie heraus. Ich hatte, seitdem wir Astoria verlassen hatten, nicht an Forest of Fiends gedacht. Ich war mit der Realität, in der Elben mein Leben auf den Kopf stellten, schon überfordert genug, dass ich sogar die Arbeit vergessen hatte. Was für ein Tag war heute überhaupt? Immer noch Montag oder war es schon Dienstag?

Ich zog den Ino aus meiner Tasche. Das Tablet reagierte langsam, zeigte dann aber an, dass es Dienstag war, vier Uhr morgens. Es zeigte einen Balken an, aber der Empfang war lückenhaft.

Catey guckte beim Zupfen der Akkorde auf. »Handys funktionieren hier nicht. Keine Art von Technologie.«

Ich konnte eine Mundane nicht über die besonderen Fähigkeiten des Ino aufklären, also ließ ich das Tablet wieder in meine Tasche fallen. »Wenn Technik hier nicht funktioniert, was ist hiermit?« Ich hielt die Spielekonsole hoch.

»Wie jede Süchtige nehme ich sie überall mit hin.« Catey grinste. »Aber die funktioniert hier auch nicht.«

Ich legte die Konsole beiseite und machte es mir auf der Couch bequem. »In der realen Welt arbeite ich als Gamedesignerin.«

»Reale Welt?« Catey beugte sich wieder über die Gitarre und probierte immer wieder, einige Akkorde zu spielen.

»Du weißt schon. Die Welt da draußen, ohne Elben. Wo wir Menschen leben.« Ich lachte unsicher. »Ich muss mich erst noch an das mit den Elben gewöhnen.«

Catey blickte interessiert auf. »Ein Gamedesigner? Bei welcher Firma?«

»Astoria.« Ich erzählte ihr von Forest of Fiends und sie hörte mir aufmerksam zu.

»Komplette Immersion? Das würde mir gefallen.« Catey sah wirklich begeistert aus.

Ich mochte ihren Glauben kaum zerstören. Wenn sie am liebsten mit tragbaren Spielekonsolen spielte, war Forest of Fiends noch Zukunftsmusik. Es würde mindestens noch ein Jahr dauern. »Bis jetzt läuft es auf nichts, das kleiner als ein Gamer-Notebook ist. Aber wir arbeiten dran.«

»Oh, das ist kein Problem. Ich habe ein Notebook zu Hause. Ich schleppe es nur nicht mit mir rum, außer für LAN-Partys.« Catey ließ die Gitarre sinken und schaute mich von der Seite mit schräg geneigtem Kopf an. »Hältst du Computer nicht für etwas Magisches?« Sie lachte verlegen. »Nee, du hältst mich wahrscheinlich für dumm, da du weißt, wie sie funktionieren. Aber für mich sind sie pure Magie. Du drückst einen Knopf, du klickst auf einen Link oder ein Programm, und sie bringen dich in eine andere Welt, wo du ein Held bist ...«

Ich lächelte. »Für mich fühlt sich das auch noch so verführerisch an.«

»Manchmal frage ich mich, ob Computer träumen.« Catey strich wieder gedankenverloren über die Gitarrensaiten. »Wenn sie träumen, wovon träumen sie?«

Ich zuckte mit den Achseln. »Wer weiß, ob wir es verstehen

könnten? Vielleicht sieht es für uns nur aus wie fehlerhafter Code.«

Die Noten veränderten sich unter Cateys Fingern und klangen plötzlich traurig. »Ich habe manchmal Albträume, in denen ich an einen Computer angeschlossen bin. Nachdem ich *Matrix* zum ersten Mal gesehen hatte, konnte ich eine ganze Woche nicht schlafen.« Sie kicherte verlegen. »Diese ganze Idee, in einer Traumwelt gefangen zu sein, macht mir Angst.«

»Der Film war echt der Hammer. Kein Wunder, dass du nicht schlafen konntest.«

»Egal.« Catey strich erneut mit den Fingern über die Saiten der Gitarre. »Mir gefällt es, dass du an Spielen arbeitest. Das macht bestimmt Spaß.«

Ich nickte zu den Papieren, die verstreut auf dem Tisch lagen. »Sind das Songs, an denen du gerade arbeitest?«

Catey nickte. »So entspanne ich mich hier. Ich schreibe Lieder.«

Sie zupfte ein paar Akkorde auf der Gitarre und summte mit. Ich erkannte Led Zeppelins »What is and what should never be«.

»Gutes Lied, das du da geschrieben hast«, sagte ich mit einem Augenzwinkern. »Das könnte ein echter Hit werden.«

Catey kicherte und begann dann langsam zu singen.

Ich streckte mich auf der Couch aus und hörte zu. Der Text klang Elbisch. Das Ganze war ergreifend schön, auch wenn ich kein Wort verstand.

Catey ließ den Sound langsam verklingen und lauschte mit geschlossenen Augen auf das Echo der Musik in ihr. Ohne die Augen zu öffnen, sagte sie: »Dieses Lied quält mich. Ich versuche seit Ewigkeiten, es zu schreiben.«

»Es ist super.«

Catey verdrehte die Augen. »Es ist super unfertig. Irgendetwas fehlt.«

»Die Melodie ist gut. Sie gefällt mir.« Ich summte die Melodie, an die ich mich erinnern konnte.

»Mein armer Song!« Catey gab vor zusammenzuzucken und hielt sich mit den Händen die Ohren zu, kicherte aber. »Ich bring's dir bei.«

Sie gab mir ein Blatt Papier mit dem handgeschriebenen Text und der Melodie der ersten Strophe. Die Worte waren Elbisch, aber einfach auszusprechen. Catey übersetzte den Text für mich. Das Lied handelte vom Leben im Wald im Einklang mit der Magie, bis die Idylle durch einen unsichtbaren Feind zerstört wurde. Der Text war düster, die Melodie sanft wie Schnee. Ich konnte nicht verstehen, warum Catey das Lied ›falsch‹ und unvollendet fand. Es war ein schönes, melancholisches Lied, das meine Seele berührte, wenn ich mitsummte. Ich konnte nicht genug davon bekommen.

Peinlicherweise dauerte es eine Weile, bis ich bemerkte, dass die Magie in der Höhle sich bewegte, wenn ich mit Catey sang. Sie wirbelte um uns herum wie Staub, der verborgenen Strömen folgte. Wenn wir aufhörten zu singen, zerstob die Magie sofort und verschmolz wieder mit dem Hintergrundrauschen der Energien in Elbhold. Wenn nur Mattis oder Paci hier wären, die mir zeigen könnten, was ich nur undeutlich fühlte.

Catey stellte die Gitarre weg, sie sah müde aus.

»Du solltest dich etwas ausruhen.« Ich hatte ein schlechtes Gewissen, dass ich sie nach zwei Aufführungen in der Taverne um immer noch eine Wiederholung des Liedes gebeten hatte, eine nach der anderen.

Catey lächelte mich dankbar an. »Mattis ist bestimmt jeden Moment hier. Du kommst eine Weile ohne mich aus?« Sie zog unter dem Couchtisch eine schäbige braune Decke hervor und deckte sich mit dem dünnen Stoff zu.

Ich nickte. »Klar. Wenn Mattis nicht kommt, dann gehe ich ihn suchen.«

»Findest du den Weg wieder zurück?« Cateys Augen waren schon halb geschlossen.

Ich rollte mich auf meiner Couch zusammen. »Wenn es keine verwinkelten Feengeheimgänge gibt, in denen ich mich verlaufen kann, finde ich mich schon zurecht.«

Catey lächelte müde. »Nein, nur der eine Tunnel und die Kellertreppe.« Ihre Augen schlossen sich bereits beim Sprechen.

Ich wollte wach bleiben und auf Mattis warten. Aber ich hatte nicht viel geschlafen und lag zusammgerollt in einer dunklen Höhle, daher fielen mir immer wieder die Augen zu. Jedes Mal fiel es mir schwerer, sie wieder zu öffnen. Kurz bevor ich ganz einschlief, hörte ich die Magie in der Höhle mir etwas zuflüstern, zu leise, um es zu verstehen.

ACHTUNDZWANZIG

»Oh Göttin …«

Sein raues Flüstern klang laut in der stillen Höhle. Mattis' Blick zuckte hinüber zu den beiden schlafenden Frauen in der Mitte dieses seltsamen, vollgerümpelten Ortes. Keine der beiden hatte sich bewegt. Perfekt. Also konnte er bald mit seinem Zauber beginnen. Aber zuerst wollte er noch einen Moment diese Fülle von Magie genießen, sich weiden an dem, was er seit Wochen vermisst hatte.

Deenah hatte ihm gesagt, dass diese Höhle der am stärksten mit Magie aufgeladene Platz in Elbhold sei. Wahrscheinlich in ganz Nordamerika, da es äußerst selten vorkam, dass so viele Drachenlinien an einem Ort zusammenliefen. Er hatte es für eine Übertreibung gehalten, für den Versuch, den Besucher aus Faerie zu beeindrucken. Aber Deenah hatte nicht übertrieben.

Mattis schloss die Augen und nahm genießerisch mehr Energie in sich auf.

Als er sich wieder den schlafenden Frauen zuwandte, zog er unbewusst die Schatten der Höhle näher zu sich. Schlaf war sein Verbündeter. Auf diese Weise konnte er Catey aus dem Ritual heraushalten und hoffentlich einen Zauber durch die wenigen Lücken in Alannas Schild schicken, bevor sie sie schloss. Wenn sie wach war und sich ihm widersetzte, wäre sein Versuch, ihre Schilde zu bezwingen, sehr viel gefährlicher.

Geräuschlos bewegte er sich im Schutz der Schatten auf bloßen Füßen tiefer in die Höhle. Die entkorkte Ampulle mit dem Zauber fühlte sich brennend heiß in seiner Hand an. Alles Einbildung, nur weil er ein schlechtes Gewissen hatte. Lächerlich. Der große Krieger Faerunas fühlte sich schuldig, weil er eine Frau

BRIDA ANDERSON

benutzte, um Faerie zu retten. Wie absurd alles wurde, wenn man sich mit Menschen einließ!

Geräuschlos schlich er sich näher an Catey heran. Er verzauberte sie, dass sie tief träumte und erst erwachen würde, wenn er den Zauber aufhob. Ein gefährlicher Zauber und einer, den er bei Astoria niemals vollbracht hätte, aber hier fand er ausreichend Magie, um den Zauber mit der nötigen Finesse zu gestalten. Er ging um den Tisch herum auf Alannas Seite, hob ihren Rucksack auf und schleuderte ihn in die Höhle hinaus. Das würde hoffentlich ihre Verbindung zum Ino unterbrechen.

Ein sich schnell näherndes Jammern ließ ihn aufhorchen.

»Raus mit dir«, zischte er der Reav zu.

Kankalin schwebte vor ihm in der Luft, den Mund schmollend verzogen. »Mir ist langweilig. Und du spielst, also will ich mitspielen.«

»Raus«, zischte Mattis. »Du lenkst sie nur ab.«

»Aber ich will sie auch ärgern! Ich könnte sie an den Haaren ziehen oder an ihrem Ohr knabbern ...«

Mattis fischte die Reav aus der Luft. Kankalin quietschte aus Protest, als sie sich gefangen in seiner Hand wiederfand. Er brachte sie ganz nah an sein Gesicht heran. »Sie ist die Erbin. Komm mir nicht beim Erfüllen meiner Aufgabe in die Quere.«

Kankalin nieste, wischte sich den Rotz von der Nase und schnippte ihn in Mattis Richtung.

Mattis öffnete die Hand, aber Kankalin zögerte davonzufliegen. Auf Zehenspitzen pirschte sie sich näher an sein Gesicht, ihre Füße kitzelten auf seiner Handfläche.

»Mattis«, fing sie zögerlich an. »Was ist los mit dir?«

»Nichts.« Mattis schüttelte die Hand. »Jetzt ab mit dir.«

»Ich vermisse unsere Abenteuer ...« Kankalins Stimme verlor sich in einem Murmeln.

»Sobald Alanna ihre Magie gefunden hat, sind wir weg«, flüsterte Mattis. »Dann beginnt das größte Abenteuer von allen. Es wird heftige Kämpfe geben, versprochen.«

Kankalins Augen leuchteten auf. »Ooooh, ich kann's kaum erwarten.« Sie stob in die Luft. »Ich bewache die Tür.« Sie raste so schnell raus in den Tunnel, dass das leise Brummen ihrer Flügel zu einem hohen Summton wurde.

Mattis sah auf Alanna hinunter. Seit ihrem Tanz fühlte er sich benommen, wie berauscht. Es wollte ihm nicht in den Kopf, dass ein Mensch ihn zum Leuchten gebracht hatte — und mit solcher Vehemenz! Sie musste Feenblut haben, sonst wäre seine Reaktion nicht möglich gewesen.

Würde ihr Feenerbe es leichter oder schwieriger machen, ihren Schild zu durchbrechen? Das war der eine Faktor, den er für den Zaubertrankhändler nicht hatte festlegen können. Und das machte das ganze Unternehmen gefährlich und tollkühn. Der Zauberer und er hatten sich schließlich auf ein Fläschchen Mindbender Charm geeinigt. Das war ein Zauber, mit dem Feen gerne Schabernack trieben. Er gewährte dem Zauberer einen ersten Angriffspunkt auf den Illusionszauber eines anderen Fee. Wenn man die Illusion richtig anzufassen und wegzuziehen wusste, dann war der Effekt eines Mindbender Charms bildlich gesprochen so, als würde man jemandem die Hose ausziehen. Er gab frei, was unter der Fassade der Illusion verborgen gewesen war. Der Zauber war daher bei den Feen nicht besonders beliebt, wurde aber oft für Streiche verwendet. Mattis hoffte, dass er ihm eine gewisse Kontrolle über Alannas Schild gewähren würde.

Er kniete sich neben Alanna und hob die Hände über ihren reglosen Körper, ließ sie aber unverrichteter Dinge wieder fallen. Er hasste es, sie mit einem Zauber ins Koma zu versetzen und ihr damit das Bewusstsein für das zu nehmen, was mit ihr geschah. Natürlicher Schlaf genügte vielleicht.

Er berührte ihre Lippen und Alanna öffnete den Mund. Mit einer schnellen Bewegung drehte er das Fläschchen um. Er wollte es schnell beenden, bevor er es sich noch anders überlegte. Ein Faden öliger brauner Tropfen quoll über den Glasrand des Fläschchens in ihren Mund.

Alanna hustete, spuckte und kämpfte sich aus dem Schlaf. Viel zu früh. Der Trank brauchte noch eine ganze Weile, bis er richtig wirkte. Mattis musste sie ablenken, also rüttelte er sie. »Setz deine Magie ein. Verteidige dich!«

Alanna krabbelte schlaftrunken von ihm weg, zum anderen Ende der Couch.

Mattis zog sie unsanft neben sich auf die Erde. »Verteidige dich mit Magie, verdammt. Sie steigt in dir auf, wenn du angegriffen wirst. Pack sie und schleudere sie auf mich.«

Alanna wehrte sich gegen seinen Griff, trat und schlug nach ihm. »Hör auf damit!«

»Ich will, dass du dich gegen mich wehrst. Los, komm. Lass deinem Ärger freien Lauf.«

»Warum?«, schrie Alanna. »Was ist los?«

Mattis rollte mit den Augen. »Verdammt, tu ein einziges Mal einfach, was ich dir sage. Benutz deine Magie! Setz alles ein, was du hast.«

Alanna kämpfte sich auf die Füße. Sie riss die Hände hoch und richtete die Finger auf Mattis. Nichts passierte. Ihre rechte Hand schoss nach vorne. »Wo ist mein Rucksack? Ich brauche den Ino.«

»Ich habe dir deine Spielzeuge weggenommen. Jetzt greif mich an.«

Sie ließ die Arme fallen. »Ich kann meine Magie ohne den Ino nicht verwenden, und das weißt du ganz genau!«

Mann! Was musste passieren, damit sie sich mit Magie wehrte? Er musste es schaffen, dass sie von innen gegen den dicken Schild schlug. Mattis sprang auf die Füße und hob die Hände.

Alanna wich zurück, um einem Schlag auszuweichen, aber er attackierte sie nicht, sondern beschoss sie mit einem zweiten Zauber. Ein Spruch, der sie ersticken und langsam vergiften würde, der ihre Magie an die Oberfläche brachte, sodass alle sie sehen konnten. Wenn Spruch und Trank gemeinsam ihre Kräfte nicht befreien konnten, dann wusste er nicht mehr weiter.

Ein weißer Nebel floss aus seiner Hand und legte sich um Alannas Kopf.

Ihre Augen weiteten sich vor Angst, als sich der Nebel verdichtete.

Er näherte sich ihr und der Nebel drang langsam in ihre

Haut. Ihre Rehaugen blickten ihn verzweifelt an. Der Spruch würde ihr den Atem nehmen und sie würgen. Er musste sich konzentrieren, um den Zauber zu beenden, bevor er ernsthaften Schaden anrichten konnte. Blind und halb verrückt vor Angst schlug Alanna ihm die Hand ins Gesicht und erschrak bei dem lauten Klatschen, als ihre Hand seine Wange berührte.

Er zog am ersten Zauber aus dem Trank, aber ihr Schild hielt. »Pack die wirbelnde Substanz in dir. Pack sie und schleudere sie auf mich!«

Als sie nicht gehorchte, ließ er noch mehr von der weißen Masse um ihren Kopf entstehen. Alanna schrie vor Angst und Wut. Ihre Energie strömte aus ihren Fingerspitzen in zehn fast unsichtbaren blauen Streifen, genau auf Mattis. Ihr Angriff konnte ihn nicht wirklich verletzen, dafür war ihre Magie viel zu schwach, aber Mattis zog aus Reflex eine Barriere zwischen ihnen hoch. Ihr Schuss prallte ab und jagte im wilden Zickzack durch die Höhle wie ein Blitz. Der Aufprall war geräuschlos, aber ein dunkler Fleck zierte die Wand.

»Wow.« Mattis stieß einen erleichterten Seufzer aus. So halbherzig der Angriff gewesen war — es hatte doch ganz schön Kraft dringesteckt. Ein Zauberspruch, gewirkt ohne die Hilfe von Technologie. Er wippte leicht auf den Fußballen. »Noch mal«.

Alanna starrte nur schockiert auf ihre Hände.

»Los, komm schon.« Mit einer Handbewegung löste Mattis die erstickende Wolke um ihren Kopf auf. »Nicht zu viel nachdenken, sonst verlierst du es wieder. Greif mich an!«

Als sie nicht reagierte, knurrte Mattis leise und trat ihr die Beine unter dem Leib weg. Alanna prallte hart auf den Boden und ihr Blick füllte sich mit Zorn. Ja, genau da wollte er sie haben. Schnell wie ein Atemzug zog er sich auf die gegenüberliegende Seite der Höhle zurück und feixte Alanna an. Wie konnte er sie nur wütend genug machen, dass sie ihre Kräft einsetzte? Ihr Schild würde nie wieder so zerbrechlich sein wie jetzt unter dem Ansturm zweier Feenzauber.

Mit einem wütenden Aufschrei hob Alanna die Hände und schoss einen Energieblitz auf Mattis.

Mattis grinste breit. »Na, geht doch!«

Sie kam auf die Füße und griff wieder an. Niedlich, wie sie das Gesicht vor Konzentration verzog und wie ihre Finger bei jedem Schlag, den sie austeilte, zitterten. Durch die sich weitenden Risse in ihrem Schild erhaschte Mattis kurze Blicke auf ihre Magie. Er konnte keine Details erkennen, nur einen Anflug von verschiedenen Farben in konstantem Fluss. Es erinnerte ihn an die vagen Eindrücke, die er bei anderen Feen auffing, wenn sie sich nicht gut abschirmten.

»Du Idiot!« Ein starker Schlag traf auf seine Barriere.

Alanna schrie auf und griff sich mit beiden Händen an den Kopf. Sie hatte endlich ihren Schild angegriffen.

Besorgt machte Mattis einen Schritt auf sie zu — und wurde mitten in die Brust getroffen. Zum Glück war ihr Angriff harmlos. Er fuhr die Barriere wieder hoch.

»Das ist für die Kopfschmerzen.« Der nächste Schuss. »Au!« Noch einer. »Und das ist dafür, dass du mich angegriffen hast.« Unter Schmerzensschreien schoss Alanna wieder und wieder Energieblitze auf seine Barriere.

Mattis hielt die Barriere mühelos aufrecht und untersuchte erneut ihren Verstand. Von dem Schild waren nur noch Reste übrig und es sah nicht so aus, als hätte das Zerbrechen ihres Schildes ihr in irgendeiner Weise geschadet.

Grinsend legte er den Kopf zur Seite. »Röschen, ist dir klar, was du getan hast?«

Der Zorn in Alannas Augen erlosch. »Was?«

Mattis lachte leise. »Du hast deine Blockade durchbrochen.« »Was? Wann?« Alanna starrte ihn ungläubig an. »Schon?«

Er zeigte auf seinen Kopf. »Du hast es hinter dir, Alanna. Du bist auf der anderen Seite herausgekommen. Unversehrt.«

Ihre Arme sanken schlapp herunter und sie starrte ihn sprachlos an.

Mattis fühlte sich genauso überwältigt. Die Mission war erfüllt, Alanna war wirklich die Erbin. Warum war er nicht erleichtert? Warum zog sich seine Brust vor Sorge zusammen bei dem Gedanken, sie mit nach Faerie zu nehmen? Wenn er Albion verließ, wäre er wieder einmal im freien Fall, bis er einen Vorsprung fassen konnte, um sich in ein neues Leben zu ziehen. Was hatte er ihr zu bieten? Mattis verdrängte den Gedanken entschieden. Diesmal war er nicht verkauft worden. Oder wie letztes Mal zum Tode verurteilt. Er nahm Alanna einfach mit nach Hause, um Faerie zu retten.

»Ich hab's geschafft.« Alanna lächelte ihn an. Sie sah so erleichtert und glücklich aus, dass er sich am liebsten für immer mit ihr dünne gemacht hätte.

»Ich spür etwas. Wie ein kleiner Feuerball genau unter meinem Magen. Ist das meine Magie? Wow!« Sie redete aufgeregt, ohne Punkt und Komma. Ihr Gesicht spiegelte in so rascher Folge Erleichterung, Stolz und Überraschung wider, dass es fast lustig aussah. Er verspürte das Bedürfnis, sie zu umarmen. Ah, was für eine vertrackte Sache. Er wollte mit ihr balgen, so wie er es vorhin getan hatte, mit ihr kämpfen — und sie so nah bei sich haben, dass er ihr Herz klopfen fühlen konnte. Wenn er nur mindestens einen Monat mit ihr untertauchen könnte …

Seine Hände ballten sich zu Fäusten. Er musste das endlich in seinen Kopf kriegen: Das hier war die Erbin Morganas. Sie zu küssen war falsch gewesen. Dass er mit ihr in einem Bett geschlafen hatte, war ein Spiel mit dem Feuer gewesen. Sie war das Werkzeug, das er hatte finden sollen. Das Werkzeug, das er Tereth und der Königin ausliefern musste. Bei dem Gedanken gefror ihm das Blut in den Adern.

»Warum kann ich Catey nicht aufwecken?«, unterbrach Alanna sein stummes Zwiegespräch. Sie klang besorgt. »Ich wollte ihr sagen, dass wir es geschafft haben, aber sie schläft so tief.«

Mattis schaute auf die Sängerin. Nein, er sollte sie noch nicht wecken. »Ich habe sie mit einem Zauber belegt, damit sie nicht aufwacht und uns stört. Am besten lassen wir sie noch etwas schlafen.«

Alanna nickte.

»Lass uns dieses Ding mit dem Ring noch mal probieren«, sagte sie nach einer Sekunde. Sie war so unruhig, dass sie noch nicht einmal still stehen konnte.

»Welches Ding?« Er runzelte verwirrt die Stirn.

»Du weißt schon.« Sie tanzte auf der Stelle, aufgedreht wegen ihrer neuen Kräfte. »Als du meine Magie bewertet hast, wolltest du, dass ich deinen Ring verwandele. Und dann hast du mir meinen Ohrring gegeben, weil ich es mit deinem Ring nicht geschafft habe.«

»Ich erinnere mich.« Er nahm den mit Leopardenjaspis verzierten Ring von seinem Finger. »Du kannst ihn halten, dann ist es einfacher.« Er legte den Ring in ihre Handfläche.

»Mal sehen.« Alanna kniff die Augen zusammen vor Konzentration.

»Schließ die Augen ganz und blicke nach innen«, murmelte er. »Such den schillernden Nebel unter deiner Haut.«

»Ja, ja.« Sie verdrehte die Augen. »Ich weiß, wie das geht.«

»Lass uns hoffen, dass du es jetzt kannst, Röschen.« Ihr einen Kosenamen zu geben fühlte sich gut an. Als ob er sie wenigstens ein wenig damit in Beschlag nehmen konnte.

Alannas Kinn schob sich trotzig nach vorne. »Wenn ich mit einem Computer zaubere, habe ich schon lange keine Probleme mehr.«

»Wir wollen hoffen, dass es jetzt ohne geht.«

Alanna schloss die Augen. Beide hielten den Atem an.

Der Ring auf Alannas Hand lag reglos da.

»Verlasse deinen Kopf und versenk dich in deinem Körper«, flüsterte er. »Finde den …«

»Halt mal die Klappe und lass mich machen«, flüsterte Alanna mit einem Lächeln auf den Lippen.

Einige Minuten später füllte Mattis den Ring heimlich mit Magie. Er spürte, wie Alannas Kräfte suchten und sich mit seiner Magie im Ring verbanden. Der Ring erschauerte und wuchs, wurde wieder kleiner und nahm eine grellgrüne Farbe an.

Alanna verzog das Gesicht. »Ich hatte auf Blattgrün abgezielt, aber ich glaube, was Hübscheres schaff ich noch nicht.«

»Und, wie fühlst du dich?« Mattis deutete mit dem Kopf auf den Ring. »Du hast ohne Hilfe gezaubert.«

Sie lächelte. »Das hat sich super angefühlt. Warm.«

Mattis schnappte sich seinen Ring von ihrer Handfläche. Er zerstörte ihren Illusionszauber mit einer Berührung und der Ring sah wieder wie vorher aus.

Alannas Blick wurde ernst. »Danke, dass du mir Zaubern beibringst und dass du meine Kräfte befreit hast.«

Mit Entsetzen bemerkte Mattis, dass sich mit ihren Worten die feinen Ketten eines Vertrags zwischen ihnen bildeten.

»Danke mir nicht!« Er hob beide Hände, als könnte er den Vertrag damit abwehren. »Ich habe dich nichts gelehrt, du hattest schon alles in dir. Und du hast deine Kräfte selbst befreit.«

Alanna zuckte mit den Schultern. »Du bist zu bescheiden. Aber wenn du drauf bestehst.«

Das kleine Ziehen des Vertrags löste sich auf und Mattis atmete erleichtert auf. Er erschauerte bei dem Gedanken an die Reaktion der Königin, hätte er Lady Famurgan an sich gebunden. Und auch noch unabsichtlich! Königin Talania hätte ihn auf der Stelle getötet.

»Ich kann es kaum erwarten, Rufus von dem Schild zu berichten.« Alannas Augen leuchteten vor Erleichterung. »Oh, das muss ich ihm sofort sagen. Wo hast du meinen Rucksack versteckt?«

Mattis deutete auf einen Tragegurt, der aus einem Stapel Zeugs hervorlugte.

Alanna verzog das Gesicht. »Ich sollte dich mit einem Zauber dazu zwingen, ihn sauber zu lecken. Wie kannst du meinen Rucksack nur zwischen dieses rattenzerfressene Zeug werfen?« Sie zog die Tasche hervor, die kein bisschen gelitten hatte und tippte mit fliegenden Fingern los.

Alarmiert hetzte Mattis zu ihr und riss ihr das Tablet aus der Hand. »Was machst du?«

»Ich schicke eine SMS an Rufus, dass ich es geschafft habe.« Alanna griff nach ihrem Ino.

»Du darfst ihm nicht von uns erzählen!«

Alannas Augen weiteten sich und er hörte, wie sich ihr Atem beschleunigte. »Uns?«

»Uns Elben«, verbesserte er sich.

Der freudige Ausdruck auf ihrem Gesicht erstarb.

»Alanna, du kannst Rufus nichts über Elbhold und die Dornen verraten.« Er legte eine Hand auf ihren Arm. »Denk an das, was deine Großmutter gesagt hat.«

Sie biss sich auf die Lippen, hin- und hergerissen. Mann, es war hart für ihn mit anzusehen, dass sie so an diesem Idioten Rufus hing.

Mattis verstand die Bande einer lang bestehenden Freundschaft gut. Er würde durch Himmel und Hölle gehen für Kankalin, auch wenn diese Bindung an die Reav ihn bereits seinen Ruf und den Respekt der anderen Sidhe gekostet hatte. Aber wenn Freunde sich so veränderten, dass man sie nicht mehr wiedererkannte, musste man ihnen die Freundschaft kündigen. Er konnte zwischen Alanna und Rufus keinerlei Gemeinsamkeiten entdecken — außer dass sie beide Magier und intelligent waren. Sie war mitfühlend, witzig und anpassungsfähig. Er war ein selbstverliebter Tyrann, dem es fast so viel Spaß machte wie einem Elben, andere zu manipulieren.

Das Tablet vibrierte in seiner Hand. Er hielt es Alanna hin. Sie berührte den Bildschirm und ihre Augen weiteten sich etwas. Die Reaktion war subtil, aber er wusste mit Sicherheit, dass sie eine Antwort von Rufus erhalten hatte. Nur er ließ sie ein bisschen schneller atmen und ihre Augen erstrahlen. Na ja, wenn er ehrlich zu sich war, reagierte sie so auf Rufus und Mattis, nicht nur auf ihren Chef.

»Ich muss los«, sagte Alanna. »Rufus will mich sehen, sobald ich im Gebäude bin.«

Eifersucht presste Mattis die Brust zusammen. Alanna ließ ihn für Rufus stehen? Jetzt? »Es hat noch nicht einmal gedämmert. Schläft der Mann denn nie?«

Sie sprang an ihm hoch und drückte einen Kuss auf seine Wange. »Los komm, wir müssen zu Astoria zurück.«

Er ergriff ihre Hand. »Wir müssen noch etwas erledigen.«

»Was?«

»Uns duellieren. Wir müssen sehen, wie gut du bist, jetzt, da deine Blockierung beseitigt ist.«

»Ob ich gut genug bin, um die Weihe zu bestehen, meinst du?«

Er nickte. Er wusste wahrscheinlich nicht viel mehr über die Weihe als Alanna. Das Schweigegelübde der Magier über ihren Initiationsritus schloss ihn mit ein. Ausgehend von ihren Andeutungen und den wenigen Informationen, die er aus ihnen hatte lesen können, war er sicher, dass die Duelle alles andere als ein Kinderspiel waren. Vielleicht würde es für Alanna sogar noch schwieriger als für die anderen werden. Als Rufus mit ihm über das private Training mit Alanna gesprochen hatte, hatte der Astoria-Chef angedeutet, dass die Gildemeister es auf Alanna abgesehen hatten. Sie hatten Rufus zu verstehen gegeben, dass sie merken würden, wenn jemand es ihr beim Duell leicht machte.

»Ich verzichte.«

Mattis zog eine Augenbraue hoch. »Wie bitte?«

Alanna stemmte die Hände in die Hüften. »Ich glühe noch so schön nach. Die gute Stimmung will ich mir nicht dadurch versauen, dass ich im Duell gegen dich verliere. Du bist jedem von uns um Meilen überlegen und lässt das voll raushängen, wenn du kämpfst.«

Mattis lachte leise. »Nein, ich benehme mich wie ein normaler menschlicher Magier.«

»Ja klar. Ich habe dich im Duell gesehen, schon vergessen?« Ihre Stimme wurde lauter, nicht aus Wut, sondern Angst. »Jeder Angriff prallt einfach an dir ab.«

Mattis schnaubte. »Was erwartest du? Dass ich meine Barriere senke, damit jeder Idiot mich mit einem Energiestoß versengen kann?«

»Mattis, ich muss das Duell gewinnen, um die Magier zu beeindrucken. Du bist das denkbar schlechteste Testkaninchen für einen Noob wie mich.« Die Verzweiflung in Alannas Stimme war nicht zu überhören. Ihren Platz bei Astoria erkämpfen — das war es, was sie wirklich wollte. Wenn er sie mit nach Faerie nahm, ohne dass sie öffentlich zum Magier erklärt worden war, würde sie es für immer bereuen — und es ihm übel nehmen. Er musste ihr Vertrauen so stärken, dass sie die Weihe bestand. »Deine Magie gehorcht jetzt jedem deiner Befehle. Sie tut, was immer du willst.« Er riss die Ärmel seines Hemdes ab und ließ sie auf den Boden fallen. »Was wird das jetzt?« Sie versuchte, genervt zu klingen, aber ihre Stimme zitterte leicht. »Komm her.« Er ergriff ihre Unterarme mit beiden Händen und zog sie gegen ihren Widerstand näher. Langsam schob er seine Hände an ihren Armen höher, bis ihre Handflächen auf seinem Bizeps lagen, seine umfassten ihre Arme direkt unterhalb des Ellenbogens. Erstaunt stellte er fest, dass er ihren gesamten Unterarm mit einem Griff umschließen konnte. Er fühlte sich merkwürdig — das riesige Monster, das den unschuldigen Menschen berührte. Er konnte nur hoffen, dass seine dunkle Gestalt sich bei dem, was er vorhatte, nicht zeigen würde. Das würde sie für immer verschrecken. »Denk daran, was ich dir beigebracht habe. Wenn deine Haut das berührt, was du verzaubern möchtest, geht es viel einfacher.«

»Du willst, dass ich dich verzaubere?« Sie sah verwirrt aus.

»Um dir die Angst vor dem Duellieren zu nehmen, gewähre ich dir das erste Blut. Den ersten Treffer.« Er konnte kaum glauben, was er da sagte. War er nicht mehr Herr seiner Sinne? Das letzte Mal, dass er jemandem das Recht gewährt hatte, ihn ohne Gegenwehr zum Bluten zu bringen, war er noch ein Kind gewesen. Manchmal wurde es beim Trainieren neuer Krieger Faerunas praktiziert, wenn sie ihren eigenen Leuten das erste Mal im Kampf gegenüberstanden und sich vor Angst fast in die Hose machten. Das Gewähren des ersten Blutes nahm ihnen die Angst.

Alanna sah nur noch verwirrter aus — und beunruhigt. »Das erste Blut? Das hört sich furchtbar an.«

»Schließ deine Augen«, sagte er sanft.

»Auf keinen Fall.« Warme braune Augen starrten ihn herausfordernd an.

»Ich verspreche dir, dass ich dich nicht angreifen oder verzaubern werde«, sagte Mattis. »Schließ die Augen, damit du deinen eigenen Kräften vertraust.«

»Bei der Prüfung werde ich meine Augen auch nicht geschlossen haben, also werde ich sie jetzt nicht schließen.« Ihre Lippen pressten sich entschlossen aufeinander, aber er konnte sehen, dass sie zitterten. Sie hatte Angst. Vielleicht mehr Angst zu versagen, als dass er sie wieder mit einem üblen Zauber angriff.

Er sah ihr tief in die Augen. »Wie du willst.«

Sie verdrehte die Augen. »Erstes Blut. Muss das alles so archaisch sein, weil du Elf bist oder weil du im Grunde deines Herzens eine Drama-Queen bist?«

Mattis bleckte die Zähne. »Ich würde dir das übel nehmen, wenn ich nicht deine Angst riechen könnte. Hör auf zu reden und greif an. Du flüchtest dich immer ins Labern, wenn du nervös bist.«

»Das ist absolut nicht wahr«, grummelte sie. »Ich …« Sie verstummte. Er konnte sehen, dass es sie einiges an Anstrengung kostete, ihn nicht mit etwas Belanglosem vollzuquatschen, um sich abzulenken.

»Du machst das ganz genauso.« Sie funkelte ihn böse an. »Je emotionaler es wird, desto mehr Sprüche klopfst du.«

Touché, aber das sollte sie besser nicht wissen. Er stupste ihr seinen Finger in den Brustkorb. »Beschieß mich mit einem Zauber, bevor ich alt und grau bin.« Und obwohl seine Instinkte Panik schoben, ließ er sämtliche Schilde fallen.

Sie tat nichts.

»Verletz mich.« Sein Flüstern klang rau.

»Du bist voll krank«, murmelte sie, aber er sah etwas in ihren Augen aufkeimen: den Wunsch, ihre Magie auszuprobieren. Ihm wehzutun, damit sie wusste, dass sie es drauf hatte für die Weihe.

Sie presste ruckartig die Hände gegen seine Haut und er spürte einen Zauber, den er nicht lesen konnte, durch seine Haut schlüpfen. Es fühlte sich merkwürdig an, einen Angriff ohne Schilde zu ertragen, ohne Abwehr. Aber es war auch erregend, sich ihr so auszuliefern.

Ihre Magie wanderte wie warme Nadelstiche mit seinem Blut weiter nach innen. Ihr Zauber fühlte sich fremdartig an,

gleichzeitig aber merkwürdig vertraut. Kurz bevor der Spruch
seine Kraft entfalten konnte, entwand sie ihre Arme aus seinem
Griff und machte schnell einige Schritte rückwärts.

»Habe ich dir wehgetan?« Auf ihrem Gesicht kämpfte die
Hoffnung mit dem Entsetzen darüber, was sie getan hatte.

Er wünschte, er könnte lügen, um ihr Selbstvertrauen zu
stärken. »Es war unangenehm. Welche Art von Zauber hast du
verwendet?«

»Ich kenne nicht so viele Zaubersprüche auswendig«, murmelte sie und wich seinem Blick aus. »Ich habe einfach alles,
was ich hatte, in dich hineingejagt und gehofft, es würde dich
verletzen.«

Er schüttelte den Kopf und unterdrückte ein Lächeln. Wenn
er jetzt grinste, dann würde sie ihn wieder herablassend finden.

»Ein so breit angelegter Zauber hätte verdammt schiefgehen
können.«

»Ist er aber nicht, oder?«, blaffte sie ihn an. »Du hast noch
nicht mal gezuckt! Oh, verdammt, ich besteh die Prüfung nie!«
Sie drehte sich auf dem Absatz um und stiefelte in Richtung Tür.

Er fing sie wieder ein und zog sie gegen ihren Widerstand
zurück in die Mitte der Höhle.

»Du bist nicht rücksichtslos genug. Glaubst du etwa, dass
deine Großmutter irgendetwas halbherzig anfing, um dann erschrocken wegzurennen, wenn es nicht beim ersten Mal geklappt
hat?« Er schüttelte sie sanft. »Sei rücksichtslos. Dir wird ein erfahrener Magier im Dojo gegenüberstehen. Nichts, was du be-
schwörst, ist mehr, als er oder sie verträgt. Verstanden?«

Alanna nickte zögernd. »Aber ich kann sie doch nicht mit
wer weiß was beschießen und dann beten, dass schon alles okay
ist.«

»Doch, das kannst du. Das macht ihnen nichts aus. Menschen verwenden Magie wie ...« Er suchte nach einem passen-
den Vergleich. »... wie ihre Maschinen. Sie verwenden alles, was
sie ihrem Ziel näher bringt. Weiße Magie, schwarze Magie. Für
einen menschlichen Magier ist das ein und dasselbe.«

»Aber du findest, dass es zwei verschiedene Sachen sind?«

Sie suchte seinen Blick.

»Das finde ich nicht nur, das weiß ich sogar. Es ist nicht beliebig, was wir zaubern. Wenn Elben schwarze Magie verwenden, verbraucht das einen Teil ihrer Essenz. Ihrer Seele, wenn du so willst. Wenn ein Elf die schwarzen Künste lange genug praktiziert, dann bleibt nichts von dem, was ihn zum Elben macht, übrig.«

»Was wird er dann?«

»Ein Schreckgespenst, das für immer in der Hecke jault.« Mattis stutzte und fragte sich zum ersten Mal, ob die Gespenster immer noch in der Hecke spukten, jetzt, da die Dornen ihre bisherigen Grenzen überschritten hatten und ganz Faerie überwucherten. Und was war aus all den Feen geworden, die über die Jahrhunderte für ihre Verbrechen lebendig in die Hecke verbannt worden waren? Lebten sie dort immer noch oder hatte die Hecke sie als Erste verzehrt? Der Gedanke ließ ihn erschauern.

»Was ist mit Menschen?«, fragte Alanna leise.

»Menschen und Vrall können schwarze Magie ohne Schaden praktizieren.«

Sie biss sich auf die Unterlippe. »Ich frage mich, ob ich dafür bezahlen müsste. Du sagst doch, ich habe Elbenblut.«

Mattis berührte sie an der Schulter. »Das finden wir heraus, wenn uns keine andere Wahl bleibt, als einen dunklen Zauber zu benutzen. Mach dir keine Sorgen. Du brauchst für deine Weihe keine schwarze Magie. Benutze, was du kennst: Charadka-Kugeln, Illusionen und Transmutationen.«

»Na, das bringt mir alles ja nicht viel …«, murmelte sie.

»Wenn du einem Gildemeister eine mit Wasser gefüllte Kugel hart genug an den Kopf wirfst, dann wirkt das Wunder, glaub mir.« Er stieß sie in die Seite. »Versuch noch mal den Zauber von vorhin, aber diesmal mit der Intention, Schmerz auszulösen. Das ist viel einfacher als etwas Konkretes wie: Er soll an dieser Stelle bluten.« Mattis zog sie näher. »Dieses Mal benutze ich meine Schilde. Mach dir also keine Sorgen, dass du mich verletzt.«

Alanna nickte. Sie legte ihre Handflächen wieder gegen seine Arme und schloss die Augen.

Er ließ fast seinen gesamten Schild herunter in der Erwartung, dass sie immer noch nicht ihre magische Sicht verwendete und nicht merkte, dass er ihr half. Ein erfahrener Zauberer hätte ihn mit einem Schlag töten können. Alannas Zauber sickerte langsam durch seine Haut. Es dauerte eine Weile, aber es gelang ihr, ihm Schmerzen zu bereiten — auch wenn der Schaden sich eher wie ein langsames Vergiften denn wie ein Schlag anfühlte. Mattis hielt es aus, bis seine Muskeln vor Anspannung unter seiner Haut zu tanzen begannen, dann bat er Alanna aufzuhören.

»Meinst du, das genügt für die Weihe?« Sie atmete schwer. Sie strengte sich noch zu sehr an, wenn sie ihre Magie benutzte. Mit wachsender Erfahrung würde es immer leichter für sie werden.

»Wenn du für die Weihe trainierst, ist es ausreichend. Du brauchst einfach mehr Übung.« Er stupste sie in die Seite. »Und mehr Skrupellosigkeit.«

Ihre Lippen kräuselten sich zu einem kleinen Lächeln. »Das wird mein neues Familienmotto: Skrupellos gewinnt.«

Mattis grinste. »Ich vermute, einige Familien waren schneller, sich das Motto zuzulegen.«

»Wahrscheinlich.« Sie entzog sich ihm. »Ich muss wirklich zu Astoria zurück. Rufus will mich sehen.« Sie hob ihren Rucksack und eine Taschenlampe vom Fußboden neben dem Sofa auf und öffnete die Tür nach draußen. Er hörte das Gesumme von Kankalins Flügeln. Kankalins Stimme war selbst mit Mattis' guten Ohren nicht bis in die Höhle zu hören, aber dass Alanna ihr alles erzählte, was passiert war.

Er kniete sich neben Catey und hob den Zauber auf, mit dem er das Mädchen belegt hatte. Sie schlief ungestört weiter. Irgendetwas an diesem Mädchen löste seinen Beschützerinstinkt aus. Es beunruhigte ihn, sie hier schlafen zu lassen, obwohl er wusste, dass sie in dieser Höhle vollkommen sicher war. Er konnte nicht genau sagen, warum er Catey beschützen wollte, ebenso wenig, wieso es ihm mit Alanna genauso ging, seitdem er sie das erste Mal gesehen hatte.

Mattis lehnte seinen Kopf neben Catey gegen das Sofa und

zwang sich, tief ein- und auszuatmen.

Alanna ist ein Werkzeug. Keine Frau. Ich bringe sie nach der Weihe nach Faerie und wenn wir die Reise zum Goldenen Hof überleben, liefere ich sie wie versprochen der Königin aus.

Er konnte Faerie nicht für sein eigenes Glück zugrunde gehen lassen.

NEUNUNDZWANZIG

»Mattis sagte, ich solle leise sein, aber ich ...« Kankalins Stimme wurde laut und schrill vor Freude: »Ich sagte zu dem Leprechaun: ›Dein Topf ist immer kleiner, als du denkst.‹!« Sie erzählte die Pointe mit Elan und brach in hysterisches Gekicher aus.

Ich grinste breit. Nicht über Kankalins unsäglich langen Leprechaun-Witz, sondern weil sie ihn in Elbisch erzählt hatte und ich trotzdem alles verstanden hatte, als hätte Kankalin Deutsch gesprochen. Ich konnte jedes Wort nach einer winzigen Verzögerung verstehen und parallel dazu leise das Echo einer fremden Sprache hören.

Die Tür hinter mir öffnete sich und Mattis verließ Cateys Heiligtum. Sein Blick suchte automatisch Kankalin. Ob er sich darüber klar war, dass er das jedes Mal tat, wenn er einen Raum betrat?

»Catey schläft noch«, sagte Mattis.

»Hör zu!« Ich legte eine Hand auf seinen Arm. »Ich kann Elbisch verstehen.«

Mattis runzelte die Stirn. »Wie bitte?«

»Das ist voll cool.« Ich wandte mich an Kankalin. »Sag was.«

Sie lächelte mich stolz an und flatterte Mattis direkt ins Gesicht. »Ich kenne eine tolle neue Geschichte. Wie Mattis sein Herz an eine Sterbliche verloren hat. Hach, ich kann es kaum erwarten, das zu Hause in meinem Nest zu erzählen.«

Ich lächelte, erfreut, dass ich sie wieder verstanden hatte. Als mir klar wurde, was genau Kankalin gerade gesagt hatte, bekam ich Herzklopfen. Stimmte das?

»Du tust nichts dergleichen«, schnauzte Mattis Kankalin auf Elbisch an. Es hörte sich umwerfend an, wenn er seine Muttersprache sprach. Seine Stimme war etwas tiefer und viel weicher. Als ob er ein Gedicht vorlesen würde.

Die Reav ließ ihre Flügel sinken. »Nicht mal einen kleinen Hinweis?«

»Kein Wort.« Mattis wechselte zurück ins Deutsche. »Jetzt kommt, alle beide. Wir gehen.« Er drängte sich an mir vorbei und schritt durch den Tunnel zurück zur Taverne. Oh Mann, was war jetzt wieder falsch gelaufen?

»Findest du das denn nicht mal ein bisschen cool?«, fragte ich seinen breiten Rücken. »Und warum hast du Kankalin den Kopf abgerissen, weil sie gesagt hat, dass du dein Herz verloren hast?«

»Das hast du verstanden?« Mattis blieb stehen und drehte sich so abrupt um, dass ich in ihn hineinlief.

»Aua.« Ich rieb mir die Nase. »Genau das hab ich doch gerade gesagt.« Es beunruhigte mich ein bisschen, dass ich plötzlich mit Magie eine fremde Sprache verstehen konnte. Aber cool war es schon. Ich konnte sogar hören, dass Kankalin in Elbisch noch frecher war als wenn sie Deutsch sprach. Einige der Wörter, die sie auf Elbisch verwendete, hatten im Deutschen keine Entsprechung, aber ich bekam trotzdem einen guten Eindruck von dem, was sie meinte. Der Traum jedes Übersetzers!

»Alanna kann Pixin und Elbisch sprechen«, sagte Kankalin und setzte sich auf meine Schulter.

Ich sah sie an. »Was ist Pixin?«

Ihr entschlüpfte ein kleines Lachen. »Die Sprache des Nests. Der Reav.«

»Vielleicht kannst du alle Sprachen verstehen«, murmelte Mattis und sah mich an, als sei ich eine neue Spielkonsole mit mehr Knöpfen, als er erwartet hatte.

»Gute Überraschung? Böse Überraschung?«, fragte ich.

Er lächelte. »Hervorragende Überraschung. Wir müssen deine Fähigkeiten draußen auf dem Markt testen. Wenn du alle Feenrassen verstehen kannst, bist du in Faerie viel sicherer.« Er ging weiter den Tunnel entlang.

»Kann ich alle Sprachen sprechen oder sie nur verstehen?«, fragte ich zurück.

»Das ist ein und dasselbe«, sagte Mattis, ohne sich umzudrehen.

»Warum? Wie funktioniert das?« Wir hatten die Leiter erreicht, die zurück in die Taverne führte.

Mattis stöhnte. »Das geschieht durch Magie, die wir von Geburt an besitzen. wie das ›funktioniert‹.« Er stupste mich in die Seite. »Warum müssen Menschen immer wissen, wie alles genau funktioniert?«

»Und warum müssen Elben immer so geheimnistuerisch sein? Ihr könnt bestimmt noch nicht mal aufs Klo gehen, ohne geheimnisvoll zu tun.« Ich dachte an die drei Toiletten in der Bar. Ha!

Mattis schmunzelte und sprang die Leiter hoch. Trotz der Waffen, die von seinem Gürtel baumelten, und der Ledertasche glitt er geschmeidig die Sprossen hoch. Ich musste jede Sprosse der endlosen Leiter nehmen, während Mattis noch nicht mal seine Hände benutzte. Wie machte er das bloß?

»Hab ich doch gesagt«, rief ich ihm nach. »Du kannst noch nicht mal unmysteriös eine Leiter hochklettern.«

Mattis lachte nur.

Es dauerte eine kleine Ewigkeit, bis ich ein Taxi rufen konnte. Der Ino hatte Aussetzer und ich konnte die App erst zum Laufen bringen, als wir ein ganzes Stück in Eiseskälte zu Fuß vom Elbhold weggegangen waren. Vielleicht ließ zu viel Magie selbst Astoria-Tablets durchdrehen?

Das Morgengrauen war noch ungefähr eine Stunde entfernt und wir trampelten Kreise in den Schnee, um uns in der Dunkelheit warm zu halten. Mattis plante die nächsten beiden Wochen für mich, ohne dass ich viel dazu sagte. Warum sollte ich auch widersprechen? Er hatte recht. Ich musste vor der Weihe trainieren, mich erfolgreich zu duellieren, und Mattis versprach, mir dabei zu helfen, falls Rufus uns keine Steine in den Weg legte. Am Abend nach der Weihezeremonie würden wir nach Elbhold zurückkehren und irgendwie nach Faerie gelangen. Tja. Und da war er: der große Terminkonflikt bei seinem Plan. Ich würde zwei Tage, bevor Rufus mit mir nach Banff wollte, vom Angesicht der Erde verschwinden. Sollte ich ihm Bescheid sagen, dass ich nicht mit fuhr? Aber welchen Grund konnte ich Rufus geben, warum ich absagen musste?

Ich erwähnte Mattis gegenüber nichts davon. Er machte sich schon genug Sorgen und predigte mir immer wieder, dass ich mich an den Brief meiner Großmutter erinnern solle und Rufus misstrauen sollte. Er schien wirklich Angst um mich zu haben.

Auf dem Weg in die Stadt war Mattis still. Wir saßen jeder in einer Ecke auf der Rückbank und schauten gedankenverloren nach draußen. Toronto sah wunderschön im Sonnenaufgang aus. Jedes Haus und jede Straßenecke wurde in ein sanftes rosa Licht getaucht. Ich schaute hinaus, ohne etwas wahrzunehmen, und versuchte, die Flut von Ereignissen, die passiert waren, seitdem ich Astoria verlassen hatte, zu verdauen.

Als das Taxi am Astoria-Eingang hielt, war ich die einzige, die ausstieg. Mattis würde erstmal nach Hause fahren, aber ich wollte direkt ins Büro gehen. Rufus hatte inzwischen die Meinung geändert und mir per SMS mitgeteilt, dass er mich erst um neun Uhr sehen wollte. Aber vielleicht fand ich jemand anderen, dem ich von meinem bahnbrechenden Fortschritt in Sachen Magieblockade erzählen konnte.

»Alanna, denk dran: Sag niemandem etwas von dem, was du heute gesehen hast.« Mattis' Blick war ernst.

»Ja, ja, ich schwöre feierlich.« Ich konnte kaum ein Augenrollen unterdrücken. Mattis hatte mich schon so oft schwören lassen. Interessanterweise hatte das nicht in einem Vertrag mit ihm resultiert, aber ich fühlte mich auch allein durch mein Versprechen gebunden. Mit den Elben kam das Wissen um die Dornen. Und ich wollte nicht, dass Rufus oder ein anderer Magier den Weg meiner Großmutter einschlug und ich ihn an die Dornen verlor.

»Also, fassen wir mal zusammen«, sagte ich. »Ich trainiere für die Weiheprüfungen, bestehe sie und dann nimmst du mich mit nach Faerie?«

Mattis' Blick glitt zum Taxifahrer.

»Los, verzauber ihn schon«, murmelte ich.

Mattis bewegte nicht einmal seine Finger, aber ich war mir sicher, dass er einen Zauber formte. Ich fand es aufregend, dass ich so etwas jetzt fühlen konnte, ohne dass jemand meine Sicht oder Aufmerksamkeit darauf lenkte.

»Fertig«, sagte er, nicht mehr darum bemüht, leise zu sprechen. »Wenn die Königin sich an unsere Abmachung hält, werden wir in Elbhold zur Wintersonnenwende abgeholt und erhalten sicheres Geleit bis zum Goldenen Hof.«

»Ähm, es gibt da nur ein Problem …«

Mattis runzelte die Stirn. »Ja?«

»Woher wissen die Elben, dass sie nach Toronto zum Nekropolis-Friedhof kommen müssen? Ganz davon abgesehen, dass sie nicht wissen wo Elbhold ist oder wie man hineinkommt.«

Mattis schnitt eine Grimasse. »Sidhe vom Goldenen Hof marschieren einfach in Elbhold hinein. Dieser Dryade ist ihnen nicht gewachsen.«

»Sie wissen nicht, wo du bist.«

»Ich flüsterte den Namen der Königin in die Luft. Es klappt vielleicht nicht, weil sich ihr Reich nicht bis hierher ausdehnt. Aber zu dieser Jahreszeit sind die Schleier dünn.«

Er setzte unsere Sicherheit auf Märchen von dünnen Schleiern? »Und das reicht?«

Mattis grinste. »Ich habe sicherheitshalber auch den Lehnsherren von Glastonbury angerufen. Wenn einige versnobte Elben vor seiner Tür landen, setzt er sie in das nächste Flugzeug nach Toronto.«

»Und wenn sie nicht auftauchen?«

»Dann folge ich Plan B.«

»Und der wäre?«

Mattis tippte mir sanft auf die Nase. »Der beinhaltet eine Menge Mach-dir-keine-Sorgen gewürzt mit einer Prise Dasgeht-dich-nichts-an. Konzentrier dich auf deinen Teil bei der Geschichte.«

Jetzt rollte ich doch mit den Augen. »Du bist immer so vertrauenerweckend und mitteilsam, Schatz, da wird mir ganz warm ums Herz«, spottete ich.

»Gut«, flüsterte Mattis und sein Blick fiel auf meine Lippen. Er musste gar nichts anderes tun, nur gucken, und mein verräterisches Herz schlug schneller.

Mattis' Mund verzog sich zu einem wissenden Lächeln. »Du gehst besser rein und trainierst ein bisschen. Mach jemandem Feuer unterm Hintern mit Magie. Am besten Rufus Dean.«

War da etwa jemand eifersüchtig? Ich verkniff mir ein Grinsen und schlüpfte aus dem Taxi. »Ich glaube, an die Sigillen für Feuer erinnere ich mich.«

»Das habe ich nicht wörtlich gemeint!«, rief Mattis erschrocken. Ich schlug die Tür zu und tat, als hätte ich ihn nicht gehört. Grinsend eilte ich mit fliegenden Schritten zum Eingang. Ich war endlich eine richtige Magierin.

Rufus hatte mir befohlen, mich »um Punkt neun« in seinem Büro einzufinden, aber als ich dort ankam, war niemand da. Auch Rufus' Sekretärin und Miles, der normalerweise den Tisch direkt vor Rufus' Allerheiligstem bewachte, waren merkwürdigerweise nicht da. Genervt von Rufus' Rockstar-Allüren setzte ich mich auf sein Sofa und wartete.

Ich hatte Astoria um acht betreten und Nick nicht in unserem Büro angetroffen. Astrids Telefon war auf Anrufbeantworter geschaltet. Da Rufus mich sowieso einbestellt hatte, machte ich mir nicht die Mühe, nach den beiden zu suchen, aber ich fühlte mich hibbelig, weil ich niemandem vom Erwachen meiner Magie erzählen konnte. Ich wusste, dass ich die Elben und den Brief von meiner Großmutter nicht erwähnen konnte, aber ich platzte vor Aufregung. Ich hatte endlich meine Kräfte befreit! Aber was war mit der Weihe? Mattis hatte mich dazu gebracht, meine Magie einzusetzen, indem er mich wütend gemacht hatte. Würde es wieder klappen, wenn das Dojo mit Zuschauern gefüllt war? Und würden die Zaubersprüche, die ich beherrschte, ausreichen, um die Gildemeister zu beeindrucken?

Mit war schlecht vor Aufregung, wenn ich an die bevorstehende Prüfung dachte, aber mein Herz wurde jedes Mal leicht, wenn ich spürte, wie die Magie sich in mir regte. Sie lag wie ein warmes lebendiges Wesen direkt unter meinem Magen zusammengerollt, als ob Mattis in mir ein Feuer entzündet hätte. Im leeren Büro probierte ich einen Zauber nach dem anderen aus und genoss, wie die Magie gehorsam aus meinen Fingerspitzen strömte.

Um zehn Uhr lagen Haftnotizen mit Sigillen überall um mich herum verstreut und ich fühlte mich erschöpft vom vielen Zaubern. Es waren nur kleine Dinge gewesen: ein Objekt in ein anderes verwandeln oder einen Illusionszauber auf sie anwenden, dennoch hatte es mich müde gemacht. Aber immerhin hatte ich keine Kopfschmerzen. Vielleicht konnte ich endlich aufhören, Ibuprofen zu nehmen. Seit meine Magie erwacht war, hatte ich wegen der rasenden Kopfschmerzen mehrere Tabletten täglich nehmen müssen. Ehrlich gesagt fühlte sich das Zaubern jetzt fantastisch an. Ich konnte es kaum abwarten, schwierigere Zauber auszuprobieren.

»Ich habe mich so über deine Nachricht gefreut.« Rufus schloss die Bürotür hinter sich und schritt auf mich zu. Heute hatte er sich nicht in Schale geworfen sondern steckte in Jeans und einem roten T-Shirt — ein Aufzug, der ihn gleich vertrauter aussehen ließ. »Ich habe mir schon gedacht, dass du etwas vorhattest, als die Sicherheitsabteilung mir meldete, dass du mit dem Ino Astoria verlassen hast. Du bist also kein sabbernder Zombie und deine Kräfte sind erweckt?«

Ich nickte und stand auf.

Rufus blieb wie angewurzelt stehen, während sein Blick langsam über mich wanderte. »Wow.«

Ich sah an mir hinunter. Erst jetzt fiel mir auf, dass ich in meinem roten Top zur Arbeit gerannt war.

»Du siehst toll aus.« Rufus zog mich in eine Umarmung.

»Herzlichen Glückwunsch! Ich bin so froh, dass es funktioniert hat. Und ich bin auch froh, dass ich die Sicherheitsleute angewiesen habe, dich in Ruhe zu lassen.« Er küsste mich auf beide Wangen und ich senkte, peinlich berührt, den Kopf.

»Tut mir leid, dass ich so spät dran bin. Ich musste bei Gilde-Angelegenheiten als Mediator einspringen. Komm, ich muss alles darüber erfahren, wie du deinen Level-Aufstieg erspielt hast.« Grinsend setzte Rufus sich aufs Sofa und bedeutete mir, mich neben ihn zu setzen.

Er hörte fasziniert zu, als ich ihm von dem Kampf erzählte, bei dem ich von innen meine Blockade zerbrochen hatte. Ich hoffte, dass es in Ordnung war, ihm davon zu erzählen, wenn ich die Details ausließ, wie Elbhold und den Elben-Zaubertrank. Ich sprudelte die Sätze nur so raus, weil ich Angst hatte, dass Rufus in meinen Augen die Wahrheit darüber lesen könnte, was ich gestern entdeckt hatte. Ich erzählte ihm sogar davon, wie ich den Ring verwandelt hatte und wie Mattis anfangs meiner Magie auf die Sprünge geholfen hatte.

Als ich fertig war, lächelte Rufus mich an, aber seine Augen waren angespannt. Etwas nervte ihn ganz gewaltig. »Noch mal Glückwunsch. Wirklich!«

»Danke.« Ich lehnt mich auf dem Sofa zurück.

»Ich mag deine Euphorie kaum zerstören.«

»Warum solltest du auch?«

Rufus sah aus wie ein Tierarzt, der dir gleich sagt, dass dein Hund eingeschläfert werden muss. »Du hast wahrscheinlich gehört, dass der letzte Test ein Duell ist?«

Ich nickte.

»Die sind brutal. Wir kämpfen unter realen Kampfbedingungen, auch wenn es heutzutage unsinnig erscheint. Aber der Test wurde vor Jahrhunderten konzipiert, als die beste Waffe eines Magiers seine Zauberkunst war.«

»Was ist das Problem?« Ich zwang mich zu einem beiläufigen Ton, auch wenn die Sorge sich wie eine kalte Hand um mein Herz schloss.

»Das Problem ist«, sagte Rufus ernst, »dass ich möchte, dass du den Test überlebst«.

»Warum sollte ich das nicht?« Ich lachte nervös.

»Als Gegner für die Kandidaten werden die stärksten Magier ausgewählt. Und die Gildemeister haben mir mehrfach angedeutet, dass sie es sofort merken, wenn es dir jemand leicht macht.«

»Sie verlangen, dass ich mich wie ein erfahrener Magier duelliere?«

»Ja.« Wut presste Rufus' Stimme zusammen. »Ich vermute, sie wollen eigentlich mir eins auswischen. Ich bin in den letzten zwei Jahren zu vielen Leuten auf die Füße getreten, und jetzt lassen sie es an den Kandidaten aus.«

»Aber wir haben doch nichts getan.«

Rufus lächelte schief. »Aber sie wissen, dass du mir etwas bedeutest.«

Na super. Rufus Dean entdeckte endlich seine Gefühle für mich — weshalb ich leider bei lebendigem Leib geröstet werden würde. »Wir müssen mit Birch reden!« Ich sprang auf. »Wir müssen Barrierezauber üben, je stärker desto besser. Dann können die voll durchziehen und uns passiert nichts.«

Rufus zog mich wieder aufs Sofa. »Ich glaube nicht, dass du oder irgendein anderer Kandidat in der Lage ist, einen Barrierezauber zu erschaffen, der stark genug ist, einen erfahrenen Magier abzuwehren. Selbst dann nicht, wenn ihr eure Kräfte kombinieren würdet. Viel wichtiger ist: Wenn ihr euch hinter einer Barriere verschanzt und dem anderen Magier das ganze Duellieren überlasst, werdet ihr in der dritten Prüfung ausgeschlossen. Ihr müsst selbst auch ein paar beeindruckende Attacken abgeben. Dafür müsst ihr aber eure Abschirmung öffnen.«

»Also, was sollen wir dann tun?«

»Du musst trainieren, Alanna«, sagte Rufus mit eindringlicher Stimme. »Finde Magier, die dich anleiten, und übe wie verrückt.« Er lehnte sich näher zu mir und senkte die Stimme. »Ich gebe dir eine kleine … sagen wir mal … Lebensversicherung. Du darfst es aber niemandem gegenüber erwähnen. Versprichst du das?«

Ich guckte ihn mit großen Augen an. »Was hast du getan?«
»Versprichst du es? Sonst sage ich kein Wort mehr.«

Ich verdrehte die Augen. »Was sind wir, fünf Jahre alt? Okay, ich verspreche, ich werde niemandem ein Wörtchen verraten.« Ich erwartete für eine Sekunde, den leichten Zug eines Vertrags zwischen uns zu spüren, merkte dann aber, wie albern das war. Ich hatte nur eine einzige Nacht unter Elben verbracht und es hatte schon auf mich abgefärbt.

Rufus öffnete die Hand. Ein metallisch glänzendes Steinchen leuchtete in Ferrari-Rot auf seiner Handfläche. Es hatte ein Loch in der Mitte.

»Ich habe das für dich herstellen lassen. Trag es an einer Kette um den Hals während des Duells. Wenn dir die Sache zu heiß wirst, umschließt du es mit der Hand und drückst fest zu. Ich werde dir dann helfen.«

Ich runzelte die Brauen. »Wie? Du kannst nicht zu mir in die Arena springen.«

»Ich kann einen Stromausfall verursachen oder die Verbindung zur Datenbank lahmlegen. Es gibt viele Möglichkeiten. Vertrau mir einfach. Aber verwende es nur als Letzten Ausweg.«

Ich schluckte. Er wollte mir beim Betrügen bei der Weihe helfen?

Rufus drückte mir den Metallstein in die Hand. »Die Prüfungen bei der Weihe sind die Chance für neue Gildemagier, sich einen Namen zu machen. Wenn du dich hinter Barrierezaubern versteckst, gibt es keine Show. Du musst aus der Deckung kommen und kämpfen. Überleg dir zusammen mit den anderen Kandidaten ein paar Taktiken, wie die Prüfungen eine gute Show werden.«

Teamtaktik … Ich hatte vier erfahrene Magier, die in meinem Forest of Fiends-Team arbeiteten, und es gab vier Kandidaten. Nick, Avel, Suze und Yue hatten bereits die Weihe überstanden. Wenn wir uns für die Duelle zusammenschlossen … Das Einzige, was wir brauchten, war genug Zeit zum Üben.

Ich setzte einen entschlossenen Gesichtsausdruck auf. Den,

den ich bei Meetings mit der Marketingabteilung perfektioniert hatte. »Ich muss bis zur Weihe von allen meinen Pflichten befreit werden. Und ich brauche mein Forest of Fiends-Team und alle Kandidaten für die Zeit komplett freigestellt.«

Rufus Ausdruck wurde hart. »Auf keinen Fall. Ich kann nicht jeden vom Spiel abziehen.«

Das würden wir ja sehen. Er hatte den Köder geschluckt oder er wäre bei der Ablehnung entspannter geblieben. Sein genervter Ausdruck zeigte mir, dass er darüber nachdachte, wie er meinen Vorschlag zu seinem Vorteil nutzen konnte. Dass ich den kleinen Rufus gekannt hatte, half mir definitiv beim Verhandeln mit der Erwachsenenversion.

Ich sah ihm direkt in die Augen. »Du musst dich entscheiden. Wenn du willst, dass ich die Weihe bestehe, musst du zwei Wochen lang das Spiel komplett vergessen. Du kannst nicht beides haben. Dieses Mal funktioniert es nicht.«

Er mahlte genervt mit den Zähne. Spielte an einem Riss in der Armlehne des Sofas herum. Ich ließ ihn schmoren. Ausnahmsweise gab ich ihm mal nicht nach.

»Also gut.« Rufus seufzte theatralisch. »Mir gefällt die Idee, dass ihr euch als Team vorbereitet. Ich werde also Nick, Rikka, dich und die anderen Kandidaten bis zur Weihe freistellen. Und ich verschiebe alle wichtigen Meetings und Entscheidungen bezüglich Forest of Fiends, bis du wieder dabei bist.«

Ich deutete eine Verbeugung an. »Vielen Dank.«

Er zog sein Telefon hervor und tippte darauf. »Bringen Sie bitte Alannas Umhang.«

Eine Minute später brachte ein Mann in einem Anzug einen Kleidersack. Rufus nahm ihn entgegen und der Mann verließ das Büro sofort wieder. Wo war Miles?

Er hielt mir die Tasche hin. »Hier, das wirst du bei der Zeremonie tragen.« Der Reißverschluss öffnete sich mit einem Schnurren und offenbarte einen silbergrauen Umhang. Rufus zog ihn heraus. Der Umhang war schlicht geschnitten, aber sah sehr elegant aus. Er war in A-Form geschnitten, sodass das weiche Material von den Schultern zu den Hüften floss und sich von da bis zu den Knöcheln verbreiterte. Die Astoria-Ranken waren in hellvioletter Stickerei rings um die Säume gestickt und über der linken Brust. Den Rücken zierte ein großes Büschel aus Ranken.

Ich war mir nicht sicher, wie ich das finden sollte, in einer Zaubererkutte herumzulaufen. »Gibst du mir dazu auch einen spitzen Hut?«

Rufus drehten den Umhang erneut und das Grau leuchtete mit dunklem Schimmer. »Die anderen Magier werden dieselbe Art Umhang tragen, daher wollte ich dir die Möglichkeit geben, dich daran zu gewöhnen.« Er verstaute den Umhang wieder in dem Kleidersack, ließ die Tasche aber offen.

Ich nickte.

»Trag ihn zu Hause und wenn du mit deinem Team übst.« Seine Finger berührten meine, als er mir die Tasche gab. Ich gab vor, den Umhang zu bewundern, und entzog mich der Liebkosung.

Rufus runzelte die Brauen, tat dann aber gleichgültig. Er küsste mich leicht auf die Wange. »Viel Glück bei der Vorbereitung auf die Prüfung. Und denk daran, dein Skizeug zu packen. Wir fahren am dreiundzwanzigsten.« Sein Blick suchte meinen und ich schaute auf den Boden. Wenn ich an einen romantischen Winterurlaub dachte, konnte ich nur an Mattis denken. Wir würden Hand in Hand lange Spaziergänge im Schnee machen und uns dann vor dem Kamin wieder aufwärmen. Vielleicht würden wir am Abend tanzen und uns auf unser Zimmer zurückziehen, wenn das Streicheln beim Tanzen sich verselbstständigte … Ich kam so weit, mir Mattis nackt auf einem Bett vorzustellen, wie seine goldfarbene Haut mich lockte, als Rufus sich neben mir bewegte und mich schlagartig wieder in das Hier und Jetzt zurückbrachte. Ich würgte meinen Tagtraum hektisch ab. Oh Mann, Rufus war definitiv die falsche Gesellschaft, um solche Gedanken zu haben! Meine Wangen glühten.

Rufus legte mir einen Finger unter das Kinn und hob meinen Kopf. Sein Blick war weich, interessiert. So hatte er mich seit meinem zwölften Geburtstag nicht mehr angesehen.

»Du bist immer noch wie ein offenes Buch für mich«, sagte

er. »Und mir hat gefallen, was du dir gerade vorgestellt hast.«
Ich blinzelte überrascht. »Wirklich?«

Sein Daumen liebkoste meine Wange. »Ich war etwas abweisend, als wir das letzte Mal über den Urlaub gesprochen haben. Aber ich hoffe, wir kommen uns näher.« Seine Stimme wurde ein Flüstern. »Viel näher.«

Instinktiv lehnte ich mich von ihm weg. Er ließ die Hand fallen und sein Gesicht spiegelte ein Wechselbad der Gefühle wider: Erstaunen, Ärger und verletzter Stolz.

Mir tat es auch leid. Ich hatte mich heftig in Mattis verliebt, aber das konnte nicht die Jahre auslöschen, die Rufus und ich beste Freunde gewesen waren. Manchmal hatte es sich als Kind für mich so angefühlt, als wären wir die einzigen Menschen auf der Welt. Ein Leichtes in meinem Elternhaus, wo sich meine Eltern ständig stritten, oder bei meiner Großmutter, die mehr bei Astoria als zu Hause war.

»Was ist los, Lanna?«

Dass er meinen Kosenamen benutzte, tat noch mehr weh. Ich wusste nicht, was ich sagen sollte. Was konnte ich schon sagen?

»Ich stehe immer noch neben mir wegen gestern Abend«, murmelte ich. »Ich habe nicht viel geschlafen.«

Rufus streichelte meine Hand. »Mach dir keine Sorgen. Das war zu erwarten.« Sein Ton wechselte von tröstend zu beiläufig. »Schade wegen Mattis, übrigens. Er hätte dich gut für die Weihe trainieren können.«

Mein Kopf schnellte nach oben. »Schade? Was meinst du damit? Was ist mit ihm?« Meine Stimme wurde lauter. Ich hatte ihn gerade erst gesehen. Wie konnte ihm da etwas zugestoßen sein?

»Miles trifft gerade in seinem Apartment ein, während wir uns unterhalten.« Rufus klang beiläufig. »Sie fliegen nach China, um ein Problem an einer unserer Produktionsstätten zu lösen.«

»Oh Gott.« Ich schloss meine Augen und betete stumm. *Bitte mach, dass Mattis okay ist. Bitte mach, dass seine Magie nicht die Bordelektronik des Flugzeugs lahmlegt.*

»Ich bin beeindruckt, wie sehr dich ein Problem in einer unserer Fabriken bekümmert«, sagte Rufus trocken. Er wusste genau, dass mich etwas anderes niedergeschmettert hatte.

»Warum China? Und warum er?«

Ich hatte wohl ziemlich laut gesprochen vor lauter Aufregung und Rufus sah mich erstaunt an. »Warum? Weil er zurzeit der beste Magier bei Astoria ist und es in unserer wichtigsten Fabrik ein ernstes Problem gibt.«

»Aber warum jetzt? Wann ist er wieder zurück?«

»Alanna, jetzt reiß dich mal zusammen!«, schnauzte Rufus mich an. »Benimm dich nicht so, als ob du dein Schoßhündchen verloren hättest. Du kennst den Typen doch kaum.«

Ich biss mir auf die Lippen. Was war mit der Wintersonnenwende, mit unserer Reise nach Faerie? »Das verstehst du nicht. Ich muss einfach wissen, wann er wieder da ist.«

Rufus stand vom Sofa auf. »Er kommt zurück, wenn das Problem behoben ist, und nicht früher. Du kannst prima mit deinem Team trainieren.«

Ich kam bei ihm nicht weiter, also verließ ich schnell die Vorstandsetage. Ich schleppte die Kleidertasche in mein Büro, während sich in meinem Kopf die Gedanken drehten.

Ja, so würde ich es machen. Entschlossen knallte ich die Tür ins Schloss, warf den Kleidersack in eine Ecke und weckte meinen Ino auf. Ich musste mit meinem Team sofort ein Treffen vereinbaren. Sie waren bis zu Mattis' Rückkehr meine besten Verbündeten beim Training für das Duell. Alles andere — besonders einen grünäugigen Elben, der gut küssen konnte — musste ich verdrängen, bis ich die Weihe bestanden hatte.

DREISSIG

Drei Figuren standen winzig und verloren vor den immensen Portaltüren, die in das Dojo führten. Genau wie ich trugen sie silbergraue, bodenlange Umhänge. Astrids Teint war so blass, dass ihre Sommersprossen wie tiefbraune Punkte hervorstachen. Emilys Gesicht war dagegen hochrot und ihre Nase fast weiß vor Stress. René zeigte die Anspannung am deutlichsten. Er zappelte die ganze Zeit herum und als er seine Hände lockerte, zitterten sie. Meine übrigens auch.

»Warum sind wir so aufgeregt?«, murmelte er, als ich mich neben den dreien aufstellte. »Wir wissen doch, dass wir alle bestehen, richtig? Ça va de soi. Ist ja schließlich unsere Weihe und nicht unsere Arschtritt-Fiesta, eh?«

Man hörte René normalerweise nicht an, dass er aus Québec kam, aber heute war der französische Akzent nicht zu überhören.

Astrid und ich lachten beide, aber es klang halbherzig.

»Ich würde darüber keine Witze machen«, zischte Emily. »Zauber können böse danebengehen, wenn man nervös ist. Und keiner weiß, wem wir in den Duellen gegenüberstehen werden.«

»Ich habe nur versucht, die Stimmung etwas aufzulockern«, brummte René betreten.

Ich lächelte ihn und Astrid aufmunternd an. »Ihr drei seid doch super im Unterricht. Ihr habt nun wirklich nichts zu befürchten.«

»Du schon«, sagte Emily zu mir.

Ich war mir nicht sicher, ob ihr Lächeln aufmunternd oder eingebildet war. Es würde ihr ähnlich sehen, das Messer in der Wunde zu drehen. Sie hatte sich geweigert, bei unserem Vorbereitungsteam für die Duelle mitzumachen und war die letzten zehn Tage sogar gar nicht bei Astoria aufgetaucht. Laut Gerüchteküche hatten ihre Eltern einen Astoria-Magier im Ausland angeheuert, der sie fit gemacht hatte für die Weiheprüfungen. Mattis war noch nicht aus China zurückgekehrt, also war die Aufgabe, uns Newbies zu trainieren, an meinem Forest-of-Fiends-Team hängen geblieben. Die letzten zehn Tage waren der Wahnsinn gewesen. Aber auch ein Wahnsinnsspaß. Ich hatte mich mit Rikka, Astrid, René und meinem ganzen Entwicklerteam in unserem Labor auf dem Dach verschanzt. Wir duellierten uns. Wir hatten mit Sigillen, Feuerbällen und Barrierezaubern trainiert, bis wir nicht mehr konnten. Die Trainingswoche mit gemeinsamem Pizza-Essen und Forest-of-Fiends-Spielen hatte uns fest zusammengeschweißt. Der einzige Wermutstropfen war, dass ich kein Lebenszeichen von Mattis erhalten hatte. Aber er würde auch nie einen Telefonhörer in die Hand nehmen, oder? Er hasste jede Art von Technik. Das redete ich mir zumindest ein.

Ab und zu hatte ich einen Hauch von Pixie-Staub gesehen oder ein kaum vernehmbares Sirren gehört. Mattis hatte Kankalin also bei mir gelassen und sie hatte ein Auge auf mich, auch wenn ich sie nie sah.

»Na ja, wir wissen zumindest, dass René Birchs Test mit fliegenden Fahnen bestehen wird«, sagte ich, um das Thema zu wechseln.

»Merci.« René lächelte mich an. Das Lächeln sah etwas wackelig aus und seine Augen waren immer noch vor Angst geweitet. Er war echt derjenige von uns, der am wenigsten zu befürchten hatte. In unseren Übungsduellen hatte er sogar gegen Nick und Yue gewonnen, die beide Hardcore-Kämpfer waren. Trotzdem sah er jetzt so aus, als ob er gleich abhauen und den nächsten Notausgang nehmen würde. Vielleicht plagte uns beide derselbe Gedanke: Wir hatten nur Scheingefechte geübt, ohne ernsthafte Konsequenzen. Heute würden sie uns ins Haifischbecken werfen.

Ich legte meinen Arm um Renés Taille. Astrid legte von der anderen Seite ihren Arm um ihn. René entzog sich uns nicht, also warteten wir zusammen vor den Portaltüren, die heute bedrohlich aussahen.

Sie wurden ein paar Minuten später geöffnet und mir schlug das Herz bis zum Hals. Unser Dojo hatte sich verwandelt. Die weißen Wände und die Decke waren mit festlichen Bannern dekoriert worden. Einige zeigten Sigillen, viele waren mit Motiven geschmückt, die mich an Heraldik erinnerten: Löwenköpfe, eine Faust, die ein Schwert umschloss, drei rote Mohnblumen in einem weißen Dreieck.

»Das sind die Wappen der anwesenden Magierfamilien«, flüsterte Astrid.

Ich besah mir die Halle und fragte mich, was mein Familienwappen war. Meine Großmutter hatte häufig die Kette mit dem Triskelenanhänger getragen. Genau den Anhänger, der jetzt wie ein beruhigendes Gewicht auf meiner Brust lag. Falls das Triskelensymbol unser Zeichen war, konnte ich es in diesem Wald aus Wappen aber nicht erkennen.

Die Halle war zum Bersten gefüllt mit Menschen. Vielleicht vierhundert Männer und Frauen, vielleicht sogar mehr. Sie alle trugen die silbergrauen Umhänge der Magiergilde, was die Personen mit einander verschwimmen ließ. Am anderen Ende der Halle, gegenüber den Portaltüren, war eine Bühne aufgebaut worden, die ebenfalls voll besetzt mit Leuten war.

Birch und Cletus hatten jeder eine Seite der Portaltür aufgezogen und standen jetzt stumm neben ihrem Türflügel. Beide trugen die Magiergewänder. Bei Birch bewirkten sie, dass sie gutmütiger aussah als normalerweise. Vielleicht stand ihr das sanfte Lila der Stickerei besser als das nüchterne Schwarz, das sie sonst trug. Oder vielleicht lag es daran, dass der Umhang ihre spindeldürre Figur verhüllte, was ihr einen Hauch Mütterlichkeit verlieh. Sie sah uns aber unverändert streng an. Als ob wir auch nur daran denken würden, etwas Blödes anzustellen, wenn alle Gildemagier Kanadas uns auf die Finger sahen. Zumindest würden wir keinen Zauber mit Absicht versaubeuteln ...

Cletus stand an der rechten Flügeltür und mir am nächsten. Sein feuerrotes Haar biss sich ganz schrecklich mit dem Lila des Umhangs. Ich hatte ihn noch nie einen beeindruckenden Zauber wirken sehen, aber Nick behauptete, Cletus sei gut. Wenn er es nicht wäre, würden sie ihn vermutlich nicht die Kandidaten bei der Prüfung testen lassen.

»Hört auf zu glotzen und geht zur Bühne«, zischte er jetzt. Wir mussten die ganze Länge der Halle unter den Argusaugen der anderen Magier durchschreiten, um dorthin zu gelangen.

»Ihr geht bitte einzeln hintereinander«, fügte Birch hinzu. »Erst Emily, dann Astrid. René, Sie folgen danach. Dann Sie, Alanna. Cletus und ich werden direkt hinter Ihnen gehen.«

Auf ein Zeichen von Birch marschierte Emily los. Astrid folgte ihr. Sie sah jetzt etwas ruhiger aus, aber nicht gerade selbstbewusst, wie sie so mit dem Kopf leicht nach vorne geneigt mit zögernden Schritten in die Halle ging, als ob man sie zur Guillotine führte. Als sie an Birch vorbeiging, bewegte unsere Lehrerin ihre Hände in einem raschen Zauber. Mit dem nächsten Schritt wallte Astrids rote Lockenpracht ungebremst über ihre Schultern — ihre Haarspangen waren verschwunden.

Astrid kam vor Überraschung ins Stolpern.

»Es sieht so einfach besser aus«, murmelte Birch und stupste Astrid leicht in die Seite, damit sie weiterging.

Es war eine Show, hatte Rufus gesagt. Vermutlich mussten wir gut für unseren Part aussehen. War ja auch völlig egal, dass jetzt Astrids letzter Funken Selbstvertrauen sich genauso in Luft aufgelöst hatte wie ihre Haarspangen.

René hatte wohl den gleich Gedanken wie ich gehabt. »Vielleicht hätte ich etwas Make-up auflegen sollen«, flüsterte er.

»Seid still!«, knurrte Cletus. »Zollt der Zeremonie gefälligst etwas Respekt.«

Ich öffnete den Mund, um ihm zu sagen, dass Birchs Eingriff in die Frisur eines Kandidaten ja nun auch nicht gerade feierlich gewesen war, aber die kalte Wut in Cletus' Augen ließ mich den Mund wieder schließen. Ich eilte René hinterher.

Als ich Cletus den Rücken zudrehte, spürte ich einen Hauch von Magie über mich gleiten. Ich sah hektisch an mir herunter. Nichts sah anders aus als vorhin. Als ich mich zu Cletus umsah, flötete er quasi vor lauter Unschuld. Panisch berührte ich mein

Gesicht, mein Haar, um herauszufinden, was er gemacht hatte, aber ich konnte nichts Außergewöhnliches entdecken.

Ich machte den nächsten Schritt — und latschte auf den Saum meines Umhangs. Der Stoff zog sich mit einem Ächzen so straff, dass ich fast den Halt verloren hätte. Ich fing mich wieder und machte den nächsten Schritt. Mit einem Geräusch, das in meinen Ohren so laut wie ein Donnerschlag klang, riss der Saum des Umhangs hinten. Das Ding war genau für mich maßgeschneidert worden. Ich war zu Hause stundenlang damit treppauf, treppab gelaufen, wie Rufus es vorgeschlagen hatte. Ich hatte den Umhang bei Astoria angehabt, wenn wir uns duellierten. Er war nie zu lang gewesen! Jetzt wellte sich der Saum auf dem Boden und verfing sich bei jedem Schritt mit meinen Barfußschuhen. Danke, Cletus, du Depp.

Ich wusste mir keinen anderen Rat, als den Stoff mit beiden Händen hochzuraffen, wie eine mittelalterliche Lady. Es machte mich verlegen, weil jetzt meine Froschschuhe für alle Welt zu sehen waren. Alle anderen Magiern versteckten ihre modernen Schuhe elegant unter den bodenlangen Umhängen. Ich drehte mich erneut zu Cletus um und funkelte ihn wütend an. Er feixte und bedeutete mir, ich solle mich sputen, um die anderen einzuholen.

Vor der Bühne stellten wir uns wieder nebeneinander auf. Es fühlte sich beklemmend an, als ein kleines Grüppchen auf dem Präsentierteller zu stehen, während die anderen Magier undurchdringliche Wände aus Silbergrau um das ganze Dojo bildeten.

Ungefähr fünfzig Magier standen uns direkt gegenüber auf der Bühne. Sie hatten ein bisschen Platz vorne, rund um ein Rednerpult, frei gelassen.

Ich sah mich nach Mattis um. Ich hoffte immer noch, dass Rufus ihn rechtzeitig für die Weihe hatte nach Hause kommen lassen. Aber ich konnte ihn in der Masse aus Menschen und Gesichtern nicht entdecken. Ich war mir so sicher gewesen, dass Mattis zur Wintersonnenwende zurückkehren würde, zur Not sogar gegen Rufus Anordnungen. Falls er bis heute Nacht nicht bei Astoria auftauchte, würde ich mich allein nach Elbhold durchschlagen, um ihn hoffentlich dort zu treffen. Ich hatte gestern Nacht versucht, für meine Reise nach Faerie zu packen, aber ich war nicht weit gekommen. Man konnte ja schlecht »One-bag-Tipps für ein Feenreich« googeln. Also, googeln konnte man das schon, aber es brachte einem nichts.

Die Menge auf der Bühne teilte sich und ließ Rufus zum Rednerpult durch. Er stellte sich dahinter auf. Er sah ungewohnt verkrampft aus und hielt sich stockgerade. In den Magiergewändern sah er etwa zehn Jahre älter aus, aber der Look stand ihm. Das strenge Grau in Kombination mit dem fließenden Stoff wirkte wie die passende Untermalung für die endlose Energie, die er in Wellen auszuströmen schien. Ich hatte ihn ein paar Mal getroffen seit unserem heiklen Gespräch nach meinem Besuch im Elbhold. Wir hatten beide tunlichst nicht erwähnt, was vorgefallen war. Wir behandelten einander mit perfekter Höflichkeit, wie Fremde.

Als Rufus zu sprechen begann, verstummten alle im Dojo. Ein Zauber verstärkte seine Stimme, so dass sie mühelos jeden Winkel der Großen Halle erreichte.

»Von Zeit zu Zeit versammeln wir uns, um uns daran zu erinnern, wer wir wirklich sind und auf welchen Regeln unsere Gemeinschaft basiert. Wir vergessen zu leicht, dass wir so viel mehr sind als eine multimillardenschwere Firma. Wir sind die Einzigen, die Magie wirken können, umgeben von einem Meer von Mundanen, die versuchen würden, uns zu vernichten, wenn sie wüssten, was wir wirklich sind und welche besonderen Fähigkeiten wir haben.« Er sah jeden der heutigen Kandidaten nach dem anderen an, während er sprach. Sein Blick ruhte länger auf mir als auf den anderen, aber vielleicht bildete ich mir das auch nur ein. »Was uns stark macht, was uns erfolgreich macht und uns schützt, ist unsere Gemeinschaft. Wir sind eine Gilde. Wir haben Regeln — zum Schutze aller, zum Wohle aller. Wenn ein neuer Magier erwachsen wird und seine Kräfte erwachen, muss er von drei erfahrenen Magiern geprüft werden. Sie entscheiden, ob der Kandidat würdig ist, der Gilde beizutreten. Wenn ein Kandidat die drei Prüfungen besteht, heißen wir ihn mit einer Weihe in unseren Reihen willkommen.« Sein Blick wanderte über unsere Köpfe hinweg zu den Magiern, die sich rund um das Dojo versammelt hatten. »Mit großem Stolz und hohen Erwartungen stelle ich euch die vier Kandidaten der heutigen Weihe vor: Emily Jeong. — Astrid Persson.« Rufus machte eine Kunstpause nach jedem Namen und die versammelten Magier klatschten. »René François Masson.«

Renés Familie und Freunde spendierten ihm eine Runde frenetischen Applaus und Jubelrufe. Ging man von der Menge der Magier aus, die ihn stolz anstrahlten, als er vorgestellt wurde, füllte »Team René« etwa die Hälfte einer Seite des Dojos.

»Alanna Atwood.«

Meine Runde Applaus wurde beeinträchtigt von dem ganzen Gemurmel und Getuschel. Hunderte von Magiern, die sich schnell darüber austauschten, was sie über mich wussten und wie neugierig sie darauf waren, dass die Enkelin von Margaret Reid sie mit ihren Talenten beeindruckte. Wo war nur das Loch, in das ich verschwinden konnte?

»Die erste Prüfung heute wird von Elizabeth Birch durchgeführt. Die Kandidaten, die diese Prüfung bestehen, werden als Nächstes von Cletus Fisher in Energy Engineering getestet.« Damit trat Rufus vom Rednerpult zurück, während die Zuschauer sich immer noch tuschelnd unterhielten. Er gab Birch das Zeichen zu beginnen.

Birch und Cletus stellten vier Zielscheiben auf der gegenüberliegenden Seite der Halle für uns auf. Birch positionierte sich neben den Zielscheiben, während Cletus neben der Bühne in Deckung ging. »Erschaffen Sie eine Charadka-Kugel, lassen Sie sie schweben. Versehen Sie sie mit einem flüssigen Kern Ihrer Wahl. Dann treffen Sie mit der Kugel eins der Ziele. Sie müssen nicht ins Schwarze treffen, aber jede Kugel, die das Ziel verfehlt, zählt nicht in die Bewertung.«

Alle diese Schritte hatte Birch mit uns wieder und wieder im Unterricht geübt. Jeder Schritt war schwer zu bewerkstelligen, sogar mit Unterstützung des Inos. Erst musste man aus nichts als magischer Energie eine Kugel erschaffen. Dann die leere und leichte Charadka-Kugel in einen kleineren Ball verdichten, der eine dünne Membran hatte, damit die Kugel platzen würde. Wenn das geschafft war, musste man sie mit Flüssigkeit füllen — wieder nur mithilfe von Magie — und der schwebenden Kugel einen mentalen Schubs geben, damit sie sich in Bewegung setzte. Überhaupt die Zielscheibe zu treffen war zunächst auch echt schwer gewesen.

Da wir unerfahrene Magier waren, waren die Transformation und der Flug jeder Kugel eine ziemlich wackelige Angelegenheit. Trotzdem klatschen die Zuschauer höflich bei jeder Kugel, die das vorbereitete Ziel traf und zerbarst.

Wir hatten alle bestanden und sahen Birch zu, wie sie die Zielscheiben wegräumte, während Cletus eine Kiste für seine Prüfung hereintrug. Er hatte etwas zum Basteln ausgesucht, das unserer echten Arbeit bei Astoria nahekam. Seine Aufgabe: Erwecke einen Spielzeugroboter zum Leben, indem du Elektrizität durch Magie ersetzt, und erweitere seinen Bewegungsumfang.

Die vier Roboter waren jeder nur etwas länger als seine Hand. Cletus stellte sie an, dann benutzte er eine Fernbedienung, um zu demonstrieren, wie man ihre Geschwindigkeit einstellte und sie mit den Armen winken ließ. Nachdem er vorgestellt hatte, was die Roboter ohne Magie tun konnten, fischte er die Akkus aus jeder der Maschinen und drückte jedem Kandidaten einen reglosen Roboter in die Hand.

Ich sah auf das angemalte Gesicht des Metallmännchens herunter und machte mir Sorgen. Rufus hatte mir immer noch nicht erlaubt, Magie mit Technik zu kombinieren, und allein hatte ich es nicht gewagt.

»Ich nenne dich Bender«, murmelte ich und schickte ein wenig Magie in den Roboter. Er regte sich in meiner Hand und ich atmete erleichtert aus. Vielleicht war es doch damit vergleichbar, ein Buch oder einen Tennisball »zum Leben zu erwecken«, indem man vorsichtig Magie hinzufügte und die korrekten Sigillen auswählte? Ich schob etwas mehr Magie in den kleinen Bender.

Es war sogar leichter, Magie in ein Elektronikteil zu gießen als in etwas Totes wie einen Tennisball oder etwas Natürliches wie eine Frucht. Bei beiden konnte die Magie überall herauströpfeln. Im Fall der Frucht reagierte die Magie mit den natürlichen Vorgängen im Obst mit unvorhersehbaren Nebenwirkungen. Der Roboter war tot, also reagierte er nicht. Andererseits stellten sich die Schaltkreise als ideale Leiter für Magie heraus.

Handys, Wecker und dergleichen tendierten dazu, bei uns Magiern zu verrecken, wenn wir unsere Magie nicht fest im Griff hatten. Also fütterte ich die Energie aus meinem Inneren nur Fitzelchen für Fitzelchen in Bender. Cletus behielt mich die ganze Zeit im Auge und er runzelte die Brauen so kritisch, dass sie wie zwei feuerrote Donnerkeile über seinen Augen schwebten.

Ich ließ mir Zeit und versuchte, mich nicht von seinem aufdringlichen Starren zu gefährlicher Eile anstacheln zu lassen. Ich hatte genug Objekte in Birchs Unterricht zerschmort, um zu wissen, dass »ein bisschen mehr Magie« im Handumdrehen zu viel sein konnte.

Ich gab noch mehr Energie in Benders Beine und Arme, dann hörte ich auf. Falls ich meinen Job richtig gemacht hatte, konnte ich den Roboter jetzt ohne Strom bewegen. Konnte ihn sogar Dinge tun lassen, für die er nicht programmiert worden war, wie Rufus es mir mit meinem Ino gezeigt hatte, als er meinem Tablet Flügel gab. Natürlich war ein Computer ein hochkomplexer Mechanismus und noch weit außerhalb meiner Fertigkeiten. Diese Kerlchen hier konnten nur gehen und winken. Nicht gerade kompliziert.

Ich hatte mich völlig auf Bender konzentriert und nichts mehr mitbekommen. Als ich mit ihm fertig war und aufsah, bemerkte ich, dass die anderen schon längst fertig waren. René kniete vor seinem Roboter und focht mit ihm. Der Roboter hatte einen Bleistift als Schwert unter den Stummelarm geklemmt. Emilys Roboter marschierte vor und zurück und änderte auf ihr Kommando hin mit eleganten Pirouetten die Richtung.

Nur Astrid hatte Probleme mit der Aufgabe. Ihr Roboter zitterte wie ein Blatt im Wind und fiel jedes Mal hin, sobald sie ihn auf die Füße stellte. Sie sah panisch aus, aber versuchte es erneut.

Ich fragte Sigillen für »Zwang« und »Bewegung« bei der

Datenbank an. Mir kam ein Gedanke und ich fragte auch nach der Sigille für »Anmut«. Für die entsprechende Rune musste ich länger warten als je zuvor auf eine — und sie sah schrecklich kompliziert aus. Ich zögerte, sie zu benutzen. Wer wusste schon, ob ich vielleicht nach der falschen Sache gefragt hatte?

Ich nahm mir einen Gelstift und einen Packen Haftnotizen von der Bank mit dem Zauberzubehör. Zurück an Benders Seite, zeichnete ich die Sigillen für Zwang und Bewegung auf je einen Haftzettel und befestigte sie links und rechts am Roboter. Nachdem ich die Sigillen mit Magie aufgeladen hatte, berührte ich den Roboter mit einem Funken Energie. Mit angehaltenem Atem zeichnete ich die vereinfachte Form jeder Sigille in die Luft über Bender. Ein warmes Summen breitete sich von meinem Inneren nach außen aus, als die Magie in den Sigillen sich mit der Energie verband, die ich in den Roboter geladen hatte. Jaaaaa! Es hatte geklappt.

Oder doch nicht? Bender blieb reglos liegen. Die Sekunden zogen vorbei und mir begann der Angstschweiß übers Gesicht zu laufen. Meine Hände wurden feucht. Sollte ich noch einmal von vorn anfangen? Bender schüttelte sich ein wenig. Mit einem leisen Knall verabschiedete sich etwas in seinem Innern und ein Funken glühte auf seiner Brustplatte auf. So ein Mist!

Ich lehnte mich zurück, falls das ganze Ding hochgehen würde. Als der kleine Blechmann stattdessen mit einem Zittern aufstand, konnte ich ein erleichtertes Grinsen nicht unterdrücken. Ich dirigierte ihn mit den Fingern, ließ ihn vorwärts und rückwärts laufen. Es klappte ohne Probleme und ich atmete erleichtert aus. Als ich aufsah, bemerkte ich, dass Rufus mir Zeichen gab. Er sagte auch etwas, aber unhörbar. Was war los?

Mein Moment der Unachtsamkeit wurde bestraft: Bender knallte aufs Gesicht und blieb liegen. Mist. Ich hob ihn hoch und setzte ihn zurück auf die Füße. Nichts. Erst als ich erneut Energie in ihn hineinträufelte, gehorchte er mir wieder. Bender zitterte einmal, dann marschierte er vorwärts und rückwärts, genau wie Emilys und Astrids Roboter.

Astrid sah erleichtert aus, dass auch ihr Roboter jetzt tat, was sie wollte. Als sich unsere Blicke trafen, lächelte sie breit und zwinkerte mir zu. Wir ließen unsere Roboter eine Weile im Gleichschritt marschieren, dann ließ sie ihren nach rechts in Richtung des Podiums schwenken und ich meinen nach links.

Ich warf Rufus einen prüfenden Blick zu. Er bewegte die Hände wie ein Dirigent, der nach mehr Lautstärke, mehr Einsatz verlangt. Als er sah, dass er meine Aufmerksamkeit hatte, ließ er die Finger seinen linken Arm entlanghopsen. Es sah aus, als wäre er bekifft. Einige der Zuschauer deuteten auf ihn und kicherten, aber mir wurde klar, was er sagen wollte: Mein Roboter musste ihnen eine Show bieten. Er musste mehr als die anderen machen, weil die Gildemeister mich auf dem Kieker hatten.

Ich wagte es nicht, Bender fliegen zu lassen, so wie Rufus damals mein Tablet. Bisher konnte ich kaum Charadka-Kugeln durch die Luft manövrieren, ohne sie explodieren zu lassen. Was sollte ich also tun? Ich suchte in der Datenbank. Gab es eine Sigille für tanzen? Nein. Für rennen? Nein, nur eine für Schnelligkeit und Bewegung. Für kriechen? Die Datenbank schlug »nah am Boden bleiben« als eine Sigillenkombination vor, aber das würde vermutlich überhaupt nicht beeindruckend aussehen.

Also musste ich doch zu meiner ersten Idee zurückkehren: Anmut. Was auch immer das bewirken würde.

Ich ließ den Roboter zu mir zurückmarschieren, während ich die Sigille für Anmut und die Kombination für schnelle Bewegung auf ein Post-it zeichnete. Ich drückte den Haftzettel auf Benders Brust und zog schnell die vereinfachten Sigillen über ihm in die Luft. Vorsichtshalber zeichnete ich die Sigillen auch über jedem seiner Arme und Beine.

Ich schnappte mir Energie aus der Halle, verwob sie mit meiner Absicht für den Zauber, wie Mattis es uns gelehrt hatte. Das Paket schob ich dann komplett in die Sigillen. Na ja, meine Absicht … Ich hatte dem Zauber nur vage Erinnerungen an den Ballettunterricht zu bieten gehabt, da ich mit fünf Jahren das letzte Mal dort hingegangen war.

Bender gehorchte meinem gedanklichen Anstupser und versuchte, sich auf ein Bein zu stellen. Er fiel mit lautem Geklapper hin. Ich grinste schief. Na, das sah tatsächlich wie ich im Ballett-unterricht aus.

Ich stellte ihn vorsichtig wieder hin und diesmal hielt ich einen seiner Arme fest, während ich mit den Fingern eine Pirouette in die Luft zeichnete. Der Metallarm war warm und glitschig in meinen schwitzigen Händen.

Bender hob den anderen Arm und drehte sich einmal am Platz. Er hob ein Bein, dann das andere für mich. Wir gewöhnten uns beide an unser Zusammenspiel und er bewegte sich immer sicherer. Ich hörte einige Magier im Publikum lachen, aber ich wagte es nicht aufzusehen, um nicht wieder die Verbindung mit dem Roboter zu verlieren. Er drehte eine perfekte Pirouette und ich ließ ihn aus meinen Fingern schlüpfen.

Bender glitt zügig in die Halle hinaus, als hätte ich Discoroller unter seinen Füßen montiert. Nach einer schnellen Tour einmal um die Halle kam er zu mir zurück und warf dabei die Beine abwechselnd hoch zu einem Kick, während seine Arme im Kreis wirbelten. Ich betrachtete ihn wie eine stolze Roboter-Mama, während er zu jedem kleinsten Fingerzucken von mir tanzte und die Arme schwenkte. Die Magier in unserer Nähe, die ihn gut sehen konnten, jubelten und spornten Bender an.

»Bestanden«, erklang Cletus' barsche Stimme hinter mir. Er ging mit einem gefütterten Sack in der linken Hand von Kandidat zu Kandidat. Wenn er die rechte Hand in einer schneidenden Bewegung über einem Roboter entlangzog, fiel der wie ein Haufen lebloses Metall in sich zusammen. Cletus klaubte sie vom Boden auf und ließ sie in den Sack fallen, während er »Bestanden!« verkündete.

Als Letztes erreichte Cletus Bender und mich. Cletus zögerte. War das ein Hauch von einem Lächeln auf seinen Lippen?

Bender drehte eine Pirouette und ich ließ ihn auf Cletus zugleiten. Als Bender einen Salto in der Luft drehte, schnappte ihn sich Cletus. Der Roboter tanzte sogar noch in Cletus' Griff, auch nachdem Cletus eine Sigille auf seiner Brust gezogen hatte. Cletus stopfte schließlich den strampelnden Roboter in den Sack mit den anderen und zog schnell die Schnur zu, die den Sack verschloss.

»Bestanden, Atwood.« Er wedelte mit der Hand in Richtung meines Umhangs und er verkürzte sich, bis er, wie heute morgen, nur noch knapp bodenlang war.

Ich nickte ihm zu. »Verbindlichen Dank, Herr Fisher.«

Wir sahen einander an. Wir würden uns nie mögen, aber in Cletus' Blick schimmerte zum ersten Mal so etwas wie Respekt mit.

»Alle Kandidaten haben die Prüfungen bestanden, die ihnen Elizabeth Birch und Cletus Fisher auferlegt haben«, verkündete Rufus vom Rednerpult. Er wandte sich zu uns Kanditaten. »Wie ihr sicher gehört habt, ist die letzte Prüfung der Weihe immer ein Duell. Die Gildemeister werden euren Erfolg bewerten. Jetzt werdet ihr erst mal in einen Raum geführt, wo ihr euch mental auf die letzte Aufgabe der heutigen Weihe vorbereiten könnt.«

Unter dem Applaus der Gäste leiteten uns Cletus und Birch aus dem Dojo.

Zeit, uns mental vorzubereiten? Wohl eher Zeit, um uns völlig verrückt zu machen mit Gedanken an das kommende Duell. Alles würde davon abhängen, wie wir uns jetzt schlugen.

EINUNDDREISSIG

René und Astrid sahen so mitgenommen aus, wie ich mich fühlte, als wir zwischen Birch und Cletus die Stufen erklommen. Sie nahmen uns die Inos ab und teilten uns auf vier kleine Labore auf.

Der Raum, in den Cletus mich schob, hatte blanke weiße Wände, kein Fenster und war nur spärlich möbliert: ein Tisch, drei Stühle und eine zweite Tür, die zu einem fensterlosen kleinen Bad führte.

Cletus verschloss die Tür hinter mir, sobald ich über die Schwelle getreten war, also hockte ich mich auf einen der Stühle, um zu warten.

Rufus' Anhänger fiel mir wieder ein. Als ich ihn aus der Jeans zog, die ich unter meinem Umhang trug, brach sich das Licht der Deckenlampen matt auf der metallischen Oberfläche. Sollte ich ihn besser hier zurücklassen? Wäre die Versuchung, ihn zu benutzen, nicht zu groß, wenn ich den Anhänger mit ins Dojo nähme?

Magier, die die Weihe bestanden hatten, durften keine Details über die Prozedur verraten, nur allgemeine Anspielungen. Also war es meiner Vorstellungskraft überlassen, mir auszumalen, worüber ich mir die meisten Sorgen machen sollte. Wer wusste schon, womit sie uns angreifen würden, wo doch die Ansage war, wir sollten uns mit ihnen wie erfahrene Magier duellieren?

Ich ließ Rufus' Kette über meinen Kopf gleiten und versteckte sie unter dem Umhang, neben der Triskele.

Es gab keine Wanduhr und ohne Fenster war es schwer, die Uhrzeit zu schätzen. Es fühlte sich so an, als ob ich für Ewigkeiten in dem Raum festsitzen würde. Um meine Nervosität in den Griff zu bekommen, trank ich etwas Wasser und knabberte an einem der trockenen Schokoladenkekse, die auf einem Teller bereitlagen, aber der Keks schmeckte wie Asche.

Ich benutzte das Klo und wartete dann weiter. Und wartete. Die Unmengen von verbranntem Adrenalin, die durch meinen Körper kreisten, machte mich gleichzeitg müde und aufgedreht.

Ich nickte ein, nur um nach ein paar Sekunden wieder hochzuschrecken. Gefühlt Stunden später schloss ein Magier, den ich nicht kannte, die Tür auf, gab mir meinen Ino zurück und bat mich, ihm zu folgen. Er war groß, kahlköpfig und trug den Magierumhang mit der würdevollen Selbstverständlichkeit von jemandem, der an solche Gewandungen gewöhnt war. Er sagte nichts, sondern schritt nur ruhigen Schrittes vor mir die Treppe hinunter und zurück zum Dojo. Er zog die rechte Flügeltür auf und das Stimmengewirr Hunderter Menschen sickerte zu uns heraus. Mit einer schwungvollen Geste geleitete mich der Magier in die Halle und murmelte mir zu: »Viel Glück, Alanna.« Er hatte einen leichten Akzent, den ich keinem Land zuordnen konnte.

Als wir in der Halle auftauchten, verstummte das Stimmengewirr abrupt.

Die Magier hatten in der Mitte der Halle noch mehr Platz frei gemacht und waren ganz an die Wände zurückgewichen. Auch die Bühne war geräumt worden. Nur noch sechs Männer und Frauen standen jetzt dort links und rechts von Rufus am Rand des Podiums aufgereiht. Einer von ihnen war Nigel, der Brite, der meine Evaluation geleitet hatte. Ich erkannte einige der anderen aus dem Material über die Magiergilde, das mir Birch zum Lesen aufs Auge gedrückt hatte. Alle Magier auf der Bühne waren Gildemeister.

Die Gruppe auf der Bühne und sogar die Menge im Dojo hielten still. Sie wirkten zu aufmerksam. Das Licht der knallbunten Kirchenfenster malte farbenfrohe Muster auf ihre erwartungsvollen Gesichter. Das Einzige, was bei dem Spektakel noch fehlte, waren ein paar Löwen, die darauf warteten, mit mir auf

Leben und Tod zu kämpfen.

Der Magier, der mich abgeholt hatte, schloss sich der Gruppe um Rufus an. Jetzt, da ich wusste, dass er ein Gildemeister war, erkannte ich ihn: István Kovács aus Ungarn. Nigel und er waren die zwei europäischen Gildemeister.

Eine Frau mit rabenschwarzem Haar und einem roten Bindi-Punkt zwischen den Brauen führte Astrid herein. Ein paar Minuten später brachte ein dunkelhäutiger Gildemeister mit kurz geschorenem schwarzen Haar René ins Dojo. Emily wurde als Letzte hereingeführt von einer Frau mit Mondgesicht und einem festen Helm aus kurzgeschnittenen grauen Haaren. Der wallende Umhang und ihre kantige Statur ließen Gildemeisterin Burr wie eine Kröte aussehen. Vielleicht hatte sie den Eindruck aber auch ihrem beständigen Flunsch zu verdanken.

Die drei Gildemeister gesellten sich zu den anderen auf der Bühne und wir Kandidaten mussten auf der Holzbank an der Seite des Podiums Platz nehmen, auf der zuvor die Zauberutensilien gelegen hatten.

»Die Große Halle ist vorbereitet worden für die Duelle«, verkündete Rufus. »Ihr alle kennt die Regeln: Niemand mischt sich in die Prüfungen ein. Sie enden nur dann, wenn eine der Parteien einen klaren Sieg davongetragen hat. Kandidaten können nur das verwenden, was sie mit Magie erschaffen können oder im Ring finden, ihre eigene Kleidung eingeschlossen.« Er nickte uns zu. »Wer möchte sich als Erster beweisen? Freiwillige vor.«

»Gegen wen treten wir denn an?«, murmelte René und sah sich suchend in der Halle um.

»Das soll wohl die große Überraschung sein«, flüsterte ich zurück. »Möge das Glück stets mit uns sein, hm?«

René lächelte mich nervös an.

»Ich bin als Erste dran.« Emily sprang auf die Füße und baute sich vor dem Podium auf.

»Wie schön. Emily Jeong wird unsere erste Kandidatin bei den Duellen sein.«

Rufus' Ton ging mir so langsam mächtig auf die Nerven. Er klang wie ein Zirkusdirektor: Seht euch die Frau mit Bart an! Nur heute noch. Lasst euch diese Attraktion nicht entgehen! »Emily, dein Gegner bei diesem Duell ist Gildemeister Gabriel Pérez«, fuhr Rufus fort. Ein Mann in den Sechzigern oder vielleicht ein fitter Siebzigjähriger sprang von der Bühne. Er war nicht viel größer als Emily und lächelte sie freundlich an. Sein Haar war fast ganz ergraut, aber seine Bewegungen waren energiegeladen und schnell. Emily hob die Hände und wartete darauf, dass er sie angriff. Meine Hände zuckten, als wollten sie dieselbe Bewegung machen. Die ganzen Tage, in denen wir von morgens bis nachts nichts anderes getan hatten, als mit Magie zu kämpfen, waren nicht spurlos an mir vorbeigegangen. Meine Muskeln erinnerten sich und wollten nicht untätig dabeistehen. Emily ganz allein in der Mitte des Dojos stehen zu sehen, fühlte sich beunruhigend an, nachdem wir zwei Wochen immer als Team gekämpft hatten. Sie sollte das nicht alleine durchmachen müssen. Und dabei mochte ich sie noch nicht mal. Ich würde wahrscheinlich vor Anspannung sterben, wenn Astrid und René an der Reihe waren.

Emily und Pérez wärmten sich mit Sparring auf. Er schoss, sie zog einen Schild hoch. Sie hetzte einen Zauber auf ihn und er wehrte ihn mühelos ab. Nach ein paar Minuten steigerte sich allmählich die Intensität der Salven und auch die Komplexität der Zauber. Emily hielt Schritt und tauschte Attacken und Paraden mit Pérez aus. Sie blieb sogar ruhig, als er große Skorpione und Spinnen heraufbeschwor und auf sie hetzte. Emily verbrannte jedes der Tiere mit einem präzisen Energiestoß. Ihr Lehrer im Ausland musste wirklich gut sein — sie war vor ihrer Abreise aus Toronto nicht so kunstfertig in ihren Zaubern gewesen.

Erst als Pérez seine Taktik änderte, kam Emily ins Straucheln. Er ließ eine Nebelwand um sie herum entstehen, die seine Bewegungen vor ihr verbarg.

Ein Energieblitz traf sie, dann ein zweiter. Emily gelang es schließlich, den Nebel mit einem Gegenzauber zu vertreiben, aber sie war verletzt. Sie humpelte und ihr linker Arm hing leblos herab. Sie ließ sich davon aber nicht unterkriegen, sondern zeichnete fleißig Sigillen mit der rechten Hand. Ich hatte sie nicht für so eine Kämpfernatur gehalten. Und obwohl Rufus mir gesagt hatte, dass wir unter Kampfbedingungen duellieren würden, setzte es mir arg zu zu sehen, dass Pérez Emily so gleichgültig verletzte. .

Es machte mich stinkwütend, dass keiner der Zuschauer einschritt oder wenigstens entsetzt guckte. Hatten sie wirklich mit so etwas gerechnet?

Pérez trieb Emily um das Rund des Dojos. Sie zog eine Barriere hoch, machte einen stolpernden Schritt. Pérez zerstörte ihre Barriere, sie zog die nächste Barriere hinter sich hoch. Es ging immer weiter und war schrecklich anzusehen.

»Emily«, rief Burr von der Bühne, »gibst du auf?«

Wenn sie aufgab, würde sie ihren Job bei Astoria verlieren. Ich konnte mir nicht vorstellen, diese Wahl zu treffen. Genauso wenig wie Emily.

»Auf keinen Fall.« Sie drehte sich von Pérez weg und rannte durchs Dojo, um mehr Abstand zwischen sich und ihn zu bringen. Pérez schoss einen Zauber ab, als sie ihm den Rücken zukehrte. Feiger Hund.

Die Energie formte sich in Tentakel, die sich um Emily wanden. Nein, keine Tentakel, sondern lebendige Seile, wurde mir klar, als sie sich von selbst festzogen und sie fesselten. Emily konnte noch nicht einmal mehr ihre Arme bewegen.

»Emily, gib auf!« Gildemeisterin Burr klang jetzt fast so, als ob sie bettelte.

»Nein!«, schrie Emily. Als Pérez sich in ihre Richtung bewegte, duckte sie den Kopf. Damit sie nicht mit ansehen musste, wie er sie ausschaltete?

Die Seile wurden von einer unsichtbaren Macht zertrennt, in einem geraden Schnitt Emilys an ihrer Brust hinunter. Also hatte sie sich nicht vor dem Angriff versteckt, sondern einen Zauber gewirkt.

Pérez hatte sie jetzt fast erreicht. Emily riss die rechte Hand hoch.

Eine große Charadka-Kugel, die aussah wie aus glänzendem grünen Metall gemacht, erschien — und hielt schon Kurs auf

Pérez. Eine Barriere blitzte auf und die Kugel schlug mit einem dumpfen Knall in sie ein. Sie hatte so viel Wucht, dass Pérez trotz der Barriere ins Schwanken geriet und hastig einen Schritt zurück machte.

Emily lächelte erleichtert und hob die Hände für den nächsten Schuss. Pérez griff sie gleichzeitig an und ihre beiden Geschosse streiften einander in einem Regen blauer Funken.

Ich drückte Emily die Daumen, aber Pérez' Schuss erreichte Emily zuerst. Sie wurde von den Füßen gerissen und flog ungebremst durch das Dojo. Als sie auf dem Boden aufschlug, gab es einen grässlichen dumpfen Knall.

Sekunden vergingen, aber sie bewegte sich nicht.

Ich sprang auf und rannte zu ihr.

»Geh zurück an deinen Platz, Alanna!«, brüllte Rufus.

Ich ignorierte ihn und ließ mich neben Emily auf die Knie fallen. Ich presste die Finger an ihren Hals, aber ich konnte keinen Puls finden. War ich zu panisch? Hatte ich an der falschen Stelle gefühlt?

Pérez erreichte uns und kniete sich an Emilys andere Seite.

Jemand packte mich von hinten, um mich wegzuziehen, aber ich klammerte mich an Emilys reglosen Körper. Meine Finger rutschten, nass vor Nervosität, über ihren Hals. Ich konnte immer noch keinen Puls spüren. Das konnte doch nicht sein!

»Hör auf, Alanna. Es ist alles in Ordnung.« Kovács war einer der Männer, die an mir zogen. Er sprach weiter, redete beruhigend auf mich ein, aber ich hörte ihm nicht zu. Als er mich um die Taille packte und mich hochhob, trat ich nach hinten aus. Er verstand einfach gar nichts. Emily atmete nicht!

Kovács holte sich Hilfe bei einem anderen Gildemeister, um mich hochzuheben und zurück zur Bank neben dem Podium zu tragen. Ich trat nach ihnen, aber die beiden Männer waren groß und gut trainiert; sie zuckten nicht einmal, wenn ich sie traf.

Über Kovács breite Schulter sah ich Pérez aufstehen. Er nickte den anderen Gildemeistern auf dem Podium zu. Es dauerte nicht lange, da sprangen zwei Gildemeisterinnen von der Bühne. Sie trugen ein goldenes Stoffbündel mit großem Pomp zwischen sich durch das Dojo. Als sie Emily erreichten, hielt jede Frau ein Ende des Tuches und sie spannten es mit einem lauten Knallen des Stoffes in der Luft auf.

Ich sah hilflos zu, von Kovács festgehalten, wie die Frauen das goldene Tuch über Emily ausbreiteten. Sie bedeckten erst ihr Gesicht und dann ihren ganzen Körper. Die losen Enden zogen sie unter dem Körper hindurch zur anderen Seite. Mit dieser improvisierten Trage hoben sie Emily an. Pérez trug ihre Füße, die beiden Frauen Emilys Schultern. So brachten sie gemeinsam Emilys leblosen Körper aus dem Dojo.

Was zum Teufel ging hier vor sich?

»Ihr habt sie umgebracht?« Meine Stimme brach mir mitten im Schrei.

Niemand sagte etwas. Verdammt, die Magier im Dojo sahen noch nicht einmal alarmiert oder bestürzt aus.

»Ihr habt sie verdammt noch mal gekillt!«, brüllte ich. Ich ließ meine Faust zurückschnellen und spürte, wie sie auf Kovács Nase traf. Knochen knackten unter meiner Hand und Blut spritzte in fetten Tropfen auf mich und den Umhang des Ungarn. Er fluchte und ließ mich instinktiv los, um sein Gesicht zu schützen. Ich war endlich frei und zitterte vor Wut. Die waren ja völlig durchgedreht. Was sollte ich bloß tun?

Alle im Dojo schwiegen. René und Astrid starrten die Gildemeister mit Panik auf ihren Gesichtern an. Niemand schlug vor, diesem Wahnsinn ein Ende zu bereiten.

»Der Nächste!«, rief Rufus.

»Bist du verrückt?« Ich marschierte zum Podium. »Ihr habt gerade Emily getötet!«

Rufus schüttelte genervt den Kopf, aber sah mich nicht an. »Astrid Persson wird sich mit Ajala Pillai duellieren.«

Mein Blick flog zu Astrid. Sie erhob sich mit zitternden Knien von der Bank.

Die Frau mit dem Bindi, die Astrid ins Dojo geführt hatte, stolzierte an mir vorbei in die Mitte der Halle. Astrid folgte ihr benommen.

Ich rannte zu ihr, packte ihren Arm. »Das kannst du nicht

machen. Es ist zu gefährlich!«

»Mir passiert schon nichts.« Sie berührte sachte ihren Umhang über der Brust. »Ich werde nur wahrscheinlich kein Magier sein.« Sie sah verzweifelt aus.

Ich folgte der Bewegung ihrer Finger. Sie rieben über eine kleine Erhebung unter dem Stoff. Genau da, wo mein eigener Anhänger direkt über meinem Brustbein lag.

Ich zog sie zu mir heran. »Haben sie dir etwas gegeben? Etwas, das du benutzen sollst, wenn alles schiefläuft?«

Panik leuchtete in Astrids Augen auf. »N-nein. Natürlich nicht.« Ihr Blick huschte zur Seite weg. Sie war so eine schlechte Lügnerin.

»Wer hat es dir gegeben? Rufus?«

Astrid schüttelte den Kopf, aber sie konnte mir nicht in die Augen sehen.

Was hatte er vor? Wieso gab er Astrid und mir ein Hintertürchen, um dem Duell zu entkommen? Rufus hatte gewusst, was uns bevorstand. Wie weit sie gehen würden ...

Ich sah René prüfend an. Wenn man wusste, wonach man suchte, konnte man erkennen, dass auch er einen Anhänger versteckt unter dem Umhang trug. Rufus hatte jedem von uns einen Cheat gegeben, mit dem wir uns aus einer gefährlichen Situation mogeln konnten, um diesen Kampf zu überleben. Er hatte sogar wortwörtlich »überleben« gesagt. Es war also vorher klar gewesen, wie schlimm die Weihe würde.

»Frau Persson, wir müssen anfangen.« Pillai wippelte nervös von einem Fuß auf den anderen. Blaue Flammen züngelten um ihre Finger.

»Benutz den Anhänger.« Ich drückte Astrids Arm. »Lass dich nicht umbringen.«

Astrid nickte und stellte sich Pillai gegenüber in Position.

»Setzen Sie sich hin, Alanna«, befahl mir Gildemeisterin Burr in strengem Ton.

Ich zeigte ihr den Stinkefinger und blieb, wo ich war, bereit, Astrid zu Hilfe zu springen. Ich würde mich nicht brav wieder hinsetzen und dieser Farce nur zuschauen. Sie hatten Emily umgebracht — nur, weil sie nicht aufgegeben hatte. Kapierten sie nicht, wie wichtig es für uns war, bei Astoria zu bleiben? Dass wir alles tun würden für die Chance, Mitglied der Magiergilde zu werden?

Ohne Vorwarnung beschoss Pillai Astrid mit einem Zauber, der mit großem Getöse und einer beeindruckenden Lichtshow durch das Dojo schoss, wie ein Minigüterzug. Astrid stand stocksteif da vor Schock. Es fühlte sich so an, als ob der Zauber in Zeitlupe auf sie zurasen würde, aber bei einer so kurzen Distanz wie hier hatte man nur eine Sekunde oder zwei, um eine Barriere hochzuziehen.

Wir hatten genau solche Angriffe geübt, aber Astrid starrte ihrem herankreischenden Untergang nur entgegen wie das Kaninchen der Schlange. Sie formte keine Sigillen. Sie errichtete keine Barriere. Ihr Haar stellte sich mit einem unheilvollen Knistern auf. Dann schlug der Zauber ein und Astrid stürzte zu Boden wie ein Sack Reis. Auch Sekunden später bewegte sie sich noch nicht.

Nein, das konnte nicht wahr sein! Sie hatten doch gerade erst angefangen.

Pillai und ich rannten beide zu Astrid. Ich erreichte sie zuerst und fühlte sofort nach ihrem Puls. Da war er. Puh.

»Astrid, Mann.« Ich fiel auf die Knie neben ihr und zog sie auf meinen Schoß. Langsam öffnete sie die Augen. Sie war weiß wie ein Geist und kämpfte um jeden Atemzug. Aber ich war froh, dass sie überhaupt atmete.

Pillai zog Astrid aus meinen Armen und untersuchte sie, dann sah sie ihr mit einem Stirnrunzeln in die Augen. »Es tut mir so leid«, murmelte sie mit einem weichen indischen Akzent. »Es war kein mächtiger Zauber. Es hätte Sie nicht so hart treffen sollen.« Sie streifte meine Hand von Astrids Hals und legte ihre eigene an die Stelle. Astrid schloss mit einem Wimmern die Augen.

»Was machen Sie da?«, zischte ich.

Pillai sah mich nicht an. »Ich heile sie.«

»Du siehst so glitzerig aus ...«, murmelte Astrid. Sie sah

mich staunend an. »So hübsch. Wie ein Engel mit einem grünen Heiligenschein …«

Pillai sah betrübt aus. »Es ist eine der Nebenwirkungen des Zaubers. Es sollte Ihnen bald schon besser gehen. Können Sie aufstehen?« Als Astrid nickte, zog Pillai sie auf die Füße.

Ich nahm Astrids Arm und half ihr, sich aufrecht zu halten.

Pillai drehte sich zum Podium. »Nur ein kleines Missgeschick«, verkündete sie laut. »Es war Frau Persson nicht bewusst, dass das Duell sofort beginnen würde. Es wird eine Wiederholung geben, diese Runde wird nicht gewertet.«

Astrids und meine Blicke trafen sich, ihr Gesicht spiegelte meine Fassungslosigkeit. Sie stoppten die Duelle nach diesem Unfall immer noch nicht?

Pillai marschierte auf die andere Seite der Kampfzone. »Auf drei, Frau Persson?« rief sie über ihre Schulter. »Frau Atwood, bitte verlassen Sie den Duellierbereich.«

Ich drückte den Rücken durch. »Auf keinen Fall.« Ich winkte René herbei. Er sah mich verwirrt an und stand nicht auf. »Komm schon!«, rief ich. »Findest du das fair, was hier abgeht? Wir müssen doch bescheuert sein, denen allein gegenüberzutreten.«

»Wir haben keine andere Wahl«, flüsterte Astrid mit bleichem Gesicht. »Das Duell ist einer gegen einen.«

»Sagt wer?« Ich erhob die Stimme. »Hat dir hier irgendjemand gesagt, wir müssten uns einer gegen einen duellieren?«

Astrid sagte nichts und sah hektisch die Magier im Dojo an. Keiner widersprach dem, was ich gesagt hatte.

Ich sah zum Podium. »Mir hat keiner befohlen, mich in Einzelduellen zu messen. René, Astrid und ich werden das Duell gemeinsam bestreiten, als Team.«

Rufus' Gesicht sah angespannt aus. »Und wer von euch dreien entscheidet, ob ihr drei aufgebt oder nicht?«

»Das mach ich.« Ich spürte das Gewicht der beiden Kettenanhänger auf meiner Brust. Der Glücksbringer meiner Oma gegen Rufus' Hintertürchen … Ich würde seinen Anhänger berühren, bevor René oder Astrid verletzt würden.

Rufus sah Astrid und dann René an. »Stimmen Sie zu, Frau Persson? Herr Masson?«

René stand zögernd auf und stellte sich zu Astrid und mir. »Oui.« Seine Stimme zitterte ein wenig. »Ich stimme zu.«

»Ich stimme zu«, flüsterte Astrid. Sie ergriff meine Hand und drückte sie fest.

Rufus sah zu den Gildemeistern zu seiner Linken. »Wer wird sich Frau Pillai in diesem Duell anschließen?«

Ich biss mir enttäuscht auf die Unterlippe. Es war ja auch naiv gewesen zu hoffen, sie würden uns erlauben, Pillai alleine gegen uns drei duellieren zu lassen.

»Ich helfe ihr«, sagte eine tiefe Stimme hinter mir.

Kovács trocknete sich das Blut mit einem Taschentuch vom Gesicht, während der andere Mann, der mich von Emily weggezogen hatte, Heilrunen dicht über seiner Haut in die Luft zeichnete.

»Herr Kovács«, bestätigte Rufus seine Teilnahme. »Wer ist der oder die Dritte?«

»Mattis Firdrake.«

Der Wunsch wurde von Gildemeisterin Burr geäußert, die sich an Rufus' rechte Schulter gedrängt hatte.

Mattis war zurück? Wo zum Kuckuck steckte er? Und warum hatte er sich nicht bei mir gemeldet?

Rufus' Mundwinkel zuckten leicht, als versuche er, ein Grinsen zu unterdrücken. »Ich muss euch leider darüber informieren, dass Mattis Firdrake in China ist. Er kann nicht beim Duell eingesetzt werden.« Seine Stimme klang neutral, sogar kalt. Außer mir bemerkte vermutlich niemand, dass Rufus darum rang, seine Freude nicht zu zeigen. Er hatte vermutet, dass es dazu kommen würde. Hatte er Mattis deshalb ins Ausland geschickt?

»Aber mir wurde gesagt ... Aber ... Das ist doch ...«, stotterte Burr, sichtlich schockiert über diese Neuigkeiten.

»Man hat dich falsch informiert.« Rufus drehte Burr betont die Schulter zu. »Also, wen nehmen wir dann als dritten Magier für diese Prüfung? Vielleicht ... «

»Wir sind alle dafür, Mattis Firdrake zu bestimmen, nicht?«, unterbrach ihn Burr. Sie warf den anderen Gildemeistern scharfe Blicke zu.

Die nickten zögernd. Einer nach dem anderen stimmten die Männer und Frauen auf der Bühne ihr zu.

Warum wählten sie Mattis als Duellanten? Er spielte doch in einer völlig anderen Liga mit seinen Zaubersprüchen. Und er war noch nicht einmal in Toronto.

»Linda, er ist nicht hier«, sagte Rufus genervt. »Hör auf mit diesem Unfug.«

»Falls er ankommt«, sagte Burr kalt, »wird er antreten. Es ist entschieden.«

Rufus sah zum Publikum in der Halle, dann zuckte er die Schultern. »Von mir aus. Aber wir warten nicht auf ihn.«

Lauter verkündete er: »Die drei Magier, die gemeinsam gegen die Kandidaten antreten werden, wurden bestimmt. Lasst das letzte Duell dieser Weihe beginnen.«

ZWEIUNDDREISSIG

René und Astrid zögerten und sahen unsicher von Pillai zu Ko-vács. Wer von beiden war die größere Herausforderung? Bei un-seren Übungsduellen hatten wir festgestellt, dass Astrids und Renés Talente an gegensätzlichen Enden des Spektrums lagen. René war exzellent mit Attacke-Zaubern. Er zauberte am besten etwas am anderen Ende des Dojos. Astrid war immer noch nicht gut darin, Charadka-Kugeln oder Feuerbälle auf jemanden zu hetzen, aber sie war klasse, wenn sie jemandem sehr nahe kom-men konnte. Ich war mir nicht sicher, was die anderen beiden als mein spezielles Talent nennen würden. Ich hatte Kampfzauber ohne Sigillen geübt, aber war darin noch nicht wirklich ge-schickt.

René entschied die Wahl, indem er Pillai angriff. Eine Se-kunde später rannte Astrid auf Kovács zu und versuchte, seine Barriere zu zerstören, damit sie ihn direkt mit einem Zauber be-rühren konnte.

Wir hatten uns bei den Übungsduellen immer in Einzel-kämpfe aufgeteilt, daher war es jetzt schwierig, einen Rhythmus zu finden, der funktionierte, wenn wir zu dritt gegen zwei Gegner kämpften.

Ich versuchte, mich zwischen René und Astrid zu halten, da-mit ich für jeden von ihnen eine Barriere errichten konnte, wenn sie Schutz brauchten. Dadurch hatten sie den Rücken frei und konnten sich auf Angriffszauber konzentrieren.

Es war nicht elegant, aber für den Moment standen wir we-nigstens noch. Wir fanden langsam einen Rhythmus, wechselten zwischen Attacken und Schutz für unser Team ab. Das würde es hoffentlich schwerer machen, uns zu besiegen, als wenn jeder von uns allein einem erfahrenen Gildemeister gegenübergestanden wäre.

Als hätte er meine Gedanken gelesen, trabte Kovács direkt auf uns zu. Er beschoss uns in einer so schnellen Abfolge mit Energieblitzen, dass wir schließlich keine Wahl mehr hatten, als uns aufzuteilen und uns hinter getrennten Barrieren zu verschanzen. Im Teamwork mit Pillai trieb Kovács uns noch weiter auseinander.

Als Kovács endlich in seinen Attacken innehielt, stand ich ihm allein gegenüber, am anderen Ende des Dojos.

Kovács konzentrierte sich mit gesenktem Kopf auf den Zauber, den er mir gleich auf den Hals schicken würde. Es dauerte ganz schön lange … Gab er mir gerade eine Chance, ihn ohne Gegenwehr anzugreifen?

Ich fragte in der Datenbank Sigillen ab, die ich verwenden könnte. »Sei gnadenlos, Alanna«, redete ich mir gut zu, »damit dieser Wahnsinn bald aufhört.« Aber wie?

Die Datenbank konnte mir nur Sigillen zeigen, die ich anforderte — und mir fiel nichts ein. Womit könnte ich den ungarischen Gildemeister angreifen, das über diese Distanz funktionieren würde?

Ich wählte Feuerbälle. Der Ino zeigte mir komplexe Sigillen, mit denen man mehrere große Feuerbälle in einem Schritt erschaffen konnte. Ich hatte Angst, die komplexen Runen in meiner Hast zu versauen, deshalb zauberte ich lieber zehn kleine Charadka-Kugeln und füllte sie mit Feuer. Ich arbeitete so schnell ich nur konnte, weil ich fertig werden wollte, bevor Kovács seinen eigenen Zauber unter Dach und Fach hatte.

Als sie fertig waren, ließ ich alle Feuerbälle gleichzeitig auf den Ungarn zusausen.

Na ja, sausen ist leider eine Übertreibung. In Realität trudelten sie in einem Schlingerkurs durch die Halle. Ich betete, dass die Einschläge ihn wenigstens aus den Socken hauen würden. So ein uneleganter Fall auf den Hintern wäre gut — wir brauchten doch einen deutlichen Sieg, damit die Prüfung beendet würde.

Leider hatte ich kein Glück. Vier der Feuerbälle verfehlten

ihr Ziel, die übrigen sechs prallten von Kovács Barriere ab und brutzelten harmlos auf dem Boden vor sich hin.

Die Luft vor mir schimmerte und eine Heuschrecke tauchte aus dem Nichts auf, so groß, dass sie mich überragte.

Ach du Schande, das Ding war immens! Meine Hoffnung, dass dieses Monster nur eine Illusion war, löste sich in Luft auf, als die Antennen der Heuschrecke nervös zuckten und sie ihre Kauwerkzeuge laut hörbar klappern ließ. Sie war real. Und vielleicht hatte sie Appetit auf eine Magierin zum Frühstück?

Ich drückte meine Füße in den Boden, um dem Impuls, schnell wegzurennen, zu widerstehen. Mehr Feuerbälle.

Mit einem lauten »platsch, platsch, platsch« prallten sie gegen die Brust der Heuschrecke. Ich wartete mit angehaltenem Atem darauf, dass das Insekt meinen Angriff abschütteln und mich angreifen würde. Stattdessen löste es sich in Luft auf. Es war doch nur eine Illusion gewesen.

Ich erholte mich noch von dem Schock, als Kovács eine Feuerwalze auf mich jagte. Erst als die Hitze mir ins Gesicht brannte, wurde mir klar, dass das hier keine Illusion war. Im letzten Moment schaffte ich es, eine beschützende Kugel um mich hochzuziehen.

Als die Feuerwand an mir vorbeigerollt war, löste auch sie sich in Nichts auf. War es doch eine Illusion gewesen? Oder konnten erfahrene Magier Zauber noch auflösen, selbst wenn sie sie schon abgeschossen hatten?

Ich ließ meine schützende Kugel fallen und griff Kovács mit weiteren Feuerbällen an. Ich hätte etwas Ausgeklügelteres finden sollen, etwas Hinterlistiges, aber mein Verstand war zu sehr damit beschäftigt, in Panik zu verfallen, um irgendwelche sinnvollen Vorschläge zu machen.

Die Feuerbälle zerschellten wieder harmlos an Kovács Schild. Was konnte ich bloß tun? Ich hatte nichts, das ich mit einem Zauber tränken konnte, nichts, das ich auf Kovács schleudern konnte wie eine echte Waffe …

»Stopp!«, schrie eine Frauenstimme.

Ich sah verwirrt auf. Astrid und Pillai waren noch damit beschäftigt, sich zu beschießen. Renés Hände bewegten sich so schnell durch die Luft, während er eine komplizierte Rune zeichnete, dass man sie kaum erkennen konnte.

Noch einmal befahl Gildemeisterin Burr allen, den Kampf zu unterbrechen. Sie klang angefressen, dass wir sie alle beim ersten Mal ignoriert hatten.

Kovács warf ihr einen irritierten Blick zu, seine Hände hatte er immer noch erhoben von seinen Attacken auf mich. Sein Blick glitt zur Seite und er seufzte, dann ließ er die Arme fallen.

Ich folgte seinem Blick und sah eine Gestalt, die sich widerwillig aus dem Schatten des Podiums löste.

Mattis!

Er schlenderte barfuß vor das Podium und sein selbstsicherer Gang bescherte mir Schmetterlinge im Bauch. Auch wenn die zehn Tage ohne ihn rund um die Uhr mit Üben vollgestopft gewesen waren, hatte ich doch genug Zeit gefunden, um ihn zu vermissen. Um mich zu fragen, warum er wohl nicht anrief.

Unsere Blicke trafen sich für eine Millisekunde, dann sah Mattis beflissen überallhin, nur nicht zu mir. Hatte Rufus ihn gewarnt, dass mich die Gildemeister auf dem Kieker hatten?

»Ihr habt mich herbefohlen?« Er baute sich vor den Gildemeistern auf, die Arme vor der Brust verschränkt. »Darf ich in der Angelegenheit ein Wörtchen mitreden?« In seiner Stimme klirrten Eiswürfel. Es gefiel Mattis offensichtlich gar nicht, dass man ihn für diese Aufgabe ausgesucht hatte.

»Nein.« Burr klang schroff. »Allein die Gildemeister entscheiden, wer sich mit den Kandidaten duelliert.«

Mattis nickte knapp und drehte sich zu uns um.

Und damit wurde er zur größten Bedrohung im Raum.

Ich versuchte, René Zeichen zu geben. René sollte sich am besten mit Mattis duellieren, er konnte das so viel besser als ich.

»Ich übernehme Alanna«, verkündete Mattis.

Ich schluckte schwer. Ach du Scheiße. Das hatte er jetzt nicht gerade gesagt, oder? Ich konnte in Mattis' Gesicht nicht lesen, es war völlig ausdruckslos.

Kovács deutete eine spöttische Verbeugung an und schloss

sich wieder Pillai an.

Mattis und ich umkreisten uns langsam, mit viel Raum zwischen uns. René, Astrid und die beiden Gildemeister standen in einem viel engeren Pulk zu unserer Rechten.

War Mattis wirklich nur für zehn Tage weggewesen? Es fühlte sich so an, als ob es schon Monate her war, dass wir im Elbhold eng umschlungen getanzt und uns geküsst hatten. Es war so seltsam, ihm jetzt als meinem Widersacher im Dojo gegenüberzustehen. Vor allem, weil Mattis dieses furchtbare Pokerface aufgesetzt hatte. Obwohl, vielleicht war das sogar hilfreich. So konnte er mich nicht mit dem Funkeln seiner Augen ablenken.

»Frau Atwood, geben Sie jetzt auf?«, fragte Burr vom Podium. »Oder greifen Sie bald mal an?«

Ich mahlte mit den Zähnen. Ich wollte Mattis nicht angreifen. Nicht nur aus Mitgefühl und Liebe, sondern auch, weil ich nicht lebensmüde war. Ich hatte gesehen, wie es mit ihm durchging, wenn er sich mit Menschen duellierte. Wer wusste schon, womit er mich angreifen würde? Vor allem, falls die Gildemeister ihm gepredigt hatten, er dürfe die Kandidaten nicht schonen.

Mein Mund war ganz trocken, als ich die Sigillen für noch mehr Feuerbälle in die Luft zeichnete. Natürlich prallten sie von Mattis' Barriere ab, ohne auch nur eine Schmauchspur zu hinterlassen.

Wir hoben beide die Hände für den nächsten Angriff, warteten beide darauf, dass der andere zuerst schoss. Als ich ihn nicht angriff, setzte Mattis sich wieder in Bewegung. Wir tigerten durchs Dojo, unsere Blicke ineinander verbohrt.

Mattis schoss einen Energiestoß auf mich und ich schaffte es gerade noch, ihn mit einer Barriere abzuwehren.

»Ich gebe dir einen Tipp.« Er segelte über mich hinweg mit dem nächsten Schuss, drehte einen Salto in der Luft und landete direkt hinter mir auf den Füßen. »Denk daran, dass alles eine Illusion ist«, flüsterte er. »Eine Zaubershow im Zirkus.«

Ich drehte mich zu ihm um, aber er war schon zur anderen Seite der Kampfzone verschwunden.

In der Leere zwischen uns formte sich aus schwarzem Rauch

eine gigantische, geflügelte Schlange. Sie griff mich mit weit geöffnetem Maul an, in dem zwei scharfe Fangzähne funkelten, jeder so lang wie mein Arm. Illusion oder Bedrohung? Er hatte gesagt, es sei eine Illusion, also vergeudete ich meine Kraft nicht für eine Barriere. Warum war ich nicht auf so eine coole Idee gekommen?

Ich kümmerte mich nicht um die Schlange, sondern beeilte mich, Sigillen für Tierillusionen aus der Datenbank abzufragen. Ganz so einfach würde es nicht, sie wurden einem nicht wie Plug-and-Play serviert.

Irritiert sah ich auf, als mich die Schlange streifte. Die war doch eine Illusion, wie konnte sie … Die langen Zähne der Schlange streiften meinen rechten Arm und drangen dabei mühelos durch meinen Umhang und das langärmelige T-Shirt, das ich darunter trug. Die doppelte Schnittwunde von der Schulter bis zur Hand brannte wie der Stich Hunderter Wespen.

Ich wirbelte herum, damit ich die Schlange angreifen konnte, bevor sie sich in der Luft drehte — und hustete, als ich nur formlosen Rauch einatmete. Nicht schon wieder.

Eine Aura aus pulsierendem grünen Licht formte sich um Mattis. Leuchtend grüne Tropfen wanderten von seinen bloßen Füßen an seinem Körper hoch und von seinen Händen die Arme enlang. Sie verschwanden in seiner Körpermitte. Was machte er da? Lud er sich mit Magie auf?

Alle Augen im Dojo waren auf uns gerichtet, aber keiner der Zuschauer sah verdutzt aus. Sahen sie, was ich sah? Oder blickte ich durch seine Illusionszauber?

In meinem rechten Arm brannte ein dumpfer Schmerz. Die Wunde hatte sich nicht zusammen mit der Schlange in Luft aufgelöst. Der Schmerz strahlte von den Schnittwunden in den ganzen Arm aus.

Ich bemühte mich, es zu ignorieren und mich lieber um Dringenderes zu kümmern. Wie zum Beispiel, es Mattis heimzuzahlen.

Mattis wartete geduldig ab, was ich als Nächstes tun würde, sein Gesicht war unlesbar. Okay, er wollte den Gildemeistern die

Show geben, die sie verlangt hatten. Aber anders als er konnte ich noch keine Illusionen zaubern, geschweige denn Illusionen, die jemanden verletzen konnten. Ich konnte entweder Charadka-Kugeln aus meiner Essenz erschaffen wie bisher. Ein langer, mühsamer Prozess ohne viel Erfolg. Oder ich konnte einen Gegenstand, den ich mit den Händen berühren konnte, in eine Waffe verwandeln. Das klang besser, aber leider gab es nichts, das ich hätte verzaubern können, in der leeren Kampfarena.

Ich sah mich noch einmal gründlich um und drehte mich dabei langsam im Kreis. Irgendetwas musste es doch geben. Die Bewegung ließ meinen Umhang gegen meine Hände streichen. Genau, das war's!

Ich verbarg meine beiden Halsketten in meinem T-Shirt. Rufus' Steinchen klimperte leise gegen den Triskelenanhänger. Während ich schon die Datenbank nach allem absuchte, was ich verwenden konnte, zog ich mir den Umhang über den Kopf. Ich biss die Zähne zusammen, als die Bewegung höllisch in meinem rechten Arm schmerzte. Die Verletzungen von den Schlangen-zähnen waren angeschwollen und grenzten sich knallrot gegen meine zu blasse Haut ab. Keine Zeit, mir darüber Sorgen zu machen. Ich wickelte den Umhang in meinen Armen zu einem gro-ßen Stoffball auf.

Mattis pirschte in einem großen Kreis um mich herum und genoss es sichtlich, den großen bösen Magier zu spielen, der dem Noob Angst machte. Einige Leute im Publikum murmelten leise einander etwas zu, während sie Mattis und mir zusahen. Ich sah kurz zu Astrid und René hinüber. Meine Freunde standen beide noch und waren unverletzt. So weit, so gut.

Mattis schlich an mir vorbei. »Ich wusste gar nicht, dass wir Strip-Duell spielen«, flüsterte er, als er direkt hinter mir stand. »Ein Kleidungsstück für jeden erfolgreichen Zauber des Geg-ners?«

Versuchte er, mich so wütend zu machen, dass ich ihn rück-sichtsloser bekämpfte? Oder benahm er sich einfach nur wie ein Idiot?

»Du hattest Angst, dass mich jemand bei diesen Duellen verletzt, und dann vergiftest du mich mit einem Schlangenbiss?«, zischte ich ihn an. »Voll der Psycho.«

Mattis entgegnete nichts. Ich schloss die Augen und ignorierte ihn. Welche Form sollte ich dem Stoff des Umhangs geben, um ihn für einen Attackezauber zu benutzen? Ich benötigte etwas, das Mattis außer Gefecht setzen würde. Je näher es an der jetzigen Form des Umhangs war, umso besser. Dann musste ich nicht zu viel Energie und Konzentration darauf verschwenden, das Erscheinungsbild zu verändern.

Endlich hatte ich die rettende Idee. Ich forderte keine Sigillen vom Ino an, sondern drückte mein Ziel für den Zauber direkt aus meiner Haut in den Stoff, wie Mattis es mich gelehrt hatte.

»Du läufst immer zum anderen Ende des Dojos«, rief ich laut zu Mattis, der sich wieder zurückgezogen hatte. »Ich wette, du bist zu feige, um mich aus der Nähe zu bekämpfen.«

Mattis hob die Brauen. Er sah definitiv nicht beeindruckt aus.

»Ach, komm schon. Was ist los?« Meine Arme zitterten von der Anstrengung, den Umhang festzuhalten. Der Zauber hatte den Stoff fest im Griff und er drehte und wand sich in meinen Händen. Wenn Mattis nicht bald hier rüberkam, würde mir der Zauber entgleiten.

»Verdammt. Jetzt komm endlich her«, murmelte ich.

Drei knisternde Feuerbälle, jeder einzelne so groß wie eine Honigmelone, erschienen über Mattis' Händen.

»Ist das nicht ein bisschen Overkill?«, knurrte ich.

Einer Raubkatze ähnlich schlich Mattis näher, während er, wie gleichgültig, die Feuerbälle kreisen ließ. Brot und Spiele — er gab den Gildemeistern genau, was sie sehen wollten. Okay, dann würde ich das jetzt auch mal tun.

Als uns nur noch wenige Schritte trennten, ließ ich den Umhang los. Er breitete sich aus, als hätte ich ihm Flügel verliehen, und flog direkt auf Mattis zu.

Mattis beschoss den Umhang mit Feuerbällen, aber — entweder durch glücklichen Zufall oder weil er absichtlich danebenschoss — sie verfehlten den Umhang um Haaresbreite. Mit einem Geräusch großer Flügel, die eifrig schlagen, schlang sich der Stoff um Mattis' Kopf und Oberkörper.

Ich hielt den Atem an, als er in meinen Umhang griff, um ihn herunterzuziehen. Mein Zauber war noch nicht vorbei.

Mattis' Bewegungen wurden fahrig und seine Hände begannen ziellos zu fuchteln. Ha! Es hatte funktioniert.

Der silberne Umhang klebte an Mattis wie Pattex. Ich hatte ihn zum Fliegen gebracht, hatte ihm ein Ziel gegeben und den Auftrag, an dem Ziel hängen zu bleiben, egal, was kam. Und ich hatte noch einen Auftrag in den Zauber gepackt — es sollte ihn erblinden lassen. Ich nahm an, das war in etwa so umfassend wie »füg ihm Schmerz zu« und würde deshalb vielleicht funktionieren.

Ich war mir sicher, Mattis konnte einen solchen Zauber in maximal einer Sekunde abwehren. Ich baute darauf, dass er die Farce mitspielte und geduldig meine Attacke aushielt, damit die Gildemeister endlich das Duell beendeten.

Mattis spielte tatsächlich mit. Er zog und zerrte an dem Stoff und schaffte es trotz aller »Anstrengung« nicht, den Umhang von seinem Kopf zu zerren. Während er seine Vorstellung gab, kratzte ich magische Energien aus dem Raum ab, um meinen Kern wieder aufzufüllen. Es war ganz schön schwierig, da für den Moment kaum noch freie Magie übrig war. Wir hatten uns alle so freizügig bedient.

Mattis zog mit Schwung den Umhang vom Kopf und ließ ihn fallen. Das silberne Gewebe brannte lichterloh und war zu Asche verbrannt, bevor es den Boden berührte. Ein Raunen war durch das Dojo gegangen, als Mattis' aus der Umklammerung des Umhangs auftauchte: seine Augen waren milchig-weiß verfärbt. Komplett trüb. Es war schrecklich anzusehen.

Ich sah schnell zum Podium. Warum erklärte niemand das Duell für gewonnen und beendet?

Rufus stand an der Kante der Bühne. Während sein Blick zwischen Mattis, mir und Renés und Astrids Kampf hin und hergeisterte, redete er auf Burr und zwei andere Gildemeister ein. Da sie so leise sprachen, konnte ich kein Wort verstehen, aber es war klar, dass sie sich stritten.

Mattis stellte sich neben mich, immer noch blind. Es war furchtbar, seine schönen Augen so entstellt zu sehen. Noch schlimmer war das Wissen, dass ich ihm das angetan hatte. Hoffentlich war es nur Show.

»Sofern es keinen medizinischen Notfall gibt, fahren Sie bitte mit dem Duell fort«, verkündete Rufus. Er warf Burr einen mörderischen Blick zu. »Gibt es einen medizinischen Notfall, Firdrake?« Er klang hoffnungsvoll.

Mattis strich einmal mit der Hand über sein Gesicht und die milchig-weißen Augäpfel waren verschwunden, ersetzt von seinen eigenen grün-leuchtenden Augen. »Nein. Bisher nicht.« Er klang so stinkig, wie ich mich fühlte.

»Und was ist mit meinem Arm?«, fragte ich. Ich schob den zerrissenen Ärmel meines Shirts hoch, um den Gildemeistern die bedrohlich aussehenden Verfärbungen zu zeigen, die geschwollene Haut.

Rufus zuckte bei dem Anblick zusammen. »Nur ein Erscheinungszauber, hoffe ich?«

Ich öffnete den Mund, aber Mattis kam mir zuvor. »Ja, natürlich. Alanna ist nicht beeinträchtigt.«

Nicht beeinträchtigt? Ich bewegte vorsichtig den rechten Arm. Es tat höllisch weh, aber ich konnte ihn immerhin benutzen. Emily hatte mit nur einem brauchbaren Arm einfach weitergekämpft. Dann konnte ich mich ja wohl nicht von etwas Schlangengift aus dem Rennen werfen lassen, oder? Mit einem Seufzen drehte ich den nutzlosen Gildemeistern auf der Bühne den Rücken zu.

DREIUNDDREISSIG

Ich ließ die Empore hinter mir und Mattis heftete sich an meine Fersen. Um mehr Abstand zwischen uns zu bringen, legte ich einen Zahn zu. Vielleicht würde ich ohnmächtig, wenn ich so bald den nächsten Zauber zu wirken versuchte, aber ich musste es riskieren. Ich wirbelte herum und beschoss ihn mit kleinen Energieblitzen.

Diesmal zog er keine Barriere zwischen uns hoch. Um mich gewinnen zu lassen? Ich biss mir vor Entsetzen auf die Lippen, als es seinen Körper mit jedem Einschlag ein Stück nach hinten riss. Ich betete, dass er für unser Publikum übertrieb. Der unbezwingbare Richter von Silberaue wurde von einer untrainierten Magierin zusammengefaltet? Das konnte nichts anderes sein als großartiges Schauspiel.

Mattis hatte die Karten richtig gespielt. Die Zuschauermenge weidete sich an dem Spektakel. Einige jubelten sogar. Ich hätte sie am liebsten mit kaltem Wasser überschüttet, die blutrünstigen Schweinehunde.

Die Ablenkung durch die Zuschauer kam mich teuer zu stehen, denn Mattis erwiderte das Feuer, sobald er sah, dass ich abgelenkt war.

Ich hastete zur Seite, um seinem Angriff auszuweichen, und kam ins Straucheln. Ich stürzte auf meinen verletzten Arm und ein brennender Schmerz flammte in meiner ganzen rechten Körperseite auf. Obwohl mir übel vor Schmerz war, kam ich wieder auf die Füße, aber irgendetwas stimmte ganz und gar nicht. Ich sah meinen Arm an und musste schnell wegschauen, damit ich nicht spucken musste. Die Schnittwunden hatten einen grellen Rotton angenommen, das Fleisch um die Wunde war grün verfärbt, wie alte blaue Flecken. Die gefleckte grüne Verfärbung hatte sich fast bis zur Schulter ausgebreitet.

Mattis tauchte direkt vor mir auf. Ich wollte eine Barriere hochziehen. Ich wollte mich umdrehen und wegrennen. Aber ich war zu erschöpft, um mich schnell zu bewegen. Zu sehr in Panik über den Schlangenbiss. Er nahm meine Hände in seine. Ich versuchte, mich aus seinem festen Griff zu winden, aber es war unmöglich.

»Sieh mich an«, beschwor er mich. Er presste meine klammen Handflächen an seine Wangen. Er fühlte sich so glatt und warm an. Das Dojo verschwand und ich sah nur ihn, hörte nur seine geflüsterten Worte. »Das Schlangengift ist nur ein Illusionszauber. Alanna, es ist nur eine Illusion!«

Seine Worte zerstörten die trügerische Ruhe, in die er mich Sekunden zuvor versetzt hatte. Ich konnte doch spüren, wie das Gift in mir arbeitete. Es war auf keinen Fall eine Illusion!

»Heil mich!« Ich packte ihn am Hemd. »Du hast mich vergiftet, du heilst mich. Jetzt sofort!«

Er schüttelte mich sanft. »Nur dein Verstand lässt es real erscheinen. Es gibt nichts, das ich heilen kann.«

Donnernder Applaus füllte das Dojo. Verwirrt wandte ich den Blick von Mattis.

Pillai und Kovács lagen zappelnd am Rand der freien Fläche. Sie waren mit Seilen wie Rouladen gefesselt worden. René und Astrid strahlten die versammelten Magier an und genossen den Applaus.

Mattis ließ mich los und schubste mich, dass ich zu René und Astrid gehen sollte. »Ignorier die Illusion. Die Schlange war nur Show.«

Astrid, René und ich trafen uns in der Mitte der Kampfzone.

»Alanna, wir haben es geschafft.« Astrid schwebte fast vor Erleichterung. Ihre Augen glänzten, als ob sie Fieber hätte.

»Exzellentes Teamwork, findest du nicht?« René grinste mich erleichtert und voll Stolz an.

»Wir brauchen noch ein bisschen mehr von dem tollen Teamwork, dann haben wir's geschafft.« Ich nickte in Mattis'

Richtung. Er hatte sich auf die andere Seite des Dojos zurückgezogen. »Ich bin fast zu nichts zu gebrauchen wegen des Schlangengifts.«

René runzelte die Stirn. »Schlangengift?«

»Hast du das Riesenteil nicht gesehen?«, rief ich.

Sie nickten beide. »Doch.«

»Und das war kein Illusionszauber?«, fragte René. »Au Backe.«

Ich zeigte ihnen meinen rechten Arm und sie zuckten beide zurück.

»Wir müssen ihn schnell ausschalten.« René sah wütend aus. »Das muss sich dringend ein Med-Magier ansehen.«

»Ich weiß genau den richtigen Zauber«, flüsterte Astrid.

René und ich wehrten in den nächsten Minuten Mattis' Angriffe ab, damit Astrid in Ruhe zaubern konnte. Mattis schien es auch nicht besonders darauf anzulegen, uns zu treffen. Er gab uns Zeit, unsere Verteidigung vorzubereiten.

Mit einem unhörbarem »Plopp«, das ich als Vibration im Energiegefüge des Raums spürte, erschien ein dünner Stab in Astrids Händen. Sie schüttelte ihn — und lange Fasern entrollten sich aus seinem Ende. Sie glänzten wie dunkles, flüssiges Metall.

Ich hätte nicht sagen können, warum, aber das Ding fühlte sich … ungut für mich an. Verdreht und verdorben.

Mattis hob fragend eine Braue, aber sagte nichts. Ich spürte einen Ruck, als er mehr Magie aus der Halle abzog.

»Was ist das für ein Ding?«, flüsterte ich.

»Eine Schattenpeitsche.« René klang verschreckt. »Man sagt, dass du mit Dunkelheit gepeitscht wirst.«

Die Magier im Publikum flüsterten so erregt miteinander, dass ihre summenden Stimmen das Dojo in ein Wespennest verwandelten.

»Ruhe, bitte!«, rief Rufus laut, um den Aufruhr zu übertönen. Keiner beachtete ihn, bis er mit der Faust auf das Rednerpult schlug. »Ruhe!«

Immer noch dauerte es ein paar Minuten, bis sich alle genug beruhigt hatten, dass wir fortfahren konnten. Was war dieses

Ding, das alle so aufregte?

Astrid wartete und spielte so lange mit der Peitsche herum. Wenn die Schnüre den Boden berührten, gaben sie einen Funkenregen ab.

Als Rufus ihr signalisierte fortzufahren, holte sie mit der Peitsche aus und ließ die Schnüre in Mattis' Richtung tanzen.

Aber er hatte seinen Platz blitzschnell verlassen und war auf der anderen Seite des Duellierkreises aufgetaucht. Die Stränge der Peitsche trafen nur ins Leere, wo noch Sekunden zuvor Mattis gestanden hatte. Nebel stieg auf, wo die Peitschenschnüre den Boden berührten. Dunkle Schemen formten sich im Dunst und wanderten in einer spiralförmigen Bewegung hinauf in die Dachsparren der Halle. Ein paar Sekunden später sanken sie wieder herab und verknäuelten sich zu einem Wirrwarr über Astrids Kopf. Das verhieß nichts Gutes.

Der Ausdruck blanken Entsetzens auf den Gesichtern der Zuschauer gab mir recht.

Astrid ließ die Peitschenschnüre immer wieder in Mattis' Richtung tanzen, aber er wich ihr jedes Mal geschickt aus. Astrid verlegte sich darauf, am äußeren Rand des Duellierkreises zu gehen. Mattis wich rückwärts vor ihr zurück und von den vier phantomhaften Schatten, die über ihr schwebten. Er schien abzuwarten, was Astrid als Nächstes tun würde. Erstaunlicherweise sah er, rückwärts laufend, genauso sicher aus wie unsereins beim Vorwärtsgehen und er hielt sich genau an die Begrenzung des Kreises.

René und ich hielten uns dicht hinter Astrid und versuchten, die Stränge der Peitsche nicht zu berühren. Ich machte den Fehler, nach oben zu schauen, zu den geisterhaften Figuren, die über uns schwebten. Ein riesiger weißer Kopf, zu dem ein schlanker, muränengleicher Körper gehörte, stieß auf mich hinunter. Der Kopf der Muräne war so riesig, dass er mein Gesichtsfeld komplett ausfüllte. Kleine blaue Augen starrten mich bösartig an, ohne zu blinzeln. Ihr gigantisches Maul öffnete sich, füllte sich mit Dunkelheit. Reihe um Reihe knochenweißer Zähne schnappten direkt vor mir in die Luft.

»Es ist eine Illusion. Es muss eine Illusion sein!«, murmelte ich, aber ich senkte vorsichtshalber schnell den Blick. »Du willst mich gar nicht«, murmelte ich leise, »du bist nur ein Zauber. Geh weg.«

Nach ein paar angespannten Sekunden zog sich die Erscheinung zurück und hinterließ einen Hauch fauler Luft. Über unseren Köpfen wurde die Muräne wieder zu einem verschwommenen Schemen.

Ich biss mir nervös auf die Lippe. Was zum Teufel hatte Astrid hier eigentlich erschaffen?

Das Gemurmel der Zuschauer war immer lauter geworden, seitdem wir als Team gegen Mattis antraten. Jetzt, wo eins der Gespenster der Schattenpeitsche (oder was auch immer das für ein Zeug war) mich fast angegriffen hätte, war das Dojo gefüllt mit lautem Diskutieren.

»Jeder Einschlag tut weh wie die Hölle und erzeugt Albträume für Monate — während man wach ist.« Astrid klang richtiggehend fröhlich, während sie die Auswirkungen ihres neuen Spielzeugs beschrieb. Wer hatte die charmante Astrid mit einer kaltblütigen Kriegerin ersetzt? War sie so stinkig wegen des Schlangengifts?

»Sind wir uns sicher, dass das eine gute Idee ist?«

Weder René noch Astrid reagierten auf meine Frage.

»Hör auf, dir Sorgen zu machen«, mahnte ich mich selbst. Mattis würde das alles nichts ausmachen. Er wusste, wie man mit solchen Horrorzaubern umging. Er war ein Krieger Faerunas und besiegte solche wie uns spielend, selbst wenn man ihm die Augen verband und ihm einen Arm auf den Rücken fesselte.

»Es ist nur Show«, flüsterte René. »Sie wird ihn nicht wirklich verletzen.« Er hatte den Satz kaum beendet, als Astrid auf Mattis zurannte. Die Peitsche ließ sie dabei in einem weiten Bogen um sich kreisen. Sie verfehlte ihn einmal ganz knapp, zweimal. Er war schnell — aber vielleicht doch nicht schnell genug?

Astrid keuchte und schwang die Peitsche für den nächsten Angriff zurück. Mit einem mächtigen Satz sprang Mattis zu ihr. Er flüsterte ein Wort: »elani« — »sei mein« in Elbisch — und der metallene Stab entglitt Astrids Griff. Er segelte hoch durch die Luft und landete direkt in Mattis' Hand. Im Handumdrehen tauchte Mattis auf der entfernten Seite der Kampfzone wieder auf. Als er sein Handgelenk vorschnellen ließ, zogen die Peitschenschnüre eine liegende Acht durch die Luft, direkt vor Astrids Gesicht.

»Ihr würdet mich mit Dunkelheit peitschen?« Seine Stimme war leise, gefährlich. »Ihr greift mich mit schwarzer Magie an, in einem Übungsduell?«

Astrid warf ihm einen trotzigen Blick zu. Eine der Peitschenschnüre schlang sich um ihre Knöchel. Eine kleine Handbewegung von Mattis riss ihr die Beine weg.

Astrid stürzte zu Boden und schrie. Aus Furcht oder Schmerz?

Ich stand wie versteinert da vor Schreck. Ich hätte nie damit gerechnet, dass er uns mit der Peitsche angreifen würde. Mit seiner freien Hand schoss Mattis wie beiläufig einen Feuerball auf René. René wich zur Seite aus und stürzte. Der Ball schoss um Haaresbreite an ihm vorbei. Ein weiterer Feuerball tanzte schon über Mattis' Fingerspitzen und er machte eine Show daraus, zwischen Astrid und mir auszuzählen. »Angsthase, Pfeffernase ...«

Er schleuderte den Feuerball auf mich und ich duckte mich. Das Feuer strich mir siedendheiß den Rücken entlang. Meine Nase füllte sich mit dem Gestank verbrannten Stoffs. Besser als der Geruch nach verbrannter Haut.

»Alanna?«

Ich erschrak, als Rufus mich rief. Es dauerte einen Moment, bis ich mich gefangen hatte und ihn in der ersten Reihe der Gildemeister entdeckte. Er hatte die Hände zu Fäusten geballt, halb versteckt in seinem Umhang. »Gebt ihr drei auf?«

Ich sah zu René und Astrid. Sie halfen einander gerade auf die Füße. Auf meine unausgesprochene Frage hin schüttelten sie die Köpfe. Sie waren genauso wenig wie ich bereit, das Handtuch zu werfen und unsere einzige Chance, Gildemagier zu werden, aufzugeben. Mattis war nicht Pérez, er würde uns nicht kaltblütig umbringen, sondern vorher aufhören.

»Nein, wir geben nicht auf.« Ich hoffte, man konnte auf dem Podium das Zittern in meiner Stimme nicht hören.

Mit einem Ruck befreite Mattis die Peitsche, was Astrid wieder von den Beinen riss.

René schrie auf vor Entsetzen, als ihn aus dem Nichts Seile umfingen und seine Arme an seinen Oberkörper fesselten.

Mattis sah ihn dabei noch nicht einmal an. Er drehte nur sacht seinen linken Zeigefinger — und eine unsichtbare Kraft schlug René zu Boden. René kämpfte wie ein Besessener, um sich aus den Seilen zu befreien, aber es gelang ihm nicht.

Mattis tigerte langsam zwischen uns dreien herum. Er sah stocksauer aus. Über die Weihe oder die Schattenpeitsche?

»Alanna!« Rufus schrie jetzt. »Verdammt noch mal! Gebt ihr drei auf?«

Astrid schüttelte den Kopf. Sie war schon auf den Knien, kämpfte darum, wieder auf die Beine zu kommen. Wenn wir René aus den Seilen befreien konnten, waren wir wieder im Rennen. Auf keinen Fall gaben wir auf, ohne vollkommen geschlagen zu werden.

»Wir machen weiter«, sagte ich. Ich machte einen Schritt auf René zu. Eine unsichtbare Faust warf Astrid um. Sie schrie vor Schmerz, als Mattis die Peitsche über ihren Körper tanzen ließ, wieder und wieder, fast beiläufig, während er René und mich herausfordernd ansah.

Er verletzte sie mit dem Albtraum-Zauber? Das war ja wohl nicht wahr!

Leute schrien überall um mich herum. Die ersten Magier verließen die Zuschauerränge und rannten in den Duellierkreis, um Astrid zu helfen.

»Bleibt ruhig!«, brüllte Rufus über den Lärm. »Mattis, sie haben bestanden!« Er rief noch etwas anderes, aber wegen des Geschreis der anderen Magier konnte ich es nicht verstehen.

Ich atmete erleichtert auf. Wir hatten es geschafft!

Eine dunkle Gewitterwolke sank ums uns herab, mitten im Dojo. Was war das?

Es roch nach Ozon und alle Haare an meinem Körper richteten sich auf. Die aufgewühlte dunkle Masse dehnte sich innerhalb einer Sekunde zur doppelten Größe aus, zur dreifachen Größe ... Blitze erhellten alle paar Sekunden die plötzliche Dunkelheit im Dojo.

Ich hob unsicher die Hände. Was für einen Zauber hatte ich denn gegen so ein Ding?

Anstatt mich anzugreifen, sauste es plötzlich in die entgegengesetzte Richtung. Ein Blitz traf René mitten in die Brust. Sein Körper zuckte, während er einen Schmerzensschrei ausstieß, dann lag er still.

Weinend robbte Astrid zu ihm und rief um Hilfe.

Mattis schickte die Gewitterwolke in meine Richtung, dann rief er sie zurück. Der tödliche Schemen gehorchte einem einzigen Kopfnicken, mehr war nicht nötig.

Ich rannte an Mattis vorbei und fiel neben René auf die Knie. Ich fühlte nach seinem Puls. Nichts!

Die Gewitterwolke raste zu Astrid. Direkt neben mir brach sie zusammen. Ihre Augen waren weit aufgerissen, aber sie lag still.

»Nein!« Mein Schrei wurde von einem kalten, dunklen Strang erstickt, der sich um meine Kehle legte und sich zusammenzog. Es dauerte einen panischen Moment, bis ich verstand, was passiert war. Die Stränge der Peitsche lagen spiralförmig um meinen Leib; von meiner Kehle bis hinunter zu meinen Beinen war ich gefangen.

Mattis hielt die Peitsche in der Hand und zog daran. Ich musste auf die Füße kommen, wenn ich nicht mit dem Gesicht auf dem Holzboden aufschlagen wollte.

Ich hörte Rufus schreien, aber es war mir egal. Ich wollte nur der Peitsche entkommen. Ich brauchte aber meine Hände, um zu zaubern, und die waren gefangen ...

Rufus, Burr, Pérez und eine weitere Gildemeisterin sprangen vom Podium. Burr und Pérez trugen jeder einen Ballen goldenen Stoffs in ihren Armen. Ich schrie, aber es kam kein Geräusch heraus. Die Peitsche schnürte mir die Kehle zu. Mattis hatte sie getötet? Das würde er doch niemals tun!

Rufus und Burr befreiten Kovács und Pillai. Die anderen beiden Gildemeister hüllten René und Astrid in die goldenen Leichentücher. Heiße Tränen brannten in meinen Augen, als die Gesichter meiner Freunde mit dem Tuch verdeckt wurden. Mein Herz würde mit dem nächsten Atemzug in tausend Stücke springen.

Mattis schickte die Sturmwolke hoch zwischen die Dachsparren und schlich zu mir.

»Es tut mir leid«, flüsterte er. Seine Stimme klang so weich und warm. »Ich wollte das nicht.«

Er hob die Hand, die nicht die Peitsche hielt. Er würde der Gewitterwolke befehlen, mich anzugreifen.

Ich hätte vermutlich in Panik verfallen sollen. Ich hätte um mein Entkommen kämpfen sollen. Stattdessen ertrank ich in Wut und heißer Trauer. Der feste Ball Magie in mir explodierte wie flüssiges Feuer in meine Venen und füllte mich von Kopf bis Fuß. Ich zog noch mehr Energie aus dem Raum. Öffnete alle Sinne, um noch mehr Magie zu finden. Ich fühlte, wie die Magie mit einem warmen Pulsieren dicht unter meiner Haut antwortete und von überall um mich herum.

Die Triskele meiner Großmutter erzitterte und wurde so heiß, dass es meine Brust verbrannte. Ich vergrub mich tief in der Magie in meinem Innern und wrang sie mit Gewalt um ihre eigene Achse, bis ich fühlte, dass ein Zauber Gestalt annahm. Ich hätte nicht erklären können, woher ich wusste, was ich da tat. Es fühlte sich so an, wie wenn man plötzlich einen Rubiks Würfel wieder in die Ausgangsstellung zurückdrehen kann, nachdem man es vorher wochenlang erfolglos versucht hat. Mein Bewusstsein füllte sich mit einer einzigen Aufgabe: Ich war eine Magierin — und ich wusste, wie man einen vernichtenden Zauber wirkte.

Mein Verstand schrie mich an aufzuhören, aber ich wollte es nicht hören. Ich verdrehte die Magie weiter, so wie man einen Lappen auswringt. Ich drückte ihr nicht nur von außen mein Vorhaben auf, sondern rammte es mitten durch den Kern des Knäuels reiner Magie.

Mein Kopf drohte zu explodieren. Schmerz rann mir hinter den Augen hinunter wie Säure. Ich berührte mit meiner Magie den Anhänger meiner Großmutter, betete um Stärke, um Hilfe.

Die drei Steine der Triskele pulsierten an meiner Brust – und das Dojo verschwand. Ich stand an einem langen Strand. Keine Wellen schlugen gegen den Steinstrand unter meinen Füßen, denn das Gewässer bestand aus dunkelgrünem Nebel. Er waberte und schlingerte und kam mir gefährlich nahe. Mit einem leisen Stöhnen machte ich einen Schritt rückwärts.

Der Nebel hob sich und folgte mir, teilte sich in Fetzen, die sich verdichteten und den Strand wie fette Schnecken emporkrochen.

Ich versuchte wegzurennen, aber ich war wie eingefroren. Meine Arme und Beine drehten sich hilflos auf der Stelle, während der grüne Nebel mir immer näher kam. Er sickerte in meine Schuhe, eklig warm und nass, wie Dung.

Ich schnellte meine Hände vor, zeigte, ohne nachzudenken, mit ausgestreckten Fingern auf meine eigenen Füße. Magie schoss aus meinen Fingern in zehn grünen Strömen mit einer solchen Kraft, dass es in meinen Fingerspitzen brannte.

Der grüne Nebel wich zurück und ich hörte ein überraschtes tiefes Schnauben. Ein Gesicht wie aus einem Albtraum geboren erschien direkt vor mir, bekränzt mit einer Dornenkrone. Mein Blick wurde gefangen von geschlitzten Reptilienaugen, die die flaumig graurote Farbe von verschimmelten Bonbons hatten.

Mit einem Ruck landete ich wieder in meinem Körper, im Dojo. Mir war eiskalt und am ganzen Körper hatte ich Gänsehaut. Was in Gottes Namen war das denn gewesen?

Ich versuchte, meine Magie von dem Triskelenanhänger zu lösen, aber es war unmöglich. Eine Flut neuer Energie ergoss sich in mich. Von diesem anderen Ort mit dem Ungeheuer? Aus dem Dojo? Der Zauberspruch in mir krümmte sich, als die neue Energie ihn traf und mit ihm verschmolz. Er sprudelte aufwärts, unaufhaltsam, und würde alles um mich herum in Schutt und Asche legen.

Ohne dass ich es ihnen befahl, wanden meine Finger sich

weiter aus der Umklammerung der Peitsche und zeichneten Sigillen in die Luft an meiner Seite. Ich kannte die Zeichen nicht.

Als der Zauber aus mir hervorbrach, schrie ich, in einem letzten verzweifelten Versuch, die Magie zu steuern.

»Aufhören!«

Energien explodierten um mich herum. Sie zerfetzten den Schattententakel um meine Kehle. Schwarzes Feuer raste die Schnüre entlang und in die Peitsche. Tentakel und Peitsche explodierten in einer Wolke aus bitterem Gestank.

Der Zauber griff sofort auf Mattis über. Von Kopf bis Fuß war er in Schatten und grünes Licht getaucht. Schwarz und Grün verschmolz und drehte sich schneller und und schneller um ihn. Der Zauber zerstörte seine Schilde schneller, als Mattis sie errichten konnte.

Es fühlte sich für mich an, als wütete mein Zauber eine kleine Ewigkeit um Mattis, dabei war es vermutlich in ein paar Sekunden vorbei. Ich hatte mich noch nicht einmal bewegt, als die Schatten sich schon verflüchtigten. Als man ihn wieder sehen konnte, stand Mattis still wie eine Statue. Seine Kleidung war zerfetzt, als ob ihn ein Biest mit Krallen angegriffen hätte. Die Risse in seiner Kleidung offenbahrten flüchtige Blicke auf sein Tribal-Tattoo und seine goldene Haut, unter der seine Muskeln spielten.

Ich hatte es nicht geschafft, ihn zu verletzen, aber seine Illusionszauber waren ebenfalls rissig geworden. Er sah nur deshalb nicht wie ein vollblütiger Elf aus, weil er versuchte, sich hinter Schatten zu verbergen. Durch sie hindurch leuchteten seine grünen Augen viel zu hell. Alle konnten sehen, dass seine Ohren viel länger waren als bei einem Menschen und sein Gesicht die kalte Perfektion einer Marmorstatue zeigte.

Während ich ihn anstarrte, verbarg Mattis sich hinter noch mehr Schatten. Sie glitzerten ein wenig, als ob er sie mit Diamantenstaub gesprenkelt hätte. Wie viel davon konnte nur ich sehen, weil ich manche Elbenillusionen durchschauen konnte — und wie viel sahen die anderen Magier?

Wir waren inzwischen von Menschen umringt. Rufus und

die anderen Gildemeister versuchten, den Platz um Mattis und mich frei zu halten, aber sie verloren an Boden. Magier riefen mich beim Namen, fragten mich irgendetwas. Einige riefen entgeistert etwas zu Mattis, also nahm ich an, dass seine Illusion wirklich zerstört worden war.

Rufus brüllte immer wieder etwas. Ich konnte bei dem ganzen Lärm nur meinen Namen verstehen, sonst nichts.

Mattis sprang mir zur Seite. Ich ballte die Fäuste und verpasste ihm einen rechten Haken. Bamm, mitten in sein hübsches Gesicht. Wie konnte ein Mann so engelsgleich schön aussehen, wenn er zu kaltblütigem Mord fähig war?

Mattis zuckte noch nicht einmal zurück. Ich griff nach meinem Kettenanhänger, aber ich konnte ihn nicht aus dem blöden T-Shirt ziehen.

Mattis packte meine Schultern. Magie floss in mich, warm und beruhigend. Nicht schon wieder! Sein Gesicht wurde zu dem einzigen, das ich sah, als sein Zauber mich im Griff hatte.

»Vertrau mir, Alanna.« Ich sah, dass seine Lippen sich bewegten, aber ich hörte ihn in meinem Kopf. *Vertrau mir, vertrau mir.*

Ich ließ die Triskele fallen, entspannte mich in seiner warmen Berührung.

Mattis legte eine Fingerspitze an meine Stirn. Ich schrie vor Schmerz als er einen Zauberspruch wie eine Nadel in meinen Verstand bohrte. Alles verfärbte sich dunkelrot, wie ein Schleier aus Blut, den jemand über mein Gesicht gezogen hatte.

Gefangen in Mattis' glitzernden Augen stürzte ich in Dunkelheit.

Noch einmal stach die Nadel zu, diesmal in mein Herz.

»Es tut mir so leid«, flüsterte er, als er mich tötete.

VIERUNDDREISSIG

Ich sah nichts als Weiß. Etwas Festes, Warmes fixierte mich, sodass ich mich nicht bewegen konnte.

Falls ich tatsächlich gestorben war, dann war das ein echt seltsames Leben nach dem Tod. Ich hörte Emilys Stimme und Astrids und Renés – was ja nicht verwunderlich war, sie waren ja kurz vor mir gestorben. Aber warum konnte ich auch Rufus hören, der eine Anekdote aus seiner Zeit beim MIT zum Besten gab?

Etwas weiter weg erzählte Nick einen Witz über einen Jazzmusiker und eine Blondine, die in eine Bar gehen. Gläser klimperten sacht aneinander und Barjazz säuselte mir ins Ohr.

»Was zum Teufel ist hier los?«, knurrte ich – und eine Männerhand zerstörte die Welt aus Weiß, die mich umfangen hatte. Als das weiße Seidentuch weggezogen wurde, verlor sich auch der Zauber, der mir die Sicht genommen hatte.

Ich war immer noch im Dojo.

Gruppen von Magiern standen in der Halle zusammen und unterhielten sich entspannt miteinander. Sie nippten dazu Champagner und Weißwein.

Mattis saß neben mir. Er war es, der mir das weiße Tuch von den Augen gezogen hatte. Das Gewicht, das mich zu Boden drückte, war sein Arm, den er über meine Taille gelegt hatte. Er sah wieder normal aus, die menschliche Illusion fest am Platz.

Er hatte seinen Ärmel und mein Hemd nach oben geschoben, damit sein Arm auf meinem nackten Bauch lag. Wo mich seine Haut berührte, drang Heilmagie Tropfen für warmen Tropfen in mich.

»Du bist wach«, flüsterte er. Er sah erleichtert aus.

»Du hast mich umgebracht.« Ich schob brüsk seinen Arm weg und kämpfte darum, mich aufzusetzen. »Ich fasse es nicht. Du hast uns alle drei getötet!«

»Offensichlich habe ich das nicht.« Er hielt mich fest. »Ich habe euch nur betäubt. Und auch das habe ich nicht freiwillig gemacht.« Er zog alle Register mit seiner Stimme. Sie war verführerisch, zärtlich, wie die Berührung einer sanften Hand. »Nach dem Kampf hatte ich zu wenig Magiereserven. Deshalb konnte ich leider nichts Subtileres für euch zaubern. Es war schmerzvoller, als ich geplant hatte.«

Ich schubste ihn weg. »Sprich nicht mit mir.«

Mattis beugte sich über mich und ich schob mich rasch auf die Knie. Sah mich nach einer Waffe um. Wenn er jetzt versuchte, mich zu verzaubern, mich dazu zu bringen, dass ich ihn begehrte, würde ich ihn zur Not mit bloßen Händen umbringen.

»Zum letzten Mal, ich habe dich offensichtlich nicht umgebracht«, sagte Mattis und klang entnervt. »Sonst säßest du nämlich nicht hier.«

»Ich weiß, dass du mich nicht wirklich gekillt hast«, schrie ich. »Ich bin kein Idiot. Sorry, wenn mich auch ein Tötungsversuch aus dem Konzept bringt.« Ich fluchte.

»Sie haben mir versichert, dass es eure Tradition ist.« Mattis sprach jetzt leiser, wohl um mich zu beruhigen.

»Tradition?«, fragte ich fassungslos. Was war denn das für eine beschissene Tradition, die Leute anzugreifen, die sich einer Gilde anschließen wollten?

»Es ist ihr Ritual.« Er deutete mit dem Kopf dorthin, wo Rufus und ein ganzer Haufen Astoria-Mitarbeiter einträglich zusammenstanden, alle in die silbernen Magierumhänge gekleidet. »Wenn du es genau wissen willst, habe ich mich sogar geweigert, euch drei zu betäuben. Aber sie haben es so ... überzeugend formuliert, dass ich nicht ablehnen konnte.« Mattis' Worte klangen laut in eine plötzliche Stille hinein.

Alle Köpfe drehten sich zu uns. Ich erwartete, Entrüstung bei den Magiern zu sehen. Sicher würde doch wenigstens einer von ihnen, noch ganz verschreckt, erklären, wie der Zauber hatte derart schieflaufen können.

Keiner sagte etwas zu Mattis' Vorwürfen. Die einzige Reaktion von ein paar wenigen Magiern waren mitleidige Blicke oder ein Lächeln. Sie lächelten mich an? Waren sie alle durchgedreht?

»Wenn ich es nicht gemacht hätte, hätte Kovács oder Pérez euch verzaubert«, sagte Mattis in leisem Ton. »Hör auf, den Boten zu bestrafen.« Er legte einen Finger unter mein Kinn und drehte mein Gesicht in seine Richtung.

Ich zuckte zurück und schlug seine Hand weg. Er hatte alles in seiner Macht Stehende getan, um die Tests für uns zu erschweren. Mir fiel der Schlangenbiss wieder ein und ich sah mir meinen rechten Arm an. Er sah völlig normal aus. Noch nicht einmal die Spur einer Wunde war zurückgeblieben. War es tatsächlich nur eine Illusion gewesen?

»Wir haben ein Problem«, sagte Mattis so leise, dass ich ihn kaum hörte.

»Ach, echt?«, sagte ich gedehnt. Ich kniete vor ihm und er saß im Schneidersitz auf dem Boden. Er hatte die Magierrobe ausgezogen und seine zerrissenen Klamotten mit Jeans und einem blauen Sweatshirt ersetzt. Echte Kleidung oder eine Illusion? Er war nicht mehr barfuß, sondern trug Lederstiefel. Ich rutschte rückwärts, um mehr Abstand zwischen uns zu bringen.

Mattis griff nach meinem Arm und hielt mich fest. »Wo wir hingehen, wirst du ein paar bizarre und gewalttätige Situationen erleben. Du wirst mir blind vertrauen müssen. Es ist die einzige Möglichkeit, wie ich dein Überleben sichern kann.« Er zog mich näher zu sich heran. »Wenn ich dir sage, dass ich dich nie verletzen würde, dann meine ich das auch.«

»Vorhin hast du etwas anderes gesagt«, stieß ich hervor. »Du hast gesagt, ›Ich wollte das nicht‹, nachdem du meine Freunde getötet hattest. Was sollte ich denn da denken?«

»Du hättest mir vertrauen können«, wiederholte Mattis.

Ich funkelte ihn wütend an. »Wie sollte ich denn? Nachdem, was du getan hattest.«

Mattis sah schockiert aus, aber nach ein paar Sekunden glättete sich sein Gesicht. »Ist jetzt wieder alles klar zwischen uns?«

»Nein, nichts ist klar.« Ich wand meinen Arm aus seinem Griff. »Ich muss mit dieser Geschichte erst mal fertig werden.«

»Ja, natürlich. Ich würde einen solchen Angriff auch nicht so leicht verzeihen.« Seine Lippen verzogen sich zu einem kleinen Lächeln. »Einen Angriff mit einer Schattenpeitsche zum Beispiel. Ich habe Astrids Zauber verändert, bevor ich sie und dich mit der Peitsche berührt habe, ansonsten würdet ihr für Monate halluzinieren. Womit sie so leichtfertig herumgespielt hat, ist der dunkelste Zauber, dem ich in Albion je begegnet bin.«

Ich presste die Lippen zusammen. »Wir haben nur gemacht, was nötig war. Wir wussten ja nicht, dass du nur so tust.«

»Ich habe es dir leicht gemacht vor der Schattenpeitsche und das weißt du auch.«

»Leicht?«, knurrte ich.

Mattis neigte leicht den Kopf. »Genau betrachtet schuldest du mir was. Du hast meine Illusionszauber zerstört in einem Raum voller Magier, die mächtig genug sind, um mich zu verletzen.«

»Ich schulde dir gar nichts«, zischte ich. »Du denkst, ich wäre so blöd zu glauben, dass du hundert Jahre Mordanschläge in Silberaue überlebst und dann einen Raum voll Astoria-Mitarbeiter fürchtest?«

»Wenn ich in Albion bin, kann ich verletzt werden.« Er zuckte die Schultern. »Als mich dein Zauber traf, hat er mehrere Lagen stärkster Illusionen zerrissen und meine ganzen Reserven aufgesogen. Ich konnte nichts tun, um es aufzuhalten. Mein einziger Ausweg wäre gewesen, dich zu töten, bevor der Zauber vollendet ist. Dank deines Zaubers wäre ich nicht in der Lage gewesen, mich zu verteidigen. Ich weiß nicht, wie du es gemacht hast. Es war Feenmagie. Exzellente Feenmagie. Für die muss man ein Händchen haben, und das hast du heute unter Beweis gestellt.«

Ich hätte mich in dem Kompliment sonnen können, aber mir ging nicht aus dem Kopf, was gerade passiert war. »Du hattest versprochen, dass du mit mir trainierst.« Ich suchte seinen Blick.

Mattis zuckte verwirrt die Schultern. »Ich war doch gar nicht hier. Ich habe gesagt, dass ich dich vielleicht trainiere, falls sich die Gelegenheit ergäbe. Als ich nach China geschickt wurde, dachte ich, so ist es doch perfekt. Du wurdest von deinesgleichen ausgebildet, um deinesgleichen zu duellieren.«

»Mit dem feinen Unterschied, dass ich nicht von meinesgleichen duelliert wurde, nicht? Ich musste mich im Duell mit einem gottverdammten Elf herumschlagen«, zischte ich.

Mattis zuckte die Schultern. Wieder mal. »Ich hatte ja nicht erwartet, dass ich bei dem Duell mitmachen würde.«

»Du konntest dich nicht zu einem einzigen lausigen Telefonanruf durchringen?«

Mattis sah verwirrt aus. »Um was zu erreichen?«

Oh Mann! Herr, gib mir Geduld mit den Männern. »Um mich wissen zu lassen, dass es dir gut geht. Um …« Ich stotterte, dann gab ich mir innerlich einen Tritt. »Um mich wissen zu lassen, dass du an mich denkst. Dass etwas … ist zwischen uns.«

Mattis sprang auf die Füße und hielt mir die Hand hin. »Komm mit mir nach draußen, wo wir uns richtig unterhalten können.«

Ich ließ zu, dass er mich auf die Füße zog, dann schob ich ihn weg. Mein ruiniertes Oberteil und meine Jeans klebten mir am Körper, durchtränkt mit Schweiß. Nett. Na ja, ich war ja gerade dem Tod entronnen. Wen mein verlottertes Aussehen störte, der konnte mich mal kreuzweise.

Ich spürte Rufus' Blick auf mir und sah auf. Er stand auf der anderen Seite der Halle. Als sich unsere Blicke begegneten, leuchtete sein Gesicht mit einem warmen Lächeln auf und er deutete mir mit einer leichten Kopfbewegung an, ich solle zu ihm kommen. Ohne rechts oder links zu sehen, rannte ich zu ihm. Mattis sprang mir nach und blieb immer auf Schulterhöhe.

»Hör auf, mir nachzulaufen«, fauchte ich ihn an.

»Wir können diesen Leuten nicht vertrauen«, murmelte mein Schatten. »Ich versuche nur, deine Sicherheit zu gewährleisten.«

Wir hatten Rufus erreicht und ich warf mich in seine Arme. Er hielt mich ganz fest.

»Willkommen zurück«, murmelte er in mein Haar. »Ich bin

vor Angst fast gestorben bei deinem Duell.« Er hob den Kopf und hüstelte überrascht. Viel zu laut sagte er: »Schön, Sie zu sehen, Gildemeister Vasquez.« Er drehte sich mit mir im Arm und schubste mich, sodass ich mich unversehens in Nicks Armen wiederfand, der sich Rufus von der anderen Seite genähert hatte.

Ich löste mich von Nick und drehte mich verwirrt wieder zu Rufus um.

Gildemeister Vasquez, der Astrid in das Leichentuch gehüllt hatte, war neben Rufus aufgetaucht. Offensichtlich war es Rufus peinlich, in Anwesenheit der Gildemeister seine Gefühle für mich zu zeigen.

»Alanna!«, rief Rufus laut, als hätte er mich jetzt gerade erst bemerkt. »Exzellente Arbeit! Vielleicht kannst du deine Darbietung noch einmal wiederholen? Wir würden Mattis hier gerne als Elf für den Weihnachtsmann einsetzen bei unserer Weihnachtsfeier. Was sagst du dazu?«

Mattis' Gesicht verfinsterte sich, aber Rufus lachte nur darüber. Er griff nach meinem Kragen und brachte ihn in Ordnung, dann zupfte er mein verschwitztes T-Shirt zurecht. Als er mir die Haare aus dem Gesicht strich, platzte mir die Geduld.

»Was soll das?«, fauchte ich ihn an.

Rufus lächelte. »Das war eine exzellente Darbietung deines Könnens, nicht, Gildemeister Vasquez? Geradezu fesselnd.«

Vasquez brummte etwas. Rufus drehte sich zu Nick. »Sie hat noch keinen Champagner. Bring ihr ein Glas, damit wir alle einen Toast auf die neuen Gildemagier aussprechen können.«

Ich stand wie versteinert da. Das war einfach zu surreal.

»Wenn du jetzt bald mal aufhören könntest, sie wie ein Püppchen zu dekorieren …«, knurrte Mattis.

»Ach, du weißt doch: The show must go on.« Rufus grinste schief.

Ich fühlte den vernehmlichen Wunsch, ihn zu erwürgen. »Show?«, knurrte ich. Dieser Typ war doch echt nicht zu fassen. Mattis hatte recht gehabt. Ich war auf den Boten stinkwütend gewesen, anstatt auf den Drahtzieher hinter den Kulissen. »Du hast mit uns gespielt.«

Rufus lächelte und breitete die Arme aus. Er schloss die ganze Halle in seiner Geste ein. »Jeder hier ist durch das gleiche Schockerlebnis gegangen wie du, Alanna. Uns ist es unter Eid verboten, über die Duelle zu sprechen.« Er beugte sich nah zu mir. »Sag mir«, flüsterte er aus dem Mundwinkel, »welchen Zauber hast du auf Firdrake angewendet?«

War er verrückt? Er hatte mich über die Weihe belogen, mich in dem Glauben gelassen, meine Freunde seien getötet worden. Dass ich sterben würde, wenn ich nicht aufgab. Und jetzt wollte er Details des Zauberspruchs von mir wissen, während wir Champagner schlürften?

»Schatz, sag mir«, ich lehnte mich so nah zu ihm, dass sich unsere Münder fast berührten. Rufus' Atem strich über meine Lippen. »Warum hast du den Befehl gegeben, uns ausschalten zu lassen? Liegt es daran, dass du absolut durchgeknallt bist?« Ich schrie ihm die letzten Worte direkt ins Gesicht.

Seine Augen weiteten sich ein wenig. »Die Drama-Queen? Nicht so attraktiv«, murmelte er. »Beruhige dich, es war nur eine kleine Schikane.«

Kleine, kalte Hände schlossen sich um meinen rechten Arm. Astrid war zu unserem Grüppchen gestoßen. Sie sah immer noch so blass aus, dass ihre Sommersprossen auf ihrer Haut zu brennen schienen.

»Eine kleine Schikane?« Waren diese Typen noch bei Trost? »Ihr habt uns in dem Glauben gelassen, unsere Freunde wären tot.«

Nick kam zurück mit einem Champagnerkelch und versuchte, ihn mir in die Hand zu drücken. Ich ballte die Hand zur Faust und weigerte mich, das Glas zu nehmen.

»Es ist ein Kobayashi Maru.« Nick zuckte zurück, als erwartete er, geschlagen zu werden.

Ich tat ihm den Gefallen gern. Jetzt platzte mir gleich echt die Hutschnur.

»Aua.« Nick hielt seinen Arm. »Womit habe ich das denn verdient?«

»Es war ein was?« Astrid sah fragend Nick und mich an. Sie

wirkte benommen. Vermutlich stand sie immer noch unter Schock.

»Ein Test, den man nicht gewinnen kann«, presste ich zwischen zusammengebissenen Zähne hevor. »Entworfen von Typen, die offensichtlich zu viele Wiederholungen von Star Trek geschaut haben.« Ich würde die Gildemeister aufschlitzen und über einem kleinen Feuer grillen, bis sie schmolzen wie Marshmallows. Sie und Rufus ...

Nick warf mir einen mitfühlenden Blick zu. »Glaub mir, uns ging's allen so. Ich war so außer mir, dass ich den Gildemeistern gesagt habe, sie sollen sich ins Knie ficken. Dann bin ich einfach rausmarschiert.«

Das klang verlockend.

»Und doch arbeitest du bei Astoria ...«, sagte ich.

Nick zuckte mit einem verlegenen Lächeln die Schultern. »Ich bin eine Stunde später zurückgekommen und habe meinen Vertrag unterschrieben.« Sein Blick wurde ernst. »Es gibt keine Alternative. Du bist eine Magierin, du hast die Gabe. Wenn du sie verwenden willst, musst du der Gilde angehören. Sieh dich um.« Er deutete auf die Leute, die in unserer Nähe standen. »Wir haben das alle durchgemacht. Rufus gibt immer noch die Geschichte zum Besten, dass er gleich, nachdem er aus dem Zauberschlaf erwacht ist, einen der Gildemeister aus der Tür des Dojos geschossen hat.«

»Ich war so wütend, dass ich mich eine Woche lang geweigert habe, mit Alannas Großmutter zu sprechen.« Rufus legte einen Arm um Astrids Schultern. »Der Test offenbahrt deinen wahren Charakter.« Er hob den Kettenanhänger an, den Astrid unter ihrem Umhang verborgen hatte. Der gleiche Anhänger, den auch ich trug. »Man bietet dir den perfekten Ausweg an, wenn es nicht gut für dich läuft. Und wenn du nicht kneifst, wenn du das Duell bis zum Ende durchziehst, egal was passiert — dann bestehst du den Test.«

»Aber ihr habt uns beschossen«, stammelte Astrid. »Ihr habt Emily getötet.«

Sag's ihnen, Astrid. Genau das waren auch meine Gedanken.

Aber sie hatten Emily gar nicht getötet. Es war alles nur eine Show. Wenn ich so überlegte, was für Schikanen beim Militär und bei Studentenverbindungen üblich waren, dann war das heute vergleichsweise milde gewesen. Uns ein paar Stunden vor dem Test im eigenen Saft schmoren lassen, uns dazu zu zwingen zuzusehen, wie die anderen »starben«, in dem Wissen, dass wir als Nächste dran waren — das waren alles Puzzlestücke des Einführungsrituals gewesen.

Rufus deutete auf Emily, die mit ihrer Familie und Gildemeisterin Burr zusammenstand. »Wie Sie sehen können, Astrid, ist Frau Jeong sehr lebendig. Der Zauber wirft das Opfer nur in ein harmloses Koma. Wenn man wieder aufwacht, ist man ein Gildemagier.«

»Sogar mit einem coolen neuen Tattoo.« Nick legte mir die Hand auf die Schulter.

So gut es ging pellte ich mein verschwitztes Shirt von der Schulter. Astrid sog mit einem überraschten Quietschen die Luft ein, aber ich konnte nur eine Ranke sehen, die der Kurve meiner rechten Schulter folgte. Ich zog Astrids Umhang und ihr T-Shirt von ihrem Rücken ab, um zu sehen, was die Gildemeister uns angetan hatten, während wir im Koma lagen.

Die Haut auf ihrem rechten Schulterblatt war noch gerötet rund um ein brandneues Tattoo der Astoria-Ranken. In voller Farbe!

»Ihr Kerle habt echt ein Rad ab. Echt jetzt.« Das Firmenlogo füllte gut die Hälfte ihres Schulterblatts.

»Wir entwickeln uns weiter«, sagte Rufus und klang erheitert. »Ich kann mir nicht vorstellen, dass ihr zwei die alte Art bevorzugt hättet. Da hat man dem Kandidaten das Zeichen auf den Schenkel gebrannt.« Er nahm den Sektkelch von Nick und obwohl ich Widerstand leistete, stand ich am Schluss mit dem Glas in der Hand da.

»Heute trinken wir auf euch vier und euren Eintritt in die Gilde.« Rufus klinkte sein Glas gegen meins. »Und morgen oder in einer Woche seid ihr über den Streich hinweg, den wir euch gespielt haben. Genau wie wir damals.«

Er nippte an seinem Glas und, ganz auf Autopilot, hob ich mein Glas und trank. Der Champager perlte über meine Zunge — flüssiges Gold mit bitterem Funkeln. Teures Zeug.

Als Gildemeister Vasquez unsere Gruppe verließ, lehnte Rufus sich wieder näher zu mir. »Verrätst du mir jetzt, welche Sigillen du bei Mattis angewendet hast? Es war ein niedlicher Effekt.«

Ich hörte ein leises Knurren hinter mir. Bestimmt mein Mattis-Schatten, dem der Ton nicht passte.

Rufus warf einen Blick hinter mich. »Halt dich da raus, Firdrake. Mit dir habe ich später noch ein Hühnchen zu rupfen.«

»Na, viel Spaß bei dem Versuch«, sagte Mattis leise.

Rufus warf ihm einen irritierten Blick zu, dann richtete er seine Aufmerksamkeit wieder auf mich. »Also, kannst du mir die Sigillen aufzeichnen?«

»Ich erinnere mich nicht daran, wie ich es gemacht habe.« Ich zuckte die Schultern. Rufus konnte mir mal im Mondschein begegnen. Ich würde gar nicht erst versuchen, meine Eingebung zu erklären, dass man magische Energien verdrehen konnte, wenn man eine Absicht anstatt von Sigillen verwandte.

Rufus runzelte die Brauen. »Wir erzählen den Gildemeistern lieber eine andere Geschichte. Natürlich weißt du noch, was du gemacht hast. Du bist so mächtig, dass du sofort wusstest, mit welchen Sigillen du ihn besiegen konntest.«

»Wie du meinst.« Ich trank noch mehr Champagner.

Kovács näherte sich unserer Gruppe und baute sich dann direkt vor mir auf. Die Nase des Ungarn war vollkommen geheilt worden, aber sein Umhang war immer noch mit Blut besudelt. Ich zuckte zusammen, als ich die Blutflecken sah, aber dann war ich auf mich selber wütend. Wieso sollte ich mich schuldig dafür fühlen, dass ich ihn geschlagen hatte? Ich hatte ja nicht gewusst, dass es eine Show war.

Kovács verbeugte sich kurz und ein Lächeln bog seine Mundwinkel nach oben. »Willkommen in der Magiergilde, Alanna.«

Ich nahm an, das war seine Art, mir zu sagen, dass er mir

nicht gram war wegen des Angriffs. Ich neigte den Kopf. »Danke.«

Noch ein paar mehr von den Gildemeistern stießen zu uns. Sie unterhielten sich alle angeregt über das ungewöhnliche Teamwork beim Duell und über den Zauber, den ich auf Mattis gehetzt hatte. Alles wilde Spekulationen. Ich trank meinen Champagner und sagte nichts. Eine täuschende Wärme breitete sich in meinem Magen aus und legte sich wie Balsam auf meine überdrehten Nerven.

»Glaub mir«, flüsterte Mattis mir ins Ohr, »je schneller wir ihnen entkommen, desto besser.«

Ich schüttelte den Kopf. »Wir bleiben. Das wird ein Spaß. Hey, das sind doch meine Leute hier. Mein Tribe.« Ich grinste ihn an.

Mattis hob eine Braue. »Spricht da der Alkohol oder du?«

Ich leerte mein Glas. »Ist doch egal.«

Ein Gildemeister walzte gerade auf mich zu, um mir zu gratulieren, und ich drückte dem dicklichen Mann das leere Glas in die Hand. »Nehmen Sie das mit in die Küche, ja?«

Er starrte verdattert auf das Glas, dann schlurfte er davon. Ich kicherte leise. Mann, ich hätte nicht auf einen leeren Magen trinken sollen.

»Wann bist du zurückgekommen?« Astrid sprach Mattis über meine Schulter gelehnt an. »Und was haben sie dir gesagt, was du bei der Weihe machen sollst?«

Mattis zog eine Grimasse. »Ich bin eine Stunde vor den Prüfungen aus dem Flugzeug gestiegen. Miles hat mich auf dem Weg hierher gebrieft. Ich sollte euch dreien eine Chance geben, euer Talent unter Beweis zu stellen. Dann sollte ich euch in eine Position manövrieren, wo es das Sicherste sein würde, aufzugeben.«

Astrids Mund wurde zu einem dünnen Strich vor lauter Ärger. »Was solltest du dann mit uns machen?«

Mattis' Gesicht verfinsterte sich. »Ich sollte euch mit etwas außer Gefecht setzen, dass euch das Bewusstsein verlieren lässt, ohne euch ernsthaft zu verletzen. Dann wollten sie übernehmen

mit ihrem ... was auch immer sie anstellen. Magiergilde-Hokus-
pokus.«

»Du musst doch wissen, was es ist«, sagte Astrid. »Du bist
doch selbst ein Gildemagier.«

Mattis lächelte und zeigte dabei alle Zähne. Es sah nicht besonders freundlich aus. »Ich bin zum Glück noch ›Gildemagier
auf Bewährung‹.« Sein Blick glitt zu mir, dann zurück zu Astrid.

»Da ist René!«, rief Astrid und lief zu ihm. Als sie ihn in die
Arme schloss, trafen sich Renés und meine Blicke über Astrids
roten Locken. Ich lächelte ihn an. Es fühlte sich surreal an, dass
wir uns wiedersahen. Ich hatte gesehen, wie er starb. Ich war
überzeugt gewesen, dass er tot war. Sogar ›überglücklich‹ war
ein zu schwaches Wort, um meine Gefühle zu beschreiben, dass
er am Leben war. René erwiderte mein Lächeln und umarmte Astrid. Er sah auch noch ganz mitgenommen aus.

Über dem Lärm Hunderter schwatzender Leute, verkündete
Rufus, dass die heutigen vier Kandidaten alle die drei Prüfungen
bestanden hatten und jetzt Mitglieder der Gilde der Magier werden würden. Die versammelten Magier brachen in frenetischen
Applaus aus. Jemand packte mich und drückte mich in einer
mächtigen Umarmung an sich, so dass meine Knochen protes-
tierten. Ich legte den Kopf in den Nacken — und sah in Avels
freudestrahlendes Gesicht.

»Du hast es geschafft!« Er wirbelte mich einmal im Kreis
herum, dann reichte er mich an Rikka, Suze, Nick und Yue weiter. Auch Leute, die ich noch nie getroffen hatte, gratulierten uns
und stellten sich vor. Sie stellten uns viel zu viele Fragen. Während wir Kandidaten einmal durch die Halle gereicht wurden,
blieb mein Forest-of-Fiends-Team ständig an meiner Seite. Es
war eine Erleichterung, sie in meiner Nähe zu haben und nicht
die Gildemeister. Mein Team machte es mir leichter, die Schikanen zu vergessen, denen wir heute ausgesetzt gewesen waren.

Ich hatte es geschafft. Ich konnte bei Astoria bleiben. Grund
für eine Feier? Und spielte es überhaupt eine Rolle, wenn ich Kanada, nein: die Erde in ein paar Stunden verlassen würde? Ich
fühlte mich schwindlig von dem emotionalen Auf und Ab dieses

Tages, vor Erschöpfung. Von der Angst darüber, was als Nächstes kam.

»Ich bin froh, dass es vorbei ist«, murmelte Astrid und ließ sich auf einen der Sessel fallen, die jemand für die älteren Magier an einer Wand aufgereiht hatte.

Ich glitt in den Sessel neben ihr und lehnte meinen Kopf an die Wand. Ich hatte kaum die Augen geschlossen, als Birch uns schon wieder aufscheuchte. Sie wollte die Steinanhänger einsammeln, die Rufus jedem von uns gegeben hatte.

»Sie haben das ganz wunderbar gemacht«, verkündete sie. »Ich bin so stolz auf Sie! Wenn ich daran denke, dass Sie daran gedacht haben, das Hintertürchen in den Regeln zu verwenden. Daran hat in sehr langer Zeit kein Kandidat gedacht.«

Ich versuchte, mir Rufus' Worte ins Gedächtnis zu rufen. Hatte er mich nicht in die Richtung gelenkt, indem er immer wieder betonte, dass wir denen eine Show bieten sollten, dass wir als Team zusammenarbeiten sollten? Nein, ich war mir nicht mehr sicher. Und es war ja auch egal.

»Ich kann es immer noch nicht fassen, dass du gegen Mattis gewonnen hast.« Emily klang ehrlich überrascht, ganz ohne eine Spur ihres üblichen schnippischen Tons.

»Wir werden Ihnen vermutlich nichts nachweisen können«, sagte Birch mit leiser Stimme, während ihr Blick Emily aufspießte, »aber Sie wissen sicherlich, dass viele Magier Ihre Eltern im Verdacht haben, Burr beeinflusst zu haben, damit Sie Mattis als Duellant fordert. Die Idee war natürlich, dass die anderen drei Kandidaten ihren Ausweg nutzen würden.«

»Ich habe nichts dergleichen getan!«, rief Emily erbost.

Birch bedeutete ihr zu schweigen. »Ich möchte nur, dass Sie wissen, dass es völlig unnötig war und dass weder Rufus Dean noch ich es auf die leichte Schulter nehmen.«

»Kommen Sie, lassen wir's gut sein«, sagte ich. »Ich bin nur froh, dass es vorbei ist.« Und ich meinte es auch so. Meine Knie fühlten sich schwach an vom Drama der letzten Stunden. Ich brauchte noch mehr Komplikationen ungefähr so sehr wie ein Loch im Kopf.

Birch starrte mich verdattert an. »Sie sollten stolz sein. Noch niemand hat gegen Mattis gewonnen. Das ist wirklich atemberaubend. So viel Potenzial!« Die Art, wie sie gurrte und um uns herumflatterte, ließ meinen Kopf schmerzen.

Sie brachte uns gerade eine Runde Drinks, als die Musik verstummte.

Andächtige Stille fiel über die Halle, als Gildemeister Kovács mit einer großen Metallkiste in den Händen hereintrat. Er ging direkt zu Rufus und händigte ihm die Kiste aus.

Nachdem Birch alle Kandidaten vor Rufus aufgereiht hatte, bat Rufus um Stille. »Emily Jeong, Astrid Persson, Alanna Atwood und René Masson haben alle vier ihre Duelle gewonnen«, erklärte er feierlich der ganzen Halle. Er schloss die Box auf und wie ein Mann drehten sich alle Magier im Dojo so, dass sie ihn ansahen. Jeder von ihnen sank ehrfüchtig auf ein Knie, selbst die ältesten Magier, die einen Gehstock benötigten. Es sah aus wie einem Film übers Mittelalter entsprungen. Was ging hier vor?

FÜNFUNDDREISSIG

Als sich Mattis neben mir auf ein Knie fallen ließ, mit einem extrem angefressenen Gesichtsausduck, folgte ich seinem Beispiel. Vielleicht war das eine Tradition der Magier bei der Weihe?

Astrid zog mich wieder hoch. »Dieses Mal bleiben wir stehen«, flüsterte sie.

Rufus hob vier dicke Papierstapel aus der Box und vier große Medaillons. Er hielt sie an ihren grünen Satinbändern hoch und sie drehten sich und warfen das Licht der Fenster zurück. Eine Sigille leuchtete auf jeder Seite der Medaillons, eingerahmt von grünen Astoria-Ranken.

»Emily Jeong, du hast heute deine Stärke, deine Scharfsinnigkeit und deinen Wert bewiesen und wirst heute und für immerdar in die Gilde der Magier aufgenommen«, verkündete Rufus mit würdevoller Stimme. »Schwörst du, den Gildemeistern und dem Hohen Magier in allem zu gehorchen, ihre Befehle zu befolgen und dich in allen Fragen mit der Gilde zu besprechen?«

Rufus in allem gehorchen? Oh mein Gott! Er wusste doch heute nicht, wie er sich morgen entscheiden würde. Ich fühlte ein hysterisches Lachen in mir hochperlen und schluckte es mit Mühe hinunter. Ich musste mir meine Großmutter an seiner Stelle als Hohe Magierin vorstellen. Vor nur zwei Jahren wäre sie es gewesen, die uns in den Rang eines Gildemagiers erhoben hätte. Im Gegensatz zu Rufus war meine Großmutter alles andere als wankelmütig gewesen. Ich hätte alles dafür gegeben, unter ihrer Führung Gildemagierin zu werden. Ich musste diese Zeremonie von Rufus trennen. Meine Großmutter hatte gewollt, dass Birch ihr als Hohe Magierin nachfolgte, nicht Rufus. Die Gilde war viel mehr als nur Rufus.

»Ich schwöre es«, flüsterte Emily. Sie klang eingeschüchtert.

»Schwörst du, unsere Geheimnisse zu wahren und die Gildemagier mit deinem Leben zu beschützen, von diesem Tag an bis zu deinem Tod?«

»Ich schwöre es«, wiederholte Emily, lauter dieses Mal. Ihre Augen leuchteten vor Freude und Stolz.

Rufus hängte das Medaillon um ihren Hals und reichte ihr einen der Papierstapel. Ich warf einen Blick darauf und las die Titelseite. Es war ihr neuer Vertrag mit Astoria. Die Dicke des Pakets legte nahe, dass er mehr Klauseln enthielt, als irgendjemand zählen konnte. Ich unterdrückte mit Mühe ein Grinsen. Manche Dinge änderten sich nicht, ob man eine mundane Softwaredesignerin war oder eine Gildemagierin.

»Dann unterschreib hier«, rief Rufus. Er senkte die Stimme, bis er geradezu sibyllinisch klang, »in einem Pakt aus Blut und Essenz.«

»Bäh«, murmelte ich.

Rufus reichte Emily eine Einwegnadel und eine gläserne Schreibfeder. Sie holte die Nadel aus der Verpackung, stach sie in ihren linken Zeigefinger und ließ sie in eine kleine Dose fallen, die Rufus ihr hinhielt. Was zum Kuckuck ging hier vor?

Mattis sog scharf die Luft ein.

Ums uns herum waren alle Stimmen verstummt. Im Raum waren Hunderte von Menschen und sie alle starrten Emily an. Gänsehaut kroch mir den Rücken hoch.

Emily drückte ihren Finger zusammen und hielt die Glasfeder an den fetten Blutstropfen, der nun hervorquoll. Er löste sich von ihrer Haut und füllte den Hohlraum der Feder. Sie unterschrieb den Vertrag — mit ihrem Blut. Wie hübsch barbarisch.

Die Sigille auf Emilys Medaillon leuchtete auf und sie zuckte vor Schmerz zusammen. Mit einem leisen Stöhnen legte sie auch die Glasfeder in die Dose und trat einen Schritt zurück.

Das Medaillon an ihrem Hals war jetzt leer auf beiden Seiten. Nur die Astoria-Ranken waren zurückgeblieben.

»Sie zwingen euch zu einem Bluteid«, sagte Mattis und klang angeekelt. Seine Hand schloss sich um meine. »Sieh zu, dass du ohne den Eid durchkommst. Nichts ist einen Bluteid wert.«

Ich schluckte. Wie sollte ich um den Eid herumkommen?

René trat vor für seinen Eid, dann Astrid. Rufus händigte beiden ihre Medaillons aus und die Verträge und sie unterzeichneten sie mit ihrem Blut. Einfach so, ohne die Verträge vorher zu lesen.

Die Haare in meinem Nacken stellten sich auf. All die Witze über Waschmaschinen, die man kaufte, wenn man etwas unterschrieb, ohne es zu lesen, waren nichts im Vergleich zur Realität. Wir kamen immer näher ran an die Geschichten, in denen man mit seiner Unterschrift seine Seele verkaufte oder sein erstgeborenes Kind.

Jetzt war ich dran. Rufus' Blick füllte sich mit Erleichterung und Stolz, als er mich ansah. Dass er so glücklich war, mir den Gildeschwur abzunehmen, ließ die wabernde Unsicherheit, die mir auf die Brust drückte und das Atmen schwer machte, noch anschwellen. Mir wurde schlecht vor Aufregung.

»Alanna Atwood, du hast heute deine Stärke, deinen Scharfsinn und deinen Wert bewiesen und wirst heute und für immerdar in die Gilde der Magier aufgenommen.« Rufus kämpfte sichtlich darum, nicht über das ganze Gesicht zu grinsen vor Freude.

Ich fühlte mich heiß und kalt bei seinen Worten und mein Magen hüpfte unruhig.

»Schwörst du, den Gildemeistern und dem Hohen Magier in allem zu gehorchen, ihre Befehle zu befolgen und dich in allen Fragen mit der Gilde zu besprechen?«

Ich zögerte. Ich freute mich so, dass ich bei Astoria bleiben durfte, aber ich war noch wütend auf die Gildemeister. Nein, ich musste über die Schikanen des Aufnahmerituals hinwegkommen. Es war einfach nur eine Tradition. Ich sah zu Nick, Rikka und Avel. Zu Astrid, die neben mir stand. Ich dachte an meine Großmutter und an meinen Vater, die diesen Tag mit mir geteilt hätten, wenn ich die Weihe bestanden hätte, als sie noch am Leben waren. Das hier waren meine Leute. Hier war der Platz, wo ich wirklich hingehörte. Ich würde aus Faerie zurückkommen und in die Fußstapfen meiner Großmutter treten.

»Ich schwöre.« Meine Worte kamen undeutlich und leise heraus.

»Nein«, stöhnte Mattis.

»Schwörst du, unsere Geheimnisse zu wahren und die Gildemagier mit deinem Leben zu beschützen, von diesem Tag an bis zu deinem Tod?«

Ein Schauer lief meinen Rücken hinunter. Das war der Moment der Wahrheit.

Ich öffnete den Mund — und konnte mich nicht überwinden, die Worte zu sagen.

Rufus' Augen weiteten sich vor Überraschung. Er lachte unsicher. »Alanna, du musst den Schwur tatsächlich aussprechen.«

Ich konnte es nicht.

»Margaret wäre überglücklich gewesen.« Rufus' Stimme war rau. »Und dein Vater auch. Verdirb es jetzt nicht.«

Ich öffnete meine Augen weit, damit die Tränen nicht herausquellen konnten. »Ich kann nicht.« Meine Worte waren nicht mehr als ein Flüstern.

»Sie hat zugestimmt«, rief Rufus laut. Er zog mir das Band über den Kopf. Es rutschte in Zeitlupe an mir herunter, während sich sein Blick in meinen bohrte.

Kovács starrte Rufus fassungslos an. Er öffnete den Mund, sicher um zu protestieren, aber dann schloss er ihn wieder, ohne etwas zu sagen. Er hielt mir eine frische Glasfeder und eine Nadel hin, noch in der sterilen Verpackung. Anscheinend waren die Worte nicht so wichtig wie der Bluteid. Ich würde diesen Vertrag auf keinen Fall unterschreiben!

»Weißt du, was du zu tun hast?«, fragte Rufus leise. »Aktiviere deine Magie und schick sie in deine Fingerspitzen.«

Ich schob Kovács' Hand mit der Feder und der Nadel beiseite.

»Ich leiste den Schwur nicht.« Meine Stimme war jetzt fest und laut genug, dass auch die anderen Magier in unserer Nähe mich hörten.

Mattis sprang mit einer eleganten Bewegung auf und positionierte sich an meiner rechten Schulter. Energien zerrten an mir, als er sie in sein Innerstes zog. Er erwartete einen Kampf und dank unseres Duells war er noch nicht wieder auf der Höhe seiner Kunst.

»Alanna!«, schnauzte Rufus, »Es ist nichts dabei: Du stichst dir in den Finger, das war's. Du brauchst nur einen Tropfen Blut.«

»Ich bin eine Gildemagierin«, sagte ich. Meine Stimme wurde mit jedem Wort lauter. »Ich habe die Tests der Weihe bestanden oder ihr hättet mir nicht das Tattoo verpasst. Ich bin eine von euch. Lasst den Bluteid weg.«

Gildemeister schoben sich durch die Menge, um uns zu erreichen.

»Das kann ich nicht machen«, sagte Rufus. Sein Blick hetzte nach rechts, zu den Gildemeistern, die uns am nächsten waren.

Ich stellte mich breitbeiniger hin. »Ich bin eine Gildemagierin. Ich habe die Weihe bestanden.«

»Der Eid ist nur eine Formalität.« Rufus seufzte. »Krieg dich wieder ein und leiste den Schwur.«

»Wenn es nur eine Formalität ist, dann lass ihn doch weg.« Ich kreuzte die Arme vor der Brust.

»Ich kann dir etwas Zeit geben, um über das Aufnahmeritual hinwegzukommen«, sagte Rufus, »aber der Eid ist notwendig, um ein Gildemagier zu werden.«

»Ein Bluteid ist nie nur eine Formalität«, sagte Mattis. Sein Ton war ruhig, aber seine Stimme war kalt und hart wie Stahl. »Du redest mit der begabtesten Magierin, die ihr bei Astoria beschäftigt. Ihr könnt es euch nicht leisten, Alanna zu verschrecken. Sie braucht euch nicht, aber die Gilde braucht Leute mit ihrem Talent.« Sein Blick durchbohrte Rufus. »Das hast du selbst gesagt.«

»Firdrake, halt dich da raus!«, knurrte Rufus.

»Oder du tust was?«, fragte Mattis sanft. Seine Hände glitten an seinen Hüften hinunter. Die Geste musste für Rufus seltsam aussehen, aber ich schnappte nach Luft. Denn ich wusste, was sein Illusionszauber verbarg: Einen Waffengürtel mit scharfen Waffen, mit denen Mattis Rufus vielleicht angreifen würde.

»Wir sollten Alanna mehr Zeit geben, mit dem klarzukommen, was heute hier passiert ist«, sagte Rufus. Er hatte seine Stimme erhoben, damit ihn jeder im Dojo hören konnte. »Sie ist nicht die Erste, die von den Schikanen verstört ist. Novak hat man mehr Zeit gegeben und auch mir. Viele von euch können sich sicher noch gut an die Gefühle nach der Weihe erinnern.«

Die Türen zum Dojo flogen mit einem Knall gegen die Wand. Ein Dutzend Männer und Frauen der Konzernsicherheit schwärmten in die Halle. Die Hälfte von ihnen hielten gezückte Pistolen in der Hand, die anderen hatten die Hände erhoben, bereit, uns mit einem Zauber auszuschalten.

Ich wusste nicht, wer der anwesenden Magier sie gerufen hatte, ein einziger Klick auf den Ino genügte.

Mattis fluchte leise und spannte die Muskeln. In einer Sekunde würde hier die Hölle los sein.

Ich brauchte ein Druckmittel. Ich drehte mich von Rufus weg und suchte die Menge ab, die sich von allen Seiten um uns drängte. Da!

Ich rannte so schnell ich konnte, um die kurze Strecke zwischen den Zuschauern und mir zu überbrücken. Ich hetzte zwischen den Magiern hindurch, aber vor lauter Überraschung dachte keiner daran, mich zu stoppen. Das lag aber vielleicht auch an Mattis, der sich an meiner Seite hielt. In nur ein paar Sekunden erreichte ich Nigel und packte den britischen Gildemeister. Sein Schreckensruf erstarb, als ich beide Hände um seinen Hals schloss.

Die Menge wich entsetzt zurück und in einer Sekunde hatte sich ein freier Platz um uns gebildet.

»Ihr habt gesehen, wie ich gezaubert habe«, schrie ich über die zornig erhobenen Stimmen. »Ich hetze schneller einen Zauber auf ihn, als ihr schießen könnt. Ihr alle habt Nigels Beurteilung gelesen, also wisst ihr, dass ich keine Skrupel habe, etwas Ekliges auf ihn zu hetzen.«

»Du bluffst.« Gildemeisterin Pillai hatte sich zum Rand der Menge durchgeschoben. Ihre Arme hingen herab, aber ich sah, dass ihre Finger sich bewegten. Sie bereitete einen Zauber vor.

Ich aktivierte meine Magie. Sie reagierte nur langsam nach dem großen Kampf vorhin, aber immerhin tat sich etwas. Ich zog Energien aus der Halle ab, aber es war kaum noch etwas übrig. Hatten die Duelle alles aufgebraucht — oder Mattis?

Ich wollte Nigel nicht verletzen, es sei denn, es war unumgänglich, deshalb gab ich der Magie das Ziel, ihn zu nur leicht zu würgen. Konnte ich schon einen derart kontrollierten Zauber nur mit meinen Vorsätzen lenken? Ich hatte keine Ahnung.

Nigels Augen wölbten sich vor und er fingerte an meinen Händen herum, um meinen Griff zu lockern. Dabei hielt ich ihn gar nicht so fest — die Magie würgte ihn.

»Sie blufft nicht«, krächzte er. Sein Atem kam röchelnd.

»Ihr macht, was Rufus euch vorgeschlagen hat«, forderte ich. »Ihr lasst uns gehen und gebt mir Zeit, über alles nachzudenken.« Ich nahm jeden Gildemeister einzeln ins Visier. Zwölf von ihnen standen jetzt am Rand der Menge, Rufus eingeschlossen. »Wenn ich zurückkomme, ernennt ihr mich zur Gildemagierin — egal, ob ich diesen Eid schwöre oder nicht. Ihr wisst, dass ich das Talent habe und dass ihr mich bei Astoria braucht.«

Mattis hob die Hand in Nigels Richtung. Als er sie wieder fallen ließ, zuckte Nigel näher zu Mattis, als ob er an eine unsichtbare Leine geknüpft wäre.

»Ich habe deinen Zauber übernommen«, murmelte Mattis. »Es ist Zeit zu gehen.«

Ich ließ die Arme fallen und gab Nigel frei. Während ich erhobenen Hauptes neben Mattis das Dojo verließ, schaute ich weder rechts noch links. Nigel stolperte an Mattis' anderer Seite neben uns her.

»Lasst sie gehen!«, schrie Rufus. »Lasst sie beide gehen und schießt bloß nicht!«

Sobald wir die Flügeltüren passiert hatten, sah Mattis über seine Schulter. Die schweren Türen schlossen sich mit einem dumpfen Knall. Mattis presste beide Handflächen gegen das alte

Holz. Ich spürte, dass sich Magie zu irgendeinem Zauber verdichtete und Mattis trat zurück. »Das wird uns eine Weile den
Rücken freihalten.«

Er wirbelte zu Nigel herum und berührte dessen Stirn.

Der Gildemeister verdrehte die Augen und brach ohnmächtig zusammen. Mattis fing ihn auf und legte ihn auf dem Boden
hinter einem der Cafeteriatische ab.

»Ich muss zurückkehren«, flüsterte ich. »Verstehst du das?«

Mattis stellte sich direkt vor mich und sah mich prüfend an.
Nach einer kleinen Ewigkeit nahm er meine Hände und legte sei-
ne Stirn an meine. »Ich verspreche, dass ich alles, was in meiner
Macht steht, tue, um dich in deine Welt zurückzubringen.«

Auge um Auge, so ging das doch mit den Verträgen. »Ich
werde tun, was ich kann, um den Ring zu reparieren und die Dornen zurückzutreiben«, versprach ich.

»So, wie du gebunden bist, so bin auch ich gebunden.« Mattis' Stimme war ein heiseres Flüstern. »Ich werde den Vertrag erfüllen, den wir heute geschmiedet haben.«

Ich wiederholte die Worte, während ich in seine Augen sah.
Der Vertrag verband uns mit einem Summen von Energie, dann
verblasste er, bis ich ihn nicht mehr spüren konnte.

Mattis drückte meine Hände, dann ließ er sie fallen. »Lass
uns gehen.«

Ich drehte mich noch einmal zu den Türen zur großen Halle
um und starrte sie an, als könnte ich durch das massive Holz blicken. Nick, Avel, Astrid, René, Rikka … Ich schluckte hart.
Mann, was hatte ich bloß getan?

»Hey!«, rief eine tiefe Männerstimme hinter uns und ich
wirbelte herum. Mattis griff nach seinen Schwertern.

Avel war hinter uns aufgetaucht und sah reichlich verwirrt
aus.

»Versteck die Schwerter, Mattis«, zischte ich aus dem
Mundwinkel, während ich auf Avel zutrat. Laut sagte ich: »Wir
gehen nach Hause.«

Avel sah noch verwirrter aus. »Was ist mit der Weihnachts-
party?«

Ich wusste nicht, was ich sagen sollte.

»Wir haben etwas anderes vor«, sagte Mattis ruhig.

Kleine Untertreibung. Ach, nur in ein Fantasy-Reich reisen, irgendeinen uralten Schutzzauber reparieren, unsterbliche Dornen bekämpfen und dann irgendwie wieder zurückkommen. Was man halt so an Weihnachten macht. Tja, das konnte ich wohl nicht laut sagen.

Avels Blick wanderte von mir zu Mattis und er sah bestürzt aus, dass wir zusammen gingen.

»Frohe Weihnachten! Pass auf dich auf.« Ich umarmte ihn fest, stellvertretend für alle anderen, von denen ich mich nicht hatte verabschieden können. »Sag den anderen, dass ich sie liebe!«, stieß ich unter Tränen hervor.

Avel tätschelte meinen Rücken und warf Mattis einen Blick zu. »Sie ist ein bisschen angetüdelt, oder?«

»Ich bringe sie nach Hause.« Mattis zog mich sanft aus Avels Armen. »Es war alles ein bisschen viel für sie.«

Kabamm!

Die Flügeltüren zitterten, als ein Schuss auf der anderen Seite einschlug. Unsere Zeit war abgelaufen — und wir hatten keine Ahnung, ob Rufus' Entscheidung, mir eine Auszeit zu gewähren, von den anderen überstimmt worden war oder ob die Magier schlicht das Dojo verlassen wollten.

Ich hielt auf das Wachhäuschen zu, das den Tunnel raus aus der Festung versperrte.

»Abkürzung!«, rief Mattis und schnappte mich. Er schirmte mich mit seinem Körper vor den Wachen ab, während er mit mir im Arm auf die rückwärtige Wand zurannte. Er schob mich in einen Arm und hob die Hand. Ein grünes, blendendes Licht pulsierte aus seinen Fingern.

»Aber da ist nichts als Steieieieieieiein ...« Mein Schrei erstarb, als ein Teil der Mauer einstürzte. Mattis sprang in das Loch, noch während das Mauerwerk um uns herunterprasselte.

SECHSUNDDREISSIG

Vor der zerstörten Mauer hatten sich schon Schaulustige einge-
funden, als Mattis und ich auf der anderen Seite ins Freie stürzten. Mattis wob einen schnellen Illusionszauber über uns beide,
damit wir unentdeckt durch den Ring der Schaulustigen flüchten
konnten. Falls uns Magier auf den Fersen waren, würden sie erst
mal in Erklärungsnöte kommen, wenn sie in ihren langen silber-
farbenen Roben mitten unter diese Leute auf die University Avenue sprangen.

Wir stiegen in die nächste U-Bahn, dann nahmen wir ein
Taxi zu mir nach Hause. Alle paar Sekunden schauten wir uns
um, ob uns Magier von der Konzernsicherheit verfolgten.

»Pack ein, was du brauchst«, bat mich Mattis, sobald wir
mein Haus erreicht hatten, »aber denk dran, dass du die Tasche
eng bei dir tragen musst, wenn du durch das Portal reist.«

Während ich von Zimmer zu Zimmer rannte und Zeugs in
zwei Rucksäcke warf, setzte Mattis Kankalin darauf an, Foalfoot
aufzustöbern. Als er im Taxi vorgeschlagen hatte, den Gnom damit zu beauftragen, mein Haus zu beschützen, hatte ich gedacht,
er mache einen Scherz. Ich meine: Foalfoot? Echt jetzt? Ich
wusste gar nichts über ihn. Ich konnte mir aber gut vorstellen,
dass der Gnom und sein Clan erst mal eine Party in meinem Haus
veranstalten würden, wo sie zerstören würden, was sie nicht
klauen konnten. Als ich Mattis meine Bedenken sagte, gab er mir
einen Kuss auf die Nase. »Er ist an seinen Eid gebunden. Er wird
dein Haus tipp-topp versorgen.«

»Was, wenn meine Mutter zu Besuch kommt? Was, wenn er
versucht, sie zu erdolchen, wenn sie die Tür öffnet?« Es gab einfach zu vieles, das schiefgehen konnte.

»Ich nehme mal an, deine Mutter bricht normalerweise nicht in Häusern ein, sondern benutzt ihren Schlüssel?«, fragte Mattis geduldig.

Ich nickte.

»Dann ist sie auch nicht in Gefahr. Hör auf, dir den Kopf zu zerbrechen, und pack lieber.« Er beugte sich zu mir und gab mir noch einen Kuss, einen zärtlichen, liebevollen dieses Mal.

Auf dem Weg nach Hause von Astoria hatten wir einen wackeligen Frieden geschlossen wegen der Sachen, die während der Weihe passiert waren.

Mattis behauptete, er habe mich so lange verschont, wie es in seiner Macht gestanden hätte. Er hätte mich nur im Auftrag der Gilde verletzt und hatte gedacht, dass ich seine Illusionen wie den Schlangenbiss spielend durchschauen würde. Er machte sich Sorgen, weil ich ihm nicht vertraut hatte. Ich war noch stinkig auf ihn, weil es ihm überhaupt nicht in den Sinn gekommen war, mir zu sagen, worum es bei der Weihe wirklich ging. Als wir im Elbhold waren, hatte er noch nicht gewusst, was bei den Duellen der Weihe passieren würde, aber sie hatten es ihm am Tag der Weihe gesagt, nachdem Burr ihn aus China hatte einfliegen lassen. Also hatte Mattis Bescheid gewusst, es nur nicht für nötig gehalten, es mir im Duell leise zu verraten.

Vielleicht würden wir uns nie einig, wie wir beide uns beim Duell »auf den Tod« hätten besser verhalten können, aber im Moment war das nicht wichtig. Ich hatte Mattis versprochen, ihm mehr zu vertrauen, und er hatte mir versprochen, mir in Faerie zu erzählen, was gerade wirklich abging, anstatt einfach loszulegen. Die nächsten Tage und vielleicht Wochen würden uns zeigen, wie viel unsere gegenseitigen Versprechen wert waren, aber ich fand, es war ein guter Start, dass wir offen darüber gesprochen hatten. Eine Basis für alles, was da kommen würde.

Wir unterhielten uns nur über die wichtigen Sachen. Ich wollte ihn nicht belästigen mit meinen verrückten Halluzinationen kurz bevor ich Energien durch den Anhänger meiner Großmutter gezogen hatte. Das war doch ganz klar eine Reaktion auf zu viel Stress gewesen. Es gab keinen Grund, Mattis zu beunruhigen, nur weil ich etwas gesponnen hatte.

Was Astoria betraf, so hatte ich in der Nacht vor der Weihe mein Übergabeprotokoll für Nick hochgeladen, in einer versteckten Datei. Ich hatte ihm auf der Fahrt nach Hause das Passwort gemailt. So konnte Nick für mich übernehmen und es würde nichts auf der Strecke bleiben durch meine Abreise nach Faerie. Wo fuhr ich hin und für wie lange? Ich hatte Nick und Rufus eine Nachricht geschickt, dass alles einfach viel zu viel für mich gewesen sei und ich etwas Zeit für mich allein brauchte. Länge der Auszeit: unbekannt.

Der Ino hatte ein paarmal vibriert, seitdem ich die Nachricht abgeschickt hatte, aber ich hatte nicht den Mut, mir die Nachrichten anzusehen. Wenn ich ehrlich war, war ich überrascht, dass sie dem Tablet nicht aus der Ferne den Zugriff aufs Astoria-Netz entzogen hatten.

Ich war mutiger, wenn es um meine Mutter und Tara ging, und rief sie an. Ich erzählte ihnen mehr oder weniger das, was ich auch Rufus und Nick geschrieben hatte, nur dass ich meinen plötzlichen Urlaub auf einen Burnout vor lauter Arbeit schob. Bei den Stunden, die ich bei Astoria arbeitete, war keine der beiden überrascht.

»Schätzchen, ich hoffe, du hast einen perfekten Weihnachtsurlaub. Bleib ein paar Tage bei mir, wenn du wiederkommst, okay?« Die Worte meiner Mutter ließen mir das Herz schwer werden. Ich wünschte mir so sehr, dass ich wenigstens bis nach Weihnachten bei ihr in Vancouver bleiben könnte, aber wir hatten keine Zeit mehr. Ich hatte keine Ahnung, ob die Gilde Leute schicken würde, die mich zurückholen würden. Wir mussten so schnell wie möglich Elbhold erreichen.

Während ich noch packte, kehrte Kankalin mit Foalfoot von ihrer Mission zurück. Sie brabbelte in den höchsten Tönen die Neuigkeiten heraus, die sie unterwegs erfahren hatte. Der Älteste, der ein Portal nach Faerie öffnen würde, war im Elbhold eingetroffen – und mit ihm vier Krieger, die sicherstellen sollten, dass wir heil bis an den Goldenen Hof reisten.

Mattis war erleichtert, dass die Königin ihr Wort gehalten

hatte. Er sagte nichts weiter, aber ich vermutete, es gab ihm Hoffnung, dass sie den Rest der Abmachung auch einhalten und ihn von seiner Strafe als Richter von Silberaue erlösen würde. Wir nahmen Foalfoot seine Versprechen ab, sich um mein Haus zu kümmern, dann war es schon Zeit zu gehen.

Es war draußen dunkel geworden, während ich gepackt hatte. Schneeflocken ließen sich mit federleichten weißen Küssen auf unserem Haar nieder, als Mattis und ich auf das Taxi warteten, das uns zum Elbhold bringen würde. Kankalin versteckte sich vor der Kälte in meiner Tasche.

Als das Auto auf uns zuhielt, drehte ich mich zu Mattis. Sein Illusionszauber war wieder makellos, aber nicht für mich. Ich erhaschte einen Blick aus leuchtenden grünen Augen. Mein ganz eigener Elbenkrieger – träumte ich?

Er umschloss mein Gesicht warm mit beiden Händen und gab mir einen zärtlichen Kuss.

»Lass uns ein Bett finden, wenn wir es bis nach Faerie geschafft haben«, flüsterte ich nah an seinen Lippen.

Er lächelte. »Ich kenne da eine reizende Schlucht hinter einem Wasserfall …«

Ich biss ihn neckend ins Ohrläppchen. »Das sagst du bestimmt zu allen Frauen.«

Mattis lachte leise. »Nein, nur zu denen, die ich mir in Albion anlache.«

Er küsste mich sanft. Der Wind nahm an Stärke zu und ließ die Schneeflocken um uns tanzen. Sie verzauberten die Dunkelheit mit glitzerndem Licht.

Schnee knirschte unter den Reifen, als das Taxi neben uns hielt. Ich zog die Tür auf und schlüpfte hinein. Mattis folgte mir.

»Wohin geht's?«, fragte der Fahrer. Bollywood-Musik perlte aus den Lautsprechern und füllte den Innenraum mit einem exotischen Klangteppich.

Ich bewegte den Kopf in dem mitreißenden Rhythmus. »Eine Magierin auf einer Mission, kommt sofort.«

»Was war das?« Der Fahrer drehte sich in seinem Sitz zu mir um.

»Zum Nekropolis-Friedhof, Haupteingang«, sagte ich, lauter diesmal.

»Sind Sie sicher?« Der Taxifahrer nickte auf den Schnee, der das Auto in einem stummen Ballett umtanzte.

Ich nahm Mattis' Hand und er verschränkte die Finger mit meinen.

Meine Stimme war fest, als ich antwortete: »Wir sind uns sicher.«

++++

Lies weiter in FEENREICH, Buch 2 der ASTORIA FILES.

Wenn dir *Dornenspiele* gefallen hat, freue ich mich sehr, wenn du eine kurze Rezension schreibst. Jede Bewertung und auch jede Empfehlung auf Facebook oder Instagram hilft mir als Indie-Autorin sehr. Danke schön! :-)

Deine
Brida
www.brida-anderson.com

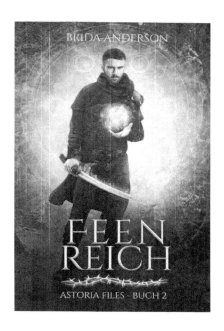

Astoria Files, Band 2: FEENREICH

Nichts hat Spiele-Designerin Alanna auf den Tag vorbereitet, an dem die Feenpolitik mit Macht in ihr Leben einbricht. Sie wird alles in ihrer Macht stehende tun, um Faerie vor den tödlichen Dornen zu retten. Wenn Mattis dafür sorgt, dass Alanna in die Menschenwelt zurückkehren kann. Mit jedem Schritt türmen sich neue Hindernisse vor den beiden auf.

Die Chancen stehen schlecht, aber Alanna hat sich ihr Leben lang in Computerspielen mit Feengegnern herumgeschlagen. Da wird sie sich von einer zickigen Elbenkönigin und ein paar tödlichen Dornen nicht einschüchtern lassen.

»Toll! Ich warte ungeduldig auf die Fortsetzung. Platze fast vor Neugier wie es weitergeht. Ich kann es nur weiterempfehlen. Habe die Bücher verschlungen.« Rezension auf Amazon.de

WIDMUNG

Für Alexander
(1942 – 2000)

Und für meine Schreib-Helden
Joss Whedon und Terry Pratchett

Ein großes Dankeschön an meine Lektorin Mira Bradshaw, die dieses Buch mit Geduld und Charme bearbeitet hat und sich dem unzuverlässigen Projektablauf einer frischgebackenen Mutter angepasst hat. Vielen Dank auch an Telse Wokersien, die sich mit solchem Elan und Herzblut an die deutsche Übersetzung gemacht hat und an Susanne Schneider, die dem Buch liebevoll den letzten Schliff gegeben hat.

Haufenweise Dankbarkeit sende ich an meine Unterstützer, Info-Lieferanten und Beta-Leser: meinen Mann Chris, István, Nino und Anja Bagus, Julia, Nick, Martin und Sarah, meine Schwägerin Freddy, Emmy, mein Vater Axel, Ria, Esther, Tanja, Stefan, Claudia und meinen Bruder Arndt.
Danke an Lola für die brillanten Ideen, während ich in Akt 3 feststeckte und für Alannas Gedanken, dass Elizabeth Birch die Lara Croft des Zauberns ist.
Zu guter letzt das Allerwichtigste: Küsse und unendliche Dankbarkeit gehen an meinen Mann Chris, der es überhaupt möglich macht, dass ich Zeit zum Schreiben habe. Und an meine Söhne, die noch zu jung sind zu verstehen, warum und was ich schreibe, aber die mir jeden Tag mit großer Überwindung 30 Minuten Schreibzeit zugestehen und mich dann jedes Mal fragen: »Ist das Buch JETZT endlich fertig?«.